KB273755

방문자

RUNNING BLIND

방문자

RUNNING BLIND
잭 리처 컬렉션

리 차일드 지음
다니엘 J. 옮김

오픈하우스

나에게 글을 읽는 법과 읽어야 하는 이유를
가르쳐주신 부모님, 오드리와 존에게

일러두기

1. 본문의 아래 첨자는 모두 역자 주이다.
2. 외국 인명·지명은 외래어표기법을 따르되 일부는 관용적인 표기를 따랐다.
3. 책·신문·잡지명은 『 』, 영화·연극·TV·라디오 프로그램명은 「 」, 시·곡명은 〈 〉,
   음반·오페라·뮤지컬명은 《 》로 묶어 표기했다.

1

사람들은 말하지. 아는 것이 곧 힘이라고. 아는 것이 많을수록 힘도 커진다고. 만약 네가 로또 당첨 번호를 알고 있다고 쳐. 그것도 여섯 개의 번호를 전부 다. 그냥 찍은 것도 아니고, 꿈에서 본 것도 아니고, 진짜로 알고 있다고 말이야. 그럼 넌 어떻게 할까? 당연히 복권 판매점으로 달려가서 로또 용지에 그 번호들을 마킹하겠지. 그리고 당첨되겠지.

주식 시장도 마찬가지야. 어떤 종목이 폭등할지를 네가 알고 있다고 쳐. 직감이나 촉을 말하는 게 아니야. 추세나 확률, 소문이나 귀띔을 말하는 것도 아니야. 그 종목에 대한 진짜 지식, 실제적이고 확실한 지식. 네가 그런 걸 가지고 있다면 어떻게 할까? 당연히 그 종목을 매수하겠지. 그리고 나중에 폭등하면 매도하고 부자가 되겠지.

농구도 그렇고, 경마도 그래. 뭐든지 다 마찬가지야. 미식축구, 하키, 내년 월드 시리즈 등 어떤 스포츠든 미래를 예측할 수 있다면, 넌 걱정할 게 없어. 당연하지. 오스카상, 노벨상, 겨울의 첫눈도 마찬가지야. 모든 게 다 그래.

그리고 사람을 죽이는 것도 마찬가지지.

네가 사람을 죽이고 싶다고 쳐. 그럼 어떻게 해야 하는지는 미리 알고 있어야겠지. 그 부분은 별로 어렵지 않아. 방법이야 많으니까. 그중에는 좀 더 나은 방법도 있겠지만 대부분 단점이 있어. 그래서 네가 알고 있는 것들을 활용해 새로운 방법을 찾아내. 생각하고 생각하고 또 생각해서 완벽한 방법을 찾아내는 거야.

넌 계획 단계에서 많은 공을 들일 거야. 완벽한 방법은 쉽지 않은 방법일 테니 철저한 준비가 매우 중요해. 그러나 그것도 너에게는 식은 죽 먹기야. 철저한 준비쯤이야 너에게 전혀 문제될 게 없어. 그 정도의 지능을 가졌는데? 지금까지 그 많은 훈련을 받았는데?

넌 알고 있어. 진짜 문제는 그다음이라는 걸. 어떻게 해야 확실하게 빠져나갈 수 있을까? 그러려면 알고 있는 걸 활용해야 해. 넌 경찰이 어떻게 움직이는지 일반인들보다 더 잘 알고 있어. 일하는 모습을 여러 번, 때로는 가까이에서도 봤으니까. 경찰이 무엇을 찾는지도 잘 알고 있지. 그러니 경찰이 찾을 수 있는 건 아무것도 남기지 않는 거야. 머릿속에서 모든 과정을 반복해. 철저하고 정확하게, 그리고 아주 신중하게. 마치 반드시 당첨될 번호를 로또 용지에 마킹하는 것처럼 조심스럽게.

사람들은 말하지. 아는 것이 곧 힘이라고. 아는 것이 많을수록 힘도 커진다고. 그렇다면 넌 아마 이 세상에서 가장 강력한 인간일 거야. 사람을 죽이고, 거기서 빠져나가는 데 있어서는.

삶은 결정과 판단, 추측의 연속이다. 때로는 그런 것에 너무 익숙해져서 굳이 필요하지 않은 상황에서조차 계속 그렇게 하게 되는 지경에 이른다. '만약에'라는 생각에 빠져서 어떤 문제가 남의 일이 아니라 자신의 문제라면 어떻게 할 것인지에 대해 상상하기 시작한다. 그리고 그게 습관이 된다. 잭 리처에게는 그것이 아주 오래된 습관이다. 그래서 그는 식당 테이블에 혼자 앉아 스무 걸음쯤 떨어진 두 녀석의 뒷모습을 바라보며 그냥 경고로만 끝낼지, 아니면 더 나아가 팔을 부러뜨려야 할지 고민하는 중이었다.

그것은 역학의 문제였다. 애초부터 도시의 역학관계 때문에 리처가 앉아 있는 트라이베카*의 새로 생긴 이태리 식당은 한동안 텅텅 비어 있을 수밖에 없었다. 『뉴욕 타임스』의 음식 담당 기자가 식당 소개 기사를 쓰거나 『옵저버』의 음식 칼럼니스트가 이곳에 이틀 연속 셀럽이 왔다 갔다고 띄워주기 전까지는. 하지만 그런 일은 아직 일어나지 않았기 때문에 식당은 붐비지 않았고, 여자친구가 야근하는 동안 여친의 아파트 근처에서 혼자 저녁을 해결하려는 남자에게는 완벽한 선택지였다. 도시의 역학. 그것이 리처가 그곳에 있을 수밖에 없도록 만들었다. 그리고 리처가 지켜보던 두 녀석이 거기 있는 것도 마찬가지다. 왜냐하면 뉴욕이라는 도시의 역학상, 될 만한 장사를 새로 시작하면 무조건 누군가가 찾아오게 되어 있다. 야구 방망이와 손도끼를 든 부하들을 보내 가게를 박살내는 대신, 주당 300달러씩 꼬박꼬박 내라는 통보를 하러 말이다. *뉴욕 맨해튼 남부에 위치한 지역.

리처가 지켜보고 있던 두 녀석은 바 안쪽에 바짝 붙어 식당 주인과 낮은 목소리로 이야기를 나누고 있었다. 바는 홀의 한 귀퉁이를 가로질러 지어진 삼각형 모양의 구조물이었다. 각 변의 길이는 2미터 정도로, 깔끔한 각을 이룬 형태였다. 술을 마시기 위한 공간이라기보다는 그저 시선을 집중시키는 포인트로 만든 것 같았다. 실제로는 거기에다 술병을 보관하고

있었다. 술병은 샌드블라스트 처리된 벽거울 앞 3단 유리 선반에 빼곡히
차 있었다. 금전등록기와 신용카드 단말기는 맨 아래 선반에 있었다. 식당
주인은 작은 체구에 신경질적인 인상의 남자였는데, 삼각형 바의 꼭짓점
뒤로 물러나 금전등록기에 등을 대고 서 있었다. 팔짱을 껴서 가슴을 꽉
누르고 있는 방어적 자세였다. 리처는 그의 눈을 볼 수 있었다. 식당 주인
은 불신과 공포가 교차하는 표정을 지은 채 가게 안 여기저기로 시선을 돌
리고 있었다.

　가로세로가 각각 20미터쯤 되는 정사각형의 넓은 공간이었다. 층고는
7미터 정도로 높았다. 표면을 샌드블라스트 처리한 압착 주석으로 만들어
진 천장은 은은한 광택을 띠고 있었다. 건물 자체는 지은 지 100년도 훨씬
넘은 듯했다. 그 긴 세월 동안 가게는 아마도 별별 용도로 다 쓰였을 것이
다. 처음에는 공장으로 시작했을지도 모른다. 창문이 크고 많아서, 도시 건
물들의 높이가 5층에 불과했던 시절에는 공장의 생산작업에 충분할 만큼
빛이 들어왔을 것이다. 그러다가 점포로 바뀌었을 것이다. 어쩌면 자동차
전시장까지 거쳤을 수도 있다. 공간의 넓이는 충분하니까. 어쨌거나 지금
은 이태리 식당이다. 붉은 체크무늬 식탁보를 깔고 엄마표 소스를 뿌려주
는 그런 이태리 식당이 아니라, 오픈에만 30만 달러를 투자해 화이트 톤
으로 아방가르드하게 인테리어를 꾸며 놓은 곳이다. 커다란 접시에 수제
라비올리 일고여덟 조각을 올려주고서 그걸 식사라고 부르는 그런 곳. 리
처는 이곳이 오픈한 뒤 한 달 동안 열 번이나 와서 식사를 했지만 매번 다
먹고 나서 허기를 느꼈다. 하지만 워낙 맛이 좋아서 사람들에게 이 식당
을 추천하기도 했다. 리처가 미식가와는 거리가 먼 사람이라는 점을 감안
하면 그건 꽤 의미 있는 일이었다. 식당 이름은 모스트로스였는데, 리처가

아는 바에 의하면 이탈리아어로 '괴물의Mostro's'라는 뜻이다. 그 이름이 무엇을 의미하는지는 확실치 않았다. 적어도 양이 많다는 뜻은 아닐 것이다. 하지만 왠지 모를 여운이 있었고, 옅은 색의 메이플 목재와 흰색 벽, 무광 알루미늄으로 포인트를 준 공간 자체가 매력적인 곳이었다. 일하는 사람들도 모두 친절하고 자신감이 넘쳤다. 벽 높은 곳에 설치된 훌륭한 스피커를 통해 오페라 전곡이 처음부터 끝까지 흘러나왔다. 리처의 비전문가적인 관점으로 볼 때, 이곳은 곧 크게 명성을 떨치게 될 것처럼 보였다.

하지만 그 명성이 퍼지는 속도가 느린 것이 분명했다. 아방가르드한 장식 덕분에 드넓은 공간에 테이블이 스무 개만 있는 것은 어색해 보이지 않았지만, 리처는 한 달 동안 단 한 번도 테이블이 세 개 이상 차 있는 것을 본 적이 없었다. 어떤 날은 90분 내내 리처가 유일한 손님이기도 했다. 오늘 밤에는 다섯 테이블 떨어진 곳에 오직 한 커플이 식사를 하고 있었다. 그들은 서로 마주 보고 앉아 있었다. 남자는 보통 체격이었고, 전반적으로 모래색 톤이었다. 짧은 연갈색 머리에 연갈색 콧수염, 밝은 갈색 정장에 갈색 구두. 여자는 마른 체형으로 스커트에 재킷을 입었고 인상이 어두운 편이었다. 여자의 오른발 쪽 테이블 다리 옆에는 인조가죽 서류가방이 놓여 있었다. 두 사람 다 서른다섯 살쯤 돼 보였고, 피곤하고 지친 인상이었으며 그다지 세련된 느낌은 들지 않았다. 둘은 충분히 편안한 사이로 보였지만 대화는 거의 나누지 않았다.

바에서는 두 녀석이 식당 주인에게 뭐라고 말을 하고 있었다. 둘 다 주인 쪽으로 몸을 숙이고 허리를 앞으로 굽힌 채 빠른 말투로 강하게 상대를 압박하는 중이었다. 주인은 금전등록기를 등지고 두 녀석이 자기 쪽으로 몸을 숙인 만큼 몸을 뒤로 뺀 상태였다. 마치 세 사람이 방을 휩쓸고 있는 강력한 돌풍에 휘말린 것처럼 보였다. 놈들은 보통 사람보다 체격이 훨씬 컸다. 둘 다 짙은 색 울 코트를 입고 있었는데 그 코트가 덩치와 위압감을 더하고 있었다. 리처는 술병이 놓인 선반 뒤편의 무광 거울에 비친 놈들의 얼굴을 볼 수 있었다. 올리브색 피부, 검은 눈동자. 이탈리아계는 아니었다. 시리아나 레바논계인 것 같은데 미국에서 한 세대를 살면서 아랍계의 특성은 사라진 듯한 얼굴이었다. 둘은 하나하나를 열심히 강조하고 있는 듯했다. 오른쪽 녀석이 손으로 쓸어버리는 제스처를 취했다. 술병 선반을 야구 방망이로 쓸어버리는 동작을 표현한 것이었다. 그런 다음 손날을 위에서 아래로 내려쳤다. 선반을 어떻게 부술 것인지 시연하는 것이었다. 한 방이면 위에서부터 아래까지 전부 박살나는 거야. 선반을 곁눈질로 힐끔거리며 쳐다보는 주인의 얼굴이 점점 창백해지고 있었다.

그러다 왼쪽에 있던 녀석이 손목을 약간 들어서 소매 끝을 내밀고 손목시계를 톡톡 친 후 자리를 뜨려고 몸을 돌렸다. 녀석의 동료도 곧바로 몸을 일으켜 따라갔다. 놈은 지나가며 가장 가까운 테이블 위를 손으로 스윽 문질렀고, 그 손에 밀린 접시 하나가 바닥으로 떨어졌다. 접시가 바닥 타일에 부딪혀 깨지면서 실내에 흐르는 오페라보다 더 큰 소리로 불협화음을 냈다. 모래색 남자와 어두운 인상의 여자는 꼼짝 않고 앉아서 시선을 딴 데로 돌렸다. 두 녀석은 고개를 들고 당당한 표정으로 천천히 문 쪽으로 걸어갔다. 리처는 그들이 인도로 걸어 나갈 때까지 지켜보았다. 그제야 주인이 바 뒤에서 나와 무릎을 꿇고 깨진 접시 조각을 손끝으로 긁어 모았다.

"괜찮소?" 리처가 큰 소리로 물었다.

그 말을 뱉자마자 리처는 자신이 바보 같은 말을 했다는 사실을 깨달았다. 주인은 어깨를 으쓱하며 여러 가지 의미가 담긴 비참한 표정을 지었다. 그는 왼손을 컵처럼 오므리고 그 위에 깨진 조각을 쌓기 시작했다. 리처는 의자에서 일어났다. 테이블에서 한 발짝 물러나 옆 타일 위에 냅킨을 깔고 그 위에 조각을 모으기 시작했다. 다섯 테이블 떨어진 자리의 커플이 리처를 지켜보고 있었다.

"언제 다시 온다고 했소?" 리처가 물었다.

"한 시간 뒤에요." 주인이 말했다.

"얼마를 요구했소?"

주인이 다시 어깨를 으쓱하며 쓴웃음을 지으며 말했다. "신규 개업이라고 깎아준답니다. 일주일에 200달러로 시작해서 가게가 좀 돌아가면 400달러로 올리겠다는군요."

"달라는 대로 줄 거요?"

주인이 또다시 슬픈 표정을 지었다.

"계속 장사하고 싶지만, 일주일에 두 장씩 내면서는 버틸 수 없을 것 같군요."

모래색 남자와 어두운 인상의 여자는 반대편 벽을 바라보고 있었지만 귀는 쫑긋 세운 상태였다. 그들은 리처와 주인의 대화에 귀를 기울이고 있었다. 오페라는 단조의 아리아로 바뀌었고 디바가 낮고 애절한 음으로 노래를 시작했다.

"어떤 자들이오?" 리처가 조용히 물었다.

"이탈리아계는 아닙니다." 주인이 말했다. "그냥 동네 양아치들이에요."

"전화 좀 써도 되겠소?"

주인이 고개를 끄덕였다.

"근처에 늦게까지 영업하는 사무용품점이 있소?" 리처가 물었다.

"브로드웨이 쪽으로 두 블록 가면 있어요. 왜요? 뭐 필요한 게 있나요?"

리처가 고개를 끄덕였다.

"필요한 게 하나 있소."

리처는 자리에서 일어나 바 뒤로 돌아 들어갔다. 새 예약 장부 옆에 새 전화기가 놓여 있었다. 예약 장부는 한 번도 펼쳐진 적이 없는 것처럼 보였다. 리처는 전화기를 들고 번호를 누른 뒤 1킬로미터 떨어진 건물의 40층에서 응답이 올 때까지 잠깐 기다렸다.

"여보세요?" 그녀가 받았다.

"나야, 조디."

"리처, 무슨 일 있어요?"

"곧 끝나?"

한숨 소리가 들려왔다.

"아뇨. 밤샘 작업을 해야 할 것 같아요." 조디가 말했다. "복잡한 사안인데, 마치 어제 결론이 나왔어야 했던 것처럼 신속한 의견 정리가 필요해요. 늦어서 미안해요."

"신경 쓰지 마. 나도 할 일이 생겼거든. 끝나면 개리슨으로 올라갈게."

"그래요. 운전 조심해요. 사랑해요."

법률 서류가 부스럭거리는 소리가 들렸고 전화가 끊어졌다. 리처는 수화기를 내려놓고 바 뒤에서 나와 테이블로 걸음을 돌렸다. 그러고는 에스프레소 잔 받침 밑에 40달러를 밀어 넣고 문으로 향했다.

"행운을 빌겠소." 리처가 주인에게 인사했다.

바닥에 쪼그리고 앉아 있던 주인은 고개만 살짝 끄덕였고 멀리 떨어진 테이블에 앉은 커플이 그 모습을 지켜보았다. 리처는 옷깃을 세우고 코트를 여미며 오페라를 뒤로하고 인도로 나섰다. 밖은 어두웠고 공기는 가을 저녁답게 쌀쌀했다. 가로등 주위로는 안개로 인해 조그만 후광이 생겨나고 있었다. 동쪽으로 브로드웨이를 향해 걸어가 네온사인 사이에서 사무용품 매장을 찾았다. 상품들로 가득 찬 좁은 가게였는데 별 모양으로 오려낸 형광색 카드에 큼지막하게 가격이 표시되어 있었다. 전부 세일 가격이어서 리처에게는 안성맞춤인 곳이었다. 리처는 작은 라벨 프린터와 순간접착제 한 개를 샀다. 그러고는 코트에 몸을 웅크려 묻고 북쪽 조디의 아파트로 향했다.

리처의 사륜구동 차량이 조디의 아파트 지하에 주차되어 있었다. 그는 차를 몰고 브로드웨이 남쪽으로 방향을 틀어 다시 이태리 식당으로 향했다. 식당 근처에서 속도를 늦추고 큰 창문을 통해 식당 안을 들여다보았다. 식당에는 할로겐 조명이 흰 벽과 옅은 색 우드 인테리어에 반사되어 반짝이고 있었다. 손님은 없었다. 모든 테이블이 비어 있었고 주인만 바 뒤에 있는 스툴에 앉아 있었다. 리처는 시선을 거두고 한 블록을 돌아 주방문 쪽으로 내려가는 골목 입구에 불법 주차를 했다. 그런 다음 엔진과 라이트를 끄고 자리를 잡고 기다렸다.

도시의 역학관계. 강한 자는 약한 자를 괴롭힌다. 그자들은 언제나 그래왔듯, 딱히 논리적인 건 아니지만 그냥 인간적으로 그건 아니라고 생각하는 더 강한 누군가가 나타나 그들을 막을 때까지 그 짓을 계속한다. 리처 같은 누군가가 막을 때까지. 리처가 잘 알지도 못하는 사람을 도와야 할 이유는 딱히 없었다. 논리도 없고 목적도 없었다. 바로 그 순간에도 700만 명의 영혼이 사는 이 도시에서는 수백 명 혹은 수천 명의 강자가 약한 사람을 괴롭히고 있을 것이었다. 바로 그때, 바로 그 순간에도. 리처가 그들을 모두 찾아내려는 것은 아니었다. 거창하게 정의를 실현하려는 것도 아니었다. 하지만 바로 코앞에서 벌어진 일을 그냥 보고만 있을 수는 없었다. 리처는 그런 걸 그냥 지나칠 수 없는 사람이다.

주머니를 더듬어 라벨 프린터를 꺼냈다. 두 녀석을 겁줘서 쫓아내는 것은 그가 하려는 일의 절반에 불과했다. 놈들에게 '누가' 겁을 주는 건지 생각하게 만드는 것이 더 중요했다. 의식 있는 시민이 식당 주인의 권리를 위해 홀로 나선다면, 그 시민의 행동이 처음에 얼마나 효과가 있었는지에 상관없이 상황은 전혀 개선되지 않는다. 혼자인 개인은 아무도 두려워하지 않는다. 혼자인 개인은 숫자로 밀어붙이면 제압할 수 있고, 어차피 언젠가는 죽거나 떠나거나 관심을 잃기 마련이니까. 진짜 강한 인상을 주는 건 '조직'이다. 리처는 미소를 머금은 채 라벨 프린터를 내려다보며 작동법을 살펴보았다. 그는 테스트 삼아 자신의 이름을 인쇄하고 라벨을 떼어내 확인했다. **Reacher.** 파란색 플라스틱 띠에 흰색으로 일곱 개의 글자가 2센티미터 조금 넘는 길이로 새겨져 있었다. 첫 번째 놈의 라벨은 12센티미터 정도 될 것 같았다. 그리고 두 번째 놈은 10센티미터 정도일 것이다. 딱 적당했다. 리처는 다시 미소를 머금으며 방금 프린터해서 완성한 띠를 옆 좌석에 놔두었다. 띠 뒷면에 접착용 양면 테이프가 붙어 있었지만, 그걸로는 부족했기에 초강력 접착제를 따로 산 거였다. 리처는 작은 튜브의 마개를 돌려 열고 플라스틱 뾰쪽이로 금속 호일을 뚫은 뒤 노즐에 접착제를 채워 준비를 마쳤다. 다시 마개를 닫고 튜브와 라벨을 주머니에 넣었다. 그러고는 차에서 내려 차가운 공기 속으로 나와 그림자 안에 서서 기다렸다.

도시의 역학관계. 리처의 어머니는 도시를 두려워했다. 그것은 그에게 교육의 일부가 되었다. 그녀는 리처에게 이렇게 말했다. "도시는 위험한 곳이야. 거칠고 무서운 사람들이 득실거리지." 리처는 자신도 거친 청소년이었지만 어머니의 말을 순순히 믿었다. 그리고 그는 어머니의 말이 맞다는 것을 알게 되었다. 도시 사람들은 두려움에 차 있고, 나서지 않았고, 방어적이었다. 그들은 리처와 거리를 유지하기 위해 반대편 보도로 건너가 그에게 가까이 다가오지 않았다. 너무 노골적이었다. 그래서 리처는 늘 무서운 사람이 항상 자기 뒤에 바짝 붙어서 따라오고 있다고 확신했다. 자기 어깨 바로 뒤에. 그러다 문득 깨달았다. **무서운 사람은 나였군. 사람들이 나를 무서워하는 거였어.** 그는 상점 유리창에 비친 자신의 모습을 보고는 사람들이 왜 자신을 무서워하는지 이해가 되었다. 리처는 열다섯 살에 성장이 멈췄지만 이미 키가 195센티미터에 몸무게는 100킬로그램이 넘었다. 한마디로 거인이었다. 그런 데다가 당시 대부분의 10대들처럼 부랑자 같은 옷을 입고 있었다. 어머니가 주입한 경고 탓에 그의 얼굴은 무표정하고 눈빛은 냉담했다. **사람들이 나를 무서워하는 거였어.** 리처는 그 모습이 재미있어서 미소를 지었고 그러면 사람들은 더 멀리 피했다. 그 순간부터 리처는 도시도 다른 모든 곳과 똑같다는 것을 알았다. 도시에서 그가 조심해야 할 사람이 한 명 있다면, 그보다 자신을 더 무서워하는 999명의 다른 사람이 있다는 사실도. 리처는 그 깨달음을 전술처럼 활용했고, 그로 인해 생긴 침착하고 자신감 있는 걸음걸이와 시선은 사람들에게 주는 자신의 인상에 더 큰 영향을 주었다. 도시의 역학관계.

55분쯤 지났을 때 리처는 그림자 속에서 나와 구석에 서서 레스토랑 건물의 벽돌 벽에 등을 기대고 계속 기다렸다. 옆 유리를 통해 희미하게 오페라 소리가 들려왔다. 도로의 움푹 패인 곳에 차량 바닥이 닿아 쿵쿵거리는 소리가 울렸다. 반대편 모퉁이에서는 술집의 환풍기가 굉음을 내며 네온 불빛 사이로 수증기를 뿜어내고 있었다. 날은 추웠고 인도에 있던 사람들은 얼굴을 머플러 깊숙이 파묻은 채 서둘러 지나가고 있었다. 그는 주머니에 손을 넣고 한쪽 어깨로 기대어 자신을 향해 다가오는 교통 흐름을 지켜보았다.

놈들은 검은색 메르세데스 세단을 타고 제시간에 맞춰 돌아왔다. 놈들은 한 블록 떨어진 곳에 한쪽 타이어를 연석에 세게 박으며 주차했다. 라이트가 꺼지면서 앞문 두 개가 동시에 열렸다. 놈들은 긴 코트를 휘날리며 차에서 내려 뒷문을 열더니 뒷좌석에서 야구 방망이를 꺼냈다. 배트를 코트 안에 집어넣고 문을 쾅 닫은 뒤 주위를 한 번 둘러보고는 움직이기 시작했다. 인도를 10미터 걸어와 횡단보도를 건넜고 다시 10미터 더 이동했다. 가벼운 움직임이었다. 덩치가 크고 자신감 넘치는 놈들이 가볍게 움직이며 성큼성큼 보폭을 넓혔다. 리처는 벽을 팅기고 연석으로 나아가 다가오는 놈들과 마주 섰다.

"거기 두 분, 골목으로 좀 가실까요?"

가까이에서 보니 꽤나 강해 보였다. 짝을 이룬, 역할에 어울리는 모습이었다. 서른이 채 안 된 어린 놈들이었다. 육중한 체격은 순수한 근육은 아니지만 거의 근육에 가까운 치밀한 지방으로 채워져 있었다. 굵은 목에는 실크 넥타이를 맸고 카탈로그에서는 볼 수 없는 셔츠와 정장 차림이었다. 왼쪽 코트 안쪽에 감춰둔 야구 방망이는 주머니에 넣은 왼손으로 안감과 함께 움켜쥐고 있었다.

"당신 뭐야?" 오른쪽 놈이 물었다.

리처는 놈을 힐끗 쳐다보았다. 어떤 파트너십이든 먼저 말을 꺼내는 놈이 그 무리에서 주도하는 쪽이다. 2대 1 상황에서는 주도하는 놈을 먼저 자빠뜨려야 한다.

"당신 뭐냐고?" 놈이 다시 물었다.

리처는 왼쪽으로 한 발 물러나 보도를 막고 골목 쪽으로 방향을 틀었다.

"이 식당의 비즈니스 매니저입니다." 리처가 말했다. "원하시는 돈은 제가 해드릴 수 있습니다."

놈이 잠시 멈칫했다. 그러고는 고개를 끄덕였다. "알았어. 골목은 됐고, 안에 들어가서 얘기해."

리처는 고개를 저었다. "선생님, 그건 이치에 맞지 않습니다. 앞으로 이 식당에 들어오지 마시라고 돈을 드리는 건데. 안 그런가요?"

"돈 가져왔어?"

"물론입니다. 200달러 준비해놨습니다."

리처는 놈들보다 앞서서 골목으로 걸어 들어갔다. 주방 환기구에서 김이 올라오고 있었다. 이태리 음식 냄새가 났다. 발밑에는 쓰레기와 모래가 있었고 발걸음 소리가 오래된 벽돌 벽에 울려 퍼졌다. 리처는 걸음을 멈추고 놈들이 자신을 따라오지 않는 것에 당황한 듯 몸을 돌려 섰다. 뒤에서 신호 대기 중인 차량의 붉은 불빛 속에 놈들의 실루엣이 드러났다. 놈들은 그를 보고는 서로 눈을 마주치고 나서 어깨를 맞대고 골목으로 걸어 들어갔다. 아무 문제가 없었다. 그들은 덩치가 크고 자신감이 넘쳤으며 코트 안에 야구 방망이가 있는 데다가 2대 1이었다. 리처는 잠시 기다렸다가 빛과 그림자 사이의 날카로운 대각선 경계를 넘어갔다. 그러고는 다시 멈춰 서서 놈들이 앞서 가기를 바라는 듯 뒤로 물러섰다. 마치 예의를 갖추는 것처럼. 놈들이 다가왔다. 리처 가까이.

그는 바로 오른쪽 놈의 옆머리를 팔꿈치로 쳤다. 그렇게 하는 데에는 많은 생물학적 이유가 있다. 일반적으로 사람의 두개골은 사람의 손보다 단단하다. 손과 두개골이 충돌하면 손이 먼저 손상된다. 팔꿈치가 훨씬 더 튼튼하다. 그리고 머리의 측면을 노리는 게 앞이나 뒤보다 더 좋다. 인간의 뇌는 측면 충격보다 앞뒤 충격을 열 배 정도 더 잘 견딜 수 있다. 일종의 복잡한 진화적 이유 때문에 그렇다. 그래서 리처는 팔꿈치와 머리 측면을 택했다. 짧고 강력한 타격이었고 잘 전달되었지만 놈은 무릎이 풀렸음에도 불구하고 꽤 오랫동안 똑바로 서 있었다. 그러다가 야구 방망이를 손에서 놓았다. 배트는 그의 코트 안쪽에서 미끄러져 내려와 소리를 크게 내며 바닥에 부딪혔다. 리처는 다시 놈을 가격했다. 똑같은 팔꿈치, 똑같은 머리 측면, 똑같은 타격. 놈은 발밑이 꺼진 것처럼 쓰러졌다.

두 번째 놈은 거의 성공할 뻔했다. 놈은 양손으로 배트 손잡이를 잡고 준비된 상태로 배트를 휘둘렀지만 대부분의 사람들이 저지르는 실수를 했다. 배트를 너무 뒤로 젖혔고 너무 낮게 휘둘렀다. 놈은 리처의 몸 중심부를 겨냥해 큰 타격을 가하려 했다. 거기에는 두 가지 잘못된 점이 있다. 동작이 큰 백스윙은 준비에 시간이 걸린다. 그리고 몸의 중앙을 겨냥한 타격은 방어하기 너무 쉽다. 상대의 머리 쪽으로 높이 겨냥하거나 무릎 아래를 조준하는 것이 더 좋다.

배트로부터의 타격을 받아내는 방법은 상대에게 더 빨리 가까이 다가가는 것이다. 타격의 힘은 배트의 무게에 스윙의 속도를 곱한 값에서 나온다. 수학이다. **질량 곱하기 속도는 운동량.** 방망이의 질량에 대해서는 할 수 있는 일이 없다. 방망이는 어디에 있든 똑같은 무게일 것이다. 그러니 속도를 줄여야 한다. 상대가 방망이를 뒤로 젖히는 순간 가까이 다가가서 가속이 막 시작되는 순간, 아직 배트가 느리게 움직일 때 받아내야 한다. 그렇기 때문에 백스윙을 크게 하는 건 잘못된 생각이다. 뒤로 더 멀리 뺄수록 다시 앞으로 나오기까지 더 늦어진다. 더 많은 시간을 낭비하게 된다.

리처는 스윙이 들어오기 전 이미 배트에 30센티미터 정도까지 다가가 있었다. 그는 배트의 움직임을 주시하다가 자신의 배 앞에서 배트를 양손으로 붙잡았다. 그 정도 거리에서의 스윙은 아무런 충격이 없다. 그저 손바닥을 가볍게 때리는 것에 불과하다. 그러면 놈이 공격에 쏟아부은 모든 운동량이 놈을 공격할 수 있는 무기가 된다. 리처는 붙잡은 배트를 위로 쳐들어서 놈의 균형을 무너뜨렸다. 그런 다음 놈의 발목을 걸어차고 배트를 빼앗아 그걸로 놈의 몸을 찔렀다. 이럴 때는 찌르기가 최선이다. 놈은 무릎을 꿇다가 머리를 식당 벽에 부딪혔다. 리처는 놈을 뒤로 넘어뜨린 뒤 쪼그려 앉아 놈의 목에 배트를 가로질러 눌렀다. 배트 손잡이는 자기 발밑에 끼우고 오른손으로 배트 헤드 부분을 세게 눌러 놈의 목을 누른 상태로 왼손으로는 놈의 주머니를 차례로 뒤졌다. 자동 권총과 두툼한 지갑, 휴대폰이 나왔다.

"누가 보냈지?" 리처가 물었다.

"페트로시안, 씨요." 놈이 숨을 헐떡였다.

리처에게 그 이름은 아무 의미도 없었다. 페트로시안이라는 소련의 체스 세계챔피언에 대해서는 들어본 적이 있었다. 그리고 같은 이름의 나치 전차부대 장군도. 하지만 둘 다 뉴욕에서 보호비를 갈취하는 조직을 돌리고 있지는 않았다. 리처는 어이없다는 듯 웃었다.

"페트로시안? 지금 장난해?"

리처는 윗선에서 염려할 만한 모든 라이벌 중에서 페트로시안은 너무 하찮아서 리스트에도 못 올라갈 수준이라는 듯 조롱을 담아 말했다.

"장난하냐고!" 그가 다시 말했다. "페트로시안? 그놈, 단단히 미쳤군."

첫 번째 놈이 움직이고 있었다. 팔과 다리가 천천히 움직이더니 배트 손잡이를 잡으려고 버둥거렸다. 리처는 잠깐 배트를 꽉 쥐었다가 두 번째 놈의 목에서 떼어내 첫 번째 놈의 정수리를 세게 내리쳤다. 그러고는 다시 배트를 원래 자리에 돌려놓았다. 1초도 채 안 걸렸다. 배트가 다시 목을 압박하자 두 번째 놈이 컥컥거리기 시작했다. 첫 번째 놈은 바닥에 퍼져 있었다. 영화와는 다르게 머리를 세 대 맞으면 누구라도 더 이상 싸울 수 없다. 뿐만 아니라 일주일 동안은 아프고 어지럽고 메스꺼워서 제대로 서 있지도 못하게 된다.

"페트로시안에게 전할 메시지가 있다." 리처가 부드럽게 말했다.

"무슨, 메시지, 요?" 두 번째 놈이 숨을 헐떡거리며 물었다.

리처가 다시 미소를 지었다.

"네놈들."

리처가 주머니에서 라벨과 접착제를 꺼냈다.

"꼼짝 말고 가만히 누워 있어."

놈은 정말 가만히 누워 있었다. 목을 만져보려고 손을 움직인 것이 전부였다. 리처는 라벨의 뒷면 테이프를 뜯어내고 접착제를 듬뿍 묻힌 다음 놈의 이마에 라벨을 올리고 세게 눌렀다. 그리고 손가락으로 라벨을 좌우로 두 번 문질렀다. 라벨에는 '모스트로스는 이미 보호받고 있다'라고 찍혀 있었다.

"가만히 있어." 리처가 다시 말했다.

리처는 야구 방망이를 챙겨 들고, 첫 번째 놈의 머리채를 움켜쥐어 얼굴이 위로 향하게 뒤집었다. 다른 라벨에 접착제를 듬뿍 바른 뒤 놈의 이마에 꼼꼼하게 눌러 붙였다. 그 라벨에는 '우리와 영역 다툼 할 생각하지 마'라고 찍혀 있었다. 놈의 주머니를 뒤져서 소지품을 꺼냈다. 자동 권총, 지갑, 휴대폰. 그리고 차키도 있었다. 리처는 놈이 다시 움직이기 시작할 때까지 기다렸다. 그러고는 두 번째 놈을 다시 쳐다보았다. 놈은 손과 무릎을 버둥대며 머리에 붙은 라벨을 뜯어내려 하고 있었다.

"안 떨어져." 리처가 말했다. "피부를 한 무더기 뜯어내야 될 거야. 가서 네놈들의 그 페트로시안 씨에게 안부나 전해. 병원에도 들르고."

리처가 돌아섰다. 첫 번째 놈의 손바닥 위에 남은 접착제를 다 짜내고 두 손바닥을 붙여 놓은 상태로 10까지 세었다. 화학적 수갑. 놈의 옷깃을 잡고 똑바로 세워서 놈이 일어서는 법을 다시 배우는 동안 붙잡아 주었다. 그런 다음 두 번째 놈에게 차키를 던졌다.

"운전은 네 몫이군." 리처가 말했다. "이제 그만 꺼져."

놈은 눈알을 좌우로 굴리며 그냥 거기에 서 있었다. 리처는 고개를 저었다.

"꿈도 꾸지 마." 리처가 말했다. "아니면 네놈 귀를 뜯어서 네 주둥이에 처넣을 거야. 앞으로 다시는 여기에 얼씬거리지 마. 절대. 아니면 나보다 훨씬 더 악랄한 놈을 보낼 테니까. 지금의 내가 네놈들에겐 최고의 친구야. 알아들었나?"

놈이 쳐다보았다. 그러고는 조심스럽게 고개를 끄덕였다.

"썩 꺼져." 리처가 말했다.

손이 붙은 놈은 움직이는 데 문제가 있었다. 완전히 정신이 나간 상태였다. 다른 놈은 그놈을 돕는 데 문제가 있었다. 붙잡을 수 있는 팔이 없었다. 놈은 잠시 고민한 뒤 동료의 앞에 쪼그려 앉았다가 붙은 손 사이로 자신의 몸을 끼워 들어가 그를 업었다. 놈이 비틀거리며 걸어가다가 골목 어귀에서 잠깐 멈춰 선 모습이 거리의 불빛에 실루엣으로 비쳤다. 놈은 몸을 앞으로 숙여 어깨 힘으로 동료를 지탱하며 시야에서 사라졌다.

놈들의 권총은 군용 9밀리 M9 베레타였다. 리처는 13년이라는 긴 세월 동안 똑같은 총을 가지고 다녔다. M9의 일련번호는 'Pietro Beretta'라는 각인이 있는 슬라이드 바로 밑 알루미늄 프레임에 새겨져 있다. 두 총의 일련번호는 모두 지워져 있었다. 누군가 둥근 줄칼로 총구에서 방아쇠울 쪽으로 문질러서 지운 것 같았다. 세련된 작업은 전혀 아니었다. 두 탄창 모두 반짝이는 구리 파라벨룸 실탄이 꽉 차 있었다. 리처는 어둠 속에서 총을 분해해서 총열과 슬라이드, 총알을 식당 주방문 밖에 있는 쓰레기통에 버렸다. 그런 다음 약실에 모래를 집어넣고 방아쇠가 모래에 막혀 작동불능이 될 때까지 방아쇠를 당겼다 놓았다. 그러고는 총도 쓰레기통에 던져 넣고 배트로 휴대폰을 부순 뒤 파편은 그대로 남겨두었다.

지갑에는 카드와 면허증, 현금이 들어 있었다. 300달러쯤 돼 보였다. 리처는 현금을 돌돌 말아 자기 주머니에 넣고 지갑은 구석으로 걷어찼다. 그런 다음 허리를 곧게 펴고 돌아서서 미소를 지으며 인도로 걸어갔다. 잠깐 서서 놈들이 사라진 거리 쪽을 바라보았다. 검은색 메르세데스의 흔적은 보이지 않았다. 그는 다시 적막한 이태리 식당으로 걸어 들어갔다. 오케스트라 연주가 열정적이었고 테너가 절정에 치달은 듯 고음으로 노래를 부르고 있었다. 식당 주인은 바 뒤에서 생각에 잠겨 있었다. 그가 고개를 들자 테너가 고음을 내질렀고 바이올린과 첼로와 베이스가 그 뒤로 몰려들었다. 리처는 빼앗은 돈 뭉치에서 10달러를 꺼내 바 위에 놓았다.

"깨뜨린 접시 값이랍니다. 마음이 바뀌었다는군요."

식당 주인은 아무 말 없이 돈만 쳐다보았다. 리처는 다시 돌아서서 인도로 걸어 나갔다. 길 건너편에 식당 손님이었던 커플이 보였다. 그들은 반대편 인도에 서서 리처를 지켜보고 있었다. 콧수염을 기른 모래색 남자와 서류가방을 든 짙은 피부색의 여자. 그들은 코트에 몸을 깊숙이 집어넣은 채 서서 리처를 지켜보고 있었다. 리처는 사륜구동 차량으로 걸어가 문을 열었다. 그러고는 차에 올라 시동을 걸었다. 어깨 너머로 교통 흐름을 흘끗 쳐다보았다. 그들은 여전히 그를 지켜보고 있었다. 차량 흐름 속으로 들어가 엔진을 가속시켰다. 서류가방을 든 여자가 연석으로 나와 고개를 빼고 그가 가는 모습을 지켜보고 있는 것이 한 블록 멀어진 곳에서 백미러를 통해 보였다. 그러고는 네온 불빛이 그녀를 덮었고 시야에서 사라졌다.

2

개리슨은 허드슨 강 동쪽 강둑 지역으로, 트라이베카에서 북쪽으로 93 킬로미터쯤 떨어진 퍼트넘 카운티에 소재한다. 가을의 늦은 저녁 시간에는 교통 체증이 전혀 없는 곳이다. 톨게이트 하나, 텅 빈 공원도로, 마음만 먹으면 평균 속도는 얼마든지 높일 수 있다. 하지만 리처는 조심스럽게 운전했다. 그에게는 A 지점에서 B 지점까지 구간을 정해놓고 운전하는 것이 생소한 일이었고, A나 B라는 목적지가 있다는 것 자체가 익숙하지 않았다. 그는 정착된 풍경 속 이방인이 된 기분이었다. 그래서 모든 이방인이 그러하듯이 문제에 휘말리지 않기를 간절히 바랐다. 그는 남들 눈에 띄지 않도록 천천히 운전했고, 바삐 달리는 늦은 통근자들이 좌우에서 그를 추월하도록 내버려두었다. 93킬로미터를 가는 데 1시간 17분이 걸렸다.

리처가 사는 동네로 가는 길은 매우 어두웠다. 인구가 적은 시골 지역 깊숙이 묻혀 있었기 때문이다. 도시의 화려한 불빛과는 완전히 대조적이었다. 집에 다다라 진입로로 차를 꺾자 전조등 불빛이 아스팔트를 가득 덮은 낙엽들 위로 튀고 흔들리는 모습이 보였다. 낙엽들은 마른 갈색으로 변해가고 있었는데 불빛에 비춰지자 너무 생생해서 비현실적으로 보였다. 마지막 커브길을 돌면서 전조등 불빛이 차고 문 쪽으로 향했을 때 그 앞에서 나란히 서서 대기 중인 차 두 대가 보였다. 리처는 놀라서 급정거를 했고, 그 순간 두 차의 라이트가 켜지며 그의 얼굴을 향해 쏟아져서 눈을 뜰 수 없게 만들었다. 동시에 백미러는 뒤에서 다가오는 밝은 불빛으로 가득 찼다. 그가 눈부심을 피하려고 고개를 홱 돌리자, 어둠 속을 비추는 강한 손전등 불빛이 흔들리며 옆에서 그를 향해 달려오는 것이 보였다. 몸을 틀어 뒤를 보니 두 대의 세단이 급히 멈춰 서는 모습이 보였고 헤드라이트가 흔들리며 번쩍거리고 있었다. 사람들이 차에서 쏟아져 나와 그를 향해 달려들었다. 리처의 차는 사방에서 쏟아지는 밝은 빛줄기 속에서 꼼짝없이 갇힌 상황이었다. 사람들이 빛과 어둠 사이를 가로질러 그에게 다가왔다. 총을 들고 외투 위에 검은 조끼를 걸친 사람들이 그의 차를 둘러쌌다. 어떤 손전등은 샷건의 총열에 묶여 있기도 했다. 뒤에서 비추는 차량의 강한 불빛 덕에 사람들의 윤곽은 또렷이 보였다. 강에서 피어오른 안개가 공중에 떠다니고 있었다. 빛줄기들이 안개를 뚫고 지나갔고 미친 듯이 흔들리며 수평으로 교차하고 있었다.

한 사람이 그의 차에 바짝 다가섰다. 한 손이 올라와 그의 머리 옆쪽 창문을 툭툭 두드렸다. 그 손이 펴졌다. 핏기 없고 가느다란 작은 손이었다. 여자의 손. 손전등 불빛이 그 손 위를 비추자 손 안에 쥐고 있던 배지가 보였다. 방패 모양의 밝은 금색 배지였다. 방패 윗부분에는 왼쪽으로 고개를 돌린 금빛 독수리가 앉아 있었다. 여자가 손전등을 더 가까이 비추자 방패 위에 금색 글자가 돋을새김된 것이 보였다. 거기에는 이렇게 쓰여 있었다. **연방수사국**FBI. **미국 법무부.** 여자가 배지를 창문에 대고 눌렀다. 유리에 닿으면서 차가운 금속성 소리가 났다. 그녀가 리처에게 소리쳤다.

"시동 꺼!"

리처는 자신을 겨냥한 빛줄기 외에는 아무것도 볼 수 없었다. 그가 시동을 끄자 공중에 떠다니는 안개 속에서 진입로를 밟는 어지러운 구둣발 소리만 들려왔다.

"양손을 운전대에 올려!" 여자가 외쳤다.

리처는 양손을 운전대에 올려놓고 가만히 앉아서 고개만 돌려 문을 바라보았다. 차 문이 바깥쪽에서 열리며 불빛이 쏟아져 들어오고 이태리 식당에 있던 짙은 색 피부의 여자가 나타났다. 콧수염을 기른 모래색 남자도 그녀의 어깨 너머로 보였다. 그녀는 한 손에는 FBI 배지를, 다른 한 손에는 총을 들고 있었다. 총구는 리처의 머리를 겨누고 있었다.

"차에서 내려." 그녀가 말했다. "천천히."

리처의 머리 움직임을 따라 총을 움직이며 여자는 뒤로 물러섰다. 리처는 다리를 돌려 발판에 올리고 한 손은 좌석 등받이에, 다른 한 손은 운전대를 잡고 체중을 실어 발을 땅에 내려놓을 준비를 한 채로 있었다. 전조등의 눈부신 불빛 속에 서 있는 대여섯 명의 남자가 보였다. 뒤에는 더 있을 것이다. 집 근처에도, 진입로 입구에도 더 있을 것이다. 여자가 한 걸음 더 뒤로 물러섰다. 리처는 그녀 앞의 땅바닥에 내려섰다.

"뒤돌아." 여자가 말했다. "양손은 차에 올리고."

리처는 시키는 대로 했다. 차체의 금속판은 차갑고 밤이슬이 내려 미끈거렸다. 몸 구석구석에 손이 닿는 것이 느껴졌다. 그들은 그의 코트에서 지갑을 꺼내고 훔친 현금도 바지 주머니에서 꺼냈다. 누군가 그의 어깨를 밀치고 차 안으로 몸을 숙여 시동 장치에서 차키를 뽑아갔다.

"이제 저 차로 걸어가." 여자가 말했다.

여자가 배지를 들어 차를 가리켰다. 리처는 몸을 반쯤 돌려 안개에 갇힌 헤드라이트 불빛을 보았다. 그의 다리에서 1미터 정도 떨어진 곳을 비추고 있었다. 차고 근처에 있는 세단 중 하나였다. 그는 그 차를 향해 걸어 갔다. 뒤에서 "차를 수색해!"라고 외치는 목소리가 들렸다. 짙은 남색 방탄조끼를 입은 남자 하나가 차고 근처의 차 옆에서 기다리고 있었다. 남자가 뒷문을 열고 뒤로 물러섰다. 뒷좌석에는 여자의 서류가방이 똑바로 세워져 있었다. 표면에 거친 무늬가 투박하게 찍혀 있는 인조가죽이었다. 리처는 몸을 굽혀 그 가방 옆에 앉았다. 방탄조끼를 입은 남자가 문을 쾅 닫자 동시에 반대편 문이 열리며 여자가 옆자리에 미끄러지듯 들어왔다. 그녀의 코트가 벌어져 있어서 안에 입은 블라우스와 정장이 보였다. 치마는 칙칙한 검은색에 길이가 짧았다. 나일론 특유의 바스락거리는 소리가 났고 여자가 다시 리처의 머리에 총을 겨누었다. 앞문이 열렸고 모래색 남자가 좌석에 무릎을 꿇고 뒷좌석의 서류가방을 꺼내려고 허리를 뺐다. 리처는 그의 손목에 난 옅은 색의 털을 보았다. 시계줄도 보았다. 남자는 가방을 열고 서류 뭉치를 꺼냈다. 그는 손전등을 이리저리 기울이며 서류 위에 불빛을 비췄다. 리처의 눈에 첫 페이지 상단에 굵은 글씨로 적힌 자신의 이름이 보였다.

"수색 영장이다." 여자가 리처에게 말했다. "당신 집에 대한."

모래색 남자가 다시 몸을 숙여 나가며 문을 쾅 닫았다. 차 안은 조용해졌다. 안개 사이로 발소리가 들렸다. 발소리는 점점 작아졌다. 잠시 바깥의 강한 불빛 탓에 여자는 역광 속에 있었다. 그녀는 손을 앞으로 뻗어 실내 조명을 켰다. 따뜻한 노란빛이었다. 여자는 몸을 옆으로 틀고 앉아 있었다. 등은 문에 기대고, 무릎은 리처 쪽으로 향해 있었으며, 총을 든 팔은 좌석 등받이에 걸쳐 놓고 있었다. 팔꿈치는 뒷유리 창턱에 얹혀 있어, 총은 자연스럽게 앞으로 기울어진 상태로 리처를 겨누고 있었다. 크고 효율적이며 값비싼 권총, 시그사우어였다.

"발을 바닥에 딱 붙여." 여자가 말했다.

리처는 고개를 끄덕였다. 그녀가 원하는 게 뭔지 알고 있었다. 리처는 자신의 등을 문에 밀착시킨 채 앞좌석 밑으로 발을 밀어 넣었다. 그 자세는 몸이 어색하게 옆으로 비틀어지게 만들어서, 그가 만약 움직이려 한다면 너무 느려서 뭘 해보기도 전에 총에 맞을 것 같았다.

"손을 내가 볼 수 있게 올려놔." 여자가 말했다.

그는 팔을 곧게 펴고 양 손바닥으로 앞좌석의 헤드레스트를 감싸고 턱을 오른쪽 어깨에 얹어 놓았다. 옆으로 향해 있는 그의 눈에 시그사우어의 총구가 보였다. 흔들림이 없었다. 그 너머로 여자의 손가락이 방아쇠 위에 단단히 걸려 있었다. 그리고 그 너머에는 여자의 얼굴이 있었다.

"이제 가만히 있어."

여자는 무표정한 얼굴이었다.

"이게 무슨 일인지 왜 묻지 않지?" 여자가 말했다.

리처는 속으로 생각했다. 1시간 17분 전에 일어난 일로 이러는 건 아니겠지. 이 모든 걸 그 시간 안에 준비했을 리는 없으니까. 그는 입을 다물고 꼼짝도 하지 않았다. 시그사우어의 방아쇠를 감싸고 있는 여자의 손가락 마디가 하얗게 변한 것이 신경 쓰였다. 사고는 언제든지 일어날 수 있으니까.

"이게 다 무슨 일인지 궁금하지 않아?" 여자가 물었다.

리처는 멍하니 여자를 바라보았다. **수갑은 안 채우는군.** 그는 생각했다. **왜지?** 여자는 어깨를 으쓱하며 리처를 쳐다보았다. 여자는 이렇게 말하고 있었다. **맘대로 해.** 여자의 얼굴이 정면을 응시하면서 표정이 굳어졌다. 예쁜 얼굴은 아니었지만 흥미로웠다. 나름의 개성이 있었다. 서른다섯 살쯤 되어 보였다. 나이가 들어 보이진 않았지만 피부에 잔주름이 있었다. 감정을 표정으로 자주 드러내는 습관 탓인 듯했다. **웃는 것보단 찡그릴 때가 더 많았겠지.** 그는 생각했다. 머리카락은 새까맸지만 숱이 적어서 두피가 하얗게 드러나 있었다. 그것이 여자를 피곤하고 병색으로 보이게 했다. 하지만 눈빛만은 밝았다. 여자의 시선이 그의 등 뒤, 차창 밖 어둠 속으로 향했다. 여자의 부하들이 리처의 집 안에서 작업을 하고 있는 곳으로.

여자가 미소를 지었다. 앞니가 비뚤었다. 오른쪽 앞니가 살짝 비스듬히 기울어져 왼쪽 앞니를 조금 덮고 있었다. 흥미로운 입매였다. 어떤 결정을 떠올리게 하는 입. 부모는 그 결함을 교정해주지 않았고 나중에 그녀도 교정하지 않았다. 분명 기회는 있었을 것이다. 그러나 여자는 본모습을 고수하기로 결정한 것이다. 아마도 올바른 선택이었던 것 같다. 그 선택이 그녀의 얼굴을 개성 있어 보이게 만들었다.

두툼한 코트 안의 몸매는 날씬했다. 스커트와 같은 소재의 검은색 재킷과 작은 가슴 위로 헐렁한 크림색 블라우스를 입고 있었다. 여러 번 세탁한 폴리에스테르 재질의 블라우스는 스커트 안으로 소용돌이치듯 말려 들어가 있었다. 옆으로 비틀어 앉은 탓에 치마는 허벅지 중간까지 올라와 있었다. 검은색 나일론 스타킹 아래 가늘고 단단한 다리가 있었다. 무릎은 서로 붙어 있었지만 허벅지 사이에는 틈이 있었다.

"이제 좀 그만 하시지?"

여자가 싸늘하게 말하며 총을 움직였다.

"뭘?" 리처가 물었다.

"내 다리 쳐다 보는 거."

리처가 시선을 그녀의 얼굴로 돌렸다. "누가 나한테 총을 겨누면 머리부터 발끝까지 살펴볼 수밖에 없지 않겠나?"

"그걸 즐기는 거야?"

"뭘?"

"여자들을 훔쳐보는 거."

리처는 어깨를 으쓱했다. "다른 걸 보는 것보다는 나은 것 같은데."

총구가 더 가까워졌다. "재미없어, 이 개자식아. 당신이 날 쳐다보는 눈빛이 맘에 안 들어."

리처는 그녀를 바라보았다.

"내가 당신을 어떤 눈빛으로 보고 있는데?"

"몰라서 물어?"

리처는 고개를 저었다.

"모르겠는데."

"나한테 집적대는 것 같아." 그녀가 말했다. "역겹다고. 알겠어?"

리처는 그녀의 경멸 어린 목소리를 들으며 그녀의 얇은 머리카락, 찡그린 얼굴, 비뚤어진 앞니, 우스꽝스러워 보이는 싸구려 비즈니스 유니폼에 싸인 메마르고 굳은 몸을 바라보았다.

"내가 당신에게 추근댄다고 생각하나?"

"그러고 싶은 거 아냐?"

리처는 다시 고개를 저었다.

"저 밖에 당신 부하들이 득실대는 한 절대."

둘은 거의 20분 동안 적대적이고 팽팽한 침묵 속에 앉아 있었다. 그러다 콧수염을 기른 모래색 남자가 돌아와 조수석에 미끄러지듯 앉았다. 곧

이어 운전석 문이 열리면서 또 다른 남자가 차에 올라탔다. 남자의 손에는 차키가 들려 있었다. 그는 백미러를 통해 여자를 바라보았고 여자가 고개를 끄덕이자 시동을 걸고 주차된 리처의 트럭을 천천히 지나쳐 도로로 향했다.

"전화 한 통 해도 되겠소?" 리처가 물었다. "FBI는 그런 기본권쯤은 무시하시나?"

모래색 남자가 앞유리를 정면으로 응시하고 있었다.

"24시간 내에 하게 해주지." 그가 말했다. "당신의 헌법상 권리가 박탈되지 않도록 말이야."

어둠과 안개를 뚫고 맨해튼까지 93킬로미터를 달려가는 내내 여자는 리처의 머리에 시그사우어의 총구를 바짝 대고 있었다.

3

그들은 미드타운 남쪽 어느 지하 주차장에 차를 세우고 리처를 끌어내렸다. 흰색으로 칠해진 차고에는 밝은 조명 아래 검은 세단이 잔뜩 세워져 있었다. 여자는 정적 속에서 신발 끄는 소리를 내며 콘크리트 바닥을 한 바퀴 돌았다. 복잡한 공간을 전체적으로 신중하게 살펴보고 있었다. 그러다가 먼 구석에 있는 검은색 엘리베이터 문을 가리켰다. 남자 둘이 거기에서 대기 중이었다. 검은 정장에 흰 셔츠를 입고 단정한 넥타이 차림이었다. 그들은 대각선으로 가로질러 건너오는 내내 여자와 모래색 남자를 주시했다. 얼굴에는 공손한 기색이 묻어났다. 그들은 하급 요원이었다. 하지만 표정은 여유 있고, 약간 의기양양해 보이기도 했다. 마치 자신들이 주인이라도 되는 듯. 순간 리처는 여자와 모래색 남자가 뉴욕 요원이 아니라는 것을 깨달았다. 그들은 외부에서 온 방문객이었다. 남의 구역에 발을 들인 것이다. 여자가 차고 전체를 유심히 살펴본 것은 단순히 신중해서가 아니었다. 엘리베이터가 어디 있는지 몰랐기 때문이었다.

그들은 리처를 엘리베이터 중앙에 세우고 그의 둘레를 에워쌌다. 여자, 모래색 남자, 운전사, 두 명의 현지 하급 요원. 다섯 명의 사람과 다섯 개의 무기. 네 명의 남자가 각각 한 모서리씩을 차지했고, 여자는 마치 리처가 자기 것이라고 주장하는 듯 리처 옆 중앙에 섰다. 현지 요원 중 한 명이 버튼을 누르자 문이 닫히고 엘리베이터가 출발했다.

한참을 위로 올라가다가 21층에서 엘리베이터가 멈췄다. 문이 다시 열리고 현지 요원들이 앞장서 텅 빈 복도로 나갔다. 온통 회색이었다. 얇은 회색 카펫, 회색 페인트, 회색 조명. 열정적인 몇몇 일벌레들을 제외한 모두가 몇 시간 전에 다 퇴근한 것처럼 조용했다. 복도 벽을 따라 닫힌 문이 균일한 간격으로 늘어서 있었다. 개리슨에서 세단을 몰고 내려온 운전사가 세 번째 문 앞에서 멈추더니 문을 열었다. 출입구까지 끌려간 리처가 문틀에 서서 안을 들여다보았다. 3×5미터 정도의 콘크리트 바닥과 시멘트 블록 벽이 모두 전함의 측면처럼 두꺼운 회색 페인트로 덮여 있는 허름한 공간이었다. 천장은 마감이 되지 않아서 얇은 함석으로 만든 사각 배관이 고스란히 드러나 있었다. 체인에 매달린 형광등이 회색 공간을 골고루 비추고 있었다. 한쪽 구석에 놓여 있는 플라스틱 정원용 의자 하나가 그 방에 있는 유일한 물건이었다.

"앉아." 여자가 말했다.

리처는 의자의 반대편 구석으로 걸어가 벽에 엉덩이를 붙이고 바닥에 앉았다. 시멘트 블록은 차가웠고 페인트는 미끈거렸다. 그는 가슴 위로 팔짱을 긴 채 다리를 곧게 뻗고 발목을 꼬았다. 머리를 벽에 기대고 아래턱을 45도 정도 올려서 문 앞에 서 있는 사람들을 뚫어지게 쳐다보았다. 그들은 복도로 물러나며 문을 닫았다. 잠금장치가 돌아가는 소리는 들리지 않았지만 애초에 안쪽에는 손잡이조차 없었다.

콘크리트 바닥을 통해 멀어져 가는 발자국의 진동이 희미하게 느껴졌다. 곧이어 머리 위 환풍구에서 흘러나오는 약한 바람 소리와 함께 정적만이 남았다. 5분 정도 지나자 다시 밖에서 발자국 소리가 들렸고 한 남자가 방 안으로 얼굴을 들이밀며 리처를 정면에서 바라보았다. 나이 든 사람의 커다란 얼굴이 긴장으로 일그러지고 혈압까지 올라 시뻘게진 채 적대감이 가득 찬 눈으로 이렇게 말하고 있었다. **네놈이 바로 그놈이군.** 그 시선이 3초 정도 이어지다가 남자가 나갔고 문이 쾅 닫히면서 다시 정적이 찾아왔다.

5분 뒤 똑같은 일이 반복되었다. 복도의 발자국 소리, 문 안으로 들이민 얼굴, 적대적인 시선. **네놈이 바로 그놈이군.** 이번에는 더 마르고 짙은 피부색에 더 젊었다. 셔츠에 넥타이를 매고 재킷은 입지 않았다. 리처는 3초간 그를 마주 보았다. 얼굴이 사라지고 문이 쾅 닫혔다.

이번에는 정적이 더 길게 이어졌다. 20분쯤 지났을까. 세 번째 얼굴이 나타났다. 발자국 소리, 덜컹거리는 손잡이, 문이 열리고 노려보는 시선. **이놈이야?** 세 번째는 다시 나이 든 얼굴로, 50대쯤 되어 보였다. 유능해 보이는 인상에 머리가 희끗했다. 두꺼운 안경을 쓰고 있었고 안경 너머의 눈빛은 차분했다. 양쪽 눈에 진지한 추측이 담겨 있었다. 책임자, 아마도 어느 부서의 국장인 것 같았다. 리처는 피곤한 눈빛으로 그를 마주 보았다. 대화는 없었다. 아무런 소통이 없었다. 그 남자도 리처를 그저 잠시 쳐다보기만 했고, 곧 얼굴이 사라지고 다시 문이 닫혔다.

거의 한 시간 정도 밖에서는 뭔가가 진행되고 있었다. 방에 홀로 남겨진 리처는 바닥에 편안히 앉아 마냥 기다렸다. 이윽고 기다림이 끝났다. 많은 사람이 복도로 다시 모여들었고 긴장한 동물떼처럼 웅성거렸다. 쿵쿵거리는 발자국 소리와 질질 끄는 소리가 뒤섞이는 것이 느껴졌다. 그러다 문이 열렸고 안경 쓴 희끗한 머리의 남자가 방으로 들어왔다.

"이제 얘기를 좀 해볼까?" 그가 말했다.

두 명의 하급 요원이 따라 들어와 남자를 호위하듯 자리를 잡았다. 리처는 잠시 기다렸다가 몸을 일으켜 세우고 구석에서 걸어 나왔다.

"전화 한 통 해도 되겠소?" 리처가 말했다.

희끗한 머리의 남자가 고개를 저었다.

"전화는 나중에. 이야기 먼저 하자고. 알겠나?" 그가 말했다.

리처는 어깨를 으쓱했다. 권리를 침해받는 것에 문제를 제기하려면 누군가가 그 장면을 목격해야만 한다. 그런 일이 벌어지는 것을 본 사람이 있어야 의미가 있다. 그런데 두 하급 요원은 아무것도 보고 있지 않았다. 어쩌면 모세가 내려와서 석판에 새겨진 헌법 전문을 읽어주는 모습을 보고 있는 건지도 몰랐다. 나중에 그들은 그렇게 증언할 수도 있을 것이다.

"갈까?" 희끗한 머리의 남자가 말했다.

리처는 많은 사람들로 붐비고 있는 회색 복도로 끌려 나왔다. 아까 그 여자와 콧수염을 기른 모래색 남자, 혈압이 높은 나이 든 남자, 마른 얼굴에 셔츠 차림의 젊은 남자도 있었다. 그들은 웅성거렸다. 저녁 늦은 시간이었지만 모두 흥분한 기색이 역력했다. 그들은 성취감에 도취된 듯 기대에 차서 둥둥 떠 있었다. 리처에게도 익숙한 감정이었다. 몇 번인지 기억나지 않을 만큼 자신도 여러 번 경험했던 느낌이었다.

그러나 그들은 갈라져 있었다. 명확하게 두 팀으로 나뉘어 있었다. 그들 사이에는 긴장감이 감돌았다. 복도를 걷는 동안 점점 분명해졌다. 여자는 리처의 왼쪽 어깨에 바짝 붙어 있었고, 모래색 남자와 혈압이 높은 남자도 여자 옆에 밀착해 있었다. 그렇게 한 팀이었다. 리처의 오른쪽 어깨에는 마른 얼굴의 남자가 있었다. 그는 다른 팀이었는데, 혼자여서 수적으로 열세하다는 점이 불만인 듯했다. 그의 손이 리처의 팔꿈치 근처에서 맴돌았다. 마치 자기가 얻은 전리품을 움켜쥘 준비가 된 것 같았다.

그들은 전함의 뱃속을 연상케 하는 좁은 회색 복도를 따라 내려가 긴 테이블이 바닥 공간의 대부분을 차지하고 있는 회색 방으로 우르르 들어섰다. 테이블은 양쪽 긴 변이 곡선이었고 양 끝은 일직선으로 잘려 있었다. 문을 등지고 있는 한쪽 긴 면에는 일렬로 일곱 개의 플라스틱 의자가 일정한 간격으로 놓여 있었고, 테이블의 곡선 때문에 모든 의자의 시선이 맞은편 중앙에 놓인 동일한 의자 한 개를 향해 집중되어 있었다.

리처는 문턱에서 잠시 멈췄다. 어느 의자에 앉으라는 건지는 생각할 필요도 없었다. 테이블 끝을 돌아 그 의자에 앉았다. 부실한 의자였다. 다리는 그의 체중 때문에 삐걱거렸고 플라스틱이 견갑골 아래 근육을 파고들었다. 방은 처음의 방처럼 회색으로 칠해진 시멘트 블록이었지만 천장은 마감 처리가 되어 있었다. 얼룩진 흡음 타일이 뒤틀린 프레임에 붙어 있었고, 거기에 볼트로 고정된 커다란 원통형의 조명이 트랙에 고정되어 그가 앉은 쪽을 향해 아래로 기울어져 있었다. 테이블 상판은 값싼 마호가니였고 광택 나는 니스로 두껍게 칠해져 있었다. 니스 칠이 된 부분에 반사된 빛이 아래에서 위로 튀어올라 리처의 눈을 찔렀다.

두 명의 하급 요원은 각자 테이블 양쪽 끝 벽에 경비병처럼 기대어 자리를 잡았다. 재킷이 열려 있어서 어깨에 찬 권총집이 보였다. 손은 허리 높이에서 편안하게 맞잡은 채 고개를 돌려 리처를 주시하고 있었다. 리처의 맞은편에 두 팀이 자리를 잡아가고 있었다. 일곱 개의 의자에 다섯 명. 희끗한 머리의 남자가 그중 가운데 의자에 앉았다. 조명이 그의 안경에 반사되어 눈이 보이지 않는 백색 거울처럼 보였다. 그의 오른쪽 옆에는 고혈압 남자가, 그 옆에는 여자가, 그 옆에는 모래색 남자가 앉았다. 마른 얼굴에 셔츠 차림의 남자는 왼쪽 의자 세 개 중 가운데 의자에 앉았다. 편향된 심문자 무리들이 리처 쪽으로 몸을 기울이고 있었지만, 조명 탓에 눈이 부셔서 흐릿하게만 보였다.

희끗한 머리의 남자가 앞으로 몸을 숙이며 양팔로 광택 나는 테이블 상판을 쓸었다. 권위를 드러내는 제스처였다. 동시에 무의식적으로 양옆에 앉은 팀 사이에 선을 긋는 행동이기도 했다.

"우린 자네를 두고 다투고 있었어." 그가 입을 뗐다.

"날 구금한 거요?" 리처가 물었다.

남자가 고개를 저었다. "아직은 아니야."

"그럼 그만 가도 되겠소?"

남자가 안경 너머로 리처를 쳐다보았다. "글쎄, 여기 남아 있어야 할 것 같은데. 이 모든 걸 문명적으로 처리할 수 있도록."

잠시 정적이 흘렀다.

"그럼 문명적으로 합시다." 리처가 말했다. "난 잭 리처요. 당신들은 대체 누구요?"

"뭐라고?"

"각자 자기소개부터 합시다. 그게 문명인의 기본 아니오? 자기소개를 하고, 매너 있게 양키스나 주식 시장에 대한 얘기를 하는 거요."

더 긴 정적이 흘렀다. 그러다 남자가 고개를 끄덕였다.

"난 앨런 디어필드다." 그가 말했다. "FBI 부국장. 뉴욕 지국을 책임지고 있다."

그런 다음 그는 고개를 오른쪽으로 돌려 라인의 맨 끝에 있는 모래색 남자를 바라보며 기다렸다.

"특별수사관 토니 폴튼이다." 모래색 남자가 말한 뒤 왼쪽을 흘끗 쳐다보았다.

"특별수사관 줄리아 라마." 여자가 말한 뒤 왼쪽을 흘끗 쳐다보았다.

"책임수사관 넬슨 블레이크다." 고혈압 남자가 말했다. "우리 셋은 콴티코에서 올라왔어. 나는 연쇄범죄 전담반을 이끌고 있다. 특별수사관 라마와 폴튼은 거기서 나와 함께 일하고 있지. 자네를 만나러 온 거야."

잠시 뜸을 들인 뒤 디어필드라는 남자가 반대편으로 고개를 돌려 왼쪽에 있는 남자에게 시선을 건넸다.

"제임스 코조, 책임수사관." 남자가 말했다. "뉴욕시 조직범죄 담당이다. 보호비 갈취 사건을 수사 중이지."

다시 정적.

"이제 됐나?" 디어필드가 물었다.

리처는 눈부심 때문에 가늘게 눈을 떴다. 모두가 그를 쳐다보고 있었다. 모래색 폴튼, 여자 라마, 고혈압 블레이크. 이 세 사람은 모두 콴티코의 연쇄범죄 부서에서 왔다. **자네를 만나러 온 거야.** 그리고 뉴욕 지국장 디어필드. 고위급이다. 거기에 조직범죄 부서에서 보호비 갈취를 담당하는 마른 체구의 코조. 리처는 천천히 왼쪽에서 오른쪽으로, 또 오른쪽에서 왼쪽으로 훑어보다가 마지막으로 디어필드에게 시선을 돌렸다. 그리고는 고개를 끄덕였다.

"좋소." 그가 말했다. "모두 만나서 반갑소. 그럼 이제 양키스 얘기를 하면 되겠소? 트레이드가 필요한 것 같소?"

그를 마주 보고 있는 다섯 명이 각자 다른 짜증 섞인 표정으로 그를 바라보았다. 폴튼은 뺨이라도 맞은 것처럼 고개를 돌렸고, 라마는 경멸하는 듯 코웃음을 쳤다. 블레이크는 입을 꽉 다물었고 얼굴은 더 붉어졌다. 디어필드는 그를 빤히 보다가 한숨을 쉬었다. 코조는 곁눈질로 디어필드를 보며 개입을 촉구하는 눈치를 보냈다.

"양키스 얘기를 하자는 게 아니야." 디어필드가 말했다.

"그럼 다우 지수는 어떻소? 조만간 와장창 폭락할 것 같소?"

디어필드가 고개를 저었다. "장난치지 말게, 리처. 지금은 내가 자네에게 최고의 친구니까."

"아니. 에르네스토 A. 미란다가 지금 내게 최고의 친구요." 리처가 말했다. "미란다 대 애리조나주, 1966년 6월의 연방대법원 판결. 경찰이 묵비권과 변호사 선임권을 고지하지 않았기 때문에 수정헌법 제5조의 권리가 침해되었다고 판결했소."

"그래서?"

"그러니까 내게 미란다 원칙을 고지하기 전에는 아무 말도 할 수 없다는 거요. 그리고 고지를 한 뒤에도 내 변호사가 여기까지 오는 데 시간이 좀 걸릴 테니 지금 내가 당신들과 대화하는 걸 허락하지 않을 거요."

연쇄범죄 담당 세 요원이 활짝 웃었다. 마치 리처가 그들이 바란 대로 무언가를 열심히 입증해준 것처럼.

"조디 제이콥이 자네 변호사인가?" 디어필드가 물었다. "자네 여자친구?"

"내 여자친구에 대해 뭘 알고 있소?"

"모든 것을 알고 있지." 디어필드가 말했다. "자네에 대해서도 마찬가지고."

"그럼 굳이 나한테 왜 묻는 거요?"

"스펜서 구트먼에 있지?" 디어필드가 말했다. "내부 평판이 좋던데. 임원 승진 얘기까지 나올 정도로."

"그 얘긴 들었소."

"조만간 그렇게 될지도 모르고."

"그 얘기도 들었소." 리처가 다시 말했다.

"근데 그녀 입장에서 자네 같은 사람을 아는 게 도움이 될까? 자네가 딱히 이상적인 기업가의 남편감은 아니잖아?"

"나는 남편 자체가 아닌데."

디어필드가 웃었다. "말하자면 그렇다는 거야. 어쨌거나 스펜서 구트먼은 보수적인 명문 로펌이야. 이미지나 배경을 따지지. 게다가 금융전문회사잖아? 금융업계에서 꽤 큰 회사라는 건 우리 모두가 알고 있어. 하지만 형사법 분야에는 별로 전문성이 없을 텐데. 정말로 그녀를 변호사로 선임하고 싶나? 이런 상황에서?"

"이런 상황?"

"지금 자네가 처해 있는 상황."

"내가 지금 어떤 상황에 처해 있다는 거요?"

"에르네스토 A. 미란다는 멍청이였어. 알아?" 디어필드가 말했다. "나사 두어 개가 빠진 놈이었다고. 그래서 망할 놈의 법원이 그놈에게 그렇게 관대했던 거야. 그자는 지능이 낮았어. 보호가 필요했다고. 자네도 멍청이인가, 리처? 정상 이하야?"

"이딴 상황을 참고 있는 걸 보면 그럴지도."

"미란다 원칙은 결국은 죄를 지은 자들을 위한 거야. 자네, 지금 뭔가 죄를 인정하는 건가?"

리처는 고개를 저었다. "아무 말도 안 하겠소. 할 말도 없고."

"에르네스토 영감은 결국엔 감옥에 갔어. 사람들은 그 사실을 잊어버리곤 하지. 법원이 재심했고 똑같은 혐의에 결국 유죄 판결을 내렸어. 5년을 썩었다고. 그 후에는 어떻게 됐는지 아나?"

리처는 어깨만 으쓱했다. 아무 말도 하지 않았다.

"당시 난 저 아래 애리조나 주 피닉스에서 근무하고 있었어." 디어필드가 말했다. "살인 담당 형사였지. FBI에 들어오기 직전이었어. 1976년 1월, 한 술집에서 전화가 왔어. 어떤 뚱덩어리가 바닥에 쓰러져 있는데 몸에 큰 칼의 손잡이가 튀어나와 있다고. 가게 곳곳에 피를 흘리고 쓰러져 있는 건 그 유명한 에르네스토 A. 미란다였어. 아무도 구급차를 부르려고 나서지 않았지. 놈은 우리가 도착한 지 몇 분 만에 죽었어."

"그래서?"

"그러니 내 시간을 더 이상 낭비하지 마. 자네를 두고 싸우는 이 친구들을 중재하느라 벌써 한 시간이나 날렸으니까. 그러니 나한테 빚진 걸 갚으라고. 저들의 질문에 대답해. 변호사가 필요할지 말지는 내가 판단해서 알려줄 테니까."

"뭐에 대한 질문이오?"

디어필드가 미소를 지었다. "뭐긴, 우리가 알아야 할 것들에 대한 거지."

"알고 싶은 게 뭐요?"

"자네가 우리에게 관심거리가 될 만한지 아닌지 알아야 해."

"왜 내가 당신들 관심거리가 되겠소?"

"질문에 답하다 보면 알게 되겠지."

리처는 생각에 잠겼다. 두 손바닥을 테이블 위에 올려놓고 펼쳤다.

"알겠소. 질문이 뭐요?"

"브루어 대 윌리엄스Brewer v. Williams 사례도 알고 있나?" 블레이크라는 남자가 말했다. 늙고 과체중에 운동도 안 하는 것 같았지만 입은 충분히 빨랐다.

"아니면 덕워스 대 이건Duckworth v. Eagan 사례는?" 폴튼이 물었다.

리처는 그를 힐끗 쳐다보았다. 실제로는 서른다섯 살쯤 되었겠지만 영원히 젊은 모습을 유지하는 사람들처럼 훨씬 어려 보였다. 마치 방부 처리된 대학원생 같았다. 주황색 조명 아래에서 그의 양복은 기묘한 색을 띠었고 콧수염은 접착제로 붙인 가짜처럼 보였다.

"일리노이 대 퍼킨스Illinois v. Perkins는?" 라마가 물었다.

리처는 두 사람을 노려보았다. "대체 뭐 하자는 거요? 여기가 로스쿨이라도 되나?"

"미닉 대 미시시피Minnick v. Mississippi는?" 블레이크가 물었다.

폴튼이 웃었다. "맥닐 대 위스콘신McNeil v. Wisconsin은?"

"애리조나 대 풀미난테Arizona v. Fulminante는?" 라마가 물었다.

"우리가 지금 말한 것들이 뭔지 알고 있나?" 블레이크가 물었다.

리처는 뭔가 함정이 있나 생각했지만 명확한 의도를 읽을 수 없었다.

"미란다 판결 이후에 나온 대법원 판례들." 리처가 말했다. "브루어는 1977년, 덕워스는 1989년, 퍼킨스는 1990년, 미닉도 1990년, 맥닐은 1991년, 풀미난테도 1991년. 모두 미란다 판결을 수정하고 재정의한 판례들이오."

블레이크는 고개를 끄덕였다. "잘 아는군."

라마가 몸을 앞으로 숙였다. 광택 나는 테이블 위에서 흩어진 빛이 아래에서 위로 그녀의 얼굴을 비춰서 그녀의 얼굴이 마치 해골처럼 보였다.

"에이미 캘런, 잘 알지?" 그녀가 물었다.

"누구?" 리처가 말했다.

"들었잖아, 이 개자식아."

리처는 그녀를 노려보았다. 그 순간 에이미 캘런이라는 여자가 머릿속에 떠올라 잠깐 멈칫했고, 그걸 포착한 라마의 앙상한 얼굴에 만족스러운 미소가 떠올랐다.

"근데 그녀를 별로 좋아하진 않았던 것 같네. 그렇지?" 그녀가 말했다.

잠시 침묵이 흘렀다. 리처를 중심으로 서서히 긴장감이 쌓여갔다.

"좋아, 내 차례군." 코조가 말했다. "당신은 누구 밑에서 일하지?"

리처는 시선을 천천히 오른쪽으로 돌려 코조를 바라보았다.

"난 누구 밑에서도 일하지 않아."

"'우리와 영역 다툼 할 생각하지마'라고 했잖아." 코조가 인용했다. "'우리'는 복수형 단어야. 둘 이상의 사람을 뜻하지. 그 우리가 누구지, 리처?"

"'우리' 같은 건 없어."

"개소리 마, 리처. 페트로시안이 그 레스토랑에 손을 뻗었지만 당신이 이미 거기에 있었어. 그럼 누가 당신을 보낸 거지?"

리처는 아무 말도 하지 않았다.

"캐롤라인 쿡은 어때?" 라마가 소리쳤다. "누군지 알지?"

리처는 천천히 고개를 돌려 라마를 마주 보았다. 그녀는 여전히 미소를 띠고 있었다.

"하지만 그 여자도 별로 좋아하진 않았어. 안 그래?" 라마가 물었다.

"캘런과 쿡." 블레이크가 반복했다. "처음부터 다 털어놔, 리처. 알겠나?"

리처는 그를 바라보았다. "뭘 말이오?"

다시 조용해졌다.

"누가 그 식당에 당신을 보낸 거지?" 코조가 다시 물었다. "지금 당장 말해주면 정상참작으로 선처할 수도 있어."

리처가 반대쪽으로 몸을 돌렸다. "아무도 날 거기에 보내지 않았는데."

코조는 고개를 저었다. "헛소리. 당신은 개리슨 강가에 있는 50만 달러짜리 집에 살면서 출시된 지 6개월밖에 안 된 4만5천 달러짜리 SUV를 몰고 다녀. 국세청 기록상 최근 3년 동안 단 1센트도 번 적이 없는데 말이지. 그런데 누군가 페트로시안의 최고위 조직원들을 병원 신세 지게 만들려고 했을 때, 당신이 거길 간 거야. 이 모든 걸 종합해 보면, 당신은 분명 누군가의 밑에서 일하고 있어. 그리고 난 그게 누구인지 알고 싶은 거고."

"다시 말하지만, 난 누구 밑에서도 일하지 않아."

"독고다이?" 블레이크가 물었다. "뭐, 그런 건가?"

리처는 고개를 끄덕였다. "그런 셈이오."

그러고는 고개를 돌렸다. 블레이크는 만족한 듯 미소 짓고 있었다.

"그럴 줄 알았네." 그가 말했다. "육군에서는 언제 전역했나?"

리처는 어깨를 으쓱했다. "3년 전쯤."

"얼마나 있었지?"

"평생. 장교의 아들이었고, 나중엔 나도 장교가 됐으니까."

"헌병, 맞나?"

"맞소."

"여러 번 진급했고?"

"소령이었소."

"훈장은?"

"몇 개 받았소."

"은성 훈장은?"

"한 개."

"최상급 평점이었나?"

리처는 아무 말도 하지 않았다.

"겸손 떨지 말고." 블레이크가 말했다. "말해봐."

"평점은 좋았소."

"그런데 왜 전역한 거지?"

"내 맘이오."

"뭐 숨기는 거라도 있나?"

"당신들은 이해 못할 거요."

블레이크가 웃었다. "전역 후 3년 동안 뭘 했나?"

리처는 다시 어깨를 으쓱했다. "별로 한 건 없고 그냥 재미있게 살았소."

"일은 했나?"

"가끔."

"그냥 빈둥거리며 살았군. 안 그래?"

"그런 셈이오."

"무슨 돈으로?"

"저축한 걸로."

"그건 3개월 전에 다 떨어졌던데. 자네 계좌를 조회해 봤거든."

"저축이란 게 원래 그런 거 아니겠소?"

"지금은 자네 여자친구이자 변호사인 제이콥 씨한테 얹혀살고 있지? 그렇게 살면 기분이 어떤가?"

리처는 눈부신 조명 너머로 블레이크의 살찐 분홍색 손가락에 꽉 끼어 있는 닳아빠진 결혼반지를 슬쩍 보았다.

"당신 아내가 당신한테 얹혀사는 것보다 더 기분 나쁘진 않을 것 같소만."

블레이크가 헛기침을 하며 멈칫했다. "그래서, 전역 후에 별다른 일은 안 했단 말이지?"

"그렇소."

"대체로 혼자 지냈고."

"대체로."

"그 생활에 만족했나?"

"뭐, 그럭저럭."

"독고다이니까?"

"망할! 저 자식은 분명 누군가 밑에서 일하고 있다고요!" 코조가 말했다.

"자기 입으로 독고다이라잖아, 젠장!" 블레이크가 으르렁거렸다.

디어필드의 머리가 마치 테니스 경기를 관람하는 관중처럼 그들 사이를 좌우로 왔다 갔다 했다. 조명이 반사되어 안경 렌즈가 번쩍거렸다. 그가 두 손을 들어 언쟁을 끊고 차분하게 리처를 응시했다.

"에이미 캘런과 캐롤라인 쿡에 대해 말해보게." 디어필드가 말했다.

"뭘 말하라는 거요?" 리처가 물었다.

"둘 다 아는 사람인가?"

"그렇소. 오래전, 군대에서."

"그녀들에 대해 말해봐."

"캘런은 작고 피부가 까무잡잡했고 쿡은 키가 크고 금발이었소. 캘런은 병장이었고 쿡은 중위였소. 캘런은 병기과 행정병이었고 쿡은 작전부서에서 근무했소."

"어디서?"

"캘런은 시카고 근처의 포트 위스에 있었고 쿡은 벨기에의 나토 본부에 있었소."

"그 여자들과 섹스한 적 있어?" 라마가 물었다.

리처는 고개를 돌려 그녀를 쳐다보았다. "무슨 그 따위 질문을 하는 거지?"

"간단한 질문인데."

"그런 적 없어."

"둘 다 예뻤나?"

리처는 고개를 끄덕였다. "당신보다는 확실히 예뻤지."

라마는 시선을 돌리고 입을 다물었다. 블레이크가 시뻘게진 얼굴로 정적을 깨고 들어왔다. "그 둘은 서로 아는 사이였나?"

"그건 아닐 거요. 군대에는 백만 명이나 있고, 둘은 각자 다른 시기에 6,500킬로미터 떨어진 곳에서 복무했으니까."

"둘 중 누구와도 섹스한 적이 없단 말이지?"

"없었소."

"시도해본 적도? 둘 중 누구든."

"그런 적 없소."

"왜지? 거절당할까 봐 두려웠나?"

리처는 고개를 저었다. "진심으로 궁금한 모양인데, 당시에 만나던 여자가 있었소. 난 양다리 체질은 아니라서."

"하고 싶다고 생각은 했었나?"

리처는 짧게 웃었다. "딱히 나쁜 생각은 아니었을지도."

"그들이 받아줬을까?"

"아마도. 아닐 수도 있고."

"어땠을 것 같나?"

"군에 복무한 적이 있소?"

블레이크는 고개를 저었다.

"그럼 그게 어떤 건지 잘 모를 거요." 리처가 말했다. "군에 있는 사람들 대부분은 움직이는 거라면 그게 뭐든 섹스하려고 할 거요."

"자네가 거절당하진 않았을 거라는 말인가?"

리처는 블레이크의 눈을 뚫어지게 바라보았다. "그렇소. 크게 어렵진 않았을 거요."

긴 침묵이 흘렀다.

"여성의 군 복무를 찬성하나?" 디어필드가 물었다.

리처의 눈이 그에게로 옮겨갔다. "뭐라고 했소?"

"질문에 대답해, 리처. 여성의 군 복무를 찬성하나?"

"찬성하지 않을 이유가 뭐가 있소?"

"여자들이 좋은 전투요원이 된다고 생각하나?"

"멍청한 질문이군." 리처가 말했다. "이미 그렇다는 걸 알고 있잖소."

"내가 알고 있다고?"

"베트남에 있지 않았소?"

"내가?"

"틀림없을 거요." 리처가 말했다. "1976년에 애리조나에서 살인사건 담당 형사였는데, 얼마 지나지 않아서 FBI에 들어갔다? 그 시절에 병역기피자라면 그런 자리에 갈 수 없었을 거요. 그렇다면 1970년이나 71년쯤에 베트남으로 파병을 갔다는 말이 되지. 안경을 쓴 걸 보니 조종사는 아니었을 거고 아마 보병으로 갔을 거요. 1년 내내 정글에서 혼쭐이 났겠군. 당신을 혼쭐나게 한 적군 중 3분의 1은 여자였을 거고. 끝내주는 저격수들 아니었소? 아주 열정적이었다고 들었소만."

디어필드는 천천히 고개를 끄덕였다. "그래서 여성 전투요원을 좋아하나?"

리처는 어깨를 으쓱했다. "전투요원이 필요하면 여자도 똑같이 잘할 수 있소. 2차 대전 당시 러시아 전선에서도 여자들이 꽤 잘 싸웠잖소. 이스라엘에 가본 적 있소? 거긴 여자들도 최전방에 배치하오. 승패가 중요한 전투에서 과연 미군이 이스라엘 방어선을 상대로 제대로 버텨낼 수 있을지 우려될 정도로 뛰어나지."

"그래서, 여자 전투요원을 쓰는 게 문제될 게 없다는 건가?"

"개인적으로는 전혀."

"개인적인 차원 말고 다른 문제는?"

"군사적인 문제는 있는 것 같소. 이스라엘 사례를 보면, 부상당한 동료에게 도움을 주기 위해 전진을 멈추는 확률이 남자가 아닌 여자일 때 열

배 더 높다고 하더군. 그러면 진격 속도가 느려질 수밖에 없소. 그러니 이런 부분은 훈련으로 개선할 필요가 있소.”

“서로 도와야 한다고 생각하지 않는 건가?” 라마가 물었다.

“그건 아니지만.” 리처가 말했다. “먼저 탈취해야 할 목표가 있는 경우에는 달라야겠지.”

“그럼 우리가 함께 전진하는 중에 내가 부상당한다면 그냥 두고 갈 건가?”

리처가 웃었다. “당신이라면 1초도 망설이지 않고 두고 갈 것 같은데.”

“에이미 캘런은 어떻게 만났나?” 디어필드가 물었다.

“이미 알고 있잖소.” 리처가 말했다.

“그래도 말해봐. 기록용으로.”

“지금 공식 기록 중이오?”

“물론.”

“내 권리도 고지해주지 않고?”

“기록에는 고지했다고 적을 거야. 내가 고지했다고 할 거니까.”

리처는 입을 닫았다.

“에이미 캘런에 대해 말해봐.” 디어필드가 말했다.

“그녀는 자기 부대에서 문제를 겪고 있다며 나를 찾아왔었소.”

“무슨 문제?”

“성추행을 당했다고 했소.”

“그래서, 동정심이 들었나?”

“그랬던 것 같소.”

“왜지?”

"나는 성별 때문에 부당한 일을 당해본 적이 없었으니까. 그런데 왜 그녀는 그런 일을 겪어야 하나 싶었소."

"그래서 어떻게 했지?"

"그녀가 고발한 장교를 체포했소."

"그런 다음에는?"

"아무것도 안 했소. 나는 수사관이지 검사가 아니었으니까. 내 손을 떠난 일이었소."

"그래서, 결과는?"

"장교가 승소했소. 에이미 캘런은 군을 떠났고."

"하지만 어쨌든 그 장교의 경력은 망가진 거잖나."

리처는 고개를 끄덕였다. "그렇소."

"그것에 대해서는 어떻게 생각하나?"

리처는 어깨를 으쓱했다. "혼란스러웠던 것 같소. 내가 알기로 그는 괜찮은 사람이었으니까. 하지만 결국엔 그가 아니라 캘런의 말을 믿었소. 내 판단으로는 그가 유죄였소. 그래서 그가 군을 떠난 게 잘된 거라고 생각했소. 하지만 제대로 따지자면 그렇게 되면 안 되는 거였소. 무죄 판결을 받는데 경력이 망가져서는 안 되는 거니까."

"그래서 그 장교가 안됐다고 생각했나?"

"그렇진 않소. 나는 캘런이 안됐다고 생각했소. 그리고 군도. 그 일 때문에 군 전체가 엉망이 되어 버렸소. 한쪽 경력만 망가지면 될 일인데 둘 다 망가졌으니."

"캐롤라인 쿡은 어땠지?"

"쿡은 달랐소."

“어떻게 다른가?”

“시대도 장소도 달랐소. 그녀는 해외 근무 중이었고, 1년 정도 어떤 대령과 잠자리를 하고 있었소. 내 눈에는 그게 합의된 관계로 보였고. 그런데 그녀는 나중에 승진이 안 되자 그때서야 성폭행이라고 주장했소.”

“캘런 건과 어떻게 다르다는 거지?”

“별개의 문제였으니까. 그 대령이 쿡과 잠자리를 가진 건 그녀가 원했기 때문이고, 승진을 안 시킨 건 그녀의 업무 능력이 부족해서였소.”

“아마도 쿡은 1년의 잠자리를 암묵적인 거래로 여겼을 텐데.”

“그렇다면 그건 계약의 문제요. 돈을 못 받은 매춘부의 경우처럼. 그건 성폭행이라고 할 수 없소.”

“그래서 아무것도 안 했나?”

리처는 고개를 저었다. “대령을 체포했소. 그땐 규정이 생긴 후였으니까. 서로 다른 계급 간의 성관계는 사실상 금지되어 있었소.”

“그다음은?”

“대령은 불명예제대 후 아내에게 버림받았고 결국 자살했소. 그리고 쿡도 군을 떠났고.”

“그래서 자네는 어떻게 됐지?”

“나토 본부에서 전출해 나왔소.”

“왜? 기분이 상해서?”

“그건 아니고, 다른 곳에서 날 필요로 했소.”

“자네를 필요로 했다고? 어째서?”

“나름 괜찮은 수사관이었으니까. 벨기에에 있는 건 낭비였소. 벨기에에서는 별일이 안 일어나니까.”

"그 이후에도 성추행 사건을 많이 봤나?"

"물론. 그게 아주 큰 문제가 됐소."

"유능한 남자들이 경력을 망치는 경우가 많았나?" 라마가 물었다.

리처가 그녀를 향해 말했다. "몇 명은. 그게 마녀사냥으로 번졌으니까. 내 생각에 대부분은 진짜 사건이었던 것 같지만 일부 무고한 사람들도 휘말렸지. 정상적인 관계가 갑자기 문제시되는 경우도 많았고. 규정이 갑자기 바뀌어 버렸기 때문이야. 무고한 피해자들 중에는 남자도 있었고, 여자도 있었지."

"아주 엉망이었군." 블레이크가 말했다. "모두 다 캘런과 쿡 같은 하찮고 성가신 여자들이 벌인 일인가?"

리처는 아무 말도 하지 않았다. 코조는 마호가니 테이블을 손가락으로 두드리고 있었다.

"페트로시안 건으로 다시 돌아가 보자고." 코조가 말했다.

리처는 다른 쪽으로 시선을 돌렸다. "페트로시안과 관련된 건 없어. 페트로시안이라는 이름도 들어본 적이 없고."

디어필드가 하품을 하며 시계를 보았다. 안경을 이마 위로 밀어 올리고 주먹으로 눈을 비비며 말했다.

"자정이 넘었군."

"캘런과 쿡에게 정중하게 대했나?" 블레이크가 물었다.

리처는 눈이 부셔서 눈을 가늘게 뜨고 코조에게서 블레이크에게로 시선을 돌렸다. 천장의 뜨거운 노란빛이 마호가니 테이블의 붉은 색조에 반사되어 그의 부은 얼굴을 붉게 만들고 있었다.

"그랬소."

"사건을 검찰에 넘긴 후에 그 여자들을 다시 만났나?"

"한두 번 정도 우연히 스친 적은 있소."

"그 여자들이 자네를 신뢰했나?"

리처는 어깨를 으쓱했다. "그랬다고 생각하오. 그녀들이 나를 믿게 만드는 게 내 일이었소. 그들에게서 온갖 사적인 세부사항까지 다 들었어야 했으니까."

"그런 식으로 일을 해야 했던 여성들이 많았나?"

"수백 건이 있었소. 전담부서가 꾸려지기 전까지 내가 처리한 것만도 수십 건은 될 거요."

"자네가 맡았던 다른 여성 사건 하나를 말해봐."

리처는 다시 어깨를 으쓱하며 기억을 더듬었다. 더운 기후와 추운 기후, 큰 책상과 작은 책상, 창밖으로 햇살이 쏟아지던 날과 먹구름이 드리운 날들, 배신당한 충격에 상처 입고 분노에 찬 여성들이 더듬더듬 세부사항을 진술하던 여러 사무실이 연속으로 떠올랐다.

"리타 시메카. 무작위로 뽑아서 말하는 거요."

블레이크가 잠시 멈칫하자 라마가 바닥에 손을 뻗어 서류가방에서 두꺼운 파일을 꺼냈다. 그녀가 파일을 옆으로 밀었다. 블레이크가 파일을 열고 페이지를 넘겼다. 두꺼운 손가락으로 긴 명단을 짚어 내려가더니 고개를 끄덕였다.

"좋아. 시메카 사건은 뭐였지?"

"시메카는 중위였소." 리처가 말했다. "조지아 주 포트 브래그에서 근무했던. 가해자 세 놈은 그게 신고식이라고 주장했고, 시메카는 집단 성폭행이라고 맞섰소."

"결과는?"

"그녀가 승소했소. 셋은 육군 교도소에 갔다가 불명예제대를 당했고."

"시메카 중위는 어떻게 됐나?"

리처는 다시 어깨를 으쓱했다. "처음에는 기뻐했소. 정의를 실현했으니까. 그러다 군이 더 이상 자신에게 의미 있는 곳이 아니라고 느끼게 되었소. 그래서 전역했고."

"그녀는 지금 어디에 있지?"

"모르겠소."

"어디선가 그녀를 다시 만난다면? 어느 동네에 갔는데 가게나 식당에서 우연히 그녀를 마주쳤다고 했을 때, 그녀가 어떤 반응을 보일 것 같나?"

"모르겠소. 아마 안부 인사 정도 나누지 않겠소? 잠깐 이야기를 나누거나 술이나 뭐 다른 걸 한잔할 수도 있겠고."

"그녀가 자네를 만나면 반가워할 것 같나?"

"내 생각엔 충분히 그럴 것 같소만."

"그녀의 기억 속 자네는 좋은 사람일 테니까?"

리처는 고개를 끄덕였다. "그건 지옥 같은 시련이오. 사건 자체뿐만 아니라 그 이후의 절차도 만만치 않으니까. 그래서 수사관은 유대감을 쌓아야 하는 거요. 피해자의 친구이자 지지자가 되어야 하는 거고."

"그러면 피해자가 자네의 친구가 되는 건가?"

"제대로 한다면 그렇소."

"시메카 중위의 집을 찾아가 문을 두드리면 어떻게 될 것 같나?"

"어디에 사는지도 모르오."

"안다고 치고. 자네를 들어오게 할까?"

"모르겠소."

"자네를 알아볼까?"

"아마도."

"그녀가 자네를 친구로 기억한다?"

"그럴 것 같긴 하오."

"그럼 집 문을 두드리면 그녀가 들어오게 하겠군. 오랜만에 친구를 만났으니 커피라도 대접하면서 잠시 예전 이야기도 나누고."

"아마도." 리처가 말했다.

블레이크는 고개를 끄덕이며 말을 멈췄다. 라마가 그의 팔에 손을 얹자 그녀의 귓속말을 듣기 위해 고개를 기울였다. 그는 다시 고개를 끄덕이고 디어필드에게 몸을 돌려 귓속말을 했다. 디어필드가 코조를 힐끗 쳐다보았다. 콴티코에서 온 세 요원은 몸을 뒤로 기댔다. 눈에 잘 띄지 않는 미세한 움직임이었지만, 그 몸짓에는 '좋아요, 우린 관심 있어요'라는 분명한 신호가 담겨 있었다. 코조는 경계하는 눈으로 디어필드를 마주 보았다. 디어필드가 몸을 앞으로 숙이고 안경 너머로 리처를 똑바로 쳐다보았다.

"아주 혼란스러운 상황이군." 디어필드가 말했다.

리처는 아무 대꾸도 하지 않았다. 그냥 앉아서 기다렸다.

"정확히 그 식당에서는 무슨 일이 있었던 거지?" 디어필드가 물었다.

"아무 일도 없었소." 리처가 말했다.

디어필드는 고개를 저었다. "자네는 감시받는 중이었어. 우리 요원들이 일주일 내내 자넬 미행했지. 특별수사관 폴튼과 라마도 오늘 밤 합류했고. 그들이 전부 다 봤어."

리처는 그를 노려보았다. "일주일 동안 날 미행했다고?"

디어필드가 고개를 끄덕였다. "정확히는 8일이지."

"뭐 때문에?"

"그건 나중에 설명하지."

라마가 몸을 뒤틀어 다시 서류가방에 손을 뻗었다. 다른 파일첩을 꺼내 열더니 서류 묶음을 꺼냈다. 네다섯 장이 클립으로 묶여 있었다. 빽빽한 글씨로 가득했다. 라마가 리처를 향해 싸늘한 미소를 지으며 서류를 뒤집어 테이블 건너편으로 밀었다. 마찰력 때문에 서류들이 약간 흐트러졌고, 클립이 테이블 상판을 긁으며 그의 앞에 정확히 멈췄다. 서류에는 리처가 '피조사자'로 지칭되어 있었다. 지난 8일 동안 그가 한 일과 그가 갔던 장소의 목록이 전부 적혀 있었다. 마지막 초 단위까지 완벽했다. 세부사항도 빠짐없이 정확했다. 리처는 서류에서 눈을 떼고 라마의 웃는 얼굴을 흘끗 본 후 고개를 끄덕였다.

"FBI가 확실히 미행은 잘하는군." 그가 말했다. "전혀 몰랐소."

정적이 흘렀다.

"그럼 식당에서는 무슨 일이 있었던 건가?" 디어필드가 다시 물었다.

리처는 멈칫했다. '정직이 최선의 방책'이라고 생각하며 상황을 가늠해보았다. 그러고는 블레이크와 라마, 폴튼을 향해 고개를 끄덕였다. "이 열성적인 법학도들은 그걸 '불완전 정당방위'라고 부를 것 같은데, 한마디로 더 큰 범죄를 막기 위해 작은 범죄를 저질렀소."

"그냥 혼자서 그런 건가?" 코조가 물었다.

리처가 고개를 끄덕였다.

"그렇다면 '우리와 영역 다툼 할 생각하지마'라는 말은 무슨 뜻이었지?"

"설득력 있게 보이길 바란 거야. 페트로시안 그자가 누구든 진지하게 받아들이길 바란 거지. 뭔가 다른 조직과 얽힌 일인 것처럼 보이게끔."

디어필드가 테이블 위로 몸을 기울여 라마의 감시 일지를 끌어당기고는 파일을 뒤집어 훑어보았다.

"조디 제이콥 씨를 제외하고는 그 누구와도 접촉한 사실이 없군. 그녀가 보호비 장사를 하진 않을 거고. 통화 기록은 어때?"

"내 전화를 도청한 거요?" 리처가 물었다.

디어필드는 고개를 끄덕였다. "자네가 버린 쓰레기까지 다 뒤졌지."

"통화 기록은 깨끗합니다." 폴튼이 말했다. "제이콥 씨 외에는 누구와도 통화하지 않았습니다. 조용히 살고 있어요."

"그런가, 리처?" 디어필드가 물었다. "조용히 사는 편인가?"

"대체로 그렇소." 리처가 말했다.

"그럼 그냥 혼자서 그런 게 맞군." 디어필드가 말했다. "그냥 정의로운 시민이었어. 갱단과 접촉한 적도 없고 전화로 지시를 받은 적도 없고."

그가 코조 쪽을 돌아보며 눈으로 말했다. 자네는 신경 꺼도 될 것 같은데?

코조는 어깨를 으쓱하며 고개를 끄덕였다.

"정의로운 시민이군. 맞나, 리처?" 디어필드가 말했다.

리처는 고개를 끄덕였다. 대답은 하지 않았다.

"그걸 입증할 수 있나?" 디어필드가 물었다.

리처는 어깨를 으쓱했다. "총을 가져갈 수도 있었소. 내가 조직과 연결되어 있었다면 그랬을 거요. 하지만 그러지 않았소."

"총을 쓰레기통에 버렸더군."

“먼저 작동불능 상태로 만들었소.”

“약실에 모래를 넣어서. 왜 그랬지?”

“누군가 그걸 주워도 못 쓰게 하려고 그랬소.”

디어필드는 고개를 끄덕였다. “정의로운 시민이 불의를 보고 바로잡고 싶으셨군.”

리처는 고개를 끄덕였다. “그런 셈이오.”

“누군가는 해야 하는 일이니까.”

“그렇소.” 리처가 다시 말했다.

“불의를 싫어하는군. 그런가?”

“그런 것 같소.”

“그리고 스스로 옳고 그름을 판단할 수 있고.”

“그러길 바라오.”

“스스로 판단할 수 있기 때문에 관계당국의 개입 같은 건 불필요하고.”

“보통은.”

“자신의 도덕적 기준에 확신을 갖고 있고.”

“대체로.”

정적이 흘렀다. 디어필드가 눈부심을 뚫고 리처를 쳐다보았다.

“그런데 돈은 왜 훔쳤나?” 그가 물었다.

리처는 어깨를 으쓱했다. “전리품으로 생각해서? 그냥, 트로피처럼.”

디어필드는 고개를 끄덕였다. “그것도 자기 기준에 따른 거군.”

“그런 셈이오.”

“자신만의 규칙에 따라 플레이한다?”

“대체로.”

"늙은 여자에게 강도짓을 하진 않지만 양아치 두 놈의 돈을 집어가는 것은 괜찮다?"

"그렇소."

"자네가 허용하는 범위를 벗어나면 그에 상응하는 대가를 치르게 되겠지?"

"그렇소."

"사적인 기준으로."

리처는 다시 어깨를 으쓱했다. 아무 말도 하지 않았다. 정적이 길어지고 있었다.

"범죄자 프로파일링에 대해 아는 게 있나?" 디어필드가 불쑥 물었다.

리처는 잠시 멈칫했다. "신문에서 읽은 것 정도로만?"

블레이크가 나섰다. "그건 과학이야. 우리가 콴티코에서 수년에 걸쳐 기술을 발전시켰지. 여기 있는 라마 특별수사관이 현재 그 분야의 최고 전문가야. 폴튼 특별수사관은 그녀를 보조하고 있고."

"우린 범죄 현장을 살펴보고 그 안에 숨어 있는 심리적 지표를 분석해서 어떤 유형의 인물이 그 범죄를 저질렀는지 추론해." 라마가 말했다.

이번에는 폴튼이었다. "우리는 피해자들을 연구해서 피해자들이 누구에게 특히 취약했을 수 있는지 파악해내지."

"무슨 범죄?" 리처가 물었다. "어떤 현장 말이지?"

"이 개자식이!" 라마가 말했다.

"에이미 캘런과 캐롤라인 쿡." 블레이크가 말했다. "둘 다 살해당했어."

리처가 그를 노려보았다.

"캘런이 먼저였지." 블레이크가 말했다. "아주 독특한 범행 수법이긴 했지만, 그저 한 건의 살인 사건일 뿐이잖아? 그런데 이어서 쿡이 당했어. 정확히 똑같은 수법으로. 그래서 연쇄 사건이 된 거야."

"우리는 희생자들 간의 연결 고리를 찾아봤어." 폴튼이 말했다. "어렵지 않게 찾았지. 성추행을 신고하고 결국 군을 떠난 여자들."

"범행 현장은 극도로 정돈되어 있었어." 라마가 말했다. "아마도 군과 관련된 정밀함의 발현이 아닐까 싶었지. 통상적이지 않고 해석이 불가능한 범행 수법. 한 치의 오차도 없고 어떤 단서도 없었어. 범인은 분명 치밀한 성격의 소유자이고 수사 절차에도 익숙한 사람이야. 아마도 그 자신이 유능한 수사관일 수도 있고."

폴튼이 말했다. "두 집 모두 강제 침입은 없었고, 두 사건 모두 피해자가 순순히 살인자를 집 안으로 들였어."

"따라서 범인은 둘 다 공통으로 아는 사람이야." 블레이크가 말했다.

"둘 다 신뢰하는 사람이고." 폴튼이 말했다.

"오랜 친구 같은 친근한 방문자." 라마가 말했다.

방 안에는 정적이 흘렀다.

"방문자는 피해자들이 친구로 여겼던 사람이자 유대감을 느꼈던 사람이야." 블레이크가 말했다.

폴튼이 말했다. "오래전 친구. 문을 두드리면 피해자가 문을 열어주면서 '반가워요, 다시 보니 좋네요'라고 말할 수 있는 관계."

"그럼 방문자는 그냥 쓱 들어가지." 라마가 말했다.

방 안에는 다시 정적이 흘렀다.

"우리는 범죄를 심리적으로 탐구했어." 라마가 말했다. "왜 그 여자들이 자신들을 죽일 만큼 누군가를 미치게 만들었을까? 그래서 우리는 앙심을 품은 군 관련자를 찾아봤지. 이를테면, 헤픈 여자들이 멀쩡한 군인들의 경력을 망쳐놓고 결국은 자신들도 군을 떠났다는 사실에 분노한 사람. 경솔하게 신고하고, 그 때문에 유능한 군인들이 자살에 이르게 된 상황에 분노한 사람."

"옳고 그름에 대한 명확한 감각을 가진 사람." 폴튼이 말했다. "자신의 기준에 대한 확신이 있어서 자신의 손으로 이러한 불의를 바로잡으려는 사람. 적절한 당국의 개입 없이 기꺼이 행동할 수 있는 사람 말이야."

"두 여자가 다 알고 있는 사람." 블레이크가 말했다. "순순히 집에 들일 수 있을 만큼 잘 아는 오랜 친구 같은 사람."

"결단력 있는 사람." 라마가 말했다. "이를테면, 잠깐의 생각으로 라벨 프린터와 접착제를 사 와서 돌발 상황을 처리해버릴 만큼 대단히 체계적인 사람."

또다시 조용해졌다.

"육군 컴퓨터를 뒤져봤어." 라마가 말했다. "당신 말이 맞아. 희생자 둘은 서로를 전혀 몰랐어. 공통된 지인은 거의 없었지. 극소수였어. 그런데 당신이 그 극소수 중 하나야."

"신기한 사실 하나 알려줄까?" 블레이크가 말했다. "연쇄 살인범들은 예전에는 폭스바겐 비틀을 몰았어. 거의 대부분이. 기이한 일이었지. 그러다 미니밴으로 갈아탔어. 그러다 SUV로 바뀌었지. 자네 차처럼 큰 사륜구동으로. 대단히 강력한 지표야."

라마가 몸을 숙여 디어필드 자리 앞에 있던 서류 뭉치를 다시 끌어당겼다. 그러고는 손가락으로 서류를 톡톡 두드렸다.

"이런 사람들은 대개 고립된 삶을 살아." 라마가 말했다. "타인과는 기껏해야 한 명 정도하고만 교류하지. 다른 사람, 주로 친척이나 친구, 특히 여성에게 얹혀서 살아가. 일상적인 활동은 거의 하지 않고 전화 통화도 잘 하지 않고 조용히 은둔하면서 지내지."

"법 집행에 대해서는 빠삭하고." 폴튼이 말했다. "온갖 것을 다 꿰고 있지. 자신의 권리에 관련해서는 잘 알려지지 않은 난해한 판례들까지."

또다시 조용해졌다.

"이게 프로파일링이야." 블레이크가 말했다. "프로파일링은 정확한 과학이야. 대부분의 주에서 체포 영장 발부의 충분한 근거로 인정되지."

"절대 실패하지 않아." 라마가 말했다. 그녀는 리처를 뚫어지게 바라보다가 만족스러운 듯 비뚤어진 치아를 드러내며 몸을 뒤로 기댔다. 방 안에 침묵이 내려앉았다.

"그런데?" 리처가 말했다.

"그런데 누군가가 이 둘을 죽였어." 디어필드가 말했다.

"계속해 보시오."

디어필드는 오른쪽의 블레이크와 라마, 폴튼을 향해 고개를 끄덕였다. "그리고 이 요원들은 그 누군가가 자네와 똑같은 유형의 사람이라고 생각해."

"그래서?"

"그래서 이 모든 질문을 한 거지."

"그리고?"

"그리고 나는 이 친구들의 말이 전적으로 맞다고 생각해. 자네와 똑같은 성향의 누군가가 한 짓이야. 어쩌면 자네였는지도 모르고."

4

“난 아닌데.” 리처가 말했다.

블레이크가 미소를 지었다. “다들 그렇게 말하지.”

리처가 그를 노려보았다. “헛소리 집어치워. 당신들이 말하는 근거라고는 살해당한 여자 둘뿐이오. 그리고 그녀들은 우연히 군대라는 공통점을 가졌을 가능성이 높소. 군대에서 성추행 당한 여자들은 수백, 아니 수천 명은 될 테니까. 그런데 하필 왜 그 연결 고리에 집착하는 거요?”

블레이크는 아무 말도 하지 않았다.

“그리고 왜 나 같은 사람을?” 리처가 물었다. “그것도 역시 추측일 뿐이잖소. 그러니까 당신네가 프로파일링이라고 하는 그 헛짓거리가 결국은 이런 거 아니오? 나 같은 사람이 했을 거라고 당신들이 생각하기 때문에 나 같은 사람이 범인일 거라고 몰아세우는 거잖소. 증거도 뭣도 없으면서.”

“증거는 없어.” 블레이크가 말했다.

“그놈은 아무런 흔적도 남기지 않았으니까.” 라마가 말했다. “그리고 그게 우리가 일하는 방식이야. 범인은 분명 똑똑한 놈이야. 그래서 우리도 똑똑한 놈을 찾은 거지. 당신이 똑똑하지 않다고 할 건가?”

리처는 그녀를 노려보았다. “나 정도 똑똑한 사람은 수천 명은 될걸.”

"아니. 수백만 명이야, 이 자만심 쩌는 개자식아. 그래서 우린 범위를 좀 더 좁혔어. 똑똑한 놈, 독고다이, 육군, 두 희생자의 지인, 행적 불분명, 과격한 자경단 기질. 그렇게 수백만 명에서 수천 명으로, 수백 명에서 수십 명으로, 마침내 당신에게까지 오게 된 거지."

정적이 흘렀다.

"마침내 나라고?" 리처가 라마에게 말했다. "돌겠군."

그는 아무 말 없이 무표정하게 앉아 있는 디어필드에게 시선을 돌렸다.

"당신도 내가 그랬다고 생각하는 거요?"

디어필드는 어깨를 으쓱했다. "글쎄, 자네가 아니라면 자네와 똑같은 누군가겠지. 어쨌든 자네가 두 놈을 병원에 보냈다는 건 잘 알지. 그것만 해도 자넨 이미 큰 문제야. 여자들 사건은 아직 잘 모르겠지만. FBI는 전문가들을 믿어. 그래서 그들을 고용하는 거고."

"그들은 틀렸소." 리처가 말했다.

"그걸 증명할 수 있나?"

리처는 그를 노려보았다. "그걸 왜 내가 증명해야 하지? 무죄 추정의 원칙은 어디 간 거요?"

디어필드는 그저 웃기만 했다. "제발, 현실적으로 얘기하자고. 알겠나?"

다시 정적이 흘렀다.

"날짜." 리처가 말했다. "사건이 일어난 날짜와 장소를 말해보시오."

정적이 더 길어졌다. 디어필드는 말없이 허공을 응시했다.

"캘런은 7주 전이었고, 쿡은 4주 전." 블레이크가 말했다.

리처는 시간을 거슬러 올라가 보았다. 4주 전은 가을의 시작이었고, 7주 전은 늦여름이었다. 늦여름에는 아무 일도 하지 않았다. 마당과의 전쟁에 시달리고 있었기 때문이다. 석 달 동안 방치된 마당에는 잡초와 덤불이 마구 자라 있어서 매일 밖에 나가 낫과 괭이 같은 익숙지 않은 도구를 들고 밀림처럼 우거진 풀과 싸워야 했다. 며칠씩이나 조디 얼굴도 못 본 채 지낸 적도 있었다. 그녀는 사건들에 치여 바빴고, 런던으로 일주일간 해외 출장을 다녀오기도 했다. 정확히 몇째 주였는지는 기억나지 않았다. 외로운 시기였고, 걷잡을 수 없이 무성해진 자연을 되돌리는 데 온 시간을 쏟아부을 때였다.

가을이 시작되면서는 집 안으로 눈을 돌렸다. 해야 할 일들이 있었다. 하지만 모든 일을 혼자서 해냈다. 조디는 시내에 머물며 미끄러운 승진 사다리를 올라가느라 열심히 일하고 있었다. 가끔 밤을 함께 보내기는 했다. 하지만 그게 전부였다. 어디를 여행한 적도 없고, 티켓 영수증도 없고, 호텔 숙박 기록도, 여권에 찍힌 도장도 없었다. 한마디로 알리바이가 없었다. 리처는 눈앞에 줄지어 앉은 일곱 명의 요원을 바라보았다.

"지금 당장 변호사를 불러주시오."

두 명의 현지 감시조가 리처를 처음의 방으로 다시 데려갔다. 리처의 신분은 바뀌어 있었다. 이번에는 그들이 방 안에까지 들어와 닫힌 문 양쪽에 한 명씩 섰다. 리처는 그들을 무시한 채 플라스틱 의자에 앉아 있었다. 천장의 노출된 배관 내부에서 환풍기가 쉬지 않고 돌아가는 소리를 들으며 아무 생각도 하지 않고 기다렸다.

리처는 거의 두 시간을 기다렸다. 감시조 둘은 그를 쳐다보지도, 말을 하지도, 움직이지도 않은 채 문 옆에 참을성 있게 서 있었다. 리처는 의자에 등을 기대고 앉아 머리 위의 배관을 바라보았다. 위에는 한 쌍의 환기 시스템이 있었다. 하나는 신선한 공기를 실내로 공급하고 다른 하나는 탁한 공기를 밖으로 배출하는 시스템이었다. 배치 구조는 명확했다. 리처는 눈으로 공기의 흐름을 따라가며, 지붕 위에서 커다란 팬들이 서로 반대 방향으로 천천히 돌고 있는 모습을 상상했다. 마치 폐처럼 건물 전체를 숨 쉬게 하는 것 같았다. 그는 자신의 몸에서 돌아나온 숨이 맨해튼의 밤하늘로 날아가 대서양으로 사라지는 모습을 상상했다. 축축한 분자들이 바람에 실려 대기 중에 퍼져나가는 모습을. 두 시간이면 30킬로, 어쩌면 40이나 50킬로미터 떨어진 해안까지 떠밀려 갈 수 있다. 기상 조건에 따라 달라질 것이다. 그날 밤에 바람이 불었었는지 기억나지 않았다. 아마 불지 않았던 것 같다. 안개가 있던 것이 떠올랐다. 바람이 불었다면 안개는 흩어졌을 테니 그날 밤은 바람이 없는 고요한 밤이었을 것이다. 그렇다면 그의 숨결은 아마 천천히 돌아가는 팬 바로 위 공중에 무겁게 머물러 있을 것이다.

그때 바깥 복도에 인기척이 나며 문이 열렸다. 감시조가 나가고 조디가 들어왔다. 회색 벽을 배경으로 선 조디는 눈부시게 빛났다. 파스텔 톤의 복숭아 색 원피스를 입고 그 위에 조금 더 짙은 색의 모직 코트를 걸치고 있었다. 머리카락은 여전히 여름 햇볕에 탈색된 상태였다. 눈은 밝은 파란색이었고 피부는 꿀빛이었다. 한밤중이었는데도 아침인 양 생기 있어 보였다.

"괜찮아요, 리처?" 조디가 말했다.

리처는 고개만 끄덕이고 아무 말도 하지 않았다. 조디의 얼굴에 걱정이 서려 있었다. 조디는 가까이 다가와 몸을 굽혀 그의 입술에 키스했다. 꽃향기가 났다.

"저 사람들하고 얘기해봤어?" 리처가 그녀에게 물었다.

"이건 내가 해결할 수 있는 일이 아니에요." 그녀가 말했다. "난 형사법 쪽으로는 전혀 몰라요."

큰 키에 날씬한 몸매를 가진 조디가 리처 앞에서 한쪽 발에만 체중을 실은 채 고개를 한쪽으로 기울이고 서 있었다. 매번 볼 때마다 그녀는 더 아름다워 보였다. 리처는 자리에서 일어나 지친 듯 기지개를 켰다.

"딱히 해결할 건 없어."

조디는 고개를 저었다. "아뇨. 아주 제대로 있어요."

"난 여자들을 죽이지 않았어."

조디는 그를 쳐다보았다. "당연히 그렇겠죠. 그건 나도 알고 저 사람들도 알아요. 당신이 그랬다면 수갑에 족쇄까지 채워서 곧장 콴티코로 끌고 갔을 테니까. 당신을 여기에 처박아둔 건 오늘 저녁 일 때문이에요. 저 사람들이 직접 봤잖아요. 당신이 두 놈을 병원에 보내는 걸."

"그것 때문은 아니야. 저 사람들의 반응이 너무 빨랐거든. 이건 내가 두 놈을 혼내주기 전에 이미 기획된 거야. 게다가 저 사람들은 그 건에 대해 신경도 쓰지 않아. 난 범죄 조직에서 일하는 게 아니니까. 코조가 관심 있는 건 그것뿐이야, 조직범죄."

조디는 고개를 끄덕였다. "코조는 만족했겠죠. 아니, 그 이상이겠죠. 제 손 하나 까딱하지 않고 거리에서 양아치 둘을 치웠으니까. 하지만 이게 딜레마가 됐어요. 모르겠어요? 코조를 납득시키려면 당신이 독고다이 자경단이어야 하는데, 그렇게 보일수록 콴티코의 프로파일에 더 맞아떨어지는 사람이 되는 거예요. 그래서 당신이 무슨 이유로 끌려왔든 간에 저 사람들이 혼란스러워진 거고요."

"그 프로파일은 다 헛소리야."

"저 사람들은 그렇게 생각 안 해요."

"헛소리가 확실해. 그게 날 찾아낸 거니까."

조디는 고개를 저었다. "아뇨. 당신 같은 사람을 찾아낸 거예요."

"아무튼 난 그냥 여기서 나가면 돼."

"그렇게는 안 돼요. 지금 꽤 심각한 상황이에요. 다른 건 몰라도, 당신이 그 두 놈을 두들겨 패는 걸 작전 중인 FBI 요원들이 직접 봤다고요."

"그놈들은 당해도 싼 놈들이었어."

"왜죠?"

"괴롭히지 말아야 할 사람을 괴롭히고 있었으니까."

"봤죠? 지금 스스로 저 사람들의 주장을 입증하고 있잖아요. 자기만의 기준을 따르는 자경단원처럼."

리처는 어깨를 으쓱하며 고개를 돌렸다.

"이건 내가 해결할 수 있는 일이 아니에요." 조디가 다시 말했다. "형사 사건은 내 분야가 아니니까. 이쪽 변호사가 필요해요."

"변호사 같은 건 필요 없어."

"아뇨, 리처. 변호사가 꼭 필요해요. 이건 진짜 심각한 상황이에요. FBI 가 개입했다고요, 맙소사."

리처는 한동안 말이 없었다.

"심각하게 받아들여야 해요."

"못해. 다 헛소리야. 난 그녀들을 죽이지 않았어."

"하지만 당신 스스로 그들의 프로파일링에 들어맞게 행동했어요. 이제 저 사람들이 틀렸다는 걸 입증하는 건 상당히 어려울 거예요. 부정을 입증하는 건 원래 어려우니까. 그러니 제대로 된 변호사가 필요해요.”

“저 사람들은 내가 네 커리어를 망치고 있다고 하더군. 이상적인 기업가의 남편감이 아니라면서.”

“웃기는 소리네요. 그리고 만약 그렇다고 해도 난 신경 안 써요. 내 입장 때문에 다른 변호사를 쓰라는 게 아니에요. 당신을 위해서 그래야 한다는 거지.”

“변호사는 필요 없어.”

“그럼 왜 날 부른 거죠?”

리처가 웃었다. “널 보면 기분이 좋아질 것 같아서.”

그러자 조디가 그의 품에 안겨 고개를 들어 올리고 진하게 키스했다.

“사랑해요, 리처. 진심으로. 알죠? 하지만 당신은 이 사건에 더 적합한 변호사가 필요해요. 난 이게 무슨 일인지도 가늠이 안 돼요.”

긴 정적이 흘렀다. 머리 위에서 돌아가는 환풍기 소리, 금속을 스치는 희미한 공기 소리, 시간의 흐름만이 조용한 공간을 채웠다. 리처는 그 소리만 듣고 있었다.

“저 사람들이 나한테 감시 보고서 사본을 줬어요.” 조디가 말했다.

리처는 고개를 끄덕였다. “그럴 줄 알았어.”

“어째서요?”

“그 보고서가 날 용의선상에서 제외시키니까.”

“어떻게요?”

“이건 두 여자에 관한 문제가 아니야.”

“아니라고요?”

“그래. 세 여자에 관한 거야. 확실해.”

"어째서요?"

"범인이 누구든 간에 놈은 일정표에 따라 움직이고 있으니까. 보여? 놈은 3주 주기로 움직이고 있어. 7주 전, 4주 전, 그러니까 지난주에 또 다른 범행이 일어났을 거야. 그래서 저 사람들이 날 감시한 거야. 수사 대상에서 날 제외시키려고."

"그런데 왜 당신을 여기 끌고 온 거죠? 수사 대상에서 제외되었는데?"

"모르겠어."

"일정표가 틀어졌나 보죠. 아니면 두 명에서 멈췄을 수도 있고."

"두 명에서 멈추는 놈은 없어. 한 번 시작하면 계속 가게 돼 있거든."

"아파서 쉬고 있을지도 모르죠. 다음 범행까지 몇 달이 걸릴 수도 있어요."

리처는 아무 말도 없었다.

"다른 사건으로 이미 체포됐을 수도 있어요. 그런 일도 종종 있잖아요. 전혀 연관성이 없는 일로. 어쩌면 10년형을 살기 시작했을 수도 있어요. 놈이 이 사건의 범인인지 누구도 절대 모르는 채로. 리처, 그러니까 제대로 된 변호사가 필요해요. 나보다 더 이쪽을 잘 아는. 이건 만만한 건이 아니라고요."

"기분 좋게 해주러 온 거라는 거 알지?"

"아뇨. 난 올바른 조언을 해주기로 마음먹었어요."

리처는 그녀를 쳐다보았다. 갑자기 확신이 흔들렸다.

"다른 건도 있잖아요. 그 두 놈. 그것 때문에라도 당신은 곤경에 처했어요."

"그건 저 사람들이 나한테 고마워해야 하는 거 아닌가?"

"세상일이란 게 그렇게 돌아가는 게 아니잖아요."

리처는 입을 다물었다.

"여긴 군대가 아니라고요, 리처." 조디가 말했다. "이제 더는 수송대 뒤 차고로 두어 명을 끌고 가서 정신 차리라고 두들겨 패는 식으로는 해결할 수 없어요. 여긴 뉴욕이에요. 민간 사회라고요. 저 사람들이 당신이 나쁜 짓을 했다고 판단하는 한 그걸 그냥 무시해버릴 수는 없어요."

"난 아무 짓도 안 했어."

"아니죠. 두 놈을 병원으로 보냈잖아요. 저 사람들이 당신이 그렇게 하는 걸 봤다고요. 물론 나쁜 놈들이지만, 지켜야 할 규칙이 있어요. 당신은 그걸 어겼고."

그때 바깥 복도에서 무거운 발소리가 크게 들려왔다. 세 명 정도가 서둘러 오는 듯했다. 문이 열리더니 디어필드가 방으로 들어섰다. 두 명의 현지 요원이 그의 어깨를 에워쌌다. 디어필드는 리처는 거들떠 보지도 않고 조디에게 직접 말했다.

"면회는 여기까지입니다, 제이콥 씨."

디어필드가 긴 테이블이 있는 방으로 앞장서 돌아갔다. 두 명의 현지 요원이 리처를 사이에 세우고 그를 뒤쫓아갔고, 조디도 네 사람을 따라 문을 나섰다. 조디는 눈부신 조명에 눈을 깜빡였다. 맞은편에 의자 하나가 더 놓여 있었다. 디어필드가 말없이 의자를 가리켰다. 조디는 그를 힐끗 쳐다보고 테이블 끝을 돌아 리처 옆에 앉았다. 리처가 광택 나는 마호가니 상판 아래로 그녀의 손을 꼭 쥐었다.

두 현지 요원은 벽 쪽에 자리를 잡았다. 리처는 조명의 눈부심을 뚫고 정면을 응시했다. 아까와 같은 대열이 그를 마주하고 있었다. 폴튼, 라마,

블레이크, 디어필드, 그리고 코조. 코조는 빈 의자 두 개 사이에 홀로 앉아 있었다. 이번에는 테이블 위에 검은색 소형 녹음기가 놓여 있었다. 디어필드가 앞으로 몸을 숙여 빨간색 버튼을 눌렀다. 날짜와 시간, 장소를 말했다. 그러고는 방에 있는 아홉 명의 신원을 밝혔다. 그런 다음 자신의 두 손을 책상 위에 올려놓았다.

"앨런 디어필드가 용의자 잭 리처에게 고지합니다. 당신을 다음 두 가지 혐의로 즉시 체포합니다."

그는 잠시 말을 멈췄다.

"첫째, 신원 불상자 2인에 대한 가중 폭행 및 강도 혐의."

제임스 코조가 몸을 앞으로 숙였다. "둘째, 갈취 행위에 관여한 범죄 조직을 방조한 혐의."

디어필드가 미소 지었다. "당신은 묵비권을 행사할 수 있고, 당신이 한 발언은 모두 기록되어 법정에서 불리한 증거로 사용될 수 있습니다. 당신은 변호사를 선임할 수 있으며, 변호사를 선임할 수 없는 경우 뉴욕 주에서 변호사를 선임해 줄 것입니다."

그가 녹음기 앞으로 몸을 숙이고 정지 버튼을 눌렀다. "내가 제대로 한 건가? 미란다 원칙의 전문가로 보이시던데?"

리처는 아무 말도 하지 않았다. 디어필드가 다시 미소를 지으며 빨간 버튼을 누르자 기계가 다시 윙윙거리며 작동하기 시작했다.

"당신의 권리를 이해했습니까?" 디어필드가 물었다.

"그렇소." 리처가 말했다.

"이 시점에서 하고 싶은 말이라도?"

"없소."

"그게 전부입니까?" 디어필드가 물었다.

"그렇소." 리처가 말했다.

디어필드는 고개를 끄덕였다. "기록되었습니다."

그는 앞으로 손을 뻗어 녹음기를 껐다.

"보석 심리를 신청하겠어요." 조디가 말했다.

디어필드는 고개를 저었다.

"그럴 필요 없습니다." 그가 말했다. "우리는 출두 서약*하에 그를 풀어 줄 겁니다." *피의자가 법정 출두를 약속하여 구속되지 않는 것을 의미하는 법률 용어.

잠시 정적이 흘렀다.

"다른 건에 대해서는요?" 조디가 물었다. "여성들 사건."

"그 수사는 계속 진행 중입니다." 디어필드가 답했다. "귀하의 의뢰인 은 이제 그만 가도 됩니다."

5

새벽 3시가 조금 지나서야 그곳에서 나왔다. 조디는 안절부절못한 채 리처와 함께 있어야 할지, 사무실로 돌아가 밤샘 작업을 마무리해야 할지 고민했다. 리처는 그녀를 진정시키고 일을 하러 가라고 설득했다. 현지 요원 중 한 명이 조디를 월스트리트로 데려다주었다. 그리고 훔친 현금 뭉치를 제외한 모든 소지품을 리처에게 돌려주었다. 다른 현지 요원이 그를 개리슨으로 데려다주었다. 세게 밟아서 47분 만에 93킬로미터를 주파했다. 그는 대시보드에 빨간 경광등을 두고 시거 잭에 코드를 연결해서 주행하는 내내 깜빡거리게 했다. 빛줄기가 안개를 헤치며 나아갔다. 한밤중이었고 어둡고 추웠으며 도로는 축축하고 미끄러웠다. 운전자는 아무 말도 하지 않았다. 그저 차만 몰더니 개리슨에 있는 리처의 집 진입로 초입에서 급히 차를 세웠다가 리처가 내리자마자 다시 출발했다. 리처는 번쩍이는 불빛이 강 안개 속으로 사라지는 것을 보고 집으로 걸어가기 위해 몸을 돌렸다.

리처는 조디의 아버지이자 그의 옛 직속상관이었던 레온 가버에게서 그 집을 물려받았다. 그해 여름이 시작될 무렵은 좋은 일이든 나쁜 일이든 뜻밖의 일들이 줄줄이 터졌던 한 주였다. 조디를 다시 만났고, 그녀가 결혼했다가 이혼했다는 사실을 알게 되었고, 오랜 친구 레온이 죽었다는 사실을 알게 되었고, 레온이 그 집을 자신에게 남겼다는 사실을 알게 되었다. 리처는 필리핀의 한 기지에서 조디를 처음 만났고 그때 이후로 계속 그녀를 사랑해 왔다. 당시 조디는 열다섯 살이었고, 눈부시게 아름다운 여성으로 막 접어드는 시기에 있었다. 하지만 그녀는 리처의 직속상관의 딸이었기에, 그는 자신의 감정을 죄스러운 비밀처럼 묻어두고 결코 드러내지 않았다. 자신의 감정이 조디와 레온에 대한 배신이라고 생각했다. 리처는 레온을 배신하는 일만큼은 절대 하지 않을 사람이었다. 거칠지만 진정한 군인의 품격을 가진 레온은 리처에게는 아버지 같은 존재였기 때문이다. 그래서 리처는 조디를 자신의 여동생처럼 여겼고, 여동생에게 그런 감정을 품는 것은 안 된다고 생각했다.

그러나 운명은 그를 레온의 장례식으로 이끌었고, 거기서 조디를 다시 만나게 되었다. 그들은 며칠 동안 서로 어색하게 지내다가 그녀도 그에게 똑같은 감정을 느끼고 있었으며, 똑같은 이유로 자신의 감정을 숨겨 왔다는 사실을 확인하게 되었다. 그건 청천벽력과도 같았고, 뜻밖의 일이 계속 터진 그 여름 한 주에 찾아온 찬란한 행복의 순간이었다.

조디와 재회한 건 분명 뜻밖의 좋은 일이었지만, 레온의 죽음은 뜻밖의 나쁜 일이었다. 하지만 집을 물려받은 것은 좋기도 하고 나쁘기도 했다. 이 집은 웨스트포인트 맞은편 허드슨 강변에 당당히 자리한 50만 달러짜리 최고급 부동산이었다. 안락한 곳이었지만 이 집은 그를 묶어 놓았고 리처는 그런 상태가 매우 불편했다. 그는 평생을 몹시 자주 옮겨 다녔기 때문에 한곳에 오래 머무는 것이 혼란스러웠다. 게다가 그는 이전까지 한 번도 집에서 살아본 적이 없었다. 막사나 군용 숙소, 모텔이 그의 주요 생활 터전이었다. 그런 삶이 몸에 깊이 배어 있었다.

재산이라는 개념도 그를 불안하게 했다. 평생 주머니에 들어갈 만큼의 것 이상을 소유한 적이 없었다. 어렸을 때는 야구공 한 개가 그가 가진 전부였고, 성인이 된 후에는 무려 7년 동안 국방부에서 지급한 군화 대신 자신이 더 좋아하는 신발 한 켤레 외에는 아무것도 소유하지 않은 적도 있었다. 그러다가 한 여자가 본인의 사진을 넣은 지갑을 그에게 선물한 적이 있었는데, 그는 여자와 연락이 끊긴 뒤 사진은 버렸지만 지갑은 계속 썼다. 이후 마지막 군 생활 6년 동안에는 그 신발과 지갑만 가지고 지냈다. 전역한 뒤 그는 칫솔을 추가했다. 반으로 접혀서 펜처럼 주머니에 쏙 들어가는 플라스틱 제품이었다. 손목시계도 하나 있었다. 군 보급품이어서 원래는 육군의 재산이지만 반납 요구가 없어서 그의 것이 되었다. 그게 다였다. 발에는 신발, 몸에는 옷, 바지에는 잔돈, 지갑에는 큰돈, 주머니에는 칫솔, 손목에는 시계.

그런 그에게 집이 생긴 것이다. 집이란 복잡한 존재이다. 크고 복잡하고 물리적인 존재. 집의 복잡함은 지하실에서부터 시작되었다. 지하실은 콘크리트 바닥과 벽, 천장의 들보가 뼈처럼 머리 위로 드러난 거대하고 어두운 공간이었다. 아래에는 파이프와 전선, 기계들이 있었고 보일러도 있었다. 바깥 어딘가에는 유류 탱크가 묻혀 있었고, 급수를 위한 우물도 있었다. 커다란 원형 파이프가 벽을 통과해 정화조로 연결되어 있었다. 모든 것이 상호 의존하는 복잡한 기계 장치였지만 그는 그것이 어떻게 작동하는지 전혀 몰랐다.

위층은 그보다는 쉬워 보였다. 아늑하지만 허름하고 정돈되지 않은 방들이 미로처럼 얽혀 있었다. 그런데 방마다 모두 사연이 있었다. 일부는 전등 스위치가 작동하지 않았다. 창문 중 하나는 꽉 끼어 열리지 않았다.

주방의 레인지는 사용하기에 너무 복잡했다. 밤이면 집 전체가 삐걱거리고 갈라지는 소리가 나면서 이 집이 실재하는 사물이며 신경을 많이 써야 한다는 사실을 상기시켜주었다.

그리고 집은 물리적인 존재 이상이다. 행정적인 것이기도 하다. 등기권리에 관련한 서류가 우편물로 오기도 했다. 보험도 고려해야 했다. 세금도 많았다. 지방세, 교육세, 각종 검사, 평가. 쓰레기 수거 비용에 대한 청구서도 왔다. 그리고 프로판 가스 배달 일정에 관한 안내문도 있었다. 그는 그런 종류의 우편물은 몽땅 주방 서랍에 넣어두었다.

리처가 이 집에서 직접 구입한 유일한 것은 레온의 오래된 커피머신에 끼울 금색 필터 콘뿐이었다. 종이 필터를 사러 수시로 가게에 달려가는 것보다 그게 더 편할 것 같아서였다. 그날 새벽 4시 10분, 그는 캔에서 커피를 퍼서 커피머신에 채워넣고 물을 부은 다음 기계를 작동시켰다. 싱크대에서 머그잔을 헹구어 조리대 위에 올려놓고, 팔을 괴고 스툴에 앉아 검은 액체가 퐁퐁 소리를 내며 플라스크에 떨어지는 것을 지켜보았다. 낡은 기계라 효율성이 떨어지는 게 내부에 뭔가가 끼어 있는 듯 느리게 작동했다. 보통 5분 정도 걸렸는데, 그중 4분쯤 지났을 때, 바깥 도로에서 자동차가 속도를 줄이는 소리가 들렸다. 젖은 포장도로를 스치는 쉭쉭거리는 소리. 아스팔트 위를 구르는 타이어의 덜컹거리는 소리. 조디가 회사에서 더는 버티지 못하고 집에 돌아온 거라고 생각했다. 그 희망은 차가 커브 길을 돌아 들어오고 번쩍이는 빨간 경광등 불빛이 부엌 창문을 휩쓸기 시작하면서 고작 1초 만에 사라졌다. 불빛은 왼쪽에서 오른쪽으로 반복되며 강 안개를 가르더니 이내 어둠 속으로 사라지고 엔진 소음도 정적에 묻혔다. 차 문이 열리고 발이 땅에 닿는 소리가 났다. 두 사람이었다. 문이 쾅 닫혔다. 리처는 일어나서 주방 불을 껐다. 창밖을 내다보니 희미한 형체의 두 사람이 안개 속에서 현관문으로 이어지는 길을 찾고 있었다. 다시 스툴에 앉아 자갈 위를 걷는 그들의 발자국 소리를 들었다. 그들이 멈췄다. 초인종이 울렸다.

현관 안쪽에는 두 개의 전등 스위치가 있었다. 그중 하나가 외부 현관등을 켜는 것이다. 리처는 어느 쪽이 맞는 것인지 몰라서 아무 스위치나 켰는데, 제대로 맞혀서 채광창을 통해 불빛이 비쳤다. 리처는 문을 열었다. 밖에 달린 전구는 노란색으로 착색된 두꺼운 유리로 만들어진 스포트라이트였다. 오른쪽 높은 곳에서 아래쪽으로 좁은 빛줄기를 비추고 있었다. 빛줄기는 먼저 넬슨 블레이크를 비췄고 이어서 그의 그림자에 가려지지 않은 줄리아 라마의 일부분을 비췄다. 블레이크의 얼굴에는 긴장감 외에는 아무것도 보이지 않았다. 라마의 얼굴은 여전히 적대감과 경멸로 가득 차 있었다.

"아직 안 자고 있었군." 블레이크가 말했다. 질문이 아닌 혼잣말이었다.

리처는 고개를 끄덕였다.

"뭐, 들어오시든가." 리처가 말했다.

라마는 고개를 저었다. 노란 불빛이 그녀의 머리카락에 닿았다.

"그러고 싶지 않은데." 그녀가 말했다.

블레이크가 발을 움직였다. "어디 갈 만한 곳 없나? 아침 먹을 데라도?"

"이 새벽에?" 리처가 말했다. "이 근처에는 없소."

"차 안에서 얘기 좀 할까?" 라마가 물었다.

"싫은데." 리처가 말했다.

교착 상태. 라마는 고개를 돌렸고 블레이크는 발만 이리저리 움직였다.

"들어오시오." 리처가 다시 말했다. "방금 커피를 내렸소."

그는 주방으로 돌아가 찬장 문을 열고 머그잔 두 개를 더 꺼냈다. 싱크대에서 먼지를 씻어내는 동안 블레이크가 안으로 들어오면서 내는 복도 바닥의 삐걱거리는 소리가 들렸다. 그리고 라마의 가벼운 발걸음과 문 닫히는 소리가 들렸다.

"블랙뿐이오." 리처가 말했다. "미안하지만 우유나 설탕은 없소."

"블랙이면 돼." 블레이크가 답했다.

그는 주방 입구에 서서 복도 쪽으로 몸을 기울인 채 들어오며, 마치 침범해서는 안 될 공간이라도 되는 듯 조심스럽게 움직였다. 라마는 그의 옆에서 따라 움직이며 노골적으로 호기심을 드러내면서 주방을 둘러보았다.

"난 됐어." 라마가 말했다.

"커피 좀 마셔, 줄리아." 블레이크가 말했다. "너무 긴 밤이었어."

그의 말투는 명령과 부성애적 배려의 중간쯤이었다. 리처는 놀란 듯 그를 쳐다보다가 석 잔의 커피를 마저 채웠다. 그러고는 자신의 잔을 들고 조리대에 기대어 기다렸다.

"얘기를 좀 나눠야겠어." 블레이크가 말했다.

"세 번째 여자는 누구였소?" 리처가 물었다.

"로레인 스탠리. 병참 부사관이었지."

"어디?"

"유타 어딘가에서 근무했어. 오늘 아침 캘리포니아에서 시신이 발견됐고."

"같은 수법이었소?"

블레이크는 고개를 끄덕였다. "모든 면에서 똑같아."

"과거 경력도 똑같고?"

블레이크는 다시 고개를 끄덕였다. "성추행 신고자, 승소, 그러나 결국 자진 퇴역."

"언제?"

"성추행 사건은 2년 전이었고, 전역은 1년 전. 그러니까 세 명 다 같은 패턴인 거지. 그러니 육군과 관련된 게 우연은 아니야. 확실해."

리처는 커피를 한 모금 마셨다. 맛이 밍밍하고 신선하지 않았다. 커피머신이 미네랄 침전물로 거의 막혀 있는 것 같았다. 아마도 세척하는 방법이 있을 것이다.

"그 여자는 들어본 적도 없소." 리처가 말했다. "유타에서는 근무한 적이 없어서."

블레이크는 고개를 끄덕였다. "어디 얘기할 만한 데가 좀 없나?"

"지금 여기서 얘기하고 있잖소."

"앉아서 길게 얘기할 만한 곳."

리처는 고개를 끄덕이고 조리대에서 몸을 떼고 거실로 앞장섰다. 머그 잔을 사이드 테이블 위에 놓고 블라인드를 올리자 칠흑같이 어두운 바깥이 드러났다. 창문은 강 너머 서쪽을 향하고 있었다. 그쪽 하늘을 밝힐 만큼 해가 높이 뜨려면 아직 몇 시간은 더 걸릴 것이다.

작년 겨울의 재가 아직도 가득 찬 차가운 벽난로를 둘러싸고 세 개의 소파가 사각형으로 놓여 있었다. 레온이 마지막으로 즐긴 활기찬 불꽃이 남긴 재였다. 블레이크는 창문을 바라보고 앉았고, 리처는 그의 맞은편에 앉아 라마가 짧은 치마와 씨름하며 벽난로를 마주 보고 앉는 모습을 보았다. 재와 그녀의 피부가 같은 색이었다.

"우린 우리의 프로파일을 신뢰해." 라마가 말했다.

"뭐, 그러시겠지."

"정확히 당신 같은 사람이야."

"그게 말이 된다고 생각하나?" 블레이크가 물었다.

"뭐가 말이오?" 리처가 되물었다.

"범인이 군인일 수도 있다는 거."

"군인이 살인자가 될 수 있느냐고 묻는 거요?"

블레이크가 고개를 끄덕였다. "어떻게 생각해?"

"내 의견은 그건 정말 멍청한 질문이라는 거요. 기수가 말을 탈 수 있다고 생각하느냐고 묻는 것과 마찬가지니까."

정적이 흘렀다. 보일러에 불이 켜지면서 지하실에서 조그맣게 웅웅거리는 소리가 들렸고, 스팀 파이프가 가열되어 팽창하면서 발밑 바닥의 보를 밀어서 빠르게 삐걱거리는 소리가 들렸다.

"그래서 자네가 유력한 용의자였어." 블레이크가 말했다. "처음 두 건까지는."

리처는 아무 말도 하지 않았다.

"그래서 감시를 한 거고."

"지금 사과하는 거요?" 리처가 물었다.

블레이크는 머쓱한 듯 고개를 끄덕였다. "그런 셈이지."

"그런데 왜 나를 끌고 간 거요? 내가 아닌 걸 이미 알았으면서?"

블레이크가 염치없어 하며 말했다. "뭔가 성과를 보여주고 싶었던 것 같군."

"엉뚱한 사람을 끌고 가는 게 성과를 보여주는 거요? 그게 말이 되나?"

"그래서 사과했잖나." 블레이크가 말했다.

다시 조용해졌다.

"세 명 모두를 아는 사람은 찾았소?" 리처가 물었다.

"아직." 라마가 말했다.

"우린 지금, 과거의 개인적 접점은 그리 중요한 요소가 아닐지도 모른다고 보고 있어." 블레이크가 말했다.

"두어 시간 전만 해도 중요하다고 생각했잖소. 내가 그들과 엄청 친한 사이라서, 문만 두드리면 바로 들여보내줄 거라고."

블레이크가 말했다. "꼭 자네가 아니라, 자네 같은 사람. 그리고 이제는 우리가 틀렸을 수도 있다고 생각하고 있어. 범인은 특정 카테고리를 기준으로 여자들을 죽이고 있잖아? 성추행 피해를 신고하고, 그 후 전역한 여자들. 그러니 개인적으로 아는 사이는 아니지만 신고자들이 단지 그 카테고리에 속해 있어서 알고 있을 수도 있어. 예를 들어 헌병처럼."

리처가 웃었다. "다시 나라는 거요?"

블레이크는 고개를 저었다.

"아니. 자넨 캘리포니아에 없었어."

"그건 틀린 대답이오. 내가 범인이 아닌 건 내가 살인자가 아니기 때문이니까."

"아무도 죽여 본 적이 없나?" 라마가 답을 알고 있다는 듯이 물었다.

"죽어 마땅한 놈들만."

이번에는 라마가 웃었다. "아까 말했듯이, 우리는 우리의 프로파일을 신뢰하고 있어. 범인은 당신같이 자만심 쩌는 개자식일 게 분명해."

리처는 블레이크가 라마를 반은 지지하고 반은 못마땅해 하는 듯한 눈빛으로 쳐다보는 것을 보았다. 주방에서 나온 불빛이 뒤쪽 복도를 통해 들어와 그녀의 가는 머리카락을 희뿌연 후광으로 바꾸어 그녀가 저승사자처럼 보이게 했다. 블레이크는 앞으로 몸을 기울여 리처의 주의를 자신에게 돌리려 했다. "우리가 말하려는 건, 이놈이 현재 또는 과거에 헌병이었을 가능성이 있다는 거야."

리처는 라마에게서 고개를 돌리고 어깨를 으쓱했다.

"뭐든 가능하지 않겠소?"

블레이크도 고개를 끄덕였다. "그리고 군에 대한 충성심 때문에 자네가 그 가능성을 받아들이기 어려울 수 있다는 것도 이해해."

"사실 상식적으로는 받아들이기 어렵소."

"어떤 면에서?"

"당신들은 범행 수법에서 어떤 식으로든 신뢰와 우정이 중요하다고 생각하는 것 같은데, 군대에서는 아무도 헌병을 신뢰하지 않소. 내 경험상 신뢰는커녕 우호적이지도 않지."

"리타 시메카가 자네를 친구로 기억할 거라고 했잖나."

"난 좀 달랐으니까. 노력을 기울였거든. 다른 헌병들은 그러지 않았고."

다시 침묵. 바깥의 안개가 집에 담요를 덮은 것처럼 소리를 흐릿하게 만들었다. 라디에이터에 흐르는 물소리만 크게 울렸다.

"이 범행에는 분명한 의도가 있어." 블레이크가 말했다. "줄리아가 말했듯이 우리는 우리의 기법을 신뢰하고 있어. 그리고 우리가 분석한 바로는 군이 연루되어 있고. 피해자 카테고리가 너무 좁아서 무작위라고 하기에는 무리가 있거든."

"그래서?"

"FBI와 군은 대체로 사이가 안 좋지."

"그거 참 놀랍군. 댁들은 대체 어디랑 사이가 좋은 거요?"

블레이크는 고개를 끄덕였다. 그는 아직 한 번도 세탁한 적이 없는 값비싼 새 정장을 입고 있었다. 그 모습은 마치 동문회에 불려 나온 대학 미식축구 코치처럼 불편해 보였다.

"어디와도 잘 지내는 데는 없지. 경쟁 관계에 있으니까. 현역 때 민간 기관과 협력한 적이 있나?"

리처는 아무 말도 하지 않았다.

"어떤 상황인지 잘 알잖아." 블레이크가 다시 말했다. "군은 FBI를 싫어하고, FBI는 CIA를 싫어하고, 모두가 서로를 싫어하지."

정적이 흘렀다.

"그래서 중간다리가 필요해." 블레이크가 말했다.

"중간다리?"

"자문 역할을 해줄 사람. 우리를 도와줄 수 있는."

리처는 어깨를 으쓱했다. "내가 그런 사람을 어떻게 알겠소? 군을 나온 지 얼마나 오래됐는데."

침묵이 흘렀다. 리처는 커피를 다 마시고 빈 머그잔을 테이블 위에 내려놓았다.

"자네가 하면 돼." 블레이크가 말했다.

"내가?"

"그래. 아직도 돌아가는 상황을 잘 아는 것 같던데?"

"말도 안 돼."

"왜 안 되지?"

리처는 고개를 저었다. "그러고 싶지 않소."

"하지만 할 수는 있잖나."

"할 수는 있겠지만 하지 않겠소."

"자네 기록을 찾아봤어. 군에서 엄청 유능한 수사관이었더군."

"이미 흘러간 역사요."

"아직 자네를 기억하는 친구들이 있을지도 몰라. 자네에게 신세 진 사람들이 아직 있을 수도 있고."

"그럴 수도 있고 아닐 수도 있고."

"자네라면 우리를 도와줄 수 있어."

"도울 수 있을지도 모르겠지만 하지 않겠소."

리처는 소파에 몸을 기대고 등받이에 두 팔을 넓게 벌리며 다리를 쭉 뻗었다.

"아무렇지도 않나?" 블레이크가 물었다. "이 여자들이 죽어나가는 게? 일어나서는 안 되는 일이잖나."

"군에는 백만 명이 있소." 리처가 말했다. "나는 13년을 복무했고. 그 기간 동안 물갈이가 얼마나 됐겠소? 아마 두 번 정도일 거요. 그러면 나와 함께 복무했던 사람 중에 지금 민간에 나온 사람이 이백만 명 정도 된다는 거지. 그중 몇 명은 로또에 당첨될 수도 있고 몇 명은 살해될 수도 있는 거요. 내가 그들 모두를 걱정하며 살 수는 없소."

"자네는 캘런과 쿡을 알았잖아. 좋아했고."

"캘런은 좋아했소."

"그러니 그녀의 살인범을 잡을 수 있도록 도와줘."

"싫소."

"부탁하네."

"싫다고."

"진심으로 도움을 청하는 거야."

"싫다니까."

"이 개자식." 라마가 말했다.

리처는 블레이크를 바라보았다. "내가 저 여자랑 같이 일하고 싶을 것 같소? 날 '개자식'이라고 부르는 여자랑?"

"줄리아, 가서 커피 좀 더 가져와." 블레이크가 말했다.

라마는 달아오른 얼굴로 입을 굳게 다문 채 힘겹게 소파에서 일어나 주방으로 걸어갔다. 블레이크가 몸을 앞으로 빼고 낮은 목소리로 말했다.

"지금 꽤 날이 서 있어. 좀 봐줄 수 없겠나?"

"봐주라고? 내가 왜? 내 집에 앉아서 내 커피를 마시면서 나한테 욕지거리를 하는데?"

"피해자 카테고리는 상당히 특정되어 있어. 그리고 자네 생각보다 그 숫자가 더 적을 수도 있고. 성추행 신고 이후 전역한 여성들? 자넨 그게 수백, 수천 명이라고 했지만 국방부에 따르면 해당 조건에 맞는 여성은 아흔한 명에 불과해."

"그래서?"

"우린 그놈이 이 아흔한 명을 전부 살해할 가능성이 있다고 보고 있어. 놈이 체포되기 전까지는 그럴 거라고 가정해야 해. 이미 세 명을 해쳤으니까."

"그래서?"

"줄리아의 동생이 나머지 여든여덟 명 중 한 명이야."

주방에서 나는 일상적인 소음을 제외하고는 다시 정적이 흘렀다.

"그래서 저러는 거야." 블레이크가 말했다. "88분의 1이면 확률이 아주 높은 건 아니니까 완전히 패닉 상태에 빠진 것 같진 않지만, 그래도 줄리아로서는 충분히 두려울 만하지."

리처는 천천히 고개를 끄덕였다.

"그럼 이 사건에서 빠져야 하지 않소? 관계가 너무 깊은 것 같은데."

블레이크는 어깨를 으쓱했다. "줄리아가 고집했고 판단은 내 몫이었지. 난 내 결정에 만족해. 압박감이 성과를 낼 수 있으니까."

"저 여자에게는 아닐 거요. 통제불능 상태니까."

"줄리아는 내 수석 프로파일러야. 사실상 이 사건을 주도하고 있지. 그러니 그녀가 이 사건에 얽혀 있든 아니든 난 그녀가 필요해. 그리고 그녀는 중간다리로서 자네가 필요하고 난 결과가 필요하니, 자네가 그녀를 좀 봐주면 좋겠는데."

블레이크는 뒤로 물러나 앉으며 리처를 응시했다. 값비싼 정장이 불편해 보이는 뚱뚱한 나이 든 남자가 밤공기 속에서 땀을 흘리며 타협할 줄 모르는 표정을 짓고 있었다. **난 결과가 필요해.** 리처는 결과를 중시하는 사람들을 싫어하지 않았다. 하지만 그는 아무 말도 하지 않았다. 긴 침묵이 흘렀다. 잠시 뒤 라마가 커피머신의 포트를 들고 방으로 돌아왔다. 얼굴의 열기는 가라앉아 있었다. 평정심을 되찾은 모습이었다.

"난 내 프로파일을 신뢰해." 그녀가 말했다. "그놈은 당신과 똑같은 사람이야. 당신이 알았던 사람일 수도 있고, 같이 근무했던 사람일 수도 있지."

리처는 라마를 올려다보았다. "당신의 개인적인 상황에 대해서는 유감이야."

"동정은 필요 없어. 난 그놈을 잡아야 해."

"행운을 빌지."

라마가 허리를 굽혀 블레이크의 머그잔에 커피를 따르고는 리처에게 다가갔다.

"고맙군." 리처가 말했다.

"우릴 도와줄 거야?" 라마가 물었다.

그는 고개를 저었다. "아니."

정적이 흘렀다.

"자문 역할은 어때?" 블레이크가 물었다. "순전히 우리가 자문만 구하는 거라면? 배경 조사 차원에서."

리처는 다시 고개를 저었다. "관심 없소."

"그럼 아주 작은 역할은 어떤가?" 블레이크가 물었다. "그냥 브레인스 토밍 정도? 자네가 그놈과 가까웠을지도 모르니까. 적어도 그런 유형의 인물과."

"내가 할 만한 일이 아니오." 리처가 말했다.

다시 정적이 흘렀다.

"최면을 받아볼 수 있겠나?" 블레이크가 물었다.

"그건 왜?"

"묻혀 있던 기억이 떠오를지도 모르니까. 누군가가 협박이나 악의적인 발언을 했던 거라든지. 당시에는 별로 대수롭게 여기지 않았던 사소한 거라도 말이야. 그게 우리가 뭔가를 맞춰 나가는 데 도움이 될 수도 있어."

"아직도 최면기법을 쓴다고?"

"가끔은." 블레이크가 말했다. "도움이 될 때도 있으니까. 줄리아가 전문가야. 그녀가 할 거야."

"그렇다면 사양하겠소. 벌거벗은 채 5번가를 걷게 만들지도 모르니까."

다시 정적. 블레이크가 고개를 돌렸다가 다시 리처를 바라보았다.

"마지막으로 묻겠네, 리처. FBI가 자네에게 도움을 요청하고 있어. 우린 늘 자문관을 고용해. 돈도 지급할 거고. 할 건가, 말 건가?"

"나를 끌고 갔던 진짜 이유가 바로 이거였군."

블레이크가 고개를 끄덕였다. "가끔은 먹히거든."

"어떻게?"

블레이크는 잠시 망설이다 대답하기로 결심한 듯 입을 열었다. 리처는 그가 설득을 위해 솔직한 답변을 할 준비가 되었다는 걸 알았다.

"사람을 흔들어 놓는 거야. 자신이 유력한 용의자로 몰렸다고 느끼게 만들었다가 그렇지 않다고 말하면 감정이 180도 달라지면서 우리에게 일종의 고마움을 느끼게 되지. 그렇게 우릴 돕고 싶게 만드는 거야."

"당신 경험담이오?"

블레이크는 다시 고개를 끄덕였다.

"대부분은 먹혀."

리처는 어깨를 으쓱했다. "난 심리학 쪽은 잘 몰라서."

"심리학으로 우리가 먹고사는 거지. 굳이 따지자면." 블레이크가 말했다.

"좀 잔인하다고 생각하지 않소?"

"FBI는 해야 할 일을 하는 거니까."

"그런 것 같군."

"그래서, 할 건가 말 건가?"

"안 하겠소."

잠시 정적이 흘렀다.

"왜지?"

"당신네가 쓰는 감정 뒤집기 작전이 내게는 안 먹힌 거겠지."

"기록을 위해 공식적인 이유를 말해주겠나?"

"공식적인 이유라면, 저 여자 때문이오. 저 여자가 날 열 받게 하니까."

블레이크는 어쩔 수 없다는 듯 두 손을 펼쳤다. "그건 일부러 자네를 열 받게 하려는 거였어. 감정 뒤집기가 잘 먹히게 하기 위한 테크닉일 뿐이라고."

리처는 얼굴을 찌푸렸다.

"글쎄, 그렇다고 하기엔 너무 진심이던데. 저 여자가 사건에서 빠지면 생각해 보겠소."

라마는 눈살을 찌푸렸고 블레이크는 고개를 저었다.

"그럴 순 없어. 그건 내 결정이고, 그걸 바꿀 순 없어."

"그렇다면 난 안 하는 걸로."

블레이크가 입꼬리를 내리며 말했다.

"여기 오기 전에 디어필드 씨와 이야기를 나눴어. 예의상 그런 거니 이해하겠지? 디어필드 씨한테, 자네가 협조하면 코조가 조직범죄 혐의를 취하할 거라고 자네에게 전하라는 승인을 받았어."

"그 혐의에 대해서는 신경 쓰지 않는데."

"신경 써야 할 텐데. 보호비 갈취는 악질 범죄야. 사업을 망가뜨리고 삶도 망가뜨리지. 코조가 제대로 엮기만 하면 트라이베카 지역 상인들로 구성된 배심원단은 자넬 증오하게 될 거야."

"신경 안 쓴다고." 리처가 다시 말했다. "그 혐의에서는 금방 벗어날 수 있소. 난 갈취를 막은 거지 시작한 게 아니니까. 트라이베카 상인 배심원단에게는 내가 로빈 후드처럼 보일 거요."

블레이크는 고개를 끄덕이며 머리를 숙이고 손가락으로 입술을 닦았다. "문제는 조직범죄 이상의 혐의가 될 수 있다는 거지. 그중 한 명이 위독해. 방금 벨뷰 병원에서 연락이 왔는데 두개골 골절이라는군. 만약 그놈이 죽으면 살인 혐의로 바뀔 거야."

리처는 웃음을 터뜨렸다. "시도는 좋았소. 하지만 오늘 밤 두개골이 깨진 놈은 없소. 내가 누군가의 두개골을 깨려고 했다면 어떤 방식으로 해야 할지 아주 잘 알거든. 그런데 난 오늘 그러지 않았고, 그건 우연히 일어날 만한 일이 아니오. 그러니 이제 나머지도 들어볼까?"

"무슨 나머지?"

"뭔가 더 센 협박. FBI는 해야 할 일을 하는 거라고 했잖소. 당신들은 거침없이 회색지대로 뛰어드는 사람들이고. 그러니 준비해둔 더 센 협박이 뭔지 들어보자는 거요."

"우린 그저 자네가 이 선에서 협조해주길 바랄 뿐이야."

"그건 알고 있고. 난 당신들이 어디까지 나갈 작정인지 듣고 싶은데."

"필요하면 끝까지 갈 거야. 우린 FBI야, 리처. 지금 압박받고 있다고. 낭비할 시간이 없어."

리처는 커피를 한 모금 마셨다. 그가 직접 내린 것보다 맛이 더 나았다. 원두를 더 많이 넣은 것 같았다. 아니면 덜 넣었을지도.

"이제 협박을 계속해 보시오."

"국세청 세무조사."

"내가 세무조사를 걱정할 것 같소? 난 숨길 게 하나도 없는데? 내가 잊고 있던 소득을 찾아내기라도 하면 고마울 것 같긴 하군. 현금은 언제나 환영이니까."

"자네 여자친구에게도 할 거야."

리처는 또 웃었다. "조디는 월스트리트 변호사요. 대형 로펌에서 거의 파트너급이고. 국세청 따위는 한 손으로도 우습게 주무르겠지."

"우린 진지해, 리처."

"아직은 그래 보이지 않는데."

블레이크는 바닥을 내려다보았다. "거리에서 위장근무 중인 코조의 요원들이 있어. 페트로시안은 어젯밤 누가 자기 부하들을 그렇게 만들었는지 알아보는 중일 거고. 코조의 요원들이 당신 이름을 슬쩍 흘릴 수도 있어."

"그런가?"

"어디 사는지 알려줄 수도 있고."

"그러면 내가 겁이라도 먹을 것 같소? 정신 차리고 날 좀 똑바로 보시오. 지금 이 행성에서 내가 두려워할 만한 사람은 열 명도 안 될 거요. 그리고 그 페트로시안인가 뭔가가 그중 하나일 가능성은 거의 없을 거고. 그자가 날 잡으러 이리로 온다고? 그럼 내가 놈을 관짝에 처넣어서 강 따라 시내까지 떠내려 보낼 테니 걱정마시오."

"꽤 센 놈이라던데, 내가 들은 바로는."

"그럴지도. 하지만 가장 센 놈은 아니오."

"코조 말로는 놈이 성도착자라더군. 놈의 살해 방식에는 항상 성적인 요소가 들어 있다는 거야. 남자든 여자든 상관없이 시체는 알몸을 훼손한 상태로 기괴하게 전시한다지. 다 디어필드 씨가 말해준 거야."

"난 내 식대로 하겠소."

블레이크는 고개를 끄덕였다. "그럴 줄 알았어. 우린 사람 보는 눈이 정확하거든. 그게 우리가 먹고사는 방식이니까. 그래서 우린 자네가 다른 상황에서는 어떻게 반응할지 생각해봤어. 코조가 페트로시안에게 흘리는 게 자네 인적 사항이 아니라, 자네 여자친구의 인적 사항이라면 어떨까?"

6

"어떻게 할 거예요?" 조디가 물었다.

"모르겠어." 리처가 말했다.

"그 사람들이 그렇게 나오다니 믿을 수가 없네요."

두 사람은 로어 브로드웨이 4층, 조디의 주방에 있었다. 블레이크와 라마는 리처를 개리슨에 남겨두고 떠났고 안절부절못하고 있던 그는 20분 뒤 남쪽으로 차를 몰아 시내로 향했다. 조디가 아침 6시에 식사와 샤워를 하기 위해 집에 들어왔고, 거실에서 기다리고 있던 리처와 마주했다.

"진심일까요?"

"모르겠어. 아마 그렇겠지."

"젠장, 믿을 수가 없네요."

"그들은 절박해. 그리고 오만하지. 늘 이기려 들고. 엘리트들이잖아. 이 모든 게 합쳐지면 그런 식으로 행동하는 거야. 전에도 본 적이 있어. 군대에도 똑같은 인간들이 있었지. 그들은 필요한 일은 뭐든 해."

"결정할 시간이 얼마나 남았어요?"

"8시까지 연락해줘야 해."

"그래서 어떻게 할 거예요?"

"모르겠어." 리처는 그 말만 반복했다.

조디의 코트는 주방 의자 등받이 위에 걸쳐져 있었다. 그녀는 핑크빛 원피스를 입고 초조하게 왔다 갔다 했다. 23시간 동안 깨어 있는 상태였지만, 눈꼬리 안쪽이 희미한 푸른빛을 띠는 것 외에는 티가 나지 않았다.

"그들이 진짜 그렇게 할까요? 설마, 진심은 아닐 거예요."

"아닐 수도 있지. 하지만 이건 게임이야. 도박이라고. 어떤 선택을 하든 우린 평생 그걸로 마음을 졸이게 될 거야."

조디가 의자에 털썩 앉아 다리를 꼬았다. 머리를 뒤로 젖히고 머리카락이 어깨 뒤로 흘러내릴 때까지 흔들었다. 그녀는 줄리아 라마와는 정반대의 사람이었다. 외계인이 본다면 둘 다 머리카락, 눈, 입, 팔, 다리 등 똑같은 부위를 똑같은 양으로 가진 여성으로 분류하겠지만, 한 명이 달콤한 꿈이라면 다른 한 명은 악몽이었다.

"너무 멀리 나갔어." 리처가 말했다. "전적으로 내 잘못이야. 처음부터 그 여자가 전혀 마음에 들지 않았어. 그래서 그냥 좀 약 올리면서 끌다가, 나중엔 승낙하려고 했어. 그런데 내가 그렇게 하기도 전에 그들이 폭탄을 던진 거야."

"그럼 다시 주워 담으라고 해요. 다시 시작하자고, 협조하겠다고."

리처는 고개를 저었다. "싫어. 날 협박하는 건 그렇다 쳐도 널 건드리는 건 완전히 선을 넘은 거야. 그들이 그런 짓까지 미리 생각해두고 있었다면, 엿이나 먹으라고 해."

"근데 진짜 진심으로 한 말일까요?" 조디가 다시 물었다.

"가장 안전한 전략은 그들이 그럴 수도 있다고 가정하는 거야."

조디가 고개를 끄덕였다. "그래서 난 두려워요. 그들이 다시 주워 담는다 해도 여전히 조금은 무서울 것 같아요."

"맞아. 이미 엎질러진 물이야."

"그런데 왜? 왜 그렇게까지 절박하게 구는 거죠? 왜 협박까지 하는 거예요?"

"과거 때문이야. 너도 알잖아. 모두가 서로를 싫어해. 블레이크도 그렇게 말했어. 그런데 그건 사실이야. 헌병들은 콴티코가 불타고 있다 해도 오줌 한 방울 안 보탤 거야. 베트남 일 때문에. 네 아버지가 다 말해줬을 텐데. 그분이 바로 대표적인 본보기니까."

"베트남전 때 무슨 일이 있었는데요?"

"원칙이 하나 있었어. 병역 기피자는 FBI의 소관이고, 탈영병은 우리 소관이라는. 서로 다른 범주였으니까. 우리는 탈영병들을 어떻게 다루어야 할지 알고 있었어. 탈영병들 중 일부는 빵에 갔지만 일부는 유연하게 처리했지. 정글은 육군 땅개들한테 그다지 재미있는 데가 아니었고, 신병 모집소도 늘 사람이 부족했어. 그래서 헌병대는 그중 착한 놈들은 진정시키고 다시 부대로 보냈는데, 열에 아홉은 공항으로 가는 길에 FBI가 다시 체포해버렸어. 헌병들을 돌아버리게 만들었지. 후버*는 끔찍한 인간이었어. 한번도 본 적 없는 수준의 영역 다툼이었지. 그 결과 레온처럼 지극히 합리적인 사람도 다시는 FBI와 말을 섞으려 하지 않았어. 전화도 안 받고 공문에 대해서도 배째라 식이었고." *존 에드거 후버는 FBI를 창설한 초대 국장으로 1924~1972년까지 재임했다.

"지금도 그래요?"

리처가 고개를 끄덕였다. "기관들은 뒤끝이 길어. 그런 일은 바로 어제 일처럼 여기지. 절대 그냥 안 넘어가. 잊지도 않고."

"여자들이 위험에 처해 있는데도?"

리처는 어깨를 으쓱했다. "기관이 합리적으로 사고한다고 말하는 사람은 아무도 없을걸."

"그러면 정말로 누군가가 필요한 거네요?"

"어떻게든 성과를 내려면."

"근데 왜 하필 당신이죠?"

"이유야 많지. 난 두 사건에 접점이 있고, 위치가 특정되었고, 어디서 뭘 찾아야 할지 알 만큼 경력이 있고, 나한테 몇 번쯤 신세 진 후임들이 아직 현역으로 남아 있을 만한 고참이니까."

조디가 고개를 끄덕였다. "그걸 종합해 보면 그들이 완전 진심이라는 거네요."

리처는 아무 말도 하지 않았다.

"그럼 이제 어떻게 하죠?"

리처는 잠시 뜸을 들였다.

"다른 각도에서 접근해 볼 수도 있겠지." 정적을 깨고 리처가 말했다.

"어떻게요?"

"네가 나랑 함께 가는 거야."

조디는 고개를 저었다. "내가 당신을 따라 가는 걸 그들이 허락할 리 없어요. 그리고 난 어차피 갈 수 없어요. 몇 주가 걸릴 수도 있잖아요? 난 일을 해야 해요. 파트너십 결정이 임박했다고요."

리처는 고개를 끄덕였다. "다른 방법도 있어."

"그게 뭐죠?"

"내가 페트로시안을 처리하면 돼."

조디는 아무 말도 못한 채 그를 쳐다보았다.

"그럼 더 이상 위협은 없을 거야. 그쪽 에이스를 밟아버리면."

조디는 시선을 천장으로 돌리더니 다시 고개를 천천히 흔들었다.

"우리 로펌에 '그래서-또-뭐so-what-else?'라고 부르는 규칙이 있어요. 예를 들어 우리가 파산한 의뢰인을 맡고 있다고 쳐요. 가끔 뒤져보면 그 사람이 숨겨둔 자금이 나와요. 우리한테 말도 안 하고 몰래 감춰놓은 돈이죠. 우릴 속이고 있는 거예요. 그럼 우리가 제일 먼저 하는 말이 이거예요. 그래서-또-뭐? 또 뭘 숨기고 있지? 또 무슨 짓을 하고 있지?"

"그래서?"

"그래서, 그들이 진짜로 하려는 게 뭘까요? 어쩌면 이건 여자들 사건이랑은 전혀 상관없을 수도 있어요. 어쩌면 애초부터 목표는 페트로시안이었는지도 몰라요. 그자는 똑똑하고 교활한 놈일 거예요. 아마도 딱히 그자를 옭아맬 만한 증거도, 증인도 없을 거고. 그래서 코조가 블레이크와 라마를 이용해서, 당신이 직접 페트로시안을 처리하게 만들려는 거 아닐까요? 그들이 당신을 심리적으로 프로파일링했죠? 그걸로 당신이 어떻게 생각하고 반응할지 다 꿰고 있을 거예요. 그러니까 페트로시안을 이용해 날 협박하면, 당신이 페트로시안을 처리하겠다고 즉각 반응할 거라는 걸 알았겠죠. 그럼 그자는 재판도 없이 거리에서 사라질 거고요. 어차피 재판으론 못 잡았을 놈이니까. 게다가 FBI랑은 아무 관련 없는 일이 되는 거죠. 그들은 당신을 암살자로 쓰려는 거예요, 유도 미사일처럼. 태엽을 감아놓고 탁 풀면 당신은 날아갈 테니까요."

라처는 아무 말도 하지 않았다.

"아니면 다른 이유일 수도 있겠죠." 조디가 말했다. "이 여자들을 죽인 놈, 꽤 똑똑한 것 같지 않아요? 어디에도 증거가 없잖아요. 입증하기 어려운 사건이 될 거예요. 그러니까 어쩌면 당신이 놈을 제거하길 바라는 건지도 몰라요. 법정에서 유죄를 입증할 만한 증거는 부족하지만 당신 마음을 달랠 정도는 될 테니까. 당신이 알고 있던 여자들을 대신해서 당신이 놈을 처리하는 거죠. 일은 깔끔하게 끝나고, 비용도 적게 들고, 아무 흔적도 안 남기고. 그들은 당신을 마법의 탄환처럼 이용하는 거예요. 여기 뉴욕에서 발사하면 언제든 어디든 가서 명중하는 총알로."

리처는 침묵했다.

"어쩌면 당신은 처음부터 용의자가 아니었을지도 몰라요. 애초부터 살인범을 찾고 있던 게 아니라, 살인범을 살인할 누군가를 찾고 있었던 건지도 모르죠."

방 안에는 정적이 흘렀다. 밖에서는 이른 아침 거리의 소음이 시작되고 있었다. 잿빛 새벽 속에서 교통량이 늘어나고 있었다.

"둘 다일 수도 있겠지." 리처가 말했다. "페트로시안과 그 살인범."

"그들이 똑똑한 사람들인 건 분명하네요." 조디가 말했다.

리처는 고개를 끄덕였다. "물론."

"그럼 이제 어떻게 할 거예요?"

"모르겠어. 한 가지 확실한 건 페트로시안이 있는 이 도시에 널 혼자 두고 내가 콴티코로 갈 수는 없다는 거야. 절대."

"그들이 진심일까요? FBI가 정말 그런 짓까지 할까?"

"다시 제자리군. 답은, 우린 모른다는 거야. 그게 포인트지. 그들이 원했던 효과도 바로 이런 거고. 그냥 모른다는 것만으로도 충분하잖아?"

"당신이 가지 않으면요?"

"그러면 여기서 하루 24시간, 분 단위로 널 지키고 있겠지. 그러다가 그 상황에 지치면, 그들의 의도가 뭐였든 간에 페트로시안을 쫓아가겠지."

"당신이 간다면요?"

"그러면 너에 대한 위협을 빌미로 나를 계속 압박하겠지. 그들의 관점에서 날 계속 압박한다는 게 무슨 의미겠어? 그놈을 찾아내는 걸로 끝일까? 아니면 놈을 없애버리라고 시킬까?"

"역시 똑똑한 사람들이라니까." 조디가 다시 말했다.

"왜 그냥 솔직하게 터놓고 그렇게 해달라고 하지 않는 거지?"

"그냥 해달라고 할 순 없어요. 완전 불법이니까요. 그리고 어쨌든 당신도 그렇게 해서는 안 되고요."

"안 된다고?"

"그럼요. 페트로시안도 살인범도. 그들이 원하는 그 어떤 쪽도 해서는 안 돼요."

"왜지?"

"그럼 그 순간부터 코가 꿰는 거니까요, 리처. 자경단으로 두 명을 죽이는 것, 심지어 그걸 그들이 다 알고 있는 상황에서? 남은 인생 내내 FBI에게 목줄 잡히는 거예요."

리처는 창틀에 손을 대고 거리를 내려다보았다.

"당신 지금 정말 곤란한 상황에 처한 거예요." 조디가 말했다. "아니, 우리 둘 다."

리처는 아무 말도 하지 않았다.

"그래서 어떻게 할 거예요?"

"생각 좀 해볼게. 8시까지 아직 시간이 있으니까."

조디는 고개를 끄덕였다. "신중하게 생각해봐요. 후회할 짓은 하지 말자고요."

　조디는 다시 사무실로 돌아갔다. 파트너로의 승진이 코앞이었다. 리처
는 아파트에 혼자 앉아 30분 동안 골똘히 생각한 뒤 20분 동안 전화통에
매달렸다. 블레이크가 말했었다. 자네에게 신세 진 사람들이 아직 있을 수도
있고. 리처는 8시 5분 전, 라마가 준 번호로 전화를 걸었다. 벨이 한 번 울
리자마자 라마가 전화를 받았다.

　"당신들이 하자는 대로 하지. 썩 내키지는 않지만."

　잠시 침묵이 흘렀다. 그녀가 비뚤어진 치아를 드러내며 웃는 모습이 그
려졌다.

　"집에 가서 짐 챙겨. 정확히 두 시간 뒤에 데리러 갈 테니까."

　"아니. 조디를 좀 봐야 해. 공항에서 만나지."

　"비행기로 안 가."

　"비행기를 안 탄다고?"

　"그래. 난 비행기 안 타. 우린 차로 갈 거야."

　"버지니아까지? 얼마나 걸리는데?"

　"여섯 시간 정도."

　"여섯 시간이나 당신과 차 안에 있으라고? 젠장, 그렇겐 못하지."

　"시키는 대로 해, 리처. 두 시간 뒤 개리슨에서 봐."

　조디의 사무실은 월스트리트에 있는 60층짜리 빌딩의 40층에 있었다.
로비는 24시간 보안이 유지되고 있었지만 리처는 조디의 회사에서 발급
해준 출입증 덕분에 언제든 출입할 수 있었다. 조디는 빈 사무실에 혼자

앉아 런던 시장의 아침 시황을 검토하고 있었다.

"컨디션 괜찮아?" 리처가 물었다.

"피곤해요."

"집에 가서 좀 쉬어."

"잠이 오겠어요?"

리처는 창가로 가서 밝아오는 하늘의 여명을 바라보았다.

"편히 쉬어." 그가 말했다. "걱정할 것 없어."

조디는 아무 대답도 하지 않았다.

"어떻게 할지 결정했어." 리처가 말했다.

조디는 고개를 저었다. "말 안 해도 돼요. 뭐라고 말할지 알고 있으니까."

"다 잘될 거야. 약속해."

조디는 잠시 가만히 앉아 있다가 리처를 따라 창가로 갔다. 그녀는 리처의 가슴에 얼굴을 묻은 채 그를 꼭 껴안았다.

"몸조심해요."

"조심할게. 걱정하지 마."

"무모한 짓은 하지 말고요."

"걱정 마."

조디가 얼굴을 들어 올렸고 둘은 입을 맞췄다. 리처는 오랫동안 강렬하게 키스를 했다. 앞으로 한동안은 이 느낌 하나로 버텨야 할 테니까.

리처는 평소보다 빨리 차를 몰아 라마가 말한 두 시간이 되기 10분 전에 집으로 돌아왔다. 욕실에서 접이식 칫솔을 꺼내 안주머니에 꽂았다. 지하실 문을 잠그고 온도 조절기를 낮췄다. 모든 수도꼭지를 단단히 잠그고 현관문도 잠갔다. 서재에 있는 전화기의 플러그를 뽑고 주방을 통해 밖으로 나갔다.

마당을 가로질러 나무 사이를 지나 걸어갔다. 그는 강을 내려다보았다. 잿빛 강물이 느릿느릿 흐르고 있었고, 아침 안개가 마치 담요처럼 강을 덮고 있었다. 맞은편 강둑에는 나뭇잎들이 녹색에 지친 듯 갈색과 옅은 주황색으로 물들고 있었다. 웨스트포인트의 건물들은 희미하게 보였다.

해가 지붕의 능선 위로 떠오르고 있었지만, 햇살에 온기라고는 없었다. 리처는 집으로 돌아와 차고를 돌아 진입로로 나왔다. 코트 깃을 세우고 간선도로로 걸어 나왔다. 집을 돌아보지는 않았다. 눈에서 멀어지면 마음에서도 멀어진다. 그것이 리처가 원하는 방식이었다. 그는 갓길을 건너 우편함에 기대어 서서 텅 빈 도로를 바라보며 기다렸다.

7

라마는 광택으로 번쩍거리는 버지니아 번호판이 달린 새 뷰익 파크 애비뉴를 타고 정시에 도착했다. 혼자였고, 차 안에 있으니 작아 보였다. 그녀는 천천히 차를 세우고 버튼을 눌러 트렁크 뚜껑을 열어주었다. 크롬 재질의 슈퍼 차저 마크가 가장자리에 붙어 있었다. 리처는 그대로 트렁크 뚜껑을 닫고는 조수석 문을 열어 차에 올라탔다.

"짐은?"

"없어."

라마가 잠시 멍한 표정을 지었다. 그러더니 뭔가 사회적으로 난처한 상황을 마주한 사람처럼 그에게서 고개를 돌리고 길을 따라 천천히 내려갔다. 그녀는 첫 번째 교차로에서 정차했다. 방향을 잘 모르는 것 같았다.

"남쪽으로 가는 가장 좋은 길이 뭐지?"

"비행기."

라마는 다시 고개를 돌리고 강에서 멀어지는 쪽으로 좌회전했다. 그런 뒤 또다시 좌회전해서 9번 도로를 타고 북쪽으로 향했다.

"피시킬에서 I-84를 타고 가다가 서쪽으로 가서 유료 도로를 타고 남쪽의 팰리세이즈를 지나 가든 스테이트로 들어갈 거야."

리처는 아무 답도 하지 않았다. 라마가 그를 힐끗 쳐다보았다.

"알아서 해." 그가 말했다.

"그냥 대화나 좀 하려고."

"그럴 필요 없는데."

"비협조적이군."

리처는 어깨를 으쓱했다. "군 관련해서 내 도움이 필요하다고 한 거잖아. 미국의 지리 공부를 돕는 게 아니라."

라마는 실망스럽지만 놀랍지는 않다는 듯 눈썹을 치켜올리고 입을 오므렸다. 리처는 고개를 돌려 창밖 풍경을 바라보았다. 차 안은 따뜻했다. 그녀가 히터가 세게 틀어 놓았기 때문이다. 그는 몸을 숙여서 조수석 쪽 온도를 5도 정도 낮췄다.

"너무 덥군." 리처가 말했다.

라마는 아무 말도 하지 않았다. 그저 말없이 차만 몰았다. I-84를 타고 허드슨 강을 건너 뉴버그를 통과했다. 이후 유료 도로에서 남쪽으로 방향을 틀고 긴 여정에 대비하듯 몸을 움찔거리며 좌석에 몸을 파묻었다.

"비행기는 절대 안 타나?" 리처가 물었다.

"전에는 탔었는데, 지금은 못 타."

"왜지?"

"공포증." 짧은 답이었다. "그냥 겁이 나서."

"총은 가지고 있나?" 리처가 물었다.

라마는 핸들에서 한 손을 떼더니 재킷 자락을 뒤로 젖혔다. 그녀의 가슴 옆으로 빳빳하고 윤기 나는 갈색의 어깨 홀스터 끈이 휘어져 있는 것이 보였다.

"그걸 쓰기는 해?"

"물론. 필요하다면."

"그럼 비행기를 무서워하는 건 멍청한 짓이야. 차 몰고 다니다 총격전에 휘말려 죽을 확률이 백만 배는 더 높으니까."

라마는 고개를 끄덕였다. "통계상으로는."

"그러니 당신의 공포심은 비합리적인 거야."

"그럴지도."

정적이 흘렀다. 그저 엔진의 윙윙거리는 소리만 들렸다.

"FBI에는 비합리적인 요원들이 많은가?" 리처가 물었다.

라마는 아무 대답도 하지 않았다. 창백했던 얼굴이 살짝 붉어졌을 뿐이다. 그는 침묵 속에서 눈앞에 펼쳐진 도로를 바라보다가 라마를 너무 몰아세웠다는 생각이 들기 시작했다. 그녀는 이미 여러 곳에서 압박을 받고 있는데.

"동생 일은 유감이야." 리처가 말했다.

"뭐?" 라마가 물었다.

"동생을 걱정하는 거 알고 있어."

라마는 도로에서 눈을 떼지 않은 채 물었다. "내가 커피 내리는 동안 들은 거야?"

"짧게."

"실제로는 의붓동생이야. 그리고 걔의 상황에 대해 내가 걱정하는 건 전적으로 내 직업적인 차원에서 그런 거고. 알아들어?"

"둘 사이가 별로인 걸로 들리는군."

"잠재적 피해자 중 한 명이 나와 가까운 관계라고 해서 내가 그 사람에게 더 신경 써야 해?"

"당신들은 내가 그럴 거라고 예상했잖아. 내가 에이미 캘런을 알았고 좋아했다는 이유로 복수를 할 준비가 되어 있을 거라고."

라마는 고개를 저었다. "그건 블레이크 씨의 생각이야. 난 그냥 당신이 인간이라면 당연히 신경 쓸 거라고 생각했을 뿐이고. 어쨌거나 당신은 예외야. 당신은 오히려 그 살인범의 프로파일과 거의 일치하니까."

"당신네 프로파일은 틀렸어. 그걸 빨리 인정할수록 범인을 더 빨리 잡을 수 있을 거야."

"당신이 프로파일링에 대해 뭘 안다고?"

"전혀 모르지. 하지만 난 그 여자들을 죽이지 않았고, 앞으로도 그럴 일은 없어. 그러니 나 같은 사람을 찾는 건 시간 낭비야. 난 당신들이 찾으려는 유형과는 정반대니까. 안 그래? 그리고 이건 사실로 입증되기도 했고."

"사실을 좋아하나 보지?"

리처가 고개를 끄덕였다. "개소리보다는 훨씬 나으니까."

"좋아. 그럼 이런 사실은 어때? 난 얼마 전에 콜로라도에서 살인범 하나를 잡았어. 현장에 가보지도 않고 말이야. 한 여성이 집에서 강간당하고 둔기로 머리를 맞아 살해됐어. 반듯하게 누운 채 얼굴은 천으로 덮여 있었지. 아주 폭력적인 성범죄였어. 우발적 범행이었고 강제 침입 흔적도, 집 안이 어질러진 흔적도 없었지. 피해자는 똑똑하고 젊고 예쁜 여성이었어. 난 범인이 피해자보다 나이가 더 많은 그 지역 남성일 거라고 추론했어. 피해자와 도보 거리 내에 거주하며, 서로 아는 사이에다가 이전에도 여러 번 피해자의 집을 방문한 적이 있고, 피해자에게 성적 매력을 느꼈지만 그걸 제대로 표현하지 못하거나 억누르고 있었던 사람이었을 거라고."

"그래서?"

"내가 그 프로파일을 보내자 현지 경찰이 한 시간 안에 용의자를 체포했어. 놈은 즉시 자백했고."

리처가 고개를 끄덕였다.

"놈은 수리공이었군. 망치로 살해했을 거고."

30분 만에 처음으로 라마가 도로에서 눈을 떼고 리처를 쳐다보았다. "당신이 그걸 어떻게 알지? 이곳 신문에는 나오지도 않았는데."

리처는 어깨를 으쓱했다. "상식적인 추리지. 얼굴에 천을 덮었다는 건 서로 아는 사이였다는 의미야. 그녀의 얼굴을 가려두지 않고 도주하기는 찔렸을 테니까. 죽은 여자가 무덤에서라도 자신을 지켜볼 것 같은 깊은 죄책감을 느꼈겠지. 그런 식으로 반쯤 작동하는 사고 기능은 지능이 낮다는 걸 나타내는 지표야. 강제 침입이 없었고 집 안이 어질러지지 않았다는 건 범인이 그 집에 여러 번 가봐서 익숙하다는 뜻이고. 간단하게 추론할 수 있는 것들이지."

"간단하다고?"

"지능이 낮은 남자가 똑똑하고 예쁜 여자 집을 여러 번 방문했다? 그럼 대체로 정원사나 수리공이지. 그런데 정원사는 밖에서 일하고 적어도 두 명이 함께 오니까 정원사는 아닐 거고, 그래서 수리공이라고 추리한 거야. 아마 그 젊고 귀여운 여자에게 반해서 속으로 끙끙 앓다가 어느 날 더는 못 참고 어설프게 들이댔는데, 그녀가 당황하면서 거부하고 심지어 비웃기까지 하니까 놈이 폭발해서 강간하고 죽였을 거야. 수리공이라 늘 연장을 갖고 다니고 그걸 사용하는 데 익숙하니까 그런 상황에서는 망치를 사용했을 거고."

라마는 입을 닫았다. 창백했던 얼굴이 다시 붉어졌다.

"이런 게 당신들이 말하는 프로파일링인가?" 리처가 물었다. "이건 그냥 상식인데?"

"그건 아주 단순한 사건이었어." 라마가 조용히 말했다.

리처가 웃었다. "이런 걸로 월급을 받나? 이런 걸 배우려고 대학씩이나 가고?"

차가 뉴저지에 들어섰다. 도로의 아스팔트 상태가 더 좋아졌고, 갓길의 식물들도 더 잘 정리되어 있었다. 모든 주는 고속도로가 시작되는 1킬로미터 구간에 많은 노력을 들여서 더 나은 곳으로 들어섰다는 느낌을 주려고 한다. 그 노력을 왜 마지막 1킬로미터 구간에는 하지 않는지 리처는 궁금했다. 그렇게 하면 떠나는 그곳을 더 그리워할 텐데.

"뭐든 얘기 좀 해." 라마가 말했다.

"그러지. 대학 때 얘기나 해보든가."

"대학 때 얘기를 하자는 게 아니야."

"왜? 프로파일링 기초 강좌에 대해 말해보시지. 통과는 했나?"

"사건 얘기를 하자고."

리처는 미소를 지었다. "대학을 나오긴 했고?"

라마가 고개를 끄덕였다. "인디애나 주립대."

"전공은 심리학?"

라마는 고개를 가로저었다.

"그럼 뭐였지? 범죄학?"

"굳이 물어본다면, 조경학. 업무상 전문 교육은 콴티코에 있는 FBI 아카데미에서 받았고."

"조경학? FBI에서 당신을 덥석 채 갈 만하군."

"연관성이 있어. 전체적인 그림을 보는 법과 인내심을 길러 주거든."

"그리고 식물을 키우는 법도. 그거 꽤 쓸모 있겠는데. 당신네가 말하는 그 프로파일로 헛다리 짚고 있는 동안 시간 때우기에 딱이겠어."

라마는 다시 입을 다물었다.

"그런데 콴티코에는 비합리적인 공포증을 가진 조경 전문가가 많은가? 거미를 무서워하는 분재 애호가라든가 보도블록에 금이 가 있는 곳을 못 밟는 난초 재배자라든가?"

라마의 안색이 점점 더 창백해지고 있었다. "여자들이 죽어 나가는데 농담이나 하고 있다니, 정말 못 봐주겠네."

리처는 입을 다물고 창밖으로 시선을 돌렸다. 라마는 빠르게 차를 몰았다. 도로는 젖어 있었고 앞쪽으로는 회색 구름이 깔려 있었다. 그들은 남쪽으로 몰려가는 비바람을 쫓아가고 있었다.

"이제 사건에 대해 말해봐." 리처가 말했다.

라마가 핸들을 지렛대처럼 이용해 좌석에서 자세를 고쳐 앉았다.

"피해자 집단에 대해서 말했지? 아주 특정적이지 않아?"

리처가 고개를 끄덕였다. "그런 것 같군."

"사건이 발생한 위치는 무작위인 게 분명해. 범인은 특정한 피해자들을 쫓고 있고, 그들이 있는 곳이면 어디든지 가. 현재까지의 범죄 현장은 모두 피해자의 거주지였어. 주거 형태는 제각각이었지만 전부 단독주택이었고, 얼마나 외딴 곳에 살고 있는지는 다 달랐어."

"그래도 다들 괜찮은 집이었을걸?"

라마는 리처를 힐끗 쳐다보았다. 그가 미소 지었다. "전역할 때 군에서 위로금을 받았을 테니까. 그걸 스캔들 방지라고 부르지. 그렇게 목돈을 받고 몇 년간 자유롭게 살다가 정착한 것일 테니 아마 좋은 집을 샀을 거야.”

라마가 운전하면서 고개를 끄덕였다. “맞아. 그리고 지금까지의 피해자들은 모두 주택가 안에 있는 집에 살았어.”

“말이 되네. 공동체 안에서 살고 싶어졌을 테니까. 남편이나 가족 상황은 어땠지?”

“캘런은 별거 중이었고 아이는 없었어. 쿡은 남자친구는 있었지만 아이는 없었고. 스탠리는 혼자였고 특별히 친한 사람도 없었어.”

“캘런의 남편은 조사해봤나?”

“당연하지. 살인사건이 나면 가장 먼저 하는 게 가족을 조사하는 거니까. 기혼 여성이라면 일단 남편부터 조사하고. 그런데 그는 알리바이가 있었고 의심스러운 점도 없었어. 그러다 쿡 사건에서부터 패턴이 드러났어. 그걸로 남편이나 남자친구는 아니라는 걸 알았지.”

“그럴 것 같군.”

“첫 번째 문제는, 범인이 어떻게 집 안으로 들어갔느냐야. 강제 침입은 아니야. 그냥 문으로 들어갔어.”

“사전 정찰이 있었다고 생각해?”

라마는 어깨를 으쓱했다. “세 명의 희생자가 많은 숫자는 아니라서 단정 짓기는 조심스럽지만, 그래, 범인이 피해자들을 지켜보고 있었을 거라고 생각해. 놈은 그녀들이 혼자 있을 때를 노렸어. 아주 효율적이고 체계적인 놈이야. 운에 맡기지는 않는 타입인 것 같아. 하지만 정찰에 너무 비중을 두지는 마. 그녀들이 낮에 혼자 있다는 건 금방 알아낼 수 있는 거니까.”

“잠복 흔적은? 근처 나무 밑에 담배꽁초나 음료수 캔이 수북하다거나?"

라마는 고개를 저었다. "이놈은 어떤 흔적도 남기지 않아."

"이웃들이 본 건 없고?"

"아직까지는."

"세 명 다 낮에 당한 건가?"

"시간대는 다 다르지만 모두 낮 시간이었어."

"피해자들 중에 일을 했던 여자는 없었고?"

"당신도 안 하잖아. 전직 군인들은 거의 다 일을 안 해. 이건 내가 따로 정리해둘 만한 특성이군."

리처는 고개를 끄덕이며 날씨를 살폈다. 도로 위로 빗물이 흐르고 있었다. 비가 1킬로미터 앞에서 쏟아지고 있었다.

"왜 그쪽 사람들은 일을 안 하지?" 라마가 물었다.

"그쪽 사람들?" 그가 되물었다. "내 경우에는 하고 싶은 일을 찾지 못했어. 조경을 생각해보긴 했는데, 그건 1초면 마스터할 수 있는 일이라 다른 도전적인 일을 원했지."

라마는 다시 입을 다물었고 차는 쉬익 소리를 내며 빗줄기 속으로 들어갔다. 그녀가 와이퍼를 작동시키고 헤드라이트를 켠 다음 속도를 조금 줄였다.

"이런 식으로 날 계속 모욕할 건가?" 라마가 물었다.

"내 여자친구를 협박한 거에 비하면 지금 내가 당신을 놀리는 것쯤은 아무것도 아닌 것 같은데. 내가 두 여자를 죽일 수 있는 놈이라고 그렇게나 믿으려고 한 것에 비해서도 그렇고."

"그래서 계속 그럴 거라고? 아님 이제 그만할 건가?"

"글쎄. 당신이 사과하면 그만둘 수 있을 것도 같고."

"사과? 웃기지 마, 리처. 내 프로파일은 확고해. 당신이 아니라면 당신과 똑같은 쓰레기겠지."

하늘은 시커멓게 변하고 있었고 비는 거세졌다. 앞에서는 유리창에 쏟아지는 폭우 줄기 사이로 브레이크등이 붉게 빛나고 있었다. 차량의 속도는 점점 느려져 기어가다시피 했다. 라마가 몸을 앞으로 숙이며 급브레이크를 밟았다.

"망할." 라마가 내뱉었다.

리처가 웃으며 말했다. "재미있지 않나? 이런 날씨에서는 사망 또는 부상 위험이 비행기보다 만 배나 더 높다고."

라마는 아무 대답도 하지 않았다. 뒤따라오는 차들도 그녀만큼 알아서 속도를 줄여주기를 간절히 바라며 백미러만 쳐다보고 있었다. 앞에는 시야가 닿는 곳까지 브레이크등이 붉은 사슬을 이루고 있었다. 리처는 좌석 옆에 있는 버튼을 찾아 당겨서 등받이를 뒤로 젖히고는 몸을 뻗고 편안하게 자리를 잡았다.

"눈 좀 붙여야겠어. 어딘가 도착하면 깨워."

"아직 얘기 안 끝났는데." 라마가 말했다. "우리 거래, 기억하지? 페트로시안을 생각해. 그놈이 지금 뭘 하고 있을지 궁금하네."

리처는 왼쪽의 그녀 너머 창밖을 힐끗 바라보았다. 맨해튼이 그 방향에 있었지만 고속도로의 건너편 갓길조차 거의 보이지 않았다.

"좋아. 계속 얘기해." 그가 말했다.

라마는 집중해서 브레이크를 밟으며 폭우 속에서 기어가고 있었다.

"어디까지 말했지?" 라마가 물었다.

"범인은 피해자들이 혼자 있는 것을 확인했을 만큼 잠복해 있었고, 낮 시간이었고, 어찌어찌 문으로 들어갔어. 그다음은?"

"그다음엔 죽여."

"집 안에서?"

"우린 그렇게 생각해."

"그렇게 '생각'한다고? 그렇다고 확신하는 게 아니고?"

"안타깝게도 확실히 말할 수 없는 부분이 많아."

"그것 참 훌륭하군."

"아무런 증거를 남기지 않으니까. 정말 골치 아픈 문제라고."

리처는 고개를 끄덕였다. "그럼 현장 묘사를 좀 해봐. 우선 앞마당 조경부터."

"왜? 지금 그게 중요하다고 생각해?"

리처가 크게 웃었다. "아니. 그냥 조금이라도 당신이 확실히 아는 걸 내게 말하면 당신 기분이 나아질 것 같아서."

"이 개자식."

차는 계속 기어갔다. 와이퍼가 유리를 가로질러 천천히 움직였다. 전방에 빨간색과 파란색 불빛이 깜빡이고 있었다.

"사고가 났군." 리처가 말했다.

"놈은 증거를 남기지 않아." 라마가 다시 말했다. "정말 아무것도. 흔적도, 섬유 조각도, 혈흔도, 타액도, 머리카락도, 지문도, DNA도, 그 어떤 것도 없어."

리처는 머리 뒤로 두 손을 깍지 끼고 하품을 했다. "그러긴 힘든데."

라마가 앞유리에 시선을 고정한 채 고개를 끄덕였다. "맞아. 당신은 상상도 못할 정도로 정밀한 실험기법들이 있는데, 놈은 그걸 다 피해 가고 있어.”

“사람이 어떻게 그럴 수 있지?”

“솔직히 잘 모르겠어. 당신, 이 차에 탄 지 얼마나 됐지?”

리처는 어깨를 으쓱했다. “한평생 타고 있었던 느낌인데.”

“한 시간 정도 됐어. 지금쯤이면 문손잡이, 대시보드, 안전벨트 버클, 시트 스위치 등 온갖 곳에 당신 지문이 묻어 있을 거야. 헤드레스트에는 열 가닥 정도 머리카락이 붙어 있을 거고. 좌석에는 바지와 재킷에서 떨어진 섬유 가닥이 잔뜩 묻어 있을 거야. 신발에 묻은 뒷마당의 흙이 카펫에 떨어졌을 수도 있고. 집에 있는 러그에서 나온 오래된 섬유 가닥이 있을 수도 있겠지.”

리처는 고개를 끄덕였다. “난 그냥 가만히 앉아만 있었는데도.”

“그러니까. 살인과 관련된 폭력 상황에서는 그런 것들이 사방에 튀기 마련이야. 혈액과 침도 섞여서.”

“그럼 집 안에서 죽이는 게 아닐 수도 있겠군.”

“하지만 시신은 집 안에 뒀어.”

“그러면 적어도 다시 안으로 끌고 들어간다는 말인데.”

라마는 고개를 끄덕였다. “놈이 집 안에서 일정 시간 머문다는 건 확실해. 그에 관한 증거는 있어.”

“시신은 어디에 두지?”

“욕실. 욕조 안에.”

뷰익은 사고 현장을 천천히 지나쳤다. 낡은 스테이션 왜건이 리처의 차와 똑같은 SUV 뒤를 정면으로 들이받아 찌그러져 있었다. 왜건의 앞유리에는 사람 머리 모양의 구멍 두 개가 뚫려 있었고, 앞문은 지렛대를 써서 강제로 열어 놓은 상태였다. 구급차가 중앙분리대를 넘어 유턴을 하려고 대기하고 있었다. 리처는 고개를 돌려 그 SUV를 뚫어지게 쳐다보았다. 리처 자신의 차는 아니었다. 애초부터 자기 차일 거라고 생각한 것도 아니었다. 조디가 차를 몰고 어디 갈 리도 없었다. 제정신이라면.

"욕조 안이라고?" 리처가 되물었다.

라마가 운전대를 잡은 채 고개를 끄덕였다. "그래, 욕조 안."

"셋 다?"

라마가 다시 고개를 끄덕였다. "셋 다."

"일종의 시그니처 같은 건가?"

"맞아."

"그런데 그녀들의 집에 욕조가 다 있다는 걸 어떻게 알지?"

"집에는 대부분 욕조가 있지."

"피해자들이 전부 집에 산다는 걸 놈이 어떻게 알지? 거주 형태를 기준으로 고르는 게 아니잖아. 사람들은 아무 데서나 살 수 있어. 내가 모텔에 사는 것처럼. 그런 데는 욕조 없이 샤워기만 있기도 해."

라마는 그를 힐끗 보았다. "당신이 무슨 모텔에서 살아? 개리슨에 집이 있으면서."

리처는 아래를 잠깐 내려다보며 그 사실을 잊고 있었다는 듯한 표정을 지었다.

"하긴, 지금은 그렇군. 하지만 전에는 계속 떠돌아다녔어. 그녀들이 그렇지 않다는 걸 놈은 어떻게 안 거지?"

"그건 일종의 상호모순 같은데. 그녀들이 만약 홈리스였다면 놈의 리스트에 오르지 않았을 거야. 내 말은 리스트에 오르려면 어딘가에서 살고 있어야 한다는 거지. 그래야 놈이 그녀들을 찾아낼 수 있으니까."

"그럼 그녀들의 집에 욕조가 다 있다는 건 어떻게 안 거지?"

라마가 어깨를 으쓱했다. "집에는 대부분 욕조가 있다니까? 샤워 부스만 있는 경우는 아주 작은 원룸뿐이라고."

리처는 고개를 끄덕였다. 그 부분은 자신의 전문 분야가 아니었다. 부동산은 그에게 완전히 생소한 분야였다. "좋아. 그럼 욕조에 시신을 둔다는 거네."

"벌거벗긴 채로. 옷은 사라지고."

그녀는 사고 지점에서 벗어나자 빗속임에도 속도를 높였다. 앞유리 와이퍼도 최고 속도로 올렸다.

"옷이 사라진다고? 놈이 가져가나? 왜?"

"아마도 전리품이겠지. 이런 연쇄범죄에서 전리품을 챙기는 건 아주 흔한 현상이야. 상징적인 의미일 수도 있고. 어쩌면 놈은 피해자들이 계속 군복을 입고 있어야 한다고 생각해서 사복을 가져가는 건지도 몰라. 그녀들의 목숨뿐만 아니라 옷까지 빼앗는 거지."

"다른 것도 가져가나?"

라마가 고개를 저었다. "우리가 파악한 바로는 눈에 띄게 사라진 건 아무것도 없어. 집 안에 빈자리가 생긴 데도 없었고, 현금과 카드도 모두 제자리에 있었어."

"그럼 옷만 가져가고 아무것도 남기지 않는다는 거네."

라마가 잠시 뜸을 들였다.

"남기는 게 있긴 해."

"그게 뭐지?"

"페인트."

"페인트라니?"

"육군에서 쓰는 위장용 녹색 페인트. 몇십 리터 단위로."

"어디에다가?"

"욕조에. 시체를 알몸으로 욕조에 넣은 다음 페인트로 욕조를 채워."

리처는 세차게 움직이는 와이퍼 너머로 빗속을 응시했다. "페인트로 익사시키는 건가?"

라마는 고개를 저었다. "그건 아니야. 그녀들은 죽은 상태고, 그 위에 페인트를 부어서 덮어버리는 거지."

라마는 지체된 시간을 만회하기 위해 총알같이 달려나가고 있었다.

"그럼 시신이 녹색 페인트로 가득 찬 욕조에 떠 있는 건가?"

라마가 고개를 끄덕였다. "셋 다 그 상태로 발견됐어."

리처는 침묵 속으로 빠져들었다. 말없이 고개를 돌려 한참을 창밖만 바라보았다. 서쪽은 날씨가 더 맑았고 점점 밝아지고 있었다. 차는 빠르게 달렸다. 빗물이 타이어 아래에서 쉭쉭거리며 차체 하부를 두드렸다. 그는 서쪽의 밝은 하늘을 멍하니 바라보다 끝없이 펼쳐진 도로를 보며 자신이 지금 행복하다는 것을 깨달았다. 어딘가로 향하고 있었다. 계속 움직이고 있었다. 그의 피가 겨울 끝자락의 짐승처럼 깨어나고 있었다. 오래된 떠돌이 악령이 속삭이듯 그의 머릿속에서 조용히 말을 걸고 있었다. 지금 행복하지? 악령이 말했다. 행복하지 않아? 네가 개리슨에 얽매여 있다는 사실조차 잠시 잊었잖아. 안 그래?

"괜찮아?" 라마가 물었다.

리처는 그녀를 향해 고개를 돌리고 그녀의 창백한 얼굴과 가는 머리카락, 비웃는 듯한 이빨에 정신을 집중하며 악령으로부터 벗어나려고 노력했다.

"페인트 얘기 더 해봐." 리처가 조용히 말했다.

라마가 그를 이상하다는 듯 바라보았다.

"육군 위장용 기본 도료야. 무광 녹색. 일리노이에서 백만 리터 규모로 제조되지. 신공정으로 만들어진 거라 최근 11년간 어느 시점에 생산된 건데, 그 이상은 추적이 안 돼."

리처는 어렴풋이 고개를 끄덕였다. 직접 써본 적은 한 번도 없었지만 수십만 제곱미터의 넓이에 칠해진 것을 본 적은 있었다.

"지저분하겠군." 리처가 말했다.

"그 반대야. 범행 현장은 완벽하게 깨끗해. 욕조 주변에는 단 한 방울도 흘리지 않았어."

"여자들은 이미 죽은 상태였으니까. 아무도 저항하지 않았으니 흘릴 이유가 없지. 그런데 그러려면 페인트를 집 안으로 옮겼어야 한다는 건데. 욕조 채우는 데 페인트가 얼마나 들어가지?"

"80에서 120리터 정도."

"엄청난 양이군. 놈에게는 그게 중요한 의미인 게 분명해. 뭘 의미하는지 알아냈나?"

라마는 어깨를 으쓱했다. "군대와 관련됐다는 뻔한 의미말고는 별로. 민간인 옷을 벗기고 시신을 군용 페인트로 덮는 건 일종의 반환일 수 있어. 그녀들이 원래 있어야 한다고 놈이 생각하는 곳, 그러니까 군대로 재귀속시키는 거지. 그녀들이 있어야 했던 곳에 가두는 거야. 페인트는 몇 시간이 지나면 표면은 굳어서 딱딱해지고 그 아래는 젤리 상태로 변해. 더 오래 놔두면 욕조 전체가 그 안에 있는 시신과 함께 굳어버릴 거고."

리처는 앞유리를 통해 전방을 바라보았다. 지평선이 밝아지고 있었다. 그들은 궂은 날씨를 뒤로하고 있었다. 오른편의 펜실베이니아 주는 푸르고 화창해 보였다.

"그 페인트, 정말 보통 일이 아닌데." 리처가 말했다. "80에서 120리터? 운반하기엔 엄청난 양이야. 큰 차가 필요하다는 뜻이지. 그걸 구하는 과정에서도 어딘가에 노출되었을 거고, 집 안으로 옮길 때도 눈에 확 띄었을 거야. 그런데 아무도 본 사람이 없나?"

"집집마다 탐문 조사를 했어. 하지만 아무도 본 사람이 없어."

리처는 천천히 고개를 끄덕였다. "페인트가 열쇠군. 그건 어디서 구하는 거지?"

"모르겠어. 군에서 별로 협조적이지 않아."

"놀랍지도 않네. 군은 당신들을 싫어하니까. 게다가 이건 군으로서는 수치스러운 일이야. 범인이 현역 군인일 가능성이 높으니까. 그렇지 않고서야 어떻게 그 많은 군용 페인트를 구할 수 있겠나?"

라마는 아무 대답도 하지 않았다. 그저 남쪽을 향해 차만 몰았다. 비는 그쳤고 와이퍼가 마른 유리 위에서 끽끽거렸다. 라마가 가볍지만 단호하게 손목을 움직여 와이퍼를 껐다. 리처는 어딘가에서 페인트 통을 싣고 있는 군인 생각에 빠져들었다. 리스트에 있는 아흔한 명의 여성들, 비틀어진 정신으로 누군가가 그 수에 맞춰 80~120리터씩의 페인트를 확보하는 장면. 총 8천~1만 리터. 수 톤 단위의 페인트. 트럭 몇 대 분량. 어쩌면 놈은 군수 계통일지도 모른다.

"살해 수법은?" 리처가 물었다.

라마는 손을 미끄러지듯 움직여 핸들을 더 꽉 잡았다. 힘겹게 침을 삼키며 도로에서 시선을 떼지 않았다.

"몰라."

"모른다고?" 리처가 되물었다.

라마는 고개를 끄덕였다. "그냥 죽어 있었어. 어떻게 죽었는지 파악할 수가 없어."

8

총 아흔한 명. 넌 그중 정확히 여섯 명을 처리해야 해. 그러니 아직 세 명 남았어. 그럼 이제 넌 뭘 해야 할까? 계속 생각하고, 계속 계획하는 수밖에 없어. 생각하고 생각하고 또 생각해. 지금 해야 할 일은 그거야. 모든 건 생각에서 시작되니까. 넌 그들보다 수가 앞서야 해. 피해자들, 그리고 수사관들보다. 이미 수사관들은 겹겹이 포진해 있어. 시간이 갈수록 더 많은 인원이 투입되겠지. 지역 경찰, 주 경찰, FBI, FBI가 데려오는 전문가들. 새로운 시각, 새로운 접근법. 넌 그들이 거기 있다는 걸 알고 있어. 그들은 널 찾고 있지. 그럴 수 있다면 반드시 널 찾아낼 거야.

수사관들은 만만치 않지만 여자들은 쉬워. 네가 예상한 것만큼. 어쩌면 그보다 더. 자만 같은 건 없어. 전혀. 피해자들은 정확히 네가 상상한 대로 무너졌지. 오래 준비했고, 그만큼 치밀했으니까. 완벽한 계획이었어. 문을 열고, 널 안으로 들여보냈고, 그대로 속아 넘어갔지. 속아 넘어가고 싶어 안달이 나 있어서 침이라도 질질 흘릴 지경이었다니까? 참 멍청해. 그 정도면 당해도 싸. 어렵지도 않았어. 전혀 어렵지 않았지. 필요한 건 철저함이야. 바로 그거야. 다른 일과 다를 게 없어. 제대로 계획하고, 끝까지 생각하고, 정확히 준비하고, 리허설까지 해두면, 쉬운 일이야. 기술적인 과정일 뿐. 처음부터 그렇게 될 줄 알았어. 과학 같은 거야. 그 이상도 이하도 아니지. 이걸 하고, 그다음에는 이걸 하고, 또 이걸 하고 나면 끝. 깔끔하게 마무리. 이제 세 명 더. 그게 전부야. 그거면 돼. 진짜 어려운 건 이미 끝났어. 그래도 넌 계속 생각해야 해. 계속. 생각하고 생각하고 또 생각해. 처음엔 성공했지. 두 번째도, 세 번째도. 하지만 인생에 보장은 없다는 걸 넌 누구보다 잘 알고 있어. 그러니 생각을 멈추면 안 돼. 지금 널 무너뜨릴 수 있는 유일한 건, 너 스스로가 방심하는 것뿐이니까.

"모른다고?" 리처가 다시 물었다.

라마가 움찔했다. 그녀는 지친 기색으로 핸들을 꽉 쥐고 전방만 집중해서 바라보며 마치 기계처럼 운전하고 있었다.

"뭘 몰라?" 그녀가 물었다.

"어떻게 죽었는지 물었잖아."

라마는 한숨을 쉬며 고개를 저었다. "정확히는 몰라."

리처는 그녀를 힐끗 쳐다보았다. "괜찮나?"

"안 괜찮아 보여?"

"완전 지쳐 보이는데."

라마가 하품을 했다. "좀 피곤하긴 해. 긴긴밤이었으니까."

"그럼 조심해."

"지금 날 걱정하는 거야?"

리처는 고개를 저었다. "아니. 날 걱정하는 거지. 당신이 졸다가 도로 밖으로 차를 몰까 봐.”

라마가 다시 하품을 했다. “한 번도 그런 적 없어.”

리처는 시선을 돌렸다. 자신도 모르게 눈앞에 있는 에어백 덮개를 만지작거리고 있었다.

“아직 괜찮으니까 걱정 마.”

“그런데 어떻게 죽었는지 왜 모르는 거지?”

라마가 어깨를 으쓱했다. “당신도 수사관이었잖아. 시신도 많이 봤을 거고.”

“그래서?”

“시신에서 맨 먼저 뭘 확인하지?”

“사인, 특히 외상.”

“맞아. 누군가가 온몸에 총알구멍이 나 있으면 총상에 의한 사망이라고 결론을 지어. 머리가 박살 나 있으면 둔기에 의한 외상이라고 하고.”

“그런데?”

“그 세 사람은 굳어가는 페인트로 가득 찬 욕조에 있었잖아. 현장 감식반이 시신을 꺼내고 법의학자들이 깨끗이 시신을 닦아냈지만 아무것도 찾아내지 못했어.”

“아무것도?”

“처음부터 눈에 띄는 게 없었어. 그래서 더 꼼꼼히 살폈지. 하지만 아무것도 찾지 못했어. 익사가 아니라는 건 알아냈어. 부검을 했는데 폐에서 물이나 페인트가 나오진 않았으니까. 그래서 현미경을 들이대고 외부 상처를 찾았는데 아무것도 못 찾았어.”

“피하주사 자국은? 멍은?”

라마는 고개를 저었다. "전혀 없었어. 그런데 생각해봐. 시신은 전신이 페인트로 덮여 있었어. 게다가 군용 페인트는 주택건축 규정에 통과하기엔 많이 미흡할 거야. 온갖 화학물질 덩어리인 데다가 부식성도 강해서 피부를 손상시켰겠지. 그래서 아주 작은 흔적도 다 가려졌을 거야. 살해 도구가 뭐였든 아주 교묘해. 드러난 흔적이 전혀 없었으니까."

"내부 손상은?"

라마는 다시 고개를 저었다. "없어. 피하출혈도, 장기 손상도, 아무것도 없었어."

"독극물은?"

"안 나왔어. 위장 내용물도 깨끗했어. 페인트를 삼키지도 않았고. 독성 검사에서도 완전히 깨끗했어."

리처는 천천히 고개를 끄덕였다. "성적인 흔적도 없었겠지. 지난번에 블레이크가, 내가 원했다면 캘런과 쿡 모두 나와 잤을 거라고 언급한 걸로 봐서는. 그 말은 범인이 성적 좌절을 당한 게 아닌 거고, 따라서 성폭행도 없었다는 뜻이지. 만약 그랬다면 당신들은 예전에 피해자들에게 퇴짜 맞은 적이 있는 놈을 찾고 있었을 거고."

라마가 고개를 끄덕였다. "그게 우리 프로파일이야. 성적 동기는 없어. 시신을 벌거벗긴 건 굴욕감을 주기 위한 거라고 봐. 처벌이 목적이겠지. 응징이랄까, 뭐 그런 비슷한 거."

"그렇다면 놈은 확실히 군인이야." 리처가 말했다. "그런데 이상해. 앞뒤가 맞지 않아. 살해 방식이 전혀 군인답지 않거든. 군인이라면 총으로 쏘거나 칼로 찌르거나 때리거나 목을 조르지, 이렇게 교묘하게는 안 하니까."

"정확히 무슨 짓을 했는지는 아직 몰라."

"그리고 분노가 전혀 없어. 놈이 복수극을 벌이고 있다면 분노가 드러나야 하는데 지극히 사무적이야."

라마는 하품을 하면서 고개를 끄덕였다. "나도 그 점이 걸려. 하지만 희생자 범주를 봐. 다른 동기가 또 뭐가 있겠어? 그리고 우리가 그런 동기하에서 분노한 군인 말고 또 누가 범인이 될 수 있지?"

말이 끊어진 두 사람은 오랫동안 침묵 속에 잠겼다. 차는 몇 킬로미터를 달려갔다. 핸들을 잡은 라마의 손목에 가느다란 힘줄이 끈처럼 도드라져 있었다. 펼쳐지는 도로를 바라보니 기분이 나아지려고 했지만 리처는 애써 감정을 억눌렀다. 그때 라마가 또 하품을 했고, 리처는 날카롭게 그녀를 쳐다보았다.

"괜찮아." 라마가 말했다.

리처는 그녀를 오래, 그리고 뚫어져라 쳐다보았다.

"진짜 괜찮다고." 라마가 다시 말했다.

"난 한 시간쯤 잘 거야. 그동안에 날 죽이진 않겠지?"

리처가 깨어났을 때 그들은 여전히 뉴저지에 있었다. 차는 조용하고 편안했다. 윙윙거리는 엔진 소리는 멀리서 들려오는 듯했고 타이어에서도 은은하게 울리는 저음이 들려왔다. 바람 소리도 희미했다. 날씨는 흐렸다. 지친 기색이 역력한 라마는 운전대를 꽉 잡고 충혈된 눈을 잘 깜빡이지도 않으면서 전방의 도로만 주시하고 있었다.

"점심을 먹어야겠는데." 리처가 말을 건넸다.

"아직 일러."

리처는 시계를 확인했다. 오후 1시였다. "허세 부리긴. 당신도 커피 한 포트는 들이부어야 할 것 같은데."

라마가 반박하려고 주춤하다가 이내 포기했다. 그녀는 갑자기 몸이 축 늘어지며 다시 하품을 했다.

"좋아. 잠깐 쉬었다 가."

라마는 1킬로미터를 더 달려 갓길 너머 나무가 우거진 공터에 있는 휴게소로 들어갔다. 주차 구역에 차를 세우고 시동을 끄자 갑작스럽게 정적이 찾아왔다. 그곳은 이제껏 리처가 봐온 수많은 다른 휴게소들과 똑같았다. 50년대식 공공 건축양식의 저층 건물은 현란한 광고판으로 사람들을 끌어들이는 패스트푸드 매장으로 가득 차 있었다.

리처가 먼저 차에서 내려 차갑고 눅눅한 공기 속에서 뻣뻣하게 굳은 몸을 쭉 폈다. 뒤로는 차량들이 굉음을 내며 고속도로를 달리고 있었다. 라마는 차 안에 멍하니 앉아 있었다. 그래서 리처는 먼저 화장실 쪽으로 천천히 걸어갔다. 그래도 그녀가 따라오는 게 보이지 않자 리처는 건물 안으로 들어가 샌드위치를 사려고 줄을 섰다. 라마가 1분도 채 지나지 않아 그의 곁으로 다가왔다.

"이럼 안 되지." 라마가 말했다.

"뭐가?"

"내 시야에서 벗어나는 거."

"왜 안 되는데?"

"당신 같은 사람들에게 적용하는 규칙이 있으니까."

부드럽지도 않고 농담의 기미도 전혀 없는 말투였다. 리처는 어깨를 으쓱했다. "오케이. 다음번에 화장실 갈 때는 당신을 안으로 초대하지."

라마는 웃지 않았다. "그냥 말만 해. 문 앞에서 기다릴 테니까."

줄이 앞으로 움직이자 라마가 낼 거라고 생각한 리처는 처음에 골랐던 치즈 대신 더 비싼 게살로 메뉴를 바꿨다. 벤티 사이즈 블랙커피 한 잔과 플레인 도넛도 추가했다. 라마가 지갑을 뒤적이는 동안 그는 테이블을 찾았다. 그녀가 테이블로 와서 앉자, 리처는 커피를 들어 올리며 비꼬듯 건배를 했다.

"함께 보낼 즐거운 며칠을 위하여."

"며칠로 끝나지 않을 거야. 끝날 때까지 쭉 함께할 거고."

리처는 커피를 한 모금 마시며 시간에 대해 생각했다.

"3주 간격을 두는 건 뭘 의미하는 거지?" 리처가 물었다.

치즈 끼운 통밀빵을 고른 라마는 입가에 붙은 빵 부스러기를 새끼손가락으로 떼어내고 있었다.

"정확히 알 수는 없어. 3주라는 간격은 좀 생뚱맞지. 달의 주기도 아니고, 달력상으로는 3주라는 게 특별한 의미가 없어."

머릿속으로 계산을 해본 리처가 말했다. "목표는 아흔한 명, 3주에 한 명씩이면 5년하고도 3개월이 걸리는군. 엄청난 장기 프로젝트야."

라마는 고개를 끄덕였다. "우린 그 점이 외부 요인에 의해 주기가 정해졌다는 증거라고 생각해. 아니었다면 더 빠르게 진행했을 테니까. 그래서 우린 그자가 3주 패턴을 가지고 있다고 보고 있어. 아마도 2주 근무, 1주 휴무 패턴일 거야. 쉬는 주에 표적을 사전정찰하고, 계획을 세우고, 실행에 옮기겠지."

리처가 끼어들 찬스가 생겼다. 동조하듯 고개를 끄덕였다.

"말이 되네."

"그런 패턴으로 근무하는 부대가 어디지?"

"그렇게 규칙적으로? 아마 신속대응팀일 거야. 2주 대기, 1주 휴식."

"어떤 인원들이 신속대응팀에 있지?"

"해병대, 일부는 보병."

그런 다음 리처는 일부러 잠시 뜸을 들인 뒤 말했다. "그리고 일부 특수부대원들도."

그러고는 라마가 이 미끼를 물지 지켜보았다.

라마가 고개를 끄덕였다. "특수부대라면 교묘한 살해 방법을 알고 있겠지?"

리처는 샌드위치를 먹기 시작했다. 게살이라지만 참치로 만든 것 같았다. "소리 없이, 무기 없이, 즉석에서 살해하는 방법은 잘 알지. 하지만 교묘한 방법에 대해서는 모르겠군. 그건 은폐에 관한 문제니까. 특수부대가 사람 죽이는 데 관심이 많긴 하지만, 어떻게 죽었는지 사람들이 두고두고 궁금하게 만드는 데는 전혀 관심이 없거든."

"그래서, 하고 싶은 말이 뭔데?"

리처는 샌드위치를 내려놓았다. "내 말은, 누가, 무엇을, 왜, 어떻게 하는지 전혀 모르겠다는 거야. 그걸 내가 왜 알아내야 하는지도 모르겠고. 당신이 여기서 제일 잘난 전문가잖아. 학교에서 조경학을 전공한 사람은 당신이라고."

라마가 샌드위치를 손에 든 채 잠시 멈칫했다. "리처, 이런 식으로 나오면 곤란해. 우리가 원하는 걸 못 얻으면 어떻게 할지 당신도 잘 알 텐데?"

"당신들이 하겠다고 말하는 게 뭔지는 잘 알고 있지."

"우리가 그렇게 못할 것 같아?"

"조디가 다치기라도 하면 내가 당신들한테 어떻게 할 건지에 대해서도 잘 알고 있겠지?"

라마가 웃었다. "지금 날 협박하는 거야? 연방 요원을 협박한다고? 당신은 방금 또 법을 어겼어. 제18편, A-3조, 4702항. 죄목이 더 쌓였네."

리처는 고개를 돌린 채 아무 대답도 하지 않았다.

"정신 똑바로 차리면 아무 일도 안 생길 거야." 라마가 말했다.

리처는 잔을 비우고 그녀를 바라보았다. 차분하고 담담한 시선이었다.

"우리한테 지금 윤리 문제를 들이대는 거야?" 라마가 물었다.

"이 판에 윤리라는 게 있기는 한가?" 리처가 되물었다.

그러자 라마의 표정이 변했다. 약간의 당혹감이 스쳤고, 살짝 부드러워졌다. 그녀는 고개를 끄덕였다. "알아. 나도 예전엔 그게 거슬렸어. 훈련과정을 막 마쳤을 때는 받아들이기 어려웠었지. 하지만 그런 걸 다 감안해서 움직이는 게 FBI야. 금방 깨닫게 되더라고. 이건 실용의 문제라는 걸. 최대 다수의 최대 이익. 우린 협조가 필요하면, 먼저 정중히 요청해. 거절해도 어떻게든 협조를 얻어내고야 말지."

리처는 아무 말도 하지 않았다.

"이제는 나도 그 방침에 동의해. 하지만 당신 여자친구를 협박 수단으로 쓴 건 내 생각이 아니었다는 걸 알아줬으면 해."

리처는 아무 말도 하지 않았다.

"그건 블레이크 씨의 아이디어였어. 그를 비난할 생각은 없지만 나라면 그런 식으로 하지는 않았을 거야."

"왜?"

"이 외중에 또 다른 여자를 위험에 빠뜨릴 필요는 없으니까."

"그런데 왜 그렇게 하도록 내버려뒀지?"

"내버려두다니? 그는 내 상사야. 그리고 이건 법을 집행하는 거지. '집행'에 방점이 찍혀 있다고. 어쨌거나 그게 내 방식은 아니었다는 걸 알아줬으면 해. 우린 이제 함께 일해야 하니까."

"지금 그거, 사과하는 건가?"

라마는 아무 말도 하지 않았다.

"그런 건가? 드디어?"

라마가 얼굴을 찡그렸다. "이게 내게서 받아낼 수 있는 최선일 것 같은데."

리처는 어깨를 으쓱했다. "그래. 뭐든."

"이제 우리, 친구가 된 건가?" 라마가 물었다.

"절대 친구는 될 수 없지." 리처가 말했다. "그런 건 생각하지 마."

"날 싫어하나 보네."

"솔직하게 말해볼까?"

라마는 어깨를 으쓱했다. "굳이 그럴 것 없어. 그저 당신이 도와주길 바랄 뿐이야."

"중간다리 역할을 맡도록 하지. 그러기로 한 거니까. 그러니 원하는 걸 말해봐."

라마는 고개를 끄덕였다. "특수부대 쪽이 유력해 보여. 거기부터 먼저 조사해봐."

리처는 고개를 돌리며 웃음을 참으려고 이를 악물었다. 지금까지는 순조로웠다.

결국 그들은 휴게소에서 꼬박 한 시간을 보냈다. 휴식의 막바지에 라마는 조금 풀어진 듯했다. 그녀는 다시 길을 나서는 걸 주저했다.

"내가 운전할까?" 리처가 물었다.

"이건 FBI 차량이야. 당신은 몰 수 없어."

그런데 이 질문 덕분에 라마는 다시 정신을 차렸다. 지갑을 챙기고 자리에서 일어섰다. 리처는 쓰레기를 모아 휴지통에 버리고 문 앞에서 그녀와 합류했다. 그들은 말없이 뷰익으로 걸어갔다. 라마는 시동을 걸고 주차 구역에서 천천히 빠져나가 고속도로로 진입했다.

웅웅거리는 엔진 소리, 도로에서 나는 희미한 소음, 어렴풋한 바람 소리가 다시 들려왔다. 출발한 지 채 1분도 지나지 않아 차는 전혀 멈춘 적이 없었던 것처럼 달리고 있었다. 라마는 꼿꼿한 자세로 앉아 긴장한 채 운전대를 잡고 있었고, 리처는 그녀의 오른쪽에 몸을 늘어뜨린 채 바깥 풍경을 바라보고 있었다.

"당신 여동생에 대해 말해봐." 리처가 말했다.

"의붓동생이라고."

"그래. 아무튼 그녀에 대해 말해봐."

"왜?"

리처는 어깨를 으쓱했다. "도와주려면 배경 지식이 필요하니까. 어디에서 복무했는지, 무슨 일이 있었는지, 그런 것들 말이야."

"걔는 모험을 하고 싶어하는 부잣집 딸이었어."

"그래서 육군에 입대했다고?"

"광고를 믿었거든. 잡지에 나오는 광고 봤어? 엄청 터프하고 글래머러스하게 보이잖아."

"동생도 터프한가?"

라마는 고개를 끄덕였다. "걔는 몸 쓰는 걸 좋아해. 암벽 등반, 자전거, 스키, 등산, 윈드서핑, 그런 걸 다 좋아하지. 걔는 군대가 절벽을 밧줄 타고 하강하면서 이빨 사이에 칼을 물고 싸우는 곳인 줄 알았어."

"그런데 아니었나?"

"당신도 잘 알잖아. 그땐 아니었지. 특히 여자들에겐 더더욱. 걘 수송 부대에 배치돼서 트럭 운전이나 했어."

"집도 부자라면서 왜 그만두지 않았을까?"

"걔는 포기를 몰라. 기초 훈련도 훌륭하게 해냈어. 더 나은 보직을 받으려고 노력했지."

"그래서?"

"그걸 좀 뚫어보려고 어떤 덜떨어진 대령을 다섯 번 만났어. 그 인간이 여섯 번째 면담은 옷을 다 벗고 하면 도움이 될 거라고 했대."

"그래서?"

"놈을 고발했지. 그제야 원했던 전출을 받았고. 당시 여성으로서는 실전에 가장 가까이 갈 수 있는 보병 근접 지원부대로."

"그런데?"

"소문이란 게 그렇잖아? 아니 땐 굴뚝에 연기 나겠냐는 식으로 뒷담화가 돌았어. 걔가 그놈이랑 잤을 거라고. 정작 걔는 그놈을 고발해서 잘리게 만들었는데 말이야. 완전히 말도 안 되는 소리였는데 결국 그런 뒷담화를 못 견디고 그만뒀어."

"그래서, 지금 그녀는 뭘 하고 있지?"

"아무것도 안 해. 그냥 자기 연민에 빠져 있는 것 같아."

"가까운 사이였나?"

라마가 잠시 머뭇거렸다.

"솔직히 말해서 그다지 가깝지는 않아. 내가 바라는 만큼은 아닌 것 같아."

"그녀를 좋아하는군."

라마는 얼굴을 찌푸렸다. "안 좋아할 이유가 뭐가 있겠어? 걘 정말 호감 가는 사람이야. 좋은 사람이라고. 근데 내가 처음부터 실수를 했어. 전부 잘못 풀어갔지. 난 어렸고, 아버지는 돌아가셨고, 우리 집은 정말 가난했는데, 어떤 부자가 우리 엄마한테 반해서 날 입양까지 했어. 난 그런 식으로 구제받는 것에 반감이 가득 차 있었던 것 같아. 그래서 걔를 꼭 좋아할 필요는 없다고 생각했어. 어차피 의붓동생일 뿐이라고 스스로 합리화했지."

"그 감정을 극복하지 못했나?"

라마는 고개를 끄덕였다. "완전히는 못했어. 내 잘못이야. 엄마가 일찍 돌아가셨고 난 더 고립되고 어색해졌어. 거기에 잘 대처하지 못했지. 그래서 이제 걔는 나한테, 그냥 내가 아는 좋은 여자들 중 한 명이랄까. 친한 지인 같은 존재야. 걔도 그렇게 생각하는 것 같고. 그래도 막상 만나면 잘 지내."

리처는 고개를 끄덕였다. "그 집이 부자면 당신도 부자인가?"

라마가 옆으로 힐끔 쳐다보더니 살짝 웃었다. 비뚤어진 치아가 잠시 드러났다.

"그건 왜 묻지? 부잣집 여자가 좋아? 아니면 부잣집 여자가 이러는 게 마음에 안 드나? 아니, 그냥 여자들이 일하는 게 싫은가?"

"그냥 대화를 이어 나가는 것뿐이야."

라마는 다시 살짝 웃었다. "난 당신이 짐작하는 것보다 훨씬 부자야. 새 아버지가 돈이 엄청 많거든. 게다가 난 친딸도 아닌데 개랑 날 아주 공평하게 대해줘."

"운이 좋군."

라마가 잠시 말을 멈췄다.

"그리고 조만간 우리 둘 다 훨씬 더 부자가 될 거야. 안타깝게도 새아버지가 많이 아프거든. 2년째 암 투병 중이야. 강인한 분이지만 곧 돌아가실 것 같아. 그래서 우리에게 큰 유산이 넘어올 거야."

"편찮으시다니 유감이군." 리처가 말했다.

라마는 고개를 끄덕였다. "나도 그래. 아주 슬퍼."

한동안 정적이 흘렀다. 몇 킬로미터를 달리는 동안 바퀴 아래로 낮은 소음만 들려왔다.

"동생에게 경고는 해줬나?" 리처가 물었다.

"의붓동생이라고."

리처가 힐끗 쳐다보았다. "왜 계속 의붓동생이라고 강조하는 거지?"

라마는 운전대를 잡은 채 어깨를 으쓱했다. "내가 너무 얽혀 있다고 판단되면 블레이크 씨가 날 이 사건에서 빼버릴 테니까. 그건 싫어."

"싫다고?"

"물론. 가까운 사람이 곤경에 처했을 땐 직접 나서서 해결하고 싶은 게 당연하잖아. 안 그래?"

리처는 고개를 돌렸다.

"백퍼 동감."

라마가 잠시 조용히 있다가 말했다.

"그리고 가족 문제는 나한텐 정말 껄끄러워. 내가 저질렀던 실수들이 다 되돌아와서 날 괴롭혀. 엄마가 돌아가셨을 때 그쪽에서 나랑 관계를 끊을 수도 있었는데 그러지 않았어. 지금까지도 날 똑같이 가족으로 대해줘. 정말 다정하고, 너그럽고, 공평하고, 차별 없이. 그럴수록 난 처음에 내가 신데렐라라도 되는 것처럼 굴었던 게 더 미안해져."

리처는 아무 말도 하지 않았다.

"또 날 비합리적이라고 생각하는군."

리처는 대꾸하지 않았다. 라마는 앞유리에 시선을 고정한 채 계속 운전했다.

"내가 날 신데렐라로 생각했다는 거 말이야. 당신에겐 그 동화 속 못된 언니 쪽으로 보였을 텐데."

리처는 여전히 대꾸하지 않았다. 그냥 도로만 쳐다보았다.

"아무튼, 동생에게 경고는 했나?" 그가 다시 물었다.

라마는 그를 옆눈으로 잠깐 쳐다보았다. 리처는 그녀가 과거에서 벗어나 다시 현재 시점으로 돌아오는 게 보였다.

"그래. 당연히 경고했지. 쿡 사건으로 범죄 패턴이 명확해졌을 때 여러 번 전화했어. 갠 충분히 안전할 거야. 아버지 병간호 때문에 병원에 있는 시간이 많고, 집에 있을 때는 아무에게도 문을 열어주지 말라고 했어. 아무도, 어떤 경우에도, 그 어떤 누구에게도."

"제대로 알아들었나?"

"확실히 알아듣게 말했어."

리처는 고개를 끄덕였다. "좋아. 그럼 동생은 안전하겠군. 이제 걱정해야 할 사람은 남은 여든일곱 명이야."

뉴저지를 지나 메릴랜드까지 130킬로미터를 가는 데 1시간 20분이 걸렸다. 다시 비가 내리기 시작했고 날은 일찍 어두워졌다. 워싱턴 D.C.를 우회해 버지니아로 들어가서 I-95를 타고 콴티코로 남은 65킬로미터를 내려갔다. 도시의 건물들은 뒤로 멀어지고 앞으로는 완만한 숲이 펼쳐졌다. 비가 그치고 하늘이 밝아졌다. 빠르게 달리던 라마가 갑자기 속도를 줄이고 고속도로를 벗어나더니, 숲 사이로 구불구불하게 난 교통표지판도 없는 길로 접어들었다. 노면은 양호했지만 커브가 심했다. 800미터쯤 지나자 군용 차량이 주차되어 있고 짙은 녹색으로 칠해진 막사들이 있는 깔끔하게 정리된 공터가 나왔다.

"해병대가 우리에게 24만 제곱미터의 부지를 제공해줬어." 라마가 말했다.

리처가 미소 지었다. "그들은 그렇게 생각 안 할걸. 당신네들이 뺏은 거라고 생각하겠지."

커브를 여러 번 돌며 800미터쯤 더 가자 또 다른 공터가 나왔다. 같은 차량, 같은 막사, 같은 녹색 페인트.

"위장용 기본 도장이군." 리처가 말했다.

라마가 고개를 끄덕였다. "소름 끼치지."

커브를 몇 번 더 돌고 공터 두 곳을 지나 숲속으로 3킬로미터쯤 더 들어갔다. 리처는 앞으로 몸을 기울이고 앉아 주의 깊게 살폈다. 콴티코에는 가본 적이 없어서 호기심이 발동했다. 차가 급커브를 돌아 숲 사이를 빠져나오니 눈앞에 검문소가 보여서 바로 차를 세웠다. 빨간색과 흰색의 줄무늬 차단봉이 도로를 가로지르고 있었고 방탄유리로 된 초소가 있었다. 무장 경비원 한 명이 앞으로 걸어 나왔다. 그의 어깨 너머로 멀리 낮고 길게 늘어선 황갈색 석조 건물들이 보였고, 그 사이로 바닥이 넓고 더 고층인 건물 두 채가 자리 잡고 서 있었다. 건물들은 잔디 구릉 위에 띄엄띄엄 웅크리고 있었다. 잔디밭은 깔끔했고, 낮은 건물들이 잔디밭에 넓게 펼쳐진 모양새는 건축가가 공간 낭비에 대해서는 전혀 걱정하지 않았다는 것을 의미했다. 철조망으로 둘러싸인 경계와 무장 경비원을 제외하면 작은 대학 캠퍼스나 기업 본사처럼 아주 평화로워 보였다.

라마는 창문을 내리고 신분증을 찾기 위해 가방을 뒤적였다. 경비원은 그녀가 누군지 분명히 알고 있었지만 규칙은 규칙이었기에 신분증을 확인해야 했다. 그녀가 가방에서 신분증을 꺼내자마자 그는 고개를 끄덕였다. 그리고는 시선을 리처에게로 돌렸다.

"이 사람에 대한 서류가 접수됐을 거예요." 라마가 말했다.

경비원이 다시 고개를 끄덕였다. "네. 블레이크 씨가 처리해 주셨습니다."

그는 다시 초소로 가더니 목에 거는 플라스틱 카드를 들고 나왔다. 차창을 통해 건네받은 출입증 카드를 라마가 리처에게 전달했다. 카드에는 리처의 이름과 그의 군복무 시절 사진이 박혀 있었고, 카드 전체에 옅은 빨간색으로 V자가 인쇄되어 있었다.

"V는 방문자visitor를 뜻하는 거야." 라마가 말했다. "계속 목에 걸고 있어."

"안 그러면?" 리처가 물었다.

"총 맞을 수도 있어. 농담 아니야."

경비원이 다시 초소로 돌아가 차단봉을 올렸다. 라마가 창문을 올리고 속도를 높였다. 도로는 완만한 구릉을 따라 오르내렸고, 언덕 아래마다 주차장이 있었다. 총소리가 들려왔다. 숲속으로 200미터쯤 떨어진 곳에서 나는 짧고 날카로운 권총 발사음이었다.

"표적 사격 중이야." 라마가 말했다. "늘 하고 있지."

라마는 안색이 밝아지고 정신도 또렷해진 것 같았다. 본부 가까이에 오니 활력이 되살아나는 듯했다. 리처는 왜 그런지 알 것 같았다. 장소 전체가 인상적이었다. 숲속 깊이, 외부로부터 어떤 방향이든 몇 킬로미터 떨어진 자연 분지 안에 자리 잡고 있었다. 고립되고 비밀스러운 분위기였다. 이곳에 들어올 수 있는 행운을 가진 사람들에게 강렬한 충성심을 품을 만했다.

과속 방지턱을 넘은 라마가 가장 큰 건물 앞 주차장으로 속도를 줄이며 진입했다. 차 전면을 주차 공간에 들이밀고 시동을 껐다. 그러고는 시계를 확인했다.

"6시간 10분. 진짜 오래 걸렸네. 날씨도 그렇고 점심 때문에 너무 오래 쉬기도 했고."

차 안에 잠시 정적이 흘렀다.

"이제 뭘 하면 되지?" 리처가 물었다.

"일하러 가야지."

건물 정면의 통유리문이 열리고 폴튼이 걸어 나왔다. 모래색 머리에 콧수염을 기른 작은 체구의 남자. 그는 깔끔한 정장을 입고 있었다. 감색 정장에 흰색 버튼다운 셔츠와 회색 넥타이를 착용하고 있었다. 옷 색깔이 바뀌니 좀 더 격식 있어 보였다. 그는 잠시 서서 주차장을 둘러본 뒤 차 쪽으로 걸어왔다. 라마가 그를 맞이하기 위해 차에서 내렸다. 리처는 그대로 앉아서 기다렸다. 폴튼은 라마가 트렁크에서 짐을 꺼내는 걸 지켜보았다. 서류가방과 같은 검은색 인조가죽제 양복 캐리어였다.

"리처, 가자고." 라마가 말했다.

리처는 고개를 숙여 신분증 체인을 목에 걸었다. 그러고는 차 문을 열고 밖으로 나갔다. 찬 바람이 거세게 불었다. 바람결에 마른 나뭇잎이 부딪히는 소리와 총소리가 실려왔다.

"당신 가방 가져와!" 폴튼이 소리쳤다.

"그런 거 없어." 리처가 말했다.

폴튼이 라마를 힐끗 쳐다보았고, 그녀는 '오늘 종일 이러고 왔어'라는 표정을 지어 보였다. 그러고는 둘이 나란히 건물 쪽으로 걸어갔다. 리처는 하늘을 한 번 올려다보고 둘을 따라갔다. 울통불통한 지형 탓에 걸음을 옮길 때마다 새로운 풍경이 나타났다. 건물 왼편으로는 땅이 낮게 펼쳐져 있었는데, 대열을 이루어 걷거나 달리거나 샷건을 들고 숲속으로 행군하는 훈련생 그룹이 보였다. 앞뒤에 노란 글씨로 'FBI'라고 새겨진 감색 스웨트셔츠가 기본 복장인 듯했는데, 마치 패션 브랜드 로고나 메이저리그 구단의 유니폼 같아 보였다. 리처의 군대식 눈에는 이 모든 게 시답잖은 민간인 코스프레로 보였다. 그러다가 그는 걷고 뛰고 총을 들고 가는 사람들 중 상당수가 여성이기 때문에 그렇게 생각했다는 것을 깨닫고 내심 찔렸다.

라마가 유리문을 열고 안으로 들어갔다. 폴튼이 문간에서 리처를 기다리고 있었다.

"방으로 안내하지. 가방을 정리해야 할 테니." 폴튼이 말했다.

대낮에 가까이에서 본 그는 더 나이 들어 보였다. 얼굴에 거의 보이지 않는 희미한 주름이 있었다. 마치 마흔 살짜리가 스무 살짜리 피부를 덮어 쓴 것처럼 보였다.

"가방 없다니까. 방금 말했잖아."

폴튼이 잠시 주춤했다. 일정이 정해져 있는 게 분명했다. 따라야 할 시간표가 있는 것이다.

"어쨌든 방으로 안내하지."

라마는 가방을 들고 멀어져 갔고 폴튼은 리처를 엘리베이터로 안내했다. 그들은 함께 3층으로 올라가 얇은 카펫이 바닥에 깔려 있고 오래전 천으로 도배한 벽이 있는 조용한 복도로 나왔다. 평범하게 생긴 문으로 걸어간 폴튼이 주머니에서 열쇠를 꺼내 문을 열었다. 방 안은 전형적인 모텔 방이었다. 좁은 입구, 우측에는 욕실, 좌측에는 옷장, 퀸사이즈 침대, 탁자와 의자 두 개, 밋밋한 장식.

폴튼이 복도에 선 채 말했다. "10분 안에 준비해."

문이 퍽 소리를 내며 닫혔다. 안쪽에는 손잡이가 없었다. 자세히 보니 전형적인 모텔 방이 아니었다. 창문으로 숲이 보였지만 창문은 열리지 않았다. 창틀은 용접되어 있었고 손잡이도 제거되어 있었다. 침대 옆에 전화기가 있었다. 전화기를 들어보니 신호음이 들렸다. 9번을 누르니 계속 신호음이 났다. 조디의 개인 사무실 전화번호를 눌렀다. 벨이 열여덟 번이나 울렸지만 아무도 받지 않았다. 이번에는 그녀의 아파트로 걸었다. 자동응답기로 넘어갔다. 다시 휴대폰으로 걸었다. 전원이 꺼져 있었다.

코트를 옷장에 걸고 주머니에서 칫솔을 꺼내 욕실 세면대 위 유리컵에 꽂았다. 세면대에서 얼굴을 씻고 머리 모양을 대충 만졌다. 그러고는 침대 가장자리에 앉아 기다렸다.

9

8분 뒤 자물쇠에 열쇠 꽂히는 소리가 들려서 리처는 문 쪽을 쳐다보았다. 폴튼일 줄 알았는데, 아니었다. 여자였다. 대략 열여섯 살 정도로 보였다. 긴 금발머리를 뒤로 느슨하게 묶고 있었다. 햇볕에 그을린 얼굴에 하얀 치아, 맑고 푸른 눈동자. 남성용 정장을 입고 있었는데, 몸에 꼭 맞게 수선한 듯했다. 흰 셔츠와 넥타이, 굽이 낮고 자그마한 검은색 구두. 키는 180센티미터가 넘었고, 팔다리가 길고 매우 날씬했다. 정말로 눈이 부셨다. 게다가 리처를 향해 환하게 웃고 있었다.

"안녕하세요." 그녀가 인사했다.

리처는 아무 대답도 하지 않았다. 그냥 쳐다보기만 했다. 그러자 그녀의 얼굴이 흐려지면서 미소도 약간 어색한 표정으로 바뀌었다.

"그럼 FAQ부터 바로 하실래요?"

"그게 무슨 말이오?"

"FAQ요. Frequently-asked-questions. '자주 묻는 질문' 말이에요."

"딱히 질문할 게 없는데."

"아, 네."

그녀가 안도하며 다시 미소를 지었다. 솔직하고 가식 없는 인상으로 보이게 하는 미소였다.

“그 ‘FAQ’란 게 뭐요?” 그가 물었다.

“아, 여기 새로 온 대부분의 사람들이 저에게 물어보는 것들을 말해요. 정말, 정말 진부한.”

빈말이 아니었다. 그걸 알 수 있었다. 그래도 리처는 굳이 물었다.

“예를 든다면?”

그녀는 체념한 표정을 지었다.

“제 이름은 리사 하퍼이고, 나이는 스물아홉 살이에요. 이건 다 진짜예요. 콜로라도 주 애스펀 출신에 키는 186센티, 이것도 진짜고요. 콴티코 근무 2년 차, 여자 말고 남자들과 데이트하고, 이렇게 옷을 입은 건 그냥 이런 스타일을 좋아해서 그런 거예요. 미혼이고, 현재 남자친구는 없지만 오늘 밤 당신과 저녁을 먹고 싶지는 않아요.”

그녀가 다시 한번 미소를 지으며 말을 마치자, 리처도 미소를 지었다.

“그럼 내일 저녁은 어떻소?” 리처가 물었다.

그녀는 고개를 저었다. “당신이 알아야 할 건 하나뿐이에요. 내가 FBI 요원이고 임무 수행 중이라는 것.”

“무슨 임무를 수행하고 있소?”

“당신을 감시하는 일. 당신이 가는 곳에는 나도 같이 갈 거예요. 당신은 SU, 그러니까 신원 미확인status unknown 상태로 분류되어 있어요. 우호적일 수도 있고 적대적일 수도 있다는 뜻이죠. 보통은 조직범죄에 관련된 양형 협상, 한마디로 자기 보스를 밀고한 사람을 의미해요. 우리에게 유용하긴 하지만 신뢰할 수는 없는 존재.”

“난 조직범죄랑 아무 상관이 없소.”

“우리 파일에 따르면 그럴 가능성이 있다고 돼 있네요.”

"그 파일은 다 헛소리요."

하퍼는 고개를 끄덕이며 다시 미소를 지었다. "페트로시안을 별도로 조사해봤어요. 시리아계더군요. 그러면 라이벌은 중국계일 가능성이 높아요. 그런데 중국인들은 중국인 말고는 안 써요. 당신 같은 미국인 와스프*를 고용할 리가 없죠." *WASP, 'White, Anglo-Saxon, Protestant'의 약어. 영국계 백인 신교도. 미국 주류계급이나 정통 미국인을 지칭한다.

"그걸 다른 사람들한테도 얘기했소?"

"이미 다 알고 있을걸요. 그저 당신이 이 위협을 심각하게 받아들이도록 하려는 거예요."

"심각하게 받아들여야 하는 거요?"

하퍼가 고개를 끄덕였다. 그녀는 미소를 거두었다.

"그래야죠. 조디가 있으니 아주 신중하게 생각해야 해요."

"조디도 파일에 있소?"

하퍼는 다시 고개를 끄덕였다. "파일엔 없는 게 없어요."

"그런데 왜 방문에 손잡이가 없소? 파일에 내가 그런 사람이 아니라고 나와 있을 텐데."

"우린 아주 신중하고, 당신의 프로파일은 아주 나쁘기 때문이죠. 범인은 결국 당신과 매우 유사한 인물일 거예요."

"당신도 프로파일러요?"

하퍼는 고개를 저었다. 묶은 머리가 함께 흔들렸다. "아뇨. 난 현장 요원이에요. 한시적으로 배정됐죠. 대신 잘 들어요. 듣고 배우는 거니까. 자, 그럼 이제 가요."

하퍼가 문을 잡아 주었다. 그들이 엘리베이터로 걸어 나가자 뒤에서 문이 부드럽게 닫혔다. 그 엘리베이터에는 3층, 2층, 1층 버튼 아래에 지하 5층까지의 버튼이 일렬로 놓여 있었다. 리사 하퍼는 맨 아래 버튼을 눌렀다. 그녀 옆에 선 리처는 그녀의 향기를 맡지 않으려고 애썼다. 엘리베이터가 덜컹거리다 멈추었고, 형광등 불빛으로 환한 회색 복도를 향해 문이 미끄러지듯 열렸다.

"우린 여길 벙커라고 불러요." 하퍼가 말했다. "예전에는 핵 대피소였죠. 지금은 'BS'고요."

"BS라, 그거 딱이군." 리처가 맞장구쳤다.

"Behavioural Science 행동과학부라고요. 너무 올드한 말장난*이네요." *일상 회화에서 'bullshit(헛소리)'을 줄여서 'BS'라고 하는데, 하퍼가 '행동과학부'를 'BS'라고 줄여서 말하자 리처가 '행동과학부=헛소리하는 곳'이라고 받아치며 말장난한 것이다.

하퍼는 리처를 오른쪽으로 이끌었다. 좁은 복도는 깨끗했지만 공공구역처럼 정돈되어 있지는 않았다. 일하는 곳이었다. 땀과 오래된 커피, 사무용 화학용품 냄새가 희미하게 났다. 벽에는 게시판이 붙어 있었고 구석에는 문구류 상자가 아무렇게나 쌓여 있었다. 왼쪽 벽에는 문들이 늘어서 있었다.

"여기예요." 하퍼가 말했다.

그녀는 숫자가 적힌 문 앞에서 리처를 멈춰 세우고 노크를 한 뒤 손잡이를 돌려 문을 열어 주었다.

"난 밖에 있을게요."

리처는 안으로 들어갔다. 작고 어수선한 사무실의 복잡한 책상 너머에 넬슨 블레이크가 앉아 있는 것이 보였다. 벽에는 지도와 사진들이 정성스럽게 테이프로 붙여져 있었고, 사방에 서류 더미가 쌓여 있었다. 방문자용

의자는 없었다. 블레이크는 불만이 가득한 표정으로 뭔가를 바라보고 있었다. 얼굴은 혈압으로 빨갛게 달아올랐고 동시에 긴장으로 창백했다. 그는 음소거 된 텔레비전을 보고 있었다. 정치 전문 케이블 방송이었다. 셔츠 차림의 한 남자가 무언가를 낭독하고 있었다. 'FBI 국장'이라고 자막이 떠 있었다.

"예산 청문회야." 블레이크가 중얼거렸다. "망할 예산을 따내려고 별 쇼를 다하는 거지."

리처는 아무 말도 하지 않았다. 블레이크가 텔레비전에서 눈을 떼지 않은 채 말했다.

"2분 뒤에 사건 관련 회의가 있네. 그러니 규칙부터 잘 들어. 자네는 여기서 손님과 수감자의 중간쯤 되는 거야. 알겠나?"

리처는 고개를 끄덕였다. "하퍼가 이미 설명해줬소."

"그래. 하퍼가 내내 자네 옆에 붙어 있을 거야. 자네가 뭘 하든 어디를 가든 감독할 거고. 하지만 오해는 하지 말게. 자넨 여전히 라마 관할이니까. 단지 라마는 비행기를 탈 수 없으니까 여기에 남는 거고, 자네는 여기저기 다녀야 하니까 우리가 감시할 필요가 있는 거지. 그래서 하퍼가 같이 다니는 거고. 자네가 혼자 있는 유일한 시간은 방에 갇혀 있을 때뿐이야. 자네 임무는 라마가 지시하는 대로 하는 거고. 그 신분증은 항상 지니고 있도록."

"알겠소."

"그리고 하퍼에게 수작부리지 마. 겉으론 친절해 보이지만 건드리기 시작하면 지옥에서 온 쌍년으로 변할 테니까. 알겠나?"

"알겠소."

"다른 질문은?"

"내 전화를 도청 중이오?"

"물론이지." 블레이크는 서류를 훑기 시작했다. 두꺼운 손가락으로 출력물을 아래로 짚어 내려갔다. "방금 자네 여자친구의 사무실, 아파트, 휴대폰으로 전화를 걸었고, 연결은 안 됐군."

"조디는 어디 있소?"

블레이크는 어깨를 으쓱했다. "내가 그걸 어떻게 알겠나?"

그러고는 책상 위에 쌓인 서류 더미를 뒤져서 커다란 갈색 봉투를 꺼내 내밀었다.

"코조가 선심 썼어."

리처는 봉투를 받았다. 빳빳하고 묵직했다. 안에는 사진이 들어 있었다. 컬러 유광 인화지에 뽑은 8×10 사이즈의 사진 여덟 장. 모두 범죄 현장 사진이었다. 사진 속 여성들은 싸구려 성인잡지에서나 볼 법한 모습으로 연출된 채 모두 죽어 있었다. 시신들은 축 늘어진 채로 센터폴드*를 흉내 내고 있었다. 시신은 심하게 훼손되었고 일부가 잘려 나가거나 곳곳에 이상한 물건이 삽입되어 있었다. *성인잡지의 맨 가운데 펼침면을 뜻하는 말로, 커다란 나체 사진이 실려 있다.

"페트로시안의 작품이야. 자기를 화나게 만든 사람들의 아내나 여동생, 딸들이지."

"그런데 그런 놈이 왜 아직도 활개를 치고 다니는 거요?"

잠시 정적이 흘렀다.

"증거, 증거가 필요해. 알겠나?" 블레이크가 말했다.

리처는 고개를 끄덕였다. "그런데 조디는 어디 있소?"

"내가 그걸 어떻게 알겠나?" 블레이크가 다시 말했다. "자네가 협조만 하면 우린 그녀에게 관심 두지 않아. 미행도 안 한다고. 필요하면 페트로시안이 직접 찾겠지. 우리가 놈에게 그녀를 넘길 일은 없어. 그건 불법이 잖아?"

"당신 목을 부러뜨리는 것도 불법이지."

블레이크는 고개를 끄덕였다. "협박은 넣어둬. 자넨 지금 그럴 처지가 아니니까."

"이 모든 게 당신 아이디어인 거 다 알고 있소."

블레이크는 고개를 저었다. "난 자네 걱정은 안 해, 리처. 자넨 속으로는 스스로가 좋은 사람이라고 생각하니까. 날 도와주고 나면 금세 날 잊어버릴 거야."

리처는 웃었다. "프로파일러들은 제법 통찰력이 있는 줄 알았는데."

3주는 꽤 교묘한 간격이야. 바로 그 이유 때문에 네가 선택한 거지. 사실 그 간격에는 아무런 의미도 없지만 그들은 3주라는 간격을 이 해하려고 애쓰다 미쳐버릴걸. 네가 무슨 일을 꾸미고 있는지 알아내 려면 정말 아주 깊이 파헤쳐야만 할 거야. 하지만 깊이 파헤칠수록 점 점 더 아무 의미도 없어지게 될 거야. 그 간격은 어디로도 연결되지 않으니까. 그래서 그 간격이 널 지켜주는 거야.

그런데 반드시 그 간격을 유지해야 할까? 그래야 해. 패턴은 패턴이 니까. 매우 엄격하고 아주 정확해야 해. 그들이 기대하는 게 바로 그 런 거니까. 패턴의 엄격한 준수. 이런 사건에서는 전형적인 방식이지.

패턴이 널 보호해줄 거야. 그러니 중요해. 따라서 유지되어야 하고. 하지만 한편으로는 그렇지 않을 수도 있어. 3주는 꽤 긴 간격이야. 그리고 꽤 지루해. 그러니 좀 더 빨리 진행해야 할 수도 있어. 하지만 필요한 작업을 고려할 때 그보다 짧으면 너무 빠듯할 거야. 하나를 끝내자마자 다음 작업을 준비해야 하니까. 쳇바퀴 돌 듯 빡빡한 일정이 되겠지. 아무나 할 수 있는 일이 아니야. 하지만 넌 할 수 있어.

사건 회의는 블레이크의 사무실 한 층 위에 있는 낮고 긴 방에서 열렸다. 벽은 연한 갈색 천으로 덮여 있었는데, 사람들이 기대거나 스치고 지나간 부분은 닳아서 반들거렸다. 기다란 한쪽 벽에는 네 개의 벽감이 오목하게 파여 있었는데, 블라인드와 매립 조명이 설치되어 있어 지하 4층이었음에도 불구하고 창문처럼 보였다. 벽의 윗부분에는 소리를 죽인 텔레비전이 걸려 있었고, 그 누구도 보지 않는 예산 청문회가 방영되고 있었다. 값비싼 목재로 만들어진 긴 테이블과 테이블 상석을 향하게끔 45도 각도로 놓인 저렴한 의자들이 있었고, 상석 뒤 벽에는 커다란 칠판이 세워져 있었다. 칠판은 재정이 양호한 대학 강의실에서 가져온 것처럼 현대적이었다. 방 전체는 공기 흐름이 거의 없고 조용하며 고립되어 있어 진지한 연구가 이루어지는 대학원 세미나실 같은 분위기였다.

하퍼는 리처를 칠판에서 가장 먼 끝자리로 안내했다. 그 방의 맨 뒤쪽이었다. 하퍼가 자기보다 한 자리 앞에 앉았기 때문에 리처는 하퍼의 어깨너머로 칠판을 봐야 했다. 칠판에서 가장 가까운 의자에는 블레이크가 앉았다. 파일을 들고 함께 들어온 폴튼과 라마가 낮은 목소리로 대화에 몰두

하고 있었다. 두 사람 모두 블레이크 외에는 아무 데도 눈길을 주지 않았다. 블레이크가 그들이 들어오고 문이 닫히기를 기다렸다가 자리에서 일어나 칠판을 뒤집었다.

칠판의 사분면 오른쪽 상단에는 대형 미국 지도가 자리하고 있었다. 미국 전역이 표시되어 있었고 그 위로 빽빽하게 깃발들이 꽂혀 있었다. 리처는 세어보지 않았지만 깃발이 아흔한 개라고 짐작했다. 깃발은 대부분 빨간색이었지만 그중 세 개는 검은색이었다. 지도 왼쪽에는 8×10 크기의 컬러 사진이 붙어 있었다. 일반 스냅 사진을 잘라서 확대한 거라 화질이 거칠었다. 사진 속에는 햇빛 때문에 눈을 가늘게 뜨고 웃고 있는 한 여성이 있었다. 20대 같았고, 갈색 곱슬머리에 통통했다. 행복해 보이는 얼굴이었다.

"로레인 스탠리다." 블레이크가 입을 뗐다. "최근 캘리포니아 샌디에이고에서 사망했어."

웃고 있는 얼굴 사진 아래로 8×10 사이즈의 범죄 현장 사진들이 순서대로 핀으로 고정되어 있었다. 그 사진들은 훨씬 선명했다. 전문가가 촬영한 사진이었다. 먼저 길거리에서 찍은 작은 스페인식 주택의 전경, 클로즈업 된 현관문, 복도와 거실과 침실을 담은 와이드 샷, 그리고 욕실 사진. 두 개의 세면대가 설치되어 있는 욕실 뒷벽은 전체가 거울이었다. 거울 속에는 촬영자가 비쳐 있었다. 흰색 나일론 방호복, 머리에는 샤워캡, 손에는 라텍스 장갑, 눈에 가져다 댄 카메라, 그리고 거울에 반사된 스트로브 조명의 하얀 빛 번짐까지. 오른쪽에는 샤워 부스가, 왼쪽에는 욕조가 있었다. 욕조는 낮고 가장자리가 넓게 튀어나온 형태였다. 그리고 욕조 안에는 녹색 페인트가 가득했다.

"사망한 지 3일 됐어." 블레이크가 말을 이어갔다. "현지 시각 아침 8시 45분, 이웃 주민이 그녀가 쓰레기통을 길가에 내놓는 걸 목격했다. 그녀가 발견된 건 어제, 청소부가 집에 왔을 때였고."

"사망 시각은요?" 라마가 물었다.

"대략," 블레이크가 말했다. "이틀째 되는 날의 어느 시점."

"이웃 주민들이 더 본 건 없었나요?"

블레이크는 고개를 저었다. "그녀는 그날 쓰레기통을 다시 집 안으로 들였어. 그 후로는 아무도 아무것도 보지 못했고."

"범행 수법은요?"

"이전 두 사건과 정확히 동일해."

"증거는요?"

"현재까지는 아무것도 없어. 계속 찾고 있긴 하지만 낙관적이지는 않아."

리처는 복도 사진에 집중하고 있었다. 복도는 거실 입구를 지나 침실로 이어지는 길고 좁은 구조였다. 왼쪽에는 허리 높이의 좁은 선반이 있었고, 그 위에는 작은 테라코타 화분에 심은 선인장들이 가득 놓여 있었다. 오른쪽에는 높이와 길이가 각기 다른 더 좁은 선반들이 벽에 무작위로 고정되어 있었다. 선반에는 자기로 빚은 장식 소품이 가득했다. 대부분 각 나라나 지역의 전통 의상을 표현하려고 화려하게 채색된 인형들이었다. 자기 소유의 집을 가지고 싶어하는 사람이 살 법한 종류의 소품들이었다.

"청소부는 뭘 했소?" 리처가 물었다.

블레이크가 테이블 끝에 앉은 리처를 쳐다보며 말했다. "비명을 지르다가 경찰에 신고했겠지."

"그 전에 말이오. 청소부에게 그 집 열쇠가 있었소?"

"당연히."

"청소부는 욕실로 바로 간 거요?"

블레이크가 멍한 표정으로 파일을 열었다. 파일을 뒤적여 팩스로 전송된 면담 보고서 사본을 찾았다. "그래, 맞아. 청소 순서가 변기에 청소제를 넣어두고 나머지 장소를 먼저 청소한 다음 마지막에 다시 욕실로 와서 청소를 한다는군."

"그럼 청소를 시작하기 전에 시신을 발견했다는 거요?"

블레이크는 고개를 끄덕였다.

"알겠소." 리처가 말했다.

"알겠다니, 뭘?" 블레이크가 물었다.

"저 복도는 폭이 어느 정도요?"

블레이크가 몸을 돌려 사진을 살펴봤다. "90센티미터? 작은 집이니까."

리처는 고개를 끄덕였다. "알겠소."

"뭘 알겠다는 건가?"

"대체 저기에 폭력이 어디 있다는 거요? 분노는 어디에 있고? 피해자가 문을 열어주자 범인은 그녀를 복도를 지나 안방을 거쳐 욕실로 몰아넣었고, 거기에 120리터 분량의 페인트까지 들고 들어갔소. 그런데도 좁은 복도 선반에 있는 물건을 아무것도 건드리지 않았소."

"그래서?"

리처는 어깨를 으쓱했다. "현장이 너무 차분하잖소. 저 좁은 복도에서 물건들을 건드리지 않고 그녀를 제압할 수는 없소. 불가능하지. 당신이라고 해도 마찬가지였을 거요."

블레이크는 고개를 저었다. "놈은 폭력은 안 써. 검시 보고서에 따르면 피해자들이 폭행을 당하지는 않았다는군. 현장이 차분한 건 폭력이 없었기 때문이야."

"프로파일상 그게 말이 된다고 생각하오? 복수심에 불타는 군인이지만 폭력은 행사하지 않는다는 게?"

"피해자들을 죽이잖아, 리처. 내가 보기엔 그 자체로 충분한 보복이야."

잠시 정적이 흘렀다. 리처는 다시 어깨를 으쓱했다. "뭐, 그렇다면야."

블레이크는 테이블 너머 리처를 똑바로 바라보며 물었다. "자네라면 다르게 했을 것 같나?"

"물론. 당신이 계속 나를 열 받게 해서 내가 당신을 찾아간다면 그렇게 점잖게 대하지는 않을 거요. 아마 조금은 두들겨 패겠지. 조금이 아니라 많이일 수도 있고. 내가 당신 때문에 열 받았다면 그렇게 하지 않겠소? 화를 낸다는 건 바로 그런 거니까."

"그래?"

"그리고 그 페인트는 어떻게 집 안으로 옮긴 거요? 120리터 분량이 어느 정도인지 매장에 가서 확인해봐야 하지 않겠소? 적어도 20분은 집 앞에 차를 세워둬야 했을 텐데, 그걸 아무도 못 봤다고? 승용차든 왜건이든 트럭이든 뭐라도?"

"아니면 자네 차와 같은 SUV든."

"내 차와 완전히 똑같을 수도 있소. 그건 그렇다 치고 아무튼 어떻게 아무도 그걸 못 봤다는 거요?"

"우리도 모르겠어." 블레이크가 말했다.

"어떻게 아무 흔적도 남기지 않고 죽인다는 거지?"

"우리도 모르겠다고."

"모르는 게 너무 많으시군. 안 그렇소?"

블레이크는 고개를 끄덕였다. "맞아, 똑똑한 친구. 하지만 알아내려고 노력 중이야. 아직 18일이라는 시간이 있어. 자네 같은 천재가 도와주니 그 정도면 충분할 거라고 확신해."

"그건 놈이 주기를 지켰을 때 얘기고." 리처가 말했다. "안 지킨다면?"

"지킬 거야."

"희망사항 같은데."

다시 정적. 블레이크는 테이블을 둘러보다가 라마를 쳐다보았다. "의견 있어?"

"전 제 프로파일을 신뢰해요. 현재로서는 특수부대에 주목하고 있어요. 3주 중 일주일은 대기 상태거든요. 리처를 보내서 좀 알아볼 생각이에요."

블레이크는 안도한 듯 고개를 끄덕였다. "좋아. 어디로?"

라마는 리처를 흘끗 쳐다보며 기다렸다. 리처는 지도에 표시된 세 개의 검은 깃발을 바라보았다.

"지리적으로는 전역에 흩어져 있소." 리처가 말했다. "이자는 미국 어디든 주둔해 있을 수 있고."

"그래서?"

"포트 딕스에서부터 시작하는 게 제일 좋겠소. 아는 사람이 거기 있으니까."

"그게 누군데?"

"존 트렌트라는 사람이오. 지금은 대령이고. 누군가 날 도와줄 수 있다면 그 사람이 가능성이 제일 높소."

"포트 딕스?" 블레이크가 물었다. "뉴저지에 있는 거?"

"내가 마지막으로 갔을 때는 그랬소." 리처가 말했다.

"좋아, 똑똑한 친구." 블레이크가 말했다. "트렌트 대령에게 전화해서 준비해두겠네."

리처는 고개를 끄덕였다. "내 이름을 큰 소리로 많이 언급하시오. 그러지 않으면 별로 관심 갖지 않을 거요."

블레이크도 고개를 끄덕였다. "바로 그런 이유 때문에 우리가 자네를 데려온 거야. 내일 아침 일찍 하퍼와 함께 출발하도록."

리처는 고개를 끄덕이고는 웃음을 참기 위해 로레인 스탠리의 예쁜 얼굴을 똑바로 바라보았다.

그래, 이제 변화구를 하나 던질 때가 된 건지도 몰라. 간격을 조금만 좁혀 볼까? 아주 많이 좁힐 수도 있지. 아예 간격 자체를 없애 버릴 수도 있고. 그거야말로 그들을 제대로 뒤흔드는 방법일 테니. 그들이 얼마나 아무것도 모르는지 보여주는 거야. 다른 건 다 그대로 두고 간격만 바꾸는 거지. 모든 걸 예측 불가능하게. 언제? 잘 생각해봐야 해. 아니면 분노도 살짝 드러내 보는 건 어떨까? 결국 이건 분노에 관한 거니까. 분노 그리고 정의. 이제 그걸 좀 더 분명하고 좀 더 알아보기 쉽게 보여줄 때가 된 건지도 몰라. 이젠 본격적으로 나설 때가 되었을 수도 있어. 약간의 폭력은 누구에게도 해가 되지 않아. 오히려 다음 건을 좀 더 흥미롭게 만들 수도 있지. 어쩌면 훨씬 더. 그 점도 같이 생각해봐.

그래서 어떻게 할까? 간격을 좁힐까? 아니면 현장을 좀 더 극적으로 만들까? 아니면 둘 다? 그래, 둘 다는 어때? 생각하고 생각하고 또 생각해.

저녁 6시가 막 지난 시각, 리사 하퍼는 리처를 공기가 차가운 지상층 밖으로 데리고 나갔다. 잘 정비된 콘크리트 보도를 따라 다음 건물로 그를 안내했다. 길 양옆 1미터 간격으로 설치된 무릎 높이의 조명이 저녁의 어둠을 배경으로 이미 켜져 있었다. 하퍼는 과장되게 큰 보폭으로 걸었다. 리처는 그녀가 자신의 보폭에 맞추려고 하는 것인지, 아니면 예절교육 시간에 그렇게 배운 것인지 알 수 없었다. 어쨌든 그 모습은 꽤 멋져 보였다. 문득 그녀가 달리는 모습은 어떨지 궁금해졌다. 아무것도 입지 않고 누워 있는 모습은 어떨지도.

"여기가 구내식당이에요." 하퍼가 말했다.

그녀는 리처보다 먼저 유리 이중문 앞에 도착해 한쪽 문을 열고, 리처가 먼저 안으로 들어갈 때까지 기다렸다.

"왼쪽으로 가요."

긴 복도 끝에서 공동 식당 특유의 달그락거리는 소음과 채소 냄새가 났다. 리처는 하퍼를 앞서 걸어갔다. 건물 안은 따뜻했다. 그는 어깨 너머로 그녀를 느낄 수 있었다.

"마음껏 드세요." 하퍼가 말했다. "FBI가 내는 거예요."

식당은 조명이 밝은 2층 높이의 공간이었다. 평범한 식탁마다 성형합판 의자가 놓여 있었다. 한쪽 벽을 따라 배식 카운터가 있고, 손에 식판을 들고 있는 대기줄이 있었다. 감색 티셔츠를 입은 훈련생들 그룹 사이사이에 정장 차림의 선임 요원들이 한두 명씩 서 있었다. 리처는 하퍼와 함께 대기줄의 맨 뒤에 섰다.

줄이 앞으로 이동했고, 리처는 신분증을 목에 건 쾌활한 히스패닉 직원에게서 문고판 책만 한 크기의 안심 스테이크를 받았다. 옆으로 옮겨 다음 배식원에게서 채소와 감자튀김을 받았고, 대형 보온통에서 커피를 따라 컵에 채웠다. 포크, 나이프와 냅킨을 챙기고 앉을 자리를 찾아 둘러보았다.

"창가로 가요." 하퍼가 말했다.

그녀는 창가의 비어 있는 4인용 테이블로 리처를 이끌었다. 실내의 밝은 조명 탓에 밖은 완전히 깜깜했다. 하퍼는 쟁반을 테이블 위에 놓고 재킷을 벗어서 의자 등받이에 걸쳤다. 마른 체형은 아니었지만 키가 커서 아주 날씬해 보였다. 셔츠는 고급 면 소재였는데, 속에 아무것도 입지 않은 게 분명했다. 소매 단추를 풀고 팔꿈치까지 걷어 올리자 매끈하고 갈색인 피부가 드러났다.

"멋지게 태웠군." 리처가 말했다.

하퍼가 한숨을 쉬었다.

"또 FAQ인가요? 네. 온몸이 다 그래요. 근데 굳이 입증까지 하고 싶진 않네요."

리처가 웃으며 말했다.

"난 그저 대화를 나누려는 것뿐이오."

하퍼가 그를 똑바로 쳐다보며 말했다.

"사건에 대한 이야기를 하죠. 대화하고 싶다면."

"난 사건에 대해 잘 모르는데. 당신은 좀 알고 있소?"

하퍼는 고개를 저었다. "나도 범인이 잡혔으면 좋겠다는 게 다예요. 그리고 그 여자들이 그렇게 나섰던 건 정말 용감한 행동이었고요."

"경험에서 나온 말 같군."

리처는 스테이크를 썰어서 맛을 보았다. 꽤 괜찮았다. 시내 식당에서 40달러를 내고도 그보다 못한 걸 먹은 적도 있었다.

"겁쟁이의 말이죠. 난 아직 맞서 본 적이 없거든요. 아직은."

"괴롭힘을 당하고 있소?"

하퍼가 웃었다. "안 그러겠어요?" 그러고는 얼굴을 붉혔다. "이렇게 말하면 내가 너무 잘난 척하는 걸로 보일 것 같은데."

리처도 함께 웃었다. "당신이라면 괜찮소."

"정말 심각한 경우는 없었어요. 그냥 말로만 그러는 거죠. 농담 같은 말이나 넌지시 떠보는 것들 말이에요. 승진하려면 같이 자야 한다고 대놓고 말하는 사람은 없었어요. 그래도 기분은 나빠요. 그래서 이렇게 옷을 입는 거예요. 나도 당신들이랑 다를 바 없다는 걸 보여주려고요."

리처는 다시 웃으며 말했다. "근데 더 심해진 거고. 맞소?"

하퍼가 고개를 끄덕였다. "그래요. 훨씬 더."

리처는 아무 말도 하지 않았다.

"왜 그런지 모르겠어요." 하퍼가 말했다.

리처는 커피잔 너머로 하퍼를 바라보았다. 새하얀 이집트산 면직 버튼다운 셔츠, 작은 가슴 위로 깔끔하게 맨 파란 넥타이, 가는 허리에 꼭 맞도록 수선한 남성용 바지. 햇볕에 그을린 얼굴, 하얀 치아, 멋진 광대뼈, 푸른 눈동자, 긴 금발 머리.

"내 방에 카메라가 있소?" 리처가 물었다.

"뭐라고요?"

"카메라 말이오." 그가 다시 말했다. "감시용으로."

"왜요?"

"페트로시안이 잘 안 먹힐 경우를 대비한 플랜 B인지 궁금해서."

"무슨 말이죠?"

"왜 폴튼이 날 감독하지 않는 거요? 다른 할 일도 없어 보이던데."

"무슨 뜻이에요?"

"잘 알 텐데. 그래서 블레이크가 당신을 나한테 배정한 거 아니오? 이렇게 연약한 소녀 코스프레로 나한테 가까이 다가가라고. 페트로시안 약발이 떨어질 걸 대비해서 내 팔을 비틀 다른 건수가 블레이크에게 필요했을 테니까. 우리 둘이 내 방에서 시시덕거리는 장면을 찍은 비디오 테이프를 조디에게 보내겠다고 협박할 수 있게 말이오."

하퍼는 얼굴을 붉혔다. "난 그런 짓 안 해요."

"하지만 그가 시킨 건 맞잖소?"

하퍼는 한참을 아무 말도 없었다. 고개를 돌린 리처는 유리창에 비친 자신의 모습을 바라보며 커피를 마셨다.

"블레이크가 사실상 날 부추겼소. 누구든 당신에게 들이대면 지옥에서 온 쌍년이 될 거라고 말하더군."

하퍼는 여전히 말이 없었다.

"하지만 난 그런 데 넘어가지 않소. 바보가 아니거든. 더 이상 저들에게 총알을 주지 않을 거요."

하퍼는 좀 더 조용히 앉아 있다가 그를 바라보며 미소를 지었다.

"그럼 이제 좀 편하게 대할까요?" 하퍼가 물었다. "그 얘긴 그만 넘어가

고요."

리처가 고개를 끄덕였다. "그럽시다. 그만 넘어가자고. 그러니 재킷은 다시 입으시오. 가슴은 그만 보여줘도 되니까."

하퍼는 다시 얼굴을 붉혔다. "더워서 벗은 거예요. 다른 이유는 없어요."

"알겠소. 불평하는 건 아니오."

리처는 다시 고개를 돌려 창문 너머로 어둠을 바라보았다.

"디저트 먹을래요?"

리처는 고개를 돌려 끄덕였다. "커피도 더."

"여기 있어요. 내가 가져올게요."

하퍼가 다시 배식 카운터로 걸어갔다. 식당 전체가 갑자기 조용해졌다. 모든 시선이 그녀에게 쏠렸다. 하퍼는 선데 아이스크림 두 개와 커피 두 잔이 놓인 쟁반을 들고 돌아왔다. 백여 명의 사람들 모두 눈을 떼지 못하고 끝까지 지켜보고 있었다.

"미안하오." 리처가 말했다.

하퍼가 몸을 숙여 쟁반을 테이블 위에 밀어 놓았다. "뭐가요?"

리처는 어깨를 으쓱했다. "당신을 그런 눈으로 쳐다본 거 말이오. 분명 짜증 났을 것 같소. 모두가 항상 그렇게 쳐다보면."

하퍼가 웃었다. "얼마든지 쳐다봐도 좋아요. 나도 똑같이 당신을 쳐다볼 테니. 당신도 아주 못생긴 편은 아니니까요. 하지만 거기까지만이에요. 오케이?"

리처도 웃으며 답했다. "좋소."

아이스크림은 훌륭했다. 녹인 초콜릿 소스가 듬뿍 뿌려져 있었다. 커피도 진했다. 실눈을 뜨고 주변을 차단하면 모스트로스 식당에 매긴 것만큼이나 높은 별점을 줄 수 있을 것 같았다.

"여기 사람들은 저녁에 뭘 하오?" 리처가 물었다.

"대부분 집에 가죠." 하퍼가 말했다. "하지만 당신은 아니에요. 방으로 돌아가야 해요. 블레이크 씨의 명령이에요."

"지금 우리가 그 사람 명령을 따르고 있는 거요?"

하퍼가 웃었다. "일부는요."

리처가 고개를 끄덕였다. "좋소. 그럼 갑시다."

하퍼는 손잡이가 없는 문 옆에 리처를 남겨두고 떠났다. 리처는 거기서서 복도의 카펫을 밟으며 멀어지는 그녀의 발소리를 들었다. 엘리베이터 문이 쿵 닫히는 소리가 났다. 이어서 엘리베이터가 내려가는 소리가 들렸다. 층 전체가 고요해졌다. 침대 협탁으로 가 조디의 아파트에 전화를 걸었다. 자동응답기가 받았다. 그녀의 사무실로도 전화를 걸었다. 응답이 없었다. 휴대폰에도 걸었다. 전원이 꺼져 있었다.

그는 욕실로 갔다. 누군가가 그의 칫솔 옆에 치약과 일회용 면도기, 쉐이빙폼을 갖다 두었다. 욕조 가장자리에는 샴푸 한 병이, 비누받침에는 비누도 놓여 있었다. 선반에는 두툼한 흰색 수건이 개켜져 있었다. 리처는 옷을 벗어 문에 걸었다. 샤워기를 뜨거운 온도로 맞추고 물줄기 속으로 들어갔다.

물줄기 속에 10분 동안 서 있다가 물을 잠갔다. 수건으로 몸을 닦았다. 벌거벗은 채 창문으로 걸어가 커튼을 쳤다. 침대에 누워 천장을 살폈다. 카메라를 찾아냈다. 동전만 한 크기의 검은 렌즈가 벽과 천장이 만나는 몰

덩의 갈라진 틈새에 깊숙이 끼워져 있었다. 다시 전화기로 갔다. 같은 번
호로 다시 전화를 걸었다. 아파트, 자동응답기. 사무실, 응답 없음. 휴대폰,
전원 꺼짐.

10

리처는 밤새 뒤척였고 아침 6시도 되기 전에 깨어나 침대 옆 협탁으로 몸을 굴렸다. 불을 켜고 손목시계로 정확한 시간을 확인했다. 추웠다. 밤새 추위에 떨었다. 풀 먹인 시트의 빳빳한 표면이 피부의 온기를 빼앗아 갔다.

전화기를 들어 조디의 아파트에 전화를 걸었다. 자동응답기가 받았다. 사무실에서도 응답이 없었다. 휴대폰은 꺼져 있었다. 한참 동안 전화기를 귀에 대고 이동통신사의 안내 멘트만 반복해서 들었다. 그러다 전화를 끊고 침대에서 나왔다.

창가로 걸어가 커튼을 열었다. 창이 서쪽을 향하고 있어서 밖은 아직 어두운 밤이었다. 어쩌면 등 뒤쪽인 건물 반대편에서는 해가 떠오르고 있을지도 몰랐다. 아직은 아닐 수도 있고. 시들어가는 나뭇잎에 떨어지는 세찬 빗소리가 멀리서 들려왔다. 등을 돌려 욕실로 걸어갔다.

볼일을 본 뒤 천천히 면도를 했다. 견딜 수 있을 만큼 최대한 뜨거운 물로 15분 동안 샤워를 하며 몸을 덥혔다. FBI가 제공한 샴푸로 머리를 감고 수건으로 말렸다. 김이 가득 서린 욕실에서 옷을 들고 나와 침대 옆에 서서 입었다. 셔츠 단추를 채우고 신분증을 목에 걸었다. 룸서비스는 없을 거라 생각하고 그냥 앉아서 기다렸다.

리처는 45분을 기다렸다. 정중하게 문을 두드리는 노크 소리가 들린 뒤 열쇠를 자물쇠에 꽂는 소리가 났다. 문이 열리자 밝은 복도 조명을 등지고 리사 하퍼가 서 있었다. 그녀는 장난기 어린 미소를 짓고 있었다. 왜 그런 지는 알 수 없었다.

"굿모닝." 하퍼가 말했다.

리처는 대답 대신 손을 들어 보였다. 하퍼는 다른 정장 차림이었다. 이 번에는 진회색 슈트에 흰색 셔츠, 짙은 빨간색 넥타이를 매고 있었다. FBI 의 비공식 제복을 정확히 패러디한 차림이었는데, 몸에 딱 맞추려고 천을 많이 잘라낸 듯했다. 머리는 풀어 내렸다. 웨이브가 있는 머리카락을 어깨 앞뒤로 길게 늘어뜨렸는데 복도 불빛에 비쳐 황금빛으로 보였다.

"가야 해요. 아침 회의가 있어요."

리처는 나가면서 옷장에서 코트를 꺼냈다. 두 사람은 함께 로비로 내려 와 문 앞에서 잠시 멈췄다. 밖에는 비가 세차게 내리고 있었다. 리처는 옷 깃을 여미고 하퍼를 따라 나갔다. 어둠은 회색빛으로 바뀌어 있었다. 비는 차가웠다. 하퍼가 보도를 따라 전력 질주했고, 리처는 그녀가 달리는 모습 을 보며 한 걸음 뒤에서 쫓아갔다. 그녀가 달리는 모습은 꽤 멋져 보였다.

라마와 블레이크, 폴튼이 식당에서 둘을 기다리고 있었다. 창가의 4인 용 테이블에 의자 다섯 개를 옹기종기 놓고 그중 세 개에 앉아 그가 다가 오는 것을 찬찬히 지켜보고 있었다. 테이블 중앙에는 흰색 커피 주전자가 있었고 그 주위로 뒤집힌 머그잔들이 놓여 있었다. 설탕 봉지 바구니와 캡 슐 크림, 스푼 더미, 냅킨, 도넛 바구니와 조간신문도 있었다. 하퍼가 의자 에 앉았고 리처는 그녀 옆에 비집고 앉았다. 라마가 눈빛에 무언가를 담은 채 그를 바라보고 있었다. 폴튼은 시선을 피했다. 블레이크는 뭔가 냉소적 인 표정으로 재밌어 하고 있었다.

"일할 준비 됐나?" 블레이크가 물었다.

리처는 고개를 끄덕였다. "물론이오. 일단 커피 좀 마시고."

폴튼이 머그잔을 뒤집자 하퍼가 커피를 따랐다.

"어젯밤 포트 딕스에 전화해서 트렌트 대령과 통화했네. 오늘 하루 종일 시간을 내주겠다고 하더군."

"그 정도면 충분하오."

"대령이 자네를 좋아하는 것 같던데."

"나한테 빚진 게 있어서 그런 거요."

라마가 고개를 끄덕였다. "잘됐네. 그걸 이용해야 해. 뭘 찾아야 하는지는 알고 있겠지? 날짜에 집중해. 대기 주간이 일치하는 사람을 찾아봐. 내 추측으로는 주 후반에 일을 꾸미는 것 같아. 아마 마지막 날은 아닐 거야. 기지로 돌아가서 진정할 시간이 필요할 테니까."

리처가 웃었다. "대단한 추리군, 라마. 이런 걸로 월급 받나?"

라마는 그저 리처를 바라보며 미소를 지었다. 마치 리처가 모르는 무언가를 알고 있다는 표정으로.

"뭐지?" 리처가 물었다.

"예의를 좀 갖춰서 말해." 블레이크가 말했다. "라마의 제안에 무슨 문제라도 있나?"

리처는 어깨를 으쓱했다. "날짜로만 찾으면 이름이 천 개는 나올 거요."

"그럼 좀 좁혀봐. 트렌트에게 여자들 쪽 기록과 크로스체크 해달라고 해. 그중 누군가와 같이 복무했던 사람을 찾아보라고."

"아니면 잘린 남자들 중 누군가와 같이 복무했던 사람이나." 폴튼이 덧붙였다.

리처는 다시 웃었다. "이 테이블에 있는 사람들 다 머리가 대단하군. 일반인은 주눅 들겠소."

"더 좋은 생각 있나, 똑똑한 친구?" 블레이크가 물었다.

"내가 알아서 하겠소."

"이게 얼마나 중요한 일인지 명심해. 알겠나? 위험한 상황에 놓인 여자들이 많아. 당신 여자친구도 그중 하나고."

"내가 알아서 한다고."

"그럼 이만 가봐."

그 신호에 하퍼가 자리에서 일어났다. 리처도 자리에서 천천히 일어나 그녀를 따라갔다. 테이블에 앉아 있던 세 사람은 눈빛을 반짝이며 그가 가는 것을 지켜보았다. 식당 문 앞에서 뒤돌아서서 기다리던 하퍼가 다가오는 리처를 웃으며 바라보고 있었다. 리처가 옆에 섰다.

"왜 다들 그런 눈으로 나를 쳐다보는 거요?"

"테이프를 봤거든요. 당신 방에 있는 감시 카메라 말이에요."

"그게 왜?"

하퍼는 대답하지 않았다. 리처는 방 안에서의 동선을 되짚어 보았다. 샤워를 두 번 하고, 좀 돌아다니고, 커튼을 쳤고, 잤고, 커튼을 걷었고, 좀 더 돌아다녔고, 그게 다였다.

"난 아무것도 한 게 없는데."

하퍼가 다시 활짝 웃었다. "맞아요. 아무것도 안 했어요."

"그런데 무슨 꿍꿍이들이지?"

"음, 그게, 잠옷을 안 가져온 것 같더라고요."

배차 담당이 자동차를 문 앞으로 가져와 시동을 켠 채로 두고 갔다. 하퍼는 리처가 차에 타는 것을 보고 운전석에 앉았다. 빗속을 뚫고 검문소를 지나 해병대 경계선을 통과해 I-95 도로로 나왔다. 빗줄기를 가르며 빠르게 북쪽으로 40분을 달린 뒤, 워싱턴 D.C. 남쪽 가장자리를 가로질러 동쪽으로 방향을 틀었다. 10분 더 질주한 다음 앤드루스 공군기지 북문으로 급하게 우회전했다.

"전용기를 배정받았어요." 하퍼가 말했다.

두 번의 보안 검색을 거친 후 아무런 표식이 없는 리어제트기Learjet의 탑승 계단 밑에 도착했다. 아스팔트 위에 차는 그대로 두고 기내로 올라갔다. 안전벨트를 매기도 전에 비행기는 활주로로 달렸다.

"딕스까지는 30분 정도 걸릴 거예요." 하퍼가 말했다.

"맥과이어." 리처가 정정했다. "딕스는 해병대 기지이고 우리는 맥과이어 공군기지에 착륙할 거요."

하퍼가 약간 걱정스러운 표정을 지었다. "직행한다고 들었는데."

"같은 곳이오. 이름만 다를 뿐."

그녀는 얼굴을 찌푸렸다. "이상하네요. 군대 쪽은 이해가 잘 안 돼요."

"이상할 것 없소. 우리도 당신네들이 이해가 잘 안 되니까."

30분 뒤 거친 기상 속에서 소형 제트기는 급격하게 휙휙 움직이며 지상 접근을 시작했다. 구름이 거의 지면까지 덮여 있어서 땅이 갑자기 눈앞에 나타났다. 뉴저지에도 비가 내리고 있었다. 어둡고 음산한 날씨였다. 공군기지는 원래도 회색빛으로 음침한 곳인데 날씨마저 전혀 도움이 되지 않았다. 맥과이어 기지의 활주로는 거대한 수송기가 공중으로 힘차게 날아오를 수 있을 만큼 충분히 넓고 길었는데, 제트기는 고속도로에 쉬러 내려앉은 벌새처럼 그 길이의 4분의 1도 안 쓰고 착지해서 정지했다. 그러더니 방향을 틀어 아스팔트의 끝 쪽으로 주행한 뒤 다시 멈췄다. 녹색 쉐보레 차량 한 대가 빗속을 뚫고 달려오고 있었다. 탑승 계단이 다 내려갈 즈음 운전자는 이미 계단 아래에서 기다리고 있었다. 스물다섯 살 정도로 보이는 해병대 중위였고, 비를 그대로 맞고 있었다.

"리처 소령님이십니까?" 중위가 물었다.

리처는 고개를 끄덕였다. "이쪽은 FBI의 하퍼 요원."

중위는 리처의 예상대로 하퍼는 본 척도 안 했다.

"대령님께서 기다리고 계십니다, 소령님."

"갑시다. 대령님을 오래 기다리게 할 수는 없지."

리처는 중위와 함께 쉐보레 앞좌석에 앉았고 하퍼는 뒷좌석에 탔다. 맥과이어를 벗어나 딕스로 들어섰다. 흰 페인트가 칠해진 연석이 늘어선 좁은 도로를 따라 창고와 막사 블록을 지나쳤다. 맥과이어의 활주로에서 1킬로미터 떨어진 여러 채의 벽돌 사무동 앞에 차가 멈췄다.

"왼쪽 문입니다, 소령님." 중위가 말했다.

중위는 리처가 예상한 대로 차 안에 그대로 앉아 있었다. 리처가 내리자 하퍼는 궂은 날씨 탓에 몸을 웅크리고 그의 어깨에 바짝 붙어 따라왔다. 바람은 비를 거의 수평으로 날리고 있었다. 사무실 건물의 벽 중앙에는 아무런 표시가 없는 직원용 출입문 세 개가 있었다. 리처는 왼쪽 문을 열고 하퍼를 데리고 들어갔다. 금속제 책상과 파일 캐비닛이 가득 놓여 있는 널찍한 대기실이었다. 마치 소독이라도 한 것처럼 깨끗하고 강박적으로 정돈되어 있었다. 우중충한 아침을 밝히려는 듯 조명이 환하게 켜져 있었다. 세 명의 부사관이 각기 다른 책상에서 일하고 있었는데, 그중 리처를 본 한 명이 인터폰 버튼을 눌렀다.

"리처 소령이 오셨습니다, 대령님."

잠시 후 안쪽 사무실 문이 열리고 한 남자가 걸어 나왔다. 키가 크고 그레이하운드 같은 체형이었다. 짧고 검은 머리는 관자놀이 부분이 희끗했다. 그가 마른 손을 내밀며 악수를 청했다.

"잘 지내셨습니까?" 존 트렌트가 말했다.

리처는 고개를 끄덕였다. 트렌트는 10년 전 리처가 공식 보고서에서 한 문단을 생략한 덕분에 경력의 후반을 더 이어 올 수 있었다. 트렌트는 그 문단이 보고서에 이미 들어가 있다고 생각했다. 그는 그 문단의 삭제를 부탁하거나, 협상하거나, 뇌물을 건네고 삭제하기 위해서가 아니라, 단순히 실수였음을 이해시키기 위해 장교 대 장교로서 리처를 찾아왔었다. 악의나 부정이 아니라 실수였다는 걸 리처가 이해해주기 바랐던 것이다. 트렌트는 어떤 부탁도 하지 않고 돌아갔고, 그 후 차분히 대기하며 처분을 기다렸다. 하지만 아무 일도 생기지 않았다. 보고서는 제출되었지만 문제의 문단은 보고서에 포함되어 있지 않았다. 트렌트가 몰랐던 사실은 리처가 애초에 그 문단을 아예 보고서에 포함시키지도 않았다는 것이다. 그렇게 10년이 흘렀고 두 사람은 그 이후 제대로 대화를 나눈 적이 없었다. 전날 아침, 리처가 조디의 아파트에서 다급하게 전화를 걸기 전까지는.

"오랜만이오." 리처가 말했다. "이쪽은 FBI의 하퍼 요원."

트렌트는 중위보다는 더 정중했다. 계급상 그렇게 해야 했을 수도 있고, 빗물에 젖은 키 큰 금발 여성이 남자처럼 차려입은 모습에 감명을 받은 것일 수도 있었다. 어쨌든 그는 악수를 청했다. 그리고 필요 이상으로 손을 오래 잡고 있는 것 같기도 했다. 그리고 아주 살짝 미소를 짓는 것 같기도 했다.

"만나서 반갑습니다, 대령님." 하퍼가 말했다. "그리고 미리 감사드립니다."

"아직 아무것도 한 게 없는데요." 트렌트가 말했다.

"저희는 어디서든 협조를 받을 수 있다는 것만으로도 늘 감사하게 생각합니다, 대령님."

트렌트가 하퍼의 손을 놓았다. "그런 곳은 극히 드물 것 같긴 하군요."

"우리 모두가 같은 편이라는 점을 고려하면, 저희가 원하는 것보다는 더 적습니다." 하퍼가 답했다.

대령이 다시 미소를 지었다.

"흥미로운 개념이네요." 트렌트가 말했다. "최대한 해보겠습니다만 협조의 범위는 제한적일 겁니다. 예상하셨겠지만요. 저희가 검토할 자료는 인사 기록과 배치 목록인데, 귀측과 공유할 수 없는 자료라서 리처 소령님과 저만 따로 조사할 겁니다. 국가와 군의 보안 문제가 걸린 사안이니까요. 요원께서는 여기서 기다려야만 합니다."

"하루 종일요?" 하퍼가 물었다.

대령이 고개를 끄덕였다. "아마도요. 괜찮으시겠습니까?"

괜찮지 않은 게 분명했다. 하퍼는 바닥만 쳐다보며 아무 말도 하지 않았다.

"FBI도 기밀 자료는 못 보게 하지 않습니까?" 대령이 말했다. "내 말은, 우리 쪽이 그쪽을 그다지 좋아하지 않듯 그쪽도 마찬가지라는 겁니다. 안 그런가요?"

하퍼가 방 안을 둘러보았다. "리처 씨를 감시하는 게 제 임무예요."

"그 점은 알고 있습니다. 블레이크 씨가 당신 역할을 설명해줬거든요. 요원께서는 내 사무실 밖에서 기다리면 될 겁니다. 어차피 나가는 문은 하나뿐이니까요. 부사관이 책상을 내드릴 겁니다."

부사관 하나가 별도 지시 없이도 자리에서 일어나 빈 책상으로 하퍼를 안내했다. 그녀는 망설이면서 천천히 자리에 앉았다.

"그 자리면 될 겁니다." 대령이 말했다. "시간이 좀 걸릴 수도 있어요. 복잡한 일이니까요. 서류 작업이란 게 어떤지 잘 아실 거라 생각합니다."

그는 리처를 안쪽 사무실로 데려갔고 문을 닫았다. 넓은 방에는 두 면의 벽에 창문이 있었고 책장과 캐비닛, 큼지막한 나무 책상, 가죽 안락의자가 놓여 있었다. 리처는 책상 앞에 앉아 몸을 뒤로 젖혔다.

"2분만 있다가. 오케이?" 리처가 말했다.

트렌트가 고개를 끄덕였다. "이거 읽으십시오. 바빠 보이도록."

트렌트가 높이 쌓인 서류 더미에서 빛바랜 녹색 폴더에 담긴 두꺼운 파일을 꺼내 건네주었다. 리처는 파일을 열고 몸을 숙여 자세히 살펴보았다. 거기에는 향후 6개월간의 항공 연료 수요를 예측한 복잡한 차트가 있었다. 잠시 후 트렌트가 문으로 걸어가더니 문을 활짝 열었다.

"하퍼 요원?" 대령이 불렀다. "커피 한 잔 드릴까요?"

트렌트는 하퍼가 리처의 어깨 너머로 리처 쪽 의자며 책상, 서류 더미들을 유심히 살피는 것을 보았다.

"지금은 괜찮아요." 하퍼가 대답했다.

"알겠습니다." 대령이 말했다. "뭐 필요한 게 있으면 선임 하사에게 말씀하세요."

트렌트는 다시 문을 닫았다. 그러고는 창문으로 걸어갔다. 리처가 신분증을 목에서 풀어 책상 위에 올려놓고 자리에서 일어섰다. 트렌트는 창문의 걸쇠를 풀고 최대한 활짝 열었다.

"급히 준비한 것치고는 잘 풀린 것 같군요." 트렌트가 속삭였다.

"생각보다 빨리 속아 넘어갔소." 리처도 속삭였다.

"그런데 감시하는 사람이 따라붙을 거라는 건 어떻게 알았습니까?"

"희망은 최선을 기대하며 품는 것이고 계획은 최악을 대비하여 세우는 것이다, 잘 알잖소?"

트렌트가 고개를 끄덕였다. 창밖으로 고개를 내밀고 양쪽 방향을 확인했다.

"지금입니다. 행운을 빌죠, 친구."

"총이 필요하오." 리처가 속삭였다.

트렌트는 리처를 쳐다보며 단호하게 고개를 저었다.

"안 됩니다. 그건 해줄 수 없어요."

"해줘야만 하오. 총이 꼭 필요하니까."

트렌트가 잠시 망설였다. 동요하는 기색이 역력했다.

"맙소사, 총이라니. 알았어요. 하지만 탄약은 안 됩니다. 지금까지 한 것만으로도 이미 목이 날아갈 판이니까."

트렌트가 서랍을 열어 베레타 M9 권총을 꺼냈다. 페트로시안의 부하들이 가지고 있던 것과 같은 총이었지만, 총기번호는 그대로 남아 있었다. 트렌트는 탄창을 빼고 총알을 하나씩 서랍에 다시 넣었다.

"조용히." 리처가 다급하게 속삭였다.

트렌트는 고개를 끄덕이고 빈 탄창을 다시 끼웠다. 그러고는 총을 돌려 손잡이부터 리처에게 건넸다. 리처는 총을 받아 코트 주머니에 넣었다. 그는 창문 난간에 앉아 몸을 틀어 다리를 밖으로 뻗었다.

"좋은 하루 보내시오." 리처가 속삭였다.

"당신도. 조심해요." 트렌트가 속삭이며 답했다.

리처는 두 손으로 몸을 지탱하며 바닥으로 뛰어내렸다. 좁은 골목이었다. 여전히 비가 내리고 있었다. 중위가 10미터 떨어진 쉐보레 차 안에서 시동을 켠 채 기다리고 있었다. 차를 향해 전력 질주했다. 차는 문을 닫기도 전에 굴러가기 시작했다. 맥과이어 공군기지로 돌아가는 데 1분도 채 걸리지 않았다. 차는 활주로로 돌진해 곧장 해병대 헬리콥터로 향했다. 헬기의 문은 이미 열려 있었고 회전날개는 빠르게 돌아가고 있었다. 공중에서는 빗방울이 나선형으로 휘몰아쳤다.

"고맙네, 중위." 리처가 말했다.

그는 차에서 내려 헬기 탑승로를 달려 올라갔다. 어둠 속으로 뛰어들자 문이 뒤에서 소리를 내며 닫히고 엔진 소리가 요란하게 커졌다. 헬기가 땅에서 떠오르는 것을 느낀 순간, 두 쌍의 손이 그를 붙잡아 좌석 쪽으로 밀어 넣었다. 안전벨트를 매고 누군가 건네준 헤드셋을 썼다. 실내 조명이 켜짐과 동시에 인터콤이 지지직거리기 시작했다. 리처는 자신이 두 명의 해병 적재 담당 승무원들 사이에 놓인 캔버스 좌석에 앉아 있다는 것을 알아차렸다.

"브루클린에 있는 해안경비대 헬기장으로 갑니다. 비행계획서 안 내고 갈 수 있는 데까지 최대한 가는 겁니다. 그리고 오늘 그딴 계획서는 쓸 생각도 없고요. 오케이?" 조종사가 인터콤을 통해 소리쳤다.

리처는 자신의 마이크를 엄지손가락으로 눌렀다. "오케이. 모두 고맙소."

"대령님이 큰 신세를 졌나 봅니다." 조종사가 말했다.

"그냥 날 좋아하는 거요." 리처가 말했다.

조종사가 웃음을 터뜨렸고, 헬리콥터는 공중에서 크게 선회한 뒤 굉음을 내며 날아갔다.

11

브루클린의 해안 경비대 헬기장은 맥과이어 공군기지에서 북동쪽으로 정확히 95킬로미터 떨어진 플로이드 베넷 필드 동쪽 가장자리에 있으며 자메이카 만의 러플 바 섬을 마주하고 있다. 해병대 조종사는 내내 가속 페달을 밟아 37분 만에 비행을 마치고 거대한 H자가 그려진 원 안에 착륙해서 엔진을 공회전 상태로 낮췄다.

"네 시간 드릴 수 있습니다." 조종사가 말했다. "그보다 늦으면 우린 여길 뜰 거고 당신 혼자 알아서 해야 합니다. 오케이?"

"알겠소." 리처가 말했다. 안전벨트를 풀고 헤드셋을 벗은 뒤 탑승로를 따라 내려갔다. 해군 표식이 박힌 짙은 파란색 세단 한 대가 시동을 켠 채 조수석 문을 열어두고 기다리고 있었다.

"리처 씨?" 운전기사가 소리쳤다.

리처는 고개를 끄덕이며 조수석에 몸을 실었다. 남자가 가속 페달을 세게 밟았다.

"나는 해군 예비역입니다. 대령님을 돕고 있죠. 같은 군인으로서의 소소한 협력이랄까요?"

"고맙소." 리처가 말했다.

"별말씀을요." 남자가 말했다. "어디로 갈까요?"

"맨해튼. 목표는 차이나타운. 어딘지 알고 있소?"

"아냐고요? 일주일에 세 번은 거기서 밥 먹습니다."

플랫부시 애비뉴를 거쳐 맨해튼 브리지로 진입했다. 교통 체증은 심하지 않았지만 리어젯과 헬리콥터를 타고 이동한 후라서인지 지상 교통은 끔찍하게도 느리게 느껴졌다. 리처가 원하는 지점에 도착하기까지는 꼬박 30분이 걸렸다. 가용 시간의 8분의 1이 날아갔다. 맨해튼 브리지의 진출로를 내려온 차는 소화전 앞에서 급히 멈췄다.

"여기서 기다리죠. 지금부터 정확히 세 시간 뒤 건너 방향에서요. 늦지 마세요."

리처는 고개를 끄덕였다.

"안 늦을 거요."

차에서 내린 리처는 차 지붕을 두 번 쳤다. 그런 다음 길을 건너 남쪽으로 향했다. 뉴욕의 날씨는 춥고 습했지만 비가 내리지는 않았다. 해는 보이지 않았고 해가 있어야 할 하늘에는 단지 흐릿하고 음울한 빛만 떠 있었다. 걸음을 멈추고 잠시 멈춰 섰다. 조디의 사무실까지는 20분 거리였다. 다시 걷기 시작했다. 그에게는 20분의 시간 여유가 없었다. 중요한 일부터 먼저. 그게 그의 원칙이었다. 누군가 조디의 사무실을 감시하고 있을지도 몰랐다. 오늘 뉴욕에서 그가 누군가의 눈에 띄어서는 안 되었다. 리처는 고개를 가로저으며 발걸음을 재촉했다. 의식적으로 집중하려고 노력했다. 시계를 힐끗 봤다. 늦은 아침이었는데 너무 일찍 온 건 아닌지 걱정되기 시작했다. 한편으로는 타이밍이 딱 맞을지도 모른다는 생각이 들었다. 알 수 있는 방법이 없었다. 이런 일은 해본 적이 없으니까.

5분 뒤, 리처는 다시 걸음을 멈췄다. 만약 그를 위한 거리가 있다면, 바로 이곳일 듯했다. 양쪽으로 중국 음식점들이 다닥다닥 붙어서 빨간색과 노란색 위주의 밝고 현란한 외관을 과시하고 있었다. 한자로 된 표지판들이 숲을 이루고 있었고 탑 모양의 장식도 여기저기 보였다. 인도는 혼잡했다. 승용차들에 바짝 붙여 이중 주차를 한 배달 트럭들이 즐비했다. 도로 양옆으로는 채소 상자와 식용유 통이 쌓여 있었다. 리처는 그 거리를 두 번 왕복하며 지형을 주의 깊게 살피고 익혔다. 골목도 살폈다. 그러고는 호주머니 속 총을 만져보고 다시 무심한 듯 걸으며 목표물을 찾았다. 이 근처 어딘가에 있을 것이다. 너무 일찍 온 것만 아니라면. 리처는 벽에 기대어 서서 지켜보았다. 그들은 2인 1조로 짝을 이루어 다닐 것이다. 그는 한참을 지켜보았다. 짝을 이룬 사람들은 많았지만 목표물은 아니었다. 맞는 대상은 어디에도 없었다. 너무 일찍 온 것이다.

시계를 힐끗 보고 시간이 흘러가는 것을 확인했다. 벽에서 몸을 떼고 다시 걸었다. 지나가면서 가게 출입구 안을 들여다보았다. 아무것도 없었다. 골목을 살폈다. 아무것도 없었다. 시간은 가차없이 흐르고 있었다. 남쪽으로 한 블록, 서쪽으로 한 블록을 걸어서 다른 거리를 살폈다. 아무것도 없었다. 모퉁이에서 기다렸다. 아무것도 없었다. 다시 남쪽으로 한 블록, 서쪽으로 한 블록 더 갔다. 아무것도 없었다. 앙상한 가로수를 등지고 서서, 손목의 시계가 마치 커다란 기계처럼 쿵쿵 뛰는 소리를 들으며 기다렸다. 아무것도 없었다. 출발 지점으로 되돌아가 벽에 기대어 점심시간의 인파가 절정에 오르는 것을 지켜보았다. 이어서 썰물처럼 빠져나가는 것도 지켜보았다. 어느 순간부터 식당으로 들어가는 사람보다 나오는 사람이 더 많아졌다. 리처의 가용 시간도 그들과 함께 썰물처럼 빠져나가고 있었다. 거리 끝으로 자리를 옮겼다. 시계를 다시 확인했다. 벌써 두 시간째 기다린 상태였다. 남은 시간은 한 시간뿐이었다.

아무 일도 일어나지 않았다. 점심시간의 인파는 아무 일 없었다는 듯 사라졌고 거리는 다시 조용해졌다. 트럭들이 들어와서 짐을 내리고는 다시 빠져나갔다. 가랑비가 내리기 시작했다가 이내 그쳤다. 낮게 떠 있던 구름이 좁은 하늘을 가로질러 흘러갔다. 시간도 똑딱거리며 흘러갔다. 리처는 동쪽과 남쪽으로도 걸어가 보았다. 아무것도 없었다. 다시 돌아와서 거리 한쪽 끝까지 걸어 올라갔다가 반대쪽으로 걸어 내려왔다. 모퉁이에서 기다렸다. 시계만 반복해서 확인했다. 40분이 남았다. 그리고 30분. 마침내 20분.

그때 그들을 보았다. 그리고 그들이 왜 이제야 나타났는지 불현듯 깨달았다. 점심시간 동안 흘러들어 온 현금이 가게 금전등록기에 고스란히 쌓이기를 기다리고 있었던 것이다. 두 놈이었다. 당연히 중국계였고 젊었다. 윤기 나는 검은색 머리를 목덜미까지 길게 늘어뜨리고 있었다. 검정 바지와 얇은 바람막이를 입고 목에는 스카프를 두르고 있었다. 마치 유니폼처럼 보였다.

그들은 노골적이었다. 한 명은 손가방을, 다른 한 명은 스프링 제본에 펜이 꽂힌 수첩을 들고 있었다. 그들은 천천히 그리고 거리낌 없이 식당마다 차례로 들어갔다. 그런 뒤 한 명은 가방 지퍼를 잠그고 다른 한 명은 수첩에 뭔가를 메모하며 다시 걸어 나왔다. 첫 번째 식당, 두 번째, 세 번째, 네 번째. 그렇게 15분이 흘러갔다. 리처는 지켜보았다. 그리고 길을 건너서 그들보다 앞서 움직였다. 식당 문 근처에서 기다리다가 그들이 안으로 들어가는 것을 지켜보았다. 그들은 금전등록기 앞에 서 있는 노인에게 다가갔다. 그들은 그냥 가만히 서 있기만 했다. 아무 말도 없었다. 노인이 금전등록기에 손을 뻗더니 접힌 지폐 묶음을 꺼냈다. 이미 준비되어 있던, 약속된 액수였다. 수첩을 든 놈이 지폐를 받아 파트너에게 건네주었다. 돈은 가방 속으로 사라지고 수첩에는 뭔가가 적혔다.

리처는 건물 두 개 사이에 난 좁은 골목으로 미리 들어가 있었다. 벽에 등을 대고 몸을 숨겨 놈들이 뒤늦게 그를 발견할 곳에서 기다렸다. 시계를 확인했다. 남은 시간은 5분도 채 되지 않았다. 머릿속으로 두 놈의 시간을 재보았다. 방심한 놈들의 느긋한 보폭을 머릿속에 그려보았다. 마음속으로 그들의 리듬을 따라갔다. 기다렸다. 또 기다렸다. 그러다가 골목에서 나와 놈들과 정면으로 마주쳤다. 놈들은 정통으로 리처와 부딪혔다. 리처는 양손으로 놈들의 바람막이를 움켜쥐고 뒤로 젖힌 다음, 폭발하듯 반원 모양으로 휘둘러 골목 벽에 등짝을 내리쳤다. 오른손에 잡힌 놈이 더 큰 원호를 그렸기 때문에 더 세게 부딪혔고, 그만큼 더 멀리 튕겨 나왔다. 놈이 벽에서 튕겨 나오는 순간 정확히 팔꿈치로 강타했고 놈은 바닥에 쓰러졌다. 그리고 다시는 일어나지 못했다. 가방을 든 놈이었다.

다른 놈이 수첩을 내팽개치고 주머니로 손을 뻗었지만 리처가 먼저 트렌트의 베레타를 꺼냈다. 바짝 다가서서 코트 자락 아래로 낮게 총구를 기울여 놈의 무릎뼈를 향해 겨눴다.

"똑똑하게 굴어. 알겠나?" 리처가 말했다.

리처는 왼손으로 노리쇠를 당겼다. 코트 천에 막혀 소리가 죽기는 했지만, 숙련된 리처의 귀에는 빈총임이 뻔한 소리였다. 탄피가 제자리에 자리 잡는 철컥 소리가 나지 않았다. 하지만 중국놈은 눈치 채지 못했다. 너무 세게 충격을 받아 정신이 나간 상태였다. 놈은 벽을 뚫고 들어가 숨기라도 하려는 것처럼 벽에 몸을 바짝 붙이고 있었다. 한쪽 발에 온몸의 무게를 신고 다리를 날려버릴 총알에 무의식적으로 대비하고 있었다.

"너 큰 실수하고 있는 거야." 놈이 중얼거렸다.

리처는 고개를 저었다. "아니. 우리가 행동에 들어간 거야, 멍청아."

"우리라니, 누구?"

"페트로시안 씨." 리처가 말했다.

"페트로시안? 장난해?"

"진짠데? 이 동네는 오늘부로 페트로시안 씨의 구역이야. 지금 이 순간부터, 이 동네 전체 다. 알아들었나?"

"여긴 우리 구역이야."

"아니. 이젠 페트로시안 씨 거야. 지금 접수했다고. 따지다가 다리 하나 부러지고 싶어?"

"페트로시안이라고?" 놈이 반복했다.

"그래, 맞아." 리처가 대답하며 왼손으로 놈의 복부에 한 방 날렸다. 놈은 앞으로 고꾸라졌고, 리처는 베레타 손잡이로 놈의 관자놀이를 쳐서 파트너 위에 깔끔하게 눕혔다. 그런 다음 방아쇠를 당겨 노리쇠를 풀고 총을 다시 주머니에 넣고는 놈의 손가방을 들어 팔 밑에 끼웠다. 그리고 골목을 나와 북쪽으로 향했다.

리처는 이미 늦었다. 그의 시계가 1분 느리고 해군 예비역의 시계가 1분 빠르다면 접선은 이미 물 건너간 것이었다. 하지만 그는 달리지 않았다. 도심에서 달리는 것은 너무 눈에 띄기 때문이다. 그는 최대한 빨리 걸었다. 세 걸음 전진할 때마다 한 걸음씩 옆으로 비키며 인도 위에서 사람들을 비집고 지나갔다. 모퉁이를 돌자 측면에 'USNR'이라고 튀지 않게 새겨진 파란색 차량이 보였다. 차는 연석에서 멀어지면서 교통 흐름 속으로 튀어나가고 있었다. 이제는 리처도 달렸다.

리처가 도착했을 때 차는 이미 떠난 지 4초가 지난 뒤였다. 이제 그 차는 리처의 위치보다 세 대 앞에서 신호를 놓치지 않기 위해 가속하고 있었다. 리처는 차의 움직임을 좇아 눈을 부릅떴다. 신호등이 빨간색으로 바뀌었다. 차는 더 빠르게 가속했다가 운전자가 순간 겁을 먹고 브레이크를 밟았다. 차는 횡단보도를 한 걸음 정도 물고 들어가서 그대로 멈췄다. 보행자들이 차 앞으로 쏟아져 나왔다. 리처는 숨을 한 번 더 몰아쉬고 교차로로 달려가 조수석 문을 열었다. 숨을 헐떡이며 좌석에 몸을 던졌다. 운전자는 고개를 끄덕였다. 아무 말도 하지 않았다. 기다려주지 않은 것에 대한 사과는 없었다. 리처도 기대하지 않았다. 해군이 세 시간이라고 하면 그건 정확히 세 시간을 의미한다. 180분. 여기에서 단 1초도 더하거나 빼지 않는다. '시간과 조류는 누구도 기다려 주지 않는다', 해군은 원래 그런 헛소리 위에 세워진 조직이다.

딕스에 있는 트렌트의 사무실로 돌아가는 여정은 나올 때와 정확히 반대였다. 브루클린을 통과해 차로 30분, 대기 중인 헬리콥터, 맥과이어로 돌아가는 시끄러운 비행, 착륙장에서 대기 중인 중위와 군용 쉐보레. 리처는 비행하는 동안 손가방에 든 돈을 세어 보았다. 가방 안에는 200달러씩 묶인 뭉치가 여섯 개, 총 1,200달러가 들어 있었다. 그 돈은 부대 회식에 쓰라고 적재 담당 승무원들에게 줬다. 가방은 솔기를 따라 찢어서 조각조각 낸 뒤 뉴저지 주 레이크우드 상공 600미터에서 투하용 해치를 통해 날려버렸다.

딕스에는 여전히 비가 내리고 있었다. 중위가 골목까지 차로 데려다 주었고, 리처는 트렌트의 창문 유리를 가볍게 두드렸다. 트렌트가 창문을 열었고 리처는 사무실 안으로 다시 들어갔다.

"별일 없었소?" 리처가 물었다.

트렌트가 고개를 끄덕였다. "저 여자, 하루 종일 쥐 죽은 듯이 조용히 앉아 있더군요. 우리의 헌신에 꽤나 감동했을 겁니다. 점심도 거르고 계속 일만 했으니."

리처는 고개를 끄덕이며 빈총을 돌려주었다. 재킷을 벗고 자리에 앉은 뒤 신분증을 다시 목에 걸고 파일 하나를 집어 들었다. 마치 꼼꼼하게 검토한 것처럼 보이도록 트렌트가 파일 더미를 오른쪽에서 왼쪽으로 옮겨 놓았다.

"성공인가요?" 트렌트가 물었다.

"그런 것 같소. 시간이 말해주겠지."

트렌트가 고개를 끄덕이며 창밖을 쳐다보았다. 갑갑한 기색이 역력했다. 하루 종일 사무실에 갇혀 있었기 때문이다.

"들여보내도 괜찮소." 리처가 말했다. "쇼는 이제 끝났으니까."

"온통 젖은 상태라." 트렌트가 말했다. "그게 다 말라야 쇼가 끝나는 겁니다."

옷이 마르는 데 20분이 걸렸다. 트렌트에게 휴대폰을 빌려서 조디에게 전화를 걸었다. 사무실 직통, 아파트, 휴대폰. 응답 없음, 응답 없음, 전원 꺼짐. 가만히 벽을 응시하던 리처는 인도양에 배치될 해병대에게 우편물을 전달하는 방안에 대한 기밀 해제된 파일을 읽었다. 파일을 읽는 동안 의자에 점점 더 깊이 파묻혔고 얼굴은 멍한 표정이 되었다. 마침내 트렌트가 문을 열고 하퍼가 그날 중 그를 두 번째 보게 되었을 때는 탈진해서 축 늘어진 모습이었다. 마치 서류 작업으로 고된 하루를 보낸 사람처럼.

"진전이 있었나요?" 하퍼가 물었다.

리처는 고개를 들어 천장을 바라보며 한숨을 내쉬었다. "아마도."

"여섯 시간이나 꼬박 매달렸으니 뭔가 성과가 있겠죠?"

"아마도." 그가 다시 말했다.

잠시 정적이 흘렀다.

"좋아요. 그럼 이만 가요."

하퍼가 책상에서 일어나 스트레칭을 했다. 팔을 머리 위로 올리고 손바닥을 편 채 천장을 향해 뻗었다. 일종의 요가 동작 같았다. 얼굴을 위로 젖히고 머리를 뒤로 기울이자 긴 머리카락이 등 뒤로 쏟아져 내렸다. 부사관 세 명과 대령 한 명이 넋을 놓고 그녀를 바라보았다.

"갑시다." 리처가 말했다.

"리스트 챙겨야죠." 트렌트가 말했다.

그가 종이 한 장을 건네주었다. 서른 명 정도의 이름이 프린트되어 있었다. 아마도 트렌트의 고등학교 시절 풋볼팀 명단일 것이다. 리처는 명단을 주머니에 넣고 코트를 입은 뒤 트렌트와 악수했다. 대기실을 지나 빗속으로 걸어 나가서 하루 종일 앉아만 있었던 사람처럼 숨을 크게 쉬며 잠시 서 있었다. 제트기로 돌아가기 위해 하퍼가 중위의 차 쪽으로 그를 살짝 밀었다.

블레이크와 폴튼, 라마가 콴티코 식당의 같은 테이블에서 그들을 기다리고 있었다. 밖은 지난번과 마찬가지로 어두웠지만 이제 식탁은 아침이 아닌 저녁 식사를 위해 세팅되어 있었다. 물병과 유리잔 다섯 개, 소금과 후추, 스테이크 소스 병이 놓여 있었다. 리처는 본척만척하고 하퍼만 힐끗 쳐다보는 블레이크에게, 하퍼는 안심하라는 듯 고개를 끄덕였다. 블레이크가 만족스러운 표정을 지었다.

"그래서, 그놈은 찾았나?" 블레이크가 물었다.

"아마도." 리처가 말했다. "명단 서른 개를 추렸소. 그중 한 명일지도."

"그럼 명단을 보자고."

"아직은 안 되오. 좀 더 들여다봐야 하니까."

블레이크가 그를 노려보았다. "무슨 헛소리야? 더 들여다보겠다니. 당장 그놈들에게 미행을 붙여야 한다고."

리처는 고개를 저었다. "그렇게는 안 될 거요. 당신 손이 닿지 않는 곳에 있는 사람들이잖소. 이 사람들에 대한 영장을 받으려면 판사에게 갔다가 곧장 국방부 장관에게 가야 할 거요. 그러면 국방부 장관은 바로 통수권자에게 보고할 텐데, 내가 마지막으로 확인했을 땐 통수권자가 대통령이었소. 그러니 지금 이걸로는 어림도 없다는 얘기요."

"그럼 뭘 어쩌자는 건가?"

"내가 좀 더 좁혀 보겠소."

"어떻게?"

리처는 어깨를 으쓱했다. "라마의 동생을 만나보고 싶소."

"의붓동생이라니까." 라마가 말했다.

"왜지?" 블레이크가 물었다.

그냥 시간이나 죽이려는 거야, 이 멍청아. 여기 갇혀 있는 것보다 밖으로 나가는 게 더 좋으니까. 리처는 이렇게 말하고 싶었지만 표정을 진지하게 가다듬고는 다시 어깨를 으쓱했다.

"다른 관점에서 바라볼 필요가 있소. 이자가 특정 범주에 속한 사람들을 살해하고 있다면 그 이유를 알아야 하오. 아무 이유 없이 어떤 집단 전체에 분노를 품을 리는 없으니까. 처음에는 이 여성들 중 한 명이 놈을 촉발시켰을 거요. 그런 다음 분노의 대상이 개인에서 범주 전체로 확장된 거고. 그럼 그 시작점이 누구였을까? 라마의 동생이 출발점일 수도 있소. 그녀는 부대 간 전출 이력이 있잖소. 완전히 다른 두 부대 간에 말이오. 프로파일상으로 잠재적 접촉 가능성이 두 배가 된 거요."

충분히 프로답게 들렸다. 블레이크가 고개를 끄덕였다.

"좋아. 준비해둘 테니 내일 가봐."

"주소가?"

"워싱턴 주, 스포캔 외곽 어디쯤인 것 같아." 라마가 말했다.

"같아, 라니? 정확한 주소를 몰라?"

"한 번도 가본 적이 없어. 거기까지 운전해서 다녀올 만큼 휴가가 길진 않으니까."

리처는 고개를 끄덕였다. 블레이크에게 몸을 돌려 말했다.

"당신은 이 여성들에게 경호 조치를 취해야 하오."

블레이크는 깊은 한숨을 내쉬었다. "계산 좀 해봐. 여든여덟 명의 여자들 중 누가 다음 차례가 될지도 모르고, 놈의 패턴대로라면 앞으로 17일밖에 남지 않았어. 하루에 세 명의 요원을 투입한다고 쳐도 전국 각지의 무작위로 흩어져 있는 장소들을 커버하려면 10만 맨아워*가 넘어. 우리 힘으로는 불가능해. 요원이 부족하다고. 물론 지역 경찰에 경고는 했지. 하지만 그들이 뭘 할 수 있겠나? 아마도 워싱턴 스포캔 외곽의 현지 경찰서는 경찰 한 명에 저먼 셰퍼드 한 마리가 전부일걸. 가끔 순찰이나 한 번씩

돌겠지. 그게 다라고.”*man hour, 한 사람이 한 시간 동안 수행할 수 있는 일의 양을 나타내는 노
동력 단위.

“여자들에게 경고는 했소?”

블레이크는 당황한 표정을 지으며 고개를 저었다. “아니. 우리가 보호
해줄 수도 없는데 경고를 할 순 없잖아? 무슨 말을 하겠나? ‘당신은 지금
위험에 처했는데, 미안하지만 혼자 알아서 하세요’, 이렇게 말할 순 없잖
아?”

“놈을 잡는 것, 그게 이 여성들을 도울 수 있는 유일하고 확실한 방법이
야.”폴튼이 말했다.

라마가 고개를 끄덕였다. “놈은 저 밖 어딘가에 있어. 우리가 놈을 잡아
야 해.”

리처는 그들을 바라보았다. 심리학자 셋. 그들 모두가 리처를 자극하려
고 애쓰는 게 보였다. 승부욕을 건드려 도전하게 만들려는 수작이었다. 리
처는 슬며시 미소 지었다. “무슨 말인지 알겠소.”

“좋아. 내일 스포캔으로 가.” 라마가 말했다. “그동안 나는 파일을 좀 더
살펴볼게. 당신은 모레 다시 그걸 검토해. 트렌트에게 받은 자료와 스포캔
에서 받은 자료, 그리고 우리가 이미 확보한 자료를 합쳐서. 그 시점이면
당신에게서 뭔가 실질적인 진전이 있겠지.”

리처는 다시 미소를 지었다. “그러든지.”

블레이크가 말했다. “스포캔까지는 먼 길이야. 내일 일찍 출발해야 해.
이제 밥 먹고 가서 자도록. 물론 하퍼가 같이 갈 거야.”

“자러 같이 가라고?”

블레이크가 다시 당황한 표정을 지었다. “스포캔에 같이 갈 거라고. 재

수 없게 굴긴."

리처는 고개를 끄덕였다. "뭐, 알겠소."

문제는 이게 도전이라는 점이었다. 리처는 방에 갇힌 채 침대에 혼자 누워 숨겨진 카메라의 차가운 렌즈를 올려다보고 있었다. 하지만 실제로 카메라를 보고 있는 것은 아니었다. 그의 시선은 흐릿해졌다. 마치 미국 전체가 초원과 숲으로 되돌아간 것 같은 녹색의 흐릿함이었다. 건물도 도로도 소음도 사람들도 사라지고 오직 한 사람만이 어딘가에 남아 있는 것처럼. 리처는 적막한 흐릿함을 주시했다. 백 킬로미터, 천 킬로미터, 오천 킬로미터, 동서남북으로 시선을 돌려가며 희미한 그림자를 찾고 갑작스러운 움직임을 기다렸다. **놈은 저 밖 어딘가에 있어. 우리가 놈을 잡아야 해.** 놈은 지금 돌아다니거나 자거나 계획을 세우거나 준비를 하고 있을 것이고, 자신이 이 대륙 전체에서 가장 똑똑한 사람이라고 생각하고 있을 것이다.

글쎄, 그건 두고 보자고. 리처는 생각했다. 그는 몸을 뒤척였다. 이제 본격적으로 개입해야 할까? 아니면 말까? 언젠가는 해야 할 중대한 결정이었지만 아직 하지는 않았다. 다시 돌아누우며 눈을 감았다. 나중에 생각해도 된다. 결정은 내일 해도 된다. 아니면 모레 해도 된다. 언제든.

넌 결정했어. 간격에 대해. 지금까지의 간격은 이제 과거의 것이 되었어. 조금 더 속도를 내야 할 때야. 3주를 기다리는 건 이제 너무 길어. 이런 종류의 일은 아이디어가 슬그머니 떠오르면, 그걸 들여다보고, 그 가치를 깨닫고, 그 매력을 느끼다 보면, 결정은 저절로 내려지는

법이야. 안 그래? 한번 밖으로 나온 램프의 요정 지니는 다시 램프 속
으로 집어넣을 수 없어. 그리고 이 지니는 이미 밖으로 나와 버렸지.
완전히 빠져나와서 달리고 있어. 그러니 같이 달리는 수밖에.

12

다음 날 아침에는 회의가 없었다. 하루가 너무 일찍 시작되었다. 리처가 옷을 다 입기도 전에 하퍼가 문을 열었다. 리처는 바지만 입은 채 매트리스에 셔츠를 펼쳐 놓고 손바닥으로 셔츠의 주름을 펴고 있었다.

"흉터가 멋지네요."

하퍼가 한 발짝 더 다가서더니 흥미로운 눈빛으로 리처의 배를 바라보았다.

"이건 어디서 생긴 거죠?" 하퍼가 리처의 배 오른쪽 부분을 가리키며 물었다.

그는 고개를 숙여 내려다보았다. 배 오른쪽에는 일그러진 별 모양의 거친 봉합 자국이 남아 있었다. 봉합 자국이 하얗게 화가 난 듯 근육 위로 부풀어 올라 있었다.

"내 어머니가 그런 거요."

"어머니가요?"

"알래스카에서 회색 곰이 날 키웠거든."

하퍼가 눈을 굴리더니 시선을 그의 가슴 왼쪽 부분으로 옮겼다. 38구경 총알 구멍이 대흉근에 남아 있었다. 그 주변에는 털도 없었다. 크고 깊은 구멍이었다. 그녀의 새끼손가락 첫 번째 마디까지 쏙 들어갈 정도였다.

“탐색을 위한 수술이었소.” 리처가 말했다. “나에게 심장이 있는지 확인하려고.”

“오늘 아침엔 기분이 좋은가 보네요.” 하퍼가 말했다.

리처는 고개를 끄덕였다. “난 늘 기분이 좋소.”

“조디와 연락은 됐나요?”

리처는 고개를 저었다. “어제 이후로는 안 해봤소.”

“왜죠?”

“시간 낭비니까. 조디는 거기에 없소.”

“걱정되지 않아요?”

리처는 어깨를 으쓱했다. “다 큰 어른이오.”

“뭐라도 들으면 알려줄게요.”

“그러는 게 좋을 거요.”

“그 흉터들, 진짜 어떻게 하다 생긴 거예요?” 하퍼가 궁금해했다.

리처가 셔츠 단추를 채우며 말했다.

“배는 폭탄 파편에 맞은 거고, 가슴은 누군가 날 쏜 거요.”

“꽤 드라마틱한 인생이군요.”

리처는 옷장에서 코트를 꺼냈다.

“그다지. 군인으로서는 상당히 평범한 거 아니오? 군인이 신체적 위해를 피하려고 하는 건 회계사가 숫자 계산을 피하려는 것과 같으니까.”

“그래서 이 여자들에게 신경 쓰지 않는 건가요?”

리처가 하퍼를 쳐다보았다. “내가 신경 쓰지 않는다고?”

“별로 예민하게 반응하지 않는 것처럼 보여서요.”

“예민해진다고 해서 해결될 건 없소.”

하퍼가 잠시 뜸을 들였다. "그럼 어떻게 해결할 건데요?"

"늘 그랬듯 단서를 찾아야지."

"단서가 없잖아요. 아무것도 남기지 않는다고요."

리처가 미소를 지었다. "그 자체가 단서 아니겠소?"

하퍼는 안쪽에서 열쇠를 돌려 문을 열었다.

"수수께끼 같은 말만 하는군요."

리처는 어깨를 으쓱했다. "아래층에서 떠드는 헛소리보다는 낫잖소?"

전과 동일한 배차 담당자가 전과 동일한 차를 문 앞으로 가져왔다. 이 번에는 충실한 운전기사처럼 운전석에 똑바로 앉아서 기다리고 있었다. 그는 두 사람을 태우고 북쪽으로 I-95를 달려 내셔널 공항으로 향했다. 아 직 동이 트기 전이었다. 동쪽으로 500킬로미터 떨어진 대서양 너머 어딘 가에서 하늘이 희미하게 빛나고 있었다. 다른 유일한 불빛은 북쪽에 있는 직장으로 향하는 수천 개의 헤드라이트뿐이었다. 대부분이 구형 자동차의 헤드라이트였다. 상사보다 한 시간 먼저 나와 책상에 앉아 있는 걸로 잘 보여서 승진을 꿈꾸는 하급 직원들이 소유한 낡고 값싼 차들이었다. 승진 하면 한 시간 늦게, 더 신형 자동차를 몰고 출근할 수 있을 것이다. 리처는 자신이 탄 차가 그 차들을 하나씩 빠르게 추월할 때마다 그림자가 드리워 진 운전자들의 얼굴을 바라보았다.

공항 터미널 내부는 꽤 붐볐다. 검은색 레인코트를 입은 남녀들이 이리 저리 빠르게 걸어가고 있었다. 하퍼가 유나이티드 항공사 데스크에서 이 코노미석 티켓 두 장을 받아 들고 체크인 카운터로 가져갔다.

"다리를 펼 공간이 있는 좌석이면 좋겠어요." 그녀가 카운터 뒤에 있는 직원에게 말했다.

그녀는 신분증 대신 FBI 패스를 내밀었다. 포커판에서 플러시 패를 맞추기라도 하는 것처럼 자연스럽게 내려놓았다. 직원이 키보드를 몇 번 두드리더니 좌석이 업그레이드되었다. 하퍼는 진심으로 놀란 듯 미소를 지었다.

비즈니스 클래스는 절반 가까이 비어 있었다. 하퍼는 통로 쪽 좌석을 차지했고, 리처는 갇힌 포로처럼 창가에 앉게 했다. 그녀가 다리를 쭉 뻗었다. 그녀는 세 번째로 다른 정장을 입고 있었는데, 이번에는 잔잔한 체크무늬가 들어간 차분한 회색이었다. 재킷이 벌어지면서 셔츠 아래로 유두의 윤곽이 희미하게 비쳤고, 어깨에 권총집은 없었다.

"총은 집에 두고 왔소?" 리처가 물었다.

하퍼가 고개를 끄덕였다. "번거로워서요. 항공사에서 서류 요구하는 게 너무 많거든요. 시애틀 요원이 우리를 마중 나올 거예요. 총이 필요한 경우 그 사람이 가져오는 스페어 총을 쓰는 게 표준절차예요. 오늘은 필요 없을 거고요."

"그러길 바라는 거겠지."

하퍼는 고개를 끄덕였다. "그러길 바라요."

정시에 활주로로 이동한 비행기는 1분 일찍 이륙했다. 리처는 잡지를 꺼내서 훑어보기 시작했다. 하퍼는 아침 식사를 위해 트레이를 펼쳤다.

"무슨 뜻이었어요? '그 자체가 단서'라고 했던 거?" 하퍼가 물었다.

리처는 한 시간 전으로 거슬러 올라가 기억을 더듬었다.

"그냥 생각나는 대로 말한 것 같은데."

"무슨 생각을 했는데요?"

리처는 어깨를 으쓱했다. 시간을 때워야 했다. "과학의 역사 같은 거."

"그게 이거랑 무슨 관련이 있죠?"

"지문 감식에 대해 생각하고 있었소. 그건 언제부터 있었던 기술이오?"

하퍼가 얼굴을 찡그렸다. "꽤 오래됐겠죠."

"세기가 바뀔 때쯤부터?"

하퍼가 고개를 끄덕였다. "아마도요."

"좋소. 100년 전이라 치고." 리처가 말을 이어갔다. "그게 최초의 본격적인 법의학 기법이었겠지? 아마 현미경도 비슷한 시기에 사용되기 시작했을 거요. 그 이후로 온갖 검사기법이 나왔잖소. DNA, 질량 분석, 형광 감식. 난 상상도 못할 기법들까지 당신네들이 갖고 있다고 라마한테 들었소. 러그의 섬유 한 올만 찾아도 그걸 누가 언제 어디서 샀는지, 어떤 종류의 벼룩이 앉았었는지, 벼룩이 어떤 개에게서 떨어졌는지 알아낼 수 있겠지. 심지어 그 개의 이름이 뭔지, 아침에 무슨 사료를 먹었는지 알아낼 수 있을지도 모르고."

"그래서요?"

"놀라운 기법이잖소?"

하퍼가 고개를 끄덕였다.

"완전 SF 같은?"

그녀가 다시 고개를 끄덕였다.

"그렇게 대단하고 SF에나 나올 만한 기법들이 있는데도 이놈은 에이미 캘런을 죽이고 그 모든 과학적 기법을 다 피해갔소."

"맞아요."

"이런 놈을 뭐라고 불러야겠소?"

"뭐라고 부르죠?"

"진짜 똑똑한 놈이라고 부르지."

하퍼는 얼굴을 찌푸렸다. "다른 면도 고려해야죠."

"물론 다른 면도 많겠지만, 어쨌든 진짜 똑똑한 놈이오. 쿡까지 한 번 더 해냈잖소. 이제 그놈을 뭐라고 불러야겠소?"

"뭐라고 부르죠?"

"진짜진짜 똑똑한 놈. 한 번은 운이라 쳐도 두 번이라면 실력이오."

"그래서요?"

"그러고 나서 스탠리까지 또 성공했소. 이제 그놈을 뭐라고 부르겠소?"

"진짜진짜진짜 똑똑한 놈?"

리처는 고개를 끄덕였다. "정답."

"그래서요?"

"그게 바로 단서요. 우리가 찾고 있는 놈은 진짜진짜진짜 똑똑하다는 거."

"그건 우리가 이미 알고 있는 것 같은데요."

리처가 고개를 저었다. "난 그렇게 생각하지 않소. 당신들은 그 점을 고려하지 않고 있소."

"어떤 의미에서요?"

"스스로 생각해 보시오. 난 심부름꾼일 뿐이니까. 본격적인 일은 FBI 당신네들이 알아서 다 해야지."

승무원이 기내식 카트를 밀며 다가왔다. 비즈니스 클래스라서 음식이 꽤 괜찮았다. 리처는 베이컨과 계란과 소시지 냄새, 그리고 진한 커피 향을 맡으며 트레이를 펼쳤다. 좌석이 반쯤 비어 있었기 때문에 승무원에게 아침 식사를 2인분 달라고 부탁했다. 기내식 2인분이면 간식거리로 딱 좋았다. 눈치 빠른 승무원이 커피잔도 계속 가득 채워주었다.

"우리가 그 점을 고려하지 않았다는 게 무슨 뜻이죠?" 하퍼가 물었다.

"스스로 생각해 보라니까." 리처가 말했다. "난 협조할 기분이 아니라서."

"그놈이 군인이 아니라는 뜻이에요?"

리처가 고개를 돌려 하퍼를 쳐다보았다. "대단하군. 그자가 진짜 똑똑한 놈이라는 데 동의해 놓고 '그러니 분명 군인은 아니겠지'라고 말하는 거요? 고마워 죽겠군."

그녀는 얼굴을 돌리며 민망해했다. "미안해요. 그런 뜻으로 말한 건 아니었어요. 그냥 우리가 뭘 고려하지 않았는지 모르겠어서 그래요."

리처는 아무 대꾸도 하지 않았다. 묵묵히 커피를 다 마시고 그녀의 다리를 넘어 화장실로 향했다. 돌아왔을 때도 하퍼는 여전히 매우 미안해하는 얼굴이었다.

"말해줘요." 그녀가 말했다.

"싫소."

"말해줘야 해요, 리처. 블레이크 씨가 당신 반응에 대해 물어볼 거란 말이에요."

"내 반응? 내 반응은 조디의 머리카락 한 올이라도 다치게 하면 블레이크를 다리부터 뜯어내서 그걸로 때려 죽일 거라고 하시오."

하퍼는 고개를 끄덕였다. "정말 그렇게 할 것 같네요."

리처는 고개를 끄덕였다. "물론. 내기를 걸어도 좋소."

"그게 내가 이해가 안 되는 부분이에요. 왜 당신은 이 여자들에 대해서는 조금도 같은 감정이 안 생기는 거죠? 에이미 캘런을 좋아했잖아요. 안 그래요? 조디와는 다른 식이었지만 좋아했잖아요."

"나도 당신을 이해 못하겠소. 블레이크는 당신을 창녀처럼 이용하려고 했는데, 당신은 여전히 절친인 것처럼 행동하고 있잖소."

하퍼는 어깨를 으쓱했다. "그는 절박했어요. 그런 상황이면 스트레스도 많이 받을 거고요. 이런 사건을 맡으면 어떻게든 해결하려고 발버둥 치거든요."

"그래서 그게 존경스럽소?"

하퍼는 고개를 끄덕였다. "그럼요. 난 헌신을 존경해요."

"하지만 당신은 그렇게 안 했잖소. 헌신을 존경한다면 블레이크의 요청을 거절하지 않았을 거요. 대의를 위해 카메라 앞에서 날 유혹했을 거라고. 그걸 보면 이 여성들에 대해 신경 쓰지 않는 건 어쩌면 당신일지도 모르겠소."

하퍼는 한동안 가만히 있다가 말을 이었다. "그건 부도덕한 짓이니까요. 그래서 화가 났어요."

리처가 고개를 끄덕였다. "조디를 위협한 것도 부도덕한 짓이었지. 그래서 나도 화가 났고."

"하지만 난 내 개인감정 때문에 정의 실현을 방해하지는 않을 거예요."

"난 그렇지 않소. 그게 마음에 안 들면 엿이나 먹으라지."

그들은 시애틀까지 가는 다섯 시간 내내 한마디도 하지 않았다. 리처는 그게 더 편했다. 원래 사교에 목을 매는 타입이 아니어서 말을 안 하는 게 더 좋았다. 그 상황이 어색하다는 생각 자체가 없었다. 아무런 부담도 느끼지 않았다. 혼자 여행을 하는 것처럼 앉아서 말없이 그냥 갔다.

하퍼는 그 상황을 힘들어 했다. 그녀가 그런 상황을 신경 쓰고 있다는 걸 리처도 느낄 수 있었다. 그녀는 대부분의 사람과 비슷했다. 누군가와 함께 있으면 대화를 나누어야 한다고 생각하는 타입이었다. 말을 하지 않는 건 부자연스럽다고 느끼는 사람이었다. 하지만 리처는 물러서지 않았다. 다섯 시간 동안 단 한마디도 하지 않았다.

그 다섯 시간은 서부 해안 표준시 덕분에 두 시간으로 단축되었다. 착륙하니 여전히 아침 식사 시간이었다. 시택 공항시애틀-타코마 공항 터미널은 하루를 시작하는 사람들로 북적였다. 도착장에는 팻말을 들고 있는 운전기사들의 모습이 여럿 보였다. 그중 짙은 색 정장에 줄무늬 넥타이를 매고 짧은 머리를 한 남자가 있었다. 팻말은 없었지만 그가 그들을 맞으러 나온 사람이라는 걸 한눈에 알 수 있었다. 이마에 FBI라고 문신이 새겨져 있는 거나 마찬가지였다.

"리사 하퍼 요원인가요? 시애틀 지부에서 나왔습니다."

둘이 악수를 했다.

"이쪽은 리처 씨예요." 하퍼가 말했다.

시애틀 요원은 리처를 개무시했다. 리처는 속으로 웃었다. **한 방 먹었군.** 그런데 그 요원은 리처가 아주 절친한 사이였다고 해도 무시했을 것이다. 요원은 하퍼의 셔츠 아래 있는 것에 온통 정신이 팔려 있었기 때문이다.

"스포캔으로 갈 겁니다. 항공택시 회사 하나가 우리한테 신세 진 게 좀 있거든요."

요원은 견인 구역에 세워 두었던 FBI 차량을 몰아 공항 외곽 도로를 1킬로미터 정도 돌아 일반 항공 구역으로 갔다. 거기에는 울타리가 쳐진 2

만 제곱미터 정도 넓이의 아스팔트 위에 단발 혹은 쌍발 엔진의 작은 비행기들이 빼곡히 주차되어 있었다. 그 옆으로는 저렴한 운송편과 비행 강습 광고판이 붙은 작은 건물 몇 채가 모여 있었다. 그중 어느 건물의 외부에서 한 남자가 그들을 맞이했다. 일반적인 조종사 복장을 한 그가 깨끗한 흰색 6인승 세스나기로 그들을 안내했다. 그들은 주기장을 가로질러 제법 걸었다. 북서부의 가을은 워싱턴 D.C.보다 햇빛은 더 밝았지만 역시나 추웠다.

비행기의 내부는 라마의 뷰익과 거의 같은 크기였지만 훨씬 더 단출했다. 그래도 깨끗하게 잘 관리되어 있었고, 엔진은 버튼을 누르자마자 바로 시동이 걸렸다. 리처는 활주로로 이동할 때, 맥과이어 기지에서 리어젯을 탔을 때 느꼈던 것처럼 기체가 작다고 생각했다. 그들의 비행기는 도쿄행 보잉 747 뒤에 섰는데, 마치 쥐가 코끼리 뒤에 줄을 선 듯한 모습이었다. 비행기는 엔진을 끌어올리더니 몇 초 만에 이륙해 동쪽으로 선회한 뒤 지상 300미터 상공에서 시끄러운 소음과 함께 순항을 시작했다.

속도계에 120노트 이상의 속도가 찍힌 채로 두 시간 꼬박 비행을 계속했다. 비좁고 불편한 좌석에 앉아, 리처는 시간을 소비할 더 좋은 방법을 생각해내지 못한 것을 후회하기 시작했다. 오늘 하루 동안 공중에서만 열네 시간을 보내는 셈이었다. 차라리 남아서 라마와 함께 서류 검토나 할 걸 그랬다는 생각도 들었다. 리처는 상상해 보았다. 마치 도서관처럼 조용한 방, 서류 더미, 가죽 의자. 그러다 라마의 모습이 떠올랐고, 그때 하퍼를 슬쩍 쳐다보니 결국 자신이 옳은 선택을 한 것 같다는 생각이 들었다.

스포캔의 비행장은 소박하지만 현대적이었고, 예상했던 것보다 더 큰 곳이었다. 활주로 위에는 수백 미터 상공에서도 눈에 띌 만한 깔끔한 검은색 FBI 세단이 대기 중이었고, 정장 차림의 남자가 펜더에 기대 서 있었다.

"스포캔 파견 사무실에서 나온 겁니다." 시애틀 요원이 말했다. 비행기가 서 있는 곳으로 차가 굴러왔고 조종사가 엔진을 끈 지 불과 20초 만에 그들은 도로 위에 있었다. 현지 요원은 목적지 주소를 적어둔 패드를 고무 흡착판으로 앞유리에 고정시켜 두고 있었다. 길을 잘 아는 것 같았다. 그는 동쪽으로 15킬로미터를 운전해 아이다호 팬핸들 쪽으로 향했고, 이어서 북쪽으로 꺾어 좁은 도로를 따라 구릉지대로 향했다. 지형은 완만했지만 저 멀리 거대한 산맥이 자리하고 있었다. 산봉우리 위로 쌓인 눈이 반짝였다. 도로변에는 1킬로미터 간격으로 간간이 건물이 한 채씩 있었고, 그 사이를 울창한 숲과 넓은 초원이 메우고 있었다. 인구 밀도는 그리 높지 않았다.

주소지는 오래전 매각된 옛 목장의 본채였다가 지금은 전원생활을 꿈꾸지만 도시의 미감은 잊지 않으려는 누군가에 의해 개조된 것처럼 보였다. 새로 두른 목장 울타리가 작은 부지를 둘러싸고 있었다. 울타리 너머는 목초지였고, 울타리 안쪽은 잘 길러지고 깎여서 단정한 잔디밭으로 가꿔져 있었다. 주변에는 바람에 뒤틀어진 나무들이 서 있었다. 측면에 차고 문이 뚫린 작은 헛간이 있었고, 진입로에서 갈라져 나온 샛길이 현관문으로 이어져 있었다. 집 전체는 도로와 울타리에 매우 가깝게 서 있었는데, 마치 이웃집과 다닥다닥 붙어 있는 도시 외곽 주택 같았다. 하지만 이곳 주변에는 아무것도 없었다. 가장 가까운 인공 구조물이라 해봐야 남북으로는 적어도 1킬로미터 이상, 동서로는 30킬로미터 정도는 떨어져 있었다.

현지 요원들은 차에 남았고 하퍼와 리처는 내려 갓길에 서서 스트레칭을 했다. 뒤에서 엔진이 꺼지자 텅 빈 시골의 정적이 무겁게 그들을 덮쳐왔다. 너무 조용해서 귀에 윙윙, 쉬익거리는 소리가 울리는 듯했다.

"도시의 아파트에 살았다면 마음이 더 놓였을 텐데." 리처가 말했다.

하퍼는 고개를 끄덕였다. "경비원이 있는 아파트면 더 좋고요."

게이트는 없었다. 목장 울타리는 진입로 입구의 양쪽에서 끊겨 있었다. 그들은 함께 집 쪽으로 걸어갔다. 진입로에는 자갈이 깔려 있었다. 발자국 소리가 크게 나서 그나마 조금 안심이 되었다. 미풍이 약간 불었다. 리처는 전선에서 나는 바람 소리를 들을 수 있었다. 하퍼가 현관문 앞에서 걸음을 멈췄다. 초인종 버튼은 없었다. 이빨로 무거운 고리를 물고 있는 사자 머리 모양의 커다란 철제 노커가 있을 뿐이었다. 그 위에는 어안렌즈로 된 스파이홀이 있었다. 스파이홀은 새것이었다. 드릴 작업을 하면서 페인트가 벗겨진 자리에 때 묻지 않은 나무 돌기가 남아 있었다. 하퍼가 철제 고리를 잡고 두 번 두드렸다. 고리가 나무에 부딪히며 크고 둔탁한 소리를 냈다. 소리는 초원 위로 퍼져나갔다가 잠시 후 언덕 너머에서 메아리치며 되돌아왔다.

응답이 없었다. 하퍼가 다시 문을 두드렸다. 이번에는 소리가 더 크게 울렸다. 그들은 기다렸다. 집 안에서 마룻바닥이 삐걱대는 소리와 발자국 소리가 들렸다. 보이지 않는 누군가가 다가오는 소리가 문 뒤에서 멈췄다.

"누구세요?" 불안해하는 듯한 여자 목소리가 들려왔다.

하퍼가 주머니에 손을 넣어 배지를 꺼냈다. 뒷면이 가죽 조각으로 덮인, 라마가 리처의 차창에 두드렸던 것과 같은 유형의 금색 방패 모양이었다. 상단에는 왼쪽으로 고개를 돌린 독수리가 있었다. 하퍼가 그 방패를 들어 올려 스파이홀에서 15센티미터 떨어진 곳으로 내밀었다.

"FBI입니다. 어제 전화드리고 약속을 잡았었죠."

낡은 경첩이 삐걱거리며 문이 열렸다. 현관 안쪽에 한 여자가 모습을 보였다. 안도하는 미소를 지으며 손잡이를 잡고 있었다.

"언니가 괜히 신경 쓰게 만들어서요." 여자가 겸연쩍어 하며 말했다.

하퍼가 이해한다는 표정으로 미소를 지으며 자신과 리처를 소개했다. 여자는 두 사람과 악수를 나눴다.

"앨리슨 라마예요. 만나서 정말 반가워요."

그녀가 두 사람을 안으로 안내했다. 현관은 널찍한 정사각형으로 방 하나만 한 크기였다. 오래된 소나무로 마감된 벽과 바닥의 표면을 벗겨내서 하퍼의 배지에 칠해진 금색보다 더 짙은 색으로 새로 칠하고 왁스를 입힌 상태였다. 노란색 체크무늬 면직 커튼, 깃털로 채운 쿠션이 놓여 있는 소파, 전등으로 개조한 오래된 석유 램프가 있었다.

"커피 드릴까요?" 앨리슨 라마가 물었다.

"전 괜찮아요." 하퍼가 말했다.

"부탁드리겠소." 리처가 말했다.

그녀는 두 사람을 1층의 4분의 1에 해당하는 뒤쪽 주방으로 안내했다. 광택이 나도록 왁스칠을 한 바닥, 목재로 만든 수수한 새 수납장, 커다란 시골식 레인지, 세탁기와 식기세척기 같은 반짝거리는 기계들, 카운터 상판의 가전 기기들, 거기에 창가의 노란색 체크무늬 면직 커튼이 더해진 매력적인 공간이었다. 돈을 꽤 들인 리모델링이었는데 과시용은 아니고 오로지 자신의 만족을 위해 설계된 것으로 보였다.

"크림, 설탕은요?"

"괜찮소."

보통 키에 피부색이 까무잡잡한 앨리슨 라마는 탄탄한 근육질의 여성이었다. 친근한 인상에 감정이 잘 드러나는 얼굴은 야외 활동을 많이 한 듯 검게 그을렸고, 거친 손을 보니 목장 울타리도 직접 설치한 것 같았다. 그녀에게서는 레몬 향이 났다. 정성껏 다림질한 깨끗한 청바지를 입었고, 새김 장식을 한 카우보이 부츠를 신고 있었는데 밑창이 깨끗했다. 방문객을 맞기 위해 나름 신경 쓴 듯 보였다.

그녀가 커피 머신에서 커피를 따라 머그잔에 담았다. 그리고 리처에게 건네며 미소를 지었다. 그 미소에는 여러 감정이 섞여 있었다. 아마 외로움도 있었을 것이다. 그런데 그 미소는 의붓자매인 줄리아 라마와는 혈연관계가 없음을 증명하는 미소였다. 기분 좋은 미소였고, 관심과 친근함이 담겨 있었다. 줄리아 라마는 전혀 지을 수 없는 종류의 미소였다. 그 미소는 색이 짙고 맑은 그녀의 눈동자에도 담겨 있었다. 눈을 감정하는 데 일가견이 있는 리처는 이 두 눈은 합격점 이상이라고 평가했다.

"좀 둘러봐도 되겠소?" 리처가 물었다.

"보안 점검인가요?" 그녀가 물었다.

리처는 고개를 끄덕였다. "그런 셈이오."

"편히 둘러보세요."

리처는 커피를 들고 자리를 떴다. 두 여자는 주방에 남았다. 집 1층에는 현관, 주방, 응접실, 거실 등 네 개의 방이 있었다. 집 전체가 좋은 목재로 견고하게 지어져 있었다. 리모델링도 훌륭하게 되어 있었다. 창문은 모두 튼튼한 나무 창틀에 달린 태풍 대비용 창으로 교체되어 있었다. 날씨가 추워서 방충망은 떼내어 따로 보관 중이었고 창문마다 열쇠가 달려 있었다. 5센티 두께의 소나무 현관문은 원래 있던 것으로 오래 묵어 강철처럼 단단해져 있었다. 큼직한 경첩과 최신 잠금장치가 달려 있었다. 비슷한 연식과 두께의 뒷문이 뒤쪽 복도에 달려 있었는데 잠금장치는 동일했다.

바깥 기초 부분에는 바람을 막기 위한 것으로 추측되는 두꺼운 가시덤불을 심어 놓았는데, 바람뿐 아니라 창문으로 침입하려는 자들을 막는 데에도 효과적일 듯했다. 강철로 만든 지하실 문에는 손잡이에 커다란 맹꽁이자물쇠가 달려 있었다. 차고로 사용 중인 헛간은 본채보다는 관리가 덜 되어 있었지만 당장 무너질 것 같지는 않은 괜찮은 상태였다. 안에는 새 지프 체로키 한 대가 있었고, 최근에 리모델링한 걸 증명하는 상자 더미가 쌓여 있었다. 새 세탁기도 아직 박스 포장된 채 봉인되어 있었다. 작업대와 그 위 선반에는 전동 톱과 드릴이 가지런히 정리되어 있었다.

그는 다시 집 안으로 들어가 계단을 올라갔다. 아래층과 같은 사양의 창문과 네 개의 침실이 있었다. 왼쪽 끝 방이 앨리슨의 방임이 분명했다. 서쪽 저 멀리까지 텅 빈 전원 풍경이 펼쳐져 있었다. 아침에는 어둡겠지만 일몰 때는 장관일 것 같았다. 옆방 침실 공간을 헐어서 만든 메인 욕실에는 화장실과 세면대, 샤워기가 있었다. 그리고 욕조도.

다시 주방으로 내려갔다. 하퍼는 창가에 서서 바깥 풍경을 바라보고 있었다. 앨리슨 라마는 식탁에 앉아 있었다.

"괜찮나요?" 그녀가 물었다.

리처는 고개를 끄덕였다. "그런 것 같소. 문은 잘 잠그고 있소?"

"요즘은요. 언니가 하도 난리를 쳐서요. 창문도 잠그고, 문도 잠그고, 스파이홀로 확인도 하고, 911도 단축 다이얼에 저장해 놨어요."

"그럼 괜찮을 거요." 리처가 말했다. "이자는 문을 부수고 들어오는 타입은 아닌 것 같으니까. 문만 열어주지 않으면 나쁜 일은 안 생길 거요."

앨리슨이 고개를 끄덕였다. "저도 그렇게 생각해요. 이제 저한테 뭔가 물어보실 게 있으시죠?"

"그게 내가 여기 온 이유요."

리처는 그녀의 맞은편에 앉았다. 방 반대편에 놓인 반짝거리는 기계들에 집중하며 뭔가 그럴듯한 말을 생각해내려고 필사적으로 애썼다.

"아버님은 좀 어떻소?" 리처가 물었다.

"그게 궁금하신 거예요?"

리처는 어깨를 으쓱했다. "편찮으시다고 줄리아에게 들었소."

앨리슨은 놀란 표정으로 고개를 끄덕였다. "암으로 2년째 누워 계세요. 이제 돌아가실 날만 기다리고 있달까. 하루하루 겨우 버티고 계세요. 스포캔 병원에 계시는데 제가 매일 오후에 면회를 가요."

"유감이오."

"언니가 와봐야 하는데, 아버지랑 많이 서먹해요."

"비행기를 못 탄다고 하던데."

앨리슨은 얼굴을 찌푸렸다. "2년 동안 한 번쯤은 극복할 수 있지 않나요? 근데 그놈의 의붓 가족이란 것에 너무 얽매여 있어요. 그게 무슨 대수인 것처럼. 내 입장에서 줄리아는 그냥 내 언니예요. 말 그대로요. 자매끼리면 서로 챙겨줘야 하잖아요. 안 그래요? 언니도 그걸 알아야 해요. 내게 남은 유일한 친족이 될 사람인데. 내 법적인 보호자가 되는 거라고요."

"그것도 참 유감이오."

그녀는 어깨를 으쓱했다. "지금은 그게 중요한 게 아니죠. 제가 뭘 도와드리면 될까요?"

"이자가 누군지 감이 잡히는 사람이 있소?"

앨리슨이 웃었다. "꽤 기본적인 질문이네요."

"근본적인 문제이기도 하오. 떠오르는 사람이 있소?"

"여자를 괴롭혀도 된다고 생각하는 어떤 놈이겠죠. 아니면 이런 문제는 내부에서 조용히 처리되어야 한다고 생각하는 놈일 수도 있고요."

"그게 가능한 선택지인가요?" 하퍼가 리처 옆으로 앉으며 물었다.

앨리슨은 그녀를 힐끗 쳐다보았다. "잘 모르겠어요. 중간 지점이라는 게 있기는 한 건지. 그냥 삼키고 넘어가든가 아니면 크게 터트리든가 둘 중 하나겠죠."

"중간 지점을 찾으려고 해보셨나요?"

앨리슨이 고개를 저었다. "내가 살아 있는 증거예요. 난 그냥 폭발해 버렸죠. 그 문제에 중간 지점 따위는 없었어요. 적어도 나한테는요."

"그자는 누구였소?" 리처가 물었다.

"개스코인이라는 대령이었어요. 뭐라도 귀찮은 일이 생기면 자신에게 말하라고 항상 허풍을 떨었죠. 난 보직 변경 건으로 그 사람을 찾아갔었어요. 다섯 번이요. 페미니즘식 주장을 펼친 게 아니었어요. 내부 정치도 아니었고. 그냥 더 재미있는 일을 하고 싶었을 뿐이에요. 솔직히 말해서, 군이 유능한 병사를 낭비하고 있다고 생각했어요. 난 꽤 훌륭했거든요."

리처는 고개를 끄덕였다. "그래서 개스코인과는 어떻게 됐소?"

앨리슨은 한숨을 쉬었다.

"그런 일이 일어날 줄은 몰랐어요. 처음에는 그냥 농담하는 줄 알았죠."

그녀는 잠시 뜸을 들였다가 고개를 돌렸다.

"다음에는 군복을 벗고 오라고 하더군요. 난 그게 데이트 신청인 줄 알았어요. 비번 때 사복으로 부대 밖에 있는 바 같은 데서 만나자고 하는 줄 알았죠. 그런데 그게 아니라 자기 사무실에서 옷을 벗으라는 말이었어요."

리처는 고개를 저었다. "그다지 좋은 제안은 아니군."

앨리슨이 또다시 얼굴을 찌푸렸다. "처음엔 천천히 접근했어요. 말투도 농담처럼 들렸고요. 마치 유혹하는 것처럼 느껴졌죠. 저도 거의 눈치 채지 못했어요. 그 사람은 남자고, 저는 여자고, 그러니 그게 그렇게 놀라운 일은 아니잖아요? 그런데 제가 잘 못 알아듣는다고 생각했는지, 갑자기 음란한 본색을 드러냈어요. 자기가 뭘 원하는지 구체적으로 설명하더라고요. 책상 한쪽 모서리에 한 발, 반대편 모서리에 다른 발을 올리고, 두 손은 머리 뒤로, 그대로 30분 동안 꼼짝 말고 서 있다가 허리를 숙이라는 거예요. 완전 포르노의 한 장면처럼요. 그 순간 정신이 확 들면서, 분노가 폭발했어요. 핵폭탄이 터진 거죠."

리처는 고개를 끄덕였다. "그래서 즉시 그자를 고발했소?"

"물론이죠."

"반응이 어땠소?"

앨리슨은 웃었다. "당황한 것 같았어요. 그 전에도 여러 번 그런 짓을 했었고 늘 별일 없이 넘어갔던 게 틀림없어요. 그런데 이제 규칙이 바뀌어서 그런 게 안 통한다는 걸 몰랐던 거죠."

"그자가 범인일 가능성은?"

앨리슨은 고개를 저었다. "아뇨. 범인은 극도로 위험하지 않나요? 개스코인은 그런 부류가 아니에요. 늙고 초라한 남자였죠. 지치고 무기력했어요. 언니 말로는 범인은 정말 물건이라던데요. 개스코인이 그런 추진력을 가졌을 것 같진 않네요."

리처가 다시 고개를 끄덕였다. "줄리아의 프로파일이 맞다면 이자는 뒤편 어딘가에 숨어 있던 놈일 거요."

"맞아요." 앨리슨이 말했다. "특정 사건과는 관련이 없을 수도 있어요. 어쩌면 멀리서 지켜만 보던 방관자가 복수에 나선 것일지도요."

"줄리아의 프로파일이 맞다면 말이오." 리처가 다시 말했다.

잠시 침묵이 흘렀다.

"중요한 전제네요." 앨리슨이 말했다.

"그 전제에 의구심이 드는 거요?"

"당신도 나도 알고 있어요. 우린 둘 다 같은 사실을 알고 있으니까요."

하퍼가 바짝 다가와 앉았다. "무슨 말이에요?"

앨리슨이 잠시 뜸을 들였다. "군인이 이런 문제로 이렇게까지 일을 벌일 거라고는 도저히 상상이 안 가요. 군대는 그렇게 돌아가는 데가 아니에요. 군은 늘 규칙을 바꿔왔으니까요. 50년 전으로 거슬러 올라가면 흑인을 괴롭혀도 괜찮았는데 지금은 안 돼요. 베트남 아이들을 쏴 죽여도 괜찮았던 때도 있었어요. 그것도 이제 금지됐죠. 그런 게 수두룩해요. 새로 생긴 규칙들 때문에 수백 명의 군인들이 줄줄이 잘렸죠. 트루먼 대통령이 군대 내 인종차별을 철폐했을 때도 인권 개선을 요구한 흑인들을 죽이러 다닌 사람은 없었어요. 이건 완전히 새로운 종류의 반응이에요. 도저히 이해가 안 돼요."

"남자 대 여자라는 대립이 더 근본적일 수도 있겠네요." 하퍼가 말했다.

앨리슨이 고개를 끄덕였다. "그럴지도 모르죠. 정말 모르겠어요. 그런데 결국 언니가 말했듯 목표 집단이 너무 특정적이니까 군인일 수밖에 없겠죠. 누가 그렇게 쏙쏙 골라낼 수 있겠어요? 군인은 군인인데 진짜 이상한 군인인 게 확실해요. 내가 아는 어떤 군인과도 달라요."

"정말요?" 하퍼가 말했다. "한 명도 없었나요? 그 일들이 벌어지는 동안 위협을 하거나 이상한 말을 던진 사람도 없었어요?"

"별다른 건 없었어요. 그냥 지나가는 헛소리 정도였죠. 내 기억으로는 아무것도 없어요. 심층 배경 조사를 해야 한다고 해서 콴티코로 날아가 언니한테 최면까지 받아봤는데 아무것도 안 나왔다고 하더군요."

다시 정적이 흘렀다. 하퍼는 있지도 않은 티끌만 테이블에서 애꿎게 쓸어내리며 고개를 끄덕였다. "우리, 헛걸음한 건가요?"

"두 분께 죄송하네요." 앨리슨이 말했다.

"어떤 것도 헛된 것은 없소." 리처가 말했다. "부정적인 것도 도움이 될 수 있소. 그리고 커피도 끝내줬소."

"더 드릴까요?"

"아뇨." 하퍼가 말했다. "이만 돌아가야 해서요."

앨리슨은 자리에서 일어나 두 사람을 따라 현관으로 나가 문을 열었다.

"아무도 들이지 마시오." 리처가 말했다.

앨리슨이 웃었다. "그럴 일 없어요."

"진심이오." 리처가 덧붙였다. "강제력을 행사하지는 않는 것 같소. 놈은 그냥 걸어서 들어간다고 하더군. 그러니 아는 사람일 수도 있소. 아니면 그럴듯한 핑계를 대는 사기꾼일 수도 있고. 절대 넘어가지 마시오."

"그럴 일 없어요. 내 걱정은 하지 마세요. 그리고 필요한 게 있으면 전화주세요. 오후에는 거의 대부분 병원에 있을 테지만 다른 때는 다 괜찮아요. 그럼 안녕히 가세요."

리처는 하퍼를 따라 현관문을 나와 자갈이 깔린 진입로로 나섰다. 등 뒤에서 문이 닫히는 소리와 함께 자물쇠가 돌아가는 소리가 크게 들렸다.

현지 요원이 스포캔에서 시카고로 갔다가 거기서 워싱턴 D.C.행으로 환승하면 비행 시간을 두 시간 단축할 수 있다고 알려줬지만 하퍼가 티켓을 확인해 보니 그게 더 비쌌다. 콴티코의 출장 담당도 애초에 비용 때문에 그런 식으로 예약하지 않은 듯했다. 그녀는 추가 비용을 자비로 결제하고 나중에 따져서 해결하기로 했다. 리처는 그런 그녀의 결단력이 마음에 들었다. 조그만 세스나에 갇혀서 또다시 두 시간을 더 버티는 건 내키지 않았기 때문이다. 그래서 시애틀 요원은 혼자 서쪽으로 돌아가고 그들은 시카고행 보잉에 탑승했다. 이번에는 전 좌석이 이코노미석이라 좌석 업그레이드는 없었다. 그들은 바짝 붙어 앉을 수밖에 없어서 비행 내내 팔꿈치와 허벅지가 닿아 있었다.

"어떻게 생각해요?" 하퍼가 물었다.

"난 생각하라고 돈을 받는 게 아니오. 사실 지금까지 돈은 한 푼도 받지 못했지만. 아무튼 난 자문 담당이오. 그러니 질문을 하면 내가 답을 하겠소."

"질문했잖아요. 어떻게 생각하느냐고."

리처가 어깨를 으쓱했다. "표적이 아주 많은데 그중 세 명이 이미 죽었소. 전부를 지켜줄 수 없는 게 아쉽지만, 나머지 여든여덟 명이 앨리슨 라마처럼 조심한다면 괜찮을 것 같소."

"문 잠그는 것만으로 그놈을 막을 수 있을 것 같아요?"

"놈은 자신만의 범행 방식이 있소. 지금까지는 아무것도 건드리지 않았지. 문을 열어주지 않으면 뭘 할 수 있겠소?"

"아마도 방식을 바꾸겠죠."

"그렇다면 잡을 수 있을 거요. 그때부터는 뭔가 뚜렷한 증거를 남길 테니까."

리처는 창밖으로 고개를 돌렸다.

"그게 다예요?" 하퍼가 말했다. "여자들에게 그냥 문만 잘 잠그라고 하면 된다고요?"

리처는 고개를 끄덕였다. "경고를 해야지. 당연히."

"그건 놈을 잡는 게 아니잖아요."

"잡을 수는 없소."

"왜죠?"

"이 망할 프로파일링 때문이지. 놈이 얼마나 똑똑한지 감안하지 않고 있으니까."

하퍼가 고개를 저었다. "감안하고 있어요. 나도 프로파일을 봤거든요. 정말 똑똑하다고 나와 있어요. 그리고 프로파일링은 효과가 있어요, 리처. 그 사람들, 엄청난 성공을 몇 번이나 거뒀어요."

"실패는 몇 번이나 했소?"

"무슨 말을 하려는 거예요?"

리처가 그녀를 향해 고개를 돌렸다. "내가 블레이크의 위치에 있다고 칩시다. 그는 살인 사건에 관한 사실상 전국구 수사관이오. 그렇지 않소? 모든 사건에 대해 다 들을 수 있다는 거요. 내가 블레이크가 되어 미국의 모든 살인 사건에 대해 보고를 받는다고 칩시다. 그리고 매번 유력한 용의자는 백인 남성, 나이는 서른 중반, 의족 착용, 부모는 이혼, 파란색 페라리를 모는 사람이라고 말했다고 칩시다. 매번. 그럼 언젠가는 맞을 거요. 확률상 언젠가는 얻어걸릴 테니까. 그러면 그때 내가 이렇게 외치겠지. '봐, 내가 맞췄지?' 그동안 내가 만 번은 틀렸어도 그걸 조용히 덮어두기만 하면 나도 꽤 잘하는 걸로 보이지 않겠소? 엄청난 추리력을 가진 것처럼 말이오."

"블레이크 씨가 그렇게 하고 있는 건 아니에요."

"아니라고? 그 부서에 대한 자료를 읽어 봤소?"

하퍼는 고개를 끄덕였다. "물론이죠. 그래서 이 임무에 지원한 거예요. 책과 기사가 아주 많이 있거든요."

"나도 그것들을 읽었소. 1장은 성공 사례, 2장도 성공 사례, 이런 식으로 이어지는. 실패 사례를 모아 놓은 장은 없었소. 몇 번이나 틀렸는지 궁금하더군. 추측건대 아주 많았을 거요. 너무 많아서 책에 실을 수가 없을 만큼."

"무슨 말을 하고 싶은 거죠?"

"성공 사례에 스포트라이트를 집중시키고 실패 사례는 러그 밑에 덮어 두기만 한다면 그런 산발적인 접근 방식은 항상 좋아 보일 거라는 말을 하고 있는 거요."

"그렇게 하고 있지는 않다니까요."

리처는 고개를 끄덕였다. "완전히 그렇지는 않지. 단순히 추측만 하는 건 아니니까. 나름 열심히들 하고 있소. 하지만 그건 정밀한 과학이 아니오. 엄정하지 않지. 그리고 그들도 평가와 예산, 자리를 놓고 다투는 수많은 조직 중 하나에 불과하오. 조직이 어떻게 돌아가는지 알잖소. 지금 예산 청문회가 열리고 있소. 그들의 첫 번째, 두 번째, 세 번째 목표 모두 성공을 내세우고 실패를 은폐함으로써 예산을 삭감당하지 않도록 자기 밥그릇을 지키는 거요."

"그래서 당신은 이번 프로파일이 쓸모없다고 생각하는 건가요?"

리처는 고개를 끄덕였다. "그렇소. 내부적으로 결함이 있소. 상반되는 두 가지 주장을 하고 있거든."

"어떤 두 가지요?"

리처는 고개를 저었다. "하퍼, 거기까지만. 블레이크가 조디를 협박한 것에 대해 사과하고 줄리아 라마를 사건에서 빼기 전까진 더 말하지 않겠소."

"블레이크 씨가 그렇게 할 리 없어요. 라마는 그 팀 최고의 프로파일러 니까요."

"바로 그게 문제라는 거요."

배차 담당자가 그들을 데리러 워싱턴 D.C.의 내셔널 공항에 나와 있었 다. 콴티코에 도착했을 때는 늦은 시각이었다. 줄리아 라마 혼자서 그들을 맞이했다. 블레이크는 예산 회의에 참석 중이었고 폴튼은 퇴근해 집에 갔 다고 했다.

"어땠어?" 라마가 물었다.

"당신 동생 말인가?"

"의붓동생."

"괜찮던데." 리처가 말했다.

"집은?"

"안전해. 포트 녹스*만큼 단단히 잠겨 있더군." *미국 정부의 금 보관소.

"하지만 너무 외딴 곳에 있지?"

"꽤 많이."

라마는 고개를 끄덕였다. 리처는 잠자코 있었다.

"아무튼 괜찮다는 거지?"

"동생은 당신이 한번 와주길 바라던데."

라마는 고개를 저었다. "못 가. 거기까지 가려면 꼬박 일주일은 걸릴 거야."

"당신 아버지가 곧 돌아가실지도 모른다던데."

"새아버지."

"어쨌든. 당신 동생은 당신이 아버지를 만나봐야 한다고 생각해."

"못 가." 라마가 다시 말했다. "걔는 전과 똑같았어?"

리처는 어깨를 으쓱했다. "난 당신 동생이 전에 어땠는지 모르잖아. 오늘 처음 만났으니까."

"카우보이 차림에, 검게 그을린 피부에, 예쁘고 스포티한 모습?"

"정확하군."

라마는 다시 애매하게 고개를 끄덕였다. "나와는 다르거든."

리처는 그녀를 훑어보았다. 싸구려 검은색 정장은 먼지투성이에 구김이 가 있었고, 핏기 없고 야위었으며 굳은 얼굴이었다. 입꼬리는 내려가 있었고 눈동자는 공허했다.

"당신과 많이 다르긴 하더군."

"말했잖아. 난 못난 언니라고."

라마는 말을 끝내고는 자리를 떴다. 하퍼가 리처를 식당으로 데려갔고 둘은 함께 늦은 저녁을 먹었다. 그러고는 그를 방까지 데려다주고 아무 말 없이 방 안에 가뒀다. 복도를 따라 멀어져 가는 발자국 소리를 들으며 리처는 옷을 벗고 샤워를 했다. 그런 다음 침대에 누워 생각하고, 기대했다. 무엇보다도 기다렸다. 아침이 오기를.

13

아침이 왔지만 기대했던 아침은 아니었다. 식당에 들어서자마자 알 수 있었다. 리처는 하퍼가 오기 30분 전에 이미 일어나서 기다리고 있었다. 첫날 입었던 정장을 입은 그녀가 우아하고 상쾌한 모습으로 문을 열고 들어왔다. 가지고 있는 세 벌의 정장을 정확히 순서대로 돌려 가며 입고 있는 게 분명했다. 하퍼의 연봉을 고려할 때 정장 세 벌이면 적당한 수준일 것이다. 그가 가진 정장보다 세 벌이나 더 많으니 그만큼 그녀의 연봉이 리처보다 많다는 뜻이기도 했다.

그들은 함께 엘리베이터를 타고 내려가 건물 사이를 걸었다. 부지 전체가 매우 조용했다. 주말 같은 분위기였다. 그제야 일요일이라는 것을 깨달았다. 날씨는 더 나아졌다. 따뜻해지지는 않았지만 해가 떴고 비도 내리지 않았다. 리처는 잠시나마 그것이 오늘이 자신의 날이라는 징조이길 바랐다. 하지만 아니었다. 식당에 들어서자마자 바로 알 수 있었다.

블레이크가 창가 테이블에 혼자 앉아 있었다. 커피 주전자 하나, 엎어 놓은 머그잔 세 개, 크림과 설탕 바구니, 대니시 빵과 도넛 접시가 놓여 있었다. 나쁜 징조는 식탁 위에 흐트러져 있는 일요판 신문 더미였다. 이미 펼쳐서 읽은 『워싱턴 포스트』와 『USA 투데이』, 무엇보다도 최악인 것은 『뉴욕 타임스』까지 훤히 보이게 놓여 있었다는 것이다. 그건 뉴욕에서 온

뉴스가 없다는 뜻이었다. 그 작업이 아직 성공하지 못했다는 뜻이었고, 성공할 때까지 계속 기다려야 한다는 뜻이었다.

다섯 명이 앉을 법한 테이블에 세 명만 앉아서 팔꿈치 놓을 공간은 더 여유가 있었다. 블레이크의 맞은편에 하퍼가 앉았고 리처는 빈자리를 마주하고 앉았다. 블레이크는 늙고 지치고 온몸이 뻣뻣한 모습이었다. 병색이 돌았다. 당장 심장마비가 와도 이상하지 않을 것 같았다. 하지만 리처는 아무런 연민을 느끼지 않았다. 블레이크가 선을 넘었기 때문이다.

"오늘은 파일 검토를 하도록." 블레이크가 말했다.

"알겠소." 리처가 말했다.

"로레인 스탠리의 자료까지 업데이트 해두었어. 그러니 오늘 하루 동안 살펴보고 내일 아침 회의 때 결론을 말해줘. 알겠나?"

리처는 고개를 끄덕였다. "완전 잘 알겠소."

"내가 미리 알아둬야 할 게 있나?"

"뭐에 대해서?"

"결론에 대해서 말이야. 지금까지 뭐 떠오른 생각 같은 거 없나?"

리처는 하퍼를 힐끗 쳐다보았다. 조직에 충성하는 요원이라면 지금이 바로 상사에게 리처의 반대 의견을 보고해야 할 순간이었다. 하지만 그녀는 입을 꾹 닫고 있었다. 그저 고개를 숙인 채 커피만 휘젓고 있었다.

"일단 파일부터 보겠소. 지금은 뭐라고 말하기에 너무 이른 것 같으니."

블레이크가 고개를 끄덕였다. "이제 16일 남았어. 이제 정말 실질적인 진전이 있어야 해."

리처도 고개를 끄덕였다. "알겠소. 아마도 내일쯤엔 좋은 소식이 있을지도."

블레이크와 하퍼가 무슨 엉뚱한 소리냐는 표정으로 리처를 쳐다보았다. 이후 셋은 커피와 대니시 빵과 도넛, 신문을 들고 시간이 남아도는 사람들처럼 앉아 있었다. 일요일이었다. 그리고 수사는 교착 상태에 빠져 있었다. 리처는 그걸 알아챘다. 아무리 급한 일이라도 더 이상 해볼 것이 없어지는 순간이 온다. 긴박함은 사그라들고, 세상은 여전히 소란한데 정작 자신은 마치 시간이 무한한 사람처럼 그 자리에 가만히 앉아 있게 된다.

아침 식사 후 하퍼가 다른 방으로 리처를 데려갔다. 세스나에 실려 날아오던 중 그가 상상했던 것과 거의 똑같은 방이었다. 밝은 오크색 테이블과 가죽으로 덮인 편안한 의자들로 채워져 있는 지상층의 조용한 방이었다. 한쪽 벽에는 창문이 있었고 창밖에는 햇살이 비치고 있었다. 유일한 단점은 테이블 중 하나에 30센티미터 높이의 파일 더미가 쌓여 있다는 것이었다. 파일이 들어 있는 감색 폴더 파일에는 노란색 글자로 FBI라고 인쇄되어 있었다.

파일 더미는 세 묶음으로 나뉘어 있었고 각각 굵은 고무 밴드로 묶여 테이블 위에 나란히 놓여 있었다. 에이미 캘런, 캐롤라인 쿡, 로레인 스탠리. 세 명의 희생자, 세 묶음의 파일. 그는 시계를 확인했다. 10시 25분. 늦은 시작이었다. 햇볕이 방을 따뜻하게 데우고 있었다. 나른함이 몰려왔다.

"조디에게 연락해 봤어요?" 하퍼가 물었다.

리처는 고개를 젓고 아무 말도 하지 않았다.

"왜요?"

"해봐야 소용없으니까. 분명 거기 없을 거요."

"어쩌면 당신 집에 갔을 수도 있어요. 그녀의 아버지가 살았던 곳."

"그건 아닐 거요. 거길 좋아하지 않거든. 너무 외지다고."

"그리로 연락해 보긴 했어요?"

리처는 고개를 저었다. "아니."

"걱정 안 돼요?"

"내 손으로 어찌할 수 없는 일에 대해서는 걱정하지 않소."

하퍼는 더 이상 말이 없었다. 정적이 흘렀다. 리처가 파일 하나를 자기 쪽으로 끌어당겼다.

"이거 읽어 봤소?"

하퍼가 고개를 끄덕였다. "매일 밤 읽어요. 본문과 요약본까지."

"뭐 좀 있소?"

하퍼가 각각 10센티미터 두께의 묶음들을 쳐다보았다. "많은 게 있죠."

"중요한 게 있었소?"

"그건 당신이 판단해야죠."

리처는 마지못해 고개를 끄덕이며 캘런의 파일에서 고무 밴드를 벗기고 폴더를 펼쳤다. 하퍼는 리처의 맞은편에 앉아 재킷을 벗고 셔츠 소매를 걷어 올렸다. 햇살이 그녀의 등 뒤에 있어서 셔츠 안이 훤히 비쳤다. 가슴의 바깥쪽 곡선이 리처에게 보였다. 곡선은 어깨에 찬 권총집의 끈을 지나며 완만하게 부풀어 올라 허리의 평평한 부분으로 떨어졌다. 하퍼가 숨을 쉴 때마다 가슴이 조금씩 움직였다.

"일이나 해요, 리처." 하퍼가 말했다.

긴장되는 순간이야. 넌 빠르지도 느리지도 않게 운전하며 주의 깊게 살피고, 도로를 조금 더 올라가다가 멈추고 방향을 돌려서 되돌아오지. 진행 방향 쪽으로 길가에 주차해. 시동을 끄고 키를 빼서 주머니에 넣어. 장갑을 껴. 날씨가 추우니 장갑을 껴도 이상해 보이지 않을 거야.

넌 차에서 내려. 잠시 가만히 서서 귀를 기울이고, 천천히 몸을 돌려서 사방을 다시 살펴. 긴장되는 순간이야. 중단할지 계속 진행할지 결정해야 하는 순간. 생각하고 생각하고 또 생각해. 감정은 개입시키지 말고. 어디까지나 작전상으로만 판단하는 거니까. 이건 훈련 덕분에 가능한 거지.

넌 계속 진행하기로 결정해. 조용히 차 문을 닫고 진입로로 걸어가 현관문 앞에 서서 노크를 하고 기다려. 곧 문이 열리고 그녀는 널 들어오게 해. 처음에는 놀라고, 조금 당황스러워하다가 이내 반가워하지. 전역 이후로 오랫동안 널 보지 못했으니까. 잠시 이야기를 나눠. 적절한 때가 올 때까지 계속 이야기를 나눠. 넌 적절한 때를 알고 있어. 그러니 계속 이야기를 나눠.

마침내 그 순간이 왔어. 잠시 멈추고 상황을 가늠해봐. 그리고 움직여. 그녀에게 시키는 대로 정확히 해야 한다고 설명해. 그녀는 선택의 여지가 없으므로 당연히 동의해. 넌 그녀가 이걸 하는 동안 즐거운 표정을 지어줬으면 좋겠다고 말해. 그렇게 하면 너도 더 즐거울 거라고 설명해. 그녀는 기꺼이 고개를 끄덕이고 미소를 지어 보여. 억지로 지은 부자연스러운 미소라서 다소 아쉽지만 어쩔 수 없지. 안 하는 것보다는 나으니까.

넌 그녀에게 안방 욕실을 보여달라고 말해. 그녀가 마치 부동산 중개인처럼 서서 욕실에 대해 설명해. 욕조는 평범해. 여태 봤던 욕조들과

비슷해. 넌 그녀에게 페인트를 집 안으로 가져오라고 지시하고 전 과
정을 감독해. 그녀는 집 안팎과 계단을 오르내리며 다섯 번이나 왕복
해. 옮길 양이 많아. 그녀가 헉헉거리며 숨을 몰아쉬어. 가을 날씨가
조금 쌀쌀한데도 땀을 흘리기 시작해. 그녀에게 미소를 지으라고 하
니 그녀가 다시 미소를 지어. 힘들어서 찡그린 표정에 더 가깝지만.
그녀에게 뚜껑을 젖혀서 열 수 있는 도구를 찾아오라고 지시해. 그녀
가 기꺼이 고개를 끄덕이며 주방 서랍에 드라이버가 있다고 말해. 같
이 가서 서랍을 열고 드라이버를 꺼내. 함께 욕실로 되돌아와서 뚜껑
을 하나씩 열라고 지시해. 그녀는 차분해. 첫 번째 페인트 통 옆에 무
릎을 꿇고 앉아 드라이버 끝을 뚜껑의 볼록한 테두리 아래에 넣고 위
로 올려 뚜껑을 따. 통 테두리를 빙빙 돌아가며 작업해. 흡착되어 있
던 뚜껑이 벗겨져서 페인트의 화학성분 냄새가 공기 중에 가득 퍼져.
그녀가 다음 통으로 넘어가. 그리고 또 그다음 통. 열심히 일해. 빠르
게 움직여. 넌 조심하라고 말해. 조금이라도 흘리면 벌을 줄 거라고.
그녀에게 미소 지으라고 다시 말해. 그녀는 미소 지으며 계속 일해.
이제 마지막 뚜껑을 열어.

넌 주머니에서 접힌 쓰레기 봉투를 꺼내. 그녀에게 옷을 봉투 안에 넣
으라고 말해. 그녀가 헷갈려 해. 어떤 옷? 그녀가 지금 입고 있는 옷
이라고 말해. 그녀가 고개를 끄덕이며 미소 지어. 그녀는 신발을 털고
벗어. 신발 무게 때문에 접혀 있던 봉투가 사각으로 벌어져. 그녀는
양말을 신고 있어. 양말을 잡아당겨 벗어. 양말을 봉투 안에 떨어뜨
려. 청바지 단추를 풀어. 발을 번갈아 떼며 바지를 벗어. 바지가 봉투
안으로 들어가. 셔츠 단추를 풀어. 어깨를 으쓱해서 몸에서 털어내.

봉투 안에 떨어뜨려. 뒤로 손을 뻗어 브래지어의 후크를 만지작거리다가 벗어. 가슴이 멋대로 흔들려. 팬티를 아래로 내리고 브래지어와 함께 둥그렇게 말아 봉투에 넣어. 이제 그녀는 벌거벗은 상태야. 계속 미소 지으라고 넌 말해.

그녀에게 봉투를 들고 현관까지 내려가라고 하고 넌 뒤에서 따라가. 그녀는 봉투를 문에 기대어 놔둬. 그녀를 다시 욕실로 데려가. 페인트 통을 하나씩 천천히, 조심스럽게 욕조에 부으라고 지시해. 그녀가 치아 사이로 혀까지 빼물고 열심히 집중해. 통은 무겁고 다루기 힘들어. 페인트는 걸쭉해. 냄새가 독하지. 페인트가 욕조로 천천히 흘러들어가. 기름진 녹색이 서서히 차올라.

그녀에게 잘했다고, 만족스럽다고 말해. 페인트는 욕조 안에 다 부어졌고 어디에도 흘리지 않았어. 그녀가 칭찬에 기뻐하며 웃어. 그녀에게 다음 단계는 더 어렵다고 말해. 빈 통들을 원래 있던 자리에 다시 갖다 놓아야 한다고 해. 그런데 지금 그녀는 벌거벗은 상태이니 아무에게도 보이지 않게 해야 해. 그러려면 뛰어야 하지. 그녀는 고개를 끄덕여. 이제 통이 비었으니 무게가 덜 나가 한 번에 더 많이 옮길 수 있다고 말해. 그녀는 다시 고개를 끄덕여. 알아들었다는 뜻이야. 그녀는 손가락 하나에 빈 통을 한 개씩 끼워 양손에 각각 다섯 개씩 들고 아래층으로 내려가. 넌 그녀에게 잠시 기다리라고 한 뒤 문을 살짝 열고 밖을 살펴봐. 눈으로 확인하고 귀로 들어봐. 이제 그녀를 내보내. 그녀는 전력으로 달려나가 통을 원래 자리에 갖다 놔. 그녀가 가슴을 출렁이며 다시 돌아와. 밖은 추워.

그녀에게 가만히 서서 숨을 고르라고 말해. 다시 웃으라고 해. 그녀는 미안한 듯 고개를 끄덕이며 힘들어 하면서 미소를 지어. 그녀를 욕실로 데려가. 드라이버가 그대로 바닥에 있어. 드라이버를 집어 들라고 말해. 드라이버로 얼굴에 자국을 내보라고 말해. 그녀가 당황스러워 해. 넌 설명을 해줘. 서너 군데 정도 피가 맺힐 정도로 깊게 긁으면 된다고. 그녀는 미소를 지으며 고개를 끄덕여. 드라이버를 들어 올려서 날이 피부 안을 파고들도록 돌려서 왼쪽 뺨을 긁어 내려가. 12센티미터 정도의 붉은 선이 선명하게 그려져. 다음엔 더 세게 하라고 말해. 그녀가 고개를 끄덕여. 다음 자국에서는 피가 약간 배어 나와. 좋아, 한 번 더 해봐. 그녀가 또 긁어. 그리고 또 긁어. 좋아, 이제 마지막으로 정말 세게 해봐. 그녀가 고개를 끄덕이며 웃어. 날을 아래로 끌어내려. 피부가 찢어지고 피가 맺혀. 넌 그녀에게 착하지, 하고 말해. 그녀는 아직도 드라이버를 들고 있어. 그녀에게 천천히 조심스럽게 욕조에 들어가라고 말해. 그녀가 오른발을 넣어. 그리고 왼발. 종아리까지 페인트에 잠긴 채 서 있어. 그녀에게 천천히 앉으라고 말해. 그녀가 앉으니 페인트가 허리 위로 올라와 가슴 아래쪽에 닿아. 천천히 조심스럽게 등을 대고 누우라고 말해. 그녀가 페인트 속으로 미끄러져 들어가. 페인트가 올라와 욕조 가장자리에서 5센티미터 아래까지 차. 이제는 네가 미소를 지어. 딱 좋아.

넌 그녀에게 뭘 해야 하는지 알려주지만 너무 이상한 주문이라서 한 번에 알아듣지 못해. 네가 차근차근 설명해주니 그녀가 고개를 끄덕여. 그녀는 머리카락이 페인트에 젖어 끈적하게 뭉쳐 있어. 그녀가 천천히 아래로 더 미끄러져 내려가. 이제 얼굴만 보여. 그녀는 고개를 뒤로 젖혀. 머리카락이 떠올라. 그녀가 손가락을 사용해. 손가락은 미끄럽고 페인트가 뚝뚝 떨어져. 그녀는 시킨 대로 정확하게 해내. 한 번에 제대로. 이윽고 공포에 질려 눈이 휘둥그레진 채 그녀는 죽어.

넌 5분간 기다려. 욕조 위로 몸을 기울인 채 아무것도 건드리지 않고. 그런 다음 그녀가 스스로 할 수 없는 단 한 가지를 해. 그 과정에서 오른쪽 장갑에 페인트가 묻어. 넌 한 손가락 끝으로 그녀의 이마를 눌러 페인트 표면 아래로 가라앉혀. 오른쪽 장갑을 뒤집으며 벗고 왼쪽 장갑도 확인해. 아무 이상 없어. 안전을 위해 오른손을 주머니에 넣고 그 상태로 유지해. 이때가 지문이 노출되는 유일한 순간이야.

더러워진 장갑을 왼손에 들고 조용히 아래층으로 내려가. 그녀의 옷이 담긴 쓰레기 봉투에 더러운 장갑을 넣어. 문을 열어. 귀를 기울이고 주변을 살펴. 봉투를 들고 밖으로 나가. 뒤돌아서서 문을 닫아. 진입로를 따라 도로로 걸어가. 차 뒤에서 잠시 멈추고 깨끗한 장갑도 봉투에 집어넣어. 트렁크를 열고 봉투를 그 안에 넣어. 운전석 문을 열고 핸들 뒤로 미끄러져 들어가. 주머니에서 키를 꺼내 시동을 걸어. 안전벨트를 매고 백미러를 확인해. 너무 빠르지도 느리지도 않게 차를 몰아 그곳을 떠나.

캘런의 파일은 그녀의 군 경력 요약문부터 시작되어 있었다. 경력은 4년이었고 요약문은 마흔여덟 줄에 달했다. 리처의 이름이 마지막에 한 번 언급되어 있었다. 리처는 그녀를 꽤 잘 기억하고 있었다. 작고 통통한 체구에 쾌활하고 행복해 보이던 여성이었다. 그녀가 특별한 이유 없이 입대했을 거라고 리처는 추측했다. 대가족 출신으로, 타인과 나누는 삶에 익숙하고, 학교에서는 단체운동에 능숙했고, 학구적이지는 않아도 학업 성적은 평균 이상인, 그런 유형의 사람들이 종종 군에 들어오곤 한다. 그들은 군대를 이미 살고 있던 삶의 연장선으로 받아들인다. 총을 드는 전투원으로서가 아니라 보급품을 관리하거나 기술을 익히는 틈새 역할 속에서 자격을 취득하는 것을 더 중요하게 여기는지도 모른다.

캘런은 기초 훈련을 마치고 곧바로 병기 창고로 배치되었다. 20개월 만에 하사로 진급했다. 그녀도 고향의 또래들처럼 서류를 정리하고 물품을 전 세계로 보내는 일을 했지만, 캘런이 취급하는 물품은 토마토나 신발, 자동차 같은 물품이 아닌 총과 포탄이었다. 캘런은 시카고 인근의 포트 위스에 있는 창고에서 근무했다. 역한 총기 기름 냄새와 덜컹거리는 지게차 소리로 가득한 곳이었지만 처음에는 만족스러웠다. 그러나 거친 농담이 너무 심해졌고, 소속 부대의 대위와 소령이 그녀에게 음담패설을 하고 신체 접촉까지 하면서 선을 넘기 시작했다. 그런 것에 위축되는 여자는 아니었지만, 반복되는 못된 손길과 껄떡거림은 결국 캘런이 리처의 사무실로 향하게 만들었다.

그녀는 전역 후 플로리다로 가서 부촌에서 북쪽으로 70킬로미터 떨어진 그리 비싸지 않은 해변 마을에 정착했다. 그곳에서 결혼했고, 이혼했고, 1년을 더 살다가 살해되었다. 파일에는 어디에서 죽었는지에 대한 메모와 사진들이 가득했지만, 어떻게 죽었는지에 대한 내용은 별로 없었다. 그녀의 집은 주황색 기와지붕이 돌출된 현대식 단층 주택이었다. 현장 사진에는 문이나 창문에 아무런 손상도 없었고, 실내 역시 어지럽혀진 흔적이 전혀 없었다. 흰 타일로 된 욕실에는 녹색 페인트로 가득 찬 욕조가 있었고, 그 안에는 매끄럽고 정체를 알 수 없는 형체가 둥둥 떠 있었다.

부검 결과에서도 발견된 것은 아무것도 없었다. 그 페인트는 내구성이 뛰어나고 방수 기능이 있으며, 어떤 표면이든 달라붙고 침투하도록 분자 구조가 설계되어 있었다. 페인트는 시신 외부를 완전히 덮었고 눈과 코, 입과 목구멍까지 스며들어 있었다. 페인트를 벗겨내자 피부까지 함께 벗겨졌다. 타박상이나 외상의 흔적은 없었다. 독극물 검사 결과도 깨끗했다. 심장에 페놀을 주입한 흔적도 없었고 공기색전증*도 없었다. 교묘하게 사람을 죽이는 방법은 다양하고, 플로리다의 법의학자들은 그 모든 방법을 알고 있음에도 불구하고 어떤 증거도 찾을 수 없었다. *혈관에 공기가 유입되어 혈류를 막아서 생기는 질환으로, 여기서는 혈관에 공기 주사를 놓은 흔적이 없음을 의미한다.

"어때요?" 하퍼가 물었다.

리처는 어깨를 으쓱했다. "그녀는 주근깨가 있었소. 기억나는군. 플로리다의 태양 아래 1년을 보냈으니 꽤 보기 좋았을 거요."

"호감이 있었군요."

리처가 고개를 끄덕였다. "괜찮은 여자였소."

파일의 마지막 3분의 1은 그가 여태껏 본 것 중 가장 철저한 범죄 현장 포렌식이었다. 말 그대로 나노 수준의 분석이었다. 집 안의 먼지나 섬유 입자 하나하나까지 모두 진공청소기로 수거하여 분석했다. 하지만 침입자의 흔적은 발견되지 않았다. 아주 작은 것도.

"아주 똑똑한 놈이오." 리처가 말했다.

하퍼는 아무 대꾸도 없었다. 리처는 캘런의 폴더를 옆으로 치우고 쿡의 폴더를 열었다. 쿡의 파일도 요약문의 서술 구조는 동일했다. 처음부터 군을 목표로 했다는 점에서 쿡은 캘런과 달랐다. 할아버지와 아버지 모두 군인이었고 그런 집안에서는 자신들을 일종의 군인 귀족쯤으로 여긴다. 쿡은 자신이 여자라는 점이 군 경력에 걸림돌이 될 수 있다는 사실을 꽤 이른 시기부터 인식했고, 고등학교 시절 ROTC에 가입하려 했다는 메모도 파일에 남아 있었다. 그녀는 일찍부터 자신의 전투를 시작했던 것이다.

장교 후보생이었기에 소위로 임관해 경력을 시작했다. 곧바로 작전계획부서에 배치되었는데, 그 부서는 일이 터졌을 때 친구는 끝까지 친구로 남고 적은 끝까지 적으로 남을 거라고 가정하며 머리 좋은 사람들이 시간을 낭비하는 곳이었다. 그녀는 중위로 진급한 뒤 브뤼셀의 나토 본부에 배치되었고 거기서 대령과 관계를 맺었다. 그러다 대위 승진이 늦어지자 대령을 상대로 문제를 제기했다.

리처는 그 사건을 또렷이 기억하고 있었다. 캘런이 견뎌야 했던 성희롱 같은 것은 없었다. 낯선 남자가 그녀의 몸을 더듬거나 꽉 쥐거나 기름 묻은 총신으로 음란한 몸짓을 한 적도 없었다. 그러나 규정이 바뀌어서 지휘 선상에 있는 부하와 자는 것이 더 이상 허용되지 않았다. 대령은 강등되었고 결국 권총을 입에 물었다. 쿡은 전역하고 나서 뉴햄프셔의 호숫가 별장으로 돌아갔는데, 결국 그곳에서 녹색 페인트로 가득 찬 욕조 안 시신으로 발견되었다.

뉴햄프셔의 병리학자와 법의학자들은 플로리다의 동료들처럼 아무 증거도 발견하지 못했다. 보고서와 사진은 비슷하면서도 달랐다. 나무로 둘러싸인 회색 삼나무 집, 손상되지 않은 문, 흐트러지지 않은 집 안, 소박한 욕실 장식을 압도하는 욕조 안의 짙은 녹색 페인트. 리처는 파일을 훑어보고 폴더를 닫았다.

"어떻게 생각해요?" 하퍼가 물었다.

"페인트가 이상한 것 같소."

"왜요?"

리처는 어깨를 으쓱했다. "너무 상호모순 아니오? 시신에서 증거를 없애주니 위험을 줄일 수 있지만, 페인트를 구하고 운반하는 과정에서 또 다른 위험이 발생하니까."

"단서를 의도적으로 흘리는 것 같기도 해요. 동기를 강조하는 거죠. 군인임을 확실히 각인시키려는 거예요. 마치 조롱하듯이."

"라마는 거기에 심리적인 의미가 있다고 말했소. 범인이 희생자들을 군대로 되돌려 놓는 행위라면서."

하퍼는 고개를 끄덕였다. "옷까지 가져간 것도 그렇고요."

"그런데 죽일 만큼 증오한다면 왜 군대로 다시 되돌려 놓으려는 거지?"

"모르죠. 이런 놈들 생각을 누가 알겠어요?"

"라마는 놈의 생각을 본인은 안다고 생각하는 것 같소."

로레인 스탠리의 파일이 셋 중 마지막이었다. 이력은 캘런과 비슷했는데 더 최근이었다. 그녀는 더 젊었다. 유타에 있는 거대한 병참 부대에서 하사로 일했는데, 그 조직 안에서는 사실상 말단 중의 말단인 데다 유일한 여군이었다. 그녀는 첫날부터 괴롭힘을 당했다. 능력도 의심을 받았다. 어느 날 밤 스탠리의 막사에 누군가가 침입해서 군복 바지를 모두 훔쳐갔다. 다음 날 아침 그녀는 규정에 따른 치마를 입고 근무에 임했다. 다음 날 밤에는 속옷을 모두 도난당했다. 결국 다음 날 아침 그녀는 치마만 입고 그 안에는 아무것도 입지 못한 채 출근했다. 중위가 스탠리를 사무실로 호출했다. 중위는 그녀를 바닥에 깔아 놓은 커다란 거울 양쪽으로 다리를 벌리고 서게 한 뒤 서류 작업이 엉망이라며 호통을 쳤다. 그러는 동안 인사기록부에 있는 모든 인원이 사무실을 들락날락하며 거울 속을 흥미진진하게 구경했다. 중위는 결국 육군 교도소에 갇혔고 스탠리는 1년 더 복무한 뒤 샌디에이고의 작은 방갈로에서 혼자 살다가 현장 사진에서처럼 죽음을 맞이했다. 캘리포니아의 법의학자와 감식팀은 역시 아무 증거도 찾아내지 못했다.

"당신 몇 살이오?" 리처가 물었다.

"나요?" 하퍼가 말했다. "스물아홉 살이라고 말했잖아요. FAQ 얘기할 때."

"콜로라도 출신이고?"

"네. 애스펀이요."

"가족은?"

"여자 형제 둘, 남자 형제 하나."

"나이가 위요, 아래요?"

"모두 위예요. 제가 막내죠."

"부모님은 무슨 일을 하시오?"

"아빠는 약사이고 엄마는 아빠 일을 돕고 계세요."

"어렸을 때 가족여행을 자주 다녔소?"

하퍼는 고개를 끄덕였다. "그럼요. 그랜드 캐니언, 페인티드 사막, 그리고 여기저기요. 어느 해는 옐로스톤에서 캠핑도 했고요."

"거기까지 차로 갔었소?"

하퍼는 다시 고개를 끄덕였다. "네. 애들이 가득 탄 대형 스테이션 왜건으로요. 행복한 가족의 모습 그 자체였죠. 근데 갑자기 그런 건 왜 묻는 거죠?"

"그때 차 타고 다녔을 때 뭔가 기억나는 게 있소?"

하퍼가 얼굴을 찌푸렸다. "가도 가도 끝이 없다는 거?"

"바로 그거요."

"뭐가 그거라는 거예요?"

"여긴 진짜 넓은 나라잖소."

"그래서요?"

"캐롤라인 쿡은 뉴햄프셔에서, 로레인 스탠리는 그로부터 3주 뒤 샌디에이고에서 살해됐소. 거리상 거의 끝에서 끝인 곳에서 그랬다는 거요. 자동차로는 5,500킬로미터 정도 될 거요. 그 이상일 수도 있고."

"놈이 차로 이동 중이라고 생각해요?"

리처는 고개를 끄덕였다. "수십 통의 페인트를 싣고 다녀야 하니까."

"어딘가에 비축해둔 게 있을지도 모르죠."

"만약 그렇다면 그게 더 문제일 거요. 페인트를 비축해둔 곳이 놈의 근거지와 뉴햄프셔, 남부 캘리포니아 사이를 잇는 직선 노선상에 있지 않다면 우회해야 하잖소. 그럼 거리가 더 늘어날 테고. 어쩌면 상당히 많이."

"그래서요?"

"5~6천 킬로미터의 장거리 이동에다가 로레인 스탠리를 정찰할 시간까지 필요하오. 그걸 일주일 안에 할 수 있겠소?"

하퍼는 얼굴을 찡그렸다. "시속 90킬로미터로 치면 70시간 정도네요."

"평균 속도를 그렇게 낼 순 없을 거요. 도시도 지나고 공사 구간도 있을 테니. 게다가 과속은 하지 않을 거요. 이렇게 치밀한 놈이 경찰에게 자기 차를 냄새 맡게 할 리가 없잖소. 요즘 같은 때 위장용 페인트 수십 통을 싣고 다니면 당연히 의심을 살 테니까."

"그럼 도로상에서 100시간 정도 걸린다고 치죠."

"최소한으로 잡아서. 게다가 도착해서 하루나 이틀 정도 사전 정찰을 해야 할 거고. 실질적으로는 일주일 이상 걸릴 거요. 10일이나 11일 정도. 어쩌면 12일이 걸릴 수도 있고."

"그래서요?"

"당신이 말해보시오."

"2주 근무하고 1주 쉬는 사람이 아니겠네요."

리처는 고개를 끄덕였다. "맞소. 그런 놈이 아니오."

그들은 밖으로 나와 식당이 있는 블록으로 걸어갔다. 이제야 가을다운 날씨였다. 공기는 여전히 상쾌했지만 10도쯤 더 따뜻해졌고, 잔디는 푸르렀으며 하늘은 눈부시게 파랬다. 눅눅함은 다 날아갔고 주변 나무의 잎들도 물기가 걷혀 훨씬 더 밝아 보였다.

"밖에 좀 더 있고 싶군." 리처가 말했다.

"일해야죠." 하퍼가 말했다.

"그 망할 놈의 파일은 이미 다 읽었소. 다시 읽는다고 도움이 되진 않을 거요. 지금은 생각을 좀 해야 할 때요."

"밖에 있어야 생각이 더 잘 되나요?"

"대체로 그렇소."

"좋아요. 그럼 사격장으로 가요. 권총 자격 인증을 해야 하거든요."

"자격 인증은 이미 돼 있는 거 아니오?"

하퍼가 웃었다. "물론 돼 있죠. 그런데 매달 재인증을 받아야 해요. 규정이 그래요."

식당에서 샌드위치를 가지고 나와 걸으면서 먹었다. 하키 경기장만 한 넓은 공간에 삼면이 높은 흙벽으로 둘러싸여 있는 야외 권총 사격장은 일요일이라 조용했다. 어깨 높이의 콘크리트 벽으로 나뉜 여섯 개의 사로가 각기 다른 표적까지 곧게 뻗어 있었다. 두꺼운 표적지가 강철 프레임에 클립으로 고정되어 있었다. 표적지에는 흉악범의 그림이 인쇄되어 있었고, 흉악범의 가슴에 심장을 중심으로 동심원이 그려져 있었다. 하퍼가 서명을 하고 사격장 관리자에게 총을 건네주었다. 관리자가 여섯 발의 탄환을 장전하고 귀마개 두 세트와 함께 총을 돌려주었다.

"3번 사로로 가세요."

3번 사로는 중앙에 위치해 있었다. 콘크리트 바닥에는 검은 선이 그려져 있었다.

"사거리 20미터!" 하퍼가 복창했다.

그녀가 정면을 향해 바로 서서 귀마개를 제 위치에 착용하고 양손으로 총을 들어 올렸다. 다리는 어깨너비로 벌리고 무릎은 약간 구부렸다. 엉덩이는 앞으로 내밀고 어깨는 뒤로 젖혔다. 0.5초 간격으로 여섯 발을 연속으로 발사했다. 리처는 그녀의 손에 있는 힘줄을 주시했다. 힘줄이 팽팽하게 당겨졌고, 방아쇠를 당길 때마다 총구가 조금씩 위아래로 흔들렸다.

"사격 끝!" 하퍼가 다시 복창했다.

리처는 그녀를 물끄러미 바라보았다.

"당신더러 표적지를 갖고 오라는 소리예요." 하퍼가 말했다.

리처는 탄착군이 세로 30센티미터 정도로 형성되어 있을 거라고 예상했는데, 사로 끝으로 가보니 정확히 그랬다. 심장에 두 개의 구멍이 있었고, 그다음 원에도 두 개, 목과 위를 연결하는 원에도 두 개의 구멍이 있었다. 표적지를 클립에서 떼어 들고 돌아왔다.

"5점 두 발, 4점 두 발, 3점 두 발. 총 24점. 간신히 통과네요." 하퍼가 말했다.

"왼팔을 좀 더 쓰는 게 좋겠소." 리처가 말했다.

"어떻게요?"

"왼팔로 무게를 전부 지탱하고, 오른팔은 방아쇠를 당기는 데만 집중하는 걸로."

하퍼가 잠시 주저하다 말했다.

"시범 좀 보여줄 수 있어요?"

리처가 하퍼 뒤로 바짝 다가가 왼팔을 쭉 뻗었다. 하퍼가 오른손으로 총을 들어 올리자, 리처는 그녀의 손을 자신의 손으로 감싸 쥐었다.

"팔에 힘을 빼시오. 내가 무게를 받쳐줄 테니."

리처도 팔이 길었지만 그녀의 팔도 만만치 않았다. 그녀가 뒤로 물러서며 리처에게 바짝 밀착했다. 리처는 몸을 앞으로 숙였다. 그녀의 머리 옆에 턱을 댔다. 머리카락에서 좋은 향기가 났다.

"좋소. 총이 그냥 떠 있는 느낌으로." 리처가 말했다.

하퍼가 빈총의 방아쇠를 두세 번 당겼다. 총구가 바위처럼 안정되어 있었다.

"느낌이 좋네요." 하퍼가 말했다.

"가서 실탄을 더 가져오시오."

리처의 품에서 빠져나온 하퍼가 사격장 관리자의 부스로 가서 여섯 발이 장전된 탄창을 하나 더 받아왔다. 리처는 새 표적이 있는 옆 사로로 옮겨 갔다. 하퍼가 그리로 와서 다시 그에게 등을 기대고 총을 들어 올렸다. 리처가 손을 뻗어 그녀의 손을 감싸고 무게를 받쳐주었다. 하퍼가 그에게 다시 몸을 기대었다. 두 발을 쐈다. 표적의 중앙 원 안에 2센티미터 간격으로 구멍이 생기는 게 보였다.

"봤소?" 그가 말했다. "왼쪽에 일을 맡기시오."

"정치적 발언처럼 들리네요."

하퍼는 여전히 등을 기댄 채 서 있었다. 리처는 그녀의 호흡이 오르내리는 걸 느낄 수 있었다. 리처가 뒤로 물러나고 하퍼 혼자서 다시 시도했다. 연속으로 두 발. 탄피가 콘크리트 바닥을 울렸다. 심장 원에 두 개의 구멍이 더 생겼다. 명함 크기의 마름모꼴로 구멍 네 개가 촘촘히 모여 있었다.

하퍼가 고개를 끄덕였다. "남은 두 발은 당신이 쏴 볼래요?"

하퍼가 가까이 다가와서 권총을 돌려 손잡이 쪽부터 건네주었다. 맨해튼으로 가는 내내 라마가 리처 머리에 들이대고 있던 것과 동일한 시그사우어였다. 리처는 표적을 등지고 선 채 손 안의 총 무게를 가늠해 보더니 갑작스럽게 몸을 돌려 두 발을 쐈다. 표적의 양쪽 눈에 각각 한 발씩.

"나라면 이렇게 할 거요. 만약 내가 누군가를 정말 죽이고 싶다면. 빌어먹을 욕조에 페인트 따위로 장난치지는 않을 거라고."

파일을 보던 방으로 돌아가는 길에 블레이크를 만났다. 목적 없이 어슬렁대면서도 동시에 안절부절못하는 모습이었다. 얼굴에는 걱정이 가득했다. 새로운 문제가 생긴 것 같았다.

"라마의 아버지가 돌아가셨다는군."

"새아버지." 리처가 정정해 주었다.

"뭐든. 암튼 오늘 새벽에 돌아가셨대. 스포캔 병원에서 줄리아를 찾는 전화가 왔어. 이제 내가 줄리아 집에 전화해야 해."

“우리도 조의를 표한다고 전해주세요.” 하퍼가 말했다.

블레이크는 대충 고개를 끄덕이며 멀어졌다.

“라마를 이 사건에서 제외시켜야 하오.” 리처가 말했다.

하퍼도 고개를 끄덕였다. “그래야겠지만 그러지 않을 거예요. 어쨌든 라마도 동의하지 않을 거고요. 그녀에겐 일이 전부니까요.”

리처는 아무 말도 하지 않았다. 하퍼가 문을 열고 오크 테이블과 가죽 의자, 파일이 있는 방으로 안내했다. 리처는 자리에 앉아 시계를 확인했다. 3시 20분. 두 시간만 더 멍 때리고 나면 저녁 식사 후 자기 방으로 탈출할 수 있을 것 같았다.

결국 세 시간이나 걸렸다. 멍 때리고 있지는 않았다. 리처는 한자리에 앉아서 허공을 바라보며 골똘히 생각했다. 하퍼가 걱정스러운 표정으로 지켜보았다. 리처는 폴더를 가져와 테이블 위에 배열했다. 캘런은 오른쪽 하단에, 스탠리는 왼쪽 하단에, 쿡은 오른쪽 상단에 놓았다. 폴더의 위치를 응시하며 다시 골똘히 지리적 요건에 대해 생각했다. 몸을 뒤로 젖히고 눈을 감았다.

“진척이 좀 있어요?” 하퍼가 물었다.

“아흔한 명 전체의 명단이 필요하오.” 리처가 말했다.

“알겠어요.”

리처는 눈을 감은 채 하퍼가 방에서 나가는 소리를 들었다. 잠시 따뜻한 온기와 고요함을 즐기다 보니 하퍼가 돌아왔다. 눈을 뜨니 그녀가 몸을 가까이 기울여 두꺼운 파란색 파일을 하나 건네고 있었다.

“연필 좀.” 리처가 말했다.

하퍼가 몸을 돌려 서랍에서 연필을 꺼내 테이블 건너편으로 굴려 보냈다. 리처는 새 파일을 열고 읽기 시작했다. 첫 번째 문서는 국방부 출력물 네 장을 스테이플러로 묶은 것으로 아흔한 명의 이름이 알파벳순으로 나열돼 있었다. 그가 아는 이름도 몇몇 보였다. 블레이크에게 언급했던 리타 시메카가 있었고 바로 다음에 로레인 스탠리가 있었다. 다음 문서는 주소 목록이었다. 대부분 재향군인회의 의료보험시스템이나 우편물 전달 요청 주소를 통해 확보된 것이었다. 시메카는 오리건 주에 살고 있었다. 그다음 문서는 방대한 양의 배경 정보가 담긴 두툼한 서류였다. 군이 작성한 전역 후 정보 보고서로, 일부 여성에 대해서는 상세했고 다른 일부는 간략하게 기술되어 있었지만 기본적인 판단을 내리기에는 충분한 분량이었다. 리처 는 페이지를 앞뒤로 넘겨가며 연필을 표시하다가 20분쯤 지나 자신이 체크한 수를 세어 보았다.

"열한 명이군. 아흔한 명이 아니라."

"그래요?" 하퍼가 물었다.

리처는 고개를 끄덕였다.

"열한 명." 리처가 재차 강조했다. "여덟 명 남았소. 여든여덟 명이 아니라."

"왜 그렇죠?"

"이유야 많소. 애초에 아흔한 명이란 숫자 자체가 터무니없었소. 어떤 놈이 아흔한 명을 죽이려고 하겠소? 5년 3개월이나 걸리는 일을. 말이 안 되오. 이 정도 똑똑한 놈이라면 자신이 감당할 수 있는 수준으로 추릴 거요. 열한 명 정도로."

"그걸 어떻게 추린다는 거죠?"

"실행 가능한 범위로 대상을 좁히는 거요. 하위 카테고리 중에서 말이오. 캘런과 쿡, 스탠리의 또 다른 공통점은 뭐가 있소?"

"뭐가 있죠?"

"모두 혼자 살았소. 확실하고 완전하게 혼자. 미혼이거나 헤어진 상태로 교외나 시골의 단독주택에 살고 있었소."

"그게 중요한가요?"

"물론. 범행 수법을 생각해 보시오. 우선 조용하고 외딴 곳이어야 하오. 방해받지 않고 근처에 목격자도 없어야 하니까. 게다가 놈은 그 많은 페인트를 집 안으로 들여야 하오. 이 리스트에는 결혼한 여자도 있고, 갓난아기를 둔 여자, 가족이나 부모와 사는 여자, 아파트나 다가구주택에 사는 여자, 심지어 농장이나 공동체에 사는 여자도 있소. 다시 대학에 간 여자도 있고. 그런데 놈이 노리는 대상은 혼자, 단독주택에 사는 여성이오."

하퍼는 고개를 저었다. "그런 사람은 열한 명보다 훨씬 많아요. 우리가 다 조사했다고요. 서른 명은 넘을 거예요. 대략 전체 리스트의 3분의 1쯤?"

"그러니 직접 확인해봐야 한다는 거요. 내가 말하는 건 언뜻 보기에도 확실히 혼자 외딴 곳에 사는 여성들이니까. 우린 그놈이 이런 조사를 누구에게도 맡기지 않고 비밀리에 혼자 했다고 가정해야 하오. 그렇다면 놈이 가진 정보는 이 리스트가 전부일 거요."

"하지만 그건 우리가 뽑은 리스트예요."

"우리만 가질 수 있는 건 아니오. 그놈도 가지고 있을 수 있소. 이 정보는 모두 군에서 넘어온 거잖소? 놈이 당신들보다 먼저 이 리스트를 가지고 있었을 거요."

북동쪽으로 70킬로미터 떨어진 펜타곤 내부의 어둠 속, 창문 하나 없는 작은 사무실의 광택 나는 책상 위에 리처가 보고 있는 리스트와 동일한 서류가 펼쳐져 있었다. 훨씬 더 신형 기종의 복사기로 출력되었을 뿐, 내용은 완전히 같았다. 다만 그 리스트에는 열한 개의 이름 옆에 표시가 되어 있었다. 리처가 연필로 휘갈겨 급하게 체크 표시를 한 것과는 달리 자를 대고 정갈하게 만년필로 밑줄을 그은 것이었다.

열한 개의 이름 중 세 개에는 마치 취소 표시처럼 줄이 두 번 그어져 있었다.

제복 입은 사무실 주인의 양팔이 책상 위에 올려진 리스트를 에워싸고 있었다. 팔은 책상 표면에 평평하게 놓여 있었지만 손목은 손이 바닥에 닿지 않도록 위로 살짝 들려 있었다. 왼손에는 자를, 오른손에는 펜을 쥐고 있었다. 왼손이 움직여 자를 정확히 수평으로, 네 번째 이름에 이미 그어져 있던 밑줄 윗부분을 맞췄다. 그런 다음 자를 조금 위로 밀어 올려 이름 한가운데에 걸쳤다. 오른손을 움직여 펜으로 이름 한가운데에 굵은 선을 똑바로 그었다. 그러고 나서 종이에서 펜을 들어 올렸다.

"그럼 이제 어떻게 해야 되죠?" 하퍼가 물었다.

리처는 몸을 뒤로 젖히고 다시 눈을 감았다.

"도박을 해야 할 것 같소. 남은 여덟 명을 24시간 감시하면 16일 안에 그놈이 당신네 손아귀에 걸려들 거요."

"엄청난 도박이네요. 그것도 확률이 아주 낮은. 놈이 아흔한 명 리스트를 보고 어떤 기준으로 골랐는지 당신이 추측하는 거잖아요."

하퍼는 확신 없는 목소리로 말했다.

"내가 범인 유형의 인간을 대표하는 사람이라고 하지 않았소? 그러면 내가 추측하는 게 놈이 추측하는 것과 같은 거 아닌가?"

"당신이 틀렸다면요?"

"틀리면 어때서? 당신네들도 성과 없긴 마찬가지 아니오?"

하퍼의 목소리는 여전히 확신이 없었다. "그래요. 그럴듯한 가설인 것 같아요. 시도해 볼 만해요. 저 팀에서 이미 생각했을 수도 있고요."

"모험 없이는 얻는 것도 없지. 안 그렇소?"

하퍼가 잠시 말을 멈췄다. "좋아요. 그럼 내일 아침 첫 업무로 그걸 라마한테 얘기해요."

리처가 눈을 떴다. "라마가 내일 출근한다는 거요?"

하퍼가 고개를 끄덕였다. "그런다네요."

"장례식은 어쩌고?"

하퍼는 다시 고개를 끄덕였다. "장례식이야 당연히 치르겠죠. 하지만 라마는 안 갈 거예요. 이런 사건이라면 본인 장례식도 건너뛸걸요."

"알겠소. 그럼 당신이 말하는 걸로 하고 블레이크에게 하시오. 라마에게는 말하지 말고."

"왜요?"

"라마의 동생은 확실히 혼자 외딴 곳에서 살고 있소. 이제 확률이 8대 1까지 높아졌소. 당장 라마를 사건에서 빼야 하오."

"블레이크 씨가 동의한다면요."

"동의해야지."

"그럴지도 모르지만 아마 라마를 빼진 않을 거예요."

"빼야 하오."

"그럴지도요. 근데 안 그럴 거예요."

리처는 어깨를 으쓱했다. "그럼 블레이크에게 아무 말도 하지 마시오. 여기서 시간만 낭비했군. 멍청한 인간."

"그런 말 말아요. 조디를 생각해서 협조해야죠."

리처는 다시 눈을 감고 조디를 떠올렸다. 너무 멀리 떨어져 있는 것 같았다. 그는 한참 조디에 대해 생각했다.

"밥 먹으러 가요. 먹고 나서 내가 블레이크 씨에게 얘기할게요."

북동쪽으로 70킬로미터 떨어진 곳, 제복을 입은 남자가 가만히 앉아 서류를 응시하고 있었다. 얼굴에는 복잡한 일을 천천히 풀어가는 사람에게 어울릴 법한 침착한 표정이 떠올라 있었다. 그때 누군가 문을 노크했다.

"기다려!" 그가 소리쳤다.

그는 자를 책상 위에 내려놓고 만년필 뚜껑을 닫은 뒤 주머니에 꽂아 넣었다. 그러고는 리스트를 접어서 책상 서랍 안에 넣고 책으로 그 위를 눌러놓았다. 그 책은 검은색 송아지 가죽으로 제본된 킹 제임스판 성경이었다. 성경 위에 자를 반듯하게 올려놓고 서랍을 닫았다. 주머니에서 열쇠를 꺼내 서랍을 잠갔다. 열쇠를 주머니에 다시 넣고 의자를 움직이며 제복 상의를 바로 폈다.

"들어와."

문이 열리고 병사가 들어와 경례를 했다.

"차량 대기 중입니다, 대령님." 병사가 말했다

"알겠네." 대령이 말했다.

콴티코의 하늘은 여전히 맑았지만 상쾌했던 공기는 밤이 되자 추위로 기온이 급강하하고 있었다. 동쪽 건물 뒤편에서 어둠이 스며들고 있었다. 리처와 하퍼는 빠르게 걸었다. 마치 그들의 발걸음이 전기로 바뀌기라도 하는 듯 보행로를 따라 설치된 조명들이 그들이 걸음을 내디딜 때마다 차례로 켜졌다. 둘은 식당의 다른 구역에 있는 2인용 식탁에서 저녁을 먹었다. 돌아올 때는 그새 완전히 내려앉은 어둠을 뚫고 본관으로 왔다. 엘리베이터를 탔고 하퍼가 열쇠로 리처 방의 문을 열었다.

"의견 고마워요." 하퍼가 말했다.

리처는 아무 말도 하지 않았다.

"그리고 사격 교습도 고마웠어요."

리처는 고개를 끄덕였다. "천만에."

"훌륭한 테크닉이었어요."

"예전에 어떤 상사에게 배운 거요."

하퍼가 미소를 지었다. "아뇨. 사격 테크닉이 아니라 교습 테크닉 말이에요."

리처는 자신의 가슴에 바짝 붙었던 그녀의 등, 밀착된 엉덩이, 얼굴에 닿던 머리카락, 그녀의 감촉, 향기를 떠올리며 다시 고개를 끄덕였다.

"직접 보여주는 게 말로 하는 것보다 항상 나은 것 같소."

"비교가 안 되죠." 하퍼가 받아쳤다.

하퍼는 문을 닫았고 리처는 그녀가 멀어져 가는 발소리를 들었다.

14

리처는 동이 트기도 전에 일어났다. 타월을 몸에 두른 채 한동안 창가에 서서 어둠을 응시했다. 추위가 느껴졌다. 그는 면도를 하고 샤워를 했다. FBI의 샴푸는 이제 절반쯤 썼다. 침대 옆에 서서 옷을 입었다. 옷장에서 코트를 꺼내 걸쳤다. 다시 욕실로 들어가 칫솔을 안쪽 주머니에 꽂아넣었다. 오늘이 바로 그날일지도 모르니까.

추위 때문에 코트로 몸을 감싸고 침대에 앉아 하퍼를 기다렸다. 하지만 열쇠가 자물쇠에 꽂히고 문이 열렸을 때 거기 서 있는 사람은 하퍼가 아니라 폴튼이었다. 그는 일부러 무표정한 얼굴을 하고 있었고, 그 순간 리처는 승리의 조짐을 느꼈다.

"하퍼는 어디 있지?" 리처가 물었다.

"사건에서 제외됐어." 폴튼이 말했다.

"블레이크와 얘기했나?"

"어젯밤에."

"그리고?"

폴튼은 어깨를 으쓱했다. "뭐 없는데?"

"내 의견을 무시하는 건가?"

"당신은 의견을 주기 위해 여기 온 게 아니야."

리처는 고개를 끄덕였다. "그렇군. 그럼 이제 아침 먹으러 가면 되나?"

폴튼도 고개를 끄덕였다. "그래."

해가 동쪽에서 떠오르며 하늘을 물들이고 있었다. 구름도 습기도 바람도 없었다. 이른 아침의 어스름 속을 기분 좋게 걸어갔다. 구내가 다시 북적이고 있었다. 월요일 아침, 새로운 한 주가 시작되었다. 블레이크는 평소처럼 구내식당 창가 테이블에 앉아 있었다. 라마도 함께였다. 평소 입던 크림색 블라우스 대신 검은색 블라우스를 입고 있었다. 여러 번 세탁한 듯 색이 약간 바래 있었다. 테이블 위에는 커피와 머그잔, 우유와 설탕, 도넛이 놓여 있었다. 하지만 신문은 없었다.

"스포캔 소식, 정말 유감이야." 리처가 말했다.

라마는 묵묵히 고개만 끄덕였다.

"휴가를 주려고. 위로휴가 대상이니까." 블레이크가 말했다.

리처가 그를 바라보며 말했다. "나한테 굳이 설명할 필요 없소."

"삶의 한복판에 죽음이 있어." 라마가 말했다. "여기 있으면 그런 걸 아주 금방 배우게 되지."

"장례식에는 안 가는 건가?"

라마가 티스푼을 집더니 손가락 위에 균형을 잡아 올려놓았다. 그리고 그것을 내려다보았다.

"앨리슨한테서 전화가 안 왔어. 절차가 어떻게 진행되는지도 모르겠고."

"전화를 안 해봤나?"

라마는 어깨를 으쓱했다. "끼어드는 것 같아서."

"앨리슨은 그렇게 생각 안 할 텐데."

라마가 리처를 똑바로 바라보았다. "그냥, 잘 모르겠어."

정적이 흘렀다. 리처는 머그잔에 커피를 따랐다.

"자, 일하자고." 블레이크가 말했다.

"내 가설이 별로였소?" 리처가 물었다.

"그건 그냥 추측일 뿐이야." 블레이크가 말했다. "추측이야 누구든 얼마든지 할 수 있지. 하지만 추측 때문에 나머지 여든 명을 외면할 순 없어."

"그녀들 입장에서 뭔가 달라지는 게 있소?" 리처가 물었다. 그는 커피를 한 모금 천천히 마시고 도넛을 쳐다보았다. 도넛은 쪼글쪼글하고 딱딱해 보였다. 토요일에 만든 것 같았다.

"그래서 검토해보지 않겠다는 거요?" 리처가 물었다.

블레이크는 어깨를 으쓱했다. "검토는 해봤어."

"그럼 조금 더 해보시오. 다음에 죽을 여자는 내가 표시한 열한 명 중 한 명일 테니까. 그땐 책임이 당신에게 돌아갈 거요."

블레이크는 아무 말도 하지 않았고 리처는 의자를 뒤로 밀었다.

"팬케이크가 낫겠군. 도넛 꼬라지가 영 별로라."

리처는 누구에게도 반박할 틈을 주지 않고 일어나 식당 중앙으로 발걸음을 옮겼다. 『뉴욕 타임스』가 놓여 있는, 첫 번째로 눈에 들어온 식탁 앞에 멈춰 섰다. 남자 혼자 앉아 있었고 그는 스포츠 면을 읽고 있었다. 앞면은 왼쪽으로 치워져 있었다. 리처는 그걸 집어 들었다. 그가 기다리던 기사가 바로 1면의 접힌 하단에 실려 있었다.

"신문 좀 빌려봐도 되겠소?"

스포츠에 관심이 많은 그 남자는 쳐다보지도 않고 고개를 끄덕였다. 리처는 신문을 겨드랑이에 끼고 배식대로 걸어갔다. 아침 식사가 뷔페식으로 차려져 있었다. 팬케이크 한 무더기와 베이컨 여덟 장을 접시에 담았다. 접시가 흥건해질 때까지 시럽을 뿌렸다. 칼로리가 필요했다. 긴 여정을 앞두고 있었고, 그 여정의 첫 구간은 아마도 걸어서 가야 할 가능성이 컸기 때문이다.

식탁으로 돌아와 시럽을 흘리거나 신문을 떨어뜨리지 않고 접시를 내려놓기 위해 옹색한 동작으로 쪼그리고 앉았다. 그는 접시 앞에 신문을 놓고 식사를 시작했다. 그러다가 그제야 비로소 헤드라인을 본 척했다.

"이것 좀 보시오." 입 안 가득 음식을 넣은 채 리처가 말했다.

헤드라인에는 '맨해튼 남부에서 갱단 전쟁 발발, 6명 사망'이라고 적혀 있었다. 기사는 중국계와 시리아계로 추정되는 두 라이벌 조직 간의 짧지만 치명적인 영역 다툼을 다루고 있었다. 자동화기와 마체테가 무기로 사용되었다. 사망자 수는 4대 2로 중국 측이 우세한 싸움이었다. 시리아 측 사망자 네 명 중에는 중범죄 용의자인 알마 페트로시안이라는 갱단 두목이 포함되어 있었다. 기사에는 뉴욕 경찰과 FBI의 코멘트, 뉴욕시에서 100년 동안 이어져 온 보호비 갈취의 역사, 중국계 범죄 조직, 전국적으로 수십억 달러에 달하는 것으로 알려진 이권을 두고 벌어지는 여러 이민 집단 간의 경쟁에 대한 배경 설명이 실려 있었다.

"이것 좀 보라고." 리처가 다시 말했다.

그들은 이미 그 기사를 본 게 분명했다. 모두 그를 외면하고 있었기 때문이다. 블레이크는 창밖 하늘에 번지는 새벽빛을 멍하니 바라보고 있었다. 폴튼은 뒷벽에 시선을 고정하고 있었다. 라마는 여전히 티스푼을 연구하고 있었다.

“코조가 확인 전화를 했소?” 리처가 물었다.

아무도 대답하지 않았지만 그건 긍정이나 마찬가지였다. 리처는 미소를 지었다.

“인생이라는 게 참 엿 같지 않소? 내게 갈고리를 걸어 두었는데 갑자기 그 갈고리가 사라져 버렸으니. 운명이란 게 참 웃기지. 안 그렇소?”

“운명이라.” 블레이크가 중얼거렸다.

“자, 정리해 봅시다.” 리처가 말했다. “하퍼는 팜므파탈 작전에 협조하지 않았고, 이제는 페트로시안까지 죽어 버렸으니 당신들 손에는 더 이상 쓸 수 있는 카드가 없소. 게다가 내가 무슨 말을 하든 하나도 귀담아 듣지 않는데 내가 여기 있어야 할 이유가 있소?”

“이유야 많지.” 블레이크가 말했다.

정적이 찾아왔다.

“그중 어느 것도 설득력이 없을 것 같군.” 리처가 말했다.

리처는 자리에서 일어나 다시 테이블에서 떠났다. 아무도 막으려 하지 않았다. 식당을 나와 유리문을 열고 새벽의 냉기 속으로 나섰다. 그는 걷기 시작했다.

외곽 경비 초소까지 계속 걸어갔다. 몸을 숙여 차단기를 통과한 뒤 길가에 방문자 출입증을 버렸다. 계속 걸어서 모퉁이를 돌아 해병대 구역으로 들어갔다. 도로 한가운데로 800미터쯤 계속 걸어서 첫 번째 공터에 도착했다. 몇 대의 차량과 조용히 감시하는 듯한 사람들이 있었다. 그를 막지는 않았다. 그곳을 걸어가는 것은 드문 일이었지만 불법은 아니었다. 식당에서 나온 지 30분 만에 두 번째 공터에 도착했다. 그곳도 지나쳐 계속 걸었다.

5분이 지났을 때 뒤에서 차 소리가 들렸다. 걸음을 멈추고 뒤돌아서서 차를 기다렸다. 전조등의 눈부심을 뚫고 차 안을 볼 수 있을 만큼 가까워졌다. 예상했던 대로 하퍼였다. 혼자였다. 리처의 위치에 맞춰 차를 세운 하퍼가 창문을 내렸다.

"안녕, 리처."

그는 고개만 끄덕였다. 아무 말도 하지 않았다.

"태워줄까요?"

"나가는 길이오? 아니면 돌아오는 길?"

"어디든 당신이 원하는 곳까지 태워줄게요."

"그럼 I-95 진입로까지만. 난 북쪽으로 갈 거요."

"히치하이킹이라도 하려고요?"

그는 고개를 끄덕였다. "비행기표 살 돈이 없거든."

리처가 옆으로 미끄러져 들어가자 하퍼는 부드럽게 가속해 출발했다. 두 번째 정장을 입고 있었고 머리를 풀어내리고 있었다. 머리카락이 어깨 위로 흘러내렸다.

"날 다시 데려오라고 하던가?"

하퍼는 고개를 흔들었다. "그들은 당신이 쓸모없다고 결론냈어요. 더 이상 기여할 수 있는 게 없다면서요."

리처가 웃었다. "그럼 내가 완전 열 받고 다시 쳐들어가서 그들이 틀렸다는 걸 증명해야 하는 그림인가?"

하퍼도 웃었다. "뭐, 그런 거죠. 최선의 접근 전략이 뭔지 10분 동안 논의했어요. 당신 자존심을 건드려야 한다고 라마가 결정했고요."

"대학에서 조경학을 전공한 심리학자다운 말이군."

"그러게요."

차는 숲이 우거진 커브 길을 따라서 마지막 해병대 초소를 지나 계속 달렸다.

"그런데 라마 말이 맞소. 난 기여할 게 아무것도 없거든. 아무도 이놈을 못 잡을 거요. 너무 똑똑하니까. 나보다 훨씬 똑똑한 놈이오. 그건 확실해."

하퍼가 다시 웃었다. "당신 나름의 심리학인가요? 양심에 거리낌 없이 떠나려는?"

리처는 고개를 저었다. "난 원래 양심에 거리낄 게 없소."

"페트로시안 건은요? 정말 떳떳해요?"

"안 그럴 이유가 있소?"

"기막힌 우연의 일치 아닌가요? 페트로시안 카드로 당신을 협박했는데 사흘 만에 죽어버린다?"

"그냥 운이 좋았을 뿐이오."

"네. 운이죠. 그런데 말이에요. 트렌트 씨를 만나러 갔을 때 난 하루 종일 사무실 밖에만 있었다는 말을 저 사람들한테 안 한 거 알아요?"

"왜 안 했소?"

"나도 내 앞가림은 해야 하니까요."

리처는 하퍼를 바라보았다. "근데 트렌트의 사무실이 어떤 것과 상관이 있다는 거요?"

하퍼가 어깨를 으쓱했다. "글쎄요. 아무튼 난 우연을 좋아하지 않아요."

"우연은 가끔 일어나는 거요. 보시다시피."

"FBI 사람들은 누구도 우연을 좋아하지 않죠."

“그래서?”

하퍼가 다시 어깨를 으쓱했다. “그러니까 뭐, 알다시피, 다시 파헤칠 수도 있다는 거죠. 나중에 가서 골치 아픈 일이 생길 수도 있어요.”

리처가 다시 웃었다. “접근 전략 두 번째 단계인가?”

하퍼는 미소를 지었다가 갑자기 폭소를 터뜨렸다. “맞아요, 두 번째 단계. 아직 12단계쯤 남았어요. 그중 몇 개는 정말 그럴듯해요. 다 들어 볼래요?”

“그럴 필요 없소. 난 돌아가지 않을 거니까. 어차피 내 말도 안 듣잖소.”

하퍼는 고개를 끄덕이며 계속 운전했다. 고속도로를 타기 전에 잠시 멈췄다가 북쪽 진입로로 재빨리 올라갔다.

“다음 진출로까지 태워줄게요. 이 진입로는 FBI 직원 말고는 아무도 안 써요. 그리고 그 사람들은 히치하이커는 절대 안 태워줄 거고요.”

리처가 고개를 끄덕였다. “고맙소, 하퍼.”

“조디는 집에 있어요. 코조의 사무실에 전화해봤거든요. 느슨하게나마 감시를 하고 있었더라고요. 그동안 집을 비웠었고 오늘 아침에 택시를 타고 돌아왔대요. 공항에서 온 것 같았대요. 오늘은 재택근무를 하는 것 같다더군요.”

리처가 미소를 지었다. “오케이. 이제 확실히 여기서 나갈 타이밍이군.”

“당신의 의견이 필요하다는 거 알잖아요.”

“하지만 내 말을 듣지 않잖소.”

“듣게 만들어야죠.”

“이게 세 번째 단계인가?”

“아뇨. 이건 내 생각이에요. 진심으로요.”

리처는 한참 침묵하다가 고개를 끄덕였다.

"그런데 저 사람들은 왜 내 말을 듣지 않는 거요?"

"아마도 자존심 때문에?" 하퍼가 말했다.

"누군가의 의견이 필요하긴 하오. 그건 확실해. 하지만 난 아니오. 난 자원도 없고 권한도 없으니까."

"뭘 하기 위한 권한 말이죠?"

"그들 손에서 이 사건을 뺏어올 권한 말이오. 저 사람들은 쓰레기 같은 프로파일링에 시간만 낭비하고 있소. 그런 식으론 아무것도 못 얻을 거요. 단서를 따라야지."

"아무 단서도 없잖아요."

"아니, 있소. 그놈이 얼마나 똑똑한지, 그리고 페인트와 지리적 위치, 또 현장이 얼마나 깨끗한지, 이런 게 전부 단서요. 그걸 분석해야 한다고. 뭔가 의미가 있을 텐데. 범행 동기로부터 출발하는 건 시작점을 완전히 잘못 잡은 거요."

"그 말, 전달할게요."

고속도로를 빠져나와 교차로에 차를 세웠다.

"당신이 곤란해지는 거 아니오?" 리처가 물었다.

"당신을 데려가지 못해서요? 음, 아마도요."

리처는 침묵했다. 하퍼가 미소를 지었다.

"이게 열 번째 단계였어요. 별일 없을 거예요."

"그러길 바라겠소." 인사를 건네며 리처가 차에서 내렸다. 북쪽으로 길을 건너 진입로 앞에 홀로 서서 하퍼의 차가 다리 아래로 들어가 남쪽으로 돌아가는 것을 지켜보았다.

키 195센티미터에 몸무게 110킬로그램짜리 남자라면 차를 얻어 타기 쉽지 않다. 여자 운전자들은 위협적으로 느끼기 때문에 태워주지 않는다. 남자들도 일단 경계심을 품는다. 하지만 리처는 샤워도 했고 면도까지 해서 깔끔했고 복장도 단정했다. 덕분에 확률이 높아졌고, 도로에는 자신감 넘치는 자가운전자가 모는 트럭이 많아서 출발한 지 일곱 시간 만에 뉴욕에 도착할 수 있었다.

일곱 시간의 대부분을 말없이 있었다. 트럭 소음이 너무 심해서 대화가 어렵기도 했고, 대화할 기분이 아니기도 했다. 오래전부터 따라다닌 방랑벽에 사로잡힌 악마가 또다시 속삭이고 있었다. 어디로 가는 거야? 당연히 조디에게 가지. 좋아, 똑똑한 친구, 그다음엔 또 뭘 할 건데? 도대체 뭘 할 거냐고! 정원 가꾸기? 페인트칠 하기? 리처는 잇따라 자신을 태워준 친절한 운전자들 옆에 앉아서 가는 동안, 잠깐이나마 맛봤던 자유가 허망하게 스르르 사라지는 걸 느꼈다. 마음속에서 그 생각을 지우려 애썼고 어느 정도는 성공한 듯도 했다. 마지막으로 얻어 탄 차는 뉴저지에서 그리니치 빌리지로 채소를 배달하는 트럭이었다. 트럭은 홀랜드 터널을 덜컹거리며 통과해 뉴욕으로 들어갔다. 차에서 내린 리처는 캐널과 브로드웨이를 따라 조디의 아파트까지 남은 2킬로미터를 걸어갔다. 오로지 조디를 보고 싶다는 생각에만 강하게 집중했다.

로비 열쇠를 따로 가지고 있었기에 바로 엘리베이터를 타고 올라가서 문을 두드렸다. 스파이홀이 어두워졌다 다시 밝아지고 문이 열리자 청바지에 셔츠를 입은 키 크고 날씬하며 생기 넘치는 조디가 거기 서 있었다. 리처가 본 중 가장 아름다운 존재였다. 하지만 그녀는 웃지 않았다.

"안녕, 조디."

"주방에 FBI 요원이 와 있어요."

"왜?"

"왜냐고요?" 그녀가 되물었다. "그건 당신이 설명해줘야죠."

리처는 조디를 따라 안으로 들어가 주방으로 갔다. FBI 요원은 키가 작고 목이 굵은 젊은 남자였다. 파란색 정장, 흰색 셔츠, 줄무늬 넥타이. 그는 휴대폰을 얼굴에 대고 리처의 도착을 어딘가에 보고하고 있었다.

"용건이 뭐요?" 리처가 물었다.

"여기서 잠시 기다려 주셨으면 합니다, 선생님." 남자가 말했다. "10분이면 됩니다."

"이게 무슨 상황이오?"

"곧 알게 되실 겁니다, 선생님. 10분만 기다려 주십시오."

기분이 뒤틀려 나가버리고 싶었지만 조디가 자리에 앉았다. 그녀의 얼굴에 무언가가 서려 있었다. 걱정과 짜증이 뒤섞여 있는 것 같았다. 조리대 위에 『뉴욕 타임스』가 펼쳐져 있었다. 리처는 신문을 흘긋 쳐다보았다.

"좋소. 10분."

리처도 자리에 앉았다. 모두 말없이 기다렸다. 10분이 넘었고 15분에 가까워졌다. 그때 건물 입구의 초인종이 울렸고 요원이 응답하기 위해 움직였다. 출입문 열림 버튼을 누르고 복도로 나갔다. 조디는 자기 집인데도 손님처럼 가만히 수동적인 자세로 앉아 있었다. 리처는 엘리베이터 작동 소리를 들었다. 엘리베이터가 멈추는 소리도 들었다. 아파트 문이 열리는 소리가 들렸다. 단풍나무로 만든 바닥재를 밟는 발소리가 들렸다.

주방으로 들어선 사람은 앨런 디어필드였다. 검은색 레인코트를 깃을 세워 입고 있었다. 그가 거침없이 급하게 움직이는 탓에 신발 밑창에 묻혀 온 보도의 모래가 거슬리는 소리를 크게 냈다.

"내 관할 도시에서 여섯 명이 죽었어." 디어필드가 이렇게 말하며 조리대에 놓인 『뉴욕 타임스』를 향해 다가가 헤드라인이 보이도록 접었다.

"그래서 자연스럽게 몇 가지 질문이 생겼지."

리처가 그를 쳐다보았다. "어떤 질문?"

디어필드가 마주 쳐다보며 말했다. "민감한 질문들."

"그럼 물어보시오."

디어필드가 고개를 끄덕였다. "먼저 제이콥 씨에게."

조디가 의자에서 몸을 뒤척였다. 고개는 들지 않았다.

"질문이 뭐죠?"

"지난 며칠 동안 어디 계셨습니까?"

"업무 때문에 출장 중이었어요."

"어디로요?"

"런던이요. 고객 회의가 있어서."

"영국 런던 말입니까?"

"다른 런던도 있나요?"

디어필드가 어깨를 으쓱했다. "켄터키에도 있고, 오하이오에도 있고, 캐나다 어딘가에도 런던이 있는 걸로 알고 있습니다. 온타리오 주였던가."

"영국 런던이요." 조디가 말했다.

"영국 런던에 고객이 있다고요?"

조디는 여전히 바닥만 바라보고 있었다. "우리 고객은 전 세계에 있어요. 특히 영국 런던에 많고요."

디어필드는 고개를 끄덕였다. "콩코드*를 타셨나요?" *1976년에 취항한 초음속 여객기로, 속도는 빠르나 비싼 요금과 소음 등으로 2003년 운항이 종료되었다.

조디가 고개를 들었다. "맞아요."

"진짜 빠르죠?"

조디는 고개를 끄덕였다. "정말 빠르더라고요."

"하지만 비싸죠."

"아마도요."

"하지만 중요한 업무 출장을 가는 파트너에게 그 정도 편의는 제공할 만하죠."

조디가 그를 바라보았다. "난 파트너가 아니에요."

디어필드가 웃었다. "그럼 더 좋은 거 아닌가요? 평변호사를 콩코드에 태웠다는 건 뭔가 의미가 있는 거죠. 윗선에서 당신을 꽤 좋아하는 것 같군요. 곧 파트너가 될 거라는 뜻 아닐까요? 특별히 방해될 일만 없다면 말이죠."

조디는 아무 대꾸도 하지 않았다.

"런던이라." 디어필드가 말했다. "리처는 당신이 거기 간 걸 알고 있었나요?"

조디는 고개를 저었다. "아뇨. 말하지 않았어요."

잠시 말이 끊겼다.

"예정된 출장이었나요?" 디어필드가 물었다.

조디가 다시 고개를 저었다. "아뇨. 갑작스럽게 잡혔어요."

"그리고 리처는 몰랐고요?"

"이미 말씀드렸잖아요."

“그랬군요.” 디어필드가 말했다. “정보가 왕이다, 나는 늘 그렇게 말합니다.”

“내가 어디 가는지 일일이 그에게 다 말할 의무는 없어요.”

디어필드가 미소를 지었다. “당신이 리처에게 주는 정보에 대해서 말하는 게 아닙니다. 내가 어떤 상황에서 어떤 정보를 얻느냐 하는 걸 말하고 있는 거죠. 지금 나는, 리처가 당신이 어디 있는지 몰랐다는 정보를 얻었어요.”

“그래서요?”

“그건 그를 걱정시킬만 한 거였죠. 그리고 리처는 실제로 걱정했고. 콴티코에 도착하자마자 리처는 당신과 통화하려고 사무실, 집, 휴대폰으로 연락했어요. 그날 밤에도 마찬가지였죠. 전화하고, 전화하고, 또 전화해도 연결이 안 됐어요. 엄청 걱정했었죠.”

조디가 리처를 힐끗 올려다보았다. 그녀의 얼굴에는 걱정과 약간의 미안함이 묻어났다.

“그에게 말했어야 했던 것 같네요.”

“그건 당신 마음이죠. 나도 지금 당신한테 연애에 대한 훈수를 두는 게 아니고. 그런데 흥미로운 건 그가 더 이상 당신에게 전화하지 않았다는 겁니다. 그 이유가 뭘까요? 당신이 영국 런던에 안전하게 있다는 사실을 알게 됐기 때문일까요?”

조디가 뭔가 대답하려다 멈췄다.

“그건 아니라는 뜻으로 받아들이죠.” 디어필드가 말했다. “페트로시안 때문에 걱정이 된 당신은 사무실 사람들에게 당신 위치를 함구하라고 했을 겁니다. 그래서 리처는 당신이 여전히 여기 뉴욕 시내에 있다고 생각했을 거예요. 그런데 그가 더 이상 걱정하지 않는다? 그렇다면 당신이 런던에서 안전하고 편안하게 있다는 건 몰랐지만, 페트로시안이 조만간 사라질 거라는 건 알고 있어서 당신이 안전하다고 생각했을 수 있겠죠."

조디의 시선이 다시 바닥으로 떨어졌다.

"리처는 똑똑한 사람이에요. 내 추측으로는 자기 친구 중 하나를 불러서 여기 차이나타운에서 분란을 일으킨 것 같군요. 비둘기떼 속에 고양이 한 마리를 던져 놓은 것처럼요. 그러고는 중국계 토착 조직들이 항상 그래왔듯이, 누군가가 건드리면 자기들끼리 해결하는 식으로 상황이 돌아가기를 기다렸을 거예요. 그러면 리처 본인은 안전하다는 판단하에 말이죠. 그는 우리가 자기의 잽싼 친구를 절대 찾아내지 못할 거라는 걸 알고 있어요. 그리고 그 중국계 놈들이 백만 년이 지나도 우리한테 아무 말도 안 할 거라는 것도 잘 알 거고. 게다가 늙다리 페트로시안의 몸에 마체테가 꽂히는 바로 그 순간, 리처 본인은 콴티코의 어느 방에 갇혀 있을 거라는 사실도요. 정말 똑똑한 친구죠."

조디는 아무 말도 하지 않았다.

"그리고 아주 자신만만한 친구이기도 하고." 디어필드가 말했다. "페트로시안이 마침내 묫자리를 파기 이틀 전부터 리처는 당신에게 연락하지 않았으니까."

주방에는 정적이 흘렀다. 디어필드가 리처를 향해 돌아섰다.

"어때? 내가 제대로 짚었나?"

리처는 어깨를 으쓱했다. "대체 내가 뭐 때문에 페트로시안을 걱정해야 했다는 거요?"

디어필드가 미소를 지었다. "물론 그 부분에 대해서는 말할 수 없어. 블레이크 씨가 자네에게 무슨 얘기를 했든 우린 절대 인정하지 않을 거니까. 아무튼 제이콥 씨에게 말했듯이 정보가 왕이야. 난 그저 지금 나한테 닥친 게 뭔지 백 퍼센트 정확하게 알고 싶을 뿐이야. 만약 자네가 판을 짠 거라면 그냥 그렇다고 내게 말해주면 돼. 잘했다고 등을 두드려 줄 수도 있어. 하지만 혹시라도 진짜 분쟁을 일으킨 거라면 우린 그에 대해 알아야 해."

"무슨 말인지 모르겠소." 리처가 말했다.

"그럼 왜 제이콥 씨에게 하던 연락을 멈췄나?"

"그건 내가 알아서 할 문제요."

"아니. 그건 모두의 문제야." 디어필드가 말했다. "제이콥 씨의 문제이기도 하고 내 문제이기도 하지. 그러니 말해봐. 아직 안심하기에는 일러. 페트로시안이 쓰레기였던 건 맞지만, 어쨌거나 이건 살인사건이야. 우리 쪽에서는 지난번 골목에서 자네가 두들겨 팬 두 놈을 목격자로 삼아서 자네에게 꽤 그럴듯한 동기를 만들어낼 수 있어. 신원 불상의 인물들과의 공모로 몰아가는 거지. 기소를 꼼꼼하게 준비해서 밀어붙이면 판결을 기다리는 동안 2년은 감옥에 들어가 있어야 될 수도 있어. 나중에 배심원들이 자넬 풀어줄지도 모르지만, 그들이 진짜로 어떻게 할지는 누가 알겠나?"

리처는 아무 말도 하지 않았다. 조디가 일어섰다.

"디어필드 씨, 이제 그만 가주세요. 전 여전히 이 사람의 변호사이고, 이곳은 그런 논의를 하기에는 적절하지 않은 것 같네요."

디어필드는 천천히 고개를 끄덕이며 마치 처음 보는 것처럼 주방을 둘러보았다.

"그러죠. 앞으로 적절한 어느 시점에 더 적절한 장소에서 이 논의를 계속해야 할지도 모르겠습니다. 내일이나 다음 주, 아니면 내년일 수도 있고요. 블레이크 씨가 말한 것처럼 우리는 두 분이 어디 사는지 잘 알고 있으니까요."

디어필드가 몸을 일으켜 떠났다. 신발 밑창에 묻은 모래가 내는 소리가 정적 속에서 크게 울렸다. 둘은 그가 거실을 걸어 나가는 소리를 들었고 곧 아파트 문이 열리고 쾅 닫히는 소리가 들렸다.

"당신이 그렇게 페트로시안을 처리한 거군요." 조디가 말했다.

"난 그놈 근처에도 안 갔어." 리처가 반박했다.

조디는 고개를 저었다. "그런 말은 FBI한테나 해요. 당신이 직접 했든, 자극했든, 유도했든, 그게 뭐든 간에 당신이 그를 제거한 게 확실해요. 마치 직접 총을 겨누고 서 있었던 것처럼요."

리처는 아무 말도 하지 않았다.

"내가 그러지 말라고 했잖아요."

리처는 여전히 아무 말도 하지 않았다.

"디어필드는 당신이 했다는 걸 다 알고 있어요."

"증거가 없어."

"그건 중요하지 않아요." 그녀가 말했다. "모르겠어요? 입증을 시도할 수 있다고요. 감옥 2년 운운한 건 농담이 아니에요. 갱단 간 전쟁 혐의? 그런 거라면 법원은 끝까지 그의 손을 들어줄 거예요. 보석 청구 기각, 재판 연기, 검사들도 그의 편에 설 거고. 허풍이 아니라고요. 당신은 이제 그 사람 손아귀에 잡힌 거예요. 내가 그럴 거라고 말했잖아요."

리처는 아무 말도 하지 않았다.

"도대체 왜 그랬어요?"

그는 어깨를 으쓱했다. "이유야 많지. 해야 할 일이었고."

기나긴 정적이 흘렀다.

"아버지라면 그렇게 하는 데 동의하셨을까요?" 조디가 물었다.

"레온?" 리처가 되물었다. 코조에게서 받은 사진들이 머릿속에 떠올랐다. 페트로시안이 저지른 짓들. 센터폴드처럼 전시된 여성 시신들. 신체 일부가 잘려 나가고, 신체 어딘가에 이상한 것들이 삽입되어 있는. "물론이지. 레온이라면 당장 그러라고 했을 거야."

"당신이 한 것처럼 그렇게까지 하셨을까요?"

"아마도."

조디가 고개를 끄덕였다. "그래, 아마 그러셨을 거예요. 그런데 주위를 좀 둘러봐요."

"뭘 보라는 거야?"

"전부 다. 당신 눈엔 뭐가 보여요?"

리처는 주위를 둘러보았다. "아파트."

조디가 고개를 끄덕였다. "내 아파트죠."

"그래서?"

"내가 여기서 자랐어요?"

"물론 아니지."

"그럼 난 어디서 자랐죠?"

리처는 어깨를 으쓱했다. "여기저기에 있는 육군 기지에서, 나처럼."

조디는 고개를 끄덕였다. "날 어디서 처음 봤죠?"

"어딘지 알잖아. 마닐라 기지 안."

"그 방갈로 기억나요?"

"물론."

조디는 고개를 끄덕였다. "나도 기억나요. 작고 냄새도 심하고 내 손보다 더 큰 바퀴벌레도 있었죠. 근데 그거 알아요? 거기가 어렸을 때 살았던 곳 중에 제일 환경이 나은 곳이었어요."

"그래서?"

조디는 서류가방을 가리켰다. 법률 서류가 가득 든 가죽 가방이 주방 문 바로 안쪽 벽에 세워져 있었다.

"저게 뭐죠?"

"네 서류가방."

"맞아요. 소총도 아니고, 카빈총도 아니고, 화염방사기도 아니에요."

"그래서?"

"난 기지 막사가 아닌 맨해튼 아파트에 살고, 보병 무기 대신 서류가방을 들고 다닌다는 뜻이에요."

리처는 고개를 끄덕였다. "네가 그렇다는 거, 알아."

"그런데 그 이유도 알아요?"

"네가 원해서겠지."

"맞아요. 내가 원해서. 그건 의도적인 선택이었어요. 내 선택. 나도 당신처럼 군대에서 자랐고, 마음만 먹으면 당신처럼 입대할 수도 있었어요. 하지만 그러고 싶지 않았어요. 대신 대학에 가고 로스쿨에 가고 싶었죠. 대형 로펌에 들어가 파트너가 되고 싶었어요. 왜 그랬을까요?"

"왜지?"

"규칙이 있는 세상에서 살고 싶었기 때문이에요."

"군대에도 규칙은 많이 있어."

"잘못된 규칙이죠, 리처. 난 민간 사회의 규칙을 원했어요. 문명화된 규칙을."

"무슨 말을 하고 싶은 거야?"

"난 오래전에 군대를 떠났고 지금 다시 그때로 돌아가고 싶지는 않다는 말을 하고 있는 거예요."

"넌 다시 돌아가지 않았어."

"하지만 당신이 그렇게 느끼게 해요. 군대보다 더 나쁜 방식으로요. 페트로시안에게 한 일? 난 그런 식으로 돌아가는 세상에서 살고 싶지 않아요. 내가 그렇다는 걸 당신도 알잖아요."

"그럼 내가 어떻게 했어야 했지?"

"처음부터 그 일에 끼어들지 말았어야죠. 그날 밤 레스토랑에서? 그냥 나가서 경찰에 신고했어야죠. 여기서는 그렇게들 하니까."

"여기?"

"문명사회 말이에요."

리처는 주방 스툴에 앉아 조리대 상판에 팔을 올렸다. 손가락을 넓게 벌리고 손바닥을 평평하게 내려놓았다. 조리대는 차가웠다. 회색빛에 광택이 나는 화강암의 일종으로, 표면 전체에 작은 석영 점들이 드러나도록 연마되어 있었다. 모서리와 꺾이는 부분은 완벽한 사분원으로 둥글게 다듬어져 있었다. 두께는 2센티미터 정도였고 매우 비쌀 것 같았다. 문명화된 제품이었다. 사람들이 40시간, 아니 100시간, 200시간 일하고, 그렇게 번 돈으로 주방을 조금이라도 더 멋지게 꾸며줄 고급 설치물에 기꺼이 돈을 쓰는 세상, 브로드웨이 위로 높이 솟은 고층 아파트에서 살아가는 문명화된 사람들의 세계에 딱 어울리는 물건이었다.

"전화는 왜 하다가 말았어요?" 조디가 물었다.

리처는 자신의 손을 내려다보았다. 광택 나는 화강암 위에 놓인 거친 나무뿌리처럼 보였다.

"네가 안전할 거라고 생각했어. 어딘가에 잘 숨어 있을 거라고."

"그렇게 생각한 거잖아요." 그녀가 되받았다. "확실히 알았던 게 아니고."

"그렇게 가정한 거지. 내가 페트로시안을 처리하는 동안 너도 스스로를 잘 챙기고 있을 거라고. 그렇게 가정해도 될 만큼 서로를 잘 알고 있다고 생각했어."

"마치 전우처럼요." 조디가 조용히 말했다. "같은 부대의 소령과 대위 정도가 긴박하고 위험한 임무 중에도 서로를 절대적으로 믿으며 각자의 임무를 제대로 수행해내는 것처럼 말이죠."

리처는 고개를 끄덕였다. "바로 그거야."

"하지만 난 대위가 아니잖아요. 어떤 부대에 소속된 것도 아니고. 난 변호사예요. 이곳 뉴욕에서 얽히고 싶지 않은 일에 휘말려 홀로 두려움에 떨고 있었던 변호사라고요."

리처는 다시 고개를 끄덕였다. "미안해."

"당신도 이제 소령이 아니에요. 이제는 아니라고요. 당신은 민간인이에요. 그 점을 똑바로 인식해야 해요."

리처는 고개를 끄덕였다. 아무 말도 하지 않았다.

"그게 문제예요. 그렇죠? 우리 둘 다 같은 문제를 안고 있어요. 당신은 내가 원치 않는 일에 날 끌어들이고 있고, 나도 당신이 원치 않는 세상에 당신을 끌어들이고 있어요. 이 문명사회 말이에요. 집을 사고, 차를 몰고, 어딘가에 정착해서 남들처럼 일을 하며 살아가는."

리처는 아무 말도 하지 않았다.

"내 잘못인 거 같아요. 내가 그런 것들을 원했어요. 정말 간절히 원했죠. 그래서 당신이 그런 것들을 원하지 않을 수도 있다는 걸 받아들이기가 힘들어요."

"내가 원하는 건 너야."

조디는 고개를 끄덕였다. "알아요. 그리고 내가 원하는 것도 당신이에요. 당신도 알잖아요. 하지만 우리가 서로의 삶까지도 원하는 걸까요?"

그 순간 리처의 머릿속에서 방랑벽 악마가 포효했다. 9회 말 관중석으로 날아가는 끝내기 홈런을 보는 팬처럼 환호하고 비명을 질렀다. 조디가 말했어! 말했다고! 방금 속마음을 다 털어놨다고! 그러니 달려들어! 냉큼 받아들이라고!

"모르겠어." 리처가 말했다.

"우린 이 문제에 대해 좀 더 얘기 나눠야 해요." 조디가 말했다.

하지만 로비의 초인종 소리가 끈질기게 울리기 시작해서 더 이상 대화를 나눌 수 없었다. 누군가가 건물 밖에 달린 버튼을 계속 누르고 있는 것 같았다. 조디가 자리에서 일어나 열림 버튼을 누르고 거실로 가서 기다렸다. 리처는 화강암 조리대 앞에 그대로 앉은 채 손가락 사이로 반짝이는 석영만 바라보았다. 이윽고 엘리베이터가 도착하는 것이 느껴졌고 아파트 문이 열리는 소리가 들렸다. 거실에서 다급한 대화가 오가고 빠르고 가벼운 발소리가 들리더니 조디가 주방으로 돌아왔다. 그 옆에 리사 하퍼가 서 있었다.

15

하퍼는 여전히 두 번째 정장을 입고 있었고 머리카락도 여전히 어깨 위로 늘어뜨려져 있었지만, 리처가 마지막으로 그녀를 보았을 때와의 공통점은 그게 전부였다. 길쭉한 팔다리에서 느껴지던 느긋함은 모두 어떤 열띤 긴장감에 의해 온데간데없이 사라졌고, 눈은 충혈되고 피곤해 보였다. 평생 그렇게까지 무너진 적이 없는 상태에서 겨우 버티고 있는 것처럼 보였다.

"무슨 일 있소?"

"전부 엉망이 돼버렸어요."

"어디?"

"스포캔이요."

"설마."

"맞아요." 하퍼가 말했다. "앨리슨 라마."

정적이 흘렀다.

"젠장." 리처가 조용히 내뱉었다.

하퍼가 고개를 끄덕였다. "그러게요."

"언제?"

"어제의 어느 시점에요. 놈이 속도를 올렸어요. 간격을 안 지킨 거죠. 원래대로라면 다음 범행은 2주 뒤여야 했는데."

"어떻게?"

"다른 피해자들과 똑같았어요. 아버지가 돌아가셔서 병원에서 전화를 했는데 응답이 없었대요. 결국 경찰에 신고했고 출동한 경찰이 발견했어요. 다른 피해자들처럼 욕조에서 페인트에 덮여 죽어 있었죠."

또다시 정적이 흘렀다.

"도대체 놈이 어떻게 들어갔다는 거요?"

하퍼는 고개를 저었다. "그냥 문으로 걸어 들어갔어요."

"젠장, 믿을 수가 없군."

"현장은 봉쇄했고, 콴티코에서 바로 감식반을 보낸대요."

"아무것도 못 찾을 거요."

다시 정적이 흘렀다. 하퍼가 긴장한 얼굴로 조디의 주방을 슬쩍 둘러보았다.

"블레이크 씨가 복귀해 달래요." 하퍼가 말했다. "당신 의견에 전적으로 동의했어요. 이제는 당신 말을 믿는대요. 아흔한 명이 아닌 열한 명이라는 가설 말이에요."

리처가 그녀를 쳐다보았다. "그럼 내가 뭐라고 해야 하지? 이제라도 믿어주니 다행이라고 해야 하나?"

"블레이크 씨가 복귀해 달래요." 하퍼가 다시 말했다. "통제불능 상태가 되어가고 있어요. 군대와도 편법을 좀 써야 하고요. 당신이 편법 쓰는 데 재주가 있다고 생각하나 보죠."

해서는 안 될 말이었다. 그 말이 무거운 추처럼 주방을 가로질러 떨어졌다. 조디는 줄곧 하퍼에게 머물러 있던 시선을 거두어 냉장고 쪽으로 떨구었다.

"리처, 가보는 게 좋겠어요." 조디가 말했다.

그는 아무 대답도 하지 않았다.

"편법이나 쓰러 가요." 조디가 말했다. "당신이 잘하는 거 하러 가라고요."

그는 떠났다. 하퍼가 브로드웨이의 길가에 차를 대기시켜 놓았다. 뉴욕 지국에서 빌린 차량이었고, 운전자는 개리슨에서 리처의 머리에 총을 겨누며 그를 데려왔던 바로 그 남자였다. 남자는 리처의 최근 신분 변화가 혼란스러웠을 텐데도 전혀 내색하지 않았다. 그저 붉은 경광등을 켜고 뉴어크를 향해 서쪽으로 출발했다.

공항은 매우 혼잡했다. 인파를 헤치고 콘티넨털 항공사 카운터로 향했다. 예약은 콴티코에서 직접 하기로 되어 있어서 그들은 창구에서 기다렸다. 이코노미석으로 둘. 그들은 게이트로 달려갔다. 마지막 탑승객이었다. 승무원이 탑승교 끝에서 그들을 기다리고 있었다. 승무원은 둘을 일등석에 앉혔다. 그리고 옆에 서서 마이크를 들고 시애틀-타코마 여행에 함께하게 된 모든 분들을 환영한다고 인사했다.

"시애틀?" 리처가 말했다. "콴티코로 가는 줄 알았는데."

좌석벨트 버클을 찾아 뒤를 돌아보던 하퍼가 고개를 저었다.

"현장으로 먼저 가는 거예요. 그게 더 낫다는 게 블레이크 씨의 생각이에요. 이틀 전에 그곳을 봤으니 직접 범행 전과 후를 비교해서 알려줄 수 있을 거라고 하더군요. 시도해 볼 가치가 있다는 게 블레이크 씨의 생각이에요. 많이 절박한 상황이라."

리처는 고개를 끄덕였다. "라마는 어쩌고 있소?"

하퍼는 어깨를 으쓱했다. "무너지지 않고 버티고 있어요. 하지만 정말 예민해져 있죠. 모든 걸 본인이 완전히 통제하고 싶어 해요. 하지만 우리처럼 현장에 오지는 않을 거예요. 이런 상황에서도 비행기는 못 탄다고 하니."

비행기는 이륙 활주로로 가기 위해 아스팔트 위를 크게 선회하며 이동하고 있었다. 엔진이 웅웅거리며 출력을 높여가고 있었다. 객실에서 진동이 느껴졌다.

"비행 자체는 안전한 건데." 리처가 말했다.

하퍼는 고개를 끄덕였다. "추락이 문제죠. 대체로."

"통계적으로 거의 발생하지 않소."

"로또 당첨 같은 거죠. 누군가는 겪게 되니까."

"비행기를 안 탄다는 게 말이 되오? 이렇게 넓은 나라에서. 그건 연방요원에게는 결격사유 아닌가? 그 여자가 그러는 걸 받아준다는 게 놀랍군."

하퍼는 다시 어깨를 으쓱했다. "자연법칙 같은 거니까요. 다들 거기에 맞춰서 일해요."

선회 후 활주로에 다다른 비행기는 브레이크를 세게 걸며 멈춰 섰다. 엔진 소리가 점점 더 커지더니 기체가 처음에는 부드럽게, 그다음에는 더 힘차게 앞으로 굴러가면서 최대로 가속했다. 비행기가 지면에서 떠오르는 느낌은 거의 없었다. 바퀴가 접히면서 올라갔고 아래쪽 풍경이 급격히 기울어졌다.

"시애틀까지 다섯 시간 걸려요." 하퍼가 말했다. "또다시 반복이네요."

"지리상으로 생각해봤소?" 리처가 물었다. "스포캔이 네 번째 모서리 아니오?"

하퍼가 고개를 끄덕였다. "현재 열한 곳의 잠재적 위치는 모두 무작위로 분포되어 있어요. 그런데 놈은 그중 가장 외곽에 해당하는 네 지점을 우선적으로 선택해 범행을 저질렀고요. 즉, 군집의 경계를 따라 움직인 셈이죠."

"왜 그랬을까?"

하퍼는 얼굴을 찌푸렸다. "행동 반경을 과시하는 걸까요?"

리처가 고개를 끄덕였다. "그리고 속도도. 그러려고 간격을 포기한 것 같소. 자신의 효율성을 과시하려고. 샌디에이고에 있다가 이틀 뒤 스포캔으로 움직여서 새 표적을 확인한 거요."

"침착한 놈이군요."

리처는 어렴풋이 고개를 끄덕였다. "확실히 그렇소. 놈은 샌디에이고에서 완벽한 현장을 남기고 북쪽으로 미친 듯이 차를 몰아 스포캔에서도 보나마나 또 다른 완벽한 현장을 남겼을 거요. 침착한, 아주 침착한 놈이오. 도대체 어떤 놈인지 정말 궁금하군."

하퍼가 짧게, 그리고 씁쓸하게 웃었다. "우리 모두 궁금해하고 있어요, 리처. 관건은 그걸 알아내는 거고요."

넌 천재야. 진짜 천재지. 절대적인 천재, 신동, 초인적인 재능의 소유자. 네 명을 끝냈어! 하나, 둘, 셋, 넷. 그리고 네 번째가 최고였지. 그건 앨리슨 라마였으니까! 그 순간을 몇 번이고 떠올려. 머릿속에서 비디오처럼 되감고 다시 확인하고 시험해보고 분석하지. 동시에 음미하기도 해. 왜냐하면 지금까지 했던 것 중 이게 최고였으니까. 가장 재미있었고, 가장 짜릿했고, 가장 강렬했어. 문을 열었을 때의 그 표정! 서서히 떠오르는 기억, 놀라움, 그리고 반가움까지!

실수는 없었어. 단 하나도. 처음부터 끝까지 완벽한 연출이었지. 그 과정을 세밀하게 되짚어 봐. 아무것도 건드리지 않았고, 아무 흔적도 남기지 않았어. 그녀의 집에 가지고 간 건 오직 너 자신의 조용한 존재감과 낮고 부드러운 목소리뿐. 위치도 좋았지. 외딴 시골이라 주변에 아무도 없었으니까. 덕분에 정말 안전한 작전이 되었어. 그녀와 좀 더 놀았어야 했나 싶기도 해. 노래를 시킬 수도 있었고 춤을 추게 할 수도 있었잖아! 더 오래 같이 있을 수 있었는데. 아무도 없으니 아무것도 못 들었을 테니까.

하지만 그렇게 하지 않았어. 패턴은 중요하니까. 패턴이 너를 지켜주니까. 연습하고, 머릿속으로 리허설을 하고, 그 익숙함을 따르지. 최악의 상황을 대비해 그 패턴을 짜놓은 거니까. 샌디에이고 아래의 형편없는 주택단지에 사는 스탠리 그년에 맞춰서 말이야. 이웃들이 사방에 널려 있었어! 종이상자 같은 집들이 다닥다닥 붙어 있는 곳! 그러니 패턴을 충실히 지키는 게 핵심이야. 그리고 계속 생각해야 해. 생각하고 생각하고 또 생각해. 앞을 내다보고 계속 계획해. 네 번째는 끝났어. 물론 계속 반복 재생하면서 잠깐은 즐기고 음미해도 돼. 하지만 결국엔 그걸 접고 다섯 번째를 준비해야 해.

기내식은 점심과 저녁 식사 사이 시간에 출발해 대륙의 모든 시간대를 가로지르는 비행에 걸맞은 음식이었다. 한 가지 확실한 건 아침 식사는 아니라는 점이었다. 주 메뉴는 달콤한 페이스트리 안에 햄과 치즈를 넣은 속이 꽉 찬 일종의 파이였는데 하퍼는 배가 고프지 않다며 손도 대지 않았다. 리처는 그녀의 몫까지 먹어치웠고, 커피로 연료를 채우고는 다시 생각에 잠겼다. 주로 조디에 대해 생각했다. **하지만 우리가 서로의 삶까지도 원하는 걸까요?** 우선, 삶이 뭔지에 대해 정의해야 했다. 조디의 삶은 쉽게 파악할 수 있을 것 같았다. 변호사, 부동산 소유주, 뉴욕 거주민, 연인, 50년대 재즈 애호가, 현대미술 애호가. 뿌리 없는 삶이 어떤 것인지 잘 알고 있기 때문에 정착하고 싶었던 사람. 전 세계인 중에서 딱 한 명만 박물관과 갤러리, 지하 클럽이 주변에 즐비한 브로드웨이의 오래된 건물 4층에 살아야 한다면 그게 바로 조디였다.

그렇다면 리처 자신은 어떤가? 무엇이 그를 행복하게 하는가? 당연히 조디와 함께 있는 것이다. 여기에는 의심의 여지가 없었다. 전혀. 리처는 자신이 조디의 인생 속으로 다시 걸어 들어갔던 6월의 어느 날을 떠올렸다. 그날을 떠올리기만 해도 시선이 가닿자마자 그녀를 알아본 순간이 생생하게 되살아났다. 마치 전기 충격처럼 강력한 감정의 홍수를 느꼈었다. 그 감정이 온몸을 울리며 뚫고 지나갔었다. 그날을 생각하는 것만으로도 그때의 감정이 되살아났다. 그 전에는 좀처럼 느껴본 적 없는 그런 감정이었다.

좀처럼이긴 하지만 전혀 없지는 않았다. 전역한 후에도 불쑥 그런 감정을 느끼곤 했다. 버스를 타고 가다가 한 번도 가본 적 없는 주의, 이름도 들어본 적 없는 마을에서 내렸던 때. 등에 내리쬐는 햇살과 발 아래의 먼지, 눈앞에 끝없이 펼쳐진 기나긴 도로. 외딴 모텔 프런트에서 구겨진 달러 지폐를 꺼내 계산하던 때. 낡은 황동 열쇠의 촉감, 싸구려 방 특유의 퀴퀴한 냄새, 수많은 사람들이 거쳐갔던 침대에 몸을 던졌을 때 나는 스프링의 삐걱거리는 소리. 허름한 식당에서 만났던 유쾌하고 호기심 가득한 웨이트리스들. 차를 세우고 그를 태워준 운전사들과의 10분짜리 대화. 지구상의 수십억 인구 중 두 사람 사이에 이뤄지는 우연한 접촉들. 방랑자의 삶. 그것이 주는 매력은 그에게 큰 부분이었고, 개리슨에 갇혀 있거나 조디와 함께 도시에 틀어박혀 있을 때면 그것이 미치도록 그리웠다. 정말 미치도록. 지금 이 순간 조디가 그리운 것만큼이나.

"진척이 좀 있나요?" 하퍼가 물었다.

"뭐가 말이오?"

"깊은 생각에 빠져 있는 것 같아서요. 난 없는 사람인 것처럼."

"내가 그랬소?"

"그래서 뭘 생각하고 있었던 거예요?"

리처는 어깨를 으쓱했다. "진퇴양난이라는 생각."

하퍼가 그를 빤히 쳐다보았다. "그건 아무 도움이 안 될 것 같은데요. 그러니 다른 쪽으로 생각해봐요. 알겠죠?"

"알겠소."

리처는 고개를 돌리며 조디를 머릿속에서 지우려고 애썼다. 딴생각을 하려고 노력했다.

"감시." 그가 불쑥 말했다.

"감시라뇨?"

"지금 우린, 놈이 사전에 피해자들의 집을 정찰한다고 가정하고 있소. 최소한 하루 정도는. 그럼 지난번 우리가 갔을 때 이미 어딘가에 숨어 있었을 수도 있다는 얘기요."

하퍼가 몸서리를 쳤다. "소름 끼치네요. 근데, 그래서요?"

"그러니까 모텔 숙박부를 확인하고 이웃을 탐문해야 하오. 후속 조치로. 일을 한다는 건 그런 걸 하는 거요. 버지니아의 지하 5층에서 마법이나 부리려고 하지 말고."

"이웃이 없었잖아요. 당신도 봤듯이. 할 수 있는 게 없었다고 내가 계속 말하잖아요."

"나도 계속 말해왔소. 항상 할 수 있는 게 있다고."

"그래요, 그래. 놈이 정말 똑똑하다는 거 말이죠. 게다가 페인트, 지리적 요건, 깨끗한 현장."

"바로 그거요. 농담이 아니오. 그 네 가지가 결국 우리를 그놈에게 인도해줄 거요. 블레이크는 스포캔에 갔소?"

하퍼가 고개를 끄덕였다. "현장에서 만나기로 했어요."

"그러면 내가 하라는 대로 해야 할 거요. 안 그러면 난 빠질 테니까."

"너무 밀어붙이지는 마요. 당신은 군과의 연락책이지 수사관이 아니에요. 게다가 블레이크 씨는 지금 엄청 절박하다고요. 당신을 억지로라도 잡아 두려고 할 거예요."

"협박할 게 다 떨어졌을 텐데."

하퍼는 얼굴을 찌푸렸다. "그렇게 쉽게 보지 말아요. 디어필드 씨와 코조가 그 중국 놈들이랑 당신을 엮으려고 해요. 이민국에 불법 체류자 단속을 요청하면 식당 주방에서만 천 명은 걸려 나올 거예요. 그다음엔 추방을

들먹이면서 조금만 협조하면 문제를 해결할 수 있다고 홀릴 거고요. 조직
의 윗대가리들은 그놈들한테 무조건 우리가 원하는 대로 불라고 시킬 거
예요. 최대 다수의 최대 행복 아니겠어요?"

리처는 대답하지 않았다.

하퍼가 말했다. "FBI는 원하는 건 항상 손에 넣어요."

하지만 문제는, 거기 앉아 머릿속에서 비디오를 계속 반복 재생하는
것처럼 그 순간을 돌려보다 보면, 작은 의구심들이 스멀스멀 기어들
기 시작한다는 거야. 반복해서 돌려보다 보면 정말 모든 걸 제대로 했
는지 기억이 안 나. 혼자 앉아 계속 생각하고, 또 생각하고, 또 생각하
다 보면 전부 조금씩 흐릿해지고, 의구심이 들면 들수록 점점 자신은
없어져. 아주 작은 세부사항 하나조차도. 그렇게 했던가? 그 말을 했
었나? 캘런의 집에서는 그렇게 했어. 그건 확실해. 캐롤라인 쿡의 집
에서는, 그래, 확실해. 그것도 확실히 알고 있어. 샌디에이고의 로레인
스탠리 집에서도. 그런데 앨리슨 라마의 집에서는 어땠지? 그렇게 했
나? 아니면 그렇게 하라고 시켰나? 그렇게 말했나? 그렇게 했던가?
분명히 했다고 확신하지만, 계속 돌려보다 보니 그렇게 착각하는 것
일 수도 있어. 늘 해왔던 패턴이니까, 이번에도 당연히 했을 거라고
믿고 있는 것일지도 몰라. 그런데 이번에는 빼먹었을 수도 있어. 넌
엄청난 두려움에 사로잡혀. 빼먹은 게 틀림없는 것 같아서. 잘 생각해
봐. 그런데 생각하면 할수록 직접 한 적은 없었던 게 틀림없어. 그래
도 괜찮아. 그녀에게 하라고 시킨 거면 괜찮아. 그런데 그랬던가? 그

말을 했던가? 안 했을 수도 있는데. 안 했다면?

넌 스스로를 격려하며 진정하라고 다그쳐. 너처럼 초인적인 재능을 가진 자가 확신 없이 혼란스러워 한다고? 말도 안 돼. 터무니없지! 그래서 그 생각을 머릿속에서 억지로 지워버리려 애써. 하지만 생각은 사라지지 않고 계속 집요하게 달라붙어. 점점 더 커지고, 점점 더 시끄러워져. 결국 혼자 앉아서 온몸이 굳은 채 식은땀을 흘리며, 처음으로 작지만 명백한 실수를 저질렀다고 확신하게 돼.

FBI 전용 리어젯이 블레이크와 그의 팀을 앤드루스 공군기지에서 스포캔으로 바로 태워다준 뒤 하퍼와 리처를 태우러 시택 공항으로 향했다. 리어젯은 콘티넨털 항공사 게이트 바로 옆에서 대기했고, 전에 만났던 시애틀 지부의 남자가 탑승교 입구에서 리처와 하퍼를 맞이한 뒤 그들을 바깥의 외부 계단으로 안내했다. 비가 살짝 내리고 추운 날씨였기 때문에 리어젯의 계단까지 뛰어가 서둘러 안으로 들어갔다. 4분 뒤 그들은 다시 하늘 위에 있었다.

시택에서 스포캔까지의 비행은 앞서 탔던 세스나보다 리어젯이 훨씬 빨랐다. 지난번의 그 현지 요원이 저번과 같은 차를 타고 와서 그들을 기다리고 있었다. 앞유리에 부착된 패드에는 여전히 앨리슨 라마의 주소가 적혀 있었다. 그는 아이다호 방향으로 16킬로미터 정도를 동쪽으로 달린 후 북쪽 산악 지대로 들어서는 좁은 길로 꺾어 들어갔다. 50미터쯤 들어가자 차량 두 대가 서 있었고 나무 사이에 노란 테이프를 쳐서 도로가 차단되어 있었다. 저 멀리 산봉우리 너머 서쪽은 비구름에 가려 회색빛이었고, 동쪽은 해가 구름 가장자리로 비스듬히 내리쬐며 위쪽 협곡의 잔설에 반짝이고 있었다.

도로를 차단하고 있던 요원이 나무에서 테이프를 걷어주자 차가 서서히 통과했다. 오르막을 계속 올라갔고, 1킬로미터에 한 채씩 드문드문 있는 집들을 지나 라마의 집 바로 앞 굽은 길목에서 멈췄다.

"여기서부터는 걸어가셔야 합니다." 운전자가 말했다.

그는 차에 남았고 하퍼와 리처는 내려서 걷기 시작했다. 공기는 습했고, 희미하게 안개비가 내리고 있었다. 커브를 돌자 왼쪽에 바람에 시달린 나무와 울타리 뒤에 낮게 웅크리고 있는 집이 보였고, 오른쪽으로는 도로가 구불구불하게 나 있었다. 여러 대의 차량으로 길이 막혀 있었다. 현지 경찰차의 지붕 경광등이 깜빡이고 있었다. 평범한 검정 세단 두 대와 검은색 유리의 검정 서버번이 있었다. 검시관의 왜건도 모든 문이 열린 채 서 있었다. 차량들에는 전부 빗방울이 맺혀 있었다.

두 사람이 가까이 다가가자 서버번의 조수석 문이 열리고 넬슨 블레이크가 그들을 맞으러 차에서 내렸다. 짙은 색 정장 차림인 그는 축축한 날씨 탓에 코트 깃을 올리고 있었다. 얼굴은 충격으로 혈압이 떨어진 듯 평소의 붉은 기보다는 잿빛에 가까웠다. 철저히 업무 모드였다. 인사도 없었다. 사과도, 잡담도 없었다. 자신이 틀렸고 리처가 옳았다는 말도 없었다.

"해 떨어지기까지 한 시간도 안 남았어. 그저께 당신들이 했던 대로 내게 다 알려주고, 뭐가 달라졌는지도 말해줘."

리처는 고개를 끄덕였다. 불현듯 뭔가를 찾고 싶어졌다. 중요한 무언가를. 결정적인 무언가를. 블레이크가 아니라 앨리슨을 위해서. 그는 서서 울타리와 나무와 잔디밭을 바라보았다. 잘 관리되어 있었다. 지구 표면의 아주 작은 부분을 사소하게 재배치한 것에 불과했지만, 지금은 고인이 된 한 여성의 진솔한 취향과 열정에서 비롯된 것이었다. 그녀의 노력으로 이루어낸 성과였다.

"누가 이미 집 안으로 들어간 거요?" 리처가 물었다.

"현지 경찰 한 명." 블레이크가 답했다. "최초 발견자야."

"그 뒤론 아무도 없었소?"

"아무도."

"당신네나 검시관도?"

블레이크는 고개를 저었다. "자네 의견을 먼저 듣고 싶었으니까."

"그럼 피해자는 아직 저 안에 있다는 거요?"

"그래. 유감스럽게도."

도로는 조용했다. 전선에 스치는 바람 소리만 희미하게 들렸다. 정장을 입은 블레이크의 등 뒤를 경광등의 빨간색과 파란색 불빛이 번갈아가며 의미 없이 비추고 있었다.

"알겠소." 리처가 말했다. "그 경찰이 안에서 뭐 건드린 거라도?"

블레이크는 다시 고개를 저었다. "문 열고 들어가서 아래층 한 바퀴 돌고 위층으로 올라가 욕실을 본 뒤 바로 나와서 신고했어. 무전을 받은 본부에서 다시 안에 들어가지 않도록 잘 대처했고."

"현관문이 잠겨 있지 않았소?"

"닫혀 있었지만 잠겨 있지는 않았어."

"그가 노커를 두드렸소?"

"그랬겠지."

"그럼 그 경찰의 지문도 노커에 찍혔겠군. 안쪽 문 손잡이에도."

블레이크는 어깨를 으쓱했다. "그건 상관없어. 범인의 지문을 뭉개지는 않았을 테니. 어차피 범인은 지문을 남기지 않으니 말이야."

리처는 고개를 끄덕였다. "알겠소."

그는 주차된 차량들을 지나 진입로 입구로 향했다. 거길 지나쳐 도로를 따라 20미터 정도 걸어 올라갔다.

"이 길은 어디로 이어지는 거요?" 리처가 큰 소리로 물었다.

블레이크는 10미터 뒤에 있었다. "산 너머 어딘가겠지."

"길이 좁지 않소?"

"넓진 않지." 블레이크가 수긍했다.

리처가 블레이크 쪽으로 천천히 걸어 돌아왔다. "그러니 길가 진흙 상태를 확인해 보시오. 다음 커브길까지."

"뭐 때문에?"

"범인은 스포캔 쪽 도로에서 들어왔을 거요. 집 앞을 살피며 계속 가다가 차를 돌려서 다시 돌아왔겠지. 들어가서 범행을 하기 전에 차를 자기가 돌아갈 방향으로 세워 놓으려고 말이오. 이런 놈들은 도주로를 미리 생각하고 있으니까."

블레이크는 고개를 끄덕였다. "좋아. 사람을 보내서 확인하게 하지. 그동안 집을 한번 둘러보자고."

그가 팀원들에게 무전 지시를 내리는 동안 리처는 진입로 입구에서 하퍼와 합류했다. 둘은 그 자리에 서서 블레이크가 따라오기를 기다렸다.

"그럼 처음부터 자세하게 말해봐." 블레이크가 말했다.

하퍼가 말했다. "우린 여기에서 잠시 멈췄어요. 너무 조용했거든요. 그런 다음에 문으로 걸어가서 노커를 두드렸어요."

"날씨는 습했나? 아니면 건조했나?" 블레이크가 물었다.

하퍼는 리처를 흘끗 쳐다보았다. "건조했던 것 같네요. 해가 약간 있었어요. 덥지는 않았어요. 비도 안 왔고."

"진입로가 말라 있었소." 리처가 말했다. "먼지가 날릴 정도는 아니었지만 보도석의 물기는 다 빠져나간 상태였소."

"그럼 신발에 모래나 흙이 묻진 않았겠네."

"그럴 거요."

"오케이."

그들은 문 앞에 다다랐다.

"이걸 발에 씌워." 블레이크가 말했다. 그가 코트 주머니에서 대형 사이즈의 식품용 비닐봉지 롤을 꺼냈다. 각자 신발 위에 봉지를 씌우고 비닐봉지 가장자리를 신발 안쪽으로 집어넣었다.

"두 번째 노크에 문을 열어줬어요." 하퍼가 말했다. "제가 스파이홀을 통해 배지를 보여줬고요."

"상당히 예민해져 있었소." 리처가 말했다. "줄리아가 계속 경고해서 그렇다고 말했고."

블레이크가 떨떠름한 표정으로 고개를 끄덕이며 봉지 씌운 발로 문을 밀었다. 리처가 전에 들은 적 있는, 오래된 경첩의 삐걱거리는 소리와 함께 문이 천천히 열렸다.

"여기 복도에서 우리 모두 잠시 멈춰 섰어요. 그 후 그녀가 커피를 권했고 모두 커피를 마시러 주방으로 갔죠."

"여긴 뭐가 달라진 게 있나?" 블레이크가 물었다.

리처는 주위를 둘러보았다. 소나무 벽, 소나무 바닥, 노란색 체크무늬 면직 커튼, 낡은 소파, 개조한 석유 램프가 눈에 들어왔다.

"없소."

"좋아. 주방으로 가보지." 블레이크가 말했다.

셋은 차례로 주방으로 들어갔다. 바닥은 왁스칠 때문에 여전히 광택이 나고 있었다. 캐비닛은 그대로였고, 레인지대는 차갑고 비어 있었으며, 조리대 아래의 기기들도 그대로였고, 밖에 놓인 조리도구들도 흐트러지지 않은 채 있었다. 싱크대 안에는 그릇들이 있었고 식기 서랍 중 하나가 살짝 열려 있었다.

"바깥 전망이 달라졌네요." 하퍼가 창가에 서서 말했다. "오늘이 훨씬 더 흐려요."

"싱크대에 그릇이 있는 게 다르군. 저 서랍도 전에는 닫혀 있었소." 리처가 말했다.

셋은 싱크대 앞으로 모였다. 접시 하나, 유리컵 하나, 머그잔 하나, 나이프 하나, 포크 하나가 있었다. 접시에는 계란 자국과 토스트 부스러기가, 머그잔에는 커피 찌꺼기가 남아 있었다.

"아침 식사였을까?" 블레이크가 말했다.

"아니면 저녁 식사였겠죠." 하퍼가 대답했다. "계란 올린 토스트는 혼자 사는 여자에겐 저녁일 수도 있어요."

블레이크가 손가락 끝으로 서랍을 당겼다. 안에는 값싼 식기류와 작은 드라이버, 전선 피복 제거기, 전기 테이프, 퓨즈선 등 잡다한 가정용 공구들이 가득했다.

"그래. 그런 다음엔?" 블레이크가 물었다.

"저는 그녀와 함께 여기에 있었고, 리처는 주변을 둘러봤어요."

“같이 둘러보자고.” 블레이크가 말했다.

그가 리처를 따라 복도로 되돌아 나갔다.

“응접실과 거실을 확인했고 창문도 살펴봤소. 안전하다고 판단했고.”

블레이크는 고개를 끄덕였다. “놈은 창문으로 들어오지 않았어.”

“그런 다음 밖으로 나가서 마당과 헛간을 확인했소.”

“위층부터 먼저 확인하지.” 블레이크가 말했다.

“알겠소.”

리처가 앞장섰다. 그는 어쩌면 30시간 전에 놈도 지금 그들과 같은 경로를 밟았을지도 모른다는 사실을 매우 의식하고 있었다.

“방들을 확인했소. 마지막으로 안방에 들어갔고.”

“확인해 보자고.” 블레이크가 말했다.

그들은 안방 끝으로 걸어갔다. 그리고 욕실 문 앞에서 잠시 멈췄다.

“확인해 보자고.” 블레이크가 다시 말했다.

그들은 안을 들여다보았다. 완벽하게 깨끗했다. 아무 일도 일어나지 않은 것처럼 보였지만 욕조만은 예외였다. 욕조는 8분의 7이 녹색 페인트로 가득 차 있었고, 페인트 표면 바로 아래에는 근육질의 작은 여성 형상이 떠올라 있었다. 매끈한 페인트로 덮여 있는 그녀의 몸은 실루엣을 그대로 드러낸 채 페인트 속에 갇혀 있었다. 허벅지, 배, 가슴, 뒤로 젖혀진 머리, 턱, 이마, 살짝 벌어진 입, 조금 일그러진 채로 살짝 뒤로 당겨진 입술.

“빌어먹을.” 리처가 말했다.

“빌어먹을.” 블레이크가 되받았다.

리처는 그 자리에 서서 단서를 찾으려고 했다. 찾아내려고 애썼다. 하지만 아무것도 없었다. 욕실은 정확히 예전 사건들과 같았다.

"뭐라도 있나?" 블레이크가 물었다.

리처는 고개를 저었다. "없소."

"그럼 이제 바깥쪽을 살펴보자고."

그들은 말없이 계단을 내려갔다. 하퍼는 복도에서 기다리고 있었다. 그녀는 궁금해하는 표정으로 블레이크를 올려다보았다. 블레이크는 거기에 아무것도 없다는 뜻인 듯 거기로 올라가지 말라는 뜻인 듯 고개를 저었다. 리처가 마당으로 통하는 뒷문으로 그를 안내했다.

"밖에서도 창문을 확인했었소."

"망할, 놈은 창문으로 들어온 게 아니라고." 블레이크가 두 번째로 말했다. "놈은 문으로 들어왔어."

"도대체 어떻게 한 거지?" 리처가 말했다. "우리가 여기 왔을 때, 당신이 미리 전화로 그녀에게 연락도 해놨고 하퍼가 배지를 흔들며 FBI, FBI를 외쳤는데도 그녀는 거의 숨어 있다시피 하며 바로 나오지 않았소. 결국 문을 열긴 했지만 사시나무처럼 떨고 있었고. 그런데 놈은 어떻게 문을 열게 만든 거지?"

블레이크는 어깨를 으쓱했다. "처음부터 내가 말했듯이 이 여자들은 놈을 잘 알고 있어. 여자들에게 놈은 믿을 만한 사람이라고. 오래전 친구, 뭐 그런 비슷한 존재니까. 놈이 문을 두드리면 스파이홀로 확인하고는 얼굴에 환한 미소를 지으며 문을 활짝 열어주는 거야."

지하실 문은 손대지 않은 상태였다. 손잡이에 걸린 커다란 자물쇠도 멀쩡했다. 헛간 옆면에 있는 차고 문은 닫혀 있었지만 잠겨 있지는 않았다. 리처는 블레이크를 이끌고 안으로 들어가 어둠 속에 섰다. 새 지프가 거기 있었고 박스들이 쌓여 있었다. 커다란 세탁기 박스도 있었는데 덮개가 살짝 열려 있고 포장 테이프가 늘어져 있었다. 작업대에는 전동 공구가 가지런히 놓여 있었다. 선반도 건드린 흔적이 없었다.

"뭔가 달라졌군." 리처가 말했다.

"뭐가?"

"생각 좀 해보겠소."

리처는 그 자리에 서서 눈을 떴다 감았다 하며 마치 두 장의 사진을 나란히 놓고 대조하는 것처럼 눈앞의 장면과 머릿속의 기억을 비교했다.

"차가 움직였소."

블레이크가 실망한 듯 한숨을 내쉬었다. "그랬겠지. 자네들이 가고 난 뒤에 병원에 갔었으니까."

리처는 고개를 끄덕였다. "또 있소."

"뭐가?"

"생각 좀."

그리고 리처는 그것을 보았다.

"젠장." 리처가 내뱉었다.

"왜?"

"내가 놓쳤군. 미안하오. 내가 놓쳤소."

"뭘 놓쳤다는 거야?"

"저 세탁기 포장 박스 말이오. 세탁기는 집 안에 이미 있소. 그것도 새걸로. 주방 조리대 아래에 설치되어 있지."

"그게 왜? 보나마나 저 박스에서 꺼낸 거겠지. 언제 설치했는지는 몰라도."

리처는 고개를 저었다. "아니. 이틀 전만 해도 저 박스는 새것인 채 밀봉되어 있었소. 지금은 열려 있고."

"확실해?"

"확실하오. 같은 박스에 같은 위치지만 그때는 밀봉되어 있었고 지금은 열려 있소."

블레이크가 박스 쪽으로 다가갔다. 주머니에서 펜을 꺼내 그걸로 박스의 덮개를 들어 올렸다. 그러고는 안을 내려다보았다.

"이 박스가 그때도 여기 있었다고?"

리처는 고개를 끄덕였다. "밀봉된 채로."

"막 배송된 것처럼?"

"그렇소."

블레이크가 말했다. "드디어 알아냈군. 놈이 페인트를 어떻게 운반하는지. 세탁기 포장 박스에 담아서 미리 배송해 두는 거였어."

식은땀에 젖은 채 한 시간 동안 앉아 있다가 마침내 넌 깨달았어. 박스를 다시 밀봉하는 걸 잊었다는 사실을. 넌 하지 않았고, 그녀에게 하라고 시키지도 않았어. 이제 그건 부정할 수 없는 사실이 되었고 감당해야 할 문제가 되었지.

박스를 다시 밀봉했던 이유는 어느 정도까지는 시간 지연이 보장되었기 때문이야. 넌 수사관들이 어떻게 일하는지 잘 알고 있어. 새로 배달된 가전제품 박스는 차고나 지하실에 있어도 전혀 관심을 끌지 않아. 우선순위 목록에서 한참 뒤로 밀리지. 어디에서나 볼 수 있는 일반 가정의 잡동사니 중 일부일 뿐이니까. 사실상 눈에 띄지 않는다고. 넌 똑똑해. 그 사람들이 어떻게 일하는지 잘 알고 있어. 네가 했던 가정들 중 최선은 초동 수사관들이 아예 박스를 열어보지도 않을 거라는 거였어. 그게 너의 예측이었는데, 완벽하게 옳았다는 게 세 번 연속 입증되었지. 플로리다, 뉴햄프셔, 캘리포니아에서. 그 박스들은 누군가의 목록에는 들어 있었지만 아직 아무도 열어보지는 않았어. 어쩌면 나중에 상속인이 집을 정리하러 와서나 열어보고 빈 페인트 통이 가득 들어 있다는 걸 발견하겠지. 그때가 되면 정말 난리가 나겠지만 이미 뒷북일 테고. 이렇게 수 주일 또는 수개월의 지연이 보장되는 거였는데.

하지만 이번에는 사정이 달라. 그들이 차고를 둘러보다 박스 덮개가 위로 올라가 있는 걸 보게 될 테니까. 특히 그 지역처럼 습한 환경에서 박스 덮개의 소재인 골판지는 그렇게 되기 마련이야. 말려 올라갈 거라고. 박스 안을 힐끗 들여다보기만 해도 스티로폼 포장과 반짝이는 흰색 에나멜 도장이 그 안에 없는 걸 알겠지. 안 그래?

화성에서 온 운석이라도 되는 것처럼 세탁기 박스 주위를 둘러싸고 서버번에서 가져온 이동용 아크 조명이 배치되었다. 인원 모두가 그 박스가 방사능 물질 덩어리인 것처럼 상체만 앞으로 숙인 채 그 비밀을 해독하기 위해 뚫어지게 쳐다보았다.

그건 보통의 가전제품 박스와 마찬가지로 튼튼한 갈색 골판지를 접어 스테이플러로 고정시킨 일반 크기의 가전제품 박스였다. 잘 알려진 제조업체명이 네 면 모두에 크게 상표처럼 디자인되어, 갈색 골판지 위에 검정

잉크로 스크린 인쇄되어 있었다. 그 아래에는 세탁기의 모델 번호와 세탁기 자체를 대략적으로 표현한 조악한 그림이 있었다.

포장 테이프 역시 갈색이었다. 박스 상단의 테이프는 길게 베어져 열려 있었다. 상자 안에는 12리터짜리 페인트 통 열 개만 덩그러니 들어 있었다. 다섯 개씩 두 겹으로 쌓여 있었다. 뚜껑은 사용 후 다시 제자리에 덮어 둔 것처럼 깡통 위에 놓여 있었다. 뚜껑을 열기 위해 도구를 사용한 흔적이 깡통 가장자리 여기저기에 나 있었다. 통의 테두리에는 페인트를 쏟아 부은 뒤 남은 혀 모양의 마른 자국이 선명했다.

통 자체는 평범한 금속 원통이었다. 제조업체명도, 상표도 없었다. 품질이나 내구성, 도포 대상에 대한 광고 문구도 없었다. 그저 긴 숫자와 '위장용 녹색'이라고 작게 인쇄된 조그만 라벨이 붙어 있을 뿐이었다.

"이게 일반적인 건가?" 블레이크가 물었다.

리처가 고개를 끄덕였다. "야전용 표준보급품이오."

"어디서 쓰나?"

"차량이 있는 부대라면 다. 사소한 수리나 덧칠용으로 가지고 다니는 거요. 정비소에서는 더 큰 드럼에 스프레이건을 사용하고."

"그럼 희귀한 건 아니겠군?"

리처는 고개를 저었다. "흔해빠진 거요."

차고에 정적이 흘렀다.

블레이크가 말했다. "좋아. 그걸 꺼내."

라텍스 장갑을 낀 현장 감식반원이 몸을 숙여 통을 박스에서 하나씩 들어 올려 앨리슨 라마의 작업대 위에 늘어놓았다. 그런 다음 박스의 덮개를 완전히 젖히고 조명의 각도를 조절해 내부를 밝게 비췄다. 박스 바닥에는 동그란 자국 다섯 개가 세게 눌려 또렷이 찍혀 있었다.

"통 안이 가득 찬 상태로 여기 들어 있었네요." 감식반이 말했다.

블레이크는 눈부신 조명 밖으로 나와 그림자 속으로 물러났다. 박스를 등지고 벽을 응시했다.

"그럼 이게 어떻게 여기까지 왔다는 거지?"

리처는 어깨를 으쓱했다. "당신 말대로 미리 배달됐을 거요."

"그놈이 가져온 게 아니란 말이지."

"물론. 놈이 두 번 올 리는 없으니까."

"그럼 누가 가져온 거지?"

"배송 회사일 거요. 놈이 미리 보냈겠지. 페덱스나 UPS 같은 걸로."

"하지만 가전제품은 보통 구입한 매장에서 자체 배송하지 않나?"

"이건 아니오." 리처가 말했다. "이건 가전제품 매장에서 오지 않았소."

블레이크는 한숨을 내쉬었다. 마치 세상이 미쳐 돌아가고 있다는 것처럼. 그러고는 뒤로 돌아서서 다시 조명 속으로 들어섰다. 그는 박스를 뚫어져라 쳐다보고는 그 주위를 한 바퀴 돌았다. 한쪽 면이 손상된 게 보였다. 대략 사각형 모양의 자국을 남기고 골판지 표면이 뜯겨 나간 곳이 있었다. 표면 아래층이 그대로 드러나 있었다. 아크등의 조명 각도가 골판지의 골 구조를 더욱 또렷하게 드러내고 있었다.

"배송 라벨 자국이군." 블레이크가 말했다.

"작은 비닐로 된 송장 같은 거." 리처가 말했다.

"그건 어디 있지? 이건 누가 뜯은 걸까? 배송 회사는 아닐 거고. 그 사람들이 이걸 뜯을 리는 없으니까."

"그놈이 뜯었을 거요." 리처가 말했다. "우리가 추적하지 못하도록."

리처는 잠시 멈칫했다. '우리'라고 말했다. '당신들'이 아니라. **우리가 추적하지 못하도록.** 블레이크도 그걸 알아차리고는 고개를 들어 리처를 쳐다보았다.

"그런데 어떻게 그런 배달이 가능하지?" 블레이크가 의문을 제기했다. "애초에 어떻게? 자네가 앨리슨 라마라고 가정해 보자고. 집에 가만히 있는데, UPS나 페덱스 또는 누군가가 주문하지도 않은 세탁기를 들고 온다? 자네 같으면 그걸 받겠나?"

"그녀가 외출했을 때 왔을 수도 있소." 리처가 말했다. "아버지를 보러 병원에 갔을 때. 배송기사가 차고에 그냥 밀어 넣고 갔을지도."

"수령 사인도 안 받고?"

리처는 다시 어깨를 으쓱했다. "모르겠소. 세탁기를 배달 받아 본 적이 없어서. 사인이 필요 없는 경우도 있는 거 아니오? 발송자가 서명 불필요라고 지정했을 수도 있고."

"하지만 나중에 차고에 들어와서 바로 봤을 텐데. 집에 돌아와서 차를 넣자마자 말이야."

리처는 고개를 끄덕였다. "그럴 거요. 저렇게 큰 물건이라면."

"그럼 그다음엔 어떻게 했을까?"

"UPS나 페덱스에 전화했을 거요. 송장을 직접 떼서 집 안으로 가져가 전화로 세부사항을 알려줬을지도 모르고."

"박스는 왜 풀지 않았을까?"

리처는 얼굴을 찌푸렸다. "자기 물건도 아닌데 그걸 왜 풀겠소? 그랬다간 다시 포장해야 될 텐데."

"자네나 하퍼에게 뭔가 말한 게 없나? 잘못 배송된 물건에 대해서 짧게

라도?"

"없었소. 하지만 연결짓지 못했을 수도 있소. 이런 배송 실수는 일상에서 종종 일어나는 일이니까."

블레이크는 고개를 끄덕였다. "송장이 집 안에 있다면 찾을 수 있을 거야. 검시관이 끝나는 대로 현장 감식반이 투입될 거니까."

"검시관은 아무것도 못 찾을 거요." 리처가 말했다.

블레이크의 얼굴이 어두워졌다. "이번엔 반드시 찾아내야지."

"그러려면 당신들 접근 방식부터 바꿔야 하오." 리처는 말했다. 이번에는 '당신들'을 강조했다. "욕조를 통째로 꺼내시오. 그걸 시애틀의 큰 연구소로 가져가든가 콴티코까지 비행기에 실어 보내든가."

"도대체 욕조를 무슨 수로 통째로 꺼내나?"

"벽을 뜯어내고 지붕을 들어내서 크레인을 사용하면 될 거요."

블레이크가 말을 멈추고 생각에 잠겼다. "그러면 되겠군. 물론 허락을 받아야겠지만. 지금 상황에서는 이 집, 줄리아의 소유가 되겠지? 가장 가까운 유족일 테니까."

리처는 고개를 끄덕였다. "그녀에게 전화해서 허락을 받으시오. 그리고 다른 세 곳의 현장 보고서도 확인하라고 하시오. 이렇게 배달한 게 이번 한 번일 수도 있지만, 만약 아니라면 모든 게 완전히 달라질 수도 있소."

"어떻게 달라진다는 건가?"

"범인이, 트럭에 페인트를 한가득 싣고 여기저기 운전해서 돌아다니는 놈이 아니라, 항공편으로 신속하게 치고 빠지는 누구라도 될 수 있다는 뜻이니까."

블레이크는 전화를 걸기 위해 서버번으로 돌아갔고, 하퍼는 리처와 함께 스포캔 현지 요원들이 갓길 진흙에 난 타이어 자국을 발견한 곳까지 50미터 정도를 같이 걸어서 데려다 주었다. 이미 날이 어두워져 요원들은 손전등을 켠 채 작업하고 있었다. 진흙에는 네 개의 타이어 자국이 나 있었다. 무슨 일이 있었는지 명확했다. 누군가 차량을 좌측 갓길에 차 앞부분을 진입시킨 다음, 파워 스티어링을 돌려서 도로를 가로질러 후진해 반대편 갓길에 뒷바퀴를 얹은 다음, 왔던 길로 되돌아 나간 것이다. 앞바퀴 자국은 핸들 조작으로 인해 부채꼴로 문질러져 있었지만 반대편의 뒷바퀴 자국은 아주 선명했다. 바퀴 폭은 넓지도 좁지도 않았다.

"중형 세단인 것 같습니다." 스포캔 요원 중 한 명이 말했다. "아마도 195/70, 14인치 휠에 새 레이디얼 타이어로 보입니다. 트레드 패턴을 분석하면 정확한 타이어 모델을 알아낼 수 있습니다. 그리고 타이어 자국 사이의 폭을 측정하면 정확한 차종까지도 특정할 수 있을 겁니다."

"그놈 차일 것 같아요?" 하퍼가 물었다.

리처는 고개를 끄덕였다. "그렇지 않겠소? 어떤 집의 주소를 찾고 있는 사람은 100미터 전방에서부터 그 집 우편함을 확인하려고 속도를 줄였다가 멈출 거요. 설령 몇 미터 지나칠 수는 있겠지만 그럼 바로 후진을 하겠지. 모퉁이를 돌아서 50미터나 지나친 다음에 차를 돌리지는 않는다고. 이건 놈이 조심스럽게 주변을 정찰하며 주행했다는 뜻이오. 그놈이 분명하오."

타이어 자국 위에 소형 방수 천막을 설치하기 시작하는 스포캔 요원들을 뒤로하고 둘은 다시 집 쪽으로 걸어갔다. 서버번 옆에 서서 기다리고 있는 블레이크의 뒤를 차량 내부등이 비추고 있었다.

"이전 세 곳의 현장 보고서에 전부 가전제품 박스가 기록되어 있다는 군. 내용물에 대한 정보는 없고. 아무도 살펴볼 생각을 못한 거지. 확인하라고 현지 요원을 다시 보냈어. 한 시간 정도 걸릴 거야. 그리고 줄리아가 욕조는 뜯어내도 된다고 했어. 기술자들을 불러야겠군."

리처가 어렴풋이 고개를 끄덕이더니 새로운 생각이 떠올라 멈칫했다.

"다른 곳도 확인해봐야 하오." 리처가 말했다. "그 열한 명의 명단을 받아서 아직 놈이 접근하지 않은 일곱 명에게 연락해서 물어보시오."

블레이크가 리처를 쳐다보았다. "뭘 물어보라는 거야? 아직 안 죽고 살아 있나요, 라고?"

"시키지도 않은 배달이 온 적이 있었는지, 주문하지 않은 가전제품이 왔었는지 말이오. 이놈이 속도를 올리고 있는 거라면 다음 대상을 이미 점 찍어 놨을지도 모르니까."

블레이크가 리처를 한 번 더 쳐다보더니 고개를 끄덕이고는 다시 서버 번 안으로 들어가 거치대에서 카폰을 꺼냈다.

"폴튼에게 시키시오!" 리처가 소리쳤다. "라마는 너무 감정적인 상태일 테니!"

블레이크는 못마땅한 듯 그를 쳐다봤지만 어쨌든 폴튼을 호출했다. 지시 사항을 말하고 1분 만에 전화를 끊었다.

"이제 기다리는 수밖에."

"대령님?" 사병이 불렀다.

명단은 서랍 안에 있었고 서랍은 잠겨 있었다. 대령은 창문 하나 없는 어두컴컴한 사무실 책상에 앉아 미동도 없이 전등 불빛만 바라보고 있었다. 그는 깊은 생각에 잠겨 마음을 추스르려고 애쓰고 있었다. 회복을 위한 가장 좋은 방법은 누군가와 이야기를 나누는 것이다. 그는 그걸 알고 있었다. '문제는 나누면 반이 된다'고들 하지 않는가. 육군과 같은 거대한 조직 내부에서는 더더욱 그렇다. 하지만 당연하게도 이 문제는 그 누구와도 이야기할 수 없다. 그는 씁쓸한 미소를 지었다. 벽을 응시하며 계속 생각을 이어갔다. 자신에 대한 믿음만이 해결책이라 생각하며 그 믿음을 되찾으려고 너무 집중한 나머지 노크 소리를 듣지 못한 게 분명했다. 나중에야 그는 사병이 여러 번 노크했을 거라고 생각했고, 명단이 서랍 안에 들어 있어서 다행이라고 여겼다. 사병이 기다리다가 들어왔을 때 그걸 숨길 수는 없었을 테니까. 그가 꼼짝 않고 앉아 있었고 멍한 표정을 짓고 있어서, 사병은 곧장 걱정스러운 얼굴이 되었다.

"대령님?" 사병이 다시 불렀다.

그는 대답하지 않았다. 벽에서 시선을 떼지도 않았다.

"대령님?" 사병이 재차 부르자 그는 머리 무게가 수 톤이라도 나가는 듯 천천히 고개를 돌렸다. 대답은 하지 않았다.

"차량 대기 중입니다, 대령님." 사병이 말했다.

그들은 서버번 안에 옹기종기 모여 한 시간 반을 기다렸다. 저녁에서 밤으로 접어들면서 기온이 뚝 떨어졌다. 짙은 밤이슬이 앞유리와 창문 바깥쪽에 안개처럼 맺혔다. 내쉬는 숨으로 유리 안쪽이 부옇게 흐려졌다. 아무도 말은 하지 않았다. 주변은 점점 더 고요해졌다. 저 멀리서 가끔씩 산바람을 타고 내려오는 희미한 동물 울음소리 외에는 아무 소리도 들리지 않았다.

"살기엔 끔찍한 곳이군." 블레이크가 중얼거렸다.

"죽기에도요." 하퍼가 말했다.

결국 넌 회복하고 긴장을 풀지. 넌 재능이 뛰어나니까. 전부 다 이중, 삼중으로 안전하게 백업해놨어. 숨기고 숨기고 또 숨겼지. 수사관들이 어떻게 일하는지 잘 아니까. 그들은 절대로 눈에 보이는 것 이상은 못 찾아. 페인트의 출처도 찾지 못해. 누가 구했는지, 누가 운반했는지도. 넌 그들이 못 밝혀낼 거라는 걸 알아. 그들이 어떻게 일하는지 잘 알고 있으니까. 게다가 넌 그들보다 훨씬 똑똑해. 아주, 아주 똑똑해. 그러니 안심해.

하지만 실망스럽기도 해. 실수를 하나 저질렀잖아. 페인트를 쓴 건 정말 재밌었는데. 그런데 이제 더는 써먹지 못하겠네. 하지만 더 좋은 뭔가를 생각해낼 수도 있겠지. 한 가지는 너무나 확실하니까. 지금 멈출 수는 없다는 것.

서버번 안에서 전화벨이 울렸다. 정적 속에서 전자음이 요란하게 울리자 블레이크가 거치대에서 전화기를 허둥지둥 꺼냈다. 빠르게 말하는 목소리가 리처에게 희미하게 들려왔다. 여자가 아닌 남자의 목소리, 라마가 아니라 폴튼이었다. 블레이크는 눈을 허공에 둔 채 귀를 기울였다. 그러고는 전화를 끊고 앞유리만 뚫어져라 보았다.

"왜 그래요?" 하퍼가 물었다.

"현지 요원들이 다시 가서 가전제품 박스를 확인했는데, 모두 새것처럼 단단히 밀봉되어 있었다는군. 박스를 열었더니 전부 그 안에 페인트 통이 열 개씩 들어 있었대. 빈 통 열 개. 우리가 발견한 것과 똑같은 다 쓴 페인트 통."

"그런데 박스가 밀봉되어 있었다?" 리처가 말했다.

"다시 밀봉한 거지. 자세히 보니까 티가 나더라는군. 놈이 사건 후에 박스를 다시 밀봉한 거야."

"똑똑한 놈이네요." 하퍼가 말했다. "밀봉된 박스라면 별로 주의를 끌지 않을 거라는 걸 알고 있었어요."

블레이크가 고개를 끄덕였다. "아주 똑똑한 놈이야. 우리 생각을 다 읽고 있어."

"더 이상은 똑똑하지 않은 것 같은데." 리처가 말했다. "그게 아니면 이번 박스를 다시 밀봉하는 걸 깜빡하지 않았을 테니까. 이게 놈의 첫 번째 실수잖소."

"타율이 9할 가까이 되는데, 그 정도면 엄청 똑똑한 거지." 블레이크가 말했다.

"송장은 없었대요?" 하퍼가 물었다.

블레이크가 고개를 저었다. "다 뜯어진 상태라는군."

"그렇겠죠." 하퍼가 말했다.

"그럼 여기서는 송장은 뜯었으면서 박스를 다시 밀봉하는 건 왜 까먹었을까?" 리처가 말했다.

"뭔가에 방해를 받았나 보죠."

"여기가 타임스퀘어 같은 번화가도 아닌데?"

"그래서 무슨 말이 하고 싶은데요? 놈이 똑똑하지 않다고 깎아내리는 건가요? 전에는 놈이 얼마나 똑똑한지가 엄청 중요하다더니. 그걸로 우리가 전부 틀렸다는 걸 입증하려고 했잖아요."

리처는 하퍼를 바라보며 고개를 끄덕였다. "맞소. 당신네들은 전부 틀렸소." 그런 다음 블레이크를 돌아보았다. "이제 이놈의 범행 동기에 대해 제대로 얘기해봐야 하오."

"나중에." 블레이크가 말했다.

"지금 당장. 중요한 일이오."

"나중에." 블레이크가 다시 말했다. "진짜 좋은 소식은 아직 못 들었잖아."

"무슨?"

"자네가 아까 또 하나 언급한 거 말이야."

차량 안이 정적에 휩싸였다.

"제기랄." 리처가 말했다. "남은 여자들 중 한 명이 배달을 받았군."

블레이크는 고개를 저었다.

"아니." 그가 말했다. "일곱 명 전부 배달을 받았어."

16

"그러니 자네와 하퍼는 오리건의 포틀랜드로 가야 해." 블레이크가 말했다.

"거긴 왜?" 리처가 물었다.

"자네의 옛 친구 리타 시메카를 만나러 가라는 거야. 그 여군 중위. 조지아에서 강간당했다고 했던가? 그녀가 포틀랜드 인근에 살고 있어. 도시 동쪽의 작은 마을에. 리스트에 있는 열한 명 중 한 명이고. 가서 지하실을 확인해봐. 그 여자 말로는 거기에 새 세탁기가 박스째 있다는군."

"그녀가 그걸 열어봤소?" 리처가 물었다.

블레이크는 고개를 저었다. "아니. 포틀랜드 요원들이 전화로 확인한 거야. 건드리지 말라고 했대. 바로 누군가를 거기로 보낼 거라고 하고."

"놈이 아직 그 지역에 있다면 포틀랜드가 다음 목표일지도. 꽤 가까우니 말이오."

"맞아." 블레이크가 말했다. "그래서 누군가를 그리로 보내는 거야."

리처가 고개를 끄덕였다. "이제야 그 여자들을 보호조치 하는 거요? 소 잃고 나서 외양간 고치시겠다?"

블레이크는 어깨를 으쓱했다. "남은 사람이 일곱 명뿐이라 인력 운용이 훨씬 수월해졌잖아."

경찰들로 가득 찬 차 안에서 나온 경찰 특유의 비뚤어진 유머였지만 분위기는 싸해졌다. 블레이크는 얼굴을 살짝 붉히며 고개를 돌렸다.

"앨리슨을 잃은 건 누구 못지않게 내게도 충격이었어. 가족 같은 존재였으니까."

"특히 언니에게는 더 그랬을 거요." 리처가 말했다.

"내 말이 그 말이야." 블레이크가 말했다. "그 소식을 듣고 줄리아는 불에 덴 것 같은 충격을 받았어. 거의 숨이 넘어갈 듯했지. 과호흡 상태였으니까. 그렇게 격앙된 건 처음 봤어."

"그러니 사건에서 제외시켜야 하오."

블레이크는 고개를 저었다. "난 그녀가 필요해."

"당신한테 뭔가가 필요한 건 확실한 것 같소."

"내 말이 그 말이야."

스포캔에서 포틀랜드 동쪽의 작은 마을까지는 블레이크가 보여준 지도상에서 580킬로미터 정도였다. 그들은 공항에서 자신들을 태워다 준 현지 요원의 차를 탔다. 앞유리에 부착된 패드에는 여전히 앨리슨 라마의 주소가 손글씨로 적혀 있었다. 리처는 잠시 그걸 바라보다가 찢어내고 구겨서 뒷좌석 발치로 던져 버렸다. 그런 뒤 글러브박스에서 펜을 찾아 패드에 경로를 적었다. 90W-395S-84W-35S-26W. 피곤할 때 어둠 속에서도 잘 보이도록 크게 적었다. 커다랗게 적힌 숫자 밑에 앨리슨 라마의 주소가 볼펜에 눌린 자국으로 여전히 남아 있었다.

"여섯 시간에 끊자고요. 당신 세 시간, 나 세 시간." 하퍼가 말했다.

리처는 고개를 끄덕였다. 칠흑 같은 어둠 속에서 시동을 걸었다. 리처는 정확히 놈이 그랬을 거라고 짐작한 대로 핸들을 꺾어 갓길에서 갓길로 차를 돌렸다. 단지 시점이 이틀 뒤였고 남쪽으로 200미터 떨어진 위치에서였다. 좁고 구불구불한 내리막을 지나 90번 국도로 진입해 우회전했다. 뒤로 도시의 불빛이 사라지자 교통량이 확연히 줄었고 차는 서쪽으로 빠르게 달렸다. 신형 뷰익은 라마의 SUV보다는 작고 평범했지만 가벼운 만큼 좀 더 빨랐다. 이 차를 샀던 때는 FBI가 GM의 차량을 구매하는 해였던 게 분명했다. 육군도 같은 방식을 취한다. 정부에 불만을 갖지 않도록 국내 제조업체를 배려하는 차원에서 승용차는 GM, 포드, 크라이슬러 3사 간 엄격하게 순환구매가 이루어지고 있다.

도로는 구릉지대를 가로질러 남서쪽으로 곧게 뻗어 있었다. 리처는 헤드라이트를 하이 빔으로 올리고 속도를 높였다. 하퍼는 조수석 등받이를 뒤로 젖혀 거의 누운 자세였고 머리는 리처 쪽으로 기울어져 있었다. 아래로 흘러내린 머리카락이 계기판의 불빛에 금빛으로 빛났다. 리처는 한 손은 무릎에 내려놓고 한 손으로만 핸들을 잡고 있었다. 백미러로 뒤에서 다가오는 불빛이 보였다. 밝은 할로겐 헤드라이트가 1킬로미터 뒤에서 흔들리며 빠르게 다가오고 있었다. 리처는 속도를 시속 110킬로미터 이상으로 올렸다.

"군대에서는 이렇게 빨리 운전하라고 가르쳐요?" 하퍼가 물었다.

리처는 아무 대꾸도 하지 않았다. 스프래그라는 마을을 지났고, 블레이크가 준 지도에 따르면 리츠빌이라는 마을까지 35킬로미터 넘게 직선 도로였다. 리처는 시속 130킬로미터로 속도를 올렸지만, 뒤따라오는 차는 여전히 빠르게 다가왔다. 잠시 후, 길고 낮은 세단 한 대가 굉음을 내며 그들을 추월했다. 반대편 차선을 넓게 꺾어 들어오며 강한 후류를 일으켰고,

순식간에 400미터 넘게 앞으로 치고 나갔다. FBI의 뷰익이 마치 주차장을 기어가고 있는 것처럼 보일 정도로 빨랐다.

"빨리도 가는군." 리처가 말했다.

하퍼가 졸린 목소리로 말했다. "그놈 아닐까요? 놈도 포틀랜드로 내려가고 있을지도 모르는데. 오늘 밤에 잡을 수 있을지도?"

"생각을 바꿨소." 리처가 말했다. "놈은 운전을 하는 게 아니라 비행기를 타는 것 같소."

그러면서 리처는 멀어져 가는 차의 후미등을 놓치지 않으려고 속도를 좀 더 높였다.

"그러고 나서는요? 현지 공항에서 차를 렌트할까요?"

리처는 어둠 속에서 고개를 끄덕였다. "내 추측은 그렇소. 그 타이어 자국은 아주 일반적인 사이즈였소. 렌터카 업체들이 수백만 대는 보유하고 있을 아주 흔한 중형 세단일 거요."

"위험할 텐데. 렌터카를 빌리면 기록이 남잖아요." 하퍼가 말했다.

리처는 다시 고개를 끄덕였다. "비행기 티켓도 마찬가지요. 하지만 이놈은 철저하게 계획적인 놈이오. 아마 완벽한 위조 신분증을 가지고 있을 거요. 서류로는 전혀 추적이 안 되는 거지."

"그래도 우린 추적을 하겠죠. 그리고 그건 놈이 렌터카 카운터에서 사람들과 직접 대면했다는 뜻이고요."

"꼭 그렇진 않소. 사전 예약 후 비대면 픽업을 받을 수도 있소."

하퍼는 고개를 끄덕였다. "그래도 반납 받는 직원은 놈을 봤을지도 몰라요."

"뭐 잠깐은."

직선 도로라 1킬로미터 뒤에서도 추월 차량이 앞에서 달리는 게 보였다. 리처는 자신도 모르게 시속 145킬로미터를 넘겨서 그 뒤를 따라가고 있었다.

"사람 한 명 죽이는 데 얼마나 걸려요?" 하퍼가 물었다.

"어떻게 죽이느냐에 따라 다르지."

"그런데 우린 놈이 어떻게 하는지도 모르잖아요."

"아직은. 그건 우리가 밝혀내야겠지. 하지만 어떤 방식이든 놈은 매우 침착하고 신중하오. 아무 데도 어지르지 않았고 페인트 한 방울도 흘리지 않았으니까. 내 생각에 최소 30분은 걸릴 것 같은데."

하퍼는 고개를 끄덕이고 기지개를 켰다. 그녀가 몸을 움직이자 향수 냄새가 리처의 코를 스쳤다.

"그럼 스포캔 상황을 생각해봐요." 하퍼가 말했다. "놈은 비행기에서 내려 렌트한 차를 받고 앨리슨의 집까지 30분 운전해서 갔다가 거기서 30분 머문 뒤 다시 30분 운전해서 돌아온 다음 바로 떠나 버렸을 거예요. 놈이 현장 근처에 머물러 있지는 않았겠죠?"

"그렇진 않았을 것 같소."

"그렇다면 렌터카는 두 시간 이내에 반납했을 거예요. 각 사건 현장 인근 공항에 차량 단기 렌트 기록이 있었는지 확인해봐야겠어요. 그런 패턴이 나올지도 몰라요."

리처는 고개를 끄덕였다. "좋소. 그렇게 해야 하는 거요. 당신들이 해야 할 일은 바로 그런 거라고. 기본부터 열심히."

하퍼가 다시 몸을 움직였다. 좌석에서 옆으로 몸을 틀었다. "'우리'라고 했다가 '당신들'이라고 했다가 왔다 갔다 하네요. 아직 마음을 정한 것 같지는 않지만 조금씩 누그러지고 있는 거죠?"

"난 앨리슨이 마음에 들었었소. 잠깐 본 거지만."

"그리고요?"

"리타 시메카도 내 기억 속에서는 좋은 여자였소. 아무 일도 없었으면 좋겠군."

하퍼가 고개를 빼 1킬로미터 앞에서 달려가는 자동차의 후미등을 바라보았다.

"그럼 저 차를 놓치지 말아요."

"놈은 비행기라니까." 리처가 말했다. "저 차는 아니오."

차에 탄 사람은 놈이 아니었다. 리츠빌의 끝자락에서 그 차는 90번 국도를 계속 타고 시애틀을 향해 서쪽으로 나아갔다. 리처는 남쪽인 395번 도로로 빠져나와 곧장 오리건으로 향했다. 도로는 여전히 비어 있었지만 더 좁고 구불구불해서 급하게 몰던 속도를 좀 늦추고 크루즈 모드로 전환했다.

"리타 시메카에 대해 얘기해봐요." 하퍼가 말했다.

리처는 운전대를 잡은 채 어깨를 으쓱했다. "앨리슨 라마와 조금 비슷했던 것 같소. 생김새는 다르지만 분위기가 비슷했지. 강인하고 운동 잘하고 뭐든 척척 해내는 타입. 어떤 상황에서도 쉽게 동요하지 않았고. 내 기억으로는. 중위였는데 기록도 아주 훌륭했소. 장교 훈련 과정은 그냥 씹어 먹었지."

리처는 말을 멈췄다. 마음속으로 리타 시메카를 떠올리며 그녀가 앨리슨 라마와 어깨를 나란히 하고 서 있는 모습을 상상했다. 육군이 확보할 수 있는 가장 훌륭한 인재라 해도 손색없는 두 여군을.

"그런데 풀어야 할 게 또 하나 있소. 그놈이 어떻게 그녀들을 통제한 건지."

"통제라뇨?" 하퍼가 되물었다.

리처가 고개를 끄덕였다. "놈이 여자들 집에 들어간 지 30분이 지나면 여자들이 욕조에 알몸으로 아무런 흔적도 없이 죽어 있소. 어떻게 그럴 수 있겠소?"

"총을 들이댔겠죠."

리처는 고개를 저었다. "그건 두 가지 이유로 말이 안 되오. 놈이 비행기로 이동한다면 총을 가지고 있을 리 없소. 총을 지닌 채 비행기를 탈 수는 없으니까. 당신도 안 가져갔었잖소."

"비행기로 이동한다는 건 현재까지는 추측일 뿐이에요."

"알겠소. 그런데 방금 리타 시메카에 대해 생각을 해봤소. 그녀는 정말 강인한 여전사였소. 집단 성폭행을 당해서 세 놈이 그 건으로 감옥에 갔다가 군에서 쫓겨났지. 아마도 그 일 때문에 놈의 목표가 된 것 같고. 그런데 실제로 그날 밤 리타를 덮친 건 다섯 놈이었소. 그중 세 놈에게 당했고 나머지 두 놈은 그러지 못했지. 한 놈은 골반이 부서졌고 다른 한 놈은 두 팔이 다 부러졌기 때문이오. 한마디로 리타가 죽어라 싸웠다는 뜻이지."

"그래서요?"

"그렇다면 앨리슨 라마도 똑같이 반응하지 않았겠소? 설령 그놈이 총을 가지고 있었다 해도 앨리슨 라마가 30분 내내 순순히 놈이 하라는 대로 따랐을까?"

"모르겠네요." 하퍼가 말했다.

"당신도 봤잖소. 절대 온실 속 화초 같은 여자가 아니라는 거. 육군이었고, 전투 훈련까지 받은 사람이오. 미친 듯이 달려들어서 놈과 싸우거나, 아니면 기회를 보며 기다리다가 때가 오면 한 방에 놈을 잡으려고 했을 거요. 그런데 분명 그러지 않았다는 거지. 왜 그렇겠소?"

"모르겠어요." 하퍼가 다시 말했다.

"나도 모르겠소." 리처도 맞장구를 쳤다.

"우린 반드시 이놈을 찾아내야만 해요."

리처는 고개를 저었다. "못 찾을 거요."

"왜 못 찾는다는 거죠?"

"당신들 모두 그 빌어먹을 프로파일링에 눈이 멀어서 범행 동기부터 잘못 파악하고 있기 때문이오."

하퍼는 창밖으로 고개를 돌렸다. 어둠 속에서 풍경이 빠르게 지나가고 있었다.

"좀 더 자세히 말해볼래요?" 하퍼가 말했다.

"블레이크와 라마가 내 앞에 앉아서 내 말을 경청하기 전까지는 안 하겠소. 난 딱 한 번만 말할 거니까."

리치랜드 외곽의 컬럼비아 강을 건넌 직후 기름을 넣기 위해 차를 멈췄다. 리처가 연료 탱크를 채웠고 하퍼는 화장실에 들렀다 나와서 운전석에 앉아 앞으로 세 시간 동안 운전대를 잡을 준비를 했다. 하퍼는 좌석을 앞으로 당겼고 리처는 뒤로 밀었다. 그녀는 어깨 뒤로 머리를 쓸어넘기고 백미러를 조정했다. 키를 돌려 시동을 걸고 다시 남쪽으로 방향을 틀어 서서히 크루즈 모드로 전환했다.

서쪽으로 굽이쳐 돌아간 컬럼비아 강을 다시 건너 오리건 주에 진입했
다. 강을 따라 주 경계선 바로 위로 뻗어 있는 I-84 도로는 빠르고 한산했
다. 앞쪽으로 어둠에 가린 광대한 캐스케이드 산맥이 어렴풋이 보였다. 하
늘에는 별들이 작게 반짝이고 있었다. 리처는 좌석에 눕다시피한 채 측면
유리와 지붕이 만나는 곡선 너머로 별들을 바라보았다. 자정이 다 되어 가
고 있었다.

"말 좀 걸어줘요. 안 그러면 졸음운전 할 것 같아요." 하퍼가 말했다.

"당신도 라마와 비슷하군."

하퍼가 어둠 속에서 킥킥거렸다. "그 정도는 아니에요."

"그래, 아직은 아닐지도." 리처가 말했다.

"어쨌든 말 좀 걸어줘요. 군대에서는 왜 나왔어요?"

"그게 말하고 싶은 주제요?"

"그냥, 대화할 거리는 되잖아요."

"왜 다들 그걸 물어보는 거요?"

하퍼는 어깨를 으쓱했다. "사람들이 궁금해할 만한 부분이잖아요."

"왜? 내가 육군을 떠나면 안 되는 이유라도 있소?"

"왜냐하면 당신은 거길 좋아했을 것 같거든요. 내가 FBI를 좋아하는 것
처럼."

"짜증 나는 일도 많았소."

하퍼는 고개를 끄덕였다. "당연하죠. FBI도 짜증 날 때 많아요. 마치 남
편이랑 비슷하달까. 좋은 점도 있고 나쁜 점도 있지만 그게 다 내 몫인 거
잖아요? 무슨 말인지 알죠? 조금 짜증 난다고 해서 이혼하지는 않으니까
요."

“난 감원 당한 거요.”

“그건 아니죠. 당신 기록을 봤어요. 인원을 감축하긴 했지만 당신은 대상이 아니었죠. 당신이 자진해서 나온 거지.”

3킬로미터를 가는 동안 리처는 말이 없었다. 그러고 나서 고개를 끄덕였다.

“겁이 났소.”

하퍼가 그를 힐끗 쳐다보았다. “뭐가요?”

“난 원래의 모습이 좋았소. 변하는 게 싫었지.”

“어떻게 변해야 했는데요?”

“아마도 더 작게. 군대는 엄청나게 거대한 조직이오. 당신은 상상도 못 할 거요. 전 세계로 뻗어 있잖소. 근데 그걸 작게 만들려고 했소. 난 진급해서 더 높은 자리로 가게 될 테지만 그럼 작아진 조직 안에서 높은 사람이 되는 거잖소.”

“그게 뭐가 문제죠? 작은 연못의 큰 물고기, 좋잖아요?”

“난 큰 물고기가 되고 싶지 않았소. 작은 물고기로 있는 게 좋았거든.”

“당신은 작은 물고기가 아니었어요. 소령이면 작은 게 아니죠.”

리처는 고개를 끄덕였다. “그렇게 말한다면, 중간쯤 되는 물고기인 게 좋았소. 편안했거든. 어느 정도 익명성도 있고.”

하퍼가 고개를 저었다. “그게 그만둘 만한 이유가 되나요?”

리처는 별들을 올려다보았다. 별들은 정지한 채 수십억 킬로미터 위 하늘에 떠 있었다.

“작은 연못 속 큰 물고기는 헤엄칠 공간이 없소. 아마 한자리에 몇 년씩 묶여 있었을 거요. 어딘가의 큰 책상에 앉아 있다가 5년이 지나면 또 다른 곳의 더 큰 책상에 앉게 되는 거지. 정치적인 수완도 없고 사교성도 없는 나 같은 놈은 기껏해야 대령까지 달고 그 이상은 못 올라갔을 거고. 한곳에 붙잡혀 시간을 보내다 전역했을 거요. 15년, 어쩌면 20년을.”

“그런데요?”

“그런데 난 계속 움직이고 싶었소. 난 평생을, 말 그대로 계속 움직이며 살아왔거든. 멈추는 게 두려웠소. 어딘가에 붙잡혀 있는 게 어떤 느낌인지는 몰랐지만 끔찍할 것 같다는 생각이 들었지.”

“그리고요?”

리처는 어깨를 으쓱했다. “그리고 지금은 어딘가에 붙잡혀 있소.”

“그리고?” 하퍼가 다시 물었다.

리처는 다시 어깨만 으쓱하고는 아무 말도 하지 않았다. 차 안은 따뜻하고 편안했다.

“말해봐요, 리처.” 하퍼가 말했다. “그냥 털어놔요. 어딘가에 붙잡혀 있고, 그리고?”

“그리고, 아무것도 아니오.”

“말도 안 돼, 당신이 아무것도 아니라니. 그리고, 뭔데요?”

리처가 깊이 숨을 들이쉬었다. “그리고 난 그게 적응이 안 되오.”

차 안이 조용해졌다. 하퍼는 이해한다는 듯 고개를 끄덕였다. “계속 이리저리 옮겨 다니는 걸 조디가 원하지 않나 보군요.”

“글쎄, 당신이라면 괜찮겠소?”

“모르겠네요.”

리처는 고개를 끄덕였다. “문제는 조디는 그걸 확실히 알고 있다는 거요. 조디와 나는 똑같은 환경에서 자랐거든. 항상 이동하면서. 기지에서 기지로, 전 세계를 돌면서. 한 달은 여기서, 6개월은 저기서. 그래서 조디는 세상 밖으로 나가 자신이 원하는 삶을 스스로 만들어내 지금의 삶을 살고 있는 거요. 다른 삶이 어떤지 정확히 알고 있기 때문에 자신이 진짜 원하는 삶도 정확히 알고 있지."

"조디도 조금은 옮겨 다닐 수 있을 텐데요. 변호사니까. 가끔 직장을 바꿀 수도 있고요."

리처는 고개를 저었다. "그렇게 간단한 게 아니오. 커리어의 문제니까. 이대로만 가면 얼마 안 있어 파트너로 승급할 텐데 그렇게 되면 평생 한 로펌에서 일하게 되는 거요. 어쨌든 내가 지금 말하는 건 집을 샀다 팔았다 하며 여기서 2년, 저기서 3년 사는 그런 게 아니오. 내가 말하는 건, 내일 오리건에서 눈을 떴는데 오클라호마든 텍사스든 어딘가로 가고 싶어지면 그냥 떠나는 걸 말하는 거요. 그다음 날 어디로 갈지 전혀 모르는 채로."

"방랑자네요."

"내겐 중요한 부분이오."

"그게 얼마나 중요한데요?"

리처는 어깨를 으쓱했다. "정확히는 모르겠소."

"그걸 어떻게 알아낼 건데요?"

"문제는, 그걸 지금 알아내는 중이라는 거요."

"그래서 어떻게 할 건데요?"

리처는 상당한 거리를 달리는 동안 다시 침묵했다.

"모르겠소."

"익숙해질 수도 있잖아요."

"그럴 수도 있겠지. 하지만 아닐 수도 있소. 이건 내 피 속 아주 깊숙이 박혀 있는 느낌이니까. 바로 지금처럼, 한밤중에, 한 번도 가본 적 없는 어딘가를 향해 도로를 달리는 이런 순간이 너무 좋소. 말로는 설명이 안 될 만큼."

하퍼가 미소 지었다. "어쩌면 같이 가는 사람 때문일지도 몰라요."

리처도 미소 지었다. "그럴지도."

"그럼 다른 것도 하나만 더 말해줄래요?"

"뭘?"

"왜 우리가 이놈의 범행 동기를 잘못 짚었다는 거죠?"

리처는 고개를 저었다. "포틀랜드에서 뭐가 나오는지 보고 말해주겠소."

"뭐가 나올 것 같은데요?"

"페인트 통이 가득 든 박스. 어디서 왔는지, 누가 보냈는지 전혀 단서가 없는."

"그러면요?"

"그러면 우리가 2 더하기 2를 해서 4를 만들면 되는 거요. 당신네들 방식으로는 4가 나오지 않소. 도무지 설명이 안 되는 큰 숫자가 돼버리지. 4하고는 한참 거리가 먼 숫자가."

리처는 좌석 등받이를 조금 더 뒤로 젖히고 하퍼가 핸들을 잡는 마지막 한 시간의 대부분을 졸면서 갔다. 여정의 마지막에서 두 번째 구간은 35번 도로를 따라 후드 산 북쪽 오르막을 오르는 길이었다. 경사에 대처하기 위해 변속 기어를 3단으로 낮추자 그 덜컹거림이 리처를 깨웠다. 그는 앞유리를 통해 도로가 산봉우리를 빙글빙글 돌아가는 모습을 바라보았다. 하퍼가 26번 국도를 찾아 서쪽으로 방향을 틀었다. 내리막 경사를 내려가는, 포틀랜드 시로 향하는 마지막 구간이었다.

밤 풍경은 정말 장관이었다. 저 높이 조각구름이 떠 있는 하늘에는 밝은 달빛과 별빛이 가득했다. 협곡마다 눈이 쌓여 있었다. 세상은 회색 강철로 만든 울퉁불퉁한 조각상처럼 그 아래에서 빛나고 있었다.

"방랑의 매력을 알 것 같네요." 하퍼가 말했다. "이런 광경을 볼 수 있다니."

리처는 고개를 끄덕였다. "지구는 정말 거대한 행성이오."

로도덴드론이라는 이름의 고요한 마을을 지나 내리막길로 8킬로미터쯤 더 가니 리타 시메카가 사는 마을의 표지판이 보였다. 그곳에 도착했을 때는 거의 새벽 3시가 다 된 시각이었다. 마을을 관통하는 도로에 주유소와 잡화점이 있었다. 두 곳 모두 굳게 닫혀 있었다. 그 도로에서 북쪽 산의 아래쪽 경사면으로 이어지는 갈래길이 나 있었다. 하퍼가 그쪽으로 방향을 틀었다. 거기에는 갈래길이 또 있었다. 시메카의 집은 그중 세 번째에 있었다. 그 길은 동쪽 오르막 경사면을 따라 이어져 있었다.

시메카의 집은 쉽게 알아볼 수 있었다. 그 거리에서 창문에 불이 켜진 건 그 집뿐이었다. 그리고 밖에 FBI 세단이 주차되어 있는 유일한 집이기도 했다. 하퍼가 세단 뒤에 차를 세우고 라이트와 시동을 끄자 작은 떨림과 함께 엔진이 꺼지며 적막이 그들을 감쌌다. FBI 차량의 뒷유리는 입김으로 뿌옇게 흐려져 있었고, 그 안에는 윤곽만 보이는 머리 하나가 있었다. 그 머리가 움직이더니 차 문이 열리고 검은 정장을 입은 젊은 남자가 밖으로 나왔다. 리처와 하퍼는 기지개를 켠 후 안전벨트를 풀고 차 문을 열었다. 차에서 내리자 차가운 공기 속에 입김이 뿜어져 나왔다.

"경호 대상은 집 안에 안전하게 잘 있습니다." 현지 요원이 말했다. "저는 여기서 두 분을 기다리라는 지시를 받았습니다."

하퍼는 고개를 끄덕였다. "그다음은요?"

"전 계속 여기에 있을 겁니다." 요원이 말했다. "두 분이 들어가서 대화를 나누시면 됩니다. 저는 아침 8시에 현지 경찰이 올 때까지 경비 임무를 수행합니다."

"경찰이 24시간 내내 경비를 설 거요?" 리처가 물었다.

요원이 고개를 저으며 우울하게 대답했다.

"12시간만요. 밤엔 제가 섭니다."

리처는 고개를 끄덕였다. 그 정도면 충분하다고 생각했다. 시메카의 집은 정사각형 형태의 큰 목조 건물로, 거리에서는 옆면이 보이게 지어져 있었다. 정면은 서쪽을 향하고 있었다. 앞쪽에는 넉넉한 크기의 현관이 있었고, 그 주위에는 화려하게 장식된 난간이 둘러져 있었다. 도로가 경사져 있어 집 앞쪽 아래에 차고가 자리했다. 차고 문은 현관 끝 아래에 있었는데 옆에서 문이 열리는 구조였다. 짧은 진입로를 따라 땅이 경사를 이루며 위로 솟아 있어서, 지하실의 나머지 부분은 언덕 안쪽으로 파고든 형태였다. 그리 넓지 않은 대지에는 높다란 철망 울타리가 둘러쳐져 있었고, 그 울타리는 비탈을 따라 위쪽으로 쭉 이어져 있었다. 마당은 잘 가꿔져 있었고, 곳곳에 꽃이 심어져 있었지만 은색 달빛 탓에 꽃의 색이 모두 지워진 듯 보였다.

"그녀는 깨어 있나요?" 하퍼가 물었다.

현지 요원이 고개를 끄덕였다. "두 분을 기다리고 있습니다."

17

진입로 왼쪽에서 작은 보행로가 갈라져 나와 어둠 속의 조경석과 식물들 사이를 구불구불 돌아 현관 중앙의 넓은 나무 계단까지 이어져 있었다. 하퍼는 계단을 가볍게 건너뛰며 올라갔지만 리처의 체중 탓에 계단이 삐걱거리는 소리가 밤의 정적을 깨뜨렸다. 그 소리가 언덕에서 메아리쳐 돌아오기도 전에 현관문이 열렸고, 리타 시메카가 그들을 바라보며 서 있었다. 한 손으로 안쪽 문 손잡이를 잡은 채 무표정한 얼굴이었다.

"오랜만이에요, 리처."

"시메카, 잘 지냈소?" 리처도 인사했다.

시메카가 자유로운 손으로 이마에 흘러내린 머리카락을 쓸어올렸다.

"그럭저럭요. 지금이 새벽 3시이고, FBI가 나한테, 내가 무슨 살해 명단에 열 명의 자매님들과 함께 올라가 있고 그중 네 명은 이미 살해되었다는 걸 이제 막 알려줬다는 걸 감안하면 말이죠."

"당신이 낸 세금이 이렇게 쓰이고 있는 거요." 리처가 말했다.

"그런데 어쩌다가 FBI와 어울리고 있는 거죠?"

리처는 어깨를 으쓱했다. "상황상 선택지가 별로 없었소."

시메카는 리처를 말없이 살펴보며 고민하고 있었다. 현관은 추웠다. 밤이슬이 페인트를 칠한 판자 위에 맺히고 있었다. 공기 중에는 옅은 안개가 낮게 깔려 있었다. 시메카의 어깨 너머로 집 안의 불빛이 따뜻하고 노랗게 빛나고 있었다. 그녀가 리처를 잠시 더 살폈다.

"상황상?" 시메카가 되물었다.

리처는 고개를 끄덕였다. "선택지가 별로 없었지."

시메카도 고개를 끄덕였다. "뭐, 어쨌든 다시 보니 반갑긴 하네요."

"나도 그렇소."

시메카는 키가 컸다. 하퍼보다는 작았지만 대부분의 여자들보다는 컸다. 앨리슨 라마 같은 탄탄한 체형은 아니었고, 마라톤 선수처럼 날씬한 근육질이었다. 깔끔한 청바지와 헐렁한 스웨터를 입고 있었고 발에는 튼튼해 보이는 신발을 신고 있었다. 갈색 머리카락은 중간 길이였는데 밝은 갈색 눈 위로 앞머리가 흘러내려 있었다. 입가에는 깊은 팔자주름이 있었다. 리처가 그녀를 마지막으로 본 지 거의 4년이 지났는데, 그 4년의 세월을 고스란히 담은 얼굴이었다.

"이쪽은 특별수사관 리사 하퍼요."

시메카는 경계하는 기색으로 고개를 한 번 까딱했다. 리처는 그녀의 눈을 살폈다. 남자 요원이었다면 현관에서 멀리 차버렸을 것 같았다.

"안녕하세요." 하퍼가 말했다.

"들어와요, 일단." 시메카가 말했다.

그녀는 여전히 문 손잡이를 잡고 있었다. 문지방에 서서 몸만 앞으로 기울인 채 밖으로 나오는 건 주저하는 듯했다. 하퍼가 먼저 들어섰고 리처가 뒤를 따랐다. 문이 그들 뒤로 닫혔다. 그들은 새로 페인트칠을 하고 가구도 멋지게 배치한 아담한 집의 복도에 서 있었다. 매우 깨끗하고 강박적으로 정돈되어 있었다. 진짜 '집'처럼 느껴졌다. 따뜻하고 아늑했다. 혼자

만의 공간. 바닥에는 양털 러그가 깔려 있었고, 반질거리는 마호가니 앤티크 가구가 놓여 있었다. 벽에는 그림이 걸려 있었고, 곳곳에 꽃병이 놓여 있었다.

"국화꽃이에요." 시메카가 말했다. "내가 직접 가꾸죠. 국화꽃 좋아해요?"

리처는 고개를 끄덕였다.

"좋아하오. 하지만 철자*를 써보라고 하면 못할 것 같소." *'국화꽃'의 영어 철자는 'chrysanthemums'로 다소 길다.

"식물을 가꾸는 건 내 새 취미예요. 폭 빠져 있죠."

그러고는 앞쪽 거실을 가리켰다.

"그리고 피아노도요. 와서 들어봐요."

거실은 차분한 색감의 벽지와 윤이 나는 원목 바닥으로 꾸며져 있었다. 뒤쪽 구석에는 그랜드피아노가 놓여 있었다. 반짝이는 검은색 래커로 마감된 표면에는 독일 브랜드명이 황동으로 새겨져 있었다. 그 앞에는 단추 장식이 들어간 검은색 가죽으로 덮인 멋진 피아노 의자가 놓여 있었다. 피아노의 덮개는 열려 있었고, 검은 음표가 빽빽하게 인쇄되어 있는 두꺼운 크림색 종이 악보가 건반 위 악보대에 펼쳐져 있었다.

"한 곡 들려줄까요?"

"좋소." 리처가 답했다.

시메카가 건반과 의자 사이로 미끄러져 들어가 앉았다. 건반 위에 손을 얹고 잠시 생각하더니 곧 애잔한 단조 화음이 방 안을 가득 채웠다. 부드럽고 낮게 울리는 따뜻한 화음은 이내 장중한 〈장송행진곡〉의 서두로 이어졌다.

"좀 더 밝은 곡은 없소?" 리처가 물었다.

"지금 내 기분이 밝지가 않아서요." 그녀가 답했다.

그러면서도 결국 곡을 바꿔 〈월광〉 소나타의 첫머리를 연주하기 시작했다.

"베토벤이에요." 시메카가 덧붙였다.

은빛 아르페지오가 공기를 가득 메웠다. 그녀가 댐퍼 페달을 밟아 소리를 부드럽고 눌렀다. 리처는 창밖으로 달빛에 회색으로 물든 정원 식물들을 바라보았다. 서쪽으로 150킬로미터 떨어진 곳에는 광대하고 고요한 바다가 펼쳐져 있었다.

"이게 더 낫군." 리처가 말했다.

악보대에 놓여진 악보에 쇼팽이라고 인쇄되어 있는 걸 보면, 지금 연주하는 곡은 1악장 전체를 다 외워서 연주하는 것 같았다. 그녀는 마지막 화음이 사라지고 정적이 흐를 때까지 건반에서 손을 떼지 않았다.

"아주 좋았소." 리처가 말했다. "그동안 잘 지냈던 걸로 보이는데, 맞소?"

시메카는 건반에서 눈을 돌려 리처를 똑바로 쳐다보았다. "그 말은 내가 목숨 걸고 믿었던 세 남자에게 집단 성폭행을 당한 그 일에서 이제 다 회복되었냐는 의미인가요?"

리처는 고개를 끄덕였다. "뭐, 거의 그런 의미였소."

"다 회복된 줄 알았어요. 내가 바랐던 만큼요. 근데 방금 어떤 미친놈이 그 일에 대해 문제 제기를 했다는 이유로 날 죽이려고 한다는 말을 듣고 나니까 회복이 무색해지는 기분이네요."

"우리가 잡을 거예요." 정적 속에서 하퍼가 말했다.

시메카가 별 반응 없이 하퍼를 바라보았다.

"이제 지하실에 있는 새 세탁기 좀 봐도 되겠소?" 리처가 물었다.

"근데 그게 세탁기가 아닌 거죠? 그렇죠?" 시메카가 물었다. "아무도 나한텐 정확히 말해주지 않아요."

"아마 페인트일 거요." 리처가 말했다. "통에 든 거. 위장용 녹색."

"그게 왜 거기 있는 거죠?"

"당신을 죽인 다음 욕조에 넣고 그 위에 부어 버리려고."

"왜 그런 짓을 하죠?"

리처가 어깨를 으쓱했다. "좋은 질문이오. 지금 그걸 밝히겠다고 똑똑이 한 무리가 모여서 골머리를 썩고 있는 중이오."

시메카가 고개를 끄덕이며 하퍼에게 시선을 돌렸다. "당신도 그 똑똑이 중 하나인가요?"

"아뇨. 전 그냥 현장 요원이에요." 하퍼가 공손하게 대답했다.

"당신은 성폭행 당해 본 적이 있나요?"

하퍼는 고개를 저었다. "아뇨. 없어요."

시메카는 고개를 끄덕였다.

"충고하는데, 당하지 말아요."

정적이 흘렀다.

"인생이 바뀌어요. 내 인생도 완전히 바뀌었죠. 이제 식물 가꾸는 거랑 음악이 내 전부예요."

"좋은 취미 같아요." 하퍼가 말했다.

"집 안에서만 할 수 있는 취미죠." 시메카가 쏘아붙이듯 말했다. "나는 늘 이 방에 있거나 현관문이 보이는 곳에만 있어요. 외출도 거의 안 하고 사람들 만나는 것도 꺼려져요. 그러니 당신은 절대 그런 일 당하지 않도록 조심해요."

하퍼는 고개를 끄덕였다. "노력할게요."

"이쪽이 지하실이에요." 시메카가 말했다.

그녀는 거실에서 나와 계단 아래에 있는 문으로 안내했다. 여러 번 페인트를 덧칠한 오래된 소나무 판자 문이었다. 문 뒤쪽 차가운 공기 속에 아래로 내려가는 좁은 계단이 있었다. 휘발유와 타이어 고무 냄새가 희미하게 올라왔다.

"차고를 통과해서 가야 해요." 시메카가 말했다.

안에는 새 차가 차고 공간을 가득 차지하고 있었다. 길고 낮은 차체의 금빛 크라이슬러 세단이었다. 그들은 차 옆을 따라 한 줄로 걸었고, 시메카가 차고 벽에 있는 문을 열었다. 지하실 특유의 퀴퀴한 냄새가 풍겨 올라왔다. 시메카가 줄을 당기자 밝은 노란색 전등이 켜졌다.

"여기 있어요."

지하실은 보일러 덕분에 따뜻했다. 모든 벽면에 넓은 수납 선반이 설치돼 있는 정사각형의 널찍한 공간이었다. 천장 서까래 사이로는 유리섬유 단열재가 드러나 있었고, 바닥판 위로 난방 파이프가 뱀처럼 뻗어 올라오고 있었다. 바닥 한가운데에 박스 하나가 덩그러니 놓여 있었다. 삐딱한 각도로 놓여 있어서, 깔끔하게 정리된 선반들과는 대조를 이루고 있었다. 동일한 상자였다. 크기도 같고, 갈색 판지도 같고, 검은색 인쇄며 제조사 이름, 조악한 그림까지 모두 같았다. 광택이 나는 갈색 테이프로 밀봉되어 있었고, 외관은 새것처럼 보였다.

"칼 있소?" 리처가 물었다.

시메카가 작업 공간 쪽을 턱으로 가리켰다. 공구걸이판이 벽에 나사로 고정되어 있었고, 그 위에 공구가 가지런히 걸려 있었다. 리처는 리놀륨용 칼 하나를 조심스럽게 못에서 빼냈다. 경험상 이런 경우에 공구를 빼면 못도 함께 빠지는 경우가 많았기 때문이다. 하지만 이번에는 달랐다. 못 하나하나가 작은 플라스틱 고리를 이용해 보드에 단단히 고정되어 있었다.

박스로 돌아와 테이프를 갈랐다. 칼을 반대로 돌려 손잡이로 덮개를 조심스럽게 들어 올렸다. 노랗게 빛나는 다섯 개의 금속 원판이 보였다. 페인트 통 뚜껑 다섯 개가 머리 위 불빛을 반사하고 있었다. 칼 손잡이를 철제 고리에 밀어 넣고 통 하나를 눈높이까지 들어 올렸다. 불빛에 비추며 천천히 돌려 보았다. 긴 숫자와 '위장용 녹색'이라고 인쇄된 작은 흰색 라벨을 제외하고는 아무것도 없는 평범한 금속 통이었다.

"우리 때에도 저런 거 몇 번 본 적이 있는데." 시메카가 말했다. "그렇죠, 리처?"

리처는 고개를 끄덕였다. "꽤 자주."

그는 통을 다시 박스 안에 내려놓았다. 덮개를 도로 닫고 걸어가서 칼을 원래 있던 자리에 다시 걸었다. 시메카 쪽을 돌아보며 물었다.

"이게 언제 왔소?"

"기억 안 나요."

"대략이라도."

"글쎄요, 두어 달 전쯤이었나."

"두어 달 전이라고요?" 하퍼가 물었다.

시메카가 고개를 끄덕였다. "그랬던 것 같아요. 정확하진 않아요."

"당신이 주문한 건 아니고?" 리처가 말했다.

시메카가 고개를 저었다. "내가 주문한 건 이미 받았어요. 저쪽에."

그녀가 손으로 가리킨 구석 자리에 세탁 공간이 보였다. 세탁기, 건조기, 싱크대가 있었고, 그 옆으로 모서리에 딱 맞게 러그가 깔려 있었다. 수납 선반 상판 위에는 흰색 플라스틱 바구니와 세제 병들이 정확히 줄 맞춰 정돈되어 있었다.

"이런 건 보통 잘 기억나지 않소?" 리처가 말했다.

"룸메이트 거라고 생각했던 것 같네요." 시메카가 말했다.

"룸메이트가 있다고?"

"있었는데, 몇 주 전에 이사 나갔어요."

"이게 그 사람 거라고 생각했다?"

"그래요." 시메카가 말했다. "혼자 새로 살림을 차리려면 세탁기가 필요할 테니까. 안 그래요?"

"그런데 물어보지도 않았소?"

"왜 그래야 되죠? 내 게 아니면 걔 걸 텐데."

"그럼 왜 이걸 여기에 두고 갔을까?"

"무거우니까요. 아마도 도와줄 사람을 찾고 있겠죠. 나간 지 겨우 몇 주밖에 안 됐어요."

"다른 건 안 놔두고 갔소?"

시메카는 고개를 저었다. "이것만 남았어요."

리처는 박스 주위를 천천히 돌았다. 송장이 뜯겨 나간 네모난 자국이 보였다.

"송장을 떼어갔군." 리처가 말했다.

시메카가 다시 고개를 끄덕였다. "그랬겠죠. 자기 살림은 자기 나름대로 정리해놔야 하니까."

선명한 노란색 불빛 아래 키 높은 골판지 박스를 둘러싸고 어두운 그림자를 날카롭게 드리운 채 세 사람은 말없이 서 있었다.

"피곤하네요." 시메카가 말했다. "이제 끝난 건가요? 그만 가주면 좋겠어요."

"마지막으로 한 가지만 더." 리처가 말했다.

"뭔데요?"

"하퍼 요원에게 군에서 맡았던 업무가 뭐였는지 말해주겠소?"

"왜요? 그게 이 건이랑 무슨 상관이죠?"

"그냥 그녀가 알았으면 해서."

시메카는 어리둥절하며 어깨를 으쓱했다. "병기 검수 부서에 있었어요."

"그게 뭔지 하퍼에게 설명해주겠소?"

"제조업체에서 새로 들여온 무기를 테스트했어요."

"그리고?"

"규격에 맞으면 군수부대로 넘겼어요."

정적이 흘렀다. 하퍼도 마찬가지로 어리둥절한 표정을 지은 채 리처를 힐끗 쳐다보았다.

"이제 됐소." 리처가 말했다. "그만 나갑시다."

시메카가 앞장서서 차고 쪽 문으로 둘을 안내했다. 줄을 잡아당겨 불을 끄고 차 옆을 지나 좁은 계단을 올라갔다. 거실로 나왔다. 바닥을 가로질러 걸어가 현관문에 있는 스파이홀을 확인했다. 문을 열었다. 바깥 공기는 차갑고 눅눅했다.

"잘 가요, 리처. 다시 만나서 반가웠어요."

그리고 하퍼에게로 몸을 돌렸다.

"이 사람을 믿어야 해요. 내가 아직도 저 사람 믿는다는 거, 그게 얼마나 대단한 보증 표시인지 알겠죠? 내 말 명심해요."

길을 따라 내려가자 현관문이 뒤에서 닫혔다. 6미터 거리에서도 자물쇠 돌아가는 소리가 들렸다. 현지 요원이 두 사람이 차에 타는 것을 지켜보았다. 차 안은 아직 따뜻했다. 하퍼가 그 온도를 유지하기 위해 시동을 걸고 히터를 세게 틀었다.

"룸메이트가 있었군요." 하퍼가 말했다.

리처는 고개를 끄덕였다.

"그러면 당신 가설은 틀린 거네요. 혼자 사는 것처럼 보였지만 아니었어요. 다시 원점이네요."

"완전히 원점은 아니고 한 단계쯤은 나아갔을 거요. 그래야만 하오. 누구도 아흔한 명의 여성을 무작위로 노리진 않소. 말이 안 되지."

"뭐랑 비교해서 말이 안 된다는 거죠? 죽은 여자들을 욕조에 넣어서 페인트를 붓는 건 말이 되나요?" 하퍼가 물었다.

리처는 다시 고개를 끄덕였다.

"이제 어쩔 거요?" 리처가 물었다.

"콴티코로 돌아가야죠."

거의 아홉 시간이 걸렸다. 그들은 포틀랜드로 차를 몰고 가서 터보프롭 비행기로 시택 공항까지 날아갔고, 거기서 콘티넨털 항공기로 뉴어크 공항, 또 유나이티드 항공을 타고 워싱턴 D.C.로 이동했다. 거기서 FBI의 운전기사가 버지니아 남쪽까지 데려다 주었다. 리처는 대부분의 시간 동안 잠을 잤고, 깨어 있는 순간들도 피로감으로 기억이 흐릿했다. 그가 정신을 차린 것은 해병대 영내를 통과할 때였다. 게이트의 FBI 경비원이 방문자 출입증을 재발급해 주었다. 운전사가 정문에 차를 댔다. 하퍼가 앞장서서 엘리베이터를 타고 지하 4층으로 내려가서 반짝이는 벽과 가짜 창문, 칠판에 로레인 스탠리의 사진이 붙어 있는 세미나실 같은 방으로 향했다. 음소거가 되어 있는 텔레비전에서는 당일 국회방송의 재방송이 방영되고 있었다. 블레이크와 폴튼, 라마가 테이블에 서류 더미를 쌓아 놓고 앉아 있었다. 블레이크와 폴튼은 압박감 속에서 분주해 보였다. 라마는 눈앞에 놓인 종이 색깔만큼이나 얼굴이 핏기 없이 질려 있었고, 극도의 스트레스로 눈이 쑥 들어가 있었다.

블레이크가 말했다. "내가 맞춰 볼까? 시메카에게 몇 달 전에 박스가 배달돼 왔는데 잘 모르고 있었을 거야. 송장은 없었고."

"룸메이트 거라고 생각했대요." 하퍼가 말했다. "혼자 산 게 아니었어요. 그러니 열한 명 명단은 아무 의미가 없어요."

그런데 블레이크가 고개를 저었다.

"아니. 그건 원래의 의미 그대로 봐도 돼. 서류상 혼자 사는 것처럼 보이는 열한 명의 여성들이 맞아. 이들을 제외한 나머지 여든 명에게 모두 전화로 확인했어. 택배 회사의 고객 서비스 담당이라고 말하고. 시간이 엄청 걸렸지. 그런데 아무도 안 시킨 박스를 받은 사람은 없었어. 그렇게 여든 명은 제외되었고 열한 명은 범위 안에 남아 있는 거야. 그러니까 리처의 가설은 여전히 유효해. 룸메이트 건으로 리처도 당황했겠지만, 그놈도 당황했을 거야."

리처는 뿌듯한 표정으로 그를 힐끗 쳐다보았다. 사실 약간 놀라기도 했다.

"뭐, 인정할 건 인정해야지." 블레이크가 말했다.

라마가 고개를 끄덕이며 긴 목록 끝에 뭔가를 적었다.

"애도를 표하는 바요." 리처가 라마에게 말했다.

"어쩌면 피할 수 있는 일이었을지도 몰라." 라마가 말했다. "처음부터 이렇게 공조했다면."

정적이 흘렀다.

"일곱 명이 남았는데, 일곱 명 모두가 송장도 없는, 시킨 적 없는 택배를 받았어." 블레이크가 말했다.

"그중 룸메이트가 있는 케이스가 하나 더 있어." 폴튼이 말했다. "또 세 명은 자주 오배송이 발생했어서, 그걸 가리는 데 시간이 좀 걸리고 있고. 나머지 두 명은 정말로 전혀 모르는 택배라고 했어."

"시메카는 확실히 잘 모르고 있었어요." 하퍼가 말했다.

"심한 트라우마를 겪고 있으니까." 리처가 말했다. "그 정도면 잘 버티고 있는 거요."

라마가 공감하는 듯 살짝 고개를 끄덕였다.

"어쨌든 단서를 얻진 못한 거네. 그렇지?" 라마가 말했다.

"배송 회사 쪽은?" 리처가 물었다. "추적 중인가?"

"어느 회사인지를 모르잖아. 일곱 박스 모두 송장이 없어졌으니." 폴튼이 말했다.

"찾아볼 회사가 그렇게 많지는 않을 텐데?" 리처가 말했다.

"많지 않다고?" 폴튼이 되물었다. "UPS, 페덱스, DHL, 에어본 익스프레스, 젠장할 미국우정공사에다가 또 수많은 현지 하청업체가 있는데?"

"전부 확인해봐야지." 리처가 말했다.

폴튼은 어깨를 으쓱했다. "뭐라고 물어볼까? 지난 두 달 동안 배송한 수억 개의 택배 중에서 우리가 찾는 택배를 기억하냐고?"

"그래도 해봐야지. 스포캔부터 시작해. 아무도 없는 곳 한가운데에 있는 그런 외진 주소라면 택배 기사가 기억할지도 모르니까."

블레이크가 몸을 앞으로 숙이며 고개를 끄덕였다. "좋아. 거기는 확인해보지. 하지만 거기만. 그 이상은 불가능해."

"왜 그 여자들은 택배에 신경을 안 쓸까요?" 하퍼가 물었다.

"복잡한 이유가 있지." 라마가 대답했다. "리처의 말처럼 모두 트라우마에 시달리고 있어. 적어도 어느 정도는. 사적인 영역에 시키지도 않은 큰 물건이 들어오는 건 일종의 침입이야. 그래서 의식이 그걸 그냥 차단해버려. 그녀들의 경우라면 나타날 수 있는 반응이야."

라마의 목소리는 낮고 가늘게 떨렸다. 앙상한 손은 테이블 위에 가지런히 놓여 있었다.

"아무래도 난 이상한데요." 하퍼가 말했다.

라마는 인내심 많은 선생님처럼 고개를 저었다.

"당연한 반응이야. 네 관점으로 보지 마. 이 여성들은 비유적으로도, 문자 그대로도 공격을 당했어. 그런 일을 겪으면 사람은 어떤 식으로든 바뀐다고."

"그리고 지금은 모두들 불안에 떨고 있소." 리처가 말했다. "그녀들을 경호하려면 상황에 대해 사실대로 알려줘야 했으니까. 시메카는 상당히 충격을 받은 게 분명해 보였소. 당연히 그럴 거요. 그런 데서 혼자 지내고 있으니. 내가 그놈이었다면 다음 차례로 그녀를 노릴 것 같소. 시메카도 같은 결론을 내렸을 거라고 확신하오.”

“놈을 잡아야 해.” 라마가 말했다.

블레이크가 고개를 끄덕였다. “이젠 쉽지 않겠지. 일단 택배를 받은 일곱 명에겐 24시간 경호를 붙이겠지만, 그놈은 멀리서도 그걸 알아볼 테니 현장에서 잡는 건 물 건너간 거지.”

“한동안 잠적할 거예요.” 라마가 말했다. “우리가 경호를 해제할 때까지요.”

“경호는 얼마나 유지하는 거죠?” 하퍼가 물었다.

정적이 흘렀다.

“3주.” 블레이크가 답했다. “그 이상은 무리야.”

하퍼가 그를 빤히 쳐다보았다.

“기한을 정해둘 수밖에 없어. 뭘 어쩌겠어? 평생 24시간 경호를 붙이라고?”

다시 정적이 흘렀다. 폴튼이 자기 서류를 정리하며 말했다.

“그럼 3주 안에 놈을 찾아야 한다는 말이네요.”

블레이크가 고개를 끄덕이며 테이블 위에 손을 올렸다. “계획은 이래. 지금부터 3주 동안 하루 24시간 서로 맞교대. 한 명은 자고 다른 한 명은 일하는 식으로. 줄리아, 네가 첫 번째로 휴식을 취해. 지금부터 열두 시간.”

“싫어요.”

블레이크가 당황한 표정을 지었다. “싫든 좋든, 너부터야.”

라마는 고개를 저었다. “아뇨. 이 건은 제가 계속 대처를 하고 있어야 해요. 폴튼 먼저 쉬게 해요.”

"토 달지마, 줄리아. 이제부턴 체계적으로 해야 해."

"하지만 전 괜찮아요. 일해야 해요. 그리고 어차피 지금은 잠도 못 자요."

"열두 시간이야, 줄리아." 블레이크가 말했다. "넌 쉴 자격이 있어. 위로 휴가만 해도 두 번이나 쓸 수 있다고."

"안 쉴 거예요." 라마가 맞받았다.

"쉬어야 해."

"안 돼요. 지금 당장은 내가 여기 있어야 해요."

라마는 미동도 없이 앉아 있었다. 얼굴에 결연함이 역력했다. 블레이크는 한숨을 쉬며 고개를 돌렸다.

"지금 당장은, 안 돼."

"왜요?"

블레이크는 라마를 똑바로 쳐다보았다. "왜냐하면 부검하려고 네 동생 시신을 항공편으로 방금 옮겨 왔거든. 그래서 넌 여기에 있을 수 없어. 그건 내가 허락할 수 없어."

라마는 뭔가 대꾸를 하려고 했다. 하지만 입을 두 번 열고 닫았을 뿐 아무 소리도 내지 않았다. 그러고는 눈을 한 번 깜빡이고는 고개를 돌렸다.

"그러니까, 열두 시간만." 블레이크가 말했다.

라마는 테이블을 내려다보고 있었다.

"자료는 받아볼 수 있을까요?" 라마는 조용히 물었다.

블레이크는 고개를 끄덕였다.

"그래. 유감스럽지만 자료 검토는 해야 하니까."

18

스포캔의 FBI 현지 지부에서 건설업체와 크레인 대여업체, 트럭 운송팀, 항공화물 운송업체의 협조를 받아 밤샘 작업을 했다. 건설팀 인부들은 앨리슨 라마의 욕실을 뜯어서 배관을 분리했다. FBI 현장 감식 요원들이 욕조 전체를 두꺼운 비닐로 감싸는 동안 인부들은 창문을 뜯어내고 외벽을 바닥까지 제거했다. 크레인팀은 비닐로 감싼 욕조에 캔버스 천 소재의 띠를 고정하고 건물 외벽을 뜯어낸 공간으로 갈고리를 집어넣어 어둠 속에서 욕조를 조심히 끄집어 냈다. 욕조는 차가운 공기를 가르며 도로에서 공회전하고 있는 트럭 위에 묶인 나무 상자로 천천히 흔들거리면서 내려갔다. 운송팀은 화물의 완충을 위해 발포우레탄을 상자에 주입하고 뚜껑을 단단히 못질한 뒤 곧장 스포캔 공항으로 향했다. 상자는 대기 중이던 비행기에 실려 앤드루스 공군기지로 직행했고, 그곳에서 헬리콥터가 상자를 수거해 콴티코로 옮겼다. 콴티코에서는 지게차로 상자를 검사실 하역장에 조심스럽게 내려놓았고 FBI의 법의학 전문가들이 정확한 진행 방법을 수립하는 한 시간 동안 그 자리에 대기했다.

"현재로서는 사망 원인만 알 수 있으면 됩니다." 블레이크가 말했다.

그는 행동과학부 건물에서 세 동 떨어진 병리학 회의실의 긴 테이블 한 쪽 끝에 앉아 있었다. 그 옆에는 하퍼가, 그 옆에는 폴튼이, 그리고 맨 끝에 리처가 자리했다. 그 맞은편에는 콴티코의 수석 병리학자인 스태블리 박사가 앉아 있었는데, 리처도 어디선가 들어본 이름이었다. 확실히 유명한 인물인 듯했다. 모두가 그에게 예우를 갖추고 있었다. 그는 얼굴이 붉고 체격이 큰 남자였고, 이상하리만큼 쾌활해 보였다. 크고 붉은 손은 둔해 보였지만 실제로는 그렇지 않을 것이다. 그 옆에는 말없고 마른 체격의 선임 연구원이 골똘히 생각에 사로잡혀 있었다.

"당신들 사건 관련 자료는 다 살펴봤습니다." 스태블리가 말을 했다가 잠깐 멈췄다.

"무슨 뜻이죠?" 블레이크가 물었다.

"그리 낙관적이진 않다는 말입니다." 스태블리가 말했다. "뉴햄프셔가 주요 사건 발생지에서 조금 떨어져 있는 건 저도 인정합니다만, 플로리다와 캘리포니아에서는 이런 사건 경험이 많습니다. 만약 뭔가 찾아낼 게 있었다면 이미 당신네가 알아냈을 거라고 생각합니다. 그 아래쪽 사람들, 정말 유능하거든요."

"여기 위쪽 분들이 더 유능하죠." 블레이크가 말했다.

스태블리가 웃었다. "아부는 코끼리도 춤추게 한다, 이건가요?"

"아부가 아닙니다."

스태블리는 계속 웃고 있었다. "찾을 게 없는데, 우리라고 뭘 할 수 있겠습니까?"

"뭔가 있을 겁니다. 이번엔 박스 처리에서 실수를 했거든요." 블레이크가 말했다.

"그래서요?"

"놈이 실수한 게 그거 하나가 아닐 수도 있다는 겁니다. 박사님이 찾을 수 있는 뭔가가 남아 있을 수도 있어요."

스태블리가 생각에 잠겼다. "글쎄요. 너무 기대는 하지 말라는 말밖에 할 말이 없네요."

그러고는 벌떡 일어나 두툼한 손가락을 깍지 끼며 손을 풀면서 선임 연구원을 향해 말했다. "준비됐나?"

마른 체구의 남자가 고개를 끄덕이고 말했다. "우리는 페인트가 표면에서부터 2.5에서 4센티미터 정도까지 딱딱하게 굳어 있을 거라고 추정하고 있습니다. 욕조의 경계면을 따라 빙 둘러서 잘라내면 보디 백을 밀어 넣어서 시신을 꺼낼 수 있을 겁니다."

"좋아." 스태블리가 말했다. "되도록 페인트가 시신에 많이 붙어 있는 상태로 떼어내게. 시신이 훼손되면 안 되니까."

연구원이 서둘러 밖으로 나갔고, 스태블리가 뒤이어 나갔다. 나머지 네 명이 따라오는 것을 당연하게 여기는 것 같아서 다들 자연스럽게 뒤따랐다. 리처가 줄의 맨 마지막에 섰다.

병리학자의 검사실은 리처가 봐왔던 다른 검사실과 다를 바 없었다. 천장에 밝은 조명이 설치된 넓고 낮은 공간으로, 벽과 바닥은 흰색 타일로 마감되어 있었다. 방 한가운데에는 번쩍이는 스테인리스 스틸로 제작된 대형 검시대가 놓여 있었다. 그 중앙에는 배수용 홈이 뚫려 있었고 그 배수구는 바닥을 관통해 내려가는 강철 파이프에 곧장 연결되어 있었다. 검시대 주위는 각종 도구가 놓여 있는 바퀴 달린 카트들이 에워싸고 있었다. 천장에는 호스 여러 개가 매달려 있었다. 스탠드에 거치된 카메라와 저울, 배기 후드도 있었다. 환기 장치의 소리가 낮게 울렸고 소독약 냄새가 강하게 났다. 공기는 차갑게 가라앉아 있었다.

"가운과 장갑을 착용하세요." 스태블리가 말했다.

그가 접혀 있는 나일론 가운과 일회용 라텍스 장갑 상자가 들어 있는 철제 캐비닛을 가리켰다. 하퍼가 가운과 장갑을 나눠주었다.

"마스크는 필요 없을 겁니다." 스태블리가 말했다. "아마 페인트 냄새 정도가 제일 고약할 냄새일 테니까요."

바퀴 달린 들것이 문을 통해 들어오자마자 냄새가 올라왔다. 연구원이 밀고 있는 들것 위에는 보디 백이 놓여 있었다. 부풀어 오르고 미끈거리는 가방은 녹색 페인트로 얼룩져 있었다. 지퍼 부분에서 새어나온 페인트가 검시대의 철제 다리를 타고 바퀴에까지 흘러내려 흰색 타일에 두 줄의 평행한 자국을 남겼다. 연구원이 그 자국 사이로 들것을 밀었다. 들것이 덜컹거리자 보디 백은 마치 기름으로 가득 찬 거대한 풍선처럼 흔들리며 출렁거렸다. 연구원의 팔이 어깨까지 페인트로 범벅이 되었다.

"엑스레이 먼저." 스태블리가 지시했다.

연구원이 들것의 방향을 틀어 검사실 한쪽에 있는 폐쇄된 방으로 향했다. 리처가 앞질러 가서 문을 열어주었다. 문은 무게가 1톤은 되는 것처럼 무거웠다.

"납으로 덧댄 문입니다." 스태블리가 말했다. "저 안에서는 엄청난 양의 방사선을 쏩니다. 보고 싶은 건 모두 볼 수 있게요. 시신들의 방사능 피폭 후유증에 대해서는 걱정할 필요가 없으니까요."

연구원이 문 안으로 잠시 들어갔다가 다시 나와서 무거운 문을 조심스럽게 닫았다. 멀리서 낮은 소리가 강력하게 윙윙거리며 잠시 들리더니 멈췄다. 그가 다시 안으로 들어갔다가 들것을 밀고 나왔다. 들것은 여전히 바닥 타일 위에 평행한 자국을 남기고 있었다. 그는 들것을 검시대 옆에 멈춰 세웠다.

"굴려서 옮겨. 얼굴을 아래로 해서." 스태블리가 지시했다.

연구원이 보디 백의 가까운 쪽 가장자리를 양손으로 잡고 들것에서 반쯤 들어 올려 검시대 위로 옮겼다. 그런 다음 반대쪽으로 가서 반대편 가장자리를 잡고 검시대에 뒤집어 올렸다. 지퍼가 아래로 향하게 가방이 뒤집히면서 안에 있던 덩어리가 쏟아지듯 출렁이고 흔들리다 자리를 잡았다. 반질반질한 금속 위로 페인트가 흘러나왔다. 스태블리가 그걸 바라보다가 타일 바닥으로 시선을 옮겼다. 녹색 자국이 이리저리 교차하며 바닥을 온통 뒤덮고 있었다.

"덧신을 신으세요. 전부." 스태블리가 말했다. "페인트가 사방에 묻을 겁니다."

뒤로 물러난 사람들에게 하퍼가 사물함에서 비닐 덧신을 찾아서 나눠주었다. 리처는 덧신을 신고 다시 돌아와 페인트를 바라보았다. 보디 백의 지퍼 틈으로 진득한 페인트가 계속해서 스며나오고 있었다.

"필름 가져와." 스태블리가 말했다.

다시 엑스레이실로 들어간 연구원이 앨리슨 라마의 신체를 촬영한 커다란 사각 회색 필름 여러 장을 들고 나와서 스태블리에게 건넸다. 스태블리는 필름을 부채꼴로 펼쳐 천장 조명에 비춰보았다.

"폴라로이드처럼 바로 볼 수 있습니다. 과학 발전이 가져다 준 혜택이죠."

그는 카드 딜러처럼 필름을 넘기다가 그중 한 장을 빼냈다. 벽에 있는 라이트 박스의 스위치를 켜고 손가락을 쫙 펴서 그걸 빛에 비추었다.

"이것 좀 보세요."

흉골 바로 아래부터 치골 바로 위까지의 몸통을 찍은 사진이었다. 갈비뼈, 척추, 골반의 회색빛 윤곽과 그 위에 비스듬히 놓여 있는 팔뚝과 손이 리처에게 보였다. 그리고 또 다른 형체, 아주 밀도가 높아 순백색으로 빛나는 물체가 있었다. 금속이었다. 손 길이 정도의 가늘고 뾰족한 물체였다.

"어떤 도구 같군요." 스태블리가 말했다.

"다른 피해자들에겐 그런 게 없었어요." 폴튼이 말했다.

"박사님, 지금 당장 확인해야 합니다." 블레이크가 재촉했다.

박사는 고개를 저었다. "지금은 시신이 엎드려 있기 때문에 저게 몸 아래쪽에 있어요. 확인은 하겠지만 금방은 안 됩니다."

"얼마나 걸릴까요?"

"장담할 수 없어요." 스태블리가 말했다. "정말 지저분한 작업이 될 거라서."

박사는 회색 필름들을 라이트 박스에 순서대로 걸었다. 그리고 유령 같은 그 사진들을 따라 걸으며 꼼꼼히 살폈다.

그가 두 번째 사진을 가리켰다. "골격은 비교적 손상되지 않았습니다. 10년 전쯤 왼쪽 손목에 골절이 있었는데 치유된 것 같네요."

"평소 스포츠를 즐겼었다고 그녀의 언니가 말했소." 리처가 말했다.

스태블리가 고개를 끄덕였다. "그럼 쇄골도 확인해봐야겠군요."

박사는 왼쪽으로 이동하여 첫 번째 사진을 살폈다. 두개골과 목, 어깨가 보였다. 쇄골이 빛나며 활처럼 휘어져 흉골로 이어졌다.

"미세하게 금이 가 있네요. 예상한 대로입니다. 운동하다 손목 골절이 생기면 보통 쇄골에도 금이 가니까요. 자전거나 롤러블레이드 같은 걸 타다가 넘어지면 본능적으로 팔을 뻗어서 안 넘어지려고 합니다. 결국 그 대신 뼈가 부러지는 거죠."

"새로 생긴 골절은 아닌가요?" 블레이크가 물었다.

박사는 고개를 저었다. "10년 전, 아니면 그보다 더 오래전에 그랬을 겁니다. 둔기에 의한 사망이 아니냐고 묻는 거라면, 아닙니다."

박사는 스위치를 눌러 엑스레이 사진 뒤의 조명을 껐다. 검시대로 돌아서며 다시 손가락을 깍지 끼워 손가락 마디에서 뚝뚝 소리를 냈다.

"자, 이제 시작하겠습니다."

천장에 설치된 호스를 당겨서 내린 박사가 노즐에 달린 작은 밸브를 틀었다. 치익 소리가 나더니 투명한 액체가 흘러나오기 시작했다. 톡 쏘는 강한 냄새가 나는 점성이 있는 액체였다.

"아세톤입니다." 스태블리가 말했다. "이 빌어먹을 페인트부터 지워야 하니까."

박사는 아세톤을 보디 백과 철제 검시대에 계속 뿌렸다. 연구원은 키친 타월을 한 움큼씩 써서 보디 백을 닦으며 걸쭉한 액체를 배수구 홈으로 밀어 넣었다. 화학약품 냄새가 코를 찔렀다.

"환풍기." 스태블리가 말했다. 연구원이 몸을 숙여 뒤쪽 스위치를 돌리자 천장의 팬이 웅웅거리는 소리에서 더 큰 굉음으로 바뀌었다. 스태블리가 노즐을 더 가까이 대자 가방이 녹색에서 검은색으로 변하기 시작했다. 그런 다음 박사는 호스를 검시대 바닥 쪽으로 낮게 들고 가방 아래를 세척해 액체가 바로 배수구로 소용돌이치며 나가게 했다.

"가위."

연구원이 카트에서 가위를 꺼내 보디 백의 한쪽 모서리를 잘랐다. 녹색 페인트가 쏟아져 나왔다. 아세톤이 만든 소용돌이에 페인트는 느릿느릿 배수구로 흘러들어갔다. 2분, 3분, 5분, 계속 흘러내렸다. 가방이 비워지면서 가라앉아 축 처졌고, 환풍기의 굉음과 호스의 쉭쉭거리는 소리만이 공간을 가득 채웠다.

"자, 이제부터가 진짜입니다." 스태블리가 말했다.

호스를 연구원에게 넘긴 박사가 카트에 있던 메스로 가방을 세로로 끝에서 끝까지 갈랐다. 위와 아래는 가로로 자르고 고무를 천천히 젖혔다. 고무가 들리면서 피부에 붙어 있다 떨어지는 소리가 났다. 스태블리가 두 개의 긴 덮개처럼 고무를 접어서 올렸다. 페인트에 뒤덮여 끈적끈적하고 미끈거리는 앨리슨 라마의 시신이 엎드린 채로 드러났다.

스태블리가 메스를 들고 조심스럽게 발 주변 고무를 잘라냈다. 그다음 다리를 따라 위로 올라가, 엉덩이의 굴곡을 따라 돌며, 옆구리와 팔꿈치 가까이, 어깨와 머리까지 계속해서 절개했다. 검시대의 철제 표면과 페인트 딱지 사이에 끼어 움직이지 않는 가방의 앞면만 제외하고 나머지는 모두 제거했다. 시신이 엎드려 있었기 때문에 페인트 딱지는 검시대 쪽을 향해 아래로 굳어 있었다. 딱지 아래쪽은 기포가 맺혔고 젤리처럼 흐물거렸다. 마치 외계 행성의 표면 같았다. 스태블리는 피부에 붙어 있는 페인트 딱지부터 씻어내기 시작했다.

"그렇게 하면 피부에 손상이 가지 않습니까?" 블레이크가 물었다.

스태블리는 고개를 저었다. "매니큐어 리무버와 같은 성분입니다."

페인트가 씻겨나가자 피부색이 녹색이 밴 흰색으로 변했다. 박사가 장갑을 낀 손가락 끝으로 딱지를 벗겨내기 시작했다. 손에 힘을 줘서 벗기느라 시신이 움직였다. 축 늘어진 시신이 들썩들썩 흔들렸다. 시신 아래로 호스를 밀어 넣어 끈질기게 붙어 있는 딱지를 찾아내 씻어냈다. 옆에 서 있던 연구원이 시신의 다리를 들어 올렸다. 스태블리가 다리 밑으로 손을 뻗어 딱지와 고무를 허벅지까지 벗겨냈다. 아세톤이 계속해서 녹색 물줄기를 배수구로 흘려보냈다.

스태블리가 머리 쪽으로 이동했다. 호스를 시신의 목덜미에 대고 화학약품이 머리카락을 푹 적시는 걸 지켜보았다. 머리카락은 악몽 그 자체였다. 페인트로 뒤엉켜 덕지덕지 떡진 채 굳어 있었다. 머리카락은 뻣뻣하게 엉킨 새집처럼 얼굴 주위로 부풀어 올라 있었다.

"이건 잘라내야 할 것 같소." 박사가 말했다.

블레이크가 침울한 표정으로 고개를 끄덕였다.

"그래야겠네요."

"머리카락이 참 예뻤는데." 하퍼가 말했다. 환풍기 소음 속에서도 목소리가 조용히 울렸다. 하퍼는 반쯤 몸을 돌려 한 걸음 뒤로 물러섰다. 그녀의 어깨가 리처의 가슴에 닿았다. 하퍼는 필요 이상으로 조금 더 오래 그 자세를 유지했다.

박사가 카트에서 새 메스를 꺼내 페인트 딱지에 최대한 가깝게 머리카락을 헤치며 그었다. 그는 한 팔을 시신의 어깨 아래로 밀어 넣고 힘차게 들어 올렸다. 늪에 얽혀 있는 맹그로브 뿌리처럼 머리카락이 딱지에 얽힌 채로 머리에서 떨어져 나왔다. 다른 부위의 페인트 딱지와 고무도 잘라내고 떼어냈다.

"이놈을 꼭 잡길 바랍니다." 스태블리가 말했다.

"그럴 겁니다." 블레이크가 여전히 침통한 표정으로 대답했다.

"뒤집어." 스태블리가 말했다.

시신은 어렵지 않게 움직였다. 페인트와 섞인 아세톤이 철제 검시대 위에서 윤활유처럼 작용했다. 얼굴을 위로 하고 누워 있는 시신은 조명 아래에서 섬뜩하게 보였다. 녹색을 띤 창백한 피부는 페인트 때문에 쭈글쭈글했고 변색되었으며 반점이 생겨 있었다. 눈은 뜬 채였고 눈꺼풀에 녹색 테가 둘러져 있었다. 마치 구식 수영복을 입은 것처럼 가슴부터 허벅지까지 달라 붙어 있는 보디 백의 남은 사각형 조각이 앨리슨 라마의 품위를 마지막까지 지켜주는 듯했다.

스태블리가 손을 집어넣고 더듬어 고무 안쪽에 끼어 있던 금속 물체를 찾아냈다. 가방을 자르고 손가락을 비집고 넣어 외과수술을 하듯 특이한 동작으로 그 물건을 꺼냈다.

"드라이버네요."

연구원이 그걸 아세톤 통에서 씻은 뒤 들어 올렸다. 두툼한 플라스틱 손잡이와 반짝이는 크롬 도금 강철 샤프트에 잘 다듬어진 날이 달린 고품질 공구였다.

"다른 것들과 일치하오." 리처가 말했다. "부엌 서랍에 있었소."

"얼굴에 긁힌 자국이 있군요." 스태블리가 말했다.

박사는 호스를 이용해 얼굴을 씻어내고 있었다. 왼쪽 뺨에 눈에서 턱까지 베인 자국 네 개가 평행하게 나 있었다.

"원래 있었던 상처인가?" 블레이크가 물었다.

"아뇨." 하퍼와 리처가 동시에 대답했다.

"그럼 이게 뭡니까?" 블레이크가 말했다.

"고인이 오른손잡이였나요?" 스태블리가 물었다.

"모르겠는데요." 폴튼이 말했다.

하퍼가 고개를 끄덕였다. "그랬던 것 같아요."

리처는 눈을 감고 앨리슨이 커피를 따르는 모습을 지켜보았던 주방으로 돌아갔다.

"맞소. 오른손잡이였소."

"그렇게 보입니다." 스태블리가 말했다. 팔과 손을 검사하는 중이었다. "고인의 오른손이 왼손보다 크군요. 팔도 더 굵고."

블레이크가 몸을 숙이고 얼굴의 상처를 들여다보았다. "그래서요?"

"내가 보기엔 자해로 인한 상처 같습니다." 스태블리가 말했다.

"확실합니까?"

스태블리는 검시대 위쪽을 돌며 조명이 가장 밝은 곳을 찾고 있었다. 상처는 페인트 때문에 부풀어 올라 생살이 드러난 채 벌어져 있었다. 피로 붉어야 할 자리가 녹색이 되어 있었다.

"확신할 수는 없다는 거, 알잖아요. 하지만 확률적으로는 그렇게 보입니다. 고인이 스스로 상처를 낼 수 있는 유일한 부위에 놈이 상처를 낼 확률이 얼마나 될까요?"

"놈이 시킨 거요." 리처가 말했다.

"어떻게?" 블레이크가 물었다.

"그건 모르겠소. 하지만 놈은 피해자들에게 별짓을 다 시켰던 것 같소. 아마 페인트도 피해자들이 스스로 욕조에 붓게 했을 거요."

"근거는?"

"드라이버 때문이오. 그걸로 뚜껑을 열었을 거요. 얼굴에 긁힌 상처는 놈이 나중에 생각해낸 것 같소. 처음부터 상처를 내려고 생각했다면 드라이버 대신 주방에서 칼을 가져오라고 했을 테니까. 아니면 둘 다 가져오라고 하든가.”

블레이크는 벽을 쳐다보았다. “그 페인트 통은 지금 어디 있지?”

“재료 분석실에 있어요.” 폴튼이 말했다. “이 건물에 있습니다. 조사 중이에요.”

“그럼 이 드라이버를 가져가서 자국이 일치하는지 확인해 봐.”

연구원이 드라이버를 증거 보관용 투명한 비닐 봉투에 넣어주자 폴튼이 가운과 덧신을 벗고 급히 검사실을 나갔다.

“그런데 왜?” 블레이크가 물었다. “왜 그녀에게 자해하도록 시켰을까?”

“분노? 처벌? 굴욕감? 나는 놈이 왜 더 폭력적이지 않은지가 항상 궁금했소.” 리처가 말했다.

“이 상처들은 매우 얕아요.” 스태블리가 말했다. “약간의 출혈이 있었겠지만 그다지 아프지는 않았을 겁니다. 상처 하나하나의 깊이가 모두 일관되게 일정해요. 고인이 움찔거리지도 않았다는 뜻이죠.”

“의식 같은 건가? 상징적인 의미 같은 거. 평행선 네 개에 무슨 의미라도 있는 건가?” 블레이크가 말했다.

리처는 고개를 저었다. “모르겠소.”

“어떻게 죽인 겁니까?” 블레이크가 물었다. “우리가 알아야 할 건 바로 그겁니다.”

“드라이버로 찌른 건가요?” 하퍼가 말했다.

“그런 흔적은 없어요.” 스태블리가 말했다. “치명적인 자상은 어디에도 보이지 않네요.”

박사는 보디 백의 남은 부분을 벗겨내고 아세톤 호스 아래 장갑 낀 손가락으로 시신의 복부를 더듬어가며 페인트를 씻어내고 있었다. 연구원이 고무 조각을 들어내자 앨리슨 라마가 조명 아래 벌거벗은 채로 축 늘어져 완전한 무생명체로 누워 있었다. 리처는 그 모습을 바라보며, 한때 눈웃음을 지으며 작은 태양처럼 에너지를 발산하던 그 여인을 떠올렸다.

"사람을 죽였는데 병리학자가 그 방법을 알아내지 못하는 경우도 있소?" 리처가 물었다.

스태블리는 고개를 흔들었다.

"내게는 없는 일입니다."

박사는 아세톤 분사 장치를 끄고 천장에 부착된 릴에 호스를 감아 넣었다. 뒤로 물러나 환풍기를 일반 모드로 되돌리자 검사실 안이 다시 조용해졌다. 최대한 깨끗하게 닦인 시신이 검시대 위에 누워 있었다. 모공과 피부 주름은 녹색으로 물들어 있었고 피부 자체는 심해에 사는 생물처럼 울퉁불퉁하고 창백하게 변해 있었다. 두피를 따라 대충 잘리고 남은 머리카락은 잔여 페인트 탓에 뾰족하게 솟아 죽은 얼굴의 테두리를 둘러싸고 있었다.

"사람을 죽이는 방법은 기본적으로 두 가지입니다." 스태블리가 말했다. "심장을 멎게 하거나 뇌로 가는 산소 공급을 차단하는 것. 하지만 어느 쪽이든 흔적을 남기지 않고 죽인다는 건 엄청나게 어려운 일이죠."

"심장을 멈추게 하려면 어떻게 합니까?" 블레이크가 물었다.

"총알을 쏴서 뚫는 것 말고?" 스태블리가 말했다. "공기 색전술이 가장 효과적인 방법입니다. 큰 공기 방울을 혈류에 직접 주입하는 거죠. 혈액은 생각보다 훨씬 빠르게 순환하기 때문에 그 공기 방울이 심장 안쪽에 부딪히게 되면 내부에서 날아든 돌이나 혹은 작은 총알처럼 작용하게 됩니다. 대부분 치명적이죠. 그래서 간호사들이 주사를 놓을 때 주사기에 든 액체를 조금 빼내고 손톱으로 톡톡 치는 겁니다. 공기가 안 들어가게 하려고."

"그럼 주사 자국이 보일 것 아닙니까?"

"그럴 수도 있고 아닐 수도 있어요. 그리고 시신이 이런 상태라면 절대 안 보이죠. 피부가 페인트에 의해 심하게 손상되었으니까. 하지만 심장 내부의 손상은 확인할 수 있을 겁니다. 물론 시신을 열어봐야 아는 거지만, 낙관적이진 않아요. 앞선 세 구의 시신들에서도 그런 흔적은 발견되지 않았으니까. 우리는 지금 범인의 수법이 동일하다고 간주하고 있지 않나요?"

블레이크는 고개를 끄덕였다. "뇌로 가는 산소 공급 차단은요?"

"쉬운 말로 질식이라고 하죠. 그건 별다른 증거를 남기지 않고도 가능해요. 전형적인 수법은 쇠약해진 노인의 얼굴에 베개를 덮어 누르고 있는 겁니다. 그런 건 입증이 거의 불가능해요. 하지만 이번 경우는 노인이 아니잖아요. 고인은 젊고 튼튼했으니까."

리처가 고개를 끄덕였다. 자신도 길고 파란만장한 군대 경력 중에 한 남자를 질식시킨 적이 있었다. 그자가 버둥거리고 몸부림치며 죽어가는 동안 매트리스 위에 얼굴을 짓누르고 있느라 자신의 상당한 체력을 쏟아부어야 했다.

"그랬다면 필사적으로 저항했을 거요." 리처가 말했다.

"맞아요. 나도 그랬을 거라고 생각합니다." 스태블리가 말했다. "고인의 몸을 보세요. 근육 상태를 보라고요. 절대 쉽게 당하지 않았을 겁니다."

리처는 보지 않고 고개를 돌렸다. 검사실 안은 조용하고 추웠다. 끔찍한 녹색 페인트가 사방에 묻어 있었다.

"살아 있는 상태로 욕조에 들어갔던 것 같소." 리처가 말했다.

"근거는?" 스태블리가 물었다.

"현장이 깨끗했으니까." 리처가 말했다. "욕실은 티끌 하나 없이 깨끗했소. 그녀의 체중이 55킬로? 57킬로 정도? 그 정도 무게의 시신을 욕조에 넣으면서 아무런 흔적도 남기지 않는다는 건 말이 안 되오."

"범인이 나중에 페인트를 부은 건 아닐까? 시신 위에." 블레이크가 말했다.

리처는 고개를 저었다. "그랬으면 분명 시신이 떠올랐을 거요. 그런데 놓여 있던 상태를 보면 마치 목욕하러 들어가는 것처럼 미끄러져 들어간 것 같소. 발가락부터 조심스럽게 담그고 물속으로 들어가는 식으로 말이오."

"실험을 해봐야겠지만, 욕조 안에서 사망했다는 의견에 동의합니다." 스태블리가 말했다. "앞선 세 구에서는 접촉 흔적이 전혀 나오지 않았어요. 타박흔도 찰과상도 아무것도 없었죠. 사후 손상도 없었고. 관절 보호 근육이 이완된 상태라서 시신을 움직이면 통상 관절의 인대가 손상되는데 말입니다. 이 때문에 나는 피해자들이 어떤 행위를 했든 온전히 스스로 했을 가능성이 높다고 봐요."

"스스로 죽은 건 아니죠." 하퍼가 말했다.

스태블리가 고개를 끄덕였다. "욕조에서의 자살은 보통 술이나 약에 취한 상태에서의 익사 또는 따뜻한 물 속에서 손목 정맥을 긋는 것으로 제한됩니다. 이 건이 자살이 아닌 건 명백해요."

"그리고 익사한 것도 아니고요." 블레이크가 말했다.

스태블리는 다시 고개를 끄덕였다. "앞의 세 구는 아니었어요. 폐 안에서 어떤 종류의 액체도 발견되지 않았으니까. 열어보면 바로 알 수 있겠지만, 이번에도 역시 아닐 겁니다."

"그럼 도대체 어떻게 죽인 걸까요?" 블레이크가 말했다.

스태블리는 얼굴에 연민 같은 것이 깃든 채 시신을 가만히 내려다보았다.

"지금은 전혀 모르겠군요. 두 시간, 아니 세 시간 정도 시간을 주면 뭔가 찾을 수 있을지도 모르겠지만."

"전혀 감이 안 잡힙니까?"

"글쎄요. 가설이 하나 있긴 했어요. 다른 세 명의 케이스에 기반해서 세운 거였죠. 문제는 이제 와서는 그 가설이 터무니없다는 생각이 든다는 겁니다."

"어떤 가설인데요?"

박사는 고개를 저었다. "나중에요. 오케이? 그리고 이제 그만 나가주십시오. 절개에 들어가야 하는데 당신들한테 그걸 보이고 싶진 않습니다. 고인에게도 프라이버시가 있는 거니까."

19

그들은 가운과 덧신을 문 옆에 아무렇게나 벗어두고 통로와 복도를 좌우로 돌아 병리학 건물 정문으로 나왔다. 차가운 가을 공기를 가르며 빠르게 걸으면 페인트와 죽음의 악취가 씻겨 내려가기라도 할 것처럼 메인 건물까지 주차장을 일부러 크게 돌아서 갔다. 말없이 엘리베이터를 타고 지하 4층으로 내려갔다. 좁은 복도를 지나 세미나실 같은 방으로 들어서자 줄리아 라마가 테이블에 홀로 앉아 소리 없는 텔레비전 화면을 올려다보고 있었다.

블레이크가 그녀에게 말했다. "지금 여기 있으면 안 되는 거잖아."

"결론은요? 스태블리 박사가 뭐라고 했어요?" 라마가 조용히 물었다.

블레이크는 고개를 저었다. "아직이야. 그리고 아까 집에 가라고 했을 텐데."

그녀는 어깨를 으쓱했다. "말했잖아요. 집에는 못 간다고. 이 사건에 집중해야 해요."

"하지만 넌 지금 탈진 상태야."

"제가 제대로 일할 수 없다는 뜻인가요?"

블레이크는 한숨을 내쉬었다. "줄리아, 나 좀 봐줘. 체계적인 운용이 필요한 때야. 네가 탈진해서 쓰러지면 나한테 아무런 도움이 안 된다고."

“그럴 일 없어요.”

“이건 명령이야. 알겠어?”

라마는 거부의 몸짓으로 손을 흔들었다. 하퍼가 그녀를 노려보았다.

“명령이라고.” 블레이크가 다시 말했다.

“거부하겠습니다.” 라마가 말했다. “그럼 어쩔 건데요? 우린 일을 해야 해요. 3주 안에 이놈을 잡아야 한다고요. 시간이 없어요.”

리처는 고개를 저었다. “시간은 충분해.”

하퍼가 몸을 돌려 그를 쳐다보았다.

“지금 당장 놈의 범행 동기에 대해 논의를 시작한다면.”

정적이 흘렀다. 라마가 자세를 고쳐 바로 앉았다.

“놈의 동기는 명확하다고 생각해.”

그녀의 목소리에 냉기가 서려 있었다. 리처는 이틀 사이에 그녀의 친족이 모두 사라졌다는 사실을 배려해 표정을 누그러뜨리며 라마를 마주 보았다.

“난 그렇게 생각 안 하는데.”

라마가 블레이크에게로 눈을 돌려 호소했다.

“이걸로 또다시 논쟁할 수는 없어요.”

“해야 해.” 리처가 말했다.

“이미 다 끝난 사안이라고.” 라마가 쏘아붙였다.

“진정들 해!” 블레이크가 소리쳤다. “진정 좀 하라고. 이제 3주가 남았는데, 서로 논쟁하느라 시간을 허비할 수는 없어.”

“이대로 계속 가면 그 시간을 몽땅 날려 먹을 거요.” 리처가 말했다.

순간 실내에 긴장감이 감돌았다. 라마는 시선을 테이블로 내리깔았다.

블레이크는 입을 닫았다. 그러다 고개를 끄덕였다.

"3분 주겠네, 리처. 무슨 생각인지 말해보게."

"당신들은 범행 동기에 대해 잘못 짚었소." 리처가 말했다. "그 생각이 내 머리에서 떨쳐지지가 않소. 잘못 짚은 동기가 올바른 곳을 보지 못하게 방해하고 있다고."

"이미 다 결론이 난 사안이라고." 라마가 다시 말했다.

"다시 해야만 해." 리처가 부드럽게 말했다. "엉뚱한 데를 쳐다보고 있어서는 범인을 잡을 수 없을 테니까. 당연한 거 아닌가?"

"계속해야 해요?" 라마가 말했다.

"2분 30초 남았어." 블레이크가 말했다. "자네 생각은 뭔지 말해봐, 리처."

리처가 숨을 크게 들이마셨다. "이놈은 정말 똑똑하오. 아주, 아주 똑똑하지. 그것도 아주 특이한 방식으로. 기괴하고 정교한 시나리오로 네 건의 살인을 저질렀는데, 부스러기 증거 하나도 남기지 않았소. 놈이 저지른 실수는 단 한 번, 상자 하나를 열어둔 것뿐이오. 그런데 그것도 아주 사소한 실수였소. 왜냐하면 거기서 아무것도 얻어내지 못했으니까. 그러니까 긴박하고 스트레스가 많은 상황에서 수많은 결정과 수많은 세부사항을 성공적으로 처리한 놈을 우리는 상대하고 있는 거요. 놈이 네 명을 죽였는데도 현재까지 우리는 살해 수법조차 모르는 상황이라고."

"그래서?" 블레이크가 말했다. "요점이 뭐야?"

"놈의 지능. 놈은 특정 유형의 지능을 가졌소. 현실적이고 효율적이며 실용적이지. 현실 감각을 바탕으로 문제를 해결한다는 말이오. 계획적이고 지극히 이성적으로. 현실에 잘 대처하는 사람이오."

“그래서?” 블레이크가 다시 물었다.

“하나만 묻겠소. 흑인에 대한 편견이 있소?”

“뭐?”

“그냥 질문에 답해 보시오.”

“없는데.”

“흑인도 다른 사람들처럼 좋은 사람도 있고 나쁜 사람도 있다고 생각하오?”

“물론. 좋은 사람도 있고 나쁜 사람도 있지.”

“그럼 여성은? 여성도 마찬가지요?”

블레이크는 고개를 끄덕였다. “물론이지.”

“그럼 어떤 사람이 흑인이나 여자는 별로라고 말한다면 어떻게 할 거요?”

“그 사람한테 그건 틀렸다고 말하겠지.”

“물론 그 사람한테 틀렸다고 말할 거요. 그 사람이 틀렸다는 걸 마음 깊은 곳에서부터 알고 있으니까.”

블레이크는 다시 고개를 끄덕였다. “그래서?”

“내 경험도 마찬가지입니다. 인종 차별주의자는 근본적으로 잘못된 사람이오. 성차별주의자도 마찬가지. 이건 논쟁의 여지가 없소. 본질적으로 완전히 비이성적인 태도요. 그러니 생각해 보시오. 성추행 고발에 대해 감정적으로 폭발한다면 그건 그놈이 잘못된 놈이기 때문이오. 피해자들을 비난하는 놈도 잘못된 거고. 피해자에게 복수를 하겠다고 돌아다니는 놈은 아주아주 잘못된 거고. 나사가 빠진 거요. 뇌가 제대로 작동하지 않는 거지. 비이성적이고 현실 감각이 없는 거요. 누가 그렇게 하겠소? 그러니 근본적으로, 그런 놈은 일종의 바보라고 할 수 있소."

"그런데?"

"그런데 우리가 쫓는 이놈은 바보가 아니오. 방금 우린 놈이 아주 똑똑하다는 데 동의했소. 괴짜나 미치광이 천재가 아니라 현실적으로 똑똑한 사람. 이성적이고 실용적이고 실천적인. 놈은 현실 감각이 뛰어나오. 우리가 방금 동의했듯이."

"그래서?"

"그래서 놈의 동기는 여자들에 대한 분노가 아니라는 거요. 그거였다면 이렇게까지 할 수는 없소. 불가능하지. 똑똑한 동시에 멍청한 건 현실적이지 않으니까. 이성적이면서 비이성적인 것도 그렇고, 현실 감각이 뛰어난 데 동시에 현실을 외면하는 것도 그렇고."

한동안 정적만 흘렀다.

"놈의 동기는 우리가 이미 알고 있어." 라마가 말했다. "다른 게 뭐가 있지? 목표 집단이 너무 명확해서 다른 이유가 있을 리 없다고."

리처는 고개를 저었다. "좋든 싫든, 그렇게 동기를 설정해버리면 범인을 제정신이 아닌 자로 몰아가는 것밖에 안 돼. 그런데 정신 나간 놈은 이런 범죄를 저지를 수 없지."

라마가 이를 악물었다. 이빨 갈리는 소리가 리처에게까지 들렸다. 그는 라마를 쳐다보았다. 그녀는 고개를 젓고 있었다. 가느다란 머리카락이 스프레이를 잔뜩 뿌린 것처럼 뻣뻣하게 같이 움직였다.

"그럼 진짜 동기는 뭔데, 똑똑한 양반?" 라마가 낮은 목소리로 차갑게 물었다.

"모르겠군."

“모른다고? 장난해? 내 전문성을 의심하더니 정작 본인은 모른다고?”

“아마 아주 단순한 이유일 거야. 늘 그렇잖아? 백 번 중 아흔아홉 번은 단순한 게 정답이니까. 이 지하 깊숙한 곳에 들어앉아 있는 당신네들한테는 아닐 수도 있지만, 바깥의 현실 세계에서는 그렇거든.”

아무도 말을 하지 않았다. 그때 문이 열리고 폴튼이 콧수염 아래 희미한 미소를 머금은 채 정적 속으로 걸어 들어왔다. 분위기를 감지하자마자 그 미소는 사라졌다. 라마 옆에 조용히 앉더니 마치 자신을 방어라도 하려는 듯 서류 더미를 앞으로 끌어당겼다.

“무슨 일 있어요?” 폴튼이 물었다.

블레이크가 고갯짓으로 리처를 가리켰다. “이 똑똑한 친구가 줄리아가 분석한 범행 동기에 이의를 제기하고 있어.”

“그 동기가 뭐가 문제라는 거죠?”

“이 똑똑한 친구가 곧 알려주겠지. 전문가의 세미나 시간에 맞춰서 잘 입장했네.”

“드라이버는? 결론이 어떻게 나왔나?” 리처가 물었다.

폴튼의 미소가 되돌아왔다. “그 드라이버 혹은 동일한 종류의 드라이버가 뚜껑을 여는 데 사용됐어. 자국이 완벽하게 일치해. 그런데 범행 동기 이야기는 뭐지?”

리처는 숨을 고르고 마주 보고 있는 얼굴들을 둘러보았다. 블레이크는 적대적, 라마는 창백하고 긴장한 모습, 하퍼는 호기심 가득, 폴튼은 무표정이었다.

“계속해봐. 듣고 있다고.” 블레이크가 말했다.

“단순한 것.” 리처가 다시 말했다. “단순하고, 명백하고, 흔한 것. 그리고 지켜내야 할 만큼 이익이 있는 것.”

“놈이 뭔가를 지키기 위해 그런 거라고?” 블레이크가 말했다.

리처가 고개를 끄덕였다. “그게 내 추측이오. 아마도 뭔가에 대한 목격자를 제거하고 있는 것 같소.”

“목격자?”

“일종의 조직범죄 같은.”

“어떤 종류의?”

리처는 어깨를 으쓱했다. “규모가 크고 조직적인 무언가일 것 같소.”

방 안에는 정적이 흘렀다.

“육군 내부의?” 라마가 물었다.

“당연히.” 리처가 말했다.

블레이크가 고개를 끄덕였다. “좋아. 육군 내부에서 조직적으로 벌어지고 있는 불법행위라고 쳐. 그럼 그게 뭐지?”

“모르겠소.” 리처가 말했다.

다시 정적이 흘렀다. 그러다 라마가 두 손에 얼굴을 파묻었다. 어깨가 들썩이기 시작했다. 의자도 앞뒤로 흔들리기 시작했다. 리처는 그녀를 쳐다보았다. 가슴이 찢어지는 듯 흐느끼고 있었다. 너무 조용히 울고 있었기 때문에 조금 지나서야 알아차렸다.

“줄리아?” 블레이크가 불렀다. “괜찮아?”

얼굴에서 손을 뗀 라마가 네, 아니, 잠깐만요, 같은 모호한 제스처를 했다. 창백한 얼굴은 일그러져 고통스러워 보였다. 눈은 꼭 감고 있었다. 다시 조용해진 공간 안에 그녀의 거친 숨소리만 들렸다.

“죄송해요.” 라마가 숨을 몰아쉬며 말했다.

"죄송할 것 없어." 블레이크가 말했다. "스트레스 때문이야."

라마는 격하게 고개를 저었다. "아뇨. 내가 끔찍한 실수를 저질렀어요. 리처가 맞는 것 같아요. 틀림없이 맞아요. 난 처음부터 틀린 거예요. 내가 망쳤어요. 놓쳤다고요. 진작에 알아챘어야 했는데."

"지금은 그 부분에 대해 걱정하지 마." 블레이크가 말했다.

라마가 고개를 들어 그를 빤히 쳐다보았다. "걱정하지 말라고요? 우리가 허비한 시간이 얼마인지 모르시겠어요?"

"상관없다고." 블레이크가 힘없이 말했다.

라마가 계속 그를 빤히 쳐다보았다. "당연히 상관이 있죠. 모르시겠어요? 내가 시간을 몽땅 날려먹어서 내 동생이 죽었어요. 내 잘못이라고요. 내가 걔를 죽인 거예요. 내가 틀려서."

다시 정적이 내려앉았다. 블레이크가 무력하게 그녀를 바라보았다.

"좀 쉬는 게 좋겠어."

라마는 고개를 젓고 눈물을 닦았다. "아뇨. 난 일해야 해요. 이미 시간을 너무 많이 낭비했어요. 그러니까 지금은 머리를 써야 해요. 따라잡아야 한다고요."

"집에 가서 좀 쉬어. 며칠 만이라도."

리처는 라마를 지켜보았다. 심하게 얻어맞은 사람처럼 의자에 축 늘어져 있었다. 얼굴은 여기저기 붉고 창백하게 얼룩진 채 초점 없는 멍한 눈을 하고 가쁜 숨을 내뱉고 있었다.

"쉬어야 해." 블레이크가 말했다.

라마는 몸을 뒤척이며 고개를 저었다.

"나중에요."

다시 정적이 흘렀다. 라마는 자세를 바로잡고 호흡을 가다듬으려고 애썼다.

"나중에 쉴게요. 먼저 일부터 해요. 우리 모두 일해야 해요. 생각을 해야죠. 육군에 대해 생각해야 한다고요. 조직범죄라면 어떤 종류일까?"

"모르겠어." 리처가 다시 말했다.

"제발 잘 좀 생각해봐." 라마가 쏘아붙였다. "놈이 보호하고 있는 불법 행위, 그게 대체 뭐지?"

"뭐든 생각하고 있는 걸 말해보게." 블레이크가 말했다. "이 정도까지 말했을 땐 뭔가 짚이는 게 있다는 거 아닌가?"

리처는 어깨를 으쓱했다.

"정리되지 않은 생각이 하나 있긴 한데."

"그거라도 말해봐." 블레이크가 재촉했다.

"에이미 캘런의 보직이 뭐였소?"

블레이크가 멍한 표정으로 폴튼을 힐끗 쳐다보았다.

"병기 담당 행정병." 폴튼이 말했다.

"로레인 스탠리는?" 리처가 물었다.

"군수 부사관."

리처는 잠시 뜸을 들였다.

"앨리슨은?"

"보병 근접 지원." 라마가 차분하게 말했다.

"그 전에."

"수송대대."

리처가 고개를 끄덕였다. "리타 시메카의 보직은?"

하퍼가 고개를 끄덕였다. "무기 검수. 이제야 당신이 나한테 그녀에게 군에서 맡았던 업무가 뭐였는지 물어보라고 했던 이유를 알겠네요."

"왜지?" 블레이크가 물었다.

"잠재적인 연결고리가 뭐겠소?" 리처가 물었다. "병기 담당 행정병, 군수 부사관, 수송 운전병, 무기 검수관 사이에 말이오."

"자네가 말해봐."

"예전에 내가 식당에서 놈들에게 뺏은 게 뭐였소?"

블레이크는 어깨를 으쓱했다. "모르겠는데. 그건 뉴욕의 제임스 코조 담당이라. 자네가 놈들 돈을 훔친 건 알고 있네만."

"놈들한테 권총이 있었소. 일련번호가 지워진 M9 베레타 권총. 그게 뭘 의미할 것 같소?"

"불법으로 구했다는 뜻이겠지."

리처는 고개를 끄덕였다. "군에서 나온 불법 총기. M9 베레타는 군용이니까."

블레이크는 아직 감을 못 잡은 표정이었다. "그래서 뭐?"

"그래서 만약 육군의 어떤 놈이 조직범죄를 은폐하려는 거면, 그 조직은 절도와 관련이 있을 가능성이 높고, 사람을 죽여서라도 지켜야 할 만큼 판이 크다면 그 절도는 무기와 관련이 있을 가능성이 높소. 돈이 되는 거니까. 그리고 피해자들은 모두 무기 절도를 목격할 수 있는 위치에 있었소. 무기를 수송하고 검수하고 보관하는 체계, 바로 그 현장에 하루 종일 있었다고."

사방이 조용해졌다. 잠시 후 블레이크가 고개를 저었다.

"우연이 너무 심한데. 이 정도로 겹치는 건 말이 안 되지. 어떻게 이 모든 목격자들이 하필 전부 성희롱 피해자일 가능성이 있다는 건가?"

"그냥 내 생각일 뿐이오. 하지만 내가 보기에 그 가능성은 꽤 높소. 실제 성추행 피해자는 줄리아의 동생뿐이었소. 캐롤라인 쿡은 규정상의 문제였으니 제외해야 하고."

"캘런과 스탠리는?" 폴튼이 물었다. "그게 성희롱이 아니라고 보는 거야?"

리처가 고갯짓을 하려는 순간 라마가 먼저 입을 뗐다. 그녀가 앞으로 몸을 숙이고 손가락으로 테이블을 두드렸다. 눈에 다시 생기가 돌고 있었다. 정신이 완전히 맑아진 모습이었다.

"다들 잘 생각해보자고요. 발상을 전환해서. 그들은 성희롱 피해자인데 목격자인 게 아니라, 목격자였기 때문에 성추행을 당한 거였어요. 군 내부에서 범죄를 저지르고 있는데 자기 부대 여군이 그걸 눈감아 주지 않으면 어떻게 하겠어요? 제거하는 수밖에 없겠죠. 그럼 뭐가 제일 빠른 방법일까요? 그건 바로 성적으로 괴롭히는 거죠."

또다시 정적이 흘렀다. 블레이크가 다시 고개를 저었다.

"아니야, 줄리아. 리처가 잘못 짚은 거야. 여전히 우연이 너무 지나쳐. 어느 날 밤 우연히 식당 뒷골목에서, 하필이면 지금 우리 여군들을 죽이고 있는 바로 그 불법 조직의 말단을 마주칠 가능성이 얼마나 된다고 생각해? 백만 분의 1도 안 될 거야."

"십억 분의 1이겠는데요." 폴튼이 가세했다.

라마가 그들을 노려보았다.

"생각 좀 해요, 제발." 그녀가 말했다. "리처가 지금 말하는 건, 우리 피해자들을 죽이고 있는 그 조직을 자기가 봤다는 게 아니잖아요. 아마 전혀 다른 조직을 본 거겠죠. 군 내부에 그런 조직범죄가 수백 개는 있을 테니까. 그렇죠, 리처?"

리처가 고개를 끄덕였다.

"맞소. 식당 사건은 그런 방향으로 생각하게 만든 계기가 됐을 뿐이오."

다시 정적이 흘렀다. 블레이크의 얼굴이 벌겋게 달아올랐다.

"조직범죄가 수백 개라고? 그래서 그게 우리한테 무슨 도움이 되는데? 수백 개의 조직이면 수백, 수천 명의 군인이 연루되어 있다는 건데 그게 어떤 조직인지 어떻게 찾지? 건초 더미에서 바늘 찾기야. 3년은 걸릴 거라고. 그런데 우리에겐 3주밖에 안 남았고."

"그러면 페인트는?" 폴튼이 물었다. "만약 놈이 목격자를 제거하고 있는 거라면, 다가가서 소음기 달린 22구경으로 머리를 쏴버리지 그렇게 복잡하게 꾸밀 필요가 없잖아. 이런 의식 행위라는 게 전부, 전형적 연쇄 살인의 특징이라고."

리처는 그를 바라보았다.

"바로 그거야. 그 살해 방식이 범행 동기에 대한 당신의 인식을 결정한 거라고. 생각해봐. 만약 그 피해자들이 모두 머리에 22구경 권총을 맞았다면 당신들은 어떻게 생각했을까?"

폴튼은 아무 말도 하지 않았다. 하지만 그의 눈에는 의구심이 가득했다. 블레이크가 의자를 당겨 앉아 테이블 위에 손을 얹었다.

"처형이라고 생각했겠지. 그래도 범행 동기에 대한 판단은 달라지지 않았을 거야."

"아니. 솔직히 말해보시오." 리처가 말했다. "난 당신들이 좀 더 열린 사고로 접근했을 거라 생각하오. 그물을 좀 더 넓게 쳤을 거라고. 성희롱이

라는 각도야 당연히 고려했겠지만 다른 가능성도 함께 고려했을 거요. 더
흔한 이유들 말이오. 머리에 총을 맞았다면 더 일반적인 동기를 고려했을
거라고."

블레이크는 머뭇거리다 침묵했다. 그건 인정하는 거나 마찬가지였다.

"머리에 총알이 박히는 건 흔한 일이잖소?" 리처가 말했다. "당신들 세
계에서는 말이오. 그러니 더 일반적인 이유를 찾았을 거요. 범죄의 목격자
를 제거한다는 이유 같은 거. 머리에 총알이 박혔다면 지금쯤 육군 내 범
죄를 샅샅이 뒤져서 솜씨 좋은 집행자를 찾고 있었을 거요. 하지만 이놈은
그 모든 기이한 짓거리로 당신들을 헛다리 짚게 했소. 진짜 동기를 숨긴
거지. 연막을 치고 위장을 한 거라고. 놈은 당신들을 이상 심리 영역으로
밀어 넣었소. 당신들을 조종한 거요. 아주 똑똑한 놈이니까."

블레이크는 여전히 말이 없었다.

"당신들을 조종하는 게 어렵지도 않았고." 리처는 말했다.

"단지 추측에 불과해." 블레이크가 말했다.

리처는 고개를 끄덕였다. "물론 그렇소. 말했잖소? 정리되지 않은 생각
일 뿐이라고. 하지만 여기서 하는 일도 그런 거 아니오? 하루 종일 엉덩이
닳도록 앉아서 정리되지 않은 생각으로 추측이나 하는 거."

다시 정적이 흘렀다.

"헛소리야." 블레이크가 말했다.

리처는 다시 고개를 끄덕였다. "그럴지도 모르지. 하지만 아닐 수도 있
소. 여자들이 눈치 챈 범죄로 큰돈을 벌고 있는 어떤 군바리가 꾸민 일일
수도 있다고. 성추행 건을 심리극으로 포장해서 그 뒤에 숨은 거요. 놈은
당신들이 그걸 덥석 물 걸 알고 있었소. 엉뚱한 곳을 들여다보게 할 수 있

다는 걸 알고 있었지. 아주 똑똑한 놈이니까."

침묵.

리처가 말했다. "결정하시오."

다시 침묵.

"줄리아, 네 생각은 어때?" 블레이크가 물었다.

침묵이 이어졌다. 그러다 라마가 천천히 고개를 끄덕였다. "그럴듯한 시나리오예요. 어쩌면 그럴듯한 정도를 넘어서 정확히 맞았을 가능성도 있어요. 당장 최대한으로 인력을 투입해서 조사해야 한다고 생각해요."

다시 조용해졌다.

"더 이상 시간을 허비하면 안 돼요." 라마가 중얼거렸다.

"아니. 리처의 가설은 틀렸어." 폴튼이 말했다.

그는 서류를 뒤적이며 들뜬 목소리로 크게 말했다.

"캐롤라인 쿡이 바로 오류의 증거야. 그 여자는 나토의 작전부서에 있었어. 고위급 행정직이었지. 무기나 창고, 군수기지는 근처에도 안 갔다고."

리처는 아무 말도 하지 않았다. 그때 문이 열리면서 정적이 깨졌다. 스태블리 박사가 큰 몸짓으로 성큼성큼 서둘러 들어왔다. 흰 가운을 입고 있었는데 장갑 위로 번진 페인트 탓에 손목이 녹색으로 얼룩져 있었다. 라마가 박사의 녹색 손목을 쳐다보고 가운 색깔보다 더 창백하게 질려버렸다. 그 얼룩을 한참 응시하다가 눈을 감았다. 당장이라도 기절할 것처럼 몸이 휘청거렸다. 엄지를 아래로 내리고 핏기 없는 손가락을 위로 펼쳐 테이블을 움켜쥐고 있었다. 철사처럼 튀어나온 가느다란 힘줄이 눈에 띄게 떨리고 있었다.

"이제 집에 가야겠어요." 라마가 조용히 말했다.

그녀는 아래로 손을 뻗어 가방을 집어 들었다. 가방끈을 어깨에 걸치고 의자를 뒤로 밀며 일어섰다. 천천히 불안정한 걸음으로 문으로 걸어가면서도 시선은 스태블리의 얼룩진 손목에 새겨진 동생이 마지막 순간에 남긴 흔적에 고정되어 있었다. 그러다 시선을 가까스로 거두고 문을 열었다. 문이 조용히 닫혔다.

"어떻게 됐나요?" 블레이크가 물었다.

"살해 수법을 알아내긴 했는데, 문제가 하나 있습니다." 스태블리가 말했다.

"무슨 문제죠?" 블레이크가 물었다.

"그게, 불가능한 방법이라는 겁니다."

20

"몇 가지 절차는 생략했습니다." 스태블리가 말했다. "이해해 주리라 믿어요. 당신네는 지금 긴급상황이고, 우린 범행 수법이 동일하다고 보고 있으니까. 난 그냥 앞선 세 피해자가 남긴 의문점들만 집중해서 봤어요. 그러니까 내 말은, 제외해야 할 수법이 뭔지는 우리 모두 알고 있다는 겁니다. 그렇죠?"

"기존 수법은 다 아니죠." 블레이크가 말했다.

"그래요. 둔기 외상, 총상, 자상, 독극물, 교살은 아니죠."

"그럼 뭡니까?"

스태블리가 테이블 주위를 완전히 한 바퀴 돌아 빈자리에 앉았다. 폴튼에게서 세 자리, 리처와는 두 자리 떨어진 위치였다.

"익사입니까?" 폴튼이 물었다.

박사는 고개를 흔들었다. "아뇨. 앞선 세 명과 마찬가지로 익사는 아니었어요. 폐를 살펴봤는데 완전히 깨끗했으니까."

"그럼 뭡니까?" 블레이크가 다시 물었다.

"아까 내가 말했듯이, 사람을 죽이는 방법은 심장이 멎게 하거나 뇌에 산소 공급을 차단하는 겁니다. 그래서 먼저 심장을 살펴봤죠. 심장은 완벽했어요. 전혀 손상되지 않았죠. 다른 세 사람과 마찬가지로. 게다가 모두

다 건강한 여성들이었어요. 심장이 아주 튼튼했죠. 원래 건강한 심장이 손상을 발견하기 더 쉬운 법입니다. 노인이라면 기존의 심장 질환으로 인한 경화나 흉터와 같은 손상이 있을 수 있어서 새로운 손상이 가려질 수도 있거든요. 하지만 이 여자들의 심장은 운동선수처럼 완벽했어요. 만약 손상이 있었다면 단박에 눈에 띄었을 겁니다. 하지만 깨끗했어요. 그러니 놈이 심장을 멎게 한 건 아닙니다."

"그러면요?" 블레이크가 물었다.

"그러니 산소를 차단한 겁니다." 스태블리가 말했다. "이게 남아 있는 유일한 가능성이죠."

"어떻게요?"

"그게 가장 중요한 의문점이겠죠? 이론적으로는, 욕실을 밀폐하고 산소를 빼낸 뒤, 종류 미상의 불활성기체로 대체했을 수 있어요."

블레이크는 고개를 저었다. "말도 안 돼요."

"그렇죠. 그렇게 하려면 펌프, 가스 탱크 등등 장비가 필요했을 테니까. 그리고 폐 조직에서 잔류 흔적이 발견되었을 겁니다. 우리가 감지하지 못할 기체는 없으니까."

"그래서요?"

"놈이 할 수 있는 건 기도를 막는 겁니다. 그게 유일한 가능성이죠."

"교살의 흔적은 없다고 하셨잖습니까."

스태블리는 고개를 끄덕였다. "없어요. 내가 주목한 게 바로 그 점입니다. 교살은 보통 목에 큰 외상을 남겨요. 멍이 들고 내부 출혈까지 온갖 흔적들이 확연하죠. 멀리서도 금방 티가 납니다. 끈으로 조르는 경우도 마찬가지고."

“그런데요?”

“우리가 ‘부드러운 교살’이라고 부르는 게 있어요.”

“부드러운?” 하퍼가 말했다. “끔찍한 표현이네요.”

“그게 뭔가요?” 폴튼이 물었다.

“팔뚝이 굵은 남자의 팔이나 두툼한 패딩 코트 소매로 부드럽지만 일관되게 압박을 가하면 교살이 가능하죠.”

“그럼 그렇게 한 건가요?” 블레이크가 물었다.

박사는 고개를 저었다. “아닙니다. 외부 흔적은 안 생기지만 죽을 만큼 압력을 가하면 내부 손상이 남게 되죠. 하다못해 혀에 있는 설골이라도 부러졌을 겁니다. 적어도 금이 가는 건 확실하고 다른 인대 손상도 발생하죠. 아주 연약한 부위라서요. 성대도 거기에 있고.”

“그런데 지금 거기에도 아무 손상이 없었다고 말씀하시려는 건가요?” 블레이크가 말했다.

“외형상 전혀 없었어요. 혹시 고인을 만났을 때 감기에 걸린 상태였나요?”

하퍼를 바라보며 물었지만 리처가 대답했다.

“아니었소.”

“목이 아픈 것 같았나요?”

“아뇨.”

“목소리도 쉬지 않았고요?”

“아주 건강해 보였소.”

박사가 고개를 끄덕였다. 만족스러운 표정이었다. “목 안쪽에 아주 미세한 부종이 있었습니다. 감기에서 회복될 때 나타나는 증상이죠. 점액 배출이 원인일 수도 있고, 경미한 연쇄상구균 감염에 의한 염증 반응일 수도 있어요. 열 번에 아홉 번은 그냥 무시했겠지만, 앞선 세 명도 같은 증상이 있었으니 우연이라고 보기는 어렵겠네요."

"그게 뭘 뜻하는 겁니까?" 블레이크가 물었다.

"범인이 뭔가를 목구멍에 밀어 넣었다는 뜻입니다."

방 안이 조용해졌다.

"목구멍에?" 블레이크가 반복했다.

스태블리가 고개를 끄덕였다. "그렇게 추정되네요. 부드럽고 잘 미끄러져 내려가면서 약간 부풀기도 하는 물질 같습니다. 스펀지 같은. 욕실에 스펀지가 있었나요?"

"스포캔 현장에서는 못 봤소." 리처가 답했다.

폴튼이 다시 서류 더미를 뒤졌다. "물품 목록에도 없네요."

"아마 놈이 치웠을 거예요. 피해자의 옷도 가져갔잖아요." 하퍼가 말했다.

"스펀지 없는 욕실이라." 블레이크가 천천히 말했다. "짖지 않는 강아지나 마찬가지군."

"아니." 리처가 말했다. "내 말은 원래부터 스펀지가 없었다는 뜻이오."

"확실해?" 블레이크가 물었다.

리처는 고개를 끄덕였다. "완전."

"놈이 갖고 다닐 수도 있어요." 하퍼가 말했다. "자기 맘에 드는 걸로."

블레이크는 다시 박사에게 시선을 돌렸다. "그럼 그렇게 한 겁니까? 목구멍에 스펀지를 넣어서?"

스태블리는 테이블 위에 올려놓은 자신의 큼지막하고 붉은 손을 쳐다보며 말했다.

"그 방법밖에 없어요. 스펀지나 그 비슷한 뭔가로. 셜록 홈즈처럼 말이죠. 불가능한 걸 하나씩 소거하다 보면, 아무리 말도 안 되는 것처럼 보여도 남는 게 결국 정답일 수밖에 없죠. 그러니까 이놈은 부드러운 무언가를 목구멍에 밀어 넣어서 질식시키는 겁니다. 내부가 손상되지 않을 만큼 부드러우면서도 공기를 차단할 수 있는 밀도 높은 무언가로."

블레이크는 천천히 고개를 끄덕였다. "좋습니다. 이제 수법은 알아냈네요."

스태블리는 고개를 저었다. "아뇨. 못 알아낸 겁니다. 왜냐하면 그 방법은 불가능하니까요."

"왜죠?"

박사는 무력하게 어깨를 으쓱할 뿐이었다.

"하퍼, 이쪽으로." 리처가 말했다.

하퍼가 놀란 표정으로 그를 바라보았다. 그러다 미소를 살짝 지으며 자리에서 일어나 의자를 뒤로 밀고 리처에게 다가갔다.

"말보다는 시범으로. 맞죠?" 하퍼가 말했다.

"테이블 위에 누워 보시오."

하퍼는 다시 미소를 지으며 테이블 가장자리에 걸터앉더니 몸을 돌려 자세를 잡았다. 리처가 폴튼의 서류 더미를 끌어당겨 머리 아래에 받쳐 주었다.

"불편하지 않소?" 리처가 물었다.

하퍼가 고개를 끄덕이며 머리카락을 정리한 뒤 치과에 온 것처럼 등을 뉘었다. 재킷은 셔츠 위로 끌어올려 여몄다.

"좋소." 리처가 말했다. "욕조에 있는 앨리슨 라마라고 칩시다."

리처는 하퍼의 머리 밑에서 종이 한 장을 꺼내 슬쩍 살폈다. 캐롤라인 쿡의 욕실에 있던 물품 목록이었다. 구겨서 공 모양으로 만들었다.

"이게 스펀지라고 치고." 그러고는 블레이크를 힐끗 쳐다보았다. "원래 욕실 안에는 없던 거지만."

"놈이 가지고 온 거겠지." 블레이크가 말했다.

"그랬다면 놈은 헛수고한 거요." 리처가 말했다. "잘 보시오."

리처는 구겨진 종이를 하퍼의 입술에 갖다 댔다. 하퍼가 입술을 꽉 다물었다.

"어떻게 하면 여자가 입을 벌리게 할 수 있겠소? 내가 하려는 짓이 자기를 죽이는 거라는 걸 분명히 알고 있는 상황에서?"

리처는 바짝 몸을 기울여 왼손바닥으로 하퍼의 턱을 받치고 손가락으로는 양 볼을 감쌌다. "여길 꽉 쥘 수도 있고, 숨을 못 쉬게 코를 막아서 결국 입을 벌리게 할 수도 있소. 그러면 여자는 어떻게 할 것 같소?"

"이렇게." 하퍼가 리처의 관자놀이에 장난스럽게 오른손 훅을 날렸다.

"정확히 *그거요.*" 그가 말했다. "2초 안에 바로 몸싸움이 벌어지고 바닥에 페인트가 잔뜩 쏟아질 거요. 내 몸도 페인트로 범벅이 될 거고. 이걸 제대로 하려면 욕조에 같이 들어가야 하오. 여자 뒤로 가거나 위로 올라탄 자세로."

"맞아요." 스태블리가 말했다. "그러니 불가능하다는 겁니다. 누구라도 목숨 걸고 저항할 테니까요. 뺨과 턱과 몸 어딘가에 멍을 남기지 않고 누군가의 의지에 반해 무언가를 입에 강제로 넣을 수 있는 방법은 없어요. 이빨에 살점이 뜯기고 입술은 멍들고 터질 겁니다. 치아가 흔들릴 수도 있죠. 물고 할퀴고 발로 차기도 할 겁니다. 그러면 손톱 밑에 상피세포가 남고 손가락 관절 타박상, 방어흔이 남겠죠. 죽기살기로 싸울 테니까요. 그런데 싸운 증거가 없습니다. 전혀요."

"약물을 썼을 수도 있어요." 블레이크가 말했다. "무력하게 만든 거죠. 뭐랄까, 데이트 강간처럼."

박사는 고개를 저었다.

"그 누구에게서도 약물 반응은 없었어요. 네 사건 모두 독성 검사는 절대적으로 깨끗해요."

다시 조용해졌고, 리처는 하퍼의 손을 잡아 일으켜 세웠다. 테이블에서 미끄러지듯 내려온 하퍼는 옷을 털고 자리로 돌아갔다.

"그럼 결론이 없다는 건가요?" 블레이크가 물었다.

스태블리는 어깨를 으쓱했다. "아까 말한 훌륭한 결론이 있긴 하지만 현실적으로는 불가능합니다."

정적.

리처가 말했다. "내가 말했잖소. 놈은 아주 똑똑하다고. 당신네들이 상대하기엔 너무 똑똑해. 살인을 네 건이나 저질렀는데 당신네들은 어떻게 했는지조차 아직 모르고 있잖소."

"그럼 답이 뭔가, 똑똑한 친구?" 블레이크가 말했다. "최고의 병리학자 네 명도 못 밝힌 걸 자네가 알려줄 수라도 있다는 건가?"

리처는 아무 말도 하지 않았다.

"답이 뭐냐고?" 블레이크가 다시 물었다.

"모르겠소." 리처가 말했다.

"대단하군. 자기도 모른다니."

"알아낼 거요."

"그래? 어떻게?"

"간단하오. 놈을 찾아서 직접 물어볼 거요."

콴티코에서 약간 북동쪽으로 치우쳐서 67킬로미터 떨어진 지점, 대령은 자기 사무실에서 3킬로미터 거리에 있었다. 그는 펜타곤 주차장에서 셔틀버스를 타고 국회의사당 근처에 내린 뒤 거기에서 택시를 타고 다시 강을 건너 내셔널 공항의 메인 터미널로 향했다. 제복이 들어 있는 가죽 소재의 옷가방을 어깨에 걸치고 하루 중 가장 붐비는 시간대에, 인파 사이에 완전히 섞여서 발권 카운터로 향하고 있었다.

"오리건 주 포틀랜드." 그가 말했다. "이코노미석 왕복 오픈으로요."

창구 직원이 포틀랜드의 코드를 입력하자 컴퓨터에 다음 직항편 좌석 상황이 여유 있다고 떴다.

"두 시간 뒤 출발입니다."

"좋군요." 대령이 말했다.

"놈을 찾을 수 있을 것 같나?" 블레이크가 물었다.

리처는 고개를 끄덕였다. "그럴 거요. 그 방법밖에 없으니까."

회의실에 한동안 정적이 흘렀다. 잠시 후 스태블리 박사가 자리에서 일어났다.

"그럼 행운을 빕니다." 박사가 말했다.

박사는 방을 나가 조용히 문을 닫았다.

"당신은 그놈 못 찾아." 폴튼이 말했다. "캐롤라인 쿡에 대해서도 잘못 짚었잖아. 그 여자는 병기 창고나 무기 검수 파트에서 근무한 적이 없다고. 당신 가설이 헛소리라는 방증이라니까?"

리처는 미소를 지었다. "내가 FBI 전반에 대해 다 알고 있다고 생각하나?"

"아니. 모르겠지."

"그러니까 나한테 군대 얘기는 하지 마. 쿡은 장교 후보생이었어. 빠른 승진 트랙을 탔다고. 작전 부서로 간 걸 보면 확실해. 그런 애들은 미리 여기저기로 보내서 전반적인 상황을 파악하게 만들거든. 당신 파일에 있는 요약본만 보고 판단해서는 안 돼."

"그래?"

리처가 고개를 끄덕였다. "틀림없어. 그녀가 배치되었던 곳들을 모두 나열하면 소위 달기 전까지만 봐도 열 페이지가 넘어갈 거야. 국방부에 다시 확인 요청해서 상세 기록을 받아보면 사건과 연관되는 곳이 나올 거라고."

다시 정적이 찾아왔다. 강제 송풍식 난방기의 희미한 소음과 수명이 다해 가는 형광등에서 나는 윙윙거리는 소리, 그리고 음소거 된 텔레비전에서 나는 고주파 전자음 소리가 전부였다. 그 외에는 아무 소리도 없었다. 폴튼은 블레이크를 응시했다. 하퍼는 리처를 쳐다봤다. 블레이크는 테이블을 두드리는 자신의 손가락만 내려다보고 있었다.

"놈을 찾을 수 있겠나?" 블레이크가 물었다.

"누군가는 찾아야 하잖소. 당신들은 아무 성과도 못 내고 있고." 리처가 말했다.

"지원이 필요할 텐데."

리처는 고개를 끄덕였다. "조금 도와주면 훨씬 나을 거요."

"나로서는 도박을 하는 셈이야."

"지는 쪽에 몽땅 거는 것보다는 낫지 않겠소?"

"큰 도박이야. 걸린 게 많다고."

"이를테면 당신 커리어?"

"여자 일곱 명. 내 커리어가 아니라."

"여자 일곱 명과 당신 커리어."

블레이크가 모호한 표정으로 고개를 끄덕였다. "확률이 얼마나 되지?"

리처는 어깨를 으쓱했다. "3주 안에 해내야 한다면? 거의 백 프로."

"역시 자만심 쩌는군. 자네도 알고 있지?"

"난 그냥 현실적으로 말하는 거요."

"그래서 뭐가 필요한가?"

"보수." 리처가 답했다.

"돈을 받고 싶다고?"

"당연히. 당신들도 월급 받잖소. 일은 내가 다 하는데, 나도 뭔가 받아야 공평하지 않겠소?"

블레이크가 고개를 끄덕였다. "자네가 그놈을 찾으면 뉴욕의 디어필드와 애기해서 페트로시안 건은 없던 걸로 하지."

"거기에 수당도."

"얼마나?"

"당신이 적절하다고 생각하는 만큼."

블레이크는 다시 고개를 끄덕였다. "생각해보겠네. 그리고 하퍼와 함께 가도록. 아직 페트로시안 건이 끝난 게 아니니까."

"좋소. 그 정도는 감수할 수 있소. 하퍼만 괜찮다면."

"하퍼는 선택권이 없어. 또 뭐가 필요하지?"

"코조와 연결해 주시오. 뉴욕에서 시작할 거니 정보가 필요하오."

블레이크는 고개를 끄덕였다. "연락해두지. 오늘 밤에 그를 만날 수 있을 거야."

리처는 고개를 저었다. "내일 아침에. 오늘 밤엔 조디를 만나러 갈 거요."

21

갑작스럽게 활기를 내뿜으며 회의가 끝났다. 블레이크는 뉴욕의 제임스 코조에게 전화를 걸기 위해 엘리베이터를 타고 한 층 아래에 있는 자신의 사무실로 내려갔다. 폴튼도 자기 자리로 가서 현지 요원들이 택배 회사와 렌터카 업체를 조사하고 있는 스포캔 지부 사무실로 전화를 걸었다. 하퍼는 항공권을 예약하기 위해 출장 부서로 올라갔다. 리처만 세미나실 같은 방에 혼자 남았다. 커다란 테이블에 앉아 텔레비전은 무시한 채 마치 창밖 풍경을 바라보는 것처럼 가짜 창문을 쳐다보았다.

거의 20분 동안 그렇게 앉아서 마냥 기다렸다. 이윽고 하퍼가 다시 돌아왔다. 두툼한 서류 뭉치를 들고 있었다.

"행정 절차가 더 까다로워졌네요. 당신에게 경비를 지불하려면 당신이 보험에 가입해야 한대요. 출장 규정이라면서."

하퍼가 맞은편에 앉아 안주머니에서 펜을 꺼냈다.

"시작할까요?" 하퍼가 물었다.

리처는 고개를 끄덕였다.

"풀 네임이 뭐죠?"

"잭 리처."

"그게 전부예요?"

그는 고개를 끄덕였다. "그렇소."

"이름이 짧네요?"

리처는 어깨만 으쓱하고 아무 말도 하지 않았다. 하퍼가 그 이름을 적었다. 양식의 가로폭 전체에 걸쳐 있는 공간에 두 단어, 열한 글자를 적어 넣었다.

"생년월일은요?"

그가 알려주자 하퍼가 나이를 계산하는 게 보였다. 얼굴에 놀란 기색이 떠올랐다.

"더 많소, 더 적소?"

"뭐에 비해서요?"

"당신이 생각했던 것보다."

하퍼가 웃었다. "더 많아요. 그렇게 안 보이는데."

"거짓말. 백 살은 돼 보일 텐데. 기분상 확실히 백 살은 된 것 같소."

하퍼가 다시 웃었다. "깔끔하게 꾸미면 꽤 괜찮아 보일 거예요. 사회보장번호는요?"

리처 세대의 군인들은 사회보장번호와 군번이 같았다. 0에서 9 사이의 숫자를 군대식으로 무미건조하게 기계적으로 불러주었다.

"주소는요?"

"고정된 거주지는 없소."

"정말요?"

"왜 아니라고 생각하오?"

"개리슨은요?"

"거기가 뭐?"

"당신 집이잖아요. 거기가 주소지 아니에요?"

리처는 그녀를 바라보았다. "그런 셈이군. 딱히 생각해본 적이 없어서."

하퍼가 그를 똑바로 쳐다보았다. "집을 소유하고 있으면 주소가 있는 거죠. 안 그래요?"

"좋소. 그럼 개리슨으로 하겠소."

"도로명과 번지는요."

그는 기억을 더듬어 말해주었다.

"우편번호는?"

리처는 어깨를 으쓱했다. "모르겠소."

"자기 집 우편번호를 모른다고요?"

리처는 말이 없었다. 하퍼가 그를 바라보았다.

"좀 심하네요. 안 그래요?" 하퍼가 말했다.

"뭐가?"

"뭐랄까. 현실부정이라고 해야 하나?"

리처는 천천히 고개를 끄덕였다. "그렇군. 내가 봐도 좀 심한 것 같소."

"그래서 이제 어떻게 할 건데요?"

"모르겠소. 아마 익숙해지겠지."

"안 그럴 수도 있어요."

"당신이라면 어떻게 하겠소?"

"사람은 자신이 진짜로 원하는 걸 해야 해요. 그게 중요한 것 같아요."

"당신은 그렇게 하고 있소?"

하퍼는 고개를 끄덕였다. "우리 부모님은 내가 애스펀에 남기를 원하셨어요. 교사 같은 걸 하길 바라셨죠. 난 사법기관에서 일하고 싶었고요. 큰 충돌이 있었죠."

"난 부모님이 시켜서 그러는 게 아니오. 두 분 다 이미 돌아가셨으니까."

"알아요. 조디 때문이죠."

리처는 고개를 저었다. "아니. 조디 때문도 아니오. 나 자신 때문이지."

하퍼는 다시 고개를 끄덕였다. "그렇군요."

방 안이 조용해졌다.

"내가 어떻게 하면 좋겠소?"

하퍼가 조심스럽게 어깨를 으쓱했다. "나한테 물어볼 일이 아닌 것 같은데요."

"왜?"

"당신이 듣고 싶은 대답이 아닐 수도 있으니까요."

"당신 대답이 뭐길래?"

"내가 이렇게 말해주길 바라죠? 조디와 함께 있어야 한다고. 정착해서 행복하게 살라고."

"내가 그렇소?"

"그런 것 같아요."

"그런데 그 말은 못 하겠다는 건가?"

하퍼의 고개가 끄덕여졌다.

"못 해요. 나도 남자친구가 있었어요. 꽤 진지한 사이였죠. 그는 애스펀에서 경찰이었어요. 경찰과 FBI 사이에는 늘 긴장감이 흘러요. 경쟁심이랄까. 정말 바보 같은 거지만, 이유도 없이 그런 게 있어요. 그게 사적인 관계에까지 번졌어요. 그 사람은 내가 그만두길 바랐어요. 애원하다시피 했죠.

마음이 흔들렸지만, 결국 싫다고 했어요.”

“그게 옳은 선택이었소?”

하퍼는 고개를 끄덕였다. “나한테는 그랬어요. 사람은 자신이 진짜 하고 싶은 일을 해야 해요.”

“그게 나한테도 옳은 선택이 될 것 같소?”

하퍼는 어깨를 으쓱했다. “장담할 순 없지만, 아마도요.”

“먼저 내가 진짜 원하는 게 뭔지부터 파악해야겠군.”

“당신은 이미 알고 있어요.” 하퍼가 말했다. “누구나 본능적으로 알고 있어요. 당신이 느끼는 의구심은 단지 잡음일 뿐이에요. 진실을 마주하고 싶지 않아서 진실을 묻어버리려는 잡음.”

리처는 다시 가짜 창문으로 시선을 돌렸다.

“직업은?” 하퍼가 물었다.

“어처구니없는 질문이군.”

“그냥 컨설턴트라고 적을게요.”

리처는 고개를 끄덕였다. “제법 그럴듯하오.”

복도에서 발소리가 들리더니 문이 열리고 블레이크와 폴튼이 서둘러 들어왔다. 둘의 손에는 더 많은 서류가 들려 있었고, 얼굴에는 뭔가 진전이 있다는 희미한 생기가 돌았다.

“이제 뭔가 조금씩 풀리기 시작하는 것 같아.” 블레이크가 말했다. “스포캔에서 연락이 왔어.”

“3주 전에 그만둔 현지 UPS 배송기사가 한 명 있는데, 지금은 몬태나 주 미줄라로 이사해서 창고에서 일하고 있대.” 폴튼이 말했다. “전화로 연락해 보니 그 배송 건이 어렴풋이 기억난다고 했어.”

"그럼 UPS 사무실에 서류가 있지 않나요?" 하퍼가 물었다.

블레이크가 고개를 저었다. "11일이 지나면 다 보관창고로 보낸대. 우리가 찾는 건 두 달 전 거니까, 그 배송기사가 날짜를 특정해주면 찾을 수 있을 거야."

"야구에 대해 잘 알아?" 폴튼이 물었다.

리처가 어깨를 으쓱했다. "어떤 사람들이 역대 톱 10 플레이어를 선정했는데, 이름에 U자가 들어간 선수는 단 두 명뿐이었지."

"갑자기 웬 야구 얘기죠?" 하퍼가 물었다.

"문제의 그날, 시애틀의 어떤 선수가 만루홈런을 쳤대." 블레이크가 말했다. "배송기사가 그걸 라디오로 들어서 기억하고 있다는군."

"시애틀이라면 기억할 만하오." 리처가 말했다. "흔한 일이 아니니까."

"베이브 루스Babe Ruth." 폴튼이 말했다. "다른 한 명은 누구지?"

"호너스 와그너Honus Wagner." 리처가 답했다.

폴튼이 멍한 표정을 지었다. "처음 들어보는데."

"그리고 렌터카 쪽에서도 연락이 왔어." 블레이크가 말했다. "앨리슨이 사망한 날 스포캔 공항에서 두 시간 정도만 나갔다 들어 온 초단기 렌트를 기억한대."

"이름은요?" 하퍼가 물었다.

블레이크는 고개를 저었다. "하필 컴퓨터가 다운돼서 지금 복구 중이래."

"데스크 직원들은 기억하지 않을까요?"

"농담해? 그 사람들, 자기 이름이나 기억하면 다행일걸."

"그럼 언제쯤 받을 수 있죠?"

"아마 내일. 잘하면 오전. 아니면 오후."

"세 시간 시차니까 우리 기준으로는 오후겠네요."

"아마도."

"어쨌거나 리처는 가는 건가요?"

블레이크가 잠시 주춤하고 있는데 리처가 고개를 끄덕였다.

"난 갈 거요. 이름은 보나마나 가명일 거고, UPS 건도 헛다리일 거요. 이렇게 똑똑한 놈이 문서 추적을 당할 수 있는 기초적인 실수를 할 것 같소?"

모두가 그를 바라보았다. 이윽고 블레이크가 고개를 끄덕였다.

"자네 말이 맞아. 그래, 예정대로 가."

그들은 FBI 쉐보레를 타고 어둠이 내리기 전에 워싱턴 D.C. 공항에 도착했다. 변호사와 로비스트들 틈에 섞여 유나이티드 셔틀을 타려는 줄에 섰다. 줄에 선 사람 중 비즈니스 정장을 입지 않은 사람은 리처가 유일했다. 승무원들은 대부분의 승객을 아는 듯 비행기 문 앞에서 단골손님을 맞는 것처럼 인사를 건넸다. 하퍼는 통로를 끝까지 걸어가서 맨 뒤쪽 좌석을 선택했다.

"서둘러 내릴 거 없잖아요." 하퍼가 말했다. "코조는 내일 만날 거니까요."

리처는 아무 말도 하지 않았다.

"조디도 아직 집에 안 들어왔을 거고. 변호사들은 일이 많잖아요? 특히 파트너 승진 대상자라면 더더욱."

리처는 고개를 끄덕였다. 방금 같은 생각을 하고 있던 참이었다.

"그러니까 여기 앉아요." 하퍼가 말했다. "더 조용하니까."

"바로 뒤에 엔진이 있는데?" 리처가 말했다.

"하지만 정장 입은 사람들은 없잖아요."

리처는 웃으며 창가 좌석에 앉아 안전벨트를 맸다.

"여기서 다시 얘기 나눠요. 난 사람들이 듣는 건 싫거든요."

"자는 게 좋겠소. 우린 바쁠 테니까."

"알아요. 하지만 먼저 얘기 좀 해요. 5분만요. 알겠죠?"

"무슨 얘기?"

"얼굴에 난 긁힌 자국이요. 그게 무슨 의미인지 알아야겠어요."

리처는 하퍼를 힐끗 쳐다보았다. "왜? 혼자 이 사건을 다 해결하려고?"

하퍼는 고개를 끄덕였다. "체포 기회를 놓치고 싶진 않으니까요."

"야심이 있군."

하퍼는 얼굴을 찡그렸다. "경쟁심이라고 할까, 뭐 그 정도예요."

리처가 다시 미소 지었다. "리사 하퍼 대 머리로만 일하는 똑똑이들."

"망할, 딱 그거예요. 나 같은 현장 요원은 몸으로 때우는 일반인이라고 완전 개무시하거든요."

엔진이 굉음을 내며 돌아가고 비행기가 게이트에서 후진해 천천히 굴러갔다. 이내 기수를 돌려 활주로를 향해 묵직하게 나아갔다.

"암튼, 얼굴에 난 자국은 뭐예요?" 하퍼가 물었다.

"내 말이 맞다는 증거 같소. 지금까지 우리가 입수한 것 중 단연코 가장 가치 있는 단서일 거요."

"왜죠?"

리처는 어깨를 으쓱했다. "상처가 너무 얕지 않았소? 너무 조심스럽고?

그건 그놈이 겉모습 뒤에 숨고 있다는 증거요. 그가 연기를 하고 있다는 증거. 나는 사건들을 보면서, 폭력과 분노는 어디에 있지? 하고 생각했소. 그런데 동시에 놈도 저쪽 어딘가에서 자신의 진행 상황을 되짚어보면서 '젠장, 내가 분노를 전혀 안 드러냈네'라고 생각한 거요. 그래서 이번 범행에서는 일부러 분노를 보여주려고 한 건데, 실제로는 아무 감정도 없으니까 결과가 아주 어설프게 나온 거요."

하퍼는 고개를 끄덕였다. "스태블리 박사 말로는 그녀가 움찔하지도 않았을 정도라고 했잖아요."

"피가 흐르지도 않았으니까. 말 그대로 거의 기술 시연 같은 작업이었소. 사실 그게 맞소. 이 모든 게 놈에게는 기술 시연이니까. 사이코 가면 뒤에 아주 확고하고 현실적인 동기를 숨기고 있으면서."

"놈이 피해자로 하여금 스스로 그렇게 하도록 만든 거군요."

"내 생각도 그렇소."

"근데 왜 그랬을까요?"

"자기 지문이 남을까 봐 걱정했을 수도 있고, 왼손잡이인지 오른손잡이인지 들킬까 봐 그랬을 수도 있소. 아니면 자기 통제력을 과시하고 싶었거나."

"정말 대단한 통제력이네요. 하지만 그 부분 때문에 상처가 얕았던 게 설명이 돼요. 누구든 자기 얼굴에 그렇게 깊은 상처를 내지는 못할 테니까."

"그럴 거요." 리처가 졸린 목소리로 말했다.

"그런데 왜 하필 앨리슨이었을까요? 왜 네 번째에 와서야 상처를 낸 걸까요?"

“끊임없이 완벽을 추구하기 때문일 거요. 이런 놈은 계속 생각하고 계속 개선하는 법이니까.”

“그럼 어떤 점인지는 몰라도 앨리슨이 놈에게 특별한 의미가 있었던 걸까요?”

리처는 어깨를 으쓱했다. “그건 저 똑똑이들의 영역인데. 그들이 그런 의미를 찾았다면 벌써 우리한테 말했을 거요.”

“어쩌면 놈이 다른 피해자들보다 그녀를 더 잘 알았을 수도 있어요. 더 가까이에서 일했을 수도 있고.”

“그럴지도. 그런데 너무 똑똑이들의 영역으로 들어가지 마시오. 현실에 기반을 둬야 하오. 당신은 그저 몸으로 때우는 일반인 요원이니까.”

하퍼는 고개를 끄덕였다. “그리고 그 일반인 요원의 동기는 바로 돈이고요.”

“그렇소. 늘 사랑 아니면 돈이지. 하지만 이건 사랑이 아니오. 사랑은 사람을 미치게 하지만 이놈은 미치지 않았소.”

비행기가 활주로 끝에서 브레이크를 강하게 밟고 멈춰 섰다. 잠시 멈춰 있던 기체는 앞으로 튀어나가며 가속했다. 땅에서 떨어져 나와 육중한 몸을 공중으로 띄웠다. 창문 너머에서 워싱턴 D.C.의 불빛이 선회하며 지나갔다.

“왜 간격을 바꿨을까요?” 하퍼가 이륙 소음을 뚫고 물었다.

리처는 어깨를 으쓱했다. “그냥 그러고 싶었는지도.”

“그러고 싶었다?”

“그냥 재미 삼아 그랬을 거요. 패턴이 바뀌는 게 당신네들을 제일 혼란스럽게 만드는 거니까.”

"또 바뀔까요?"

비행기가 흔들리며 기울었다가 수평을 되찾았고, 엔진 소음은 순항 모드로 잦아들었다.

"이제 끝났소." 리처가 말했다. "남은 여자들에게는 경호를 붙였으니 곧 체포할 수 있을 거요."

"그렇게 자신 있어요?"

리처는 다시 어깨를 으쓱했다. "굳이 질 거라고 생각하고 시작할 필요는 없잖소."

그는 하품을 하며 등받이와 플라스틱 격벽 사이에 머리를 끼워 넣고 눈을 감았다.

"도착하면 깨우시오."

착륙 장치가 내려오는 진동과 윙윙거리는 소음이 리처를 깨웠다. 뉴욕 라구아디아 공항에서 동쪽으로 4킬로미터, 고도 1천 미터 상공이었다. 시계를 보고 50분 잤다는 걸 알았다. 피로감이 입 안에 맴돌았다.

"저녁 먹을래요?" 하퍼가 물었다.

리처는 눈을 깜빡이며 시계를 다시 확인했다. 조디의 도착 시간이 아무리 빨리 잡아도 적어도 한 시간은 남아 있었다. 아마 두 시간, 어쩌면 세 시간.

"생각해둔 곳이 있소?"

"뉴욕은 잘 몰라요. 애스펀 출신이라."

"괜찮은 이태리 식당을 알고 있소."

"내 호텔은 파크 애비뉴와 36번가의 교차로에 있어요. 당신은 조디 집으로 갈 거죠?"

리처가 고개를 끄덕였다. "그럴 것 같소."

"그 식당이 내 호텔 근처에 있나요?"

리처는 고개를 저었다. "택시를 타야 하오. 여긴 큰 도시니까."

하퍼도 고개를 저었다. "택시는 필요 없어요. 차를 보내줄 거예요. 우리가 여기 있는 동안 쓸 차요."

운전기사가 게이트에서 기다리고 있었다. 전에 그들을 태워주었던 그 남자였다. 앞유리 안에 FBI의 방패 문양이 크게 인쇄된 카드를 세워둔 차가 도착장 밖 견인 구역에 주차되어 있었다. 맨해튼까지 가는 길은 내내 교통 체증이 심했다. 러시아워의 후반이었다. 하지만 그는 교통경찰은 전혀 신경 쓰지 않는 태도로 운전했다. 비행기가 착륙한 지 40분 만에 그들은 모스트로스 식당 앞에 도착했다.

거리에는 완전히 어둠이 내렸고, 식당은 약속의 땅처럼 환하게 빛나고 있었다. 테이블 네 개가 차 있었고 푸치니가 흐르고 있었다. 주인이 인도에 서 있는 리처를 보고 환하게 웃으며 서둘러 문을 열어주었다. 손수 테이블로 안내하고 메뉴를 가져왔다.

"여기가 페트로시안이 삥 뜯던 곳인가요?" 하퍼가 물었다.

리처는 주인을 향해 고개를 끄덕였다. "저 작은 체구를 보시오. 그런 일을 당해서야 되겠소?"

"그런 건 경찰에게 맡겼어야죠."

"조디도 그렇게 말하더군."

"분명 똑똑한 여자네요."

실내는 넓고 따뜻했다. 하퍼가 재킷을 벗어 의자 등받이에 걸려고 몸을 틀었다. 셔츠도 함께 움직이면서 팽팽해졌다가 느슨해졌다. 리처가 그녀를 만난 이래 처음으로 브래지어를 착용하고 있었다. 하퍼가 그의 시선을 따라가다 얼굴을 붉혔다.

"누굴 만나게 될지 잘 모르겠어서요." 하퍼가 말했다.

리처는 고개를 끄덕였다.

"누군가는 만나게 될 거요." 리처가 말했다. "그건 확실하오. 시간문제일 뿐."

그 말투에 하퍼는 리처를 올려다보았다.

"이제 정말 그놈을 잡고 싶은 거죠?" 하퍼가 말했다.

"이제는 그렇소."

"에이미 캘런 때문인가요? 그녀를 좋아했잖아요."

"좋은 여자였소. 그런데 난 앨리슨 라마가 더 마음에 들었소. 하지만 지금은 리타 시메카 때문에 이놈을 잡고 싶소."

"그 여자도 당신을 좋아하던데요. 딱 보였어요."

리처는 다시 고개를 끄덕였다.

"그 여자와 뭔가 있었어요?"

리처는 어깨를 으쓱했다. "그건 너무 모호한 말인데."

"사귀었어요?"

리처는 고개를 저었다. "그녀가 성폭행을 당한 후에 처음 만났소. 그런 일을 당했으니까 만나게 된 거지. 당시 리타는 누구와 사귈 수 있는 상태가 전혀 아니었소. 지금도 그런 것 같고. 내가 대여섯 살 정도 나이가 많소. 우리는 아주 가까워졌지만 그건 마치 부성애 같은 거였지. 내 생각엔 그런 관계를 필요로 하면서도 동시에 싫어하는 것 같았소. 그걸 최소한 형제 같은 느낌으로 바꾸기 위해 정말 애썼던 기억이 나는군. 데이트를 몇 번 하긴 했지만 오빠와 여동생처럼 항상 완전히 플라토닉했소. 리타는 마치 회복 중인 부상병 같았소.”

“그 여자도 그렇게 생각했을까요?”

“그럴 거요. 마치 다리에 총을 맞은 군인 같은 느낌이었소. 부정할 수는 없지만 극복할 수는 있지. 그리고 리타는 그걸 극복해 나가고 있었소.”

“근데 지금 이놈이 다시 상처를 건드리고 있는 거네요.”

리처가 고개를 끄덕였다. “그게 문제요. 놈은 그 성희롱이란 걸 방패 삼아서 리타의 덜 아문 상처를 헤집고 있는 거요. 만약 대놓고 공격했더라면 오히려 나았을 거요. 리타도 그건 별개의 문제로 받아들일 수 있었을 테니. 한쪽 다리를 잃은 사람이 그것과 별개로 독감을 이겨내는 것처럼 말이오. 그런데 지금 이건 마치 리타의 과거를 조롱하는 걸로 느껴진단 말이지.”

“그래서 화가 나는 거군요.”

“난 리타에게 책임감을 느끼고 있소. 그런데 놈이 리타를 건드린다? 그럼 나를 건드리는 거요.”

“그리고 당신은 건드려서는 안 되는 사람이고요.”

“물론.”

“건드리면요?”

“똥통에 깊숙이 처박히는 거지.”

하퍼가 천천히 고개를 끄덕였다.

“당신 말을 듣고 나니 나도 납득이 되네요.”

리처는 아무 말도 하지 않았다.

"페트로시안도 납득이 됐을 거예요." 하퍼가 말했다.

"난 페트로시안 근처에도 안 갔소. 눈 한 번 마주친 적 없고."

"그런데 당신은 너무 독선적인 것 같아요." 하퍼가 말했다. "검사, 판사, 배심원, 집행관까지 혼자 다 하잖아요. 규칙은 어쩌고요?"

리처는 슬쩍 웃었다.

"그게 규칙이오. 누구든 날 건드리면 아주 빠르게 그걸 깨닫게 되지."

하퍼는 고개를 저었다. "이놈은 체포해야 해요. 잊지 않았죠? 찾아내서 체포하고 법대로 처리할 거라고요. 내 규칙대로. 알겠죠?"

리처가 고개를 끄덕였다. "이미 그렇게 하기로 했잖소."

그때 웨이터가 다가와 펜을 들고 대기했다. 각자 코스 두 개를 주문하고 음식이 나올 때까지 말없이 앉아 있었다. 그리고 조용히 식사만 했다. 양은 많지 않았다. 하지만 늘 그렇듯 맛있었다. 어쩌면 평소보다 더 맛있는 것 같았다. 게다가 주인이 내는 공짜였다.

커피를 마신 뒤 하퍼는 FBI 운전기사가 호텔로 데려다주었고, 리처는 혼자임을 즐기며 조디의 집까지 걸어갔다. 로비의 문을 직접 열고 들어가 엘리베이터를 타고 올라갔다. 아파트 문도 직접 열고 들어갔다. 실내 공기는 조용히 가라앉아 있었다. 방은 전부 등이 꺼져 있었다. 집에는 아무도 없었다. 조명을 켜고 블라인드를 닫았다. 그러고는 거실 소파에 앉아 조디를 기다렸다.

22

이번엔 경비가 붙을 거야. 그건 확실해. 그러니 이번엔 어려울 거야. 넌 혼자 미소 지으며 표현을 바로잡아. 사실, 이번엔 꽤 어려울 거야. 아주, 아주 어려울 거야. 하지만 불가능하진 않아. 적어도 너한테는. 단지 하나의 도전일 뿐이야. 경비를 방정식에 넣으면 전체 작업의 수준이 조금은 올라가. 조금 더 흥미로운 쪽으로. 너의 재능이 제대로 펼쳐지고, 뻗어나갈 수 있는 방향으로. 해볼 만한 도전이 될 거야. 반드시 이겨야 할 도전이 되겠지.

하지만 아무 생각 없이 이길 수 있는 건 없어. 신중한 관찰과 계획 없이는 어떤 것도 이길 수 없지. 경비는 새로운 변수야. 분석이 필요해. 하지만 그게 바로 너의 강점이잖아? 정확하고 냉철한 분석. 그걸 너보다 더 잘하는 사람은 없어. 이미 여러 번 증명하기도 했지. 무려 네 번이나.

그럼 경비가 의미하는 건 뭘까? 첫 번째 질문은 이거야. 누가 경비를 서는가? 이곳처럼 외진 시골 한복판에서는 멍청하기 짝이 없는 현지 경찰들일 가능성이 커. 당장 큰 문제는 아니야. 당장의 위협도 아니고. 하지만 문제는, 이런 오지에는 그 멍청한 현지 경찰조차 숫자가 부족하다는 거야. 포틀랜드 시 경계 너머의 작은 오리건 주 마을에

24시간 경계를 유지할 만큼 경찰 병력이 충분할 리가 없으니까. 그러니 지원을 요청할 거고, 그 지원은 FBI에서 올 거야. 너도 잘 알다시피. 예상대로라면 주간엔 현지 경찰이, 야간엔 FBI가 맡을 거야.

네가 선택할 수 있다면, 당연히 연방 요원과 얽히는 건 피해야겠지. 그러니 밤은 피해야 해. 너는, 그 여자와 너 사이에, 치즈버거 포장지와 식은 커피로 내부가 잔뜩 어질러진 크라운 빅토리아를 타고 있는 뚱뚱한 현지 경찰만 있는 낮을 택할 거야. 그리고 낮이 더 우아하기도 해. 대낮. 이 말 참 마음에 들어. 사람들이 늘 쓰는 표현이 있지. '범행은 대낮에 일어났습니다.' 그렇지?

현지 경찰을 따돌리는 건 대낮이라도 그리 어렵지 않을 거야. 하지만 그렇다고 해서 가볍게 여길 일은 아니야. 넌 서두르지 않을 거야. 상황이 어떻게 돌아가는지 파악될 때까지 멀리서 주의 깊게 지켜볼 거야. 신중하게 인내심을 가지고 관찰하는 데 시간을 투자할 거야. 다행히 시간은 충분해. 그리고 어렵지도 않을 거고. 이곳은 산악 지대야. 산악 지대에는 두 가지 특징이 있지. 두 가지 이점이기도 해. 첫째, 스웨터를 입고 쌍안경을 목에 걸고 다니는 얼간이들이 도처에 있다. 둘째, 산악 지형에서는 A지점에서 B지점을 쉽게 볼 수 있다. 너는 어떤 봉우리 꼭대기나 작은 언덕 또는 그게 뭐든지 간에 어느 높은 곳에 몸을 숨기기만 하면 돼. 그런 다음 자리를 잡고 아래를 내려다보며 지켜보는 거지. 그리고 기다려.

리처는 조디의 고요한 거실에서 오래도록 기다렸다. 소파에 앉아 있던 자세가 점점 눕는 자세로 흐트러졌다. 한 시간 뒤에는 몸을 돌려 누웠다. 눈을 감았다. 다시 눈을 뜨고 깨어 있으려고 애썼다. 다시 눈을 감았다. 계속 감고 있었다. 10분 정도만 눈을 붙이려 했다. 엘리베이터 소리를 들을 수 있을 거라 생각했다. 아니면 문이 열리는 소리라도. 하지만 막상 그 순간에는 아무 소리도 듣지 못했다. 깨어났을 때 조디가 몸을 굽혀 그의 뺨에 입을 맞추고 있었다.

"왔어요?" 조디가 부드럽게 속삭였다.

리처는 조디를 자기 쪽으로 끌어당겨 말없이 껴안았다. 조디도 그를 안아주었다. 서류가방을 들고 있느라 한 팔로, 하지만 세게.

"오늘 하루는 어땠어?" 리처가 물었다.

"이따가요." 조디가 속삭였다.

조디가 서류가방을 내려놓자 리처는 그녀를 자신의 위로 끌어당겼다. 조디가 몸을 흔들어서 코트를 벗어 떨어뜨렸다. 실크 안감이 사각거렸다. 조디는 등 뒤의 지퍼가 허리까지 내려오는 울 드레스를 입고 있었다. 리처는 천천히 지퍼를 내리며 서서히 드러나는 그녀의 체온을 느꼈다. 조디가 한 팔을 그의 배에 대고 몸을 세웠다. 손으로 리처의 셔츠를 더듬었다. 리처는 그녀의 어깨에서 드레스를 벗겨냈다. 조디가 그의 허리춤에서 셔츠를 뽑아냈다. 벨트를 서둘러 풀었다.

조디가 일어서자 드레스가 바닥에 떨어졌다. 조디가 손을 내밀어 리처의 손을 잡고 침실로 이끌었다. 둘은 옷을 벗어던지느라 비틀거리며 걸었다. 겨우 침대로 왔다. 침대는 하얗고 차가웠다. 창밖에서 들어온 도시의 네온 불빛이 침대를 이리저리 비추고 있었다.

조디가 어깨에 손을 얹어 리처를 아래로 눌렀다. 그녀는 체조 선수처럼 강했다. 빠르고 활기차고 유연하게 그의 위에서 움직였다. 리처는 그저 그녀가 하는 대로 따르기만 했다. 뒤엉킨 시트 속에서 땀으로 범벅이 되어서야 끝이 났다. 조디가 그에게 몸을 밀착시켰다. 그녀의 심장이 리처의 가슴을 두드리는 것을 느낄 수 있었다. 조디의 머리카락이 그의 입가에 흘어져 있었다. 리처는 가쁜 숨을 몰아쉬었다. 조디는 미소 짓고 있었다. 얼굴이 리처의 어깨에 파묻혀 있어서 미소가 피부에 와 닿는 것을 느낄 수 있었다. 입술의 형태와 치아의 차가운 감촉, 뺨 근육이 움찔거리며 만들어내는 곡선까지.

조디는 그가 말로 표현할 수 없을 정도로 아름다웠다. 키가 크고 날씬하고 우아한 데다 살짝 그을린 피부, 눈부신 금빛 머리카락과 눈빛을 가지고 있었다. 하지만 그것만이 아니었다. 에너지와 의지, 열정으로 가득 차 있었다. 지성이 마치 전기가 튀듯 쉼 없이 반짝였다. 리처는 손으로 그녀의 매끄러운 등 라인을 쓰다듬으며 따라 내려갔다. 조디가 발을 그의 다리 아래까지 쭉 뻗어 자신의 발가락을 그의 발가락에 끼우려고 했다. 여전히 그의 목덜미에는 은밀한 미소가 머물러 있었다.

"이제 내 하루가 어땠는지 물어봐도 돼요." 조디가 말했다.

리처의 어깨에 묻혀 웅얼거리는 소리였다.

"오늘 하루는 어땠어?"

조디가 그의 가슴 위에 손바닥을 대고 몸을 일으켜 앉았다. 입으로 후하고 바람을 불어 얼굴에 붙은 머리카락을 떼어냈다. 그리고 다시 미소를 지었다.

"정말 좋았어요."

이번에는 리처가 미소를 지었다.

"어떻게 좋았는데?"

"비서들 뒷담화요. 내 비서가 점심시간에 위층 비서와 얘길 나눴대요."

"그래서?"

"며칠 뒤에 파트너 회의가 있어요."

"그런데?"

"위층 비서가 막 회의 안건을 타이핑했대요. 누군가에게 파트너십 제안을 할 거래요."

리처는 미소를 지었다. "누구한테?"

조디도 미소를 지었다. "어떤 평변호사한테요."

"그게 누군데?"

"맞춰봐요."

리처는 짐짓 골똘히 생각하는 척했다. "특별한 사람을 고르겠지? 로펌 최고의 인재로? 제일 똑똑하고, 제일 열심히 일하고, 제일 매력 있는 사람으로?"

"보통 그렇게 하죠."

리처가 고개를 끄덕였다. "축하해, 조디. 넌 자격이 있어. 진심이야."

조디가 행복하게 웃으며 그의 목에 팔을 감았다. 그러고는 머리부터 발끝까지 온몸을 밀착시키며 그를 껴안았다.

"파트너라고요. 내가 늘 바라던."

"넌 충분히 자격이 있어." 리처가 다시 말했다. "정말로."

"서른 살에 파트너가 되다니." 조디가 말했다. "믿어져요?"

리처는 천장을 올려다보며 웃었다. "믿어져. 네가 정치 쪽으로 갔으면 지금쯤 대통령이 됐을걸."

"믿기지가 않아요. 항상 그랬어요. 원하던 걸 가지면 실감이 안 나요."

그러더니 잠시 말이 없어졌다.

"하지만 아직 확정은 아니에요. 공표될 때까지 기다려야 해요."

"될 거야."

"아직은 안건이 올라간 것 뿐이니까요. 혹시 다들 반대라도 하면?"

"그럴 리 없어."

"파티가 열릴 거예요. 올 거죠?"

"네가 원한다면. 그리고 내가 네 이미지를 망치지 않는다면."

"정장 한 벌 사 입어요. 훈장도 달고. 다들 당신을 보고 넋이 나갈 거예요."

정장을 사야 하나, 리처는 말없이 잠시 생각에 잠겼다. 만약 산다면 그것은 그의 생애에서 처음 입는 정장이 될 것이었다.

"당신은 당신이 하고 싶은 걸 한 것 같아요?" 조디가 물었다.

리처는 조디를 두 팔로 감쌌다. "지금 이 순간 말이야?"

"인생 전반적으로요."

"집을 팔고 싶어."

조디는 잠시 말없이 누워 있었다.

"그렇군요. 근데 나한테 허락 받을 필요는 없어요."

"너무 짐스러워. 감당할 수가 없어."

"굳이 나한테 설명할 필요도 없어요."

"집을 판 돈으로 남은 평생을 먹고살 수 있을 거야."

"세금은 내야죠."

리처는 고개를 끄덕였다. "그래. 그리고 남는 돈으로 모텔비도 얼마든지 낼 수 있겠지."

"신중하게 생각해요. 당신이 가지고 있는 유일한 자산이니까."

"나한테는 아니야. 모텔비가 자산이지. 집은 짐일 뿐이야."

조디는 아무 말도 하지 않았다.

"차도 팔 거야."

"그 차를 맘에 들어 하는 줄 알았는데."

리처는 고개를 끄덕였다. "차야 물론 좋지. 하지만 난 그냥 물건을 소유하는 게 싫어."

"차 한 대 굴린다고 세상이 끝나는 것도 아니잖아요."

"나한텐 그래. 너무 번거로워. 보험도 들어야 하고, 이것저것 할 게 많지."

"보험을 안 들었어요?"

"생각은 있었는데, 준비해야 하는 서류가 너무 많더라고."

조디가 잠시 말문을 닫았다.

"차를 팔고 나면 어떻게 돌아다니려고요?"

"늘 하던 대로 히치하이킹을 하고 버스를 타는 거지."

조디가 다시 말을 멈췄다.

"좋아요. 차는 팔고 싶으면 팔아요. 하지만 집은 그냥 두는 게 어때요? 쓸모가 있을 텐데."

리처는 조디의 옆에서 고개를 저었다. "그게 나를 미치게 하는데?"

조디가 미소 짓는 게 느껴졌다.

"내가 아는 사람 중에 홈리스가 되고 싶어 하는 사람은 당신뿐이에요. 보통은 어떻게든 집을 마련하려고 발버둥 치는데."

"그게 제일 간절해. 네가 파트너가 되고 싶은 것처럼, 난 자유롭고 싶어."

"나한테서도?" 조디가 차분한 목소리로 물었다.

"집으로부터 자유롭고 싶다는 거야. 그건 짐이야. 마치 닻 같아. 너한테서는 아니지."

조디가 리처의 목에 감았던 팔을 풀고 팔꿈치로 몸을 받쳤다.

"못 믿겠어요." 조디가 말했다. "집이 닻처럼 당신을 묶어두고 있어서 싫으면, 나도 당신을 묶어두고 있으니 싫은 거 아니에요?"

"집은 날 기분 나쁘게 만들어. 넌 날 기분 좋게 해주고. 난 그저 내 감정을 따를 뿐이야."

"그럼 집은 팔아도 뉴욕에 계속 있을 거예요?"

리처는 잠시 침묵했다.

"여기저기 좀 돌아다니겠지. 너도 출장이 많잖아. 항상 바쁘고. 그래도 우린 잘 해낼 수 있을 거야."

"점점 멀어질 거예요."

"난 그렇게 생각 안 해."

"따로 있는 시간이 점점 더 길어질 거고."

리처는 고개를 저었다. "올해 내내 그랬던 것과 똑같을 거야. 집에 대한 걱정만 사라지는 것뿐이지."

"이미 마음을 굳혔군요. 그렇죠?"

리처는 고개를 끄덕였다. "미치겠어. 난 우편번호도 몰라. 아마 마음속 깊은 곳에서 알고 싶지 않기 때문일 거야."

"내 허락은 필요 없어요." 조디가 다시 말했다.

그리고 그녀는 말이 없어졌다.

"속상해?" 리처가 하나 마나 한 질문을 했다.

"걱정돼요."

"아무것도 변하지 않을 거야."

"그럼 왜 그렇게까지 하죠?"

"그럴 수밖에 없으니까."

조디는 아무 말도 하지 않았다.

두 사람은 그렇게 서로를 품에 안은 채 잠이 들었다. 달콤한 여운 속에 한 가닥 우울함이 깃들어 있었다. 아침이 왔지만 더 이상 대화를 나눌 시간이 없었다. 조디는 샤워를 하고 아침도 먹지 않은 채 무엇을 할 건지, 언제 돌아올 건지 묻지도 않고 나갔다. 리처도 샤워를 하고 옷을 입은 뒤 아파트 문을 잠그고 거리로 나섰다. 리사 하퍼가 기다리고 있었다. 세 번째 정장을 입고 FBI 차량의 펜더에 기대어 있었다. 쌀쌀한 날씨였지만 밝게 빛나는 태양의 햇살이 그녀의 머리를 비추고 있었다. 차는 화가 난 주위의 다른 운전자들을 아랑곳하지 않고 도로가에 정차해 있었다. FBI 운전기사는 꿈쩍도 하지 않고 핸들 뒤에서 정면만 바라보고 있었다. 대기는 소음으로 가득 차 있었다.

"컨디션 괜찮아요?" 하퍼가 물었다.

리처는 어깨를 으쓱했다. "그런 것 같소."

"가요."

교통 체증을 뚫고 스무 블록을 올라가 예전에 라마가 리처를 데려갔던 바로 그 혼잡한 지하 주차장으로 들어갔다. 예전에 탔던 구석의 엘리베이터를 탔다. 21층까지 올라갔다. 조용한 회색빛의 복도로 걸어 나왔다. 운전기사가 호스트처럼 앞서가며 왼쪽을 가리켰다.

"세 번째 문입니다."

제임스 코조가 책상 뒤에 앉아 있었다. 그는 이미 한 시간 전부터 나와 있었던 것처럼 보였다. 셔츠 차림이었다. 재킷은 굽은 나무로 만든 옷걸이에 걸려 있었다. TV로 정치 케이블 뉴스를 보고 있었는데 국회의사당 앞에서 열심히 보도하는 기자가 나오더니 후버 빌딩으로 빠르게 화면이 전환되었다. 예산 청문회 방송이었다.

"자경단의 귀환이군." 코조가 말했다.

그는 하퍼에게 고개를 끄덕이고 보던 파일을 닫았다. 텔레비전 소리를 죽이고 책상에서 뒤로 물러나더니 마른세수를 하는 것처럼 깡마른 얼굴을 손으로 문질렀다.

"그래서 뭘 원하시나?" 코조가 물었다.

"페트로시안의 부하들 주소." 리처가 말했다.

"당신이 병원에 처넣은 두 놈? 당신을 보면 반길 것 같지 않은데."

"떠나는 걸 보면 반길 거요."

"또 두들겨 패려고?"

"아마도."

코조는 고개를 끄덕였다. "좋아. 난 상관없어."

그는 서류 더미에서 파일 하나를 꺼내 뒤적거렸다. 주소를 메모지에 옮겨 적었다.

"둘이 같이 살고 있어." 코조가 말했다. "형제거든."

그러다가 다시 생각하더니 메모를 갈기갈기 찢어버렸다. 펼쳐진 파일을 책상 위에 뒤집어 놓고 새 메모지 한 장을 꺼냈다. 그리고 그 위로 연필을 툭 던졌다.

"당신이 적어." 그가 말했다. "어디라도 내 필적이 남는 건 싫으니까."

주소는 66번가였다.

"좋은 동네군." 리처가 말했다. "비싸고."

코조가 다시 고개를 끄덕였다. "수익성이 높은 사업을 할 테니까."

그러고는 씁쓸하게 웃었다.

"원래는 그랬었지. 당신이 차이나타운을 들쑤시기 전까지는."

리처는 아무 말도 하지 않았다.

"택시로 가." 코조가 하퍼에게 말했다. "그리고 자네는 눈에 띄지 마. FBI가 개입한 흔적은 절대 남기지 말라고. 알겠나?"

하퍼가 마지못해 고개를 끄덕였다.

"그럼 재미들 보라고." 코조가 말했다.

매디슨 가 쪽으로 걸어가는 내내 하퍼는 관광객처럼 고개를 두리번거렸다. 택시를 타고 북으로 이동한 뒤 60번가 모퉁이에서 내렸다.

"여기서부턴 걸어가는 걸로." 리처가 말했다.

"같이요?" 하퍼가 말했다. "좋아요. 나도 끼고 싶어요."

"계속 같이 다녀야 하오. 당신 없인 안으로 못 들어가니까."

주소를 따라 북쪽으로 여섯 블록을 걸어가자 회색 벽돌로 지어진 평범한 중층 아파트 건물이 나왔다. 창틀은 금속이었고 발코니는 없었다. 창문 아래 벽을 뚫고 에어컨이 설치되어 있었다. 입구의 인도를 가려주는 차양도 없고 도어맨도 없었다. 하지만 깨끗했고 잘 관리되고 있었다.

"비싼 데예요?" 하퍼가 물었다.

리처는 어깨를 으쓱했다. "잘 모르겠소. 제일 비싼 데는 아닌 것 같은데. 그래도 거저 주진 않겠지."

거리 쪽 출입문은 열려 있었다. 로비는 좁았고, 벽은 섬세한 줄무늬가 들어가 대리석처럼 보이는 거친 회반죽으로 마감되어 있었다. 로비의 맨 안쪽에 좁은 갈색 문이 달린 엘리베이터가 하나 있었다.

그들이 가려는 곳은 8층이었다. 리처가 엘리베이터 버튼을 누르자 문이 스르르 열렸다. 내부는 사방이 청동 거울로 장식되어 있었다. 하퍼가 안으로 들어섰고 리처는 그 뒤를 바짝 따라 들어갔다. 8층을 눌렀다. 거울 속에 무한히 겹쳐진 반사상이 함께 올라갔다.

"당신이 문을 두드리시오." 리처가 말했다. "어떻게든 놈들이 문을 열게 하시오. 내 얼굴이 보이면 절대 열지 않을 테니까."

하퍼가 고개를 끄덕였다. 엘리베이터가 8층에서 멈췄다. 문이 스르르 열렸다. 그들은 로비와 똑같이 생긴 밋밋한 공간에 내렸다. 놈들의 집은 건물 안쪽 오른편에 있었다.

리처는 벽에 바짝 붙어 섰고, 하퍼는 문 앞에 섰다. 고개를 앞으로 숙였다가 뒤로 젖혀 머리카락을 얼굴 위로 넘겼다. 숨을 고르고 손을 들어 문을 두드렸다. 잠시 동안 아무 반응도 없었다. 그러다 하퍼의 몸이 굳어졌다. 누군가가 안에서 살펴보고 있는 것 같았다. 안쪽에서 체인이 덜그럭거리는 소리가 들리더니 문이 살짝 열렸다.

"건물 관리팀입니다. 에어컨 점검 중이에요." 하퍼가 말했다.

그건 계절이 안 맞는데. 리처는 생각했다. 하지만 180센티미터가 넘는 키에 허리까지 내려오는 금발을 가진 데다 주머니에 양손을 넣고 있어서 셔츠 앞부분이 팽팽하게 당겨져 있는 여자가 서 있었다. 문이 다시 닫혔다가 체인이 덜그럭거리더니 뒤로 활짝 열렸다. 하퍼는 마치 정중한 초대를 받은 사람처럼 안으로 들어섰다.

리처는 벽에서 몸을 떼어 문이 다시 닫히기 전에 따라 들어갔다. 창밖으로는 채광용 중정만 보여 빛이 잘 들지 않는 작은 아파트였다. 카페트, 가구, 커튼까지 모든 것이 갈색이었다. 좁은 현관을 지나자 작은 거실이 나왔다. 거실에는 소파와 안락의자 두 개, 그리고 하퍼가 있었다. 그리고 리처가 모스트로스 식당의 뒷골목을 떠나면서 마지막으로 봤던 두 놈이 있었다.

"잘 있었나, 친구들?"

"우린 형제예요." 첫 번째 놈이 뜬금없는 소리를 했다.

두 놈 모두 이마에 리처가 붙였던 라벨보다 조금 더 길고 넓은 흰색 병원 거즈를 붙이고 있었다. 한 놈은 손에도 붕대를 감고 있었다. 둘 다 스웨터와 골프 바지를 입고 있었다. 품이 큰 외투를 입지 않아서인지 훨씬 왜소해 보였다. 한 놈은 보트 슈즈를 신고 있었고, 다른 한 놈은 우편 주문 키트로 직접 만든 것처럼 보이는 모카신 슬리퍼를 신고 있었다. 그들을 바라보면서 리처는 자신의 공격 의지가 서서히 사라지는 것을 느꼈다.

"젠장." 리처가 말했다.

놈들이 그를 빤히 마주 보았다.

"앉아." 리처가 말했다.

놈들은 소파에 나란히 앉았다. 둘 다 거즈를 우스꽝스럽게 붙인 채 잔뜩 겁먹은 눈으로 리처를 바라보았다.

"이 사람들이 맞아요?" 하퍼가 물었다.

리처는 고개를 끄덕였다.

"상황은 변하기도 하는 거니까."

"페트로시안 씨는 죽었어요." 한 놈이 말했다.

"그건 이미 알고 있어." 리처가 답했다.

"우린 다른 건 아무것도 몰라요." 다른 놈이 말했다.

리처가 고개를 저었다. "그런 소리 하지 마. 네놈들은 많은 걸 알고 있어."

"우리가 뭘 알고 있다는 거죠?"

"벨뷰가 어딘지는 알잖아."

첫 번째 놈이 불안해하며 물었다. "벨뷰라뇨?"

리처가 고개를 끄덕였다. "네놈들이 갔던 병원."

형제는 모두 벽 쪽으로 고개를 돌렸다.

"거기, 맘에 들던가?" 리처가 물었다.

둘 다 대답하지 않았다.

"다시 가고 싶나?"

역시 답이 없었다.

"거기 응급실이 꽤 크지?" 리처가 말했다. "어디든 치료하기 딱 좋아. 팔이 부러지거나 다리가 부러지거나, 뭐 어떤 부상이든 말이야."

손에 붕대를 감은 놈, 계속 말을 하던 놈이 형이었다.

"원하는 게 뭔데요?" 놈이 물었다.

"거래."

"뭐랑 뭐를요?"

"정보." 리처가 말했다. "네놈들을 다시 벨뷰로 보내지 않는 대가로."

"좋아요." 놈이 말했다.

하퍼가 웃으며 말했다. "쉽네요."

"내 예상보다는." 리처가 말했다.

"상황이 바뀌었잖아요. 페트로시안 씨가 죽었으니까." 놈이 말했다.

"네놈들이 가지고 있던 총 말이야." 리처가 말했다. "그거 어디서 난 거지?"

놈들에게서 경계하는 눈치가 보였다.

"총이요?"

"그래, 총." 리처가 반복했다. "어디서 났어?"

"페트로시안 씨가 줬어요."

"어디서 구한 건데?"

"우린 몰라요."

리처가 씩 웃으며 고개를 저었다. "그렇게 말하면 안 되지. 그냥 '우린 몰라요'라고 하면 안 된다고. 설득력이 없잖아. '나는 몰라요'라고 하면 또 모를까, 동생 것까지 네가 대신 답하면 안 되지. 네가 모르는 걸 동생은 알 수도 있잖아?"

"우린 몰라요." 놈이 다시 말했다.

"그 총은 군에서 나온 거야." 리처가 말했다.

"페트로시안 씨가 산 거예요." 놈이 말했다.

"그자는 돈만 냈겠지."

"그분이 산 거라고요."

"그자가 구매를 주선했다는 건 인정해주지."

"그분이 우리한테 줬어요." 이번에는 동생이 말했다.

"우편으로 왔나?"

형이 고개를 끄덕였다. "네. 우편으로요."

리처는 고개를 저었다. "아니지. 그렇지 않아. 총을 가져오라고 네놈들을 어딘가로 보냈겠지. 아마 한 번에 엄청난 물량을 가져왔을 거야."

"그분이 직접 가져왔어요."

"아니. 그럴 리 없어. 네놈들을 보냈겠지. 페트로시안은 직접 안 가. 네놈들이 갔을 거야. 그 벤츠를 몰고."

형제는 벽을 바라보며 생각에 잠겼다. 뭔가 결정을 내려야 할 게 있는 것처럼.

"댁은 누구신데요?" 형이 물었다.

"난 아무도 아니야." 리처가 답했다.

"아무도 아니라니요?"

"경찰도 아니고, FBI도 아니고, ATF*도 아니고, 아무것도 아니야."

*Bureau of Alcohol, Tobacco, Firearms and Explosives의 약어. 미국 주류·담배·화기 단속국.

놈들은 대답이 없었다.

"그래서 장점과 단점이 다 있지." 리처가 말했다. "장점은, 네놈들이 뭔가를 말해도 그건 나만 듣고 만다는 거야. 더 이상 퍼질 일이 없지. 내가 관심 있는 건 네놈들이 아니라 육군 쪽이니까. 단점은, 말하지 않는다면 시민권이 보호되는 법정으로 네놈들을 보내지는 않을 거라는 거야. 그냥 팔다리를 죄다 아작 내서 벨뷰로 다시 보낼 생각만 있지."

"이민단속국인가요?"

리처는 웃었다. "영주권 카드라도 잃어버렸나?"

놈들은 아무 말도 하지 않았다.

"말했잖아, 난 아무도 아니라고. 난 어디 소속도 아니야. 그저 답을 듣고자 하는 사람일 뿐이지. 네놈들이 답만 해주면 있고 싶은 만큼 미국 땅에 머물면서 미국 문명의 혜택을 누릴 수 있다고. 하지만 슬슬 내 인내심이 바닥나려고 하고 있어. 그런 신발을 신고 있다고 해서 영원히 버틸 수는 없을 거야."

"신발요?"

"슬리퍼를 신고 있는 사람을 때리고 싶진 않거든."

정적이 흘렀다.

"뉴저지." 형이 입을 열었다. "링컨 터널을 지나면 3번 국도와 유료 고속도로가 만나는 지점이 있는데, 좀 안쪽에 바가 하나 있어요."

"상호가 뭐야?"

"몰라요. 그냥 사람 이름을 딴 것만 기억나요. 아일랜드식 이름이었는데, 맥 뭐였던 거 같아요."

"거기서 누구를 만났지?"

"밥이라는 사람."

"성은?"

"밥이라는 것밖에 몰라요. 명함을 주고받은 것도 아니니까. 페트로시안 씨가 그냥 밥이라고만 했거든요."

"군인인가?"

"아마도요. 그러니까, 군복을 입은 건 아니었는데, 머리가 아주 짧았어요."

"거래 방식은?"

"바에 들어가서 밥을 찾아요. 현금을 주면 밥이 우릴 주차장으로 데려가서 자기 차 트렁크에서 물건을 꺼내줘요."

"캐딜락이었어요." 동생이 말했다. "구형 짙은 색 드빌."

"거래는 몇 번이나 했지?"

"세 번이요."

"물건은?"

"베레타. 한 번에 열두 자루씩."

"시간은?"

"저녁 8시쯤."

"미리 연락을 하고 만나나?"

동생이 고개를 저었다.

"항상 8시까지는 그 바에 온다고 했어요. 페트로시안 씨가 그렇게 말했어요."

리처가 고개를 끄덕였다.

"밥은 어떻게 생겼지?" 리처가 물었다.

"댁처럼 생겼어요." 형이 말했다. "덩치 크고 험악하게."

23

마약과 관련해 유죄 판결이 나면 자산을 몰수할 수 있도록 법률로 규정되어 있다. 이 때문에 뉴욕시 마약단속국에서는 필요 이상으로 많은 자동차를 보유하게 되어 잉여 차량을 FBI를 비롯한 다른 법 집행 기관에 대여해주고 있다. FBI는 정부 기관 차량처럼 보이지 않는 익명의 운송 수단이 필요할 때나, 어떤 활동과 자신들 사이에 적당한 거리를 유지해야 할 때 그런 차량을 이용한다. 그래서 제임스 코조는 FBI의 세단과 운전기사 대신, 지하 주차장 뒷줄에 주차되어 있는 1년 된 검은색 닛산 맥시마의 키를 하퍼에게 던져주었다.

"재미들 봐." 코조가 또다시 말했다.

하퍼가 운전했다. 뉴욕 운전은 처음이었기 때문에 긴장하고 있었다. 몇 블록을 돌고 급가속하는 택시들이 경적을 울려대며 끼어드는 사이를 조심스럽게 헤치며 5번가 남쪽으로 천천히 차를 몰았다.

"이제 뭘 하면 되죠?"

이제 시간을 좀 죽여야지. 리처는 생각했다.

"밥은 8시에 나타날 테니 오후 내내 시간을 죽여야겠소."

"뭔가는 해야만 할 것 같은 기분인데요."

"서두를 필요 없소." 리처가 말했다. "3주라는 시간이 남아 있으니까."

401

"그럼 뭘 하죠?"

"먼저 식사부터." 리처가 말했다. "아침을 못 먹었거든."

확실히 확인해야 하니까 아침 식사는 걸러도 돼. 예상대로라면 현지 경찰과 FBI가 밤낮으로 나눠서 교대 근무를 할 거고 교대 시간은 저녁 8시와 아침 8시일 거야. 넌 어제 저녁 8시에 그들이 교대하는 걸 봤고, 오늘 아침 8시에 다시 교대하는 걸 확인하려고 날이 밝는 대로 일찍 도착했어. 현지 모텔의 로비에서 손수 챙겨 먹어야 하는 부실한 조식을 포기하는 건 그런 확실성을 확보하기 위해 기꺼이 치르는 작은 대가일 뿐이지. 오랜 시간 걸리는 장거리 운전도 마찬가지야. 근처에 방을 잡는 멍청한 짓은 절대 하지 않아.

그리고 직선 경로를 택할 만큼 어리석지도 않지. 산길을 이리저리 돌아가다, 목적지에서 수백 미터 떨어진 자갈 깔린 회차 공간에 차를 세우면 돼. 거기라면 차를 두어도 충분히 안전하니까. 애초에 회차 공간을 만든 이유가, 얼간이 등산객들이 차를 세워 놓고 독수리를 관찰하러 가거나 바위를 타거나 등산을 할 수 있게 하려고 한 거잖아? 자갈 위에 반듯하게 주차돼 있는 렌터카 한 대쯤은 공항 수하물 컨베이어 벨트 위의 스키 가방만큼이나 눈에 잘 띄지 않아. 그저 풍경의 일부일 뿐이지.

넌 도로에서 벗어나 30미터 정도 높이의 작은 언덕 위로 올라가. 어깨 높이가 조금 넘는 앙상한 나무들이 사방에 널려 있어. 나뭇잎은 없지만 지형 덕분에 몸을 숨기기는 충분해. 넓은 참호의 안쪽 같은 곳이지. 넌 여기저기 흩어져 있는 바위들을 피해 왼쪽, 오른쪽으로 발걸음을 옮겨. 언덕 꼭대기에 다다르면 능선을 따라 왼쪽으로 이동해. 지면이 반대쪽으로 급하게 기울어지는 지점에서는 몸을 낮게 숙여. 무릎을 꿇고 두 개의 거대한 바위가 서로 맞닿아 있는 곳까지 나아가면 두 바위가 서로 기대어 만든 삼각형 사이로 계곡의 멋진 풍경이 펼쳐져. 오른쪽 바위에 오른쪽 어깨를 기대면 리타 시메카 중위의 집이 시야 한복판으로 정확히 들어와. 거리는 200미터 남짓.

집은 네 위치에서 약간 북서쪽에 있어서 거리 쪽이 정면으로 완전히 잘 보여. 산 아래로 100미터 정도 내려간 위치라서 평면도를 보는 것처럼 모든 게 한눈에 들어오지. FBI 차량이 바로 그 집 앞에 주차되어 있어. 짙은 파란색의 깨끗한 뷰익. 거기엔 요원 한 명이 타고 있어. 쌍안경으로 보니 요원은 아직 깨어 있네. 고개를 똑바로 들고 있어. 주위를 별로 둘러보지도 않아. 지루해 죽을 것 같다는 표정으로 그저 앞만 보고 있어. 그를 탓할 순 없어. 그에게 마지막 큰 사건이란 게 고작 크리스마스 자선행사였을 텐데 그런 곳에서 밤새 열두 시간을 보낸 거니까.

언덕 위는 추워. 바위가 어깨에서 체온을 빨아들이지. 햇볕은 없고 거대한 산맥 위에는 음침한 구름만 가득할 뿐이야. 넌 잠깐 몸을 돌려 장갑을 끼고 머플러를 눈 밑까지 끌어올려. 보온을 위해서도, 숨 쉴 때 나오는 입김이 공기 중에 퍼지는 것을 막기 위해서도. 다시 몸을 돌려서 발을 움직이며 몸을 뒤척여 편안한 자세를 취해. 다시 쌍안경을 들어 올려.

그 집에는 마당의 전체 경계를 따라 철망 울타리가 둘러져 있는데 진입로 쪽에는 울타리가 끊겨 있지. 진입로는 짧고, 그 끝에는 현관 아래에 차고 문이 하나 나 있어. 진입로 옆으로는 깔끔하게 가꾸어진 조경석을 따라 현관문까지 이어지는 좁은 길이 있지. FBI 차량은 언덕 약간 위쪽으로 올라가서 진입로 바로 맞은편 인도에 주차되어 있어. 차는 언덕 아래를 향하고 있어. 이렇게 하면 운전자의 시야가 현관으로 이어지는 길의 입구와 정확하게 일직선이 돼. 지능적인 위치 선정이야. 누가 언덕을 따라 집 쪽으로 올라오면 운전자는 처음부터 끝까지 그 사람을 볼 수 있어. 뒤쪽에서 접근해도 백미러에 비칠 수 있고, 곁을 지나가면 반드시 눈에 띄지. 그리고 좁은 길을 따라 현관으로 올라가는 모습은 뒷모습까지 전부 볼 수 있어. 지능적인 위치 선정, 역시 FBI야.

서쪽으로 800미터, 산 아래로 60미터 더 내려간 지점에서 움직임이 포착돼. 흑백의 크라운 빅토리아 차량이 직각으로 천천히 주행 중이야. 조심스레 커브길을 돌아 시메카의 집 앞길로 들어서. 배기구에서 하얀 증기가 피어올라. 엔진이 아직 열을 덜 받은 거지. 조용한 경찰서 뒤편에 밤새 주차되어 있었던 차니까. 그 차가 길을 따라 올라오더니 속도를 줄이고 뷰익 옆에 나란히 차를 세워. 두 차의 간격은 30센티미터 정도. 확실히 보이지는 않지만 창문이 윙윙거리며 내려가는 걸 알 수 있어. 서로 인사를 나눠. 정보를 전달하고 있어. 모든 상황 이상 무, FBI 요원이 말해. 좋은 하루 되세요, 하고 덧붙이면서. 현지 경찰이 툴툴거리는 척해. 지루한 척하지만 사실은 중요한 임무를 맡게 돼서 은근히 들떠 있어. 아마 이 정도로 중요한 임무는 난생처음 맡았을 거야. 이따 봐요, FBI 요원이 인사를 건네.

흑백 순찰차가 언덕 위로 올라가더니 방향을 돌려서 내려와. 요원이 뷰익 엔진의 시동을 걸고 기어를 넣자 차가 덜컹 하며 앞으로 움직여. 순찰차가 그 뒤로 따라 붙어. 뷰익은 언덕 아래로 사라지고 순찰차는 천천히 굴러 내려와서 뷰익이 있던 바로 그 자리에 한 치의 오차도 없이 멈춰 서. 차량 서스펜션이 두어 번 꿀렁이다 안정되고 엔진이 꺼져. 하얀 배기가스가 흩어져 사라져. 경찰이 요원이 했던 것처럼 고개를 오른쪽으로 돌려서 시야를 확보해. 생각보다 그렇게 멍청한 놈은 아닐지도 모르겠네.

맥시마를 몰던 하퍼는, 리처에게서 격자형 도로망이 곧 끝나고 이제 길이 복잡해질 거라는 말을 듣자마자, 웨스트 9번가의 유료 주차장으로 들어갔다. 둘은 다시 남쪽과 동쪽으로 걸어가 워싱턴 스퀘어 공원이 보이는 작은 식당을 찾았다. 웨이트리스가 문고판 크기의 철학 저널을 주문서의 받침으로 쓰고 있었다. 그 일을 해서 겨우 생활비를 버는 뉴욕대 학생 같았다. 공기는 차가웠지만 해는 얼굴을 드러내고 있었다. 하늘은 파랗게 빛났다.

"여기 참 마음에 들어요." 하퍼가 말했다. "멋진 도시예요."

"집을 팔겠다고 조디에게 말했소." 리처가 말했다.

하퍼가 리처를 바라보았다. "팔아도 괜찮대요?"

리처는 어깨를 으쓱했다. "걱정하는 것 같소. 난 그 이유를 잘 모르겠지만. 내가 더 행복해지는 일인데, 왜 걱정하는 건지."

"당신이 떠돌이처럼 살겠다는 뜻이니까요."

"아무것도 바뀌는 건 없소."

"그럼 왜 파는 건데요?"

"조디도 그렇게 묻더군."

하퍼는 고개를 끄덕였다. "그럴 거예요. 사람들이 뭔가를 할 때는 다 이유가 있어서 하는 거잖아요? 그러니 그녀도 그게 무슨 이유일까 하고 생각하는 거죠."

"이유는 간단하오. 그냥 내가 집을 소유하고 싶지 않아서니까."

"하지만 이유라는 건 여러 층이 겹겹이 쌓여 있어요. 그건 그냥 맨 가장자리 층의 이유일 뿐이고요. 조디는 스스로에게 묻고 있을 거예요. 리처는 왜 집을 소유하고 싶지 않은 걸까, 하고."

"번거로운 게 싫으니까. 조디도 알고 있소. 이미 말했거든."

"행정적인 번거로움요?"

리처가 고개를 끄덕였다. "지랄 맞게 골치 아프지."

"그건 그래요. 정말 지랄 맞게 골치 아프죠. 하지만 조디는 그 행정적 번거로움이란 게 다른 뭔가를 상징하는 것일 뿐이라고 생각할 수도 있어요."

"예를 들면?"

"당신이 떠돌이로 살고 싶어 한다는 거?"

"그건 빙빙 돌아 도로 원점인데?"

"난 그저 조디가 어떻게 생각하는지 말해주는 거예요."

철학과 학생이 커피와 대니시 빵을 가져왔다. 학구적인 필체로 또박또박 적은 계산서도 같이 줬다. 하퍼가 계산서를 집어 들었다.

"내가 챙길게요."

"좋소."

"조디가 당신을 믿게 해야 해요." 하퍼가 말했다. "집을 팔더라도 당신이 떠나지 않을 거라고 믿음을 줘야 한다고요."

"차도 팔 거라고 말했소."

하퍼가 고개를 끄덕였다. "그건 도움이 좀 되겠네요. 정착하려는 것처럼 들리니까요."

리처가 잠시 뜸을 들였다.

"여행을 좀 할지도 모른다는 말도 했소."

하퍼가 그를 빤히 쳐다보았다. "맙소사. 리처, 그건 전혀 안심이 안 되는 말이잖아요?"

"조디도 여기저기 다니오. 올해에만 런던에 두 번이나 다녀왔소. 나는 거기에 토 단 적 없고."

"여행은 얼마나 하려고요?"

리처는 다시 어깨를 으쓱했다. "모르겠소. 그냥 조금? 난 여기저기 돌아다니는 게 좋소. 진심으로. 내가 말했잖소."

하퍼가 잠시 말이 없어졌다.

"그거 알아요?" 하퍼가 말했다. "계속 곁에 있을 거라고 조디를 설득하기 전에, 스스로부터 그러겠다는 확신이 서 있어야 할 것 같아요."

"난 확신하고 있소."

"그래요? 그때그때 내키는 대로 들락날락할 생각이 아니라?"

"조금은 들락날락할 것 같기도 하군."

"그러다 보면 사이가 멀어질 거예요."

"조디도 그렇게 말했소."

하퍼는 고개를 끄덕였다. "당연한 반응이니까요."

리처는 더 할 말이 없었다. 묵묵히 커피를 마시며 빵을 먹었다.

"결정할 때가 왔네요." 하퍼가 말했다. "길 위의 삶이냐, 정착이냐. 둘 다 할 수는 없어요."

점심시간이 첫 번째로 맞는 큰 시험대가 될 거야. 그게 너의 잠정적 결론이야. 처음에는 경찰이 화장실 문제를 어떻게 대처할지 궁금했는데, 그는 그냥 집 안으로 들어가서 여자 집의 화장실을 사용하는 걸로 해결했어. 주차한 지 90분쯤 지나서 모닝 커피가 온몸을 한 바퀴 돌았을 만한 시점에 경찰은 차에서 내렸어. 인도에 서서 기지개를 켜고 구불구불한 길을 걸어 올라가 초인종을 눌렀지. 너는 쌍안경의 초점을 조정해 양호한 측면 시야를 확보했어. 하지만 여자는 보지 못했지. 집 밖으로 나오지 않았으니까. 약간 어색해하고 머쓱해하는 경찰의 몸짓만 보였어. 말을 하지도 않았어. 묻지도 않았고. 그냥 문 앞에 나타났을 뿐이야. 사전에 이야기가 되어 있었다는 뜻이지. 너 역시 그게 시메카에게는 심리적으로 가혹한 일일 거라고 생각해. 강간당한 여성에게, 덩치 큰 남성이 성기와 연관된 노골적인 행위 때문에 불쑥 들이닥치는 거니까. 하지만 진행은 순조로워. 경찰은 안으로 들어갔고 문이 닫혀. 1분 뒤 문이 열리고 다시 밖으로 나와. 주변을 둘러보고 주의 깊게 살피며 차로 돌아가. 차 문을 열고 안으로 미끄러져 들어가. 현장은 다시 평상시로 되돌아가.

그렇다면 경찰이 화장실에 다녀오는 때를 노릴 수는 없어. 점심시간이 다음 기회야. 열두 시간 동안 아무것도 안 먹고 있을 수는 없어. 경찰들은 늘 뭔가를 먹어. 네가 경험한 바에 따르면. 도넛, 페이스트리, 커피, 스테이크와 계란. 늘 뭔가를 먹지.

하퍼는 뉴욕이 내려다보이는 풍경을 보고 싶어했다. 마치 관광객 같았다. 리처는 워싱턴 스퀘어 공원을 남쪽으로 통과해서 웨스트 브로드웨이를 따라 세계무역센터까지 그녀를 데리고 걸어갔다. 3킬로미터 거리였다. 쉬엄쉬엄 걸었더니 50분이나 걸렸다. 하늘은 밝고 차가웠고 도시는 북적거렸다. 하퍼는 그걸 즐기고 있었다.

"위에 있는 식당 어떻소?" 리처가 말했다. "FBI에서 점심은 사주겠지."

"방금 내가 점심 샀잖아요."

"아니. 그건 늦은 아침이었소."

"당신은 늘 뭔가를 먹네요." 하퍼가 말했다.

"덩치가 있잖소. 영양이 필요하오."

로비에서 코트를 맡기고 빌딩 꼭대기까지 올라갔다. 레스토랑 카운터에서 줄을 서서 기다리는 동안 하퍼는 창가에 바짝 붙어 도시 풍경을 감상했다. 하퍼가 배지를 보여주자 창가의 2인석으로 안내해 주었다. 400미터 높이에서 웨스트 브로드웨이와 그 너머 5번가가 정면으로 내려다보이는 자리였다.

"대박!" 하퍼가 신나서 말했다.

정말 대박이었다. 공기는 상쾌하고 맑았고, 저 멀리 150킬로미터까지 시야가 트여 있었다. 가을 햇살 속에서 아래의 도시는 황갈색으로 물들어 있었고, 빽빽하고 정교하게 쉼 없이 바삐 돌아가고 있었다. 강은 녹색과 회색을 띠며 흐르고 있었다. 외곽 자치구들은 웨스트체스터와 코네티컷, 롱아일랜드로 점차 희미하게 이어졌다. 반대쪽으로는 뉴저지가 강둑을 차지하고 멀리까지 굽이치며 펼쳐져 있었다.

"밥이 저 어딘가에 있겠네요." 하퍼가 말했다.

"저기 어딘가에." 리처가 맞장구쳤다.

"밥은 누굴까요?"

"그냥 개자식이지."

하퍼가 미소를 지었다. "범죄학적으로는 정확한 설명이 아닌데요."

"그자는 창고 관리자요. 매일 밤 술집에 들른다면 매일 여덟 시간씩 일하는 직장인인 거지."

"우리가 쫓는 놈은 아니죠?"

그런 놈을 누가 쫓아. 리처는 속으로 생각했다.

"그자는 잔챙이요. 주차장에서 차 트렁크를 열고 물건을 판다? 가오가 없잖소. 사람을 죽일 정도의 큰판이 아니오."

"그럼 그가 우리한테 무슨 도움이 되는 거죠?"

"이름을 대줄 수 있을 거요. 공급책이 있고 다른 선수들을 알고 있을 테니. 그 다른 선수 중 하나가 또 다른 이름을 댈 거고, 또 다른 선수가 또 다른 이름을 댈 거요."

"다들 서로 아는 사이일까요?"

리처는 고개를 끄덕였다. "나름 분업 체계요. 다른 바닥과 마찬가지로 전부 자기 전문 분야와 자기 구역이 있소."

"시간이 꽤 걸릴 수도 있겠네요."

"이곳의 지리적 조건이 마음에 드는군." 리처가 말했다.

"지리가 왜요?"

"말이 되니까. 군대에서 무기를 훔치려면 어디서 훔치겠소? 밤에 막사를 기웃거리다 눈에 들어오는 아무 사물함에서 빼내는 게 아니오. 그랬다간 병사들이 아침에 깨서 자기 베레타를 찾을 때까지 여덟 시간밖에 여유가 없으니까."

"그럼 어디서 훔치죠?"

"없어져도 바로 티가 안 나는 곳. 한마디로 창고. 전쟁에 대비한 비축 시설, 거기서 훔칠 거요."

"그런 데가 어디 있죠?"

"주간 고속도로 지도를 살펴보시오."

"갑자기 그건 왜요?"

"고속도로를 왜 만들었는지 알고 있소? 당신 가족이 애스펀에서 옐로스톤까지 운전해서 휴가 가라고 만든 게 아니오. 군 병력과 무기를 신속하게 이동시키기 위해서 만든 거지."

"그런 거였어요?"

리처는 고개를 끄덕였다. "냉전이 한창이던 1950년대에 아이젠하워가 한 거요. 아이젠하워야말로 뼛속까지 웨스트포인트 출신이지."

"그래서요?"

"그러니 주간 고속도로가 모두 교차하는 지점을 살펴보면 될 거요. 그런 곳에 보급 창고를 설치해서 물자가 어느 방향으로나 즉시 이동할 수 있게 했으니까. 아이젠하워는 노련해서 낙하산 부대가 캔자스로 떨어진다는 건 별로 걱정하지 않았고 바다에서 함선으로 쳐들어오는 것에 대비하고 있었소. 그래서 보급 창고는 주로 해안 바로 안쪽에 위치해 있소.”

“그러면 뉴저지가 딱이네요?”

리처가 다시 고개를 끄덕였다. “전략적으로 탁월한 위치요. 그래서 보급 창고가 많이 있고, 그만큼 도난도 많이 일어나고.”

“밥이 뭔가를 알고 있을 거라고 생각해요?”

“수사 방향을 알려주는 정도는? 밥에게 기대할 수 있는 건 그 정도일 거요.”

점심시간도 쉽지 않아. 전혀. 넌 쌍안경을 눈에 바짝 붙이고 모든 상황을 지켜봐. 또 다른 흑백 순찰차가 모퉁이를 돌아 언덕을 천천히 올라와. 첫 번째 차량과 나란히 멈춰 서서 시동을 켠 채 그 자리에 머물러 있어. 망할 놈의 차 두 대가 나란히 서 있다고. 경찰서 차량 전체가 지금 네 눈앞에 모여 있는 것 같아.

시야도 부분적으로만 확보돼. 양쪽 차량 다 운전석 창문이 내려져 있어. 갈색 종이 봉투와 뚜껑이 닫힌 커피 컵이 보여. 새로 온 경찰이 컵을 똑바로 세우려고 팔꿈치를 높이 들어서 차 사이로 그걸 건네. 넌 쌍안경의 초점을 조정해. 기다리고 있던 경찰이 손을 뻗는 모습이 보여. 화면이 평면적이고 2차원적이고 화소가 거친 걸 보니 쌍안경의 광학적 성능이 한계에 다다른 것 같아. 그 경찰이 커피를 먼저 받고 차 안의 컵 홀더에 놓느라 고개를 돌려. 그러고 나서 봉투를 받아. 봉투를 차창 턱에 올려놓고 윗부분을 풀어헤쳐서 봉투 안을 들여다보고는 미소를 지어. 살이 오른 커다란 얼굴이야. 치즈버거나 그 비슷한 걸 보고 있는 것 같아. 아마 버거 두 개에 파이 한 조각이겠지.

그는 봉투의 윗부분을 다시 말아올리고 차 안으로 넣어. 아마 조수석에 던져놨을 거야. 이제 머리가 움직여. 수다를 떨고 있어. 꽤 들떠 있는 모습이야. 젊은 녀석이군. 얼굴이 젊음으로 팽팽해. 자신감이 넘쳐. 중요한 임무를 맡았다는 사실에 도취되어 있어. 너는 한참 그를 지켜봐. 행복해하는 표정을 계속 지켜봐. 화장실에 가려고 문을 두드렸는데 아무런 응답이 없을 때 그 얼굴이 어떤 표정이 될까? 바로 그 순간 넌 두 가지를 결정해. 첫째, 저 집 안으로 들어가서 일을 끝낸다. 둘째, 저 경찰을 먼저 죽이지 않고 작업한다. 그의 표정이 어떻게 변하는지 보고 싶으니까.

닛산 맥시마는 한때 마약상들이 가장 선호하던 차종이었기 때문에 뉴저지의 바에 그 차를 타고 가도 괜찮겠다고 리처는 생각했다. 주차장에 세워져 있어도 전혀 위협적이지 않을 테니까. 그냥 일반인의 차로 보일 것이다. 정부의 암행 차량은 절대 그렇지 않다. 보통 2만 달러짜리 세단을 사면 크롬 휠과 펄 도장을 추가 주문하는 법이지만 정부는 절대 그렇게 하지 않는다. 때문에 정부 차량은 너무 인위적으로 단순해서 오히려 눈에 잘 띈다. 마치 차 옆에 '경찰 암행 차량'이라고 쓰여 있는 것 같다. 만약 밥이 주차장에서 그런 차를 본다면 평생을 지켜온 습관을 깨고 다른 곳에서 저녁 시간을 보낼 것이다.

리처가 운전했다. 하퍼는 밤 시간대와 러시아워 때 운전하는 걸 꺼려했다. 러시아워의 교통 상황은 안 좋았다. 맨해튼의 척추를 따라가는 길은 흐름이 느렸고 터널 입구는 꽉 막혀 있었다. 리처는 라디오를 켜고 여성 통신원이 소요 예정시간을 안내해주는 방송국을 찾았다. 40분, 45분. 걷는 것보다 두 배는 느린 속도였고, 정확히 그렇게 느껴졌다.

차는 허드슨 강 아래로 난 깊숙한 도로를 조금씩 전진했다. 100킬로미터 상류에 리처의 집 정원이 있었다. 리처는 차 안에 앉아 마음속으로 정원의 윤곽을 그려보며 자신의 결정을 되짚어 보았다. 정원이 있기에 상당히 좋은 곳이었다. 확실히 비옥했다. 잠시 한눈을 팔면 풀이 30센티 높이로 자라 있었다. 나무도 많았다. 가을 초입에는 단풍나무가 운치 있었다. 몇 그루씩 모양을 갖춰 배치되어 있는 걸로 보아 레온이 직접 심은 게 분명한 삼나무도 있었다. 단풍나무에서는 잎이 떨어지고 삼나무에서는 작은 보라색 열매가 떨어졌다. 낙엽이 모두 지고 나면 강 건너편의 풍경이 훤히 펼쳐졌다. 리처의 삶에서 중요한 비중을 차지했던 웨스트포인트가 바로 거기에 있었다.

하지만 리처는 과거에 연연하는 타입이 아니었다. 방랑자가 된다는 건 뒤를 돌아보지 않고 앞을 바라본다는 의미이다. 앞에 있는 것에 집중하는 것이다. 그리고 그는 본능적으로 알고 있었다. 앞을 바라본다는 건 새로운 것을 향하는 것이라고. 가보지 않은 곳과 보지 못한 것들을 찾아가는 것. 아이러니하게도 그는 지구 표면의 대부분을 한 번 이상 누볐으면서도 정작 자신이 본 것이 많지 않다고 느꼈다. 군 생활은 마치 시선을 전방에만 단단히 고정하고 좁은 복도를 전속력으로 달려가는 것과 같았다. 길 양옆에는 매력적인 것들이 가득했지만 서둘러 지나치고 무시해 버렸다. 이제 그는 옆길로 가고 싶었다. 내키는 방향 어디로나, 원하면 아무 때나 미친 듯이 지그재그로 가고 싶었다.

매일 밤 같은 곳으로 돌아가는 삶은 그가 원하는 것이 아니었다. 따라서 리처의 결정은 옳은 것이다. 그는 스스로에게 말해보았다. **집을 판다. 집을 내놓는다. 집이 매물로 나와 있다. 집이 팔렸다.** 그 말을 내뱉자 안고 있던 짐의 무게가 가벼워졌다. 단지 현실적인 무게가 줄어드는 것만이 아니었다. 물론 그것도 중요하긴 했다. 더 이상 배관 누수나 청구서 우편물, 난방 연료 배달, 보험 보장 범위 같은 걸로 골머리 앓을 필요가 없다. 하지만 그것보다 더 중요한 건 해방감이다. 마치 짐을 벗어던지고 세상에 다시 태어난 것 같은 느낌. 자유롭고 어디로든 떠날 수 있는 상태. 마치 문이 열리며 햇살이 쏟아져 들어오는 것 같았다. 리처는 웅웅거리는 어두운 터널 속에서 하퍼를 곁에 두고 자신도 모르게 미소를 지었다.

"이렇게 많이 막히는데, 즐거워요?" 하퍼가 물었다.

"내 인생 최고의 드라이브요."

넌 몇 시간이고 기다리며 지켜봐. 그런 완벽주의는 흔하지 않아. 하지만 넌 완벽하니까 그 완벽함을 유지해야 해. 확신도 가져야 하고. 이제 넌 그 경찰이 계속 거기에 있는 존재라는 걸 확신해. 그는 차 안에서 식사를 하고 가끔 그 여자 집의 화장실을 이용해. 그게 전부야. 그래서 넌 내일 아침 8시 전에 그 경찰을 납치하고 그를 사칭할 생각을 해. 그를 대신하는 거지. 잠시 그의 차에 앉아 있다가 시메카의 현관문으로 걸어가 화장실을 쓰려는 것처럼 노크하는 거야. 넌 그걸 1초 정도 생각했다가 즉시 지워버려. 그의 유니폼이 너에게 맞을 리가 없으니까. 게다가 8시 인수인계 시간에는 FBI 요원과 이야기를 나눠야 해. 그는 네가 가짜라는 걸 단박에 알아챌 거야. 뉴욕이나 LA처럼 누가 누군지 잘 모르는 큰 경찰서 소속 경찰을 상대하는 게 아니니까. 그러니 그 경찰을 다른 데로 가게 하든가, 그대로 둔 채 그의 앞을 지나쳐서 들어가야 해. 넌 먼저 교란 작전부터 생각해. 어떻게 해야 그를 다른 데로 가게 할 수 있을까? 교차로에서 대형 교통사고가 나면 가능할 거야. 학교에 화재가 발생해도 되고. 하지만 이 마을에는 학교가 없는 것 같아. 포틀랜드 방향으로 오가는 노란색 스쿨버스를 본 적은 있지만. 학교는 아마도 다른 관할 구역에 있을 거야. 게다가 교통사고를 연출하는 건 만만치 않아. 네가 직접 그 사고를 낼 생각은 당연히 없고. 그렇다면 어떻게 너도 모르는 운전자 둘이 사고를 내게 만들지?

아니면 폭탄 협박은 어떨까. 하지만 어디에? 경찰서? 그건 좋지 않아. 저 경찰은 확인이 끝날 때까지 안전하게 현 위치를 고수하라는 지시를 받을 테니까. 그럼 다른 장소는? 사람들이 많이 모이는 곳, 대피를 시키려면 경찰 병력 전체가 필요한 곳. 하지만 여긴 아주 작은 마을이야. 사람들이 모일 만한 데가 어디지? 교회? 아래쪽 간선도로 근처에 첨탑이 보이긴 해. 하지만 다음번 일요일까지 기다릴 수는 없어. 그럼 도서관은? 아마 아무도 없을 거야. 기껏해야 책은 거들떠보지도 않고 뜨개질이나 하고 있는 할망구 두어 명이 앉아 있겠지. 대피시킨다고 해봤자 다른 경찰 혼자서 3초면 처리할 수 있을 거야.

그리고 폭탄 협박을 하려면 전화를 해야 해. 넌 거기에 대해 생각하기 시작해. 어디서 걸지? 통화는 추적될 수 있어. 포틀랜드 공항까지 되돌아가서 거기서 전화를 걸 수도 있겠지. 공항의 공중전화에서 걸려 온 전화를 추적하는 건 사실상 불가능하니까. 하지만 그러려면 결정적인 순간에 현장에서 수 킬로미터나 벗어나 있게 돼. 안전하지만 아무 소용없는 통화인 거지. 딜레마. 그리고 네가 지금 웅크리고 있는 로키 산맥 비슷한 이 산악지대에는 눈을 씻고 찾아봐도 공중전화 따위는 없어. 휴대전화를 사용할 수도 없지. 통화 기록이 남으니까. 그건 공개 법정에서 자백하는 거나 마찬가지야. 게다가 전화를 누구한테 걸지? 누구도 네 목소리를 듣게 해서는 안 돼. 너무 티가 나. 너무 위험해.

하지만 생각하면 할수록 네 전략은 전화 쪽으로 결론이 나. 네 목소리를 들어도 안전한 사람이 딱 한 명 있긴 하니까. 하지만 이건 기하학적인 문제야. 4차원. 시간과 공간의 문제. 넌 바로 여기, 여자의 집이 보이는 곳에서 노출을 감수하고 전화를 걸어야 해. 그런데 휴대폰을 사용할 수는 없어. 진퇴양난이군.

그들은 터널을 빠져나와 교통 흐름에 휩쓸려 서쪽으로 나아갔다. 3번 국도는 유료 고속도로를 향해 약간 북쪽으로 틀어져 있었다. 뉴저지의 밤은 반짝였다. 아스팔트는 젖어 있었고 가로등 불빛은 저녁 안개의 후광을 목걸이처럼 두른 채 길게 늘어서 있었다. 도로 양쪽에는 불 켜진 광고판과 네온사인이 있었고, 울퉁불퉁한 아스팔트 안쪽으로는 온갖 종류의 업소들이 자리 잡고 있었다.

찾고 있던 선술집은 세 갈래 길이 만나는 자투리 땅 끝자락에 있었다. '맥스티오판스MacStiophan's'라고 쓰인 맥주 회사의 네온사인이 달려 있었는데, 리처가 알기로는 게일어로 '스티븐슨의Stevenson's'라는 뜻이었다. 지붕이 평평하고 낮은 건물이었다. 벽은 갈색 판자로 마감되어 있었고 창문마다 초록색 세잎 클로버* 네온사인이 빛나고 있었다. 어두컴컴한 주차장은 4분의 1 정도만 차 있었다. 리처는 출입구 가까운 주차 구역에 두 칸에 걸쳐 대충 주차시켰다. 차에서 내려 주위를 둘러보았다. 공기는 차가웠다. 거리의 불빛을 등지고 어둠 속에서 전체를 한 바퀴 돌며 주차장을 살폈다.

*아일랜드의 국화(國花)이자 상징.

"캐딜락 드빌은 없소. 아직 안 왔나 보군."

하퍼는 조심스럽게 출입구를 바라보았다.

"우리가 좀 일찍 왔네요. 들어가서 기다리죠."

"여기서 기다려도 되오. 그게 더 좋으면."

하퍼는 고개를 저었다.

"더 후진 데도 가봤어요."

리처는 그런 곳이 언제 어디였을지 상상이 안 갔다. 오랜 세월에 닳아 빠져 미끄덩거리는 사이잘 매트가 깔려 있는 바깥문은 담배자판기가 놓여 있는 가로세로 2미터 크기의 로비로 이어졌다. 안쪽 문을 열자 맥주 냄새와 담배 연기가 섞인 악취가 가득한 낮고 어두운 공간이 나왔다. 환기 시설은 작동하지 않았다. 창문의 초록 클로버는 안팎으로 빛을 발하며 실내에 창백하고 유령 같은 빛을 드리웠다. 짙은 색의 판자벽은 수십 년간 피워 댄 담배 연기에 찌들어 칙칙하고 끈적거렸다. 기다란 바는 자른 나무를 붙여 만든 구조물이었다. 앞쪽에는 반으로 자른 배럴 통들이 붙어 있었다. 빨간 비닐 시트가 깔린 높은 바 스툴이 나란히 놓여 있었고, 같은 디자인의 키 낮은 스툴이 테이블 주위로 여기저기 흩어져 있었다. 테이블은 래

커칠을 한 배럴 통 위에 둥근 합판을 올린 것이었는데 수많은 사람의 손때를 타서 반질반질하고 꾀죄죄했다.

바 안쪽에는 바텐더가 한 명 있었고 자리에는 손님 여덟 명이 있었다. 모두가 앞에 있는 합판 테이블 위에 맥주잔을 올려놓고 있었다. 전부 남자였다. 그들은 일제히 새로 들어온 두 사람을 쳐다보았다. 군인 같은 사람은 아무도 없었다. 군대와는 전혀 맞지 않는 사람들이었다. 몇몇은 너무 늙었고, 몇몇은 너무 허약했으며, 몇몇은 머리가 길고 지저분했다. 그저 평범한 노동자이거나 실직자들 같았다. 어쨌든 모두 적대적이었다. 한참 낮은 목소리로 대화하다가 갑자기 멈추어 조용히 두 사람을 노려보고 있었다. 마치 겁이라도 주려는 듯한 눈초리였다.

리처는 천천히 시선을 돌려가며 한 명 한 명 얼굴을 훑었다. 각자의 얼굴에서 잠시 시선을 멈췄지만 자신이 위축되지 않았다는 것을 알릴 만큼은 충분히 길게, 그리고 관심이 있다는 인상을 주지 않을 만큼만 짧게 쳐다보았다. 그리고 바 쪽으로 가서 하퍼를 위해 스툴을 빼주었다.

"생맥주는 뭐가 있소?" 리처가 바텐더에게 물었다.

바텐더는 세탁도 안 한 듯한 깃 없는 와이셔츠를 입고 있었다. 셔츠 앞쪽이 온통 구깃구깃했다. 어깨에는 행주를 접어서 걸치고 있었다. 쉰 살쯤 돼 보였다. 피곤해 보이는 얼굴에 배불뚝이였다. 그는 대답이 없었다.

"뭐가 있냐고 물었소만." 리처가 말했다.

역시 대답이 없었다.

"이봐요, 귀가 먹었어요?" 하퍼가 바텐더에게 소리쳤다.

하퍼는 스툴에 반쯤 걸터앉아 한 발은 바닥에, 다른 한 발은 발받침에 올려놓고 있었다. 재킷 앞섶이 벌어진 채 허리를 비틀고 앉아 있었다. 긴 머리카락이 등을 따라 늘어져 있었다.

"거래를 하나 해보죠." 하퍼가 말했다. "당신이 우리한테 맥주를 주면 우리는 돈을 줄 테니, 거기서부터 시작해봐요. 잘하면 그걸 사업으로 키울 수 있을지도 몰라요. 전문용어로는 '술집 운영'이라고 하죠."

바텐더가 하퍼 쪽으로 몸을 돌렸다.

"처음 보는 얼굴들인데?"

하퍼가 미소를 지었다. "맞아요. 우린 신규 고객이에요. 사업은 그게 전부잖아요? 고객 기반 확대. 안 그래요? 잘만 하면 금방 가든 스테이트*의 술집왕이 되겠는데요." *뉴저지 주의 별칭.

"원하는 게 뭐지?" 바텐더가 물었다.

"맥주 두 잔." 리처가 말했다.

"그거 말고는?"

"별로. 이미 여기 분위기와 따뜻한 환영에 만족하고 있어서요." 하퍼가 말했다.

"아무 목적 없이 우리 가게에 올 사람들이 아닌 것 같은데."

"밥을 기다리는 중이에요." 하퍼가 말했다.

"어떤 밥?"

"아주 짧은 머리에 구형 캐딜락 드빌을 모는 밥." 리처가 말했다. "군 출신에다가 매일 밤 8시에 여기로 오는 밥."

"그 밥을 기다린다고?"

"맞아요." 하퍼가 말했다.

바텐더가 씩 웃었다. 드러난 누런 이빨 중 몇 개는 빠져 있었다.

"그럼 오래 기다려야 할 텐데."

“왜요?”

“술 한 잔 시키면 말해주지.”

“계속 술 달라고 말하고 있었잖소.” 리처가 말했다.

“뭘로 드릴까?”

“생맥주 둘.” 리처가 말했다. “있는 거 아무거나.”

“버드하고 버드 라이트 있는데.”

“각각 하나씩. 됐소?”

바텐더가 머리 위 선반에서 잔 두 개를 내려 맥주를 채웠다. 홀은 여전히 조용했다. 등 뒤에 꽂힌 여덟 쌍의 눈이 느껴졌다. 바텐더가 맥주를 바 위에 올려놓았다. 비누 같은 거품이 2센티미터 정도 위로 올라와 있었다. 바텐더가 냅킨 두 장을 빼내 카드 돌리듯 나눠줬다. 하퍼가 주머니에서 지갑을 꺼내 잔 사이에 10달러를 놓았다.

“거스름은 됐어요. 그런데 밥을 만나려면 왜 오래 기다려야 한다는 거죠?”

바텐더가 다시 씩 웃으며 10달러를 자기 앞으로 당겼다. 그걸 손 안으로 접어 넣었고 그 손은 주머니로 들어갔다.

“왜냐하면 밥은 지금 감옥에 있거든. 내가 알기로는.”

“왜요?”

“무슨 군대 쪽 일로.” 바텐더가 말했다. “자세한 건 몰라. 알고 싶지도 않고. 가든 스테이트에서는 이렇게 장사하는 거야, 아가씨. 당신이 무슨 멋진 생각을 하고 있든 간에 말이지.”

“무슨 일이 있었소?” 리처가 물었다.

“헌병들이 여기로 와서 밥을 잡아갔어.”

"잡아갔다고?" 리처가 물었다.

"여섯 명이나 와서 밥에게 달려들었지. 테이블 하나가 박살 났어. 수리비랍시고 육군에서 수표 한 장 달랑 보냈던데. 펜타곤에서, 우편으로."

"그게 언제였소?" 리처가 물었다.

"수표가 온 거? 며칠 전에."

"언제 체포했는지 물어본 거요."

"정확히는 모르겠는데." 바텐더가 말했다. "아직 야구 시즌 중이었어. 그건 기억 나. 정규 시즌 중이었지. 그럼 두 달 전쯤 되겠네."

24

그들은 맥주에는 손도 안 대고 주차장으로 나갔다. 닛산의 잠금을 풀고 안으로 들어갔다.

"두 달 전이면 시기가 안 맞아요." 하퍼가 말했다. "그림에서 완전 벗어난다고요."

"처음부터 그림에 없던 사람이었소. 그래도 찾아가서 얘기는 해보자고."

"어떻게요? 군대 내 어딘가에 있는 사람을."

리처가 하퍼를 바라보았다. "내 헌병 짬밥이 13년이오. 내가 못 찾으면 누가 찾겠소?"

"어디 있는 줄 알고요?"

"다 방법이 있소. 밥이 이 쓰레기장 같은 술집의 단골이었다면, 그를 잡으러 온 헌병들은 이 근처 어딘가에 배치돼 있다는 뜻이오. 그런 낮은 계급은 지역 헌병대에서 담당하거든. 두 달이라는 기간을 감안하면 아직 군사재판에 회부되지 않고 지역 헌병대 본부에서 대기 중일 거요. 이 지역의 관할 헌병대 본부는 트렌턴 외곽의 포트 암스트롱에 있고, 여기서 두 시간도 안 걸릴 거요."

"확신해요?"

리처는 어깨를 으쓱했다. "지난 3년 동안 엄청난 변화가 있었던 게 아니라면."

"확인해 볼 방법이 있나요?"

"확인할 필요 없소."

"시간 낭비하고 싶지 않은데." 하퍼가 말했다.

리처는 대답하지 않았고, 하퍼는 미소를 지으며 가방을 열었다. 담뱃갑만 한 크기의 폴더블 휴대폰이 나왔다.

"내 휴대폰을 써요."

모두가 휴대폰을 써. 늘, 끊임없이. 요즘 시대의 현상 중 하나지. 모두가 말하고 또 말해. 작고 검은 전화기를 얼굴에 붙이고. 그 모든 대화는 다 어디서 쏟아져 나오는 걸까? 휴대폰이 발명되기 전엔 이 대화들이 다 어디에 있었지? 속으로 눌러 담아 위궤양을 일으켰던 걸까? 아니면 기술이 가능해진 뒤에 자연스럽게 생겨난 걸까?

이건 네가 관심 있어 하는 주제야. 인간의 충동. 네 생각에, 실제로 유용한 정보를 주고받는 통화는 전체에서 극히 일부일 뿐이야. 나머지 대부분은 두 가지 범주에 들어가지. 그냥 할 수 있으니 해보는 단순한 즐거움. 아니면 스스로 대단한 척하는 허풍의 도구. 그리고 네 관찰로는 이건 대체로 성별에 따라 갈려. 공개적으로는 말하고 싶지 않지만 속으로는 확신해. 여자는 수다 떠는 게 즐거워서, 남자는 자기과시를 위해 전화로 말해. 여보, 이제 막 비행기에서 내려. 그래서 뭐 어쩌라고? 누가 신경이나 쓴대?

그런데 남성의 휴대폰 사용은 자아 욕구와 더 밀접하게 연관되어 있기 때문에 필연적으로 남성은 휴대폰에 더 강하게 집착하고, 더 자주 통화 충동을 느낀다고 넌 확신하고 있어. 따라서 남성의 휴대폰을 훔치면 더 일찍 발각되고, 그 반응 또한 더 큰 분노로 나타날 거야. 그게 너의 판단이야. 그렇기 때문에 너는 공항의 푸드 코트에 앉아서 여자들을 지켜보고 있어.

여성을 대상으로 할 때 또 다른 유리한 점은 여자들 옷은 주머니가 작다는 거야. 때로는 주머니가 아예 없기도 하지. 그래서 여자들은 모든 소지품을 가방에 넣어 들고 다녀. 지갑, 열쇠, 화장품, 그리고 휴대폰도. 꺼내서 사용하고, 잠시 테이블 위에 올려놓기도 하다가 다시 가방에 넣어. 커피를 리필하러 일어날 때면 당연히 가방을 가지고 가. 그게 몸에 배어 있지. 가방은 항상 챙겨. 하지만 다른 가방도 있어. 노트북 가방 같은 거. 요즘에는 CD-ROM 드라이브나 케이블 같은 걸 위한 별도 수납공간이 달린 고급 가죽 가방도 있지. 휴대폰을 넣는 작은 외부 가죽 포켓이 달린 것도 있고. 예전에 사람들이 담배와 라이터를 넣던 작은 케이스처럼 생긴 것들. 그런데 이런 가방은 항상 들고 가지는 않아. 음료를 주문하러 카운터로 갈 때는 보통 테이블에 두고 가. 자리를 맡아두기 위한 목적도 있고, 핸드백과 노트북 가방과 뜨거운 커피 잔을 한꺼번에 들고 다닐 수는 없으니까.

하지만 넌 노트북 가방을 가진 여자들은 제외해. 그런 비싼 가죽 제품은 어떤 중요한 용도를 암시하는 거니까. 한 시간 안에 집에 도착해서 이메일을 확인하거나 도표 작업 등을 마무리하려고 노트북 가방을 열면 휴대폰이 사라진 걸 알게 될 거야. 경찰 신고, 계정 정지, 통화 기록 추적, 이 모든 것이 한 시간 이내에 이루어져. 전혀 도움이 안 되지. 그래서 지금 넌 비즈니스 여행객이 아닌 여자들을 지켜보고 있어. 기내 수하물로 작은 나일론 백팩을 가지고 다니는 여자들. 그리고 특히 집으로 돌아가는 게 아니라 도시 밖으로 떠나는 여자들을 주시하고 있지. 그들은 공항에서 몇 통의 통화를 마지막으로 한 다음 휴대폰을 배낭에 넣고 까맣게 잊어버려. 비행기를 타면 곧 가입 서비스 지역을 벗어나게 되니까 로밍 요금을 물고 싶지 않기 때문이야. 더구나 해외로 휴가를 떠나는 경우라면 휴대폰은 집 열쇠만큼이나 쓸모없는 물건이 돼. 어쩔 수 없이 챙겨야 하는 물건이지만 전혀 의식하지 않는 물건.

지금 네가 가장 집중해서 보고 있는 대상은 10미터 남짓 떨어져 있는 스물세네 살쯤 돼보이는 여자야. 장거리 비행을 앞둔 사람처럼 편안한 옷을 입고 의자에 기대앉아서 고개를 왼쪽으로 기울여 휴대폰을 어깨와 귀 사이에 끼고 있어. 아무 생각 없이 웃고 통화하면서 손톱을 가지고 놀고 있어. 손을 돌려가며 조명에 비추면서 손톱을 만지작거리는 중이야. 친구와 나누는 한가한 수다. 얼굴에 별다른 긴장감이 없어. 그저 말하기 위해 말하고 있을 뿐.

그 여자의 기내 반입용 가방은 발치에 놓여 있어. 온갖 고리와 잠금 장치, 지퍼가 달려 있는 작은 디자이너 백팩이야. 여닫기가 너무 번거로운지 가방을 활짝 열어둔 채로 놔뒀어. 여자가 커피 컵을 집어 들었다가 다시 내려놔. 컵이 비어 있어. 통화를 하며 시계를 확인하고 목을 길게 빼 음료 카운터를 바라봐. 수다를 마무리해. 휴대폰을 닫고 백팩에 툭 던져 넣어. 커피를 더 마시기 위해 같은 디자인의 작은 손가방을 집어 들고 일어나서 움직여.

너는 즉시 일어나. 손에는 차키가 들려 있어. 3미터, 5미터, 10미터, 서둘러 백팩 쪽으로 걸어가. 넌 차키를 흔들며 바쁜 척해. 그 여자는 줄에 서 있어. 이제 곧 주문을 하려고 해. 넌 차키를 떨어뜨려. 키가 타일 위로 미끄러져. 허리를 구부려 키를 찾으면서 여자의 백팩에 손을 슬쩍 스쳐. 차키와 휴대폰을 들고 일어난 다음 그대로 걸어가. 키는 주머니에 다시 넣어. 휴대폰은 여전히 손에 들고 있어. 하지만 공항 라운지에서 휴대폰을 들고 걷는 사람보다 더 평범한 존재는 없지.

넌 보통 속도로 걷다가 걸음을 멈추고 기둥에 기대어 서. 휴대폰을 열어 얼굴에 대고 통화하는 척해. 이제 너는 눈에 띄지 않아. 기둥에 기대어 통화를 하는 사람일 뿐이니까. 반경 5미터 내에 그런 사람이 열 명 넘게 있어. 뒤를 돌아보니 테이블로 돌아온 여자가 커피를 마시고 있어. 넌 휴대폰에 대고 아무 말이나 속삭이며 기다려. 여자는 천천히 커피를 마시는 중이야. 3분, 4분, 5분. 아무 버튼이나 누르고 다시 말하는 척해. 새로운 통화를 하는 것처럼. 바빠 보이는 주변 사람들 중 한 명처럼.

여자가 일어나. 백팩의 끈을 잡아당겨 잠가. 끈만 잡고 들어 올려서 자체의 무게로 단단히 조여지도록 가방을 튕겨. 잠금장치의 버클을 채워. 백팩을 한쪽 어깨에 걸치고 손가방을 집어 들어. 손가방을 열어서 티켓이 잘 있는지, 쉽게 꺼낼 수 있는지 확인해. 다시 가방을 닫아. 주위를 한 번 둘러본 뒤 미련 없이 푸드 코트 밖으로 걸어 나가. 곧장 네 쪽으로 걸어와. 불과 2미터 이내로 널 스쳐 지나가면서 출발 게이트 쪽으로 사라져. 넌 휴대폰을 닫아 정장 주머니에 집어넣고 반대 방향으로 걸어 나가면서 혼자 미소를 지어. 이제 그 결정적인 통화는 다른 사람에게 청구될 거야. 완벽하게 안전해.

포트 암스트롱 당직사관과의 통화는 표면적으로는 아무것도 얻은 게 없어 보였다. 하지만 리처의 13년 헌병 경력으로 미루어 볼 때, 그가 말을 얼버무린 것은 공증인 앞에서 서명한 진술서만큼이나 확실한 긍정이었다.

"밥은 거기에 있소."

옆에서 새어나오는 소리를 들은 하퍼는 납득이 가지 않는 표정이었다.

"확실히 거기 있다고 한 거예요?" 하퍼가 물었다.

"그런 셈이오."

"그럼 가볼 만한 거죠?"

리처는 고개를 끄덕였다. "거기에 있소. 장담하지."

차에는 지도가 없었고 하퍼는 지금 자신이 어디 있는지도 몰랐다. 리처도 뉴저지 지리에 대해서는 대충만 알았다. A에서 B로, B에서 C로, C에서 D로 가는 길은 알고 있었지만 A에서 D까지 가장 효율적인 직행 경로가 무엇인지에 대해서는 알지 못했다. 리처는 주차장에서 나와 유료 고속도로 진입 램프로 향했다. 일단 남쪽으로 한 시간쯤 달리는 것이 괜찮은 출발이 될 거라고 생각했다. 고속도로에 올라탄 지 1분도 안 돼 며칠 전 라마가 그를 태우고 갔던 바로 그 도로를 타고 있다는 걸 깨달았다. 비가 약하게 내리고 있었고, 닛산은 라마의 큰 뷰익보다 더 낮고 단단하게 노면을 치고 갔다. 차 밑은 물보라 터널이었다. 앞유리에는 도시의 기름때가 엷게 끼어 있어 와이퍼가 좌우로 움직일 때마다 번갈아 시야를 흐리게 했다. 번짐, 맑음, 번짐, 맑음. 연료 게이지의 바늘이 4분의 1 이하로 내려가 있었다.

"한 번 멈춰야겠어요. 기름도 넣고, 유리도 좀 닦고." 하퍼가 말했다.

"지도도 사고." 리처가 말했다.

다음 휴게소에 차를 세웠다. 점심을 먹으러 라마가 들렀던 곳과 거의 똑같은 곳이었다. 동일한 배치, 동일한 건물. 빗속을 헤치고 주유소의 풀 서비스 구역에 차를 세웠다. 리처가 비에 젖은 채 펼치면 1미터 정도 되는 컬러 지도를 들고 돌아오니, 연료 탱크는 가득 찼고 직원이 창문을 닦고 있었다.

"길을 잘못 탔소. 1번 국도가 더 낫겠군."

"그럼 다음 진출로에서 빠져요." 하퍼가 목을 빼고 지도를 보며 말했다. "95번을 타고 넘어가면 되겠네요."

하퍼가 손가락으로 1번 국도를 따라 남쪽으로 짚어 내려갔다. 트렌턴을 표시하는 노란색 영역 가장자리에서 포트 암스트롱을 찾아냈다.

"포트 딕스 근처네요. 전에 우리가 갔던 곳."

리처는 아무 말도 하지 않았다. 직원이 앞유리를 다 닦자 하퍼가 창문을 열고 돈을 지불했다. 리처는 소매로 얼굴에 묻은 빗물을 닦고 시동을 걸었다. 고속도로로 다시 진입해 95번으로 연결되는 갈림길을 찾아 달렸다.

95번은 교통량이 많아 엉망이었다. 1번 국도가 더 나았다. 하이랜드 파크를 굽이돌아 지나자 트렌턴까지 거의 35킬로미터가 직선으로 뻗어 있었다. 리처는 포트 암스트롱이 트렌턴 북쪽에서 좌회전이었던 걸 기억해냈다. 그렇다면 남쪽에서 접근할 땐 우회전이어야 했다. 또 다른 접근로가 2층짜리 벽돌 경비 초소 앞 차량 차단기까지 일직선으로 뻗어 있었다. 초소 너머로 더 많은 도로와 건물이 보였다. 도로는 평탄했고 연석은 흰색으로 칠해져 있었다. 건물은 모두 모서리가 둥글게 마감된 벽돌 구조였고 외부 철제 계단이 달려 있었다. 외부 계단의 손잡이는 녹색으로 칠해진 용접 강철관이었다. 창틀은 금속이었다. 1950년대의 전형적인 군 건축 양식. 무한한 예산과 무한한 야망으로 지어진 공간. 무한한 낙관의 시대.

리처가 말했다. "미 육군, 그땐 우리가 세상의 왕이었지."

차단기 옆 경비 초소 창문으로 희미한 불빛이 새어나왔다. 불빛을 배경으로 우비를 입고 헬멧을 쓴 덩치 큰 경비병이 보였다. 그는 창문을 통해 내다보고는 문을 열고 차 쪽으로 나왔다. 리처가 창문을 내렸다.

"대위님께 전화했던 분이십니까?" 경비병이 물었다.

덩치가 큰 흑인 남자였다. 목소리는 낮았고 남부 깊숙한 지방의 느릿한 억양이 있었다. 비 오는 밤, 고향에서 멀리 떨어진 곳에서 근무 중인 사내. 리처가 고개를 끄덕였다. 경비병이 씩 웃었다.

"직접 오실 거라고 예상하고 계셨습니다. 쭉 들어가십시오."

경비병이 다시 들어가자 차단기가 올라갔다. 리처는 조심스럽게 좌회전했다.

"쉽네요." 하퍼가 말했다.

"퇴직한 FBI 요원을 만나본 적 있소?" 리처가 물었다.

"한두 번쯤요. 노인네들 몇 명."

"그분들을 어떻게 대했소?"

하퍼가 고개를 끄덕였다. "저 경비병이 당신한테 한 것처럼요."

"모든 조직은 똑같소. 헌병대는 다른 조직보다 더 그럴지도 모르고. 나머지 군인들이 다 헌병을 싫어하니까 우리끼리는 더 똘똘 뭉치게 되는 거요."

그는 우회전하고 다시 우회전, 그리고 좌회전했다.

"전에 여기 와본 적 있어요?" 하퍼가 물었다.

"다 거기서 거기요. 제일 큰 화단을 찾아보시오. 거기가 본부 사무실이니까."

하퍼가 한 곳을 가리켰다. "저기 같은데요."

리처는 고개를 끄덕였다. "감 잡았군."

헤드라이트 불빛이 올림픽 수영장 크기만 한 장미 화단을 비췄다. 막 동면에 들어간 장미가 말똥 퇴비와 잘게 부서진 나무껍질로 울퉁불퉁한 바닥 표면을 뚫고 줄기만 나와 있었다. 그 뒤로, 이중문으로 이어지는 흰색으로 칠한 계단이 중앙에 나 있는 낮은 좌우 대칭의 건물이 있었다. 왼쪽 건물 중간의 창문에는 불빛이 환하게 밝혀져 있었다.

"당직실이오." 리처가 말했다. "우리가 정문을 통과하자마자 경비병이 대위에게 보고했을 테니 지금 복도를 따라 저 문으로 오고 있을 거요. 조명을 잘 보시오."

출입문 위 실내등이 노랗게 켜졌다.

"이제 외부 조명 차례요." 리처가 말했다.

문기둥에 설치된 두 개의 램프에 불이 켜졌다. 리처는 계단 아래에 차를 세웠다.

"이제 문이 열릴 거요."

문이 안쪽으로 열리고 제복을 입은 남자가 나왔다.

"저게 예전의 나요. 백만 년 전의 얘기지만." 리처가 말했다.

대위는 계단 위에서 기다리고 있었다. 비는 피하고, 현관 기둥의 조명 아래에 딱 들어오는 거리였다. 리처보다 머리 하나는 작았지만 체격이 좋고 탄탄해 보였다. 단정하게 빗어 넘긴 검은 머리, 심플한 금속테 안경. 군복 상의는 단추가 끝까지 채워져 있었지만 얼굴은 상당히 개방적인 인상이었다. 리처가 차에서 내려 후드를 돌아 걸어갔다. 하퍼도 하얀 계단 아래에 리처와 같이 섰다.

"비 맞지 말고 얼른 들어오십시오!" 대위가 소리쳤다.

동부 해안 도시의 말투였다. 생기 넘치고 또렷했다. 온화한 미소를 짓고 있었다. 괜찮은 사람처럼 보였다. 리처가 먼저 계단을 올랐다. 하퍼는 리처의 신발이 하얀 계단 위에 젖은 자국을 남기는 것을 보았다. 아래를 내려다보니 자신의 신발도 마찬가지였다.

"죄송해요." 하퍼가 말했다.

대위가 다시 미소를 지었다.

"걱정 마십시오. 수감병들이 매일 아침 다시 칠합니다."

"이쪽은 리사 하퍼. FBI 소속이오." 리처가 소개했다.

"만나서 반갑습니다. 저는 존 레이튼입니다." 대위가 답했다.

문 앞에서 서로 악수를 나눈 뒤 레이튼이 안으로 안내했다. 그는 문 안쪽의 스위치를 눌러 문기둥의 외등을 끄고 복도 조명도 껐다.

"예산 낭비는 금물이죠." 레이튼이 말했다.

대위의 사무실에서 새어나온 불빛이 복도를 비추고 있었고, 그는 그들을 사무실로 안내했다. 사무실은 1950년대의 모습을 그대로 유지한 채 꼭 필요한 부분만 업데이트되어 있었다. 낡은 책상 위에 신형 컴퓨터. 오래된 파일 캐비닛과 최신형 전화기. 책장은 꽉 차 있었고 온 사방이 서류 더미로 넘쳐나고 있었다.

"일이 많아 보이는군." 리처가 말했다.

레이튼이 고개를 끄덕였다. "말도 마십시오."

"그럼 최대한 짧게 하겠소."

"걱정 마십시오. 전화 주신 후에 저도 주변에 전화를 좀 돌려봤는데, 아는 사람의 아는 사람이 신경 써드리라고 하더군요. 소령치고는 괜찮았던 분이라고 들었습니다."

리처가 슬며시 웃었다.

"그런 소리 들으려고 나름 노력했소. 그런데 그 아는 사람의 아는 사람이 누구요?"

"예전에 선배님이 레온 가버 장군 밑에서 일했을 때 선배님 밑에서 일했던 친구입니다. 그 친구가 선배님은 믿을 만한 분이고 가버 장군도 선배님을 항상 칭찬했었다고 하더군요. 우리 세대가 군복을 입고 있는 한 선배님은 어딜 가나 먹어줄 겁니다."

"사람들이 아직도 가버 장군을 기억하오?"

"양키스 팬이 조 디마지오를 못 잊는 것처럼요."

"지금 가버의 딸과 만나고 있소." 리처가 말했다.

"알고 있습니다. 소문이 돌았거든요. 선배님은 운이 좋으십니다. 제 기억에 조디 가버는 꽤 괜찮은 사람이었습니다."

"아는 사이였소?"

레이튼은 고개를 끄덕였다. "제가 장교로 크는 동안, 기지 이곳저곳에서 본 적이 있습니다."

"안부 전하겠소."

리처는 조디와 레온을 생각하며 잠시 침묵에 잠겼다. 그는 레온이 남겨준 집을 팔려고 하는 중이고 조디는 그걸 걱정하고 있었다.

"편히 앉으십시오." 레이튼이 자리를 권했다.

책상 앞에는 금속 프레임에 캔버스 천이 씌워진 등받이가 곧은 의자 두 개가 놓여 있었다. 한 세대 전쯤 상점가의 개척 교회에서 쓰고 버렸을 법한 의자였다.

"뭘 도와드리면 되겠습니까?" 질문은 리처에게 던지면서 레이튼의 시선은 하퍼에게로 향했다.

"하퍼 요원이 설명해줄 거요." 리처가 말했다.

하퍼는 처음부터 지금까지의 상황을 요약해 설명했다. 7분 정도 걸렸다. 레이튼은 주의 깊게 경청하며 중간 중간 질문도 했다.

"그 여성들 사건은 저도 알고 있습니다. 여기까지 소식이 들어왔죠."

하퍼는 리처가 제시한 연막 가설, 군 내부의 범죄 가능성, 뉴욕 페트로시안의 졸개들로부터 뉴저지의 밥까지 이어진 추적 과정을 설명하며 마무리했다.

"그자의 이름은 밥 맥과이어입니다." 레이튼이 말했다. "군수 담당 하사. 하지만 그자는 아닙니다. 이미 두 달 동안 우리 손에 있었고, 무엇보다 너무 멍청하니까요."

"우리도 그럴 거라고 생각했어요." 하퍼가 말했다. "그래서 그가 다른 사람의 이름을 대거나, 더 가능성이 높은 누군가에게로 우리를 연결해줄 수 있을 거라고 생각했어요."

"더 큰 물고기에게로?"

하퍼가 고개를 끄덕였다. "목격자를 죽여야 할 만큼 큰 거래를 하고 있는 누군가에게로."

레이튼도 고개를 끄덕였다.

"이론적으로는 그런 사람이 있을 수도 있습니다." 레이튼이 조심스럽게 말했다.

"혹시 떠오르는 이름이 있나요?"

레이튼이 하퍼를 바라보며 고개를 저었다. 의자에 뒤로 기대어 손바닥으로 눈을 비볐다. 갑자기 심한 피로가 몰려오는 것처럼 보였다.

"무슨 문제라도?" 리처가 물었다.

"군에서 나간 지 얼마나 되셨습니까?" 레이튼이 눈을 감은 채 되물었다.

"3년쯤 됐소."

레이튼이 하품을 하고 기지개를 켜더니 다시 자세를 똑바로 가다듬었다.

"그새 많이 변했습니다." 레이튼이 말했다. "시간은 계속 흐르니까요."

"뭐가 변했다는 거요?"

"전부 다요." 레이튼이 말했다. "특히 이거." 대위가 몸을 숙여 손톱으로 컴퓨터 모니터를 두드렸다. 유리병처럼 쨍 하고 울리는 소리가 났다. "군이 축소돼서 관리가 더 쉬워지고 시간이 더 많아졌습니다. 그리고 완전히 전산화되었습니다. 소통이 완전 쉬워졌죠. 서로의 업무 상황을 다 알 수 있게 됐고 재고 관리도 훨씬 간단해졌습니다. 이제는 쓰지도 않는 윌리스 지프지만, 그 윌리스 지프용 타이어 재고가 몇 개인지 알고 싶다면 10분이면 됩니다."

"그래서?"

"이렇게 예전보다 훨씬 더 꼼꼼하게 모든 걸 추적하고 있죠. 예를 들어 지금까지 납품된 M9 베레타의 수량과 정식 지급 수량, 그리고 창고의 재고 수량까지 다 파악하고 있습니다. 이 숫자가 맞지 않으면 바로 비상이 걸립니다. 진짜로요."

"그래서 숫자가 잘 맞소?"

레이튼이 짧게 웃었다. "현재로서는 확실히 잘 맞습니다. 지난 1년 반 동안 미 육군에서 M9 베레타 도난은 한 건도 없었고요."

"그럼 밥 맥과이어는 두 달 전에 뭘 하고 있었던 거요?" 리처가 물었다.

"자기 창고에 쌓아둔 마지막 물건을 털어내고 있었던 겁니다. 최소 10년은 빼돌린 것 같더군요. 컴퓨터로 간단히 분석해 보니 바로 드러났습니다. 그놈뿐 아니라, 전국 각지의 수십 개 기지에서 비슷한 짓을 하던 놈들까지. 우리는 절도 루트를 완전히 차단하는 절차를 마련했고, 남은 재고를 팔던 놈들을 모조리 잡아들였습니다."

"전부 다?"

"컴퓨터에 의하면 그렇습니다. 온갖 사양의 무기가 수십 군데에서 유출되고 있었는데 스무 명 넘는 놈들을 체포하고 나니 유출이 딱 멈췄죠. 맥과이어가 마지막이었던가, 마지막에서 두 번째였던가, 그건 확실치 않습니다만."

"더 이상의 무기 도난은 없다?"

"다 옛날 얘기입니다." 레이튼이 말했다. "지금 시대와는 맞지 않죠."

잠시 정적이 흘렀다.

"잘됐군." 리처가 말했다. "축하하오."

"군이 축소돼서 가용 시간이 많아진 덕분입니다." 레이튼이 말했다.

"전부, 싹 다 잡은 게 맞나요?" 하퍼가 물었다.

레이튼이 고개를 끄덕였다. "전부 다요. 대대적인 작전이었죠. 사실 그렇게 많지도 않았습니다. 컴퓨터가 다 해결해낸 거죠."

사무실에는 다시 정적이 흘렀다.

"젠장, 그 가설은 물 건너갔네요." 하퍼가 말했다.

그녀는 바닥만 쳐다보았다. 레이튼이 조심스럽게 고개를 저었다.

"아닐 수도 있습니다. 우리 쪽에도 나름의 가설이 있어요."

하퍼가 다시 고개를 들었다. "더 큰 물고기?"

레이튼이 고개를 끄덕였다. "맞습니다."

"그게 누군데요?"

"아직은 가설상의 존재에 불과합니다."

"가설상으로는요?"

"현재는 잠수 중입니다." 레이튼이 말했다. "아무것도 훔치고 있지 않아요. 말씀드린 대로 모든 유출 경로를 파악해서 전부 막아놨으니까. 재판을 기다리는 놈만 스무 명이 넘고, 모든 유출 지점도 파악되었습니다. 그런데 그걸 잡아낸 방식이 뭐였냐면 위장 요원을 보내 물건을 산 겁니다. 함정수사죠. 예를 들어, 밥 맥과이어 그놈은 술집에서 M9 베레타 두 자루를 중위 둘에게 팔았습니다."

"우리가 방금 거기에서 온 거예요. 뉴저지 유료 고속도로 근처의 맥스티오판스요." 하퍼가 말했다.

"맞습니다. 거기서 우리 대원들이 맥과이어의 차 트렁크에서 개당 200달러에 M9 베레타 두 자루를 샀습니다. 참고로 군에서 지불하는 가격의 3분의 1 수준에 불과했어요. 그래서 맥과이어를 잡아들여 놈을 탈탈 털기 시작했습니다. 그놈이 수년 동안 훔친 수량은 컴퓨터 재고 분석 덕분에 거의 정확히 파악이 됐습니다. 우리는 평균 가격을 계산한 다음 돈이 어디로 흘러갔는지 추적하기 시작했고, 그중 절반 정도는 은행 계좌나 놈이 구입한 물건의 형태로 찾았습니다.”

“그래서?” 리처가 말했다.

“그래서 그 당시에는 별 소득이 없었습니다. 하지만 정보를 통합해 보니 모든 사례에서 이야기의 전개가 거의 똑같았어요. 모두 돈의 절반 정도가 사라졌죠. 거의 모든 곳에서 거의 똑같은 비율로 사라진 겁니다. 그런데 그자들이 그다지 머리 좋은 놈들은 아니잖습니까? 우릴 속여서 돈을 숨길 능력도 안 되고, 설령 숨긴다 해도 왜 하필 전부 똑같이 절반만 숨기겠습니까? 어떤 놈은 전부 숨기고, 어떤 놈은 3분의 2, 혹은 4분의 3을 숨길 수도 있는 건데. 어쨌든 각각의 건수마다 달라야 하지 않을까요?”

“그래서 그 가설상의 큰 물고기가 등장하는군.” 리처가 말했다.

레이튼이 고개를 끄덕였다. “바로 그겁니다. 그 외에는 설명이 안 되니까요. 마치 퍼즐의 빠진 조각 같았습니다. 그래서 우리는 그림자 속에 있는 일종의 대부 같은 존재를 상정했죠. 전반적인 판을 짜고 보호를 제공하는 대가로 이익의 절반을 가져가는 존재.”

“아니면 총의 절반이든지.” 리처가 말했다.

“맞습니다.” 레이튼이 말했다.

“보호비 장사를 하고 있는 누군가.” 하퍼가 말했다. “범죄 속의 또 다른 범죄로.”

“맞습니다.” 레이튼이 다시 말했다.

한동안 아무도 말이 없었다.

“그럴듯해 보이는데요.” 하퍼가 말했다. “그런 인물이라면 머리도 좋고 발도 빠르겠죠. 여기저기 여러 장소에서 생기는 문제를 해결하러 뛰어다녀야 하니까. 많은 여자들에게 관심을 갖는 이유도 설명이 돼요. 그 여자들이 전부 그자를 아는 게 아니라, 여자들 각자가 그자의 고객 중 한 사람을 알고 있었을 수도 있으니까요."

"타이밍도 잘 맞습니다." 레이튼이 말했다. "만약 우리가 쫓는 자가 두 분이 쫓는 자라면, 두세 달 전쯤부터 계획을 짜기 시작했을 겁니다. 자기 고객들이 하나둘씩 잡혀 들어간다는 소식을 들었을 때쯤에."

하퍼가 앞으로 몸을 당겨 앉았다. "2~3년 전에는 거래 규모가 어땠나요?"

"꽤 컸습니다." 레이튼이 말했다. "당신이 하고 싶은 질문은, 그 여자들이 뭘 얼마나 봤을 수 있었냐는 거죠?"

"맞아요."

"상당히 많이 봤을 겁니다."

"그래서 진행이 잘 되고 있나요?" 하퍼가 물었다. "예를 들어 밥 맥과이어 건은요?"

레이튼은 어깨를 으쓱했다. "썩 잘 풀리진 않네요. 놈이 우리 요원들에게 총 두 자루를 팔았으니 놈을 잡을 수는 있었지만, 겨우 두 점에 불과하니까요. 나머지는 기본적으로 정황 증거일 뿐이고, 돈의 흐름이 제대로 맞아떨어지지 않는다는 점이 우리의 주장을 약화시키고 있습니다."

"그러니 재판 전에 증인을 제거하는 게 이치에 맞겠네요."

레이튼은 고개를 끄덕였다. "매우 그렇죠."

"그럼 그자는 누구일까요?"

레이튼이 다시 눈을 비볐다. "전혀 모르겠습니다. 그런 작자가 존재하는지도 확실치 않고요. 현재로서는 그저 추정입니다. 우리만의 가설일 뿐이죠."

"잡혀 온 놈들이 뭐라도 불지 않았나요?"

"단 한마디도요. 두 달 내내 닦달했습니다. 스무 명 넘는 놈들을 잡아 왔는데 모두 아가리를 꽉 닫고 있어요. 그 거물이 겁을 바짝 준 거겠죠."

"확실히 무섭긴 하겠네요. 지금까지 우리가 알고 있는 사항만 봐도요." 하퍼가 말했다.

레이튼의 사무실에는 정적이 흘렀다. 창문을 두드리는 빗방울 소리만 들렸다.

"만약 그자가 실제로 존재한다면요." 레이튼이 말했다.

"그자는 존재해요." 하퍼가 말했다.

레이튼은 고개를 끄덕였다. "우리 생각도 그렇긴 합니다."

"그럼, 먼저 그자의 이름이 필요할 것 같군." 리처가 말했다.

아무 대답도 없었다.

"대위를 위해 내가 맥과이어와 얘기해 보겠소." 리처가 말했다.

레이튼이 씩 웃었다. "그렇게 말씀하실 줄 알았습니다. 규정 위반이라 원래는 안 된다고 말하려고 했는데 방금 마음이 바뀌었어요. 가서 마음껏 얘기 나눠 보십시오."

감방은 지하에 있었다. 지역 본부라면 어디든 그렇듯 장미 화단 건너편 에 외따로 서 있는 철문 달린 나지막한 벽돌 건물 아래였다. 레이튼이 두 사람을 이끌고 비를 뚫고 그리로 향했다. 궂은 날씨 때문에 모두 옷깃을 세우고 턱을 가슴까지 숙이고 걸었다. 레이튼이 철문 밖의 구식 종을 당기 자 잠시 후 문이 열리고 거대한 체구의 하사가 서 있는 밝은 복도가 나타났다. 하사가 옆으로 비켜서고 레이튼이 둘을 안으로 안내했다.

내부는 흰색 유약을 칠한 벽돌 벽이었다. 바닥과 천장은 매끄럽게 마감된 콘크리트 위에 유광 녹색 페인트가 칠해져 있었다. 두꺼운 금속 격자 뒤에는 형광등이 달려 있었다. 문은 철제였고 위쪽의 네모난 창은 쇠창살로 막혀 있었다. 오른쪽은 작은 사무실이었다. 그 안에는 직경 10센티미터쯤 되는 금속 고리가 박힌 나무 선반이 있었는데 거기에는 열쇠 여러 개가 걸려 있었다. 큰 책상에는 비디오 녹화기가 수북이 쌓여 있었다. 열두 개의 작은 모니터 속에서 뿌옇게 깜박이는 회색빛 영상이 찍히고 있었다. 화면은 열두 개의 감방을 비추고 있었는데, 열한 개는 비어 있었고 방 하나에만 담요에 덮인 덩어리 형체가 침대 위에 있었다.

"힐튼 호텔의 조용한 밤이군." 리처가 말했다.

레이튼은 고개를 끄덕였다. "토요일 밤엔 시끄러워집니다. 하지만 지금은 맥과이어가 유일한 투숙객이죠."

"비디오 녹화기에 문제가 있는 것 같소." 리처가 말했다.

"고장이 잦습니다." 레이튼이 답했다.

레이튼은 모니터의 화상을 점검하려는 듯 몸을 숙였다. 손으로 책상을 짚고 더 가까이 숙였다. 손가락 관절이 스위치에 닿을 때까지 오른손을 움직였다. 녹화기의 웅웅거리는 소리가 멈추고 화면 구석에 떠 있던 REC 표시가 사라졌다.

"보셨죠?" 레이튼이 말했다. "시스템이 매우 불안정합니다."

"수리에 두 시간은 걸릴 겁니다." 하사가 말했다. "최소한으로 잡아서 말입니다."

하사는 윤기 나는 커피색 피부의 거인이었다. 군복 상의가 야전용 텐트만 한 크기였다. 리처와 하퍼 둘이 들어가도 맞을 것 같았다. 어쩌면 레이튼까지 들어갈 수도 있을 것 같았다. 육군 교범에 실릴 만한 헌병 부사관의 표본이었다.

"맥과이어에게 면회객이 있네, 하사." 레이튼이 말했다. 넌지시 건네는 말투였다. "일지에 기록할 필요는 없어."

리처는 코트와 재킷을 벗고 반듯하게 개어서 하사의 의자 위에 올려놓았다. 하사가 나무 선반에 걸려 있던 열쇠고리를 빼 들고 안쪽 문으로 다가갔다. 자물쇠를 풀고 문을 안으로 젖혔다. 리처가 안으로 따라 들어가자 하사는 문을 닫고 다시 잠갔다. 그는 계단 시작부를 가리켰다.

"먼저 가십시오." 하사가 말했다.

벽돌 계단 각 단의 모서리는 둥글게 마감되어 있었다. 양쪽 벽은 위에서 봤던 것과 같이 흰색 유약을 칠한 벽돌이었고, 벽에는 25센티미터 간격으로 볼트를 박아 고정시킨 금속 난간이 있었다. 아래쪽에 잠긴 문이 하나 더 있었다. 그다음 복도가 나왔고, 잠긴 문이 또 하나 있었다. 그다음으로 세 개의 잠긴 문이 세 개의 감방 구역으로 통하게 되어 있는 로비가 나왔다. 하사가 가운데 문을 열었다. 스위치를 올리자 형광등이 깜빡거리다 12×6미터 크기의 흰색 공간을 밝게 채웠다. 출입구 구역은 전체 공간의 3분의 1 정도였고 나머지는 굵은 철창으로 구획된 네 개의 감방으로 나뉘어 있었다. 철창은 흰색 유광 에나멜 페인트가 두껍게 칠해져 있었다. 감방 하나는 가로세로 3×4미터 정도였다. 각 감방 안쪽 벽 높은 곳에 비디오 카메라가 설치되어 있었다. 감방 세 개는 문이 뒤로 젖혀진 채 비어 있었다. 잠겨 있는 네 번째 감방에 맥과이어가 갇혀 있었다. 불빛에 놀라 몸을 일으키며 잠을 떨치려고 애쓰고 있었다.

"면회!" 하사가 소리쳤다.

출구 문에서 가장 가까운 출입구 구역 구석에 높은 나무 스툴 두 개가 놓여 있었다. 하사가 그중 하나를 들고 와 맥과이어의 감방 앞에 놓고는 돌아가 다른 스툴에 앉았다. 리처는 스툴은 무시한 채 두 손을 뒷짐 지고 서서 철창 너머를 말없이 바라보았다. 맥과이어는 담요를 옆으로 젖히고 두 발을 바닥에 내렸다. 올리브색 러닝셔츠와 반바지를 입고 있었다. 덩치가 컸다. 180센티미터가 넘는 키에 90킬로그램이 넘는 몸무게, 나이도 서른다섯은 훌쩍 넘어 보였다. 우람한 근육질에 목이 굵었고 팔과 다리도 큼직했다. 정수리가 듬성듬성한 머리는 짧게 깎았고, 눈이 작았고, 문신이 몇 개 있었다. 리처는 미동도 하지 않고 서서 아무 말 없이 그를 노려보기만 했다.

"넌 뭔데?" 맥과이어가 말했다. 덩치에 걸맞은 목소리였다. 저음이었고, 두꺼운 가슴에 묻혀 말끝이 반쯤 삼켜져 나왔다. 리처는 대꾸하지 않았다. 그것은 그가 반평생 전에 완성시켜 놓은 기술이었다. 그냥 미동도 하지 않고 서서, 눈도 깜빡이지 않으며, 아무 말도 하지 않는다. 상대가 스스로 가능성을 하나하나 짚어 보게 두는 것이다. **친구는 아니고, 변호사도 아니야. 그럼 누구지?** 상대가 불안해하기 시작할 때까지 기다린다.

"넌 뭐냐고!" 맥과이어가 말했다.

리처가 뒤돌아 갔다. 앉아 있는 하사에게로 걸어가 몸을 굽혀 귀에 대고 속삭였다. 거인의 눈썹이 치켜 올라갔다. **정말이십니까?** 하사의 대꾸에 리처가 다시 속삭였다. 하사가 고개를 끄덕이고 일어서더니 리처에게 열쇠고리를 건네주었다. 그러고는 나가서 문을 닫았다. 리처는 열쇠를 문 손잡이에 걸어 두고 다시 맥과이어의 감방 앞으로 걸어갔다. 맥과이어가 철창 너머로 그를 노려보고 있었다.

"뭐 하자는 거야?" 맥과이어가 물었다.

"날 좀 똑바로 봤으면 하는데." 리처가 대답했다.

"뭐라고?"

"뭐가 보이나?"

"아무것도 안 보이는데." 맥과이어가 말했다.

"눈이 멀었나?"

"멀쩡한데?"

"그럼 넌 거짓말쟁이네." 리처가 말했다. "아무것도 안 보인다더니."

"웬 놈이 하나 보이긴 하네." 맥과이어가 내뱉었다.

"네가 허접한 병기창에서 서류나 뒤적거릴 동안 온갖 특수훈련을 받은 너보다 덩치 큰 사람이 보이겠지."

"그래서 어쩌라고?"

"별거 아냐. 그냥 나중을 위해 기억해 두라고."

"무슨 나중?"

"곧 알게 될 거야." 리처가 말했다.

"네가 원하는 게 뭔데?"

"증거."

"무슨 증거?"

"네가 얼마나 멍청한 쓰레기인지 그걸 정확히 보여줄 증거."

맥과이어가 잠시 말을 멈췄다. 눈이 가늘어지며 눈썹 아래 깊은 고랑으로 밀려 들어갔다.

"철창 밖으로 여섯 발짝이나 떨어져서 무슨 소린들 못 지껄일까?"

리처가 일부러 과장된 걸음으로 철창 앞으로 다가섰다.

"이제 철창에서 두 걸음 떨어져 있지. 넌 여전히 멍청한 쓰레기고."

맥과이어도 한 걸음 앞으로 다가섰다. 양손에 철창을 움켜쥐고 매서운 눈빛으로 리처를 쏘아보았다. 리처가 다시 한 걸음 앞으로 나아갔다.

"이제 나도 철창에서 한 발짝 떨어져 있어. 너랑 똑같이." 리처가 말했다. "그리고 넌 여전히 멍청한 쓰레기야."

맥과이어의 오른손이 철창에서 떨어지면서 주먹을 움켜쥐더니 팔 전체가 피스톤처럼 곧장 날아들었다. 목표는 리처의 목이었다. 리처는 손목을 낚아채며 몸을 틀어 주먹을 자신의 머리 옆으로 흘리고, 몸무게를 뒤로 실어 맥과이어를 철창으로 바짝 끌어당겼다. 맥과이어의 손바닥이 밖으로 향하게 손목을 비틀고 왼쪽으로 발을 떼며 팔꿈치 관절을 뒤로 꺾었다.

"이제 네가 얼마나 멍청한지 알겠나?" 리처가 말했다. "내가 한 발짝만 더 떼면 네 팔은 박살 날 거야." 맥과이어가 팔에 가해지는 압력 때문에 숨을 헐떡였다. 리처가 짧게 웃고는 손목을 놔주었다. 맥과이어는 그를 노려보며 팔을 다시 안으로 거둬들이고 어깨를 돌려 보며 다쳤는지 확인했다.

"원하는 게 뭔데?" 맥과이어가 다시 물었다.

"감방 문 열어줄까?"

"뭐라고?"

"열쇠가 저기 있거든. 문 열어줄까? 좀 더 공평하게?"

맥과이어의 눈이 조금 더 가늘어졌다. 고개를 끄덕였다. "그래. 이 망할 문 좀 열어봐."

리처는 물러서서 출입구 문 손잡이에 걸려 있는 열쇠고리를 집어 들었다. 열쇠를 뒤적거려 맞는 열쇠를 찾았다. 감방 열쇠야 많이 다뤄보았다.

눈 감고도 맞는 걸 골라낼 수 있었다. 돌아와서 감방 문 자물쇠를 풀었다. 문을 활짝 열었다. 맥과이어는 가만히 서 있었다. 리처는 걸어가서 열쇠고리를 문 손잡이에 다시 걸고 감방을 등진 채 출입구 문을 마주 보고 섰다.

"앉아." 리처가 말했다. "저기 의자에."

맥과이어가 감방에서 나오는 기척이 느껴졌다. 맨발로 콘크리트 바닥을 딛는 소리가 들렸다. 소리가 멈췄다.

"원하는 걸 말해." 맥과이어가 말했다.

리처는 그대로 등을 돌린 채였다. 맥과이어의 접근을 감지하기 위해 신경을 곤두세웠다. 하지만 움직임은 없었다.

"조금 복잡한 얘기야." 리처가 말했다. "여러 가지 요건을 동시에 고려해야 해."

"뭔 요건?" 맥과이어가 어리둥절해하며 물었다.

"첫 번째 요건은 내가 비공식적으로 여기에 왔다는 거야. 알겠나?"

"뭔 소리야?"

"네가 말해봐."

"모르겠는데."

리처가 몸을 돌렸다. "그건 내가 헌병도 아니고, 민간 경찰도 아니고, 사실상 아무 신분도 아니라는 뜻이야."

"그래서?"

"그래서 난 책임질 게 없어. 징계도 없을 거고, 잃을 연금도 없고, 아무 문제가 없지."

"그래서?"

"그래서 말인데, 내가 널 평생 목발 짚고 빨대 물고 살게 만들어도, 나한테는 아무 일도 안 일어날 거라는 거야. 게다가 여기엔 목격자도 없어.”

“뭘 원하냐고!”

“두 번째 요건은 그 거물이 널 협박하려고 말한 그 어떤 짓보다 더 심한 걸 내가 할 수 있다는 거야.”

“거물이라니?”

리처는 그냥 웃기만 했다. 맥과이어가 주먹을 불끈 쥐었다. 두꺼운 이두박근과 딱 벌어진 어깨가 부풀어 올랐다.

“이제부터는 좀 복잡해지니까 정말 집중해서 듣도록 해. 세 번째 요건은 네가 그놈의 이름을 불면, 그놈은 영원히 사라진다는 거야. 네가 그놈 이름만 말하면, 그놈은 앞으로 절대 너한테 손대지 못하게 돼. 이해했나?”

“무슨 이름? 어떤 놈?”

“네가 뒤로 챙긴 돈의 절반을 갖다 바쳤던 놈.”

“그런 놈 없는데.”

리처가 고개를 저었다. “그 단계는 이미 지났어. 알겠나? 그런 놈이 있다는 건 이미 알고 있거든. 그러니까 본론으로 들어가기도 전에 괜히 처맞을 짓 하지 말라고.”

맥과이어가 온몸에 잔뜩 힘을 줬다. 숨을 거칠게 몰아쉬었다. 그러다가 이내 힘을 좀 뺐다. 몸이 약간 풀어지면서 눈이 다시 가늘어졌다.

“자, 집중해.” 리처가 말했다. “그 이름을 불면 넌 네가 끝장날 거라고 생각하지? 하지만 그건 착각이야. 진짜 알아야 하는 건, 네가 그놈이 누군지 불어야 네 남은 평생이 안전해진다는 거야. 왜냐하면 육군을 등쳐먹은 것보다 훨씬 더 나쁜 짓을 저지른 놈이라서 찾고 있는 거거든.”

“그놈이 뭘 했는데?” 맥과이어가 물었다.

리처는 미소를 지었다. 비디오 카메라에 소리가 녹음되지 않아서 아쉬웠다. 그놈은 **진짜 존재한다**. 레이튼이 들었으면 지금 춤을 추며 사무실 안을 돌고 있을 것이다.

"그놈이 여자 네 명을 죽였다고 FBI는 보고 있어. 네가 이름만 불면 그놈은 평생 감방에서 썩게 될 거야. 다른 건 일체 묻지도 않을 거고."

맥과이어는 대답하지 않았다. 곰곰이 생각하고 있었다. 리처가 보기에 머리가 빨리 돌아가는 편은 아니었다.

"두 가지 요건이 더 있어. 지금 바로 이름을 대면 내가 너에 대해 좋게 말해주지. 나도 한때 그쪽 사람이었으니까 내 말을 들어줄 거야. 헌병은 끼리끼리 통하잖아? 내가 널 좀 편하게 해줄 수 있다고."

맥과이어는 아무 말도 하지 않았다.

"마지막 요건은." 리처가 부드럽게 말했다. "넌 어차피 그 이름을 나한테 말하게 될 거라는 거야. 단지 시간문제일 뿐이지. 네가 선택해. 지금 바로 말해도 되고, 30분 뒤에 팔다리가 부러지고 척추는 꺾이기 직전에 말해도 되고."

"아주 악랄한 놈이야." 맥과이어가 말했다.

리처는 고개를 끄덕였다. "정말 나쁜 놈이지. 하지만 우선순위를 잘 정해. 그놈이 너한테 뭘 하겠다고 한 건 그냥 말일 뿐이야. 게다가 먼 훗날의 일이고. 그런데 아까 내가 말했듯이 그런 일은 일어나지 않을 거야. 하지만 내가 너한테 하려는 건? 지금 당장 일어날 일이지. 바로 여기서."

"넌 아무 짓도 못할걸." 맥과이어가 말했다.

리처는 몸을 돌려 나무 스툴을 집어 들었다. 의자를 거꾸로 뒤집어 다리 두 개를 양손으로 움켜쥐고 가슴 높이까지 들어 올렸다. 손등이 바깥

쪽을 향하게 단단히 쥐고 어깨에 힘을 주며 계속 잡아당겼다. 깊게 숨을 들이쉬고 팔꿈치를 뒤로 확 젖히자 의자 다리가 발받침용 가로대에서 뜯어졌다. 가로대가 덜거덕 소리를 내며 바닥에 떨어지자 스툴을 뒤집어 왼손으로 상판을 잡고 오른손으로 다리 하나를 떼어냈다. 부서진 나머지 부분은 버리고 다리 하나만 손에 쥐었다. 길이는 1미터, 야구 방망이 정도의 크기와 무게였다.

“너도 똑같이 해봐.” 리처가 말했다.

맥과이어가 안간힘을 썼다. 자기 스툴을 뒤집어 다리를 잡고 힘을 썼다. 근육이 불끈거리고 문신이 부풀어 올랐지만 아무 소용이 없었다. 그저 의자를 거꾸로 들고 서 있을 뿐이었다.

“안타깝군.” 리처가 말했다. “조건을 공평하게 맞춰주려고 했는데.”

“그놈은 특수부대 출신이야.” 맥과이어가 말했다. “걸프전에도 참전했어. 진짜 세다고.”

“상관없어.” 리처가 말했다. “저항하면 FBI가 쏴버릴 거야. 그럼 상황 끝.”

맥과이어는 아무 말도 하지 않았다.

“그놈은 네가 불었다는 거 절대 모를 거야.” 리처가 말했다. “그놈 스스로 흔적을 남긴 것처럼 FBI가 연출할 거니까.”

맥과이어는 여전히 입을 닫고 있었다. 리처가 스툴 다리를 휘둘렀다.

“왼쪽? 오른쪽?”

“뭐가?” 맥과이어가 물었다.

“어느 팔부터 먼저 부러뜨릴지 묻는 거야.”

“라샐 크루거.” 맥과이어가 말했다. “보급대대 지휘관. 대령이야.”

25

휴대폰을 훔치는 건 식은 죽 먹기지만 정찰은 정말 엿 같지. 타이밍을 잘 맞추는 게 최우선 과제야. 완전히 어두워질 때까지 기다려야 하고, 낮 근무 경찰의 마지막 한 시간을 노리는 게 좋지. 경찰이 FBI 요원보다 멍청하기도 하고, 누구든 마지막 근무 시간은 다른 사람의 첫 근무 시간보다 방심하기 마련이니까. 집중력이 흐트러지고 지루함이 밀려올 때야. 눈은 흐릿해지고 친구들과의 맥주 한 잔이나 아내와 텔레비전 앞에서 보낼 밤이 간절해지지. 평소에 시간을 어떻게 보내든 간에. 따라서 네가 쓸 수 있는 시간은 40분, 7시부터 7시 40분까지야. 계획은 두 부분으로 나눠. 먼저 집, 그다음은 주변 지역. 넌 공항에서 차를 몰고 돌아와서 간선도로로 접근해. 그 여자 집에서 세 블록 떨어진 교차로는 곧장 통과하고 북쪽으로 200미터 떨어진 등산객용 주차장에 차를 세워. 넓은 자갈길이 후드 산의 동쪽 경사면으로 이어져 있어. 차에서 내려 그 길을 등지고 나무들이 듬성듬성 서 있는 숲을 뚫고 북서쪽으로 이동해. 첫 번째 위치와 거의 비슷한 고도지만, 여자의 집 앞이 아닌 집 뒤쪽, 반대편이지.

지형상 이 동네 주택들은 뒷마당이 크지 않아. 건물 뒤로 좁은 뜰이 가꿔져 있고, 울타리가 있고, 그 위로는 야생 덤불로 덮인 가파른 언덕이 있어. 넌 덤불을 헤치고 여자 집의 울타리에 다다라. 어둠 속에서 미동도 없이 서서 살펴. 커튼이 모두 드리워져 있어. 조용해. 아주 희미하게 피아노 소리가 들려. 언덕을 깎아 지어져 있는 집은 도로와 직각을 이루고 있어. 측면이 실제로는 정면이야. 측면 전체가 현관이지. 네가 마주 보고 있는 벽에는 창문만 띄엄띄엄 나 있어. 문은 없어. 울타리를 따라 천천히 움직이며 실제로는 뒷면인 집의 다른 쪽을 체크해. 거기에도 문은 없어. 그러니 들어갈 수 있는 방법은 현관문과 도로 쪽을 향한 차고 문뿐이야. 바람직한 상황은 아니지만 예상은 했잖아? 다 계획했던 대로야. 넌 모든 변수에 대비해 계획을 세워 놨으니까.

"이제 됐네요. 크루거 대령, 이제 넌 우리 손아귀에 들어왔어." 레이튼 대위가 말했다.

그들은 당직실로 돌아왔다. 밤비를 맞으며 뛰어온 탓에 옷이 축축했고, 성취감으로 솟구친 환희와 차가운 공기 탓에 얼굴은 상기되어 있었다. 악수가 오갔고, 하이파이브를 하고 하퍼는 웃으며 리처를 끌어안았다. 레이튼은 컴퓨터 화면의 메뉴를 스크롤하고 있었고, 리처와 하퍼는 책상 앞의 낡고 딱딱한 의자에 나란히 앉아 숨을 가쁘게 몰아쉬었다. 하퍼는 안도감과 승리에 젖어 시종일관 미소를 머금고 있었다.

"스툴 장면, 완전 끝내줬어요." 하퍼가 말했다. "비디오 화면으로 다 봤어요."

리처는 어깨를 으쓱했다.

"약간 속임수를 썼소. 적당한 의자를 고른 게 전부지. 평소 면회 시간 동안 그 하사가 문 옆 의자에 앉아 있을 거고, 지루하니까 몸을 조금씩 뒤척일 거라 생각했소. 그 정도 덩치의 남자라면 의자 다리의 이음새가 헐거워질 수밖에 없을 거고. 그 의자는 거의 부서지기 직전이었소."

"그래도 보기에는 진짜 멋졌어요."

"그게 첫 번째 원칙이오. 보기에 진짜 멋져야 한다는 거."

"인사 명부에 떴습니다. 라셀 크루거, 대령. 바로 여기 있군요." 레이튼이 말했다.

그가 손톱으로 화면을 두드렸다. 또다시 유리병처럼 쨍 하는 소리가 났다.

"문제를 일으킨 전력이 있소?" 리처가 물었다.

"아직은 모르겠습니다. 헌병대 관련 기록이 있을 거라고 보십니까?"

"뭔가 있었을 거요." 리처가 말했다. "걸프전 때의 특수부대가 지금은 보급 업무를 한다? 뭔가 이상하지 않소?"

레이튼은 고개를 끄덕였다. "설명이 필요한 부분입니다. 징계를 먹었을 수도 있겠네요."

대위가 인사 기록 메뉴를 닫고 다른 메뉴를 클릭했다. 그러고는 잠시 멈칫했다.

"밤새 걸릴 것 같습니다."

리처가 웃었다. "우리한테 아무것도 보여주고 싶지 않다는 뜻이군."

레이튼도 미소를 지으며 대꾸했다. "정답입니다, 선배님. 죄수들은 얼마든지 두들겨 패도 되지만 컴퓨터 자료는 보여드릴 수 없습니다. 잘 아시잖습니까?"

“잘 알지.” 리처가 말했다.

레이튼은 다음 말을 기다리고 있었다.

“지프용 타이어 재고에 대해 아까 얘기하셨죠?” 하퍼가 갑자기 끼어들었다. “그럼 그걸로 위장용 페인트가 사라진 것도 추적할 수 있을까요?”

“아마도요.” 레이튼이 답했다. “이론적으로는 가능합니다.”

“그자의 리스트에 있는 여성이 열한 명이니까 대략 1,200리터쯤 찾아보세요. 크루거와 그 페인트가 연결되면 저로선 그걸로 충분해요.” 하퍼가 말했다.

레이튼이 고개를 끄덕였다.

“그리고 날짜도요.” 하퍼가 덧붙였다. “여자들이 살해당했을 때 크루거가 비번이었는지 알아봐 주세요. 그리고 위치도 대조해야겠죠. 여자들이 근무하던 곳에서 절도 사건이 있었는지도 확인해 보세요. 그 여자들이 뭔가를 봤다는 걸 입증하는 거니까요.”

레이튼이 하퍼를 마주 보았다. “육군에서 날 엄청 좋아할 것 같군요. 그렇죠? 크루거는 우리 쪽 범인인데, 밤새 엉덩이가 닳도록 일해서 FBI에 갖다 바치려고 하는 거니까요.”

“죄송해요.” 하퍼가 말했다. “하지만 관할 문제는 명확하잖아요? 살인이 절도보다 우선이죠.”

순간 표정이 어둡게 바뀐 레이튼이 고개를 끄덕이며 말했다.

“가위가 보자기를 이기는 것처럼 말이죠.”

이제 집은 충분히 살폈어. 네가 어둠 속에 서서 그 집을 쳐다보고 여자가 치는 망할 피아노 연주를 듣는다고 해서 달라질 건 아무것도 없지. 그래서 넌 울타리에서 물러나 덤불 속으로 몸을 숨기고 남동쪽으로 빠져나가 차로 돌아가. 도착해서 먼지를 털고 차에 올라타 시동을 걸고 다시 교차로를 통과해 내려가. 이제 계획의 두 번째 부분을 해야 해. 이건 20분 안에 완료해야 해. 넌 차를 몰아. 교차로에서 서쪽으로 3킬로미터 가면 도로 왼쪽에 작은 쇼핑 센터가 있어. C자를 네모나게 꺾어놓은 듯한 구식 단층 쇼핑몰이야. 중앙에 슈퍼마켓이 핵심 공간인 것처럼 위치하고 그 양옆으로 작은 단독 매장들이 늘어서 있어. 그중 몇 개는 판자로 가려진 채 비어 있지. 넌 주차장 맨 끝에 차를 세웠다가 소방 차선을 따라 천천히 차를 몰며 찾아. 슈퍼마켓을 지나 세 번째 가게에서 원하는 걸 정확히 찾았어. 찾지 못할 거라 생각했던 건 전혀 아니지만, 그래도 주먹을 불끈 쥐고 핸들의 테두리를 두드려. 혼자서 미소를 지어.

그런데 차를 돌리고 공회전 상태에서 주차장을 다시 돌아보며 상황을 점검해 보니 미소가 사라졌어. 마음에 들지 않아. 전혀 마음에 들지 않아. 넌 완전히 노출돼 있어. 모든 매장의 정면에서 바로 보인다고. 지금은 조명이 어두워서 그나마 낫지만, 낮이 되면 이야기가 달라져. 그런데 C자 형태의 뒤로 차를 몰고 가보니 미소가 다시 돌아왔어. 뒤편에는 보조 주차 공간이 한 줄 나 있고, 그 맞은편 상점 뒷벽에는 평범하게 칠해진 배달용 문들이 줄지어 나 있어. 창문은 없어. 넌 차를 세우고 주위를 둘러봐. 사방을 꼼꼼하게 둘러봐. 여기야. 완벽해.

넌 이제 다시 메인 주차장으로 돌아와 다른 차량들 옆에 주차해. 시동을 끄고 기다려. 간선도로를 지켜봐. 10분 정도 지났을까. 근무 교대를 위해 FBI의 뷰익 차량이 느리지도 빠르지도 않게 지나가.

넌 그 차를 향해 '좋은 밤 되세요'라고 속삭여.

그런 다음 다시 시동을 걸고 주차장을 한 바퀴 돌아 반대 방향으로 조용히 빠져나가.

레이튼은 1번 국도를 따라 트렌턴 방향으로 1킬로미터 정도 내려간 곳에 있는 모텔을 추천했다. 수감자의 면회객들이 보통 묵는 곳이고, 저렴하고 깨끗하며, 주변 몇 킬로미터 내에서 유일한 곳인 데다가 전화번호도 알고 있다고 했다. 하퍼가 운전을 했고 쉽게 찾을 수 있었다. 외관은 괜찮아 보였고 빈방도 많았다.

"12호실이 괜찮은 더블 룸입니다." 프런트 직원이 말했다.

하퍼가 고개를 끄덕였다.

"좋아요. 그 방으로 할게요."

"더블 룸?" 리처가 말했다.

"나중에 얘기해요."

하퍼가 현금으로 지불하자 직원이 열쇠를 건네주었다.

"12호실입니다." 직원이 다시 말했다. "나가서 끝 쪽으로 가시면 됩니다."

리처는 비를 맞으며 걸어갔고 하퍼는 차를 가져와서 룸 앞에 주차했다.

"뭐가요?" 하퍼가 물었다. "우린 자려는 게 아니잖아요? 그냥 레이튼이 전화할 때까지 기다리는 거지. 차 안에서 기다리나 여기서 기다리나 마찬가지고요."

리처는 어깨만 으쓱하고 하퍼가 문을 열 때까지 기다렸다. 그녀가 문을 열고 안으로 들어가자 그도 따라 들어갔다.

"어차피 너무 들떠서 잠도 안 와요." 하퍼가 말했다.

익숙하고 편안한 전형적인 모텔 방이었다. 난방은 과했고 지붕에서는 빗소리가 시끄러웠다. 방 맨 안쪽 창가에 의자 두 개와 테이블이 놓여 있었다. 리처는 걸어가서 오른쪽 의자에 앉았다. 팔꿈치로 테이블을 짚고 두 손으로 머리를 감쌌다. 꼼짝도 하지 않았다. 하퍼는 앉지 않고 방 안을 서성였다.

"이제 그놈을 잡을 수 있겠네요." 하퍼가 말했다.

리처는 아무 말도 하지 않았다.

"블레이크 씨에게 전화해야겠어요. 이 좋은 소식을 알려줘야죠." 하퍼가 말했다.

리처는 고개를 저었다. "아직은 아니오."

"왜요?"

"레이튼이 마무리하게 놔두시오. 콴티코가 이 시점에서 개입하면 레이튼을 빼버릴 거요. 그는 일개 대위일 뿐이오. 어디서 별 두 개짜리 꼰대들이 와서 헛소리를 지껄이느라 팩트에는 가까이 가지도 못할 거요. 레이튼에게 맡깁시다. 그가 공을 가져가도록."

하퍼가 욕실 안에 들어가 수건걸이와 샴푸 병, 비누 팩을 살펴보았다. 밖으로 나와서 재킷을 벗었다. 리처는 고개를 돌렸다.

"안심해요." 그녀가 말했다. "난 브라도 입고 있다고요."

리처는 아무 말도 하지 않았다.

"왜요? 뭔가 마음에 걸리는 거라도 있나요?"

"내가?"

하퍼가 고개를 끄덕였다. "그렇게 느껴져요. 난 여자잖아요. 촉이 있죠."

리처는 하퍼를 똑바로 보았다. "솔직히 말해서 침대가 있는 방에 당신과 단둘이 있고 싶지는 않소."

하퍼가 웃었다. 행복하고 장난기 섞인 웃음이었다. "유혹에 빠질 것 같아요?"

"나도 사람이니까."

"나도 마찬가지예요. 내가 자제할 수 있으면 당신도 할 수 있을 거예요." 하퍼가 말했다.

리처는 아무 말도 하지 않았다.

"좀 씻을게요." 그녀가 말했다.

"맙소사." 리처가 중얼거렸다.

동쪽 해안에서 서쪽 해안까지 전국 어디에서나 볼 수 있는 전형적인 모텔 방. 문이 있고, 오른쪽에 욕실, 왼쪽에 옷장, 퀸 사이즈 침대, 서랍장, 테이블, 의자 두 개, 낡은 텔레비전, 얼음통, 벽에는 끔찍한 그림 몇 개. 넌 코트는 옷장에 걸어두지만 장갑은 계속 끼고 있어. 여기저기 지문을 남길 필요는 없으니까. 그들이 이 방을 찾아낼 가능성은 거의 없지만, 평생을 조심하며 살아왔잖아. 장갑을 벗는 건 씻을 때뿐이야. 그 정도는 괜찮아. 모텔 욕실은 안전한 공간이야. 11시에 체크아웃을 하고 12시쯤이면 청소부가 모든 표면에 세제를 뿌리고 젖은 걸레로 문지르고 있을 테니까. 모텔 욕실에서 의미 있는 지문이 나온 적은 없어.

넌 방을 가로질러 가서 왼쪽 의자에 앉아. 뒤로 기대어 눈을 감고 생각을 시작해. 내일. 내일이어야 해. 시간 계획은 역순으로 짜야 해. 밖으로 나가려면 어두워져야 하지. 이게 가장 기본적인 고려 사항이야. 이게 다른 모든 걸 좌우해. 하지만 낮 근무 경찰이 그 여자를 발견하게 하고 싶어. 그게 단순한 기분 문제라는 건 인정하지만 그래도 뭐, 작은 기분 하나도 못 살리고 살면 그게 무슨 인생인가. 그러니까 조건은 이거야. 어둠이 깔린 뒤, 하지만 경찰이 마지막으로 화장실에 가기 전. 꽤 구체적으로 시간이 좁혀져. 대략 오후 6시에서 6시 반 사이. 오차 범위를 고려해 5시 40분. 아니, 아니다. 5시 30분. 왜냐하면 다시 돌아와서 그 경찰의 얼굴을 직접 봐야 하니까.

좋아. 5시 30분. 황혼 무렵. 완전한 어둠은 아니지만 괜찮은 시간이야. 이전 장소에서 가장 오래 머물렀던 건 22분이었어. 이곳도 원칙적으로는 그 이상 걸리지 않겠지만 30분 정도로 넉넉히 잡아. 그러니까 5시에는 집 안에 들어가서 시작해야 해. 이제 그 여자의 입장에서 생각해 보면 대략 2시쯤에 전화를 걸어야 한다는 게 분명해지지.

그러니까 11시 전에 이 쓰레기장에서 체크아웃하고, 12시 전에 그곳에 가서 기다리고 지켜보다가 2시에 전화를 걸면 돼. 결정 끝. 넌 눈을 뜨고 자리에서 일어나. 옷을 벗고 욕실을 써. 장갑만 낀 채 이불을 젖히고 침대로 미끄러져 들어가.

하퍼가 몸에 수건 하나만 두른 채 욕실에서 나왔다. 얼굴 화장은 깨끗이 지워졌고 머리카락은 젖어 있었다. 물에 젖은 머리카락은 허리 아래까지 늘어져 있었다. 화장을 지운 얼굴은 연약해 보였다. 수레국화처럼 파란 눈, 하얀 치아, 도드라진 광대뼈, 맑은 피부. 얼굴만 보면 열네 살 같지만 그녀는 키가 180센티가 넘는다. 그 정도 키라면 모텔에서 제공하는 수건은 몸을 가리기에는 길이가 한참 모자라다.

"블레이크 씨에게 전화해야 할 것 같아요. 보고는 해야죠."

"아무 말도 하지 마시오." 리처가 말했다. "진심이오. 말이 나가면 통제가 안 될 거요."

하퍼가 고개를 끄덕였다. "그냥 거의 근접했다고만 할게요."

리처는 고개를 저었다. "그보다 더 모호하게. 그냥 이렇게 말하시오. 내일 어떤 남자를 만날 건데 그가 뭔가 관련돼 있을지도 모른다고."

"조심할게요." 하퍼가 거울 앞에 앉았다. 수건이 조금 올라갔다. 그녀가 머리를 만지기 시작했다.

"가방에서 휴대폰 좀 꺼내줄래요?" 그녀가 큰 소리로 말했다.

리처는 침대 쪽으로 걸어가 가방에 손을 집어넣었다. 가방 안의 물건들이 움직이면서 향기가 은은하게 올라왔다. 휴대폰을 찾아 꺼내서 그녀에게 건넸다.

"정말로 모호하게." 리처가 다시 말했다.

하퍼는 고개를 끄덕이며 휴대폰을 열었다.

"걱정 말아요."

"나도 샤워 좀 해야겠소."

하퍼는 미소를 지었다. "그래요. 안 들어갈게요. 약속."

그는 욕실로 들어가 문을 닫았다. 하퍼의 옷이 문 안쪽 고리에 걸려 있었다. 전부 다. 속옷은 흰색이었고 레이스가 달려 있었다. 얼음처럼 차가운 물로 샤워를 할까도 생각했지만 의지력으로만 버티기로 결정했다. 그래서 샤워기를 뜨겁게 설정하고 옷을 벗었다. 옷을 바닥에 쌓아 두고 재킷 주머니에서 접이식 칫솔을 꺼내 맹물로 이를 닦았다. 샤워기 아래에 서서 하퍼가 썼던 비누와 샴푸로 몸을 씻었다. 몸을 진정시키려 애쓰며 한참을 서 있었다. 그러다가 포기하고 찬물 쪽으로 손잡이를 돌렸다. 숨을 몰아쉬며 찬물에서 버텼다. 1분, 2분. 그러고는 물을 잠그고 수건을 더듬어 찾았다.

하퍼가 문을 두드렸다.

"다 했어요?" 큰 소리로 물었다. "내 옷 좀 줄래요?"

리처는 수건을 펼쳐서 허리에 둘렀다.

"끝났소. 들어오시오." 리처가 답했다.

"그냥 내 옷만 줘요." 하퍼가 말했다.

리처는 옷가지들을 한 손에 모아 고리에서 들어 올렸다. 문을 살짝 열고 그걸 내밀었다. 하퍼는 옷을 받아들고 가버렸다. 리처는 좁은 공간에서 옹색하게 몸을 닦고 다시 옷을 입었다. 손가락으로 머리를 빗질하고 잠시 그대로 서 있었다. 그런 다음 문고리를 돌리고 밖으로 나왔다. 하퍼는 침대 옆에 서 있었다. 옷은 일부만 입고 나머지는 화장대 의자 등받이에 걸쳐 놓은 상태였다. 머리는 뒤로 빗어 넘겨져 있었다. 휴대폰은 닫힌 채 얼음통 옆에 놓여 있었다.

"뭐라고 전했소?"

"당신이 말해준 대로요. 아침에 어떤 남자를 만날 건데, 구체적인 건 아직 없다고."

하퍼는 셔츠를 입고 있었지만 넥타이는 의자 위에 걸쳐져 있었다. 브래

지어도 거기 있었다. 그리고 정장 바지도.

"그쪽에서는 뭐라고 했소?"

"폴튼은 스포캔에 있대요. 허츠 렌터카 건은 허탕이었다고 하네요. 그냥 출장 온 여자였대요. 대신 UPS 직원이 자료를 가지고 오고 있대요. 오늘 밤에 만날 예정이지만 우리보다 세 시간이 늦으니까 아마 아침까지는 아무 소식도 듣지 못할 거예요. 그래도 야구 경기 건으로 날짜를 특정했고, UPS에서 기록을 조회 중이래요."

"서류에 라샐 크루거라는 이름이 찍혀 있지는 않을 거요. 절대."

"아마도 그렇겠지만, 이제 그건 중요하지 않아요. 그렇죠? 우리가 그자를 찾았으니까."

하퍼가 그에게서 등을 돌린 채 침대 가장자리에 앉았다.

"당신 덕분이에요." 하퍼가 말했다. "당신 말이 완전히 맞았어요. 똑똑한 놈, 그리고 현실적이고 효율적이며 실용적인 동기를 가진 놈."

하퍼가 들떠서 다시 일어섰다. 침대와 테이블 사이의 좁은 공간을 왔다 갔다 했다. 셔츠 자락 사이로 팬티가 보였다. 엉덩이가 예술이었다. 다리는 탄탄했다. 그리고 길었다. 키에 비해 발은 작고 연약해 보였다.

"우리 축하해야 하는 거 아닌가요?" 하퍼가 말했다.

리처는 침대 끝에 베개를 받치고 기대어 있었다. 천장을 올려다보며 지붕을 두드리는 빗소리에만 집중했다.

"이런 데는 룸서비스가 없소." 리처가 말했다.

하퍼가 그의 얼굴을 향해 몸을 돌렸다. 셔츠의 맨 위 단추 두 개가 풀려 있었다. 그런 건 단추 간격에 따라 효과가 달라진다. 단추 간격이 좁으면 별 의미가 없다. 하지만 그 단추들은 간격이 넓었다. 8센티는 되어 보였다.

"조디 때문이죠? 그렇죠?" 하퍼가 물었다.

리처는 고개를 끄덕였다. "당연히 그렇소."

"조디만 아니었으면 당신도 원했을 거죠?"

"물론이오."

그러고는 잠시 말을 멈췄다.

"하지만 안 할 거요. 조디 때문에."

하퍼가 그를 빤히 쳐다보더니 미소를 지었다.

"난 남자가 그러는 게 좋다고 생각해요." 하퍼가 말했다.

리처는 아무 말도 하지 않았다.

"지조를 지키는 거." 하퍼가 말했다.

리처는 아무 말도 하지 않았다. 정적이 흘렀다. 지붕을 두드리는 빗소리만이 거세게 그리고 집요하게 들려왔다.

"그런 점, 꽤 매력적이에요." 하퍼가 말했다.

리처는 천장만 바라보았다.

"당신 매력이 그거 하나만 있는 건 아니지만요."

리처는 빗소리에 집중했다. 하퍼가 아주 작게 한숨을 쉬며 2센티미터쯤 물러났다. 아주 조금이었지만 위기를 모면하기에는 충분했다.

"그럼 뉴욕에 계속 남아 있을 건가요?" 하퍼가 물었다.

리처는 다시 고개를 끄덕였다. "그게 계획이오."

"집 문제로 조디가 화가 나겠어요. 아버지가 당신한테 유산으로 남긴 건데."

"그럴 수도 있소. 하지만 그걸 받아들여야 하오. 내 생각에 조디의 아버지는 집이 아니라 선택권을 남긴 거요. 집, 아니면 집을 팔아서 얻게 될 돈.

그건 내가 선택해야 하오. 그분은 내가 어떤 사람인지 잘 알고 있으니 내 선택에 놀라지 않으셨을 거요. 실망하지도 않으셨을 거고."

"그래도 감정상으로는 안 그렇죠."

"왜 그런지 난 잘 모르겠소. 조디가 어린 시절에 살았던 집도 아닌데. 실제로 그 집에서 산 적이 없소. 거기서 자라지도 않았고. 그냥 나무로 지은 건물일 뿐이오."

"조디한테 그건 닻이에요. 그렇게 생각하는 거겠죠."

"그래서 팔려고 하는 거요."

"그러니까 조디는 당연히 불안하겠죠."

리처는 어깨를 으쓱했다. "조디도 알게 될 거요. 집이 있든 없든 내가 곁에 있을 거란 걸."

방 안이 다시 조용해졌다. 비가 잦아들고 있었다. 하퍼는 침대 위 리처의 맞은편에 앉아 있었다. 맨 무릎을 모아 끌어올린 채.

"그래도 아직 난 축하하고 싶은 기분이에요." 하퍼가 말했다.

하퍼가 둘 사이의 공간에 손바닥을 대고 몸을 기울였다.

"축하 키스." 하퍼가 속삭였다. "그 이상은 없어요. 약속."

리처는 하퍼를 바라보다 왼팔로 그녀의 허리를 감싸 가까이 끌어당겨 입을 맞췄다. 하퍼는 손을 리처의 머리 뒤로 가져가 손가락을 그의 머리카락 사이에 밀어 넣었다. 하퍼가 머리를 기울이고 입을 열었다. 리처는 그녀의 혀가 자신의 이에 닿는 것을 느꼈다. 그는 눈을 감았다. 그녀의 혀는 급하게 리처의 입 안 깊숙이 들어왔다. 기분이 좋았다. 눈을 뜨자 그녀의 눈이 보였지만 너무 가까워서 초점이 맞지 않았다. 그녀의 눈은 꼭 감겨 있었다. 죄책감이 몰려와 그녀를 놓고 몸을 뗐다.

"당신한테 말할 게 있소."

하퍼는 머리가 헝클어진 채 거칠게 숨을 쉬고 있었다.

"뭔데요?"

"당신한테 솔직하지 못한 부분이 있소."

"뭔데요?"

"크루거는 우리 쪽 범인이 아닌 것 같소."

"뭐라고요?"

정적이 흘렀다. 둘은 침대 위에서 불과 몇 센티미터 거리로 마주 보고 있었다. 하퍼의 손은 여전히 리처의 머리카락 속에 얽혀 있는 채였다.

"그자는 레이튼 쪽 범인이오." 리처가 말했다. "우리 쪽이 아니라. 사실 처음부터 그렇게 생각했소."

"뭐라고요? 당신이 계속 그렇게 말했잖아요. 이건 당신이 세운 가설이 었다고요, 리처. 왜 이제 와서 물러서는 거죠?"

"왜냐하면 그게 내 진짜 생각은 아니었거든. 그냥 머릿속에서 떠오르는 대로 떠들어댄 거요. 솔직히 말해 헛소리한 거였소. 그런 놈이 진짜로 있 다는 것에 나도 정말 놀랐소."

하퍼가 깜짝 놀라며 손을 뺐다.

"하지만 이건 당신이 세운 가설이었다고요." 하퍼가 다시 말했다.

리처는 어깨를 으쓱했다. "그냥 지어낸 거요. 아무 의미 없이. 그저 콴티 코에서 잠시라도 빠져나오기 위해서 그럴듯한 핑계가 필요했을 뿐이오."

하퍼가 정색하고 그를 쳐다보았다. "지어낸 얘기라고요? 아무 의미도 없다고?"

리처는 다시 어깨를 으쓱했다. "그럴듯하긴 했을 거요. 하지만 난 그걸 믿지는 않았소."

"그럼 도대체 왜 그런 말을 한 거죠?"

"말했잖소. 그냥 거기서 빠져나오고 싶었다고. 생각도 좀 정리하고 싶었고. 일종의 실험이기도 했소. 누가 찬성하고 누가 반대하는지 보고 싶었거든. 누가 이 사건을 진심으로 해결하고 싶어 하는지도."

"믿을 수가 없네요." 하퍼가 말했다. "도대체 왜 그런 거죠?"

"그러면 안 될 이유라도 있소?"

"우리 모두 이 사건을 해결하고 싶어하니까요."

"폴튼은 반대했소." 리처가 말했다.

하퍼가 얼굴을 30센티미터쯤 떨어뜨리며 리처를 노려보았다.

"지금 뭐 하자는 거예요? 게임하는 건가요?" 하퍼가 다그쳤다.

리처는 아무 말도 하지 않았다. 하퍼도 입을 다물었다. 1분, 2분, 3분.

"대체 뭐 하자는 거죠?" 하퍼가 말했다. "여기에 여러 사람 목숨이 달려 있다고요."

그때 문을 두드리는 소리가 들렸다. 큰 소리로 계속 두드려 댔다. 하퍼가 리처에게서 몸을 뗐다. 리처는 그녀를 놓아주고 바닥에 발을 내리고 일어섰다. 손으로 머리를 쓸어넘기며 문 쪽으로 걸어갔다. 다시 노크 공세가 시작되었다. 커다란 손이 문을 세게 두드리고 있었다.

"기다리시오!" 리처가 외쳤다.

노크가 멈췄다. 리처가 문을 열었다. 룸 앞에 군용 쉐보레 차량이 비스듬히 주차되어 있었다. 문 바로 앞에 레이튼이 노크를 하다 말고 한 손을 든 채 서 있었다. 단추가 풀려 있는 재킷 어깨에는 빗방울이 맺혀 있었다.

"크루거는 우리 겁니다." 레이튼이 방 안으로 들어서며 말했다. 그의 눈에 하퍼가 셔츠 단추를 채우는 게 보였다.

"실례." 레이튼이 말했다.

"방이 좀 더워서요." 고개를 돌리며 하퍼가 말했다.

레이튼이 침대를 내려다보았다. 뜻밖이라는 듯한 표정이었다.

"그자는 우리가 찾던 놈입니다. 확실해요. 모든 게 딱 맞아떨어져요." 레이튼이 큰 소리로 말했다.

그때 하퍼의 휴대폰이 울리기 시작했다. 화장대 위 얼음통 옆에서 알람 시계처럼 시끄럽게 울어댔다. 레이튼이 잠시 말을 멈추고 기다리겠다는 몸짓을 했다. 하퍼가 침대 위를 황급히 넘어가 휴대폰을 열었다. 전화기 저 멀리서 아주 희미하게 갈라진 목소리가 리처에게 들렸다. 그 목소리에 귀를 기울이는 하퍼의 얼굴에서 핏기가 사라졌다. 그녀는 휴대폰을 닫고는 그게 깨지기 쉬운 크리스털 잔이라도 되는 것처럼 조심스럽게 내려놓았다.

"우리 둘 다 콴티코로 복귀하래요. 지금 당장요. 캐롤라인 쿡의 전체 기록을 확보했는데 당신 말대로 여기저기 많이도 옮겨 다녔다는군요. 하지만 무기 쪽으로는 근처에도 간 적이 없대요. 전혀. 단 1분도."

"저도 그 말을 하러 온 겁니다." 레이튼이 말했다. "크루거는 우리 쪽입니다. 그쪽이 아니라."

리처는 고개만 끄덕였다.

26

레이튼이 방 안쪽 끝까지 걸어가 테이블 오른쪽 의자에 앉았다. 리처가 앉았던 바로 그 의자였다. 그는 팔꿈치를 테이블에 얹고, 양손에 얼굴을 묻었다. 리처가 했던 것처럼.

"일단, 명단은 처음부터 없었습니다." 하퍼를 올려다보며 레이튼이 말했다. "여성들의 근무처에서 발생한 도난 사건을 확인해 달라고 하셨잖습니까? 그러려면 당연히 해당 여성들의 명단이 있어야 하는데 아무리 찾아도 없었어요. 여기저기 연락도 해봤는데 결국 못 찾았죠. 그랬다가 한 달 전에 당신네 사람들이 우리한테 연락해 왔을 때, 그 명단을 완전히 맨땅에서부터 새로 만들어야 했습니다. 일일이 기록을 뒤지느라 아주 골치 아팠죠. 그러다 누가 기발한 아이디어를 내서 지름길을 찾았습니다. 그 여성들 중 한 명에게 직접 전화를 걸었던 거죠. 그럴듯한 구실을 대고요. 그게 앨리슨 라마였던 것 같습니다. 그녀가 명단을 제공해 줬어요. 알고 보니 그 여자들은 몇 년 전부터 피해자들끼리 상부상조 모임을 운영해 왔더군요."

"시메카는 여자들을 '자매들'이라고 불렀소." 리처가 말했다. "기억하시오? 그녀가 '열 명의 자매들 중 네 명은 이미 살해되었다'고 말했던 거."

"그 명단이 자기들끼리 만든 거였단 말이에요?" 하퍼가 물었다.

"우리한테 그런 명단은 애시당초 없었습니다." 레이튼이 다시 말했다.

"그러다 크루거의 기록이 들어오기 시작했는데 날짜와 장소가 일치하지 않았습니다. 전혀 비슷하지도 않았고."

"그자가 조작했을 가능성은요?"

레이튼이 어깨를 으쓱했다. "가능은 합니다. 재고 조작하는 데는 선수 였으니까. 그건 백퍼 확실합니다. 근데 하이라이트는 지금부터입니다."

"뭔데요?"

"리처 선배님 말씀대로, 특수부대 출신이 보급대대로 갔다는 건 설명이 좀 필요하죠. 그래서 조사를 좀 해봤습니다. 걸프전 당시 크루거는 최정예 였습니다. 스타 플레이어였고 소령이었죠. 하루는 사막 깊숙이 들어가 적 후방에서 이동식 스커드 발사대를 찾고 있었습니다. 소규모 병력이었고, 통신도 여의치 않았어요. 아무도 그들이 어디에 있는지 정확하게 실시간 으로 파악하지 못했습니다. 그러다 집중 포격이 시작되었는데 크루거의 부대가 포화 속에서 작살이 났어요. 아군의 오폭이었죠. 사상자가 엄청 나 왔고 크루거 자신도 심각한 부상을 당했습니다. 하지만 군대가 삶 자체였 던 사람인지라 계속 군에 남고 싶어해서 대령으로 특진시키고 부상이 업 무 수행에 지장을 초래하지 않는 자리, 그러니까 책상에 앉아서 일하는 보 급 업무를 맡게 한 겁니다. 제 추측으로는 그 뒤로 완전히 비뚤어져서 일 종의 복수심에 장물이나 뒷거래 같은 범죄 행각을 벌이기 시작한 것 같습 니다. 군에 대한 복수, 삶 자체에 대한 복수 말입니다."

"그런데 그 하이라이트는 뭔가요?" 하퍼가 재촉했다.

레이튼이 잠시 뜸을 들였다.

"그때 그 오폭으로 크루거는 두 다리를 잃었습니다."

정적이 흘렀다.

“휠체어를 타고 있어요.”

“젠장.” 하퍼가 뱉었다.

“그러게요. 젠장입니다. 계단을 오르락내리락 하면서 욕실에 드나들 수 있는 몸이 아닙니다. 마지막으로 그게 가능했던 건 10년 전이었을 겁니다.”

하퍼는 벽만 뚫어져라 쳐다보았다.

“알겠어요.” 하퍼가 천천히 말했다. “헛다리였네요.”

“유감스럽게도 그렇습니다. 그리고 쿡에 대한 정보도 맞습니다. 저도 체크해 봤는데 길지 않은 경력 내내 펜보다 무거운 건 들어본 적도 없는 사람이었어요. 이것 또한 말씀 드리려고 했던 부분이고요.”

“알겠어요.”

시선을 벽에 고정시킨 채 하퍼가 대답했다.

“어쨌든 고마워요.” 하퍼가 말했다. “이제 우린 여기서 나갈게요. 콴티코로 돌아가서 깨질 준비를 해야죠.”

“잠깐만요. 페인트 이야기도 마저 듣고 가셔야 합니다.” 레이튼이 말했다.

“또 나쁜 소식인가요?”

“나쁘다기보다는 이상한 얘기입니다.” 레이튼이 말했다. “요청하신 대로 위장용 녹색 페인트 분실에 대한 보고서를 검색해 봤습니다. 결정적인 정보는 딱 하나, 묻혀 있던 접근 제한 파일에 들어 있었습니다. 12리터짜리 캔 110개가 도난당한 사건이었죠.”

“그거네요. 1,320리터, 여자 열한 명, 1인당 120리터씩.” 하퍼가 말했다.

“증거는 확실했습니다.” 레이튼이 말했다. “유타의 보급 담당 부사관이

지목됐죠."

"그 남자는 누구죠?"

"여자입니다." 레이튼이 말했다. "로레인 스탠리 하사."

완벽한 정적이 찾아왔다.

"그럴 리가 없어요." 하퍼가 말했다. "그 여자는 피해자 중 한 명이라고요."

레이튼이 고개를 저었다. "유타에 전화해서 담당 수사관을 찾아내 통화했습니다. 잠자는 사람을 깨워서요. 그는 의심할 여지 없이 범인이 스탠리라고 했어요. 수단도 있었고 기회도 있었다면서요. 자기 흔적을 지우려고 하긴 했는데 그다지 치밀하지는 못했다고 합니다. 다만 그땐 정치적인 상황상 그녀를 기소할 수가 없었답니다. 불과 얼마 전에 성희롱 사건에서 겨우 벗어난 상태라서, 그 시점에는 건드릴 수가 없었다고 하네요. 그래서 전역할 때까지 지켜보기만 했답니다. 어쨌든 페인트를 훔친 범인은 그 여자가 확실합니다."

"피해자 중 한 명이 페인트를 훔쳤다고?" 리처가 말했다. "그리고 또 다른 피해자가 명단을 제공했고?"

레이튼이 침울한 표정으로 고개를 끄덕였다. "사실이 그렇습니다. 가버 장군의 부하를 상대로 제가 허튼소리를 하겠습니까?"

리처는 그저 고개만 끄덕였다.

더 이상 대화는 없었다. 다들 입을 다물었다. 방 안은 조용해졌다. 레이튼은 테이블에 앉아 있었다. 하퍼는 손에 잡히는 대로 옷을 입었다. 코트를 입은 리처는 하퍼의 재킷에서 차키를 찾았다. 밖으로 나가 잠시 비를 맞으며 서 있었다. 그러고는 차의 잠금을 해제하고 안으로 들어갔다. 시동을 걸고 기다렸다. 하퍼와 레이튼이 함께 나왔다. 하퍼가 차로 건너왔고 레이튼은 자기 차로 돌아갔다. 대위가 손을 가볍게 흔들어 작별 인사를 했다. 리처는 기어를 주행 모드로 바꾸고 천천히 주차장을 빠져나갔다.

"지도 좀 봐주시오." 리처가 말했다.

"295번을 타고 가다 유료 고속도로로." 하퍼가 말했다.

"그다음은 알고 있소. 라마와 가봤던 길이라."

"도대체 로레인 스탠리가 왜 페인트를 훔쳤을까요?"

"모르겠소."

"또 하나 이유를 말해줘야 할 게 있어요. 당신은 크루거 관련해서 아무 소득도 없을 거라는 걸 알고 있었잖아요. 근데 왜 우리가 36시간이나 거기에 있게 한 거죠? 도대체 왜?"

"이미 말했잖소. 일종의 실험이었고 생각할 시간이 필요했소."

"뭘 생각하려고요?"

리처는 대답하지 않았다. 하퍼도 한동안 조용히 있었다.

"축하를 끝까지 하지 않아서 그나마 다행이네요." 하퍼가 한마디 쏘아붙였다.

리처는 그 말에도 대꾸하지 않았다. 가는 내내 다시는 입을 열지 않았다. 그저 맞는 길을 찾아서 빗속을 뚫고 차를 몰기만 했다. 머릿속에는 새로운 의문으로 가득했고 답을 찾아보려고 했지만 아무것도 떠오르지 않았다. 머릿속에는 오직 하퍼의 혀가 자기 입 안에 들어와 있을 때의 느낌만 떠오를 뿐이었다. 조디와는 느낌이 달랐다. 맛도 달랐다. 사람마다 다 다른 것 같다고 생각했다.

빠르게 달렸더니 트렌턴 외곽에서 콴티코까지 세 시간도 채 걸리지 않았다. 95번 도로에서 표지판 하나 없는 길로 빠진 뒤 어둠 속에서 해병대 검문소를 통과해 차량 차단기 앞에서 대기했다. FBI 경비원이 배지와 얼굴에 손전등을 비춰본 뒤 차단봉을 들어 올리고 통과하라고 손짓했다. 과속 방지턱을 부드럽게 넘고 텅 빈 주차장을 천천히 돌아 유리문 앞에 차를 멈췄다. 메릴랜드를 지날 무렵 비가 그쳤고 버지니아에 들어오니 마른 상태였다.

"좋아요." 하퍼가 말했다. "가서 왕창 깨져 보자고요."

리처는 고개를 끄덕였다. 엔진과 라이트를 끄고 잠시 정적 속에 앉아 있었다. 서로를 쳐다본 뒤 차에서 내려 문 앞에 섰다. 잠시 멈춰 숨을 고르고 들어섰다. 건물 내부의 분위기는 예상 외로 차분했다. 조용하고 주변에는 아무도 없었다. 아무도 그들을 기다리고 있지 않았다. 둘은 엘리베이터를 타고 지하에 있는 블레이크의 사무실로 내려갔다. 블레이크는 책상 앞에 앉아 한 손에는 전화기를, 다른 한 손에는 돌돌 말린 팩스 용지를 들고 있었다. 정치 케이블 방송이 무음으로 틀어져 있는 텔레비전 화면에는, 정장 차림의 남자들이 크고 웅장한 테이블에 앉아 있었다. 블레이크는 텔레비전에는 전혀 관심이 없었다. 멍한 얼굴을 한 채 팩스 용지와 전화기 사이, 그 중간쯤 되는 책상 위 한 지점을 응시하고 있었다. 하퍼는 그에게 고개를 끄덕여 인사했고, 리처는 아무 말도 하지 않았다.

"UPS에서 온 팩스야." 블레이크가 말했다. 목소리는 부드러웠다. 온화하고 심지어 자상하기까지 했다. 하지만 낙담한 상태였다. 길을 잃어 혼란스러워 보였다. 패배자의 모습이었다.

"앨리슨 라마에게 페인트를 보낸 게 누군지 맞춰봐."

"로레인 스탠리." 리처가 말했다.

블레이크가 고개를 끄덕였다.

"정답. 발송지는 유타의 작은 마을에 있는 셀프 보관 창고야. 그리고 또 뭐가 있는지 맞춰볼 텐가?"

"전부 다 스탠리가 보냈다는 거."

블레이크가 다시 고개를 끄덕였다. "UPS 송장 번호가 연속으로 열한 개. 동일한 상자 열한 개, 각각 다른 열한 개의 주소지. 거기에 스탠리 본인의 집인 샌디에이고 주소도 포함. 그리고 또 뭐가 있는지 알아?"

"뭡니까?"

"처음 페인트를 보관 창고에 맡길 때만 해도 스탠리는 샌디에이고에 자기 집이 없었어. 집을 장만해서 자리를 잡을 때까지 거의 1년을 기다렸다가 다시 유타로 올라가서 모두 한꺼번에 발송한 거야. 이에 대해 어떻게 생각하나?"

"모르겠소." 리처가 답했다.

"나도 마찬가지야."

그러고는 전화기를 집어 들었다가 잠깐 쳐다보더니 다시 내려놓았다.

"폴튼이 방금 스포캔에서 전화를 했어. 그가 뭐라고 했는지도 맞춰봐."

"뭐랍니까?"

"방금 UPS 배송기사와 면담을 끝냈대. 기사가 꽤 잘 기억하고 있더라는군. 외딴 집이고, 상자가 크고 무거웠으니 그럴 만도 하지."

"그런데요?"

"자기가 배송 갔을 때 앨리슨이 집에 있었대. 주방에서 라디오로 야구 경기를 듣고 있었다는군. 배송기사를 안으로 들어오게 해서 커피도 주고 만루홈런 넘기는 것도 같이 들었대. 신나서 환호를 지르고 펄쩍펄쩍 뛰기도 하고 말이야. 커피를 한 잔 더 마시고 나서 그녀에게 크고 무거운 상자를 가져왔다고 말했대.”

“그리고?”

“그러자 앨리슨이 ‘오, 잘됐네요’라고 했다는군. 기사는 다시 나가서 카트에 상자를 실었고, 그러는 동안 앨리슨이 차고에 자리를 만들어줬대. 내내 아주 만족스러운 얼굴을 한 채로.”

“마치 배달을 기다리고 있었던 것처럼?”

블레이크가 고개를 끄덕였다. “기사가 받은 인상은 그랬대. 그다음에 앨리슨이 뭘 했는지 알아?”

“뭘 했소?”

“송장을 뜯어서 주방으로 가지고 들어갔대. 그 기사는 남은 커피를 마저 마시려고 따라 들어갔고. 앨리슨이 주방에서 송장을 아주 잘게 찢어서 쓰레기통에 버리더래. 비닐 봉투까지 함께.”

“왜?”

블레이크는 어깨를 으쓱했다. “그걸 누가 알겠나? 여튼 그 기사가 UPS에서 일하는 4년 동안, 열 번에 여섯 번은 집에 사람이 있었는데, 그렇게 하는 사람은 한 번도 본 적이 없었대.”

“믿을 만한 사람이오?”

“폴튼은 그렇다고 봐. 믿음직해 보이고 말도 조리 있게 하고, 자기가 한 말 전부 성경책 위에 손 얹고 맹세라도 할 수 있다고 했다는데.”

“그래서 당신 생각은?”

블레이크는 고개를 저었다. "아무 생각도 없어. 뭐라도 있으면 자네한테 제일 먼저 말했을 거야."

사무실에는 밤의 정적이 내려앉았다.

"사과하겠소." 리처가 말했다. "내 가설은 결국 아무 소득도 없었으니까."

블레이크가 얼굴을 찡그렸다. "두 번 생각할 것도 없어. 우리가 결정했던 거니까. 시도해볼 만한 가치는 있었어. 그렇지 않았다면 자넬 내보내지도 않았을 거야."

"라마는 나와 있소?"

"그건 왜?"

"라마에게도 사과하고 싶소."

블레이크는 고개를 저었다. "집에 있어. 아직 복귀 전이야. 망가져 있다고 하던데 그럴 만도 하지. 탓할 수 없는 일이야."

리처가 고개를 끄덕였다. "스트레스가 많을 거요. 그럴 때는 멀리 떠나는 게 좋은데."

블레이크가 어깨를 으쓱했다. "어디로? 망할 놈의 비행기는 죽어도 안 탈 거고. 그리고 지금 상태로는 어디든 운전해서 가는 것도 안 될 말이야."

그러더니 그의 눈에 힘이 들어갔다. 다시 현실로 돌아온 듯했다.

"다른 컨설턴트를 찾아볼 거야. 누구든 찾게 되면 자넨 여기서 나가. 아무 성과도 못 내고 있으니. 뉴욕 사람들하고는 자네가 알아서 풀어야 하는 거고."

리처는 고개를 끄덕였다.

"알겠소."

블레이크는 시선을 돌렸고, 하퍼가 그걸 신호 삼아 리처를 이끌고 사무실을 나왔다. 엘리베이터를 타고 지상층으로, 다시 3층으로 올라갔다. 익숙한 복도를 지나 익숙한 문 앞에 섰다.

"왜 앨리슨은 그걸 기다리고 있었을까요?" 하퍼가 말했다. "왜 앨리슨만 페인트 배송을 기다리고 있었을까요? 다른 여자들은 아니었는데."

리처는 어깨를 으쓱했다. "모르겠소."

하퍼가 문을 열었다.

"그래요. 그럼 잘 자요."

"나한테 화났소?"

"36시간을 날려먹었잖아요."

"아니. 36시간을 투자한 거요."

"뭐에다가요?"

"아직은 모르겠소."

하퍼가 어깨를 으쓱했다. "당신, 진짜 이상한 사람이에요."

리처는 고개를 끄덕였다. "다들 그렇게 말하지."

그리고 그녀가 피할 틈도 없이 하퍼의 볼에 가볍게 입을 맞췄다. 리처가 방으로 들어갔다. 하퍼는 문이 완전히 닫힐 때까지 기다렸다가 다시 엘리베이터로 걸어갔다.

시트와 수건이 교체되어 있었다. 새 비누와 샴푸가 놓여 있었다. 면도기와 쉐이빙폼도 새 걸로 바뀌어 있었다. 유리컵을 뒤집어 칫솔을 꽂았다. 코트도 벗지 않고 그대로 침대에 누웠다. 천장을 뚫어져라 올려다보았다. 그러고는 몸을 돌려 한쪽 팔꿈치를 괴고 전화기를 들었다. 조디의 번호를 눌렀다. 전화벨이 네 번 울린 후 졸려서 웅얼거리는 목소리가 들렸다.

"누구세요?"

"나야."

"지금 새벽 3시예요."

"거의."

"잠들었는데 깨웠잖아요."

"미안."

"어디예요?"

"콴티코에 묶여 있어."

조디가 잠시 머뭇거리는 사이, 전화선의 웅웅거림과 함께 먼 데서 나는 뉴욕의 밤 소리가 들려왔다. 희미하게 들리는 자동차 경적, 멀리서 들려오는 사이렌 소리.

"어떻게 돼 가요?"

"잘 안 되고 있어. 곧 다른 사람으로 교체될 거야. 곧 집에 갈 것 같아."

"집?"

"뉴욕으로 말이야." 리처가 말했다.

조디는 말이 없었다. 긴급 사이렌 소리가 조그맣게 들려왔다. 아마 브로드웨이, 조디의 집 아래쯤인 것 같았다. 외로운 소리.

"집 때문에 바뀔 건 없어." 리처가 말했다. "이미 말했듯이."

"내일 파트너 승진 회의가 있어요." 조디가 말했다.

"그럼 축하해야지. 내가 돌아가면. 감옥에 안 들어가면 말이야. 아직 디어필드와 코조 건이 해결된 게 아니라서."

"다 끝난 줄 알았는데."

"내가 성과를 냈다면 그랬겠지만 아직 아무 성과도 없거든."

조디가 다시 잠깐 말을 멈췄다.

"애초에 엮이지 말았어야 했어요."

"나도 알아."

"그래도 사랑해요."

"나도. 내일, 행운을 빌어."

"당신도요."

전화를 끊고 다시 누워 천장 탐사를 재개했다. 조디를 떠올리려고 했지만, 정작 떠오른 건 리사 하퍼와 리타 시메카뿐이었다. 침대로 데려가고 싶었지만 상황 때문에 그러지 못했던 두 여자. 하지만 만약 그렇게 했다면 시메카와는 완전히 부적절한 행위였을 것이고 하퍼와는 배신이 되었을 것이다. 완벽하게 타당한 이유였지만, 하지 말아야 할 이유가 있다고 해서 원래의 충동 자체를 없애주는 건 아니다. 하퍼의 몸, 그녀의 움직임, 해맑은 미소, 솔직하고 매혹적인 눈빛을 떠올렸다. 시메카의 얼굴, 보이지 않는 멍, 상처가 담긴 눈에 대해서도 생각했다. 오리건에서 다시 되살리고 있는 그녀의 삶, 꽃, 피아노, 왁스로 광택을 낸 가구, 사방을 꽁꽁 여민 방어적인 가정생활. 눈을 감았다가 다시 뜬 리처는 머리 위의 흰색 페인트를 뚫어져라 응시했다. 다시 몸을 굴려 팔꿈치를 짚고 일어나 전화기를 들었다. 교환원을 호출하려고 0번을 눌렀다.

"말씀하세요." 한 번도 들어본 적 없는 목소리가 응답했다.

"리처요. 3층에 있는."

"누구신지, 어디에 계신지는 알고 있습니다."

"리사 하퍼 요원, 아직 구내에 있소?"

"하퍼 요원 말씀이신가요? 잠시만요."

아무 소리도 안 들렸다. 음악도 없고, 녹음된 광고도 없었다. 잠시 후 목소리가 다시 들렸다.

"하퍼 요원은 아직 구내에 있습니다."

"내가 지금 당장 보자고 한다고 전해주겠소?"

"전달하겠습니다." 목소리가 응답했다.

그러고는 전화가 끊겼다. 리처는 두 발을 바닥으로 내리고 침대 가장자리에 앉아 문을 바라보며 기다렸다.

버지니아의 새벽 3시는 태평양 연안에서는 자정이고, 자정은 리타 시메카의 정해진 취침 시간이었다. 그녀는 매일 밤 같은 루틴을 따랐는데, 부분적으로는 타고난 정리정돈형 인간이기 때문이기도 하고, 군사 훈련을 통해 그런 성향이 철저하게 강화되었기 때문이기도 했다. 게다가 항상 혼자 살아왔고 앞으로도 그럴 텐데 잠자리에 드는 형태가 뭐 얼마나 다양하겠는가?

시메카는 차고에서부터 하루의 마무리를 시작했다. 차고 전동문의 전원을 끄고 걸쇠를 제자리에 밀어 넣은 다음 차 문이 잠겼는지 확인하고 불을 껐다. 지하실로 통하는 문을 잠그고 걸쇠를 걸고 보일러를 확인했다. 위층으로 올라가 지하실 조명을 끄고 복도로 통하는 문을 잠갔다. 현관문이 잠겼는지 확인하고, 걸쇠를 걸고, 체인도 채웠다.

그다음 창문을 점검했다. 집에는 열네 개의 창문이 있었고 모두 잠금장치가 달려 있었다. 늦가을이고 추운 날씨라 어차피 모두 닫혀 있고 잠겨 있었지만, 그래도 창문 하나하나를 확인했다. 그것이 그녀의 루틴이었다.

그런 다음 피아노용 닦개를 들고 거실로 돌아왔다. 그날 네 시간 동안 피아노를 쳤다. 대부분 바흐의 곡이었고 대부분 훨씬 느린 속도로 연주했지만, 점점 나아지고 있었다. 이제는 건반을 닦아야 했다. 손가락 피부로부터 묻은 산성 성분을 제거하는 것이 중요했다. 건반이 고급이긴 해도 일종의 플라스틱이어서 실제로는 산 성분에 취약하지 않다는 걸 알고 있었지만, 이 일은 일종의 의식이었다. 피아노를 정성껏 대하면 피아노도 자신에게 보답할 거라고 믿었다.

저음부 끝에서 둥둥거리며 시작해 여든여덟 개 건반의 맨 위에서 띵동 소리가 날 때까지 건반을 열심히 닦았다. 피아노 뚜껑을 닫고 불을 끄고 닦개를 주방으로 다시 가지고 갔다. 주방 불을 끄고 어둠 속에서 감각에만 의지해 침실로 올라갔다. 욕실에서 손을 씻고 양치질과 세수를 했다. 모두 철저히 정해진 순서대로였다. 세면대에 비스듬히 서서 욕조를 보지 않으려 했다. 리처에게 페인트에 대해 들은 이후로는 욕조를 한 번도 쳐다보지 않았다.

그러고는 침대로 가 이불 속으로 파고들었다. 무릎을 끌어당겨 껴안았다. 생각은 리처에게 가 있었다. 그가 좋았다. 정말로 좋았다. 그를 다시 만나서 좋았다. 하지만 반대 방향으로 몸을 돌아누우며 마음속에서 이내 지워버렸다. 다시는 볼 일이 없을 거라고 생각했기 때문이다.

20분을 기다린 후에야 문이 열리고 하퍼가 들어왔다. 노크도 없이 그냥 열쇠로 열고 쑥 걸어 들어왔다. 소매를 팔꿈치까지 걸어 올린 셔츠 차림이었다. 가느다란 팔은 그을려 있었다. 머리는 헐렁하게 풀어헤치고, 브래지어는 하지 않은 상태였다. 아직 트렌턴의 모텔 방에 있는 것 같기도 했다.

“왜 불렀어요?”

“아직 이 사건에서 안 잘렸소?” 리처가 물었다.

하퍼는 방으로 들어서며 거울에 비친 자신의 모습을 한 번 훑어보았다. 그러고는 옷장 옆에 서서 그를 향해 몸을 돌렸다.

“그럼요. 나처럼 몸으로 때우는 일반인 요원의 장점이죠. 남들이 낸 미친 아이디어에 대한 책임은 지지 않으니까.”

리처는 말을 아꼈다. 하퍼가 그를 바라보았다.

“왜 부른 거죠?”

“뭐 하나만 물어보려고. 만약 우리가 페인트 배송 건에 대해 이미 알고 있고, UPS 배송기사 대신 앨리슨 라마에게 그걸 물어봤다면, 그녀가 뭐라고 했을 것 같소?”

“기사가 말한 것과 같았겠죠. 폴튼이 그 기사는 믿을 만하다고 했잖아요.”

“아니.” 리처가 말했다. “그 기사는 믿을 만하지만 앨리슨은 우리에게 거짓말을 했을 거요.”

“그녀가요? 왜요?”

“여자들 모두가 우리에게 거짓말을 하고 있소. 지금까지 우리가 일곱 명의 여자들에게 물어봤는데 전부 우리한테 거짓말을 했소. 룸메이트가 어쩌고, 배송이 잘못됐고, 이런 얘기들? 몽땅 헛소리였소. 우리가 앨리슨에게 먼저 갔더라도 똑같은 말을 지어냈을 거요.”

“왜 그렇게 생각해요?”

“리타 시메카도 우리에게 거짓말을 했으니까. 확실하오. 그걸 방금 깨달았소. 그녀에게는 룸메이트가 없었소. 절대. 그건 말이 안 되니까.”

"뭐가 말이 안 된다는 거죠?"

"뭐든 다. 당신도 그 집을 봤잖소. 그녀가 어떻게 사는지도. 완전히 꽁꽁 여미고 조용히 살고 있지 않았소? 모든 게 너무 가지런하고 깨끗하고 윤이 나고 있었지. 강박적으로. 그렇게 사는 사람이 다른 사람을 자기 집에 들일 수 있을까? 나한테조차 얼마 안 지나서 나가달라고 했잖소. 한때 친근하게 지냈던 사이인데도. 그리고 돈 때문이라면 더더욱 룸메이트를 들일 필요가 없소. 그녀의 차를 봤소? 최신 모델의 대형 세단이었지. 그리고 그 피아노, 그런 그랜드피아노가 얼마인지 아시오? 아마 차보다 더 비쌀 거요. 공구걸이판은 또 어떻고? 걸쇠 하나하나가 전부 작은 플라스틱 고리로 고정되어 있었소."

"그것 때문에 그렇게 판단한다고요?"

"그것만이 아니라 모든 게 그렇게 말해주고 있소."

"그래서 지금 무슨 말이 하고 싶은 거예요?"

"내 말은 시메카도 배송을 기다리고 있었다는 거요. 앨리슨처럼. 다른 여자들 모두 마찬가지였고, 박스가 도착하면 모두 '오, 잘됐네요'라고 앨리슨처럼 반기며 그걸 둘 자리를 마련하고, 박스를 받아서 보관해 뒀던 거요."

"말도 안 돼요. 왜 그러겠어요?"

"그놈이 여자들에게 뭔가 영향력을 행사하고 있기 때문이오." 리처가 말했다. "그자는 여자들을 강제로 끌어들였소. 앨리슨에게는 명단을 넘기게 했고, 로레인 스탠리에게는 페인트를 훔쳐서 유타에 숨겼다가 정해진 시점에 발송하도록 했고, 각자는 배송을 받은 다음 그놈이 움직일 때까지 보관하도록 만들었소. 또 여자들 모두에게 송장을 즉시 파기하도록 시켰고, 혹시라도 자기가 오기 전에 일이 틀어지면 여자들 각자가 그 일에 대해 거짓말하도록 미리 조치해 두었소."

하퍼가 눈을 크게 뜨고 그를 쳐다보았다. "그런데 어떻게요? 도대체 어떻게? 어떻게 그런 게 가능해요?"

"모르겠소."

"협박? 위협? 공포? 시키는 대로 하면 다른 사람들은 죽더라도 너는 살 수 있다고? 각자를 따로따로 속이는 건가?"

"정말 모르겠소. 아무것도 맞아떨어지지 않소. 그 여자들이 그렇게 겁이 많은 사람들은 아니었잖소. 적어도 앨리슨은 분명 그렇게 보이지 않았지. 그리고 리타 시메카가 무서워하는 게 별로 없다는 건 내가 잘 알고 있고."

하퍼는 여전히 눈을 크게 뜨고 그를 쳐다보고 있었다.

"그런데 그게 단순한 협조 수준이 아니잖아요. 안 그래요? 분명 그 이상이에요. 그 상황을 기뻐하게까지 만들었다고요. 앨리슨은 박스가 왔을 때 '오, 잘됐네요'라고까지 말했다잖아요."

방 안에 정적이 내려앉았다.

"안도감 같은 거였을까요?" 하퍼가 물었다. "UPS로 오면 괜찮아, 페덱스는 안 되고. 뭐 이렇게 약속한 걸까요? 오후에 오면 괜찮고 오전이면 안 돼, 특정 요일에 오면 너는 살아남는 거야, 그놈이 뭐 이런 식으로 말한 걸까요?"

"모르겠소." 리처가 재차 말했다.

침묵.

"그럼 나더러 뭘 어떻게 하라고요?" 하퍼가 물었다.

리처는 어깨를 으쓱했다. "그냥 계속 생각하는 것밖에 없소. 지금 상황에서 뭐라도 해낼 수 있는 사람은 당신뿐이니까. 다른 사람들은 지금까지의 방향으로 계속 갈 거고 그럼 아무 답도 못 찾을 거요."

"블레이크 씨에게 말해야 해요."

리처는 고개를 저었다. "내 말은 안 들을 거요. 난 이미 그에게 신뢰를 잃었으니까. 이제 당신에게 달렸소."

"내 신뢰도 바닥났을 것 같은데요."

하퍼가 갑자기 다리에 힘이 풀린 것처럼 그의 옆에 앉았다. 눈빛에 뭔가를 담고 리처가 그녀를 바라보았다.

"왜 그래요?" 하퍼가 물었다.

"카메라가 지금도 켜져 있소?"

하퍼는 고개를 저었다. "이제 아닐 거예요. 근데 왜요?"

"다시 키스하고 싶어서."

"왜요?"

"아까 좋았으니까."

"내가 왜 또 당신과 키스해야 하죠?"

"아까 당신도 좋아했으니까."

하퍼의 얼굴이 붉어졌다. "그냥 키스만이죠?"

리처가 고개를 끄덕였다.

"음, 좋아요. 그러죠 뭐."

하퍼가 몸을 틀자 리처는 그녀를 품에 안고 입을 맞췄다. 하퍼는 전과 같이 머리를 기울여 더 세게 입을 맞추고 자신의 혀를 그의 입술과 이 사이로 밀어 넣었다. 리처의 손이 그녀의 허리로 내려갔다. 하퍼가 손가락으로 그의 머리카락을 틀어쥐었다. 키스가 점점 더 격렬해졌다. 그러다 그녀가 리처의 가슴에 손을 얹고 몸을 밀어냈다. 숨을 가쁘게 몰아쉬면서.

"이쯤에서 그만해야겠어요." 하퍼가 말했다.

"그래야겠지." 리처가 말했다.

하퍼가 휘청거리며 일어섰다. 몸을 앞으로 숙였다가 뒤로 젖히며 머리채를 어깨 뒤로 넘겼다.

"갈게요. 내일 봐요."

하퍼가 문을 열고 밖으로 나갔다. 문이 완전히 닫힐 때까지 복도에서 기다리는 소리가 들렸다. 그러고 나서 엘리베이터로 걸어가는 소리가 들렸다. 리처는 침대에 다시 누웠다. 잠은 오지 않았다. 복종과 묵인, 수단과 동기와 기회에 대해서만 생각했다. 그리고 진실과 거짓에 대해서도. 꼬박 다섯 시간을 그것에 대해서만 생각했다.

하퍼는 아침 8시에 다시 왔다. 샤워를 마친 화사한 얼굴에 다른 정장과 넥타이 차림이었다. 에너지가 넘쳐 보였다. 리처는 피곤했다. 옷은 구겨져 있었고 땀에 절어 더웠다 추웠다 했다. 하지만 그런 상태에서도 심장이 빠르게 쿵쾅거리고 있어서 그녀가 오기 전에 이미 일어나 코트 단추를 잠근 채 문 안쪽에 서서 하퍼를 기다리고 있었다.

"갑시다. 지금 당장." 리처가 재촉했다.

블레이크는 사무실 자기 책상에 그대로 앉아 있었다. 아마 밤새 거기 있었던 것 같았다. 팔꿈치 옆에 UPS에서 온 팩스가 그대로 놓여 있었다. 텔레비전도 여전히 무음으로 방영되고 있었다. 같은 채널이었다. 백악관이 어깨 너머로 보이는 워싱턴의 펜실베이니아 애비뉴에 어떤 기자가 서 있었다. 날씨는 좋아 보였다. 쨍한 푸른 하늘, 맑고 차가운 공기. 여행하기에 좋은 날씨 같았다.

"오늘은 다시 파일 작업을 하도록." 블레이크가 말했다.

"아니. 포틀랜드에 가야 하오. 비행기 좀 부탁하겠소." 리처가 말했다.

"비행기?" 블레이크가 반문했다. "지금 제정신인가? 절대 안 돼."

"알겠소."

리처는 문 쪽으로 걸음을 옮겼다. 마지막으로 사무실을 둘러보고는 복도로 나갔다. 좁은 공간의 한가운데에 말없이 멈춰 섰다. 하퍼가 그의 앞을 막아섰다.

"포틀랜드엔 왜 가려고요?" 하퍼가 물었다.

리처가 하퍼를 바라보며 말했다. "진실과 거짓."

"그게 무슨 뜻이에요?"

"같이 가서 알아보자고."

27

"대체 무슨 일을 벌이는 거죠?" 하퍼가 물었다.

리처는 고개를 저었다.

"아직은 말해줄 수 없소. 날 완전히 미친놈으로 생각할 테니."

"뭐가 그렇게 미친 소리인데요? 말해봐요."

"말할 수 없소. 지금은 그냥 카드로 지은 집 같은 상태요. 한 번만 불어도 훅 날아가는. 그러니 당신이 직접 봐야 하오. 솔직히 나도 내 눈으로 직접 확인해야겠거든. 그리고 현장에서 체포는 당신이 했으면 좋겠고."

"체포라고요? 그냥 다 말해줘요."

리처는 다시 고개를 저었다. "차는 어디 있소?"

"주차장에요."

"그럼 갑시다."

리타 시메카는 군 복무 기간 내내 6시에 기상했고, 민간인이 된 이후로도 그 루틴을 고수했다. 그녀는 하루 중 여섯 시간을 잤다. 자정부터 아침 6시까지 인생의 딱 4분의 1이었다. 그러고는 일어나 나머지 4분의 3을 살았다.

끝없이 이어지는 공허한 날들. 늦가을이라 마당에는 할 일이 없었다. 겨울의 기온은 어린 식물이 버티기에는 너무 혹독했다. 그래서 식재는 봄에만 가능했고, 가지치기와 정리는 여름이 끝날 무렵에 이미 마무리했다. 늦가을과 겨울 동안은 문을 잠그고 집 안에만 머물렀다.

오늘 그녀는 바흐를 연습할 예정이었다. 〈인벤션과 신포니아〉의 3성부를 완주하는 것이 목표였다. 시메카는 이 곡을 아주 좋아했다. 특히 끊임없이 전진하다가 결국 처음으로 되돌아오는 구조가 좋았다. 마치 모리츠에서의 계단 그림처럼 위로 계속 올라가는데 결국 다시 바닥으로 내려오는 구조처럼. 멋졌다. 하지만 연주하기에는 매우 어려운 곡이었다. 그녀는 아주 느리게 연주했다. 우선은 음 하나하나를 정확히 짚어서 치고, 다음으로 악센트와 뉘앙스를 맞추고, 다음으로 의미를 표현하고, 마지막으로 속도를 제대로 맞추는 것이 그녀의 목표였다. 서툰 실력으로 빠르게 바흐를 연주하는 것은 끔찍한 일이다.

욕실에서 샤워를 한 시메카는 침실에서 옷을 입었다. 집을 늘 춥게 유지하고 있기 때문에 서둘러 움직였다. 북서부의 가을은 쌀쌀했다. 하지만 오늘은 하늘에 밝은 기운이 있었다. 창밖을 내다보니 여명의 빛줄기가 마치 빛나는 강철 막대처럼 하늘을 동쪽에서 서쪽으로 찌르고 있었다. 구름이 끼더라도 햇살이 어느 정도는 보일 것 같았다. 자신이 살아가고 있는 많은 날들과 비슷했다. 좋지도 나쁘지도 않은, 하지만 견딜 만한 하루.

하퍼는 지하 복도에서 잠시 멈춰 섰다가 리처를 이끌고 엘리베이터를 타고 지상으로 올라갔다. 차가운 공기 속으로 나와 조경 구역을 가로질러 자기 차로 향했다. 노란색 2인승 소형 승용차였다. 리처가 한 번도 본 적이 없는 차였다. 하퍼가 차 문을 열자 고개를 숙이고 조심스럽게 조수석에 몸을 구겨 넣었다. 그를 한 번 슬쩍 쳐다본 하퍼가 가방을 그의 무릎에 던지고 운전석으로 올라탔다. 어깨 공간이 비좁았다. 수동 변속기여서 기어를 넣을 때마다 팔꿈치끼리 서로 부딪혔다.

"그런데 어떻게 가죠?"

"민항기를 타야겠소. 내셔널 공항으로 갑시다. 신용카드 있소?"

하퍼는 고개를 저었다.

"한도를 다 썼어요. 긁으면 승인이 안 날 거예요."

"전부 다?"

하퍼가 고개를 끄덕였다. "지금 당장은 완전 제로예요."

리처는 아무 말도 하지 않았다.

"당신은요?" 하퍼가 물었다.

"난 늘 제로요."

학자들에 의해 'BWV 791'로 분류된 바흐의 3성부 5번은 그 곡집에서 가장 고난도의 곡 중 하나이지만 리타 시메카가 세상에서 가장 좋아하는 곡이었다. 이 곡은 음색이 생명인데, 그 음색은 마음에서 시작해 어깨를 거쳐 팔과 손, 그리고 손가락 끝으로 흘러나와야 했다. 음색은 장난스러우면서도 자신감이 있어야 했는데, 곡 전체가 난센스한 면이 있어서 음색은 그 점을 잘 드러내는 동시에 완벽히 진지하게 들려야만 그 효과가 제대로 살아났다. 세련되면서도 광기 어린 느낌이 있어야 했다. 시메카는 속으로 바흐는 분명 미친 천재였을 거라고 생각했다.

그녀의 피아노가 큰 도움이 되었다. 그랜드피아노는 소리가 웅장할 정도로 충분히 크면서도 민첩하고 섬세했다. 원래보다 많이 느리게 전곡을 두 번 연주했다. 자신의 연주가 꽤 만족스러웠다. 그녀는 세 시간 만에 연주를 마친 뒤 점심을 먹고 집안일을 하기로 마음먹었다. 오후에 별다른 계획은 없었다. 연주를 좀 더 할지도 몰랐다.

넌 일찍 그 위치로 가. 8시 근무 교대 전에 미리 안정적으로 자리를 잡을 수 있을 만큼 일찍. 그러고는 교대하는 걸 지켜봐. 어제와 똑같아. 여전히 깨어는 있지만 주의력은 해이해진 FBI 요원. 밤새 밖에 주차되어 있던 크라운 빅토리아의 도착. 차끼리 측면을 맞대고 나누는 가벼운 인사. 뷰익이 시동을 걸고, 크라운 빅은 도로에서 방향을 돌려. 뷰익이 언덕 아래로 굴러 내려가면, 크라운 빅이 천천히 앞으로 나아가 뷰익이 서 있던 곳에 자리를 잡지. 엔진이 꺼지고 경찰이 머리를 돌려. 좌석 깊숙이 몸을 파묻고 교대 근무를 시작해. 그게 경찰로서 하는 마지막 근무가 될 거야. 오늘이 지나면 하다못해 북극권에서의 교통 정리조차 맡을 수 없게 될 테니까.

"그럼 어떻게 가냐고요?" 하퍼가 다시 물었다.
리처가 잠시 생각하더니 대답했다.
"이렇게."
리처가 하퍼의 핸드백을 열고 휴대폰을 꺼내더니 폴더를 열었다. 눈을 감고 조디의 주방에 앉아 전화번호를 눌렀던 기억을 떠올리려 애썼다. 그 소중한 숫자의 조합을 머릿속에서 열심히 되살렸다. 기대를 품고 조심스럽게 숫자를 입력했다. 통화 버튼을 눌렀다. 한참 신호음이 들렸다. 마침내 통화가 연결되었다. 약간 숨이 찬 굵은 목소리가 받았다.

"존 트렌트 대령입니다."

"트렌트, 리처요. 아직도 날 좋아하오?"

"뭐라고요?"

"두 명이 탈 차가 필요하오. 앤드루스에서 오리건 포틀랜드까지."

"언제요?"

"지금 바로. 즉시."

"농담이죠?"

"지금 가는 중이오. 30분 뒤 도착."

잠시 아무 말도 없었다.

"앤드루스에서 포틀랜드까지?" 트렌트가 말했다.

"맞소."

"얼마나 빨리 가야 하죠?"

"최대한 빨리."

다시 말이 끊겼다.

"알겠습니다." 트렌트가 말했다.

그리고 전화가 끊어졌다. 리처가 휴대폰을 접었다.

"해준대요?" 하퍼가 물었다.

리처가 고개를 끄덕였다.

"나한테 신세 진 게 있거든. 빨리 갑시다."

하퍼는 클러치를 밟고 주차장을 빠져나와 진입로로 차를 몰았다. 차가 작아서 과속 방지턱은 힘겹게 넘었다. FBI 경비원을 지나치고 커브를 돌며 속도를 높여 첫 번째 해병대 검문소를 쏜살같이 통과했다. 녹색 철모를 쓴 해병들이 놀라서 고개를 돌리는 것이 리처의 곁눈에 들어왔다.

"그래서 대체 뭐예요?" 하퍼가 물었다.

"진실과 거짓." 리처가 다시 말했다. "그리고 수단, 동기, 기회. 수사의 성스러운 삼위일체요. 이 셋 다 맞아떨어지면 진짜 범인이라는 거지."

"난 세 개 중 하나도 못 찾겠어요." 하퍼가 말했다. "열쇠가 뭐예요?"

두 번째 해병 검문소도 빠르게 빠져나갔다. 철모를 쓴 더 많은 머리들이 돌아가며 그들이 달리는 것을 쳐다보았다.

"조각 조각이오. 우리는 우리가 알아야 할 건 모두 알고 있소. 일부는 며칠 전부터 알고 있었고. 하지만 우리가 몽땅 망쳐버린 거요. 큰 실수와 잘못된 가정으로."

하퍼가 95번 도로 북쪽으로 과감하게 끼어들었다. 교통 체증이 심했다. 워싱턴 D.C.의 아침 러시아워의 가장 바깥 구간에 있었다. 차선을 바꾸려다 앞차에 막혀 급브레이크를 밟았다.

"젠장." 리처가 말했다.

"걱정 말아요." 하퍼가 말했다. "시메카는 경호를 받고 있어요. 다른 여자들도 모두."

"충분하지 않소. 우리가 거기 도착하기 전까지는 안심할 수 없지. 아주, 아주 침착한 놈이오. 쉬운 상대가 아니라고."

하퍼가 고개를 끄덕이며 가장 빠른 차선을 타려고 좌우로 이리저리 들이밀었다. 차들이 전부 느려졌다. 속도가 60에서 45로 떨어졌다. 그러더니 30까지 떨어졌다.

넌 쌍안경으로 경찰이 첫 번째로 화장실 가는 모습을 지켜봐. 그는 한 시간 동안 차에 앉아서 가져온 커피를 마시고 있었어. 이제 비워야 할 차례야. 운전석 문이 열리고 자리에서 몸을 틀어 큰 발을 땅에 내려놓고 몸을 일으켜. 오래 앉아 있어서 몸이 뻣뻣해. 차 지붕에 손을 얹어 몸을 받치고 기지개를 켜. 그는 문을 닫고 후드를 돌아 진입로로 걸어가. 현관으로 올라가는 모습이 보여. 손이 초인종 쪽으로 움직이는 게 보여. 뒤로 물러서서 기다리는 모습도 보여.

여자는 문간에 서 있겠지만 너에게 보이지는 않아. 각도가 안 나오니까. 하지만 경찰은 누군가에게 고개를 끄덕이더니 웃으며 안으로 들어가. 넌 쌍안경을 계속 고정시킨 채 기다려. 3분쯤 지나 경찰이 다시 현관으로 나오더니 어깨 너머로 누군가를 바라보며 말을 해. 그러고는 고개를 돌려 다시 걸어와. 진입로를 따라 내려와서 후드를 돌아 다시 차에 타. 그가 탄 쪽의 서스펜션이 살짝 내려앉고 문이 닫혀. 좌석 깊숙이 몸을 묻고 고개를 돌려서 계속 지켜봐.

하퍼가 작은 차를 오른쪽으로 틀어 갓길로 빠졌다. 속도를 시속 60까지 올리면서 안쪽의 정체된 차량들을 추월해 나아갔다. 거친 갓길에는 자갈과 파편이 어지럽게 흩어져 있었다. 정체 때문에 막혀서 왼쪽에 서 있는 바퀴 열여덟 개짜리 대형 트럭의 타이어가 하퍼의 차보다 훨씬 높았다.

"무슨 실수요?" 하퍼가 물었다. "어떤 잘못된 가정요?"

"이번 상황에서 보면 진짜 아이러니한 실수들. 하지만 전적으로 우리 잘못만은 아니오. 큰 거짓말 몇 개를 우리도 그대로 받아들였으니.”

“무슨 거짓말이요?”

“거대하고, 그럴듯하고, 숨 막히게 치밀한 거짓말.” 리처가 말했다. “너무 거대하고 그럴듯해서 아무도 제대로 알아채지 못했소.”

시메카는 경찰이 밖으로 나간 뒤 호흡을 가다듬으며 다시 마음을 가라앉히려 애썼다. 경찰이 하루 종일 들락날락하고 있었다. 집중력이 엉망이 되고 말았다. 이 곡을 제대로 연주하려면 일종의 무아지경에 빠져야 했다. 그런데 아무것도 모르는 경찰이 계속 끼어들며 방해를 했다.

시메카는 다시 자리에 앉아 악보를 처음부터 끝까지 반복해서 연주했다. 열 번, 열다섯 번, 스무 번쯤. 음은 하나도 틀리지 않았지만 그게 다가 아니었다. 소리에 의미가 담겼는가? 감정이 표현되었는가? 자신만의 해석이 담겨 있었는가? 전반적으로 어느 정도는 성공했다고 생각했다. 다시 한 번, 그리고 또 한 번 더 연주했다. 혼자서 미소를 지었다. 건반 덮개의 반짝이는 검정 표면에 비친 자신의 얼굴을 보고 다시 미소를 지었다. 진전이 있었다. 이제 남은 건 속도를 올리는 것이었다. 하지만 너무 빠르면 안 된다. 바흐의 곡은 천천히 연주하는 것이 더 좋다고 생각했다. 속도가 너무 빠르면 곡이 가벼워진다. 근본적으로는 가볍게 연주하는 곡이지만. 그런데 그것조차 모두 바흐의 심리 게임의 일부라고 그녀는 생각했다. 의도적으로 가벼운 음악을 작곡해 놓고는 거창하고 엄숙하게 연주되길 은근히 바란다는 생각이 들었다.

자리에서 일어나 몸을 쭉 폈다. 건반 덮개를 닫고 복도로 나갔다. 다음 문제는 점심이었다. 억지로라도 먹어야 했다. 아마 혼자 사는 사람이라면 누구나 겪는 문제일 것이다. 혼자 먹는 식사만큼 재미없는 것도 없으니까.

복도 마룻바닥에 발자국이 나 있었다. 큼지막한 진흙 발자국. 모든 걸 망쳐 놓은 빌어먹을 경찰 짓이다. 음악에 집중 못하게 하더니, 마룻바닥의 광택까지 망쳐 놓았다. 엉망이 된 바닥을 노려보고 있는데 초인종이 울렸다. 그 멍청이가 또 왔다. 도대체 뭐가 문제길래 이러는 거야? 방광 조절이 제대로 안 되나? 조심스레 발자국을 피해 걸어가서 문을 열었다.

"안 돼요."

"네?"

"안 돼요. 화장실 못 써요. 더는 못 참겠어요."

"왜 그러세요? 그렇게 하기로 했었잖아요."

"아뇨. 그 합의는 바뀌었어요. 더는 여기 들어오지 마세요. 당신 때문에 미치겠다고요."

"전 여길 지키고 있어야 합니다."

"경호는 필요 없어요. 그만 좀 가줘요. 알겠어요?"

시메카는 단호하게 문을 닫았다. 문을 단단히 잠그고 숨을 거칠게 몰아 쉬며 주방으로 향했다.

경찰이 집 안으로 들어가지 않네. 넌 아주 조심스럽게 그 경찰을 지켜 봐. 그는 처음에는 놀란 듯 그대로 현관에 서 있어. 그러더니 이내 불 만스러운 기색을 보여. 몸짓만 봐도 바로 알 수 있지. 자기 방어를 하 는 듯 몸을 약간 뒤로 젖히면서 뭐라고 말을 해. 그러다 문이 코앞에 서 닫힌 게 틀림없는 듯 갑자기 뒤로 물러서. 상심한 표정이야. 잠시 가만히 서서 문을 쳐다보다가 돌아서더니 올라간 지 20초 만에 다시 차로 내려가. 이게 대체 무슨 상황이지?

그는 차 후드를 돌아가 문을 열어. 하지만 차에 완전히 타지는 않아. 두 발은 길 위에 둔 채 좌석에 옆으로 걸터앉아. 몸을 숙여 무전기를 집어 들어. 마이크를 손에 들고 바라보며 30초 정도 고민해. 그러다가 다시 내려놔. 분명 무전은 안 할 거야. 상관에게, 저 여자가 더 이상 화장실을 쓰지 말랍니다, 라고 보고할 수는 없는 거니까. 그럼 그는 어떻게 할까? 이걸로 상황이 뭔가 달라질까?

그들은 대부분 갓길로 주행하다가 필요할 때만 안쪽 차선으로 밀고 들어갔다 나왔다 하면서 앤드루스 공군기지에 도착했다. 기지 자체는 고요한 오아시스 같았다. 별다른 움직임이 없었다. 공중에 헬리콥터가 한 대 떠 있었지만 멀리 떨어져 있어서 소음도 들리지 않았다. 트렌트가 정문에 리처의 이름을 통보해둔 것이 분명했다. 경비병이 그들을 기다리고 있었다. 차단기를 들어 올리며 해병대 수송 사무실 앞에 주차하고 그 안에 들어가 문의하라고 안내했다.

하퍼가 노란색 차를 칙칙한 올리브색 쉐보레 차량 네 대 옆에 나란히 세우고 시동을 껐다. 하퍼는 차에서 내린 리처를 따라 사무실 문으로 향했다. 한 병사가 하퍼를 뚫어져라 쳐다보다가 역시 그녀를 뚫어져라 쳐다보고 있는 부사관에게 안내했고, 부사관은 대위에게 안내했다. 대위 역시 그녀에게 시선을 뺏긴 채, 보잉 신형 수송기의 시험비행 경로가 샌디에이고에서 포틀랜드로 변경됐다고 말했다. 그리고 그 비행기에 둘이 동승할 수 있다고 했다. 그 비행기의 유일한 탑승객이 될 거라고도 덧붙였다. 이륙은 세 시간 뒤로 예정되어 있다고 했다.

"세 시간 뒤?" 리처가 반문했다.

"포틀랜드는 민간 공항입니다." 대위가 변명했다. "비행 계획 승인이 필요합니다."

리처가 입을 다물고 있자 대위가 어깨를 으쓱했다.

"대령님 선에서 가능한 최선의 조치입니다." 대위가 말했다.

28

대위는 그들을 2층에 있는 비행 전 대기실로 안내했다. 조명은 형광등이었고 바닥에는 리놀륨이 깔려 있었으며 낮은 테이블 주위로 플라스틱 의자가 어지럽게 놓여 있는, 순전히 기능적인 부분만 고려한 공간이었다. 테이블 위에는 오래된 커피 자국이 남아 있었고 구석의 쓰레기통은 버린 컵으로 가득 차 있었다.

"누추합니다." 대위가 말했다. "하지만 저희에게 있는 건 이게 전부입니다. 별 달고 있는 온 동네 높으신 분들도 다 여기서 대기합니다."

리처는 '별 달고 있는 온 동네 높으신 분들도 세 시간씩 기다릴까' 하고 생각했지만 입 밖으로 내지는 않았다. 그냥 감사 인사만 하고 창가에 서서 활주로를 내려다보았다. 아래쪽에도 별다른 일은 없었다. 하퍼가 옆으로 와 잠시 함께 서 있다가 뒤로 돌아가 의자에 앉았다.

"말해봐요." 하퍼가 말했다. "뭐가 문제죠?"

"범행 동기부터 시작해 봅시다." 리처가 말했다. "동기가 있는 사람이 누구겠소?"

"모르겠어요."

"에이미 캘런으로 되돌아가 보자고. 그녀가 유일한 피해자라고 가정한다면, 누구에게 동기가 있을 것 같소?"

"남편."

"남편이 왜?"

"아내가 죽으면 당연히 남편부터 살펴봐야죠." 하퍼가 말했다. "동기는 대개 개인적인 이유니까요. 아내와 가장 가까운 관계는 남편이고요."

"남편을 어떻게 조사하오?"

"어떻게? 늘 하던 대로요. 뭔가 터져 나올 때까지 계속 닦달하고 알리바이를 캐면서 땀 좀 흘리게 하는 거죠."

"끝까지 버티진 못하겠지?"

"시간문제죠. 결국엔 무너지게 돼 있어요."

리처가 고개를 끄덕였다.

"좋소. 그럼 범인이 에이미 캘런의 남편이라고 치고, 그럼 그는 어떻게 조사에서 빠져나갈 수 있겠소?"

"못 빠져나가요."

"아니. 방법이 있소. 자기 아내랑 비슷한 특징을 가진 여자들을 몇 명 더 찾아서 죽이는 거요. 그것도 일부러 기괴한 방식으로. 그래서 우리가 엉뚱한 상상에 빠져 헷갈리게 만드는 거요. 다시 말해, 자신의 진짜 표적을 개소리 잡탕으로 가려 버리는 거요. 개인적인 연결고리를 다수의 사람들 속에 파묻어 버림으로써 자신을 향한 스포트라이트를 피하는 거지. 모래알 하나를 숨기기에 가장 좋은 곳이 어디겠소?"

하퍼가 고개를 끄덕였다. "백사장."

"맞소."

"그럼 캘런의 남편이 범인이란 거예요?"

"그렇지는 않소." 리처가 말했다. "하지만."

"하지만, 피해자 전체가 아니라 단 한 명에게만 동기가 있어도 된다는 거네요." 하퍼가 말했다. "나머지는 전부 미끼일 뿐이고. 백사장의 모래알 하나처럼."

"위장술이오." 리처가 말했다. "배경 소음."

"그럼 누구죠? 누가 진짜 표적일까요?"

리처는 대답하지 않았다. 창가에서 물러나 의자에 앉아 묵묵히 비행을 기다렸다.

넌 기다려. 언덕 위는 추워. 바위 옆에 웅크리고 앉아 있으려니 춥고 불편해. 서쪽에서 바람이 불어오고 축축한 기운이 감돌아. 그래도 넌 그냥 기다려. 감시는 중요해. 확실하게 하는 것이 가장 중요하지. 정신만 바짝 차리면, 어떤 일이든 해낼 수 있어. 뭐든지. 그러니 기다려. 차 안에 있는 경찰을 지켜봐. 그리고 그놈의 처지를 생각하며 혼자 웃어. 수십 미터 이상 떨어져 있지만, 완전히 딴 세상에 있는 셈이야. 너에겐 이 바위에서 한 발만 떼면, 눈앞에 펼쳐진 산비탈 수백만 평이 전부 화장실이니까. 하지만 놈은 저 아래 문명 세계에 있지. 도로, 인도, 남의 집 마당. 그런 곳에선 아무 데나 볼일을 볼 수 없어. 그랬다간 체포될 테니까. 자기가 자기를 체포해야 할 판이야. 게다가 시동도 안 걸었어. 차 안은 추울 게 틀림없지. 그게 차라리 나은 걸까, 아니면 더 나쁜 걸까?

넌 그를 지켜봐. 그리고 기다려.

세 시간이 다 되기 직전에 대위가 다시 왔다. 그가 두 사람을 데리고 아래층으로 내려가, 아까 들어왔던 문으로 다시 나갔다. 근무자용 차 한 대가 대기하고 있었다.

"즐거운 비행 되십시오." 대위가 인사했다.

차는 활주로 주변 트랙을 2킬로미터쯤 돌아가다 멀찍이 홀로 서 있는 보잉기를 향해 가로질러 갔다. 급유차 연결이 막 분리되고, 지상 요원들이 분주하게 움직이고 있었다. 갓 출고된 비행기는 순백색 밑칠만 마친 상태였다.

"정상 작동 확인 전까지는 도색을 하지 않습니다." 운전병이 설명했다.

앞쪽 탑승구에 바퀴 달린 사다리가 놓여 있었다. 사다리 꼭대기에 유니폼을 입은 승무원들이 큼지막한 서류가방과 서류가 잔뜩 꽂힌 클립보드를 들고 모여 있었다.

"탑승을 환영합니다." 부조종사가 인사를 건넸다. "빈자리는 얼마든지 있습니다."

좌석은 모두 260석이었다. 일반 여객기에서 군더더기를 다 제거한 상태였다. 기내용 모니터도, 기내지도, 승무원 호출 버튼도 없었다. 담요도, 베개도, 헤드셋도 없었다. 좌석은 전체가 카키색이었다. 뻣뻣한 직물에서는 새것 특유의 냄새가 났다. 리처는 세 자리를 혼자 차지하고 옆으로 비스듬히 몸을 기대앉았다.

"요 며칠 비행기를 참 많이도 타는군." 리처가 말했다.

하퍼가 그의 뒤에 앉아 좌석 벨트를 매며 맞장구를 쳤다.

"그러게요."

부조종사가 통로 끝에서 승객석을 향해 외쳤다. "승객 여러분, 주목하십시오. 이건 민항기가 아닌 군용기입니다. 기내방송도 군대식으로 짧게 나갑니다. 그게 뭐냐면 걱정 마시라는 겁니다. 추락 안 하니까요. 그래도 추락하면? 어차피 다진 고기가 되어 불에 타버릴 텐데 걱정하면 뭐 하겠습니까?"

리처는 웃었다. 하퍼는 못 들은 척했다.

"그럼 누가 진짜 표적일까요?" 하퍼가 다시 물었다.

"당신이 찾아낼 수 있을 거요." 리처가 답했다.

비행기가 후진해 방향을 틀고 활주로로 향했다. 1분 뒤 비행기는 부드럽고 조용하지만 강력한 추진력으로 공중에 떠올랐다. 넓게 펼쳐진 워싱턴 D.C. 시가지를 지나며 가파르게 상승했다. 이윽고 구름 위로 올라가 서쪽으로 순항하기 시작했다.

경찰은 아직도 버티고 있어. 차에서 한 번도 안 나왔고, 차도 여전히 집 바로 앞에 그대로 있지. 그사이 동료가 점심 가방을 들고 왔어. 벤티 사이즈 커피도 들어 있고. 불쌍한 놈, 곧 정말로 고생하게 될 거야. 하지만 네 계획에는 아무 영향도 미치지 않아. 그럴 리가 없지. 오후 2시, 전화를 걸 시간이야.

훔친 핸드폰을 열어서 그 여자의 번호를 눌러. 녹색의 전화기 형태 마크를 눌러. 연결음이 들려. 벨소리가 들려. 바위 밑에 몸을 낮게 웅크린 채 넌 말할 준비를 해. 바위 밑이 더 따뜻해. 바람을 피할 수 있으니까. 벨소리가 계속 울려. 받을까? 안 받을지도 모르지. 경호원에게 화장실도 못 쓰게 하는 싸가지 없는 년이라면 전화 정도 무시하는 건 일도 아닐 테니까. 순간 심장이 철렁 내려앉아. 어떻게 하지? 정말 안 받으면?

여자가 전화를 받아.

"여보세요?"

경계심과 짜증, 방어적인 태도가 묻어나와. 경찰 상급자가 항의 전화를 하는 거라고 생각했을 거야. 아니면 FBI 조정관이 설득하려고 전화한 거라고 생각했거나.

"안녕, 리타." 넌 인사를 건네.

네 목소리를 들은 그녀가 긴장을 푸는 것이 느껴져.

"네." 여자가 답해.

넌 여자에게 네가 바라는 걸 전해.

"첫 번째 피해자는 아니겠네요. 첫 번째는 무작위로 골랐을 거예요. 우릴 냄새로부터 멀리 떨어트려야 하니까. 두 번째도 아닐 거고요. 패턴을 만들어야 하니까."

"같은 생각이오." 리처가 말했다. "캘런과 쿡은 배경 소음이었소. 연막을 치기 시작한 거지."

하퍼가 고개를 끄덕였다. 조용해졌다. 하퍼가 뒤에 앉아 있다가 자리를 옮겨 텅 빈 비행기의 반대편 좌석에 드러누웠다. 기분이 묘했다. 익숙하면서도 낯설었다. 주변에는 빈 좌석들만 가지런히 놓여 있었다.

"하지만 너무 늦게까지 미루진 않을 거예요." 하퍼가 말했다. "목표물이 있잖아요. 뭔가 드러나기 전에 처리하고 싶을 거예요.”

“역시 같은 생각이오.” 리처가 다시 말했다.

“그럼 세 번째나 네 번째겠네요.”

리처는 고개를 끄덕였다. 아무 말도 하지 않았다.

“그런데 어느 쪽일까요?” 하퍼가 물었다. “이걸 풀 열쇠가 뭐죠?”

“모든 것.” 리처가 말했다. “늘 그래왔듯이. 단서들. 지리적 요건, 페인트, 그리고 폭력이 없다는 사실까지.”

점심 식사는 시들시들한 사과 한 개와 스위스 치즈 한 조각이 전부였다. 냉장고에 있는 게 그게 다였다. 비록 초라한 메뉴였지만 접시에 담아 스스로를 우대했다. 오랫동안 몸에 밴 규율을 지금도 잊지 않으려는 듯이. 식사를 마친 뒤 접시를 씻어서 수납장에 다시 넣고 복도를 지나 현관문을 열었다. 추위 탓에 잠시 서 있다가 진입로를 따라 걸어갔다. 경찰차는 입구를 딱 막은 채 그대로 주차되어 있었다. 경찰이 시메카가 다가오는 것을 보고 조수석 창문을 내렸다.

“사과하러 왔어요.” 시메카가 최대한 상냥하게 말했다. “그렇게 말하면 안 되는 거였어요. 그냥 좀 예민해져서 그래요. 필요하면 언제든 들어오셔도 돼요.”

경찰은 약간 어리둥절한 얼굴이었다. 속으로는 ‘여자들이란!’ 하고 생각하는 것 같았다. 그녀는 계속 미소를 지으며 눈썹을 살짝 치켜 올리고 고개를 기울여 집에 들어와도 된다는 걸 재차 강조했다.

“그럼 지금 들어가도 되겠습니까?” 경찰이 물었다. “정말 괜찮으시면요.”

시메카는 고개를 끄덕이고 경찰이 내릴 때까지 기다렸다. 그가 조수석 창문을 열어둔 채로 내렸다는 걸 알아챘다. 돌아오면 차 안은 추울 것이다. 그녀는 그를 데리고 다시 집 안으로 향했다. 그는 서둘러 따라오고 있었다. 불쌍하게도 많이 급했던 모양이었다.

"어딘지 아시죠?"

그녀는 복도에서 기다렸다. 그가 편안해진 표정으로 파우더 룸에서 나왔다. 그녀가 현관문을 잡아주었다.

"언제든지요. 벨만 누르세요."

"알겠습니다." 경찰이 답했다. "정말 괜찮으신 거죠?"

"정말 괜찮아요. 저를 위해 해주시는 일에 감사드려요."

"그게 우리의 존재 이유입니다." 경찰이 뿌듯해하면서도 수줍게 말했다. 그녀는 그가 차로 돌아가는 걸 끝까지 지켜보았다. 다시 문을 잠그고 응접실로 들어갔다. 잠시 서서 피아노를 바라보다가 45분을 더 연주하기로 했다. 어쩌면 한 시간이 될 수도 있고.

상황이 좀 나아졌어. 타이밍도 얼추 맞을 것 같고. 물론 확신할 순 없어. 네가 많은 분야의 전문가이긴 해도 비뇨기과 전문의는 아니니까. 차로 돌아오는 그를 지켜보면서 넌 생각해. 전립선 문제가 생기기에는 아직 젊은 나이이니 결국 중요한 건 방광이 얼마나 찼느냐, 그리고 그녀에게 다시 폐를 끼치고 싶지 않다는 본능적인 망설임 사이의 균형이겠지. 지금 시각은 2시 반. 8시 전까지 최소 두 번은 더 화장실에 가고 싶어질 거야. 아마 그녀가 죽기 전에 한 번, 죽은 뒤에 또 한 번.

노스다코타 상공에는 구름이 걷혀 있었다. 11킬로미터 아래 지상이 또렷하게 보였다. 부조종사가 객실로 슬쩍 나오더니 자신이 태어난 곳이라며 창밖을 가리켰다. 비스마르크 남쪽의 작은 마을이었다. 미주리 강이 가느다란 은빛 실처럼 마을을 가로질러 흐르고 있었다. 그는 다시 조종석으로 돌아갔는데 리처는 항로에 대해 골똘히 생각하기 시작했다. 항법은 잘 모르는 분야였다. 버지니아에서 오리건까지 가려면 켄터키, 일리노이, 아이오와, 네브래스카, 와이오밍, 아이다호를 가로지르는 게 맞을 텐데, 왜 북쪽 노스다코타까지 올라온 걸까? 하지만 대권 항로 개념으로 보면 그렇게 가는 게 오히려 더 짧아진다는 건 알고 있었다. 그 원리는 모르지만. 어떻게 멀리 돌아가는 게 더 빠를 수 있지?

"페인트는 로레인 스탠리가 훔쳤고." 하퍼가 말했다. "폭력이 없었다는 건 놈이 일부러 연기하고 있다는 증거예요. 그런데 지리적 요건은 뭘 의미하는 걸까요?"

"그건 이미 얘기했잖소." 리처가 말했다.

"범위를 보여준다고요."

리처가 고개를 끄덕였다. "그리고 속도도."

하퍼가 이어서 고개를 끄덕였다.

"그리고 기동성." 리처가 덧붙였다. "기동성을 잊어선 안 되오."

결국 그녀는 한 시간 반 동안이나 피아노를 쳤다. 경찰은 집에 들어오지 않았고, 그녀는 점점 긴장이 풀리면서 터치가 이전보다 더 좋아졌다.

음표에 집중하고 속도를 점점 더 올리다 보니 너무 빨라져서 전진하는 흐름이 살짝 흐트러졌다. 그 순간 속도를 살짝 줄여서 지정된 템포보다 아주 조금 늦췄다. 그런 게 무슨 상관인가. 소리는 정말 훌륭했다. 어쩌면 정확한 속도로 연주했을 때보다 더 좋은 것 같기도 했다. 몰입감 속에 체계적이고 위엄까지 있었다. 아주 만족스러웠다.

시메카는 의자를 뒤로 밀고 손가락을 깍지 긴 채 머리 위로 쭉 뻗어 팔을 폈다. 그러고는 건반 덮개를 닫고 일어섰다. 복도로 나가 계단을 가볍게 올라 욕실로 갔다. 거울 앞에 서서 머리를 빗었다. 다시 아래층으로 내려가 옷장에서 겉옷을 꺼냈다. 차 안에서 움직이기 편하게 길이는 짧지만 날씨에 맞게 충분히 따뜻한 옷이었다. 신발은 더 튼튼한 것으로 갈아 신었다. 지하 계단 문을 열고 내려갔다. 차고 문을 열고 스마트키로 차 문을 열었다. 차 실내등이 켜졌다. 차고의 자동문 전원을 누르고 차에 올라탔다. 시동을 거는 사이, 차고 문이 윙윙거리며 천천히 올라갔다.

진입로로 후진해서 나간 뒤 다시 차고 문을 닫기 위해 버튼을 눌렀다. 몸을 틀어 뒤를 보니 경찰 순찰차가 여전히 진입로 입구를 막고 있었다. 시동을 켜둔 채 차에서 내려 그쪽으로 걸어갔다. 경찰이 시메카를 지켜보다가 창문을 내렸다.

"마트에 좀 다녀오려고요."

경찰이 그녀를 잠시 쳐다보았다. 허용되는 시나리오의 범위를 벗어난 일이라는 듯한 표정이었다.

"얼마나 걸리실 것 같습니까?"

그녀는 어깨를 으쓱했다.

"30분에서 길면 한 시간 정도요."

"마트에 간다는 거죠?"

시메카가 고개를 끄덕였다. "필요한 게 좀 있어서요."

경찰은 잠시 더 그녀를 바라보다가 결정을 내렸다.

"알겠습니다. 전 여기서 대기하겠습니다. 우린 당신을 감시하는 게 아니라 집을 감시하는 거니까요. 주거지 기반 범죄 예방, 그게 우리 임무입니다."

시메카가 또다시 고개를 끄덕였다. "괜찮아요. 마트에서 누가 날 납치할 일은 없을 거예요."

경찰도 고개를 끄덕여 응답했다. 그는 말없이 시동을 걸고 그녀의 차가 빠져나가기 충분할 만큼 뒤로 빼 공간을 만들어 주었다. 그녀가 언덕 아래로 내려가는 것을 지켜본 다음 다시 원래 위치에 차를 댔다.

차고 문이 열리는 게 보여. 차가 나오는 것도, 다시 문이 닫히는 것도 보여. 진입로에 차가 멈추고, 여자가 차에서 내리는 것도 보여. 크라운 빅의 창문 너머로 둘이 대화하는 걸 넌 지켜봐. 경찰이 차를 뒤로 빼고 여자가 도로로 나가는 게 보여. 경찰차가 다시 원위치하고 여자는 언덕을 내려가. 넌 흡족한 미소를 지으며 바위 뒤로 몸을 가리면서 천천히 일어서. 이제 일하러 갈 시간이야.

시메카는 언덕 아래에서 좌회전한 뒤, 다시 우회전해 포틀랜드 시내로 이어지는 간선도로에 올랐다. 날씨는 추웠다. 기온이 일주일만 더 떨어지면 눈이 올 수도 있을 것 같았다. 눈이 오면 그녀의 자동차는 꽤 어리석은 선택으로 보일 것이다. 다른 사람들은 모두 지프나 픽업트럭 같은 대형 사륜구동 차량을 타고 다니니까. 하지만 그녀는 높이가 낮은 유선형 세단을 골랐다. 차 높이의 네 배는 되어 보이는 길이에, 금색 도장, 크롬 휠, 버터처럼 부드러운 연한 갈색 가죽 시트까지 갖춘 차였다. 비싸 보이는 차였지만 전륜만 구동되었고 미끄럼 방지 장치도 없었다. 차 높이는 웬만한 눈덩이 하나도 간신히 지나갈 정도였다. 겨울 내내 걸어 다니거나 이웃에게 차 좀 태워달라고 부탁하고 다녀야 할 판이었다.

하지만 차 자체는 부드럽고 조용했고 승차감은 끝내줬다. 그녀는 서쪽으로 3킬로미터 정도 운전한 뒤 쇼핑 센터로 좌회전해 들어가기 위해 속도를 줄였다. 마주 오는 트럭이 지나가기를 기다렸다가 주차장으로 잽싸게 진입했다. 그러고는 오른쪽 상가 뒤편으로 차를 몰고 가서 텅 비어 있는 예비 주차 공간에 주차했다. 차키를 뽑아 가방에 넣고 차에서 내려 추위를 뚫고 마트로 걸어갔다.

매장 안은 따뜻했다. 카트를 한 대 끌고 시간을 들여 통로를 샅샅이 훑었다. 특별히 사야 할 목록이 있는 장보기는 아니었다. 그냥 하나하나 보다가 집에 떨어진 것 같은 물건을 집었다. 마트에서는 자신이 정말 관심 있는 물건은 팔지 않았기 때문에 사실 별로 살 게 없었다. 음악책도 없고 정원용 식물도 없었다. 결국은 소량 계산대를 이용할 수 있을 만큼만 카트에 담겼다.

계산원이 종이 봉투 하나에 물건을 다 담아주었고 그녀는 현금으로 결제한 뒤 봉투를 품에 안고 걸어 나갔다. 좁은 인도에서 오른쪽으로 방향을 틀어 쇼윈도를 기웃거리며 상점들이 늘어선 곳을 걸어갔다. 하얀 입김이 공기 중에 흩어졌다. 철물점 앞에 멈췄다. 노포였다. 없는 게 없는 만물상점. 예전에도 여기서 철쭉에 줄 골분과 칼리 비료를 산 적이 있었다.

시메카는 종이 봉투를 한쪽 팔로만 옮겨 안고 문을 잡아당겼다. 종이 울렸다. 계산대에는 갈색 옷을 입은 노인이 서 있었다. 그가 고개를 끄덕이며 인사를 했다. 물건이 꽉 찬 통로로 들어섰다. 공구와 못을 지나 장식 코너를 찾았다. 저렴한 벽지와 풀 세트가 있었다. 페인트 붓과 롤러, 그리고 페인트 통도 있었다. 진열대가 그녀의 키만큼이나 높았다. 색상 견본표가 선반에 클립으로 고정된 진열대에 꽂혀 있었다. 종이 봉투를 바닥에 내려놓고 선반에서 색상표를 꺼내 펼쳤다. 거대한 무지개처럼 다양한 색조가 띠를 두르고 있었다.

"뭐 찾으세요?" 누군가가 말했다.

노인이었다. 도움을 주고 판매 건수를 올리려고 슬그머니 다가온 것이었다.

"이 페인트, 물에 희석할 수 있나요?"

노인이 고개를 끄덕였다.

"라텍스 페인트라고들 하는데, 그냥 수성이라는 뜻이에요. 물로 희석할 수 있고 롤러도 물로 세척할 수 있죠."

"진한 녹색도 있나요?" 시메카가 색상표를 가리키며 말했다. "이 올리브색 같은 거."

"이 아보카도 색이 더 괜찮을 것 같네요." 노인이 말했다.

"너무 밝은 것 같은데."

"물에 희석해서 쓸 건가요?" 노인이 물었다.

고개를 끄덕였다. "그럴 것 같아요."

"그럼 색이 더 연해지겠네요."

"그럼 올리브색으로 할게요. 군대 분위기가 나게 하고 싶거든요."

"그래요." 노인이 말했다. "얼마나 필요해요?"

"4리터짜리 한 통요."

"많이 바르진 못할 거예요. 희석하면 양이 좀 더 나올 거고."

노인은 자신이 직접 페인트 통을 들고 계산대로 가져가서 계산했다. 현금을 지불했고 노인이 페인트 젓는 나무 막대를 봉투에 같이 넣어주었다. 막대에는 상점 이름이 삐딱하게 인쇄되어 있었다.

"감사합니다."

한 손에는 식료품 봉투를, 다른 손에는 철물점 쇼핑백을 들고 상점 라인을 따라 걸었다. 추운 날씨였다. 고개를 들어 하늘을 확인했다. 몰려오는 구름으로 하늘이 점점 어두워지고 있었다. 서쪽에서 구름이 빠르게 몰려오고 있었다. 맨 끝 상점 뒤편으로 돌았다. 서둘러 차로 향했다. 쇼핑한 것들을 뒷좌석에 내려놓고 차에 올라타 문을 쾅 닫고 시동을 걸었다.

경찰은 추위에 떨고 있었지만 덕분에 정신은 오히려 또렷했다. 여름이었다면 앉아서 아무 일도 없이 시간만 보내다 보면 졸음이 쏟아졌겠지만, 지금처럼 기온이 낮을 땐 그럴 염려가 없었다. 그래서 그는 언덕 아래 100미터가량 떨어진 지점에서부터 누군가가 다가오는 것을 알아차렸다. 언덕의 경사 때문에 처음에는 머리만 보였고, 그다음에는 어깨가, 이어서 가슴이 보였다. 언덕 경사 탓에 짧아진 지평선 위로 서서히 부상하듯 모습을 드러내며 그가 있는 쪽을 향해 걸어오고 있었다. 점점 가까워졌고 점점 더 커졌다. 단정하게 다듬고 빗어 넘긴 숱 많은 회색 머리카락이 보였다. 육군 제복을 입은 어깨가 드러났다. 어깨 견장에도, 옷깃에도 독수리 휘장이 박혀 있었다. 대령이었다. 셔츠와 넥타이가 있어야 할 자리에는 하얀 성직자 칼라 띠가 보였다. 신부였다. 군종軍宗 장교 한 명이 인도를 따라 빠른 걸음으로 다가오고 있었다. 한 발씩 내디딜 때마다 얼굴이 위아래로 리듬을 타며 흔들렸고, 그 아래에서 하얀 칼라 띠도 같이 오르내렸다. 그는 거의 행군하듯 빠르게 걸었다.

그는 경찰차 오른쪽 헤드라이트 불과 1미터 앞에서 갑자기 멈춰 섰다. 인도에 우뚝 서서 목을 쭉 빼고 시메카의 집을 올려다보았다. 경찰이 조수석 창문을 내렸다. 뭐라고 말을 꺼내야 할지 몰랐다. 평범한 지역 주민이라면 '선생님, 일단 이쪽으로 오시죠'라고 말하되, 호칭만 '선생님'이라고 할 뿐이고 다소 위압적인 말투였을 텐데, 지금 눈앞에 선 인물은 군종 신부이자 대령이었다. 정중하게 대해야 할 사람이었다.

"실례합니다만?" 경찰이 목소리를 키워 말했다.

주위를 둘러본 대령이 펜더를 따라 옆으로 다가왔다. 그가 허리를 굽혔다. 키가 컸다. 한 손은 크라운 빅의 지붕 위에, 다른 한 손은 차 문에 올려놓고, 고개를 숙여 열린 창 안을 똑바로 들여다보았다.

"네, 경관님." 대령이 말했다.

"무슨 일이십니까?" 경찰이 물었다.

"이 집에 사는 여성분을 만나러 왔습니다." 군종 신부가 말했다.

"잠시 외출 중입니다." 경찰이 대답했다. "그리고 이 집에 사정이 좀 있습니다."

"사정이라니요?"

"경계 조치 중입니다. 이유는 말씀드릴 수 없습니다. 일단 제 차에 타셔서 신분증을 보여주셨으면 합니다."

대령은 잠시 망설였다. 혼란스러운 듯했다. 그러다 곧바로 허리를 곧추세우고 조수석 문을 열었다. 좌석에 앉아 상의 안으로 손을 넣어 지갑을 꺼내 오래된 군인 신분증을 경찰에게 건넸다. 신분증을 꼼꼼하게 살펴본 경찰이 옆에 있는 얼굴과 사진을 대조했다. 다시 돌려주며 고개를 끄덕였다.

"좋습니다, 대령님." 경찰이 말했다. "괜찮으시면 제 차에서 기다리시죠. 밖이 많이 춥습니다."

"정말 춥군요." 말은 그렇게 하면서도 대령이 약간 땀을 흘리고 있다는 걸 경찰은 알아챘다. 언덕을 빠르게 올라와서 그런 거라고 짐작했다.

"난 아직 모르겠어요." 하퍼가 말했다.

비행기는 하강 중이었다. 리처는 귀로 느낄 수 있었다. 그리고 갑작스러운 선회도 느낄 수 있었다. 조종사는 군인이었기 때문에 방향타를 사용하고 있었다. 민간 조종사는 방향타 사용을 피한다. 방향타를 사용하면 자동차가 옆으로 미끄러지는 것처럼 비행기가 미끄러지듯 돈다. 탑승객들은 그 느낌을 좋아하지 않는다. 그래서 민항기 조종사는 한쪽 엔진 출력을 높이고, 다른 쪽은 낮추는 방식으로 기체를 부드럽게 선회한다. 하지만 군 조종사들은 탑승객의 편안함 따위는 신경 쓰지 않는다. 표를 산 손님이 아니기 때문이다.

"스포캔에서 보낸 폴튼의 보고서를 기억하시오?" 리처가 물었다.

"그게 왜요?"

"거기에 열쇠가 있소. 크고 명백한 무언가가."

시메카는 대로에서 좌회전한 뒤 자신의 동네로 우회전했다. 경찰차가 다시 길을 막고 서 있었다. 조수석에는 누군가가 앉아 있었다. 그녀는 진입로로 꺾어 들어갈 준비를 한 채 도로 중앙부에 차를 세웠다. 경찰이 눈치껏 비켜주기를 바랐지만, 그가 차는 안 빼고 문을 열고 나왔다. 무언가 말을 걸어야 할 이유가 있는 것처럼 보였다. 오래 앉아 있어서 뻣뻣해진 몸을 이끌고 다가와 그녀의 차 지붕에 손을 올리고 허리를 굽혔다. 창문을 내렸더니, 안을 들여다보며 뒷좌석에 놓인 물건들을 힐끗 쳐다보았다.

"필요한 건 다 사셨나요?" 경찰이 물었다.

시메카는 고개를 끄덕였다.

"별일 없었고요?"

그녀는 고개를 저었다.

"어떤 분이 당신을 만나러 왔어요. 군종 신부님입니다."

"경찰차에 타고 있는 저 사람요?" 뻔히 보였지만 뭐라도 말해야 할 것 같아서 물었다. 그녀에게도 칼라 띠가 보였다.

"무슨 대령이라고 하던데요. 신분증 확인 결과 이상 없었습니다."

"돌려보내 주세요." 시메카가 말했다.

경찰이 깜짝 놀라 당황해했다.

"워싱턴에서 일부러 오신 분인데요? 신분증에도 거기서 근무하는 걸로 나와 있습니다."

"저 사람이 어디서 왔든 상관없어요. 난 만나고 싶지 않으니까."

경찰은 아무 대꾸도 하지 못했다. 그저 어깨 너머로 뒤만 흘깃 돌아보았다. 대령이 차에서 내리고 있었다. 인도에 큰 키의 몸을 일으켜 세우고는 다가오기 시작했다. 시메카는 시동을 켜둔 채 차 문을 열었다. 차에서 내린 뒤 추위 탓에 재킷을 꽉 여며 잡고 그가 다가오는 것을 지켜보았다.

"리타 시메카 씨?" 가까이 다가온 신부가 물었다.

"무슨 일이시죠?"

"괜찮으신지 살펴보러 왔습니다."

"괜찮은지 살펴보러요?" 시메카가 되물었다.

"회복은 어떠신지, 그 문제 이후에 말이에요."

"그 문제라뇨?"

"그…… 폭행 이후 말입니다."

"제가 괜찮지 않다면요?"

"그럼 제가 도와드릴 수도 있겠지요."

신부의 목소리는 따뜻하고 낮고 깊게 울렸다. 한없이 신뢰가 가는 목소리였다. 성당에서 들을 수 있는 그런 목소리.

"군에서 보낸 건가요?" 시메카가 물었다. "공식적으로?"

신부는 고개를 저었다.

"유감스럽게도 그건 아닙니다. 그 건으로 상부와 여러 번 논쟁을 벌였습니다만."

시메카가 고개를 끄덕였다. "군에서 상담을 제공한다면 책임을 인정하는 게 될 테니까요."

"그게 군의 입장입니다." 대령이 말했다. "그래서 이건 사적인 임무입니다. 명령을 어기고 비밀리에 행동하는 거죠. 양심의 문제라고 생각하거든요."

시메카는 시선을 돌렸다.

"왜 하필 나죠?" 그녀가 물었다. "피해자가 많았는데요."

"이게 저로서는 다섯 번째 방문입니다." 대령이 말했다. "혼자 사는 게 확실한 분들부터 시작했거든요. 그런 분들이 제 도움이 더 필요할 것 같아서요. 이곳저곳 다 돌아다녔습니다. 의미 있었던 방문도 있었고, 허탕 친 경우도 있었죠. 억지로 도움을 드리려고 하지는 않습니다. 그래도 노력은 해야 한다고 생각해요."

시메카는 잠시 말없이 서 있었다. 아주 냉랭한 자세였다.

"그럼 이번에도 허탕 치신 것 같네요." 그녀가 말했다. "거절하겠습니다. 도움은 필요 없어요."

예상은 했으면서도 의외인 것 같았는지 대령이 다시 물었다. "확실한가요?"

시메카는 고개를 끄덕였다.

"완전히요." 쐐기를 박았다.

"정말요? 한 번만 더 생각해 보시죠. 여기까지 꽤 먼 길을 왔습니다."

시메카는 대꾸하지 않고 성가시다는 듯 경찰에게 눈길을 보냈다. 경찰이 몸을 움직여 대령의 주의를 끌었다.

"질문을 하셨고, 답변도 들으셨습니다." 경찰이 마치 변호사처럼 말했다.

거리에는 정적이 흘렀다. 시메카 차의 엔진 공회전 소리와 배기가스의 자극적인 화학 물질 냄새만이 가을 공기 속에 퍼지고 있었다.

"이제 그만 돌아가주시겠습니까, 대령님?" 경찰이 말했다. "이곳에 사정이 좀 있어서요."

대령은 한참을 가만히 있었다. 그러더니 고개를 끄덕였다.

"제 제안은 언제나 유효합니다. 언제든 다시 오겠습니다."

대령이 휙 돌아서더니 언덕을 빠르게 걸어 내려갔다. 경사면이 그의 다리, 등, 머리를 차례로 삼켰다. 시메카는 그가 지평선 아래로 사라질 때까지 지켜보다가 다시 차 안으로 들어갔다. 경찰이 혼자서 고개를 끄덕이며 시메카의 차 지붕을 두 번 두드렸다.

"차 좋네요." 뜬금없는 칭찬이었다.

시메카는 아무 대꾸도 하지 않았다.

"자, 그럼." 경찰이 말했다.

경찰은 차로 돌아가 차 문을 반쯤 연 채 후진으로 언덕을 올라갔다. 시메카는 진입로로 차를 돌렸다. 리모컨의 버튼을 누르자 차고 문이 윙 하고 올라갔다. 차를 집어넣고 다시 버튼을 눌렀다. 문이 다 닫히고 어둠이 그녀를 감싸기 전에 경찰이 다시 원위치하는 모습이 보였다.

차 문을 열자 실내등이 딸깍 소리를 내며 켜졌다. 옆에 있는 작은 레버를 당겨 트렁크를 열었다. 차에서 내려 뒷좌석에 있던 봉투와 쇼핑백을 꺼내 지하실로 옮겼다. 다시 그것들을 들고 계단을 올라가 복도를 지나 부엌으로 들어갔다. 봉투와 쇼핑백을 조리대 위에 나란히 올려놓고 스툴에 앉아 기다렸다.

차체가 낮아서 트렁크 길이는 충분하고 폭도 넉넉했지만 높이는 그다지 높지 않아. 그래서 모로 누워 웅크리고 있어야 해. 태아처럼 다리를 끌어올리고. 들어가는 건 문제가 없었어. 여자는 시킨 대로 차 문을 잠그지 않았지. 넌 그녀가 마트로 걸어가는 걸 지켜보다가 그냥 슬쩍 다가가 운전석 문을 열고 레버를 찾아 트렁크를 열었어. 문을 다시 닫고 뒤로 돌아가 트렁크 뚜껑을 열었지. 식은 죽 먹기였어. 목격자는 아무도 없었고. 그냥 구르듯이 안으로 들어가서 뚜껑을 닫았어. 이번에도 쉬웠어. 뚜껑 안쪽에 보강재가 붙어 있어서 잡기도 쉬웠고. 트렁크 안에서 한참을 기다렸어. 이윽고 여자가 다시 돌아와 차에 타고는 시동을 걸었지. 트렁크 바닥 아래 배기가스관이 지나는 위치에 놓인 허벅지 밑부분이 점점 뜨거워졌어. 편안한 이동은 아니었어. 조금 덜컹거리고 흔들렸어. 머릿속으로 차의 회전 방향을 따라가다 보면 언제 집에 도착할지 알 수 있지. 경찰이 말하는 소리가 들려. 문제가 생겼어. 그리고 어떤 멍청한 신부가 애원하는 소리가 들려. 트렁크 안에서 넌 긴장되기 시작해. 두려움이 몰려와. 젠장, 대체 무슨 일이야? 혹시라도 저 남자를 안으로 들이면 어쩌지? 하지만 여자는 그 남자를 떼어내. 여자의 목소리에서 냉기가 느껴져. 넌 어둠 속에서 미소를 지은 채 주먹을 쥐었다 폈다 하며 승리의 기쁨을 만끽해. 차가 차고로 들어가는 소리가 들려. 엔진 소리가 차고 벽과 바닥에 부딪혀 더 크게 울려. 그러다 시동을 끄니까 아주 조용해져.

여자는 잊지 않고 트렁크를 열어놔. 잊지 말라고 말했으니 그렇게 할 줄 알았어. 발자국 소리가 멀어져 가고 지하실 문이 열렸다 닫히는 소리가 들려. 트렁크 뚜껑을 조심스레 밀어 올리고 넌 밖으로 기어 나와. 어둠 속에 서서 기지개를 켜. 배기가스 열기에 데인 허벅지를 문질러. 차 앞쪽으로 이동한 다음 장갑을 끼고 펜더 위에 걸터앉아 기다려.

29

비행기는 다른 보잉기처럼 포틀랜드 국제공항에 착륙했지만 터미널까지 굴러가지 않고 한참 떨어진 계류장에 멈춰 섰다. 짐칸에 계단이 설치된 픽업트럭 한 대가 천천히 다가와서 비행기를 맞았다. 그 뒤를 미니밴이 따랐다. 차량 두 대 모두 깨끗했고, 보잉 사의 회사 색으로 도색되어 있었다. 승무원들은 그대로 비행기에 남아 컴퓨터 데이터를 분석했다. 미니밴이 리처와 하퍼를 태우고 택시가 대기하고 있는 도착 구역으로 이동했다. 대기줄의 선두에는 측면에 줄무늬가 그려진 낡은 카프리스가 있었다. 택시 기사는 그 지역 사람이 아니었다. 후드 산의 기슭에 있는 작은 마을로 가는 동쪽 길을 찾기 위해서는 지도를 확인해야만 했다.

그녀가 집 안에 들어온 지 5분쯤 지났을 때 초인종이 울렸다. 경찰이 다시 왔다. 시메카는 주방에서 나와 복도를 따라 걸어가 잠금을 풀고 문을 열었다. 경찰은 현관에 서서 아무 말도 하지 않은 채 난처한 표정으로만 용건을 전하려고 애쓰고 있었다.

"저기요?" 시메카가 아는 체를 했다.

그러고는 가만히 그를 쳐다보았다. 미소도 짓지 않고 그냥 있었다.

"네, 저……." 경찰이 말했다.

시메카는 기다렸다. 어떻게든 그가 말하게 만들 작정이었다. 부끄러워할 일도 아니었다.

"저기 있잖아요."

"뭔데요?"

"화장실 좀 써도 될까요?"

차가운 공기가 시메카의 다리 주위를 휘감고 있었다. 청바지를 뚫고 한기가 느껴졌다.

"그럼요."

경찰을 들이고 온기가 빠져나가지 않게 문을 닫았다. 그가 다시 돌아올 때까지 문 옆에서 기다렸다.

"여긴 따뜻해서 좋네요." 경찰이 말을 건넸다.

그녀는 고개를 끄덕였다. 사실은 그렇지 않았다. 피아노 음색을 유지하기 위해서 실내를 견딜 수 있는 한 최대한 차갑게 유지하고 있었다. 목재가 건조해지는 걸 막기 위해서였다.

"차 안은 좀 추워요." 경찰이 말했다.

시메카는 다시 고개를 끄덕였다.

"시동 켜요. 히터라도 틀고 있어야죠."

경찰이 고개를 저었다. "규정상 그건 안 돼요. 공회전 금지거든요. 공해 어쩌고 하면서요."

"그럼 차로 한 바퀴 돌고 와요. 따뜻해지게. 난 괜찮으니까."

기대했던 집 안으로의 초대는 아니었지만 경찰은 잠깐 생각했다. 그러고는 다시 고개를 저었다.

"그랬다간 배지를 반납해야 할 겁니다. 여기서 대기해야 해요."

시메카는 아무 말도 하지 않았다.

"아까 그 신부 건은 죄송했어요." 경찰이 말했다. 자신이 개입해서 그를 쫓아보냈음을 은근히 강조하는 말이었다.

시메카는 고개를 끄덕였다.

"따뜻한 커피 좀 갖다 드릴게요. 5분만 기다려요. 괜찮죠?"

경찰은 만족스러운 듯 수줍은 미소를 지었다.

"그럼 화장실을 또 써야겠는데요. 마시면 바로 나올 거라." 경찰이 말했다.

"언제든요."

시메카는 문을 닫고 주방으로 돌아가 커피 머신을 작동시켰다. 쇼핑백 옆 스툴에 앉아 커피가 다 될 때까지 기다렸다. 가장 큰 머그잔을 꺼내 커피를 따랐다. 냉장고에 있는 크림과 찬장에 있는 설탕도 넣었다. 젊고 살집 있는 체격이 크림과 설탕을 좋아하는 타입으로 보였다. 머그잔을 들고 밖으로 나가 마당을 걸어갔다. 커피에서 올라온 김이 얇은 수평 띠를 이루며 보도까지 퍼져 나갔다. 창문을 톡톡 두드리자 경찰이 돌아보고 미소 지으며 유리를 내리더니 어색해하면서 두 손으로 머그잔을 받았다.

"감사합니다."

경찰이 감사의 표시로 잔에 입술을 살짝 댔다. 그 모습을 보고 그녀는 다시 돌아섰다. 진입로를 지나 마당을 따라 올라가 문을 열고 안으로 들어섰다. 문을 잠그고 뒤돌아서자 예상했던 방문자가 차고에서 올라오는 계단 위에 조용히 서 있었다.

"안녕, 리타." 방문자가 인사했다.

"안녕하세요." 시메카도 화답했다.

205번 도로를 타고 남쪽으로 달리던 택시는 26번 도로 동쪽으로 좌회전하는 지점을 찾아 들어갔다. 차 상태는 다음 행선지가 폐차장이어야 마땅할 정도였다. 문짝 이음새 안쪽의 색이 바깥쪽과 일치하지 않았다. 아마도 뉴욕에서 이미 3년을 뛰고 시카고 외곽에서 3년 정도를 더 굴러다녔을 것 같았다. 그래도 꾸준히 달려는 나갔고, 미터기는 뉴욕이나 시카고에 있을 때보다 훨씬 느리게 째깍거렸다. 리처에게는 그게 중요했다. 주머니에 돈이 거의 없다는 사실을 이제 막 깨달았기 때문이다.

"기동성을 보여주는 게 왜 중요한 거죠?" 하퍼가 물었다.

"그게 큰 거짓말 중 하나니까." 리처가 말했다. "우리가 그냥 꿀꺽 삼켜버린."

시메카는 현관 문 앞에 조용히 서 있었다. 방문자가 복도 저 끝에서 탐색하는 눈빛으로 바라보았다.

"페인트는 샀나요?"

시메카가 고개를 끄덕였다.

"네. 샀어요."

"그럼 준비가 다 된 건가요?"

"잘 모르겠어요."

방문객은 한참을 더 그녀를 매우 침착하고 흔들림 없는 시선으로 바라보았다.

"이제는 준비됐나요?"

"모르겠어요." 시메카가 답했다.

방문자가 미소를 지었다.

"준비된 것 같은데요. 정말로. 당신 생각은 어때요?"

시메카가 천천히 고개를 끄덕였다.

"네. 준비됐어요."

"경찰한테는 사과했나요?"

시메카가 다시 고개를 끄덕였다. "네. 사과했어요."

"그 사람은 들어올 수 있어야 해요. 알죠?"

"언제든 필요하면 들어오라고 했어요."

"그 사람이 당신을 발견해야 해요. 반드시 그 사람이. 난 그렇게 되길 원해요."

"알겠어요." 시메카가 답했다.

방문자는 아무 말 없이 가만히 서서 잠시 그녀를 찬찬히 바라보았다. 시메카는 어색함을 참으며 서 있었다.

"그래요. 그 사람이 날 발견해야 해요. 당신이 원한다면 그렇게 할게요."

"신부 건은 정말 잘했어요." 방문자가 말했다.

"그분은 날 도우려는 거였어요."

"아무도 당신을 도울 수 없어요."

"그렇겠죠."

"주방으로 갑시다." 방문자가 말했다.

시메카가 문에서 멀어졌다. 좁은 복도에 있는 방문자 옆을 지나쳐 주방으로 앞장서 들어갔다.

"페인트는 바로 여기 있어요." 시메카가 말했다.

"보여줘요."

시메카는 철사 손잡이를 잡고 페인트 통을 쇼핑백에서 꺼내 들어 올렸다.

"올리브색인데 그나마 가장 비슷한 색이었어요."

방문자가 고개를 끄덕였다. "좋아요. 아주 잘했어요."

기뻐서 시메카의 얼굴이 붉어졌다. 하얀 얼굴에 엷은 분홍빛이 돌았다.

"이제부터 집중해야 해요." 방문자가 말했다. "왜냐하면 내가 많은 걸 얘기할 테니까."

"무엇에 대해서요?"

"내가 당신에게 시키고 싶은 것에 대해서요."

시메카가 고개를 끄덕였다.

"좋아요."

"먼저, 날 위해 웃어줘야 해요." 방문자가 말했다. "그게 정말 중요해요. 나한테 큰 의미가 있거든요."

"좋아요." 시메카가 답했다.

"그럼 날 위해 웃어줄 수 있겠어요?"

"글쎄요."

"한번 해봐요."

"요즘은 별로 웃을 일이 없어서요."

방문자가 공감하며 고개를 끄덕였다. "알아요. 그래도 지금 한번 해볼래요?"

시메카가 고개를 떨구고 잠시 집중하더니, 다시 고개를 들어 올리며 수줍고 희미한 미소를 지어 보였다. 입술 끝이 아주 약간 올라간 정도였지만, 분명 변화는 있었다. 간신히 그 미소를 유지했다.

"좋아요." 방문자가 말했다. "잊지 말아요. 난 당신이 계속 웃고 있길 원해요."

"알겠어요."

"일할 땐 즐겁게 해야 되지 않겠어요? 그렇죠?"

"맞아요."

"이제 페인트 통을 열 도구가 필요한데."

"공구는 지하에 있어요." 시메카가 말했다.

"드라이버도 있나요?"

"물론이죠." 시메카가 말했다. "여덟 개? 아홉 개쯤?"

"가서 그중에 더 큰 걸로 가져다 줄래요?"

"네."

"그리고 웃는 거 잊지 말고. 알겠죠?"

"네."

머그잔은 너무 커서 크라운 빅의 컵 홀더에 들어가지 않았다. 한 모금 먹고 내려놓을 수가 없어서 할 수 없이 커피를 한 번에 다 마셔 버렸다. 늘 상 그런 식이었다. 파티에서 선 채로 병을 들고 마시면 바에 앉아 냅킨에 올려놓고 마실 때보다 훨씬 더 빨리 마시게 된다. 담배도 마찬가지다. 재 떨이에 올려둘 수 있을 땐 꽤 오래 피우지만, 손에 들고 걸어 다닐 땐 1분 만에 다 태워 버린다.

경찰은 빈 머그잔을 허벅지 위에 올려놓고 앉아, 그걸 집에 다시 갖다 줄까 생각하고 있었다. '머그잔 돌려드릴게요. 정말 감사했습니다' 하고 말하면서 다시 한번 추운 티를 낼 기회가 생길 것이다. 그러면 혹시 복도에 의자를 하나 놔줄지도 모른다. 실내에서 교대 근무를 마무리할 수도 있다. 그걸 누가 뭐라고 하겠는가? 더 안전하게 경호하는 건데.

하지만 초인종을 다시 누르기는 좀 꺼려졌다. 여자는 상당히 까칠한 성격이었다. 그거 하나는 확실했다. 설령 자기는 정말 매너 있게 행동했다 해도, 머그잔을 돌려주는 것뿐이라 해도, 여자가 어떻게 반응할지 누가 알겠는가. 신부까지 쫓아줬는데도 말이다. 경찰은 머그잔을 무릎에다 튕기며, 자기가 얼마나 추운지와 여자가 얼마나 기분 나빠할지를 저울질했다.

택시는 계속 달렸다. 그레섬을 지나 켈소를 지나고 샌디를 지났다. 26번 도로에는 '후드 산 하이웨이'라는 이름이 붙었다. 경사가 가팔라졌다. 낡은 V-8 엔진이 지면을 움켜쥐듯 울컥거리며 올라갔다.

"누가 범인이죠?" 하퍼가 물었다.

"열쇠는 스포캔에서 온 폴튼의 보고서에 있소."

"그래요?"

리처가 고개를 끄덕였다. "크고 명백한 무언가. 그런데 그걸 알아차리는 데 시간이 좀 걸렸소."

"UPS 건이요? 그건 이미 다 살펴봤잖아요."

리처는 고개를 저었다. "아니. 그 전에, 허츠 렌터카 말이오."

시메카가 드라이버를 손에 들고 지하실 계단을 올라왔다. 길이가 22센티미터쯤 되는 자신이 갖고 있는 것 중 세 번째로 큰 드라이버였다. 날은 통과 뚜껑 사이에 끼울 수 있을 만큼 얇았지만 지렛대로 이용할 수 있을 만큼 넓었다.

"이게 제일 나을 것 같아요. 그 용도로 쓰기에는."

방문자가 멀찍이서 그걸 바라보았다. "괜찮겠네요. 당신이 쓰기에 편하면 돼요. 내가 아니라 당신이 쓸 거니까."

시메카가 고개를 끄덕였다.

"적당할 것 같아요."

"욕실은 어디 있죠?"

"위층에요."

"보여줄래요?"

"그럼요."

"페인트랑 드라이버도 가져오고." 방문자가 말했다.

시메카는 주방으로 돌아가 페인트 통을 집어 들었다.

"젓는 막대도 필요할까요?" 큰 소리로 물었다.

방문자가 잠시 뜸을 들였다. 새로운 절차에는 새로운 기술이 필요한 법이니까.

"그래요. 막대도 가져와요."

시메카는 길이가 30센티미터 정도 되는 막대를 드라이버와 함께 왼손에 꽉 쥐었다. 오른손으로는 페인트 통의 손잡이를 잡고 들었다.

"이쪽이에요." 시메카가 안내했다.

주방에서 나와 계단을 올라갔다. 위층 복도를 지나 침실로 들어갔다. 침실을 가로질러 욕실로 들어갔다.

"여기예요."

욕실을 살펴보던 방문자는 이제는 욕실 전문가라도 된 듯한 기분이 들었다. 그도 그럴 것이 이번이 다섯 번째였다. 중간 정도의 예산을 들인 것 같았다. 약간 구식이었지만 집의 연식에는 어울렸다. 대리석으로 화려하게 꾸몄다면 오히려 어울리지 않았을 것이다.

"바닥에 내려놔요. 알겠죠?"

시메카는 허리를 숙여 통을 내려놓았다. 금속 통이 타일에 부딪히자 안에서 희미하게 액체가 꿀렁이는 소리가 났다. 철사 손잡이를 아래로 두고 드라이버와 막대를 나란히 뚜껑에 걸쳐 올려놓았다. 방문자가 코트 주머니에서 접혀 있는 검은색 비닐 쓰레기 봉투를 꺼냈다. 털어서 봉투를 폈다.

"이 안에 옷을 넣어야 해요."

경찰은 머그잔을 손에 든 채 차에서 내렸다. 후드를 돌아 진입로로 걸어갔다. 구불거리는 마당을 지나 현관 계단까지 올라갔다. 머그잔을 다른 손으로 옮겨 쥐고는 초인종을 누를 준비를 했다. 그러다 멈칫했다. 집 안이 아주 조용했다. 피아노 소리가 들리지 않았다. 그게 좋은 신호일까, 나쁜 신호일까? 여자는 약간 강박적인 성향이 있어서, 늘 같은 곡을 반복해서 연주하곤 했다. 아마 중간에 방해받는 걸 싫어할 것이다. 그런데 지금 연주 중이 아니라는 건, 무언가 다른 중요한 일을 하고 있다는 뜻인지도 몰랐다. 어쩌면 낮잠을 자고 있을 수도 있다. FBI 요원 말로는 아침 6시에 일어난다고 했으니 오후에 낮잠 자는 습관이 있을 수도 있다. 혹은 책을 읽고 있을지도 모른다. 뭐든 하고는 있겠지만, 지금 자신이 문 앞에 나타나길 기다리며 앉아 있을 가능성은 거의 없었다. 지금까지 그런 낌새를 보인 적은 한 번도 없었으니까.

경찰은 초인종 30센티미터쯤 앞에 손을 멈춘 채 머뭇거렸다. 그러다 손을 옆으로 내리고는 몸을 돌려 다시 계단을 내려갔다. 다시 마당을 따라 진입로로 내려가 후드를 돌았다. 차에 올라타 몸을 숙여서 조수석 바닥에 머그잔을 똑바로 세워 두었다.

시메카는 어리둥절해하며 물었다.

"어떤 옷이요?"

"지금 입고 있는 옷들요." 방문자가 말했다.

시메카가 고개를 살짝 끄덕였다.

"알겠어요."

"리타, 미소가 좀 마음에 안 들어요." 방문자가 지적했다. "약간 흐트러지고 있어요."

"미안해요."

"거울 좀 봐요. 그게 행복해서 웃는 얼굴이 맞는지."

시메카가 거울을 향해 돌아섰다. 잠시 쳐다보다가 얼굴 근육을 하나씩 움직여 표정을 고치기 시작했다. 방문자가 거울 속 그녀의 모습을 지켜보았다.

"크게 웃어요. 진짜 밝게. 알겠죠?"

시메카가 다시 돌아섰다.

"이 정도면 어때요?" 최대한 활짝 미소 지으며 물었다.

"아주 좋아요." 방문자가 말했다. "날 기쁘게 해주고 싶죠?"

"네. 그러고 싶어요."

"그럼 옷을 벗어서 봉투에 넣어요."

시메카는 스웨터를 벗었다. 목 부분이 타이트한 두꺼운 니트였다. 밑단을 끌어올려 머리 위로 빼냈다. 옷을 뒤집어 펴고 몸을 숙여 봉투에 넣었다. 이번에는 여러 번 세탁해서 모양이 흐물흐물하고 부드러워진 플란넬 블라우스였다. 단추를 다 풀고 청바지의 허리띠 안으로 집어넣은 옷자락을 빼냈다. 어깨를 움직이며 벗어서 봉투에 넣었다.

"이제 좀 춥네요." 시메카가 말했다.

청바지의 단추를 풀고 지퍼를 내린 다음 다리 아래로 밀어 내렸다. 신발을 벗고 청바지에서 몸을 완전히 빼냈다. 신발과 청바지를 함께 말아서 봉투에 넣었다. 양말도 벗어서 한 짝씩 툭툭 털고 봉투에 던져 넣었다.

"서둘러요, 리타." 방문자가 재촉했다.

시메카는 고개를 끄덕이며 손을 등 뒤로 돌려 브래지어를 풀었다. 벗어서 봉투에 던져 넣었다. 팬티도 내리고 몸을 빼낸 후 공처럼 뭉쳐서 봉투에 던졌다. 방문자가 봉투의 주둥이를 묶은 뒤 바닥에 내려놓았다. 시메카는 알몸으로 선 채 기다렸다.

"욕조에 물을 받아요." 방문자가 말했다. "춥다니, 따뜻한 물로요."

시메카는 몸을 숙여 배수구를 막았다. 체인이 달려 있는 단순한 고무마개였다. 뜨거운 물 4분의 3, 찬물 4분의 1 정도로 수도꼭지를 맞췄다.

"페인트 통을 열어요." 방문자가 말했다.

시메카가 쪼그리고 앉아 드라이버를 집어 들었다. 드라이버 끝을 틈에 밀어 넣어 뚜껑을 들어 올렸다. 캔을 돌려가며 한 번, 두 번, 지렛대 삼아 밀어내자 뚜껑이 빠졌다.

"조심해요. 한 방울도 흘리면 안 되니까."

시메카는 뚜껑을 조심스레 타일 바닥에 내려놓았다. 그리고 기대에 찬 눈으로 방문자를 올려다보았다.

"욕조에 페인트를 부어요."

시메카는 양손으로 페인트 통을 집어 들었다. 통이 커서 잡기가 쉽지 않았다. 양 손바닥을 펴서 통에 꽉 밀착시켜 욕조로 옮겼다. 허리를 틀어 통을 기울였다. 페인트는 걸쭉했다. 암모니아 냄새가 났다. 페인트는 천천히 통 가장자리로 흘러나와 물속으로 부어졌다. 수도꼭지에서 쏟아지는 물줄기가 페인트를 휘감았다. 페인트는 나선형으로 소용돌이치며 무겁게 가라앉았다. 물이 나선의 가장자리를 녹이기 시작했고 옅은 녹색이 구름처럼 욕조에 번지기 시작했다. 시메카는 페인트 줄기가 가늘어지다 완전히 멈출 때까지 통을 거꾸로 들고 있었다.

"조심해요." 방문자가 말했다. "이제 통을 내려놔요. 어질러지지 않게 조심해서."

시메카는 통을 바로 세워 들고 다시 쪼그려 앉아 뚜껑 옆 타일 위에 조심스럽게 놓았다. 통 안쪽에 발라져 있는 페인트 잔여물 때문에 텅 빈 금속 소리가 약간은 눌린 듯 둔탁하게 났다.

"이제 막대기로 저어요. 잘 섞이게."

시메카는 막대를 집어 들고 욕조 가장자리에 무릎을 꿇고 앉았다. 막대기를 가라앉은 끈적한 페인트 덩어리 속으로 밀어 넣고 저었다.

"섞이고 있어요."

방문자가 고개를 끄덕였다. "그래서 라텍스 페인트를 사라고 한 거예요."

페인트가 물에 희석되며 색이 변했다. 진한 올리브색에서 축축한 숲속에 자라는 풀 같은 연한 녹색으로 바뀌었다. 걸쭉하던 액체는 우유 농도 정도로 묽어졌다. 방문자는 주의 깊게 지켜보았다. 나쁘지 않았다. 원래의 방식만큼 극적이진 않지만, 이런 상황에서 페인트를 쓰고 있다는 것만으로도 충분히 극적이었다.

"됐어요. 이제 그만해요. 막대는 통 안에 넣어요. 어지르지 않게 조심하고."

시메카는 녹색 물에서 막대를 꺼내 조심스럽게 털었다. 뒤로 손을 뻗어 빈 통 안에 똑바로 세워 두었다.

"그리고 드라이버도."

드라이버도 막대 옆에 세워 두었다.

"페인트 뚜껑을 다시 덮어요."

시메카는 뚜껑의 가장자리를 집어 통의 윗부분에 걸쳐 놓았다. 막대가 너무 길어서 끝부분이 올라왔기 때문에 살짝 기울어진 채로 뚜껑이 걸쳐졌다.

"이제 수도꼭지를 잠가요."

시메카가 욕조로 몸을 돌려 물을 잠갔다. 물은 욕조 윗부분에서 15센티미터쯤 아래까지 올라와 있었다.

"박스는 어디다 보관했었죠?"

"지하실에요. 그런데 수사팀이 가져갔어요."

방문자는 고개를 끄덕였다. "알아요. 그런데 정확히 어디였는지 기억해요?"

시메카도 따라서 고개를 끄덕였다.

"오래 놔뒀었으니까요."

"그 자리에 페인트 통을 갖다 놓으면 좋겠어요." 방문자가 말했다. "박스가 있던 바로 그 자리에. 할 수 있겠어요?"

시메카가 다시 고개를 끄덕였다.

“네. 할 수 있어요.”

철사 손잡이를 덜렁거리는 뚜껑에 닿지 않게 조심스레 위로 올렸다. 한 손으로 손잡이를 들고, 다른 손으로는 뚜껑을 누르며 통을 몸 앞으로 해서 들고 나갔다. 계단을 내려가 복도를 지나 차고를 통과해 지하실로 내려갔다. 맨발로 차가운 콘크리트 바닥 위에 선 채, 정확한 위치를 가늠하기 위해 잠시 멈춰 섰다. 그러고는 왼쪽으로 한 발 옮겨, 박스가 놓여 있었던 자리 한가운데에 페인트 통을 내려놓았다.

택시는 작은 쇼핑 센터를 지나 긴 오르막길을 버거워하며 힘겹게 오르고 있었다. 마트가 열려 있었고 양옆으로 상점들이 줄지어 있었다. 주차장은 거의 비어 있었다.

“왜 여기로 온 거죠?” 하퍼가 물었다.

“시메카가 다음 차례니까.” 리처가 말했다.

택시는 계속 버둥거리며 앞으로 나아갔다. 하퍼는 고개를 저었다.

“범인이 누군지 말해줘요.”

“어떻게 한 건지 그 방법을 생각해 보시오.” 리처가 말했다. “그게 결정적인 최종 증거니까.”

시메카가 빈 통을 오른쪽으로 2센티미터쯤 옮겼다. 꼼꼼히 확인했다. 고개를 끄덕이며 돌아서서 다시 위층으로 뛰어 올라갔다. 서둘러야 할 것 같았다.

“숨 차요?” 방문자가 물었다.

시메카가 헐떡이며 고개를 끄덕였다.

"뛰어 올라왔거든요. 여기까지."

"좋아요. 잠깐 숨 좀 돌려요."

시메카는 깊게 숨을 들이쉬며 얼굴에 붙은 머리카락을 쓸어 넘겼다.

"이제 괜찮아졌어요."

"그럼 이제 욕조 안으로 들어가야 해요."

시메카가 웃었다.

"온몸이 녹색이 되겠네요."

"그래요." 방문자가 말했다. "온몸이 녹색이 될 거예요."

시메카가 욕조 옆으로 다가가 한쪽 발을 들어 올렸다. 발가락을 오므려 물속에 넣었다.

"따뜻하네요."

방문자가 고개를 끄덕였다. "좋네요."

물속에 잠긴 발에 체중을 싣고 다른 한 발도 따라 물속으로 들여놓았다. 종아리까지 잠긴 채 그대로 서 있었다.

"이제 앉아요. 조심스럽게."

시메카는 욕조 가장자리에 손을 짚고 몸을 천천히 낮췄다.

"다리는 쭉 펴고."

다리를 곧게 펴자 무릎이 녹색 물 아래로 사라졌다.

"팔도 넣어요."

욕조 가장자리에서 손을 떼고 허벅지 옆으로 팔을 내려놓았다.

"좋아요." 방문자가 말했다. "이제 천천히 조심스럽게 몸을 미끄러뜨려요."

물속에서 몸을 앞으로 조심스럽게 밀었다. 무릎이 위로 올라왔다. 페인트의 가느다란 물줄기가 피부를 따라 흘러내리며, 무릎은 짙은 초록에서 옅은 초록까지 얼룩덜룩하게 물들어 있었다. 몸을 뒤로 눕히니 온기가 몸 위로 올라오는 것이 느껴졌다. 온기가 어깨를 감싸는 것을 느꼈다.

"머리를 뒤로 젖혀요."

고개를 뒤로 젖혀 천장을 올려다보았다. 머리카락이 물에 둥둥 떠 있는 게 느껴졌다.

"굴 먹어본 적 있어요?" 방문자가 물었다.

시메카는 고개를 끄덕였다. 머리를 움직이자 머리카락이 물속에서 빙글빙글 도는 것이 느껴졌다.

"한두 번요."

"그 느낌 기억해요? 입에 넣었다가 빠르게 통째로 삼켜버리는 느낌? 그냥 꿀꺽 넘겨버리는 느낌?"

다시 고개를 끄덕였다.

"좋았었어요."

"당신 혀를 굴이라고 생각해봐요." 방문자가 말했다.

시메카는 곁눈으로 방문자를 보며 당혹스러운 표정을 지었다.

"무슨 말인지 모르겠어요."

"혀를 삼키라는 거예요. 진짜 굴을 삼키듯 빠르게 꿀꺽."

"그게 될지 모르겠네요."

"해볼 수 있겠어요?"

"해볼게요."

"좋아요. 지금 바로 해봐요."

그녀는 열심히 집중해서 시도했다. 빠르게 뒤로 꿀꺽 삼켰다. 하지만 아무 일도 일어나지 않았다. 목구멍에서 이상한 소리만 날 뿐이었다.

"안 되는데요."

"손가락을 써요." 방문자가 말했다. "다른 사람들도 다 그렇게 해야 했어요."

"내 손가락을요?"

방문자가 고개를 끄덕였다. "손가락으로 혀를 안으로 밀어 넣어요. 다른 사람들도 그렇게 해서 됐으니까."

"알겠어요."

시메카가 손을 들어 올렸다. 완전히 섞이지 않은 페인트가 묽게 흐르며 굵은 덩어리도 따라 흘러내렸다.

"어느 손가락으로요?"

"중지로 해봐요." 방문자가 말했다. "가장 기니까."

시메카는 가운데 손가락만 펴고 나머지 손가락은 접었다. 입을 벌렸다.

"혀 바로 밑에 대고 세게 밀어 넣어요." 방문자가 말했다.

입을 더 크게 벌리고 혀를 세게 밀었다.

"이제 삼켜요."

삼켰다. 순간 공포에 질린 눈이 크게 뜨인 채로 멈추었다.

택시가 경찰차와 머리를 맞대고 멈춰 섰다. 리처가 먼저 내렸다. 긴장감 때문이기도 했지만, 한편으로는 하퍼가 요금을 내길 바랐기 때문이었다. 인도에 서서 주위를 둘러보았다. 그러고는 다시 차도로 한 발짝 내려가 경찰차 창문 쪽으로 다가갔다.

"여기 별일 없소?" 리처가 물었다.

"누구십니까?" 경찰이 물었다.

"FBI." 리처가 말했다. "이상 없는 거요?"

"배지 좀 보여주시겠습니까?"

"이 친구에게 배지 좀 보여주시오." 리처가 하퍼를 불렀다.

택시는 뒤로 빠졌다가 도로를 가로지르며 크게 방향을 틀었다. 하퍼는 지갑을 핸드백에 넣은 뒤, 왼쪽으로 고개를 돌리고 있는 독수리가 금빛 바탕 위에 금색으로 새겨진 배지를 꺼냈다. 경찰이 배지를 쓰윽 보더니 긴장을 풀었다. 하퍼가 배지를 다시 핸드백에 넣고 인도에 서서 집을 올려다보았다.

"여긴 조용합니다." 경찰이 창문 너머로 말했다.

"여자는 집 안에 있소?" 리처가 물었다.

경찰이 차고 문을 가리키며 말했다.

"방금 마트에서 돌아왔습니다."

"나갔다 왔다고?"

"외출까지 막을 수는 없어서요." 경찰이 말했다.

"차는 확인했소?"

"혼자였고 쇼핑 봉투 두 개뿐이었어요. 그리고 군종 신부 한 분이 찾아왔었습니다. 군대 일로 상담인지 뭔지 하겠다고요. 여자분이 돌려보냈고요."

리처는 고개를 끄덕였다. "그럴 거요. 종교를 믿지 않는 사람이라서."

"그렇군요." 경찰이 말했다.

"우린 안으로 들어가보겠소." 리처가 말했다.

"화장실 쓰겠다는 말은 안 하시는 게 좋을 겁니다." 경찰이 말했다.

"그건 왜?"

"방해받는 것에 예민하시더라고요."

"참고하겠소." 리처가 말했다.

"저, 이거 좀 전해주시겠습니까?" 경찰이 말했다.

그는 차 안에서 몸을 숙이더니 조수석 발밑에서 빈 머그잔을 꺼내 창문 너머로 건넸다.

"커피를 가져다주셔서요. 알고 보면 참 괜찮은 분입니다."

"그렇소. 좋은 사람이오." 리처가 말했다.

리처는 머그잔을 받아들고 하퍼를 따라 진입로로 향했다. 굽이진 마당을 지나 현관 계단을 올라 문 앞에 섰다. 하퍼가 초인종을 눌렀다. 안쪽의 광택 나는 나무 표면에 소리가 부딪혀 울리다 사라졌다. 10초를 기다렸다가 다시 눌렀다. 부르르 울려 퍼지는 금속성 소리, 그리고 메아리, 그 후에 다시 정적.

"어디 있는 걸까요?" 하퍼가 말했다.

초인종을 다시 눌렀다. 소리, 메아리, 정적. 하퍼가 걱정스러운 얼굴로 리처를 쳐다보았다. 리처는 문에 달린 자물쇠를 살폈다. 크고 묵직한 최신형 자물쇠였다. 평생 보증에 보험료 할인까지 따라붙는 그런 제품. 두꺼운 강철 재질의 걸쇠가 문틀 속에 깔끔하게 박힌 철제 결합부에 꼭 맞게 끼워져 있을 게 분명했다. 문틀은 아마 100년 전에 벌목된 오리건 소나무일 것이다. 한 세기 동안 강철처럼 단단하게 건조된 역사상 최고의 건축용 목재.

"젠장."

리처는 현관 가장자리로 물러나 경찰이 준 빈 머그잔을 난간 위에 올려놓았다. 그러고는 앞으로 내닫으며 발바닥으로 자물쇠를 내리찍었다.

"뭐 하는 거예요?" 하퍼가 소리쳤다.

리처는 몸을 돌려 다시 문을 찼다. 한 번, 두 번, 세 번. 나무가 휘어지기 시작했다. 스키 점프하는 것처럼 난간을 움켜잡고 두 번 튕긴 후 앞으로 몸을 던졌다. 다리를 쭉 펴고, 체중 110킬로그램 전체를 발뒤꿈치 크기만 한 지점에 집중시켜 자물쇠 바로 위를 내려찍었다. 문틀이 쪼개지며 문과 파편들이 함께 복도로 밀려 떨어졌다.

"위층으로!" 리처가 숨을 몰아쉬며 외쳤다.

계단을 뛰어 올라가는 리처 뒤에 하퍼가 바짝 붙어 뛰었다. 바로 보이는 방으로 몸을 틀었다. 아니었다. 값싼 침구, 싸늘하고 퀴퀴한 냄새. 게스트 룸이었다. 다음 문으로 몸을 날렸다. 그 방이었다. 정돈된 침대, 움푹 팬 자국이 남은 베개, 잠의 냄새, 협탁 위의 전화기와 물잔. 옆으로 연결된 문

하나. 그 문은 살짝 열려 있었다. 리처는 방을 가로질러 가서 그 문을 밀어 젖혔다. 욕실이었다.

거울, 세면대, 샤워 부스.

그리고 역겨운 녹색 물로 가득 찬 욕조.

욕조 안의 시메카.

그리고 줄리아 라마.

줄리아 라마가 욕조 가장자리에 걸터앉아 있다가 몸을 틀며 일어나 리처를 향해 휙 돌아섰다. 스웨터와 바지 차림에, 검은 가죽장갑을 끼고 있었다. 얼굴은 증오와 두려움으로 창백하게 질려 있었다. 겁에 질려 입이 반쯤 벌어진 사이로 비뚤어진 치아가 드러나 있었다. 리처가 라마의 멱살을 움켜쥐고 휙 돌려세워 머리를 향해 주먹을 날렸다. 맹목적인 분노와 압도적인 체중의 힘이 실린 난폭하고도 단호한 일격이었다. 거대한 주먹이 그녀의 턱 옆을 정확히 강타했고, 머리가 뒤로 꺾이며 반대쪽 벽에 튕겨져 부딪혔다. 마치 트럭에 치이기라도 한 듯 그대로 바닥으로 쓰러졌다. 리처는 라마가 쓰러지는 모습을 끝까지 보지도 않았다. 이미 다시 욕조 쪽으로 몸을 돌리고 있었기 때문이다.

시메카는 끈적한 액체 속에서 몸이 활처럼 뒤로 젖혀져 있었다. 벌거벗은 온몸은 경직되었고 눈은 부릅떠 튀어나올 듯하고 고개는 뒤로 젖혀져 고통 속에 입은 크게 벌어져 있었다.

움직임이 없었다.

호흡도 없었다.

리처는 한 손을 그녀의 목 뒤로 넣어 머리를 받치고, 다른 손의 손가락을 쭉 펴서 그녀의 입 안으로 찔러 넣었다. 혀까지 닿지 않았다. 손을 둥그랗게 말아 쥐고 주먹째 억지로 안쪽까지 밀어 넣었다. 시메카의 입은 그의 손목을 둘러싸며 섬뜩한 O자 모양으로 벌어졌고, 리처의 손은 그녀의 이빨에 긁혀 살이 찢겼다. 목구멍 깊숙이 손을 더듬으며 파고들어, 손가락 하나를 혀에 걸고 힘껏 빼냈다. 혀는 마치 살아 있는 생명체처럼 미끄러웠다. 길고 무겁고 근육질이었다. 혀는 스스로 단단히 말린 채 목구멍에서 빠져나와 다시 입 안으로 떨어졌다. 손을 빼내느라 다시 손등이 찢겼다. 인공호흡을 하려고 얼굴을 가까이 다가가던 순간, 경련에 가까운 날숨이 터져 나왔고, 이어지는 필사적인 기침 소리와 함께 시메카의 가슴이 크게 들썩이기 시작했다. 거칠고 찢어진 듯한 숨이 큰 소리를 내며 들락날락했다. 리처는 그녀의 머리를 부드럽게 감싸 안았다. 쌕쌕거리고 있었다. 목에서 갈라지고 찢어진 듯한 고통스런 숨소리가 새어 나왔다.

"샤워기 물!" 리처가 소리쳤다.

하퍼가 샤워기로 달려가 물을 틀었다. 리처는 시메카의 등 밑으로 손을 넣어 배수구에서 마개를 뽑았다. 진득한 녹색 물이 그녀의 몸 주위로 소용돌이치며 빠져나가기 시작했다. 리처는 시메카의 어깨와 무릎 아래에 손을 넣어 그녀를 들어 올렸다. 일어나서 한 걸음 뒤로 물러서며 욕실 한가운데로 나와 안고 섰다. 끈적거리는 녹색 물이 사방으로 뚝뚝 떨어졌다.

"이걸 다 씻어내야 하는데." 리처가 어찌할 바를 몰라 하며 말했다.

"내가 할게요." 하퍼가 부드럽게 말했다.

하퍼는 시메카의 겨드랑이 아래로 팔을 넣어 끌어안고 옷을 입은 채로 그대로 샤워 부스로 들어갔다. 부스 안 구석에 몸을 밀어 넣고, 술 취한 사람처럼 축 늘어진 시메카의 몸을 붙잡고 똑바로 세웠다. 샤워 물줄기를 맞자 녹색이 옅어지기 시작하더니 점차 그 아래로 피부가 붉게 드러났다. 하

하퍼는 그녀를 꼭 끌어안고 2분, 3분, 4분을 버텼다. 속옷까지 흠뻑 젖었고, 옷에는 녹색 물감이 온통 번졌다. 하퍼는 샤워 물줄기가 시메카 몸에 구석구석 닿도록 기괴한 동작의 춤을 추듯 몸을 움직였다. 그런 다음 조심스럽게 뒤로 물러나 시메카의 머리카락에서 끈적한 녹색 물을 씻어내기 시작했다. 하지만 녹색 물은 끝도 없이 계속 흘러나왔다. 하퍼는 지쳐가고 있었다. 페인트는 미끈거렸고, 시메카의 몸은 손아귀에서 자꾸 빠져나갔다.

"수건 가져와요. 가운도 찾아봐요." 하퍼가 숨을 헐떡이며 말했다.

수건은 라마가 축 늘어져서 쓰러져 있는 곳 바로 위에 줄지어 달려 있는 고리에 걸려 있었다. 리처가 수건 두 장을 빼냈고, 하퍼는 비틀거리며 샤워 부스에서 나왔다. 리처가 수건을 앞으로 펴 들자, 하퍼가 시메카를 그에게 넘겼다. 리처는 시메카를 받아서 두툼한 수건으로 둘둘 감쌌다. 하퍼는 쉭쉭거리는 샤워기 물을 잠그고 다른 수건을 집어 들었다. 갑작스러운 정적 속에서 숨을 거칠게 몰아쉬며 얼굴을 닦았다. 리처는 시메카의 발이 바닥에 닿지 않도록 들어 올려 욕실에서 침실로 옮긴 뒤 조심스럽게 침대에 눕혔다. 몸을 숙여 젖은 머리카락을 얼굴에서 걷어주었다. 그녀는 여전히 쌕쌕거리며 숨을 몰아쉬고 있었다. 눈은 떴지만 초점이 없었다.

"괜찮은 거예요?" 하퍼가 물었다.

"모르겠소." 리처가 대답했다.

시메카의 호흡을 지켜보았다. 가슴이 방금 장거리를 달린 것처럼 다급하게 오르락내리락 반복하고 있었다.

"괜찮은 것 같소. 숨은 쉬고 있으니."

손목을 잡고 맥을 짚었다. 맥박은 뚜렷했고 강하고 빨랐다.

"괜찮소. 맥박도 좋고."

“병원에 데려가야 해요.”하퍼가 강하게 말했다.

“여기가 더 나을 거요.”리처가 말했다.

“하다못해 진정제라도 필요할 거예요. 완전 충격이었을 텐데.”

리처가 고개를 절레절레 흔들었다. “곧 깨어날 텐데 아무것도 기억 못할 거요.”

하퍼가 그를 노려보았다. “무슨 소리예요?”

리처는 하퍼를 올려다보았다. 가운을 들고 서 있었다. 속옷까지 다 젖었고, 온통 물감이 배어 있었다. 올리브색으로 변한 셔츠는 속이 훤히 비쳤다.

“최면에 걸려 있었소.”리처가 말했다.

욕실 쪽으로 고갯짓을 했다.

“전부 다 그렇게 한 거였소. 처음부터 끝까지, 전부. 저 여자가 바로 FBI 최고의 전문가였으니까.”

“최면이라고요?”하퍼가 반문했다.

리처는 목욕 가운을 받아 시메카의 축 늘어진 몸 위에 덮어주었다. 가운을 단단히 여며주고, 고개를 숙여 숨소리를 다시 들었다. 숨소리는 여전히 거칠었지만 서서히 느려지고 있었다. 깊은 잠에 빠진 사람처럼 보였는데도 텅 빈 눈은 크게 뜨인 채 허공을 향하고 있었다.

“믿기지가 않네요.”하퍼가 말했다.

리처는 수건 귀퉁이로 시메카의 얼굴을 닦아주었다.

“전부 다 그렇게 한 거였소.”리처가 다시 말했다.

리처는 엄지손가락으로 시메카의 눈을 감겨주었다. 그래야 할 것 같았다. 그녀는 숨이 좀 잦아들더니 고개를 조금 돌렸다. 젖은 머리카락이 베개 위에 끌렸다. 고개를 반대쪽으로 돌리더니 꿈속에서 헤매는 사람처럼 베개에 얼굴을 문질렀다. 하퍼는 그 모습을 가만히 바라보았다. 그러고는 몸을 돌려 욕실 문을 노려보면서 거기다 대고 말하듯 물었다.

"언제 알았어요?"

"확신한 건 어젯밤이었소."

"근데 어떻게요?"

리처는 시메카의 머리에서 흘러나오는 묽은 녹색 액체를 다시 수건으로 닦아냈다.

"난 그저 계속 같은 자리만 맴돌았었소. 처음부터 계속, 며칠이고 내내, 생각하고 또 생각하고 또 생각하고…… 정말 미쳐버릴 지경이었지. 온통 '혹시 이건가?' 하는 생각뿐이었소. 그러다 '그렇다면 다른 건 뭐가 있지?'로 바뀐 거요."

하퍼가 집중해서 쳐다보고 있었다. 리처는 시메카의 어깨에 덮인 목욕 가운을 더 위로 끌어올렸다.

"범행 동기가 틀렸다는 건 알고 있었소." 리처가 말했다. "처음부터 쭉. 그런데 이해가 안 됐소. 그 사람들, 다 똑똑하잖소. 그런데 그렇게까지 틀릴 수가 있나? 그래서 나 스스로에게 계속 물었소. 왜지? 왜 갑자기 전부 바보가 된 거지? 직업적 전문성에 사로잡혀서 눈이 멀어버린 건가? 처음엔 그렇다고 생각했소. 원래 큰 조직 안에 있는 작은 부서는 방어적일 수밖에 없잖소, 본능적으로. 복잡한 문제를 풀어내라고 월급 받는 심리학자들이 '이건 지극히 평범한 사건입니다'라는 답을 내놓을 수는 없겠지. 그게 무의식적인 방어일 수도 있다고 생각했소. 하지만 결국 그 생각은 접었지. 그건 너무 무책임한 해석이었으니까. 그래서 그 지점에서 계속 돌고 돌았소. 결국 유일하게 남은 답은, 그 사람들이 틀린 이유가, 틀리고 싶어서 틀렸다는 거였소.”

“라마가 범행 동기를 주도하고 있다는 걸 알게 된 거군요. 사실상 그 여자의 사건이었으니까요. 그래서 라마를 의심한 거고요.”

리처가 고개를 끄덕였다.

“맞소. 앨리슨이 죽자마자, 라마가 그랬을 수도 있다는 생각이 들었소. 둘은 가까운 관계였고, 당신 말대로 가까운 가족 관계에서는 늘 뭔가가 있으니까. 그래서 자문해봤소. 만약 범행 전부를 라마가 저지른 거라면? 처음 세 건의 무작위성 뒤에 자신의 개인적 동기를 숨기려는 거라면? 하지만 그게 어떻게 가능한지, 왜 그렇게 해야 하는지 도무지 보이지가 않았소. 개인적인 동기가 없어 보였거든. 둘이 절친한 사이까지는 아니었지만 그럭저럭 잘 지냈고 유산도 공평하게 나눠 받을 예정이었소. 질투할 이유가 없었지. 게다가 라마는 비행기를 못 타는데 어떻게 그런 범행을 할 수 있겠소?”

“그런데요?”

“그런데 결정적인 게 튀어나온 거요. 앨리슨이 했던 말이 한참 지나서야 생각이 났지. 자기 아버지가 곧 돌아가실 것 같다고 하면서 ‘자매끼리면 서로 챙겨줘야 하잖아요. 안 그래요?’라고 한 거 말이오. 그땐 감정적인 돌봄 같은 걸 말하는 줄 알았소. 그러다 문득 생각이 든 거요. 혹시 다른 의미일 수도 있지 않을까? 사람들은 ‘챙겨준다’는 표현을 다른 의미로도 쓰잖소. 뉴욕에서 우리가 같이 커피 마셨을 때 직원이 계산서를 가져오니까 당신이 ‘내가 챙길게요’라고 했었소. 그건 날 생각해서 내 몫까지 내주겠다는 뜻이었겠지. 그래서 이렇게 생각해봤소. 혹시 앨리슨도 그런 식으로 말을 했던 게 아닐까? 만약 앨리슨이 유산을 전부 자신이 받게 될 거란 걸 알고 있었고, 그 때문에 줄리아가 완전히 예민해져 있는 상태라면? 그래서 그게 신경 쓰였던 앨리슨이 줄리아한테 '내가 챙겨줄게'라고 말한 거라면? 예전에 줄리아가 나한테 말하길, 아버지가 유산을 앨리슨과 절반씩 나눠줄 거고, 평소에도 너그럽고 공평했던 아버지 덕에 자기는 이미 부자라고 했었소. 그때 갑자기 이런 생각이 들었지. 줄리아가 거짓말을 하고 있는 거라면? 그 노인이 실제로는 너그럽지도 공평하지도 않다면? 줄리아가 부자가 아니라면?"

"저 여자가 거짓말을 하고 있었던 거라고요?"

리처는 고개를 끄덕였다. "그래야만 말이 되더군. 갑자기 모든 게 맞아떨어졌소. 줄리아가 부자처럼 안 보인다는 걸 깨달았지. 옷도, 가방도 다 싸구려고."

"그런 걸 보고 판단한다고요?"

리처는 어깨를 으쓱했다. "애초에 카드로 지은 집 같은 추리라고 했잖소. 그런데 내 경험상 월급 외의 돈이 있는 사람은 어디엔가 티가 나기 마련이오. 은근해서 잘 드러나지 않을 수도 있지만, 어쨌든 그런 게 보인다고. 근데 줄리아 라마는 그런 게 없었소. 그렇다면 가난한 거지. 거짓말을 한 거요. 그리고 조디가 말해준 게 있소. 자기 로펌에는 '그래서-또-뭐?'라는 사고방식이 있다고. 누가 뭔가를 속이고 있으면, 그래서 또 뭐를 속이고 있는 걸까, 의심한다는 거였소. 그래서 생각했지. 혹시 자매 사이가 좋다는 게 거짓말이면? 여전히 어릴 때처럼 미워하고 질투하고 있는 거라면? 그리고 유산을 공평하게 나눈다는 것도 거짓말이면? 사실은 전혀 못 받게 되어 있다면?"

"확인해봤어요?"

"내가 그걸 어떻게 확인하겠소? 하지만 당신이라면 확인해볼 수 있을 거요. 딱 들어맞는 건 이거 하나뿐이니까. 그래서 또 생각했지. 그럼 대체 또 뭐가 있지? 전부 다 거짓말인 거 아닌가? 비행기를 못 탄다는 것도? 너무 크고 명백해서 아무도 의심하지 않는, 그럴듯한 거짓말. 내가 당신한테 물어봤잖소. 어떻게 비행기를 안 타고 일을 하냐고. 당신은 사람들이 그냥 그걸 자연법칙처럼 받아들이고 그에 맞춰 움직인다고 했고. 우리도 그랬소. 저 여자 의도대로 된 거요. 그 설정 덕분에 절대 범인일 수 없게 되었으니까. 하지만 거짓말이었소. 틀림없이. 저 여자가 비행공포증이란 건 너무 비논리적이오."

"그건 거짓인지 아닌지 판별하기 힘들잖아요. 내 말은, 비행기를 타면 타는 거고, 못 탄다고 하면 못 타는 거니까."

"저 여자도 예전에는 탔었소. 나한테 그렇게 말했지. 그러다가 비행기를 타는 게 싫어져서 안 타게 된 걸로 꾸몄을 거요. 그래서 더 그럴듯해 보였고. 지금 저 여자를 아는 사람은 아무도 저 여자가 비행기 타는 걸 본 적이 없소. 다들 그 말을 믿은 거지. 하지만 진짜로 필요하다면 비행기를 탔을 거요. 그럴 가치가 있다면 말이지. 그리고 이건 그럴 만한 가치가 있었고. 당신이 평생 목격하지 못할 만큼 강력한 동기였으니까. 앨리슨이 전부 다 가져갈 판인데 그걸 자기 걸로 돌리고 싶었으니. 저 여자는 신데렐라인데 질투와 원망, 증오로 들끓는 신데렐라였소."

"감쪽같이 속았네요." 하퍼가 말했다. "정말로."

리처는 시메카의 머리를 쓸어 넘겼다.

"모두 다 속였소." 리처가 말했다. "그래서 지리적으로 제일 먼 곳에서부터 시작한 거요. 사람들 생각을 지리적 요건, 활동 반경, 이동 범위, 거리 같은 것에 쏠리도록 유도한 거지. 무의식적으로 자신은 그림 밖으로 배제시키려고."

하퍼는 한동안 말이 없었다. "하지만 정말 충격받은 것처럼 보였잖아요. 울기도 했고. 우리 앞에서."

리처는 고개를 저었다. "충격받은 게 아니었소. 겁먹은 거였지. 그때가 가장 위험한 순간이었으니까. 그 직전 상황을 기억해 보시오. 며칠 쉬라고 했는데도 버텼잖소. 부검 결과에서 어떤 후폭풍이 나올지 모르니까, 상황을 통제하려고 안 가고 있었던 거요. 그리고 내가 범행 동기에 대해 의문을 제기하기도 했고. 그때부터 엄청나게 긴장했을 거요. 내가 방향을 제대로 짚기 시작한 걸 눈치챈 거지. 그런데 내가 군 내부의 무기 도난 얘기를 꺼내니까 그때 울었소. 속상해서 운 게 아니라 안도감에 눈물이 났겠지. 아직은 안전하다는 생각이 들어서. 내가 아직 밝혀내지 못했으니까. 그리고 그다음에 라마가 어떻게 했는지 기억하시오?"

하퍼는 고개를 끄덕였다. "무기 도난에 대한 당신의 주장을 지지했죠."

"맞소." 리처가 말했다. "내 주장을 밀어주기 시작했지. 내가 하지도 않은 말까지 덧붙여 가면서. 사고의 폭을 넓혀야 한다느니, 전력을 다해야 한다느니 하면서 말이오. 내 주장에 올라탔소. 그쪽이 틀린 방향이라는 걸 알고 있으니까. 완전히 다른 방향으로 우리를 몰고 가기 위해서. 완전 즉흥 연기였지만 꽤 머리를 굴린 거지. 하지만 문제는 충분히 머리를 굴리진 못했다는 거요. 왜냐하면 그 방향 자체가 처음부터 헛소리였거든. 거기엔 뻥 뚫린 허점이 있었소."

"무슨 허점이요?"

"무기 도난을 목격한 열한 명과, 사건 후에도 여전히 혼자 사는 걸로 보이는 열한 명의 여성과 딱 일치한다는 건 말도 안 되는 우연 아니오? 내가 그건 실험이기도 했다고 당신에게 말했잖소. 누가 그 가설을 안 받아들이는지 보려는 거였소. 폴튼만 받아들이지 않았소. 블레이크는 제외요. 라마가 상처받은 줄 알고 같이 동요하고 있었으니까. 근데 라마는 내 가설을 끝까지 밀어줬소. 아주 강하게. 왜냐면 그래야 자신이 안전하니까. 그러고는 동정을 한 몸에 받으면서 집으로 갔소. 실제로 간 건 아니었지만. 라마는 가방만 챙겨서 바로 나왔을 거요. 그러고는 곧장 이리로 날아와서 작업을 시작했겠지."

하퍼의 얼굴에서 핏기가 사라졌다.

"그때 실제로 자백을 했었네요. 여기로 오기 전에 바로 그 자리에서. 기억나요? '내가 동생을 죽인 거예요'라고 했었잖아요. 자기가 시간을 낭비해서 그런 거라면서. 근데 그게 진짜였던 거네요. 미친년의 농담이었다고요."

리처는 고개를 끄덕였다. "완전히 미친 거지. 계부의 돈 때문에 여자 네 명을 죽였소. 게다가 그 페인트 장난은? 처음부터 너무 이상했잖소. 너무 기이해서 오히려 압도당할 정도였지. 그런데 실제로 실행에 옮기긴 정말 어려운 일이었소. 그걸 실제로 하다니. 얼마나 번거로웠겠소? 뭐 하러 그런 속임수를 썼을까?"

"우릴 헷갈리게 하려고."

"겨우 그걸 위해서?"

하퍼가 천천히 말했다. "즐겼던 거죠. 진짜 미친년이니까."

"완전히." 리처가 다시 말했다. "하지만 아주 똑똑하긴 했소. 누가 그런 계획을 세우겠소? 아마 2년 전부터 시작했을 거요. 계부는 병에 걸리고 비슷한 시기에 동생은 전역을 하고. 그 시점부터 계획을 짜기 시작한 거요. 아주 꼼꼼하게. 동생한테서 피해자 모임 명단을 받아내고, 혼자 사는 게 분명해 보이는 여자들을 골라냈겠지. 그리고 주말마다 비행기로 열한 명 모두를 몰래 방문한 거요. 여자가 FBI 배지를 들고 나타나면 어디든 들어갈 수 있었을 테니까. 마치 당신이 앨리슨의 집에 들어갔던 것처럼. FBI 배지를 단 여자라면 누구나 안심할 테니까. 그런 다음 피해자들에게 FBI가 드디어 군을 잡으려 한다고 이야기했을 거고 피해자들 입장에서는 그게 통쾌했겠지. 그러고는 각자 집 거실에 앉혀 놓고 이렇게 물었을 거요. '배경 조사를 위해 최면 좀 걸어도 괜찮을까요?' 하고."

"자기 동생까지 포함해서요? 하지만 어떻게 비행기 타고 온 걸 앨리슨에게 감추고 그렇게 할 수 있었을까요?"

"앨리슨은 콴티코로 불러들였소. 앨리슨이 그랬잖소. 줄리아가 심층 배경 조사를 한다며 콴티코로 불렀다고. 하지만 실제론 배경 정보에 대한 질문은 전혀 없었을 거요. 질문 자체가 없었겠지. 그 대신, 앞으로 할 일에 대한 지시만 있었을 거요. 다른 피해자들한테도 똑같이 했을 거고. 로레인 스탠리는 그때도 복무 중이었으니 페인트를 훔쳐서 숨기라고 시켰을 거요. 다른 사람들한테는 나중에 박스가 하나 올 거라고 말해줬을 거고 그걸 보관하라고 했겠지. 또 자기가 다시 찾아올 거라고도 말해뒀을 거요. 그리고 그동안 누가 무슨 질문을 해도 입을 열지 말라고 했을 거고. 거짓 룸메이트, 택배 오배송 같은 허튼 이야기까지 각본으로 짜서 주입시켰을 거요."

하퍼는 고개를 끄덕이며 욕실 문 쪽을 노려보았다.

“그러고 나서 스탠리한테 페인트 박스 배송을 개시하라고 지시한 거네요.” 하퍼가 말했다. “그러고는 플로리다로 다시 가서 에이미 캘런을 죽였고요. 그다음은 캐롤라인 쿡. 쿡을 죽이면 바로 연쇄 살인 패턴이 형성될 거란 걸 알고 있었던 거예요. 그럼 사건은 자연스럽게 콴티코에 있는 블레이크 팀에게 떨어질 테고, 바로 거기 앉아서 수사 방향을 틀기 시작한 거죠. 젠장, 내가 그걸 짚어냈어야 했는데. 그 사건에 자기가 꼭 관여하겠다고 고집했거든요. 그리고 끝까지 붙어 있겠다고도 했죠. 완벽했어요. 프로파일링도 저 여자가, 군대가 범행 동기라고 주장한 것도 저 여자, 군인이 범인일 거라고 한 사람도 저 여자, 심지어 우리가 찾는 유형의 예시로 당신까지 끌어들였어요.”

리처는 아무 말도 하지 않았다. 하퍼는 문 쪽만 노려보았다.

“근데 진짜 목표는 앨리슨 하나뿐이었군요.” 하퍼가 말했다. “그래서 간격을 줄인 것 같네요. 너무 흥분해서, 기다릴 수 없었으니까.”

“우리로 하여금 대신 정찰하게 만든 거요.” 리처가 말했다. “앨리슨의 집에 대해 물어본 거 기억하시오? 원래의 간격을 포기했으니까 직접 정찰할 시간이 없었고, 그걸 우리한테 대신 시킨 거요. 외진 곳이냐고, 문은 잠가 놓느냐고 물어보면서.”

“앨리슨이 죽던 날 줄리아는 비번이었어요. 일요일이라 콴티코는 조용했죠. 일요일이니까 아무도 신경 쓰지 않을 걸 알고 있었던 거예요. 아무도 없다는 것도 다 알고 있었고.”

“머리가 정말 비상하군.” 리처가 말했다.

하퍼는 고개를 끄덕였다. “그래서 현장 어디에도 증거가 없었던 거네요. 우리가 현장에서 뭘 찾는지 잘 알고 있었으니까.”

"게다가 여자고." 리처가 말했다. "수사팀은 남자를 찾고 있었소. 줄리아 라마가 그렇게 몰아갔으니까. 렌터카도 마찬가지였소. 조회하면 여자 이름이 뜰 거고 무시될 거라는 걸 알았지. 실제로도 그랬고."

"그런데 누구 명의로 빌린 거죠?" 하퍼가 물었다. "렌터카 대여에는 신분증이 필요한데."

"항공사도 마찬가지." 리처가 말했다. "분명 신분증을 서랍 가득 갖고 있을 거요. FBI가 감옥에 보낸 여성들의 신분증 말이오. 날짜와 장소를 맞춰보면 알 수 있겠지. 사건과 관련 없는 여자들의 이름, 아무 의미 없는 이름들이."

하퍼는 자책하는 표정이었다. "내가 그 메시지를 전달했어요. 렌터카 업체에서 온 거. '허츠 건은 허탕이었어요. 그냥 출장 온 여자였대요.' 내가 그렇게 말했다고요."

리처는 고개를 끄덕였다. "진짜 똑똑한 여자요. 심지어 피해자 집에 있을 땐 피해자와 옷도 똑같이 입었던 것 같소. 지켜보고 있다가 피해자가 원피스를 입으면 자기도 면 원피스를 입고, 바지를 입으면 자기도 바지를 입고. 여기서도 시메카처럼 낡은 스웨터를 입고 있는 식으로. 그래야 섬유 조각이 남더라도 피해자 거라고 하면서 넘어갈 테니까. 앨리슨이 무슨 옷을 입었는지 우리한테 물어봤던 거 기억하시오? 정찰할 시간이 없었으니 빙 돌려서 우리한테 물어본 거였소. '카우보이 차림에, 검게 그을린 피부에, 예쁘고 스포티한 모습'이었냐고. 우리가 그렇다고 했으니 틀림없이 청바지에 부츠 차림으로 들어갔겠지."

"그리고 앨리슨이 미워서 얼굴에 상처를 낸 거고요."

리처는 고개를 저었다.

"아니. 그건 내 잘못이오. 그 여자 앞에서 현장에 폭력 흔적이 없다고 계속 의문을 제기했잖소. 그래서 다음 사건부터 일부러 흔적을 남긴 거요. 내가 그런 말을 하지 말았어야 했는데."

하퍼는 아무 말도 하지 않았다.

"저 여자가 이리로 올 거라는 것도 그래서 안 거요." 리처가 말했다. "왜냐하면 처음부터 나 같은 유형의 사람이 범인일 거라고 상정하고 흉내 내고 있었으니까. 그런데 내가 다음 차례는 시메카라고 말했잖소. 그래서 조만간 이리로 올 거라는 걸 알았지. 다만 저 여자가 예상보다 좀 빨랐고, 우리가 좀 느렸소. 라마는 전혀 시간을 낭비하지 않았소."

하퍼가 욕실 문을 힐끔 쳐다보았다. 몸서리를 치며 고개를 돌렸다.

"최면 얘긴 어떻게 알아냈어요?"

"다른 것들과 비슷한 논리로." 리처가 말했다. "누가, 왜 했는지는 알겠는데, '어떻게' 부분이 불가능해 보여서 계속 생각이 맴돌았소. 콴티코를 벗어나고 싶었던 것도 그 때문이오. 생각할 공간이 필요했거든. 꽤 오래 걸렸소. 하지만 결국 그게 유일한 가능성이었소. 그러면 모든 게 다 설명되니까. 그 수동성, 복종, 체념. 현장이 왜 그렇게 깨끗했는지, 범인이 피해자들에게 손끝 하나 안 댄 것처럼 보였던 이유도. 실제로 손끝 하나 안 댔으니까. 그냥 다시 최면을 걸고 차례차례 지시했을 뿐이오. 피해자들이 스스로 다 한 거지. 욕조에 물을 채우고, 자기 혀를 삼키는 것까지 전부 스스로. 저 여자가 한 일은 딱 하나였소. 내가 한 것처럼, 혀를 다시 빼낸 거요. 병리학자들이 눈치 못 채게."

"근데 사인이 혀라는 건 어떻게 알았어요?"

리처는 잠시 말을 멈췄다.

“당신과 키스하면서.” 리처가 말했다.

“나랑 키스하면서요?”

리처가 웃었다. “당신 혀가 아주 끝내줬소, 하퍼. 그 덕분에 생각이 좀 트였지. 스태블리 박사의 부검 소견에 들어맞는 건 혀뿐이었거든. 그런데 누가 자기 혀를 삼키게 만들 수 있겠냐고, 말도 안 된다고 생각했지. 그러다가 범인이 라마고, 저 여자가 최면술사라는 걸 떠올리자 모든 퍼즐이 딱 맞아떨어졌소.”

하퍼는 침묵했다.

“그리고.” 리처가 말했다.

“뭔데요?”

“날 처음 만났던 바로 그날 밤, 라마가 내게 최면을 걸어보겠다고 하더군. 말로는 심층 배경 조사라고 했지만, 겉으론 내가 열심히 수사하는 것처럼 보이게 만들고 실제론 헛다리만 짚게 하려던 뻔한 속셈이었소. 블레이크가 자꾸 해보라고 들볶았지만 거절했지. 그러다 벌거벗고 5번가를 뛰게 만들지도 모른다며 둘러댔소. 근데 거의 그렇게 될 뻔했군.”

하퍼가 몸서리를 쳤다. “어디까지 하려고 했을까요?”

“아마 한 번 더.” 리처가 말했다. “여섯 명이면 충분했을 거요. 여섯으로 끝을 봤겠지. 그러면 백사장에서 모래알 하나 찾기니까.”

하퍼가 침대로 다가와 리처 옆에 앉았다. 목욕 가운으로 덮인 채 꼼짝 않고 있는 시메카를 내려다보았다.

“괜찮을까요?”

“아마도.” 리처가 말했다. “엄청나게 강한 사람이니까.”

하퍼가 리처를 슬쩍 쳐다보았다. 셔츠와 바지가 젖어서 얼룩져 있었다.

팔은 어깨까지 온통 녹색 범벅이었다.

"다 젖었네요." 하퍼가 무심히 말했다.

"당신도 그렇소. 나보다 더 많이."

하퍼는 고개를 끄덕였다. 그리고 조용해졌다.

"둘 다 젖었네요." 하퍼가 말했다. "하지만 적어도 이젠 끝났어요."

리처는 아무 말도 하지 않았다.

"성공이네요." 하퍼가 말했다.

몸을 숙인 하퍼가 젖은 팔로 리처의 목을 감쌌다. 그를 가까이 끌어당겨 입술에 강하게 키스했다. 리처는 그녀의 혀가 입술에 닿는 것을 느꼈다. 그런데 곧 혀의 움직임이 멈췄다. 하퍼가 입을 뗐다.

"기분이 이상해요." 하퍼가 말했다. "이제 앞으로 키스할 때마다 혀 때문에 찜찜한 생각이 들 것 같아요."

리처는 아무 말도 하지 않았다.

"그렇게 죽는 건 끔찍해요." 하퍼가 말했다.

리처가 하퍼를 바라보며 웃었다.

"말에서 떨어지면 바로 다시 올라타야 하는 법이오."

리처는 몸을 숙여 하퍼의 머리 뒤를 한 손으로 감싸고 가까이 끌어당겼다. 그리고 입을 맞췄다. 하퍼는 일순간 완전히 굳어 있었다. 그러다 곧 응했다. 그들은 한참 키스를 나눴고 하퍼는 수줍은 미소를 지으며 몸을 뗐다.

"가서 라마를 깨우시오." 리처가 말했다. "체포하고 심문하시오. 당신 앞에는 큰 사건이 기다리고 있소."

"나한테 입을 열까요?"

리처는 잠든 시메카의 얼굴을 내려다보았다.

"열 거요." 리처가 말했다. "입을 다물면, 첫 번째로는 내가 팔을 부러뜨릴 거라고 하시오. 두 번째로는 뼈를 갈아버릴 거라고 하고."

하퍼는 다시 몸서리를 치며 돌아섰다. 일어서서 욕실로 나갔다. 침실은 조용해졌다. 어디에서도 아무 소리도 나지 않고 시메카의 숨소리만 거칠지만 규칙적으로 들렸다. 잠시 후 하퍼가 얼굴이 하얗게 질린 채로 다시 들어왔다.

"입을 안 열어요." 하퍼가 말했다.

"그걸 어떻게 알지? 아직 아무것도 안 물어봤잖소."

"죽었어요."

정적.

"당신이 죽였어요."

정적.

"아까 때렸을 때."

정적.

"목이 부러졌어요."

그때 아래층 복도에서 육중한 발소리가 들려왔다. 이어서 계단을 올라오는 소리가 들렸다. 침실 밖 복도에 다다랐다. 경찰이 방으로 들어왔다. 머그잔을 들고 있었다. 현관 난간에서 챙겨 온 것이었다. 경찰이 그들을 쳐다보면서 물었다.

"대체 무슨 일입니까?"

31

　일곱 시간이 지나 자정을 훌쩍 넘긴 시각이었다. 리처는 FBI 포틀랜드 지부 내 유치장에 홀로 갇혀 있었다. 그 경찰이 상관에게 연락했고, 상관은 FBI 연락망에 신고했으며, 포틀랜드는 콴티코에, 콴티코는 후버 빌딩에, 후버 빌딩은 다시 뉴욕에 전화를 돌렸다는 사실을 리처도 알고 있었다. 경찰관이 그 모든 정보를 들뜬 목소리로 숨가쁘게 전해 주었다. 곧이어 그의 상관이 직접 나타났고 그는 입을 다물었다. 하퍼는 어디론가 사라졌고, 구급차가 도착해 시메카를 병원으로 이송했다. 리처는 경찰이 이의 없이 FBI에게 관할권을 넘긴다는 소리를 들었다. 그러고는 포틀랜드 소속 FBI 요원 두 명이 와서 리처를 체포했다. 수갑을 채우고 시내로 데려가 유치장에 밀어 넣은 뒤, 그대로 방치해 둔 상태였다.

　유치장 안은 더웠다. 옷은 한 시간 만에 말라서 판자처럼 뻣뻣해졌고, 올리브색 페인트 얼룩이 그대로 남아 있었다. 그 외에는 아무 일도 없었다. 관련 인원이 모이는 데 시간이 걸리는 것 같았다. 그들이 포틀랜드로 오는 건지, 아니면 자기를 콴티코로 이송하려는 건지 궁금했다. 아무도 설명해주지 않았다. 아무도 가까이 오지 않았다. 완전히 혼자 남겨져 있었다. 갇혀 있는 내내 시메카가 걱정되었다. 응급실에서 낯선 사람들이 그녀를 들쑤시며 이리저리 살피는 모습이 떠올랐다.

자정 넘어까지 조용했다. 그러다 상황이 달라지기 시작했다. 건물 안에서 이런저런 소리가 들려왔다. 누군가 도착하는 소리, 다급한 대화. 처음 눈에 띈 사람은 넬슨 블레이크였다. 그들이 이리로 오는 거라고 생각했다. 입장을 정리하고 리어젯에 시동을 걸었음이 분명했다. 시간이 딱 맞아떨어졌다. 안쪽 문이 열리고 블레이크가 창살 앞을 지나가며 감방 안을 흘끗 들여다보았다. 그의 표정이 뭔가 말하고 있었다. **자네 이번엔 진짜 큰일났어.** 지치고 긴장한 표정이었다. 붉은 얼굴인데도 창백해 보였다.

다시 조용히 한 시간이 지나갔다. 새벽 1시가 넘어서 앨런 디어필드가 뉴욕에서 바로 도착했다. 안쪽 문이 열리고, 그가 침울한 표정으로 묵묵히 들어섰다. 두꺼운 안경 너머로 붉게 충혈된 눈이 보였다. 잠시 멈춰 서서 창살 사이로 눈길을 줬다. 며칠 전 밤 내내 보였던, 속내를 알 수 없는 그 무표정한 시선이었다. **네놈이 바로 그놈이군.**

디어필드가 다시 밖으로 나갔고 아무 일 없이 한 시간이 더 지나갔다. 2시가 넘어 현지 요원이 열쇠꾸러미를 가지고 들어와서 문을 열었다.

"얘기 좀 합시다."

요원은 리처를 감방 구역 밖의 복도로 데리고 나갔다. 복도를 따라 내려가면 회의실이었다. 뉴욕보다는 작았는데 싸구려 분위기는 마찬가지였다. 조명도 같고, 커다란 회의 테이블이 놓인 것도 같았다. 디어필드와 블레이크가 테이블 한쪽에 함께 앉아 있었다. 반대편에 의자가 하나 놓여 있었다. 리처는 돌아가서 그 의자에 앉았다. 한참 침묵이 흘렀다. 아무도 입을 열지 않았고 아무도 움직이지 않았다. 블레이크가 먼저 몸을 앞으로 숙였다.

"우리 요원이 죽었어." 블레이크가 입을 뗐다. "간단히 넘길 수 없네."

리처가 그를 바라보았다.

"여성 네 명이 죽었지. 다섯이 될 뻔했고."

블레이크가 고개를 저었다. "다섯이 될 일은 절대 없었어. 상황은 우리가 이미 통제하고 있었으니까. 다섯 번째 피해자를 구조하려고 라마가 막 도착한 참이었는데 자네가 죽인 거야."

방 안은 다시 조용해졌다. 리처가 천천히 고개를 끄덕였다.

"그게 당신들 입장인가?"

디어필드가 고개를 들었다.

"꽤 설득력 있는 시나리오 아닌가? 혼자서 뭔가 찾아낸 라마가 비행 공포도 이겨내고 범인을 바짝 뒤쫓아 여기까지 날아온 뒤, 정확한 타이밍에 도착해서 응급 조치를 하려던 참인데 자네가 들이닥쳐서 그녀를 친 거지. 라마는 영웅이 되고 자네는 연방 요원 살해범으로 기소되는 거고."

다시 정적이 흘렀다.

"시간 계산은 해봤나?" 리처가 물었다.

블레이크가 고개를 끄덕였다. "물론이지. 라마가 동부 시간으로 아침 9시에 집에 있었다 치면 태평양 시간으로 오후 5시까지는 포틀랜드 외곽에 도착할 수 있어. 열한 시간이나 있지. 갑자기 뭔가 떠올라서 내셔널 공항으로 달려가 비행기를 타기엔 충분한 시간이야."

"경찰이 범인이 집에 들어가는 걸 봤나?"

디어필드가 어깨를 으쓱했다. "경찰이 졸고 있었던 걸로 보이는군. 이 촌놈들, 어떤지 잘 알잖아?"

"군종 신부가 찾아왔을 땐 깨어 있었는데?"

디어필드는 고개를 저었다. "육군 쪽에선 신부를 보낸 적이 없다고 할 거야. 그 경찰이 꿈을 꾼 게 틀림없어."

"라마가 그 집에 들어가는 건 봤고?"

"그때도 졸고 있었고."

"그럼 라마는 집 안으로 어떻게 들어갔지?"

"문을 두드렸고, 그게 범인을 방해했어. 범인이 그녀를 지나 도주했고, 라마는 시메카 상태부터 확인하려고 뒤쫓지 않았어. 사람 목숨이 최우선이니까."

"그 경찰이 범인 도망가는 건 봤나?"

"그때까지도 잠들어 있었어."

"사람 목숨이 최우선이라 위층으로 급히 올라가면서도 현관문 잠글 시간은 있었나 보지?"

"그랬던 모양이지."

방 안이 조용해졌다.

"시메카는 의식이 돌아왔나?" 리처가 물었다.

디어필드는 고개를 끄덕였다. "병원에 연락해 봤어. 아무것도 기억 못한다는군. 아마 충격으로 인한 기억상실인 것 같아. 정신과 애들 한 트럭쯤 불러다가 그게 정상적인 반응이라고 떠들게 할 거야."

"몸 상태는 괜찮은가?"

"괜찮아."

블레이크가 미소 지었다. "우린 시메카한테 공격자의 인상착의 같은 건 안 물어볼 거야. 우리 정신과 애들이 그런 질문은 환자 상태를 감안하지 않는 지나치게 무신경한 행동이라고 할 거니까."

방 안이 다시 조용해졌다.

“하퍼는 어디 있지?” 리처가 물었다.

“정직 처분.” 블레이크가 답했다.

“내부 각본을 따르지 않아서?”

“너무 감정이입해서 완전 착각에 빠져 있더라고.” 블레이크가 말했다. “황당한 헛소리만 늘어놨어.”

“이제 자네 문제를 알겠지?” 디어필드가 말했다. “자네는 처음부터 라마를 싫어했어. 그래서 개인적 동기로 그녀를 죽인 거고, 그걸 덮으려고 허접한 얘기를 지어냈지. 그런데 그 얘기가 별로 설득력이 없어. 근거가 없잖아. 그 어떤 현장에서든 라마가 거기 있었다는 증거가 없으니까.”

“그 여자가 단서를 전혀 안 남겼으니까.” 리처가 말했다.

블레이크가 웃었다. “아이러니하지 않나? 시작할 때 자네가 한 말이 그거였어. 우리가 가진 건, 자네 같은 사람이 한 짓이라고 생각하는 것뿐이라고. 그런데 지금 자네도 가진 거라고는 라마가 했다고 생각하는 것뿐이야.”

“차는?” 리처가 물었다. “라마가 공항에서 시메카의 집까지 운전해서 갔을 텐데 그 차는 어디 있지?”

“범인이 타고 갔어.” 블레이크가 말했다. “처음엔 경찰이 잠든 줄 모르고 뒤쪽으로 몰래 들어갔을 거야. 라마 때문에 놀라서 그 차를 타고 튄 거지.”

“라마가 실명으로 빌린 렌터카를 찾을 건가?”

블레이크는 고개를 끄덕였다. “아마도. 우린 필요한 건 다 찾을 수 있어.”

“워싱턴에서 날아온 항공편은? 항공사 컴퓨터에서도 실명으로 찾을 건가?"

블레이크는 다시 고개를 끄덕였다. "필요하다면."

"자네 문제가 뭔지 알겠지?" 디어필드가 다시 말했다. "요원이 죽었는데, 아무도 책임지지 않는다는 건 용납할 수 없거든."

리처가 고개를 끄덕였다. "요원이 살인자라고 인정하는 건 더더욱 용납할 수 없을 테고."

"꿈도 꾸지 마." 블레이크가 말했다.

"그 여자가 진짜 살인범이었는데도?"

"살인범이 아니야." 디어필드는 부정했다. "훌륭하게 임무를 수행하는 충성스러운 요원이었어."

리처는 고개를 끄덕였다.

"흠, 그 말은 내가 보수를 못 받는다는 거군."

디어필드가 마치 방 안에 악취라도 퍼진 듯한 표정으로 얼굴을 찌푸렸다.

"지금 농담할 때가 아니야, 리처." 디어필드가 말했다. "이건 확실히 해 두지. 자네 지금, 정말 심각한 처지야. 무슨 말이든 마음대로 해봐. 라마가 의심스러웠다고 말할 수도 있겠지. 하지만 그 말을 믿어줄 사람은 없어. 오히려 바보 취급 당할 거야. 아무도 귀 기울이지도 않을 거고. 그리고 그런 건 애초에 중요하지도 않아. 정말로 자네가 의심했던 거라면 하퍼에게 라마를 체포하게 했어야 하잖아?"

"시간이 없었거든."

디어필드는 고개를 저었다. "헛소리."

"라마가 시메카를 해치려는 걸 눈으로 봤나?" 블레이크가 물었다.

"그 여자부터 내 앞에서 치워야 했지."

"우리 쪽 변호사는 이렇게 주장할 거야. 자네가 진심으로 라마를 의심했다 하더라도, 비록 착오이긴 했지만, 아무튼 욕조 안의 시메카를 먼저 챙겼어야 한다고. 라마는 뒤에 있는 하퍼한테 맡기고. 둘 다 라마를 상대할 필요는 없었어. 그 편이 시간도 절약됐을 테고. 옛 친구가 진짜 걱정됐다면 말이야."

"0.5초는 절약됐겠지."

"그 0.5초가 치명적일 수도 있었어." 디어필드가 말했다. "생사가 갈리는 응급 상황이었잖아? 우리 쪽 변호사는 그 점을 강조할 거야. 그 상황에서 누군가를 때리느라 시간을 썼다는 건 개인적 적대감이 있었다는 걸 입증하는 거라고 말이지."

방 안이 조용해졌다. 리처는 테이블만 쳐다보았다.

"법 좀 안다는 자네가 더 잘 알겠지." 블레이크가 말했다. "정당방위는 피해자가 실제로 공격을 당하고 있는 바로 그 순간에 이뤄져야 돼. 그 이후는 정당방위가 아니라 복수야. 그저 단순히 보복일 뿐이지."

리처는 아무 말도 하지 않았다.

"그리고 실수로 인한 사고였다는 주장도 안 통해." 블레이크가 말했다. "자네가 예전에 나한테 그런 말을 한 적이 있지. 사람 두개골 깨는 법은 잘 안다고. 그런 게 실수로 일어날 일은 아니지. 그 골목길, 페트로시안 조직 애들 기억하지? 두개골이 그렇다면 목도 마찬가지야. 그러니까 그건 우발적인 게 아니야. 고의적 살인이지."

정적이 흘렀다.

"좋아." 리처가 말했다. "거래할 게 뭐지?"

"자넨 교도소로 직행이야. 거래는 무슨." 디어필드가 말했다.

"웃기는 소리. 거래는 언제나 있는 법이지."

몇 분간 누구도 입을 열지 않았다. 그러다 블레이크가 어깨를 으쓱하며 입을 뗐다.

"뭐, 우리한테 협조할 생각이 있다면, 타협은 가능해. 라마를 자살로 처리할 수는 있어. 아버지를 잃어서 상심한 데다 동생을 구하지 못했다는 죄책감에 시달렸다고 말이지."

"그리고 자넨 그 수다스러운 입 좀 닫고." 디어필드가 말했다. "우리가 하라는 말 외엔 아무 말도 하지 않는 거야."

다시 정적이 흘렀다.

"내가 왜 그래야 하지?" 리처가 물었다.

"자넨 똑똑한 친구잖아." 디어필드가 말했다. "잊지 마. 라마에게는 아무 증거도 없어. 자네도 알잖아. 걔가 얼마나 똑똑했는지. 그래, 자네가 몇 년을 파헤치고 변호사 비용으로 백만 달러쯤 쏟아 붓는다면, 아주 사소한 정황 증거 하나쯤은 찾을 수 있겠지. 근데 배심원들이 그걸 보고 뭐라고 할까? 덩치 큰 남자가 왜소한 여자를 싫어했다? 백수 주제에 연방 요원한테 화풀이를 한 거다? 목을 꺾어 죽여 놓고선 이제 와서 그게 다 그 여자 탓이라고 한다? 최면 어쩌고 하는 황당무계한 얘기까지 꺼내면서? 그걸 배심원들이 믿어줄 것 같아?"

"현실을 받아들이라고. 알겠나?" 블레이크가 말했다. "자넨 이제 우리 손아귀 안에 있어."

다시 조용해졌다. 그때 리처가 고개를 저었다.

"별론데. 사양하지."

"그럼 자넨 감옥에 가는 거야."

"그 전에 질문 하나만." 리처가 말했다.

"뭔데?"

"로레인 스탠리를 내가 죽였나?"

블레이크가 고개를 저었다. "아니. 그건 아니지."

"그건 어떻게 알지?"

"자네도 알잖아. 그 주 내내 자네한테 감시를 붙였던 거."

"그리고 그 감시 보고서를 내 변호사한테 넘겼고."

"그래."

"좋아." 리처가 말했다.

"뭐가 좋다는 거지? 똑똑한 친구?"

"엿이나 먹으라는 소리야." 리처가 말했다.

"무슨 소린지 설명해봐."

리처는 고개를 저었다. "댁들이 생각해야지."

방 안이 조용해졌다.

"뭘 생각하라는 거야?" 블레이크가 말했다.

리처가 그를 향해 웃었다. "전략적으로 생각하라는 거야. 당장은 날 라마 건으로 잡아넣을 수 있겠지. 하지만 여자들을 죽인 놈도 나라고는 절대 주장할 수 없어. 댁들이 작성한 감시 보고서가 내가 범인이 아니라는 걸 입증하니까. 그리고 그건 내 변호사가 갖고 있지. 그럼 그다음엔 어쩔 건데?"

"그러거나 말거나, 자네가 감옥에서 썩는 건 마찬가지야." 블레이크가 말했다.

"뒷감당을 생각해 보라는 거야." 리처가 말했다. "세상에 대고 내가 범인이 아니라고 이미 밝혔고, 라마도 내가 그런 게 아니라고 말하고 있어. 그럼 댁들은 계속 범인을 찾는 모습을 보여줘야겠지. 수사를 그만두면 왜 그만두냐고 의심받을 테니까. 그때부터 댁들을 까는 헤드라인을 상상해 보라고. '엘리트라고 자처하던 FBI 특수팀, 10년째 허탕'. 이런 기사를 댁들은 계속 감수해야겠지. 그리고 경호도 계속 붙여야 할 거고. 24시간 돌아가면서 계속 수사해야지, 인력도 더 투입해야지, 예산도 더 늘려야지, 해가 거듭 가도록 범인을 계속 추적해야 하는 거야. 그럴 수 있겠나?"

방 안에 다시 정적이 흘렀다.

"아니지. 그렇게는 안 하겠지." 리처가 말했다. "그리고 그렇게 안 한다는 건, 결국 진실을 알고 있다는 걸 인정하는 거야. 라마는 죽었고, 수사는 멈추고, 내가 범인이 아니라면 결국 라마가 범인이라는 뜻이잖아? 그러니 이제 댁들은 도 아니면 모야. 결단을 내려야 할 시간이라고. 라마가 범인이라는 걸 인정하지 않으면, 존재하지도 않는 범인을 찾는 척하면서 앞으로 영원히 자원만 낭비하게 되겠지. 반대로 라마가 범인이었다고 인정하면, 라마를 죽인 혐의로 날 가둘 수는 없어. 그런 상황에선 완전히 정당방위니까."

다시 정적.

"그러니까, 엿이나 먹으라는 거야." 리처가 말했다.

아무 대꾸가 없었다. 리처가 웃으며 물었다.

"그래서 이제 어쩔 건데?"

한참 정적이 이어졌다. 그러고 나서야 반응이 있었다.

"우린 FBI야." 디어필드가 말했다. "자네 인생을 아주 피곤하게 만들 수도 있어.”

리처가 고개를 저었다.

“내 인생은 이미 상당히 피곤해. 댁들이 뭘 해도 더 힘들게 만들 순 없을걸. 그러니 협박은 집어치워. 내가 댁들 비밀은 지켜줄 테니까.”

“정말 그래줄 건가?”

리처는 고개를 끄덕였다. “그럴 수밖에 없잖아? 안 그러면 모든 게 리타 시메카한테 돌아갈 테니까. 유일한 생존 증인이니 검찰, 경찰, 신문, 방송에 죽도록 시달릴 거야. 강간당한 이야기, 욕조에서 알몸으로 페인트를 뒤집어 썼던 이야기, 온갖 추잡한 이야기들까지 죄다 퍼져나가겠지. 전부 리타에게 상처가 되는 거야. 난 그 꼴은 못 봐.”

다시 정적이 찾아왔다.

“그러니, 댁들 비밀은 내가 지켜주지.” 리처가 말했다.

테이블을 내려다보던 블레이크가 고개를 끄덕였다.

“좋아. 그 말 믿겠네.”

“하지만 계속 지켜볼 거야.” 디어필드가 말했다. “잊지 말라고.”

리처가 또 한 번 웃었다.

“그러시든지. 그런데 내 눈에 띄지는 마. 페트로시안한테 무슨 일이 있었는지 기억하지? 댁들도 그건 절대 잊지 말라고.”

그렇게 끝났다. 무승부. 상호 경계 속의 팽팽한 교착 상태. 더 이상 아무 말도 없었다. 리처는 자리에서 일어나 테이블을 돌아 방을 빠져나왔다. 엘리베이터를 찾아 타고 1층으로 내려갔다. 아무도 그를 쫓아오지 않았다. 철망 박힌 흠집투성이 유리창이 달린, 양쪽으로 열리는 오래된 참나무 문이 있었다. 문을 밀고 나가 한밤중, 인적 없는 포틀랜드 거리의 싸늘한 공기 속으로 걸어 나왔다. 인도 가장자리에 멈춰 서서, 어디라고 할 것 없는 어딘가를 바라보았다.

"안녕, 리처!" 하퍼가 그를 불렀다.

그의 뒤쪽, 입구를 양옆에서 받치고 있는 기둥 그림자 속, 그의 뒤쪽에 그녀가 서 있었다. 리처가 돌아서자 그녀의 머리카락이 빛나는 게 보였다. 재킷 앞자락 사이로 셔츠가 흰 줄처럼 드러나 있었다.

"당신이야말로." 리처가 말했다. "괜찮소?"

하퍼가 다가와 리처 앞에 섰다.

"괜찮아지겠죠." 하퍼가 말했다. "전출 신청하려고요. 이쪽으로. 여기 마음에 들어요."

"승인이 날까?"

하퍼가 고개를 끄덕였다. "당연히 날 거예요. 예산 심의 중엔 누구도 괜히 물 흐릴 짓 안 해요. 어떤 사건보다도 더 조용히 묻힐 거예요."

"애초부터 없던 일이 됐소." 리처가 말했다. "위층에서 그렇게 하기로 하고 끝냈으니까."

"그럼 잘 정리된 거예요?"

"웬만큼은."

"난 당신 편에서 싸웠을 거예요." 하퍼가 말했다. "무슨 일이 있어도."

리처가 고개를 끄덕였다. "알고 있소. 당신 같은 사람이 더 많아야 하는데."

"이거 받아요."

하퍼가 얇은 종이 한 장을 내밀었다. 콴티코 본부에서 발급된 여행 바우처였다.

"이거면 뉴욕까지 갈 수 있어요."

"그럼 당신은?" 리처가 물었다.

"잃어버렸다고 하면 돼요. 새로 보내줄 거예요."

하퍼가 다가와서 리처의 뺨에 가볍게 입을 맞췄다. 그러고는 한 발짝 물러서더니 걸음을 옮기기 시작했다.

"행운을 빌어요!" 하퍼가 외쳤다.

"당신도!" 리처도 큰 소리로 응답했다.

자동차 전용 도로의 갓길을 따라 19킬로미터를 걸어서 공항에 도착했다. 세 시간이 걸렸다. FBI 바우처를 항공권으로 바꾸고, 첫 비행기를 기다리며 한 시간을 더 보냈다. 비행기에서 네 시간을 내리 자면서 세 개의 시간대를 거슬러 통과한 끝에, 오후 1시에 라구아디아 공항에 도착했다.

남은 현금을 탈탈 털어 버스와 지하철을 타고 맨해튼에 들어왔다. 캐널 스트리트에서 내려 남쪽의 월스트리트 방향으로 걸었다. 조디의 사무실 건물 로비에 도착한 건 2시를 약간 넘긴 시각이었다. 점심 식사를 마치고 돌아오는 60층짜리 빌딩의 직장인들 물결에 휩쓸리듯 따라 들어갔다. 로펌의 로비는 텅 비어 있었다. 접수 카운터에도 아무도 없었다. 열려 있는 문을 지나 안으로 들어가 참나무 책장에 법률 서적이 가득 꽂혀 있는 복도를 따라 걸었다. 복도 양쪽의 사무실들도 텅 비어 있었다. 책상 위엔 서류들이 놓여 있었고 의자 등받이에는 재킷이 걸려 있었지만, 사람은 어디에도 없었다.

양쪽으로 난 문 앞에 서자 문 너머에서 웅성거리는 소리가 묵직하게 들려왔다. 유리잔 부딪히는 소리, 웃음소리도. 오른쪽 문을 잡아당기자 안쪽 소음이 한꺼번에 터져 나왔고, 사람들이 꽉 들어찬 회의실이 눈에 들어왔다. 사람들은 어두운 색 정장에 새하얀 셔츠, 멜빵, 점잖은 넥타이를 맨 차림이거나, 절제된 검정 드레스에 검정색 스타킹 차림이었다. 커다란 창문으로는 햇빛이 눈부시게 쏟아졌고, 두꺼운 흰색 천이 덮인 긴 테이블 위에는 반짝이는 샴페인 잔들이 줄지어 놓여 있었다. 샴페인 병만 해도 백 개는 넘게 있었다. 바텐더 두 명이 거품이 가득한 황금빛 술을 쉴 새 없이 따르고 있었다. 샴페인을 마시고 건배를 하는 사람들 모두가 조디를 바라보고 있었다.

조디가 지나가는 곳마다 사람들이 몰려들어 그녀 주위로 무리를 이뤘다. 조디를 중심으로 한 작은 환호의 원이 계속해서 바뀌며 생겨났다. 그녀는 좌우로 몸을 돌리며 웃고, 잔을 부딪치고, 핀볼처럼 이리저리 튕기며 또 다른 환호 속으로 나아가고 있었다. 조디가 문 앞에 서 있는 리처를 본 순간, 그 역시 벽에 걸린 르누아르 그림의 액자에 비친 자신의 모습을 보았다. 면도도 안 한 얼굴에, 딱딱하게 굳은 녹색 얼룩이 군데군데 묻은 채 잔뜩 구겨진 셔츠를 입고 있었다. 조디는 옷장에서 막 꺼낸 천 달러짜리 드레스를 입고 있었다. 백 명도 넘는 수많은 얼굴이 조디를 따라 시선을 돌렸고, 공간 전체가 순간 조용해졌다. 조디가 마치 결단을 하는 것처럼 잠시 망설였다. 그러더니 사람들을 뚫고 앞으로 나아가 샴페인 잔을 든 채로 리처의 목에 두 팔을 감았다.

"파트너 승진 파티?" 리처가 물었다. "해냈네."

"정답. 내가 진짜로 해냈어요."

"축하해. 그리고 늦어서 미안."

조디가 그를 사람들 속으로 끌어들였고, 둘은 사람들로 둘러싸였다. 리처는 군 시절 외국군 장성들과 악수하던 방식대로 백 명이 넘는 변호사들과 악수를 나누었다. **날 건드리지 않으면 나도 안 건드릴 겁니다.** 최고위 인사는 불쾌한 얼굴을 한 65세쯤 되어 보이는 노인이었다. 로비에 걸린 황동 명패에 이름이 새겨진 창립 파트너 중 한 사람의 아들이었다. 리처가 평생 입었던 옷을 다 합친 것보다 더 비싸 보이는 양복을 입고 있었다. 하지만 파티가 파티인지라 노인의 태도에 모난 기색이라고는 전혀 없었다. 조디의 아파트 엘리베이터 관리인하고 악수를 한다 해도 기뻐할 것처럼 보였다.

"그녀는 정말, 정말 대단한 스타예요." 그 노인이 말했다. "그녀가 우리 제안을 받아들여줘서 무척 기쁩니다."

"제가 만난 변호사 중 가장 똑똑한 사람입니다." 소란스러움을 뚫고 리처가 말했다.

"같이 갈 건가요?"

"어디를요?"

"런던에." 노인이 말했다. "아직 못 들었나요? 파트너로 신규 승진하면 유럽 지사 운영을 2년간 맡는 것이 관례입니다."

그때 조디가 리처 곁으로 다시 와서 웃으며 그를 끌어당겼다. 사람들은 소규모 그룹으로 나뉘어 자리를 잡았고, 대화는 업무 이야기와 소소한 뒷담화로 옮겨가고 있었다. 조디는 리처를 창가 쪽 빈자리로 이끌었다. 양옆으로 빽빽이 들어선 고층 건물 사이로 항구의 하역장이 내다보였다.

"FBI 본부에 전화했었어요." 조디가 말했다. "걱정돼서요. 그리고 법적으로는 엄연히 내가 당신 변호사니까요. 앨런 디어필드 사무실과 통화했어요."

“언제?”

“두 시간 전쯤. 근데 아무 말도 안 해주던데요.”

“말할 게 없으니까. 그쪽도 선을 지키고, 나도 선을 지키고.”

조디가 고개를 끄덕였다. “결국 해냈네요.”

그러더니 잠시 말을 멈췄다.

“증인으로 출두하는 거예요? 재판도 열리고?”

리처가 고개를 저었다. “재판은 없어.”

조디도 고개를 끄덕였다. “장례식만 남은 거네요. 그렇죠?”

리처는 어깨를 으쓱했다. “남은 가족이 한 명도 없어. 그게 핵심이었지.”

조디는 다시 잠시 말을 멈췄다. 중요한 질문을 꺼낼 것 같은 눈치였다.

“기분이 어때요? 한마디로 말하자면.”

“차분해.” 리처가 답했다.

“같은 상황이 닥치면 또 그렇게 할 거예요?”

이번에는 리처가 잠시 말을 멈췄다.

“같은 상황이면? 1초도 안 망설이지.”

“나 런던에서 일해야 해요. 2년 동안.” 조디가 말했다.

“알아. 저분이 말해줬어. 언제 떠나?”

“이달 말에.”

“나랑 같이 가고 싶은 건 아니지?”

“엄청 바쁠 거예요. 인원은 적은데 업무량이 많거든요.”

“문명화된 도시고.”

조디는 고개를 끄덕였다. “맞아요. 같이 가고 싶어요?”

"2년 내내? 아니. 하지만 가끔 들를 수는 있을 거야."

조디가 어딘가 아득한 미소를 지었다. "그럼 좋겠다."

리처는 아무 말도 하지 않았다.

"뭐가 이래요? 15년을 당신 없이는 못 살겠다고 생각하면서 살았는데, 이젠 당신이랑은 못 살겠다는 걸 알게 됐으니."

"알아. 전부 내 잘못이야."

"당신도 나처럼 생각해요?"

리처가 조디를 바라보았다.

"그런 것 같아." 거짓으로 답했다.

"우리 이달 말까지는 시간이 있어요." 조디가 말했다.

리처가 고개를 끄덕였다.

"남들보다는 나은 거네. 오늘 오후에 시간 뺄 수 있어?"

"그럼요. 이제 난 파트너예요. 하고 싶은 대로 할 수 있다고요."

"그럼 나가자."

둘은 빈 잔을 창턱에 내려놓고 사람들 사이를 이리저리 헤치며 걸어 나갔다. 모두가 그들이 문을 열고 나가는 것을 지켜보았고, 그들이 나간 뒤 이내 서로 눈빛을 주고받으며 조용히 수군거리기 시작했다.

하드보일드 액션스릴러의 진수, 리 차일드의 잭 리처 컬렉션

처단 Persuader   리 차일드 지음 | 다니엘 J. 옮김

길을 걷다 우연히 마주친 한 남자의 얼굴에 10년 전 리처가 쏜 총알 자국이 새겨져 있다. 죽었어야 할 놈이 살아 있다. 게다가 그는 거대 범죄 조직의 수괴가 되었다. 리처는 자신의 실패를 만회하기 위해 언더커버를 자처하며 적진으로 잠입한다. 이제 최후의 처단만이 남았다.

코드 1030 Bad Luck And Trouble   리 차일드 지음 | 정경호 옮김

잭 리처의 진두지휘 아래 각종 임무를 수행했던 최정예 특수부대원 8명. 그 일원이었던 동료가 고도 900미터 상공에서 산 채로 내던져진다. 사건의 전모를 밝히기 위해 리처는 예전 부대원들을 모으고 죽은 동료의 복수를 거행한다.

인계철선 Tripwire   리 차일드 지음 | 다니엘 J. 옮김

'제이콥 부인'이 잭 리처를 찾고 있다는 어느 탐정의 말에 리처는 모르는 사람이라며 거짓말을 한다. 그날 밤 탐정은 살해당하고 리처는 직접 제이콥 부인의 집을 추적해 찾아간다. 그곳에서는 자신이 존경했던 가버 장군의 장례식이 치러지고 있었다. 그는 예상치 못했던 부인의 정체를 알게 된다.

하드웨이 The Hard Way   리 차일드 지음 | 전미영 옮김

아내와 딸이 납치되었다며 리처에게 사건 해결을 의뢰한 레인. 리처는 수사 과정에서 5년 전 레인의 첫 번째 아내가 비슷한 방식으로 납치 후 살해되었다는 사실을 알게 된다. 두 사건 사이에 연결고리가 있음을 직감한 리처는 사립탐정 로런 폴링과 함께 사건의 내막을 파헤쳐 나간다.

출입통제구역 Blue Moon   리 차일드 지음 | 정세윤 옮김

우크라이나인과 알바니아인 갱단이 구역을 나눠 지배하는 마을, 리처는 이들에게 위협받는 노인을 대신해 사채 문제를 해결해주려다가 두 갱단에 오해를 불러일으키면서 조직 간에 난투극이 벌어지게 만든다. 리처는 이들 뒤에 존재하는 코어 집단을 파괴하기 위해 출입통제구역으로 향한다.

10호실 Past Tense 리 차일드 지음 | 윤철희 옮김

아버지의 고향인 뉴햄프셔 래코니아 도로 표지판을 발견한 리처는 충동적으로 래코니아로 향한다. 그 시각, 연인 사이인 쇼티와 패티가 중요한 물건이 담긴 여행 가방을 차에 싣고 뉴욕으로 가던 중 자동차가 고장 난다. 둘은 가까운 모텔을 찾아가는데 투숙객은 두 사람뿐이다. 꼼짝 못하는 신세가 된 두 사람에게 모텔 관리자는 선택의 여지가 없는 끔찍한 제안을 한다.

메이크 미 Make Me 리 차일드 지음 | 정경호 옮김

독특한 마을 이름에 끌려 기차에서 내리게 된 리처에게 그를 자신의 동료로 착각한 사설탐정 장이 다가와 자신의 예전 FBI 동료였던 키버가 실종되었다며 도움을 청한다. 리처는 키버가 묵었던 객실에서 『LA 타임스』 기자의 전화번호와 "사망자 200"이라는 메모가 적힌 종이 뭉치를 발견한다.

퍼스널 Personal 리 차일드 지음 | 정경호 옮김

파리에서 벌어진 프랑스 대통령 저격 사건. 다행히 총알은 빗나갔지만 실수가 아니라 일부러 빗맞혔다는 사실이 드러난다. 범인의 진짜 목표는 곧 개최될 G8 정상회담에 참가하는 세계 각국의 정상들. 사건을 파헤치던 리처는 이 모든 사건에 국제 범죄조직들이 연루되어 있음을 알게 된다.

원티드맨 A Wanted Man 리 차일드 지음 | 정경호 옮김

오래전 폐쇄된 펌프장에서 벌어진 미스터리한 살인 사건. 이를 해결하기 위해 CIA와 국무성에서도 특수요원을 파견한다. 대체 살해당한 사람은 누구인가? 설상가상으로 목격자마저 자취를 감춰버리고 사건은 점차 미궁으로 빠져든다.

사라진 내일 Gone Tomorrow 리 차일드 지음 | 박슬라 옮김

군 출신 유명 정치인의 수많은 훈장 속에 숨겨진 테러 집단과의 경악할 만한 비밀. 수수께끼에 싸인 우크라이나 출신의 미녀와 잭 리처의 만남, 이 모든 것들의 종착지에는 과연 어떠한 내일이 기다리고 있는가.

방문자

초판 1쇄 인쇄 2026년 2월 27일
초판 1쇄 발행 2026년 3월 6일

지은이 | 리 차일드
옮긴이 | 다니엘 J.
펴낸이 | 정상우
편집 | 이민정
디자인 | 오하스튜디오
관리 | 남영애

펴낸곳 | 오픈하우스
출판등록 | 2007년 11월 29일(제13-237호)
주소 | 서울시 은평구 증산로9길 32(03496)
전화 | 02-333-3705 팩스 | 02-333-3745
페이스북 | facebook.com/openhouse.kr
인스타그램 | instagram.com/openhousebooks234

ISBN 979-11-92385-40-2 04800
      979-11-86009-19-2 (세트)

VERTIGO 는 (주)오픈하우스의 장르문학 시리즈입니다.